ÉCHEC A LA REINE

BRYAN FORBES

ÉCHEC A LA REINE

traduit de l'anglais par J.-L. Dahlmann

FLAMMARION

Titre de l'ouvrage original :
THE ENDLESS GAME
Editeur original : Random House

ISBN 2-08-066002-0
Imprimé en France

Je dédie ce livre à Brian Garfield,
ami véritable, et véritable écrivain.

« Mais qui donc gardera les gardes eux-mêmes ? »

JUVÉNAL.

« La tyrannie est toujours mieux organisée que la liberté. »

PÉGUY.

PREMIÈRE PARTIE

1.

En temps ordinaire, Calder s'interdisait toute forme de pitié à l'égard de ses semblables. Ce matin-là, pourtant, il éprouva un étrange sentiment de malaise en découvrant dans sa baignoire une colonie d'araignées. Il en dénombra sept, d'apparence identique, qui escaladaient les parois verticales de la baignoire comme une cordée d'alpinistes égarés. Il s'agenouilla pour les examiner de plus près : étaient-elles vraiment venues par le trou de vidange, comme le prétendaient les contes de bonnes femmes ? Le pire, c'est qu'on ne les voyait jamais surgir de leur cachette : elles n'apparaissaient que la nuit.

Il ouvrit le robinet d'eau froide en espérant que le bruit les ferait fuir, mais cela ne provoqua pas le moindre résultat. Avaient-elles seulement conscience de sa présence ? Et si oui, quels signaux de détresse pouvaient bien parvenir à leurs minuscules cellules cérébrales ? A moins qu'elles ne se fussent réunies pour l'accomplissement d'une sorte de suicide collectif... Il songea à les inonder, mais ce n'aurait pas été une bonne solution, car il se souvenait qu'une fois plongées dans l'eau elles se désintégraient : sa baignoire aurait été jonchée d'une multitude de pattes démembrées, éparpillées comme des faux cils sur le lit d'une putain. Ce fut plus par répugnance que par compassion qu'il prit finalement sa décision. Après avoir arraché une bonne longueur de papier hygiénique, il recueillit soigneusement l'une après l'autre les araignées et les déposa sur le sol, laissant toute la colonie s'échapper en direction de la plinthe couverte de poussière.

Puis il rinça la baignoire et se fit couler un bain. En attendant qu'il soit prêt, il prit son rasoir jetable et étudia son propre reflet dans le miroir embué, comme un peintre détaillant et jaugeant un nouveau modèle. La moustache qu'il s'était laissé pousser se détachait comme un élément étranger sur le reste de son visage. Il en éprouva une vive satisfaction. De même que la teinture foncée dont il avait enduit ses cheveux la veille, cela modifiait subtilement la régularité habituelle de ses traits. Il avait toujours eu une peau douce, presque glabre, mais cette moustache lui donnait un certain chic. J'ai tout à fait l'allure du pauvre con de subalterne que j'étais autrefois, se dit-il – et des souvenirs d'un autre temps et d'une vie plus simple, remontant à l'époque où il avait appris son métier, affluèrent en lui. Par bien des côtés, on aurait dit un visage qui ne portait pas encore les stigmates du temps – le visage d'un homme plus jeune de dix ans.

Après avoir pris son bain, il s'aspergea d'une eau de toilette bon marché, capiteuse mais vulgaire, qu'il avait achetée spécialement pour l'occasion. Puis il se peigna et traça dans ses cheveux une raie médiane, en se disant que c'était grâce à des petites touches de ce genre qu'il se distinguait du reste de ses semblables. Il y avait pourtant bien quelques lézardes dans l'armure de son autosatisfaction. Il se sentait vaguement mal à l'aise – pas tellement à cause du travail qu'il avait à faire, mais parce qu'il était de retour dans un pays où il avait pensé ne jamais remettre les pieds.

Il enfila des gants de chirurgien et nettoya méticuleusement la baignoire et le lavabo, en prenant soin de bien astiquer les robinets. Il plaça un vieux tube de rouge à lèvres sur le rebord de la fenêtre et jeta l'enveloppe protectrice d'un Tampax dans la cuvette des w.-c., dont il rabattit ensuite le couvercle. Puis il fourra son rasoir, son savon, son tube de dentifrice, sa brosse à dents et le flacon d'eau de toilette dans un sac en plastique qu'il emmena, ainsi que sa serviette mouillée, dans la chambre attenante.

Avant de s'habiller, il examina les lignes de son corps dénudé. Il trouvait toujours quelque chose d'érotique dans la contemplation de sa peau rose et de ses muscles bandés. En de tels instants, avant de sortir pour accomplir sa besogne, il éprouvait presque toujours un violent désir sexuel. Il était même arrivé que le besoin fût trop fort et le contraignît à se masturber. C'était un autre aspect du grand secret de sa vie. En regardant le lit en désordre, il faillit presque céder à la tentation, mais il se souvint que son emploi du temps était strictement minuté.

Il enfila un costume ordinaire, qui avait au moins une taille de plus que ceux qu'il portait d'habitude. Il l'avait acheté plusieurs semaines auparavant à Liverpool, son port d'arrivée, dans un magasin de la chaîne Oxfam. Il avait empaqueté ses propres vêtements, qu'il faisait toujours faire sur mesure, et les avait glissés dans un sac de voyage qui portait la marque d'une compagnie aérienne. Lorsqu'il fut enfin satisfait de son apparence extérieure, il se mit en devoir de nettoyer le moindre recoin de la pièce. Il n'avait pas quitté ses gants de chirurgien. Puis il dissémina à travers la chambre un certain nombre de faux indices : un mégot de cigarette qu'il avait ramassé dans un caniveau, une pochette d'allumettes publicitaire au nom d'un hôtel de Palma de Majorque, la brochure d'une compagnie aérienne indiquant les horaires détaillés des vols pour le Moyen-Orient, et enfin – touche suprême – un carnet d'adresses qu'il avait eu la chance de trouver dans des toilettes publiques et qu'il avait précieusement conservé pour ce genre d'occasion. Il y avait certes peu de chances pour que l'on remonte sa piste jusqu'à cette chambre louée, mais il était dans ses habitudes de ne rien laisser au hasard : à supposer que les autorités finissent par s'intéresser à lui, cela les tiendrait au moins quelques heures en haleine. Il jubila intérieurement en imaginant leur vaine excitation et leurs espoirs infondés. Il parcourut la pièce des yeux une dernière fois, puis sortit en verrouillant la porte derrière lui. Avant de descendre l'escalier dénué de tapis, il ôta ses gants de chirurgien et les fourra dans son sac de voyage.

Dans la rue, une bande de jeunes immigrés jouaient bruyamment au cricket, en se servant d'une batte grossièrement taillée dans une planche. Avant la dernière guerre, le quartier était tout à fait respectable; ses immeubles-dortoirs étaient occupés par d'honnêtes habitants de l'East End, dont l'unique ambition était de s'intégrer à la classe moyenne. Les rangées de petites maisons – toutes identiques à celle que Calder venait de quitter – avaient pour la plupart été construites au tournant du siècle. Elles comportaient toutes la traditionnelle avancée de baies vitrées et la même pelouse minuscule. Au temps de leur splendeur, leurs façades étaient religieusement repeintes une fois l'an, et les marches de leurs perrons soigneusement entretenues. Mais à présent, leurs portes se dressaient de guingois comme une rangée de dents cariées dans la bouche d'un clochard. Les quelques troënes qui subsistaient encore se cramponnaient à la vie le long d'une étroite bande de terre poussiéreuse, et leur seule nourriture était constituée par les excréments disséminés aux alentours par les hordes de chiens du quartier. La plupart des jardins avaient été recouverts de béton pour servir de garages à tout un musée de carcasses rouillées et déglinguées. Et cet endroit, dont l'image avait jadis été celle d'une banlieue paisible, était devenu un véritable ghetto : en dehors de quelques vieux locataires trop pauvres pour quitter les lieux, l'ensemble du quartier avait été colonisé par les immigrés, qui arrivèrent par vagues successives à la fin de la guerre. Non d'ailleurs que Calder eût de quelconques préjugés raciaux : il était payé pour propager les haines des autres mais n'avait jamais pensé qu'il fût dans son intérêt de partager les opinions de ceux qui l'employaient.

Il s'éloigna de la maison en simulant une légère claudication et tenta de se frayer un chemin dans le vrai champ de mine que formaient les crottes de chien pétrifiées et les boîtes de conserve cabossées. Au moment où il allait atteindre le coin de la rue, la balle de cricket vint le frapper dans le dos. Ce fut l'instinct plus que la force du coup qui le fit immédiatement plonger au sol. La clef de l'appartement s'échappa de sa main tandis qu'il tendait le bras en avant pour amortir sa chute. Les gamins se figèrent, s'attendant à quelques violentes représailles, mais Calder se contenta de se relever et de leur relancer la balle. Ils ne dirent pas un mot, mais il put sentir l'aura de victoire silencieuse qui émanait de leur groupe. Alors qu'ils se remettaient à jouer, il retrouva sa clef et la laissa tomber dans la grille d'un égout, au bord du caniveau. Son impression de malaise revint : il ne voulait avoir aucun contact, même anodin, avec des inconnus.

Claudiquant toujours, mais en accélérant le pas, il rejoignit la station de métro la plus proche. Il acheta un ticket dans une machine automatique et descendit l'escalator. Il éprouva d'abord de l'étonnement, puis un sentiment de consternation, en constatant la déchéance et la saleté des lieux. Il se souvenait de l'époque où ces cavernes labyrinthiques avaient constitué un véritable refuge contre les bombardements allemands, aux pires moments du Blitz. Il se rappelait les corps endormis allongés sur les civières comme des cadavres dans une catacombe; la musique des accordéons, les cris horrifiés des enfants; le sandwiches que l'on confectionnait en pleine nuit, avec du pain qui avait la même couleur que les couvertures de l'armée; et, planant là-dessus, l'odeur écœurante de la sueur et de la peur humaines.

A présent, il suintait des murs voûtés une eau mêlée de rouille. Des briques manquaient un peu partout et il avait l'impression qu'au-dessus de sa tête la ville grouillante était sur le point de s'effondrer et de s'écrouler sur lui. Seul le vent n'avait pas changé, qui s'engouffrait jusqu'ici dans les profondeurs des tunnels. Il marchait avec d'infinies précautions pour éviter de mettre les pieds dans des mares boueuses où flottaient des épaves de plastique. La saleté l'avait toujours dégoûté. Sur les murs, les affiches lacérées étaient couvertes de graffiti obscènes, comme si les pourvoyeurs de la haine et du désir avaient décidé que rien, même les choses les plus innocentes, n'échapperait à leur colère.

Après avoir changé deux fois de train, il atteignit enfin Hammersmith. De retour à la surface, il acheta une boîte de chocolats d'une demi-livre au kiosque de la station, puis monta dans un bus qui traversa le pont de Hammersmith et l'emmena jusqu'à Richmond. De là, il prit une ligne dans l'autre sens et revint à Kew Gardens. Il descendit à un arrêt désert et poursuivit son chemin à pied dans un dédale de ruelles. Il arriva enfin à l'endroit convenu. Comme prévu, il trouva la Ford Consul de 1979 qui l'attendait dans un garage fermé à clef. La voiture avait été volée la veille dans un quartier de grands ensembles de Brixton, choisi à cause de l'origine ethnique de ses habitants.

Calder s'assura que le permis de conduire était en règle. Après avoir enfilé une paire de gants en cuir, il trouva la clef de contact sous le siège du conducteur. Tandis qu'il s'éloignait, il dépassa un laitier qui livrait ses bouteilles à deux ménagères dont la chevelure était hérissée de bigoudis. Mais lorsqu'un peu plus tard la télévision diffusa le signalement complet du véhicule volé, ni le laitier ni les deux femmes ne devaient se souvenir de l'incident.

Calder rejoignit l'autoroute M 4 à Chiswick et ne la quitta qu'à la sortie de Datchet. Il traversa la campagne et longea l'enceinte du château de Windsor, puis suivit la route qui borde la Tamise jusqu'à Runnymede. Là, il prit l'A 30 et fila en direction de l'ouest, respectant scrupuleusement les limitations de vitesse. Il redoublait de prudence depuis qu'il s'était aperçu que les freins du véhicule étaient en mauvais état. Il ne pouvait pas se permettre le moindre accident.

Ne laissant rien au hasard, il ouvrit la boîte à gants et inspecta le contenu des poches des portières. Elles étaient vides, mais il remarqua avec un certain dégoût que le précédent occupant était un amateur de chewing-gum : le cendrier était rempli de boulettes grisâtres et desséchées qui lui rappelèrent des crottes de lièvre. Il se souvint brusquement du lapin angora qu'on lui avait offert dans son enfance : il revoyait encore la cage rudimentaire que son père avait confectionnée pour lui dans de vieilles clayettes à fruits, et dont il avait percé de trous l'un des côtés pour permettre l'écoulement des eaux. En se rappelant cette époque, il se demanda quels secrets désirs l'avaient amené à choisir un animal aussi placide que stupide. A côté d'un chien, que valait un lapin – cette petite boule de poils dont les yeux vous fixaient à travers le grillage serré de la cage, et qui passait ses journées à mastiquer et à déféquer ? Non, cela ne lui avait jamais procuré le moindre plaisir, sauf lorsqu'il fallait, le dimanche matin, nettoyer la paille noircie d'urine et fournir à ce tube digestif sa provision de trognons de chou et de feuilles de pissenlit. Quant au chien tant espéré, il ne l'avait jamais eu. C'était peut-être ainsi que les choses avaient commencé – peut-être qu'au bout du compte tout avait dérivé de cette frustration initiale...

La vue des boulettes de chewing-gum abandonnées finit par lui donner la nausée, et il baissa sa vitre pour vider le cendrier. Calder avait en horreur la poussière et la saleté. L'appartement qu'il louait à Zurich sous le nom de Miller était aussi immaculé que ceux qui figurent sur les publicités du *Jardin des modes*. Le moindre objet était à sa place. Il avait hâte d'être rentré. Tout en maintenant une vitesse de 60 kilomètres/heure, il se souvint de l'un des sermons les plus fréquents de sa mère : « Quoi que tu aies à faire, ne sors jamais en ayant des sous-vêtements sales. On ne sait jamais ce qui peut arriver. Imagine que tu aies un accident et que tu doives être emmené à l'hôpital – quelle honte ce serait... » La bizarrerie de ce raisonnement le fascinait lorsqu'il était enfant, et gardait d'ailleurs une part de son mystère. Les frayeurs et les hantises des autres sont toujours fascinantes. Et utiles, bien sûr – extrêmement utiles. Calder les recueillait précieusement, comme d'autres collectionnent les timbres-poste.

Tout en poursuivant sa route en direction de l'ouest, il enregistrait les moindres détails du paysage qu'il traversait et les faisait ensuite repasser à l'envers dans son esprit. Il n'avait jamais compté sur la chance. C'était un mot qui n'appartenait pas à son vocabulaire.

Bien que l'on fût en juillet – mois prétendûment estival en Angleterre –, des trombes d'eau se mirent soudain à tomber du ciel obstinément plombé. Réduisant encore son allure, il eut une pensée attristée pour sa propre Mercedes 500 SLC. Il ne manquerait plus, se dit-il, que j'envoie dans le décor cette espèce de saucisse roulante.

L'orage cessa aussi brusquement qu'il avait commencé, comme la pluie artificielle dont on se sert pour le tournage des films. Il alluma la radio, qui était branchée sur une station locale privée. On diffusait en ce moment une émission réservée aux appels des auditeurs. Calder éprouva une violente irritation en entendant les stupidités qui s'échangeaient. Ses mains se resserrèrent sur le volant et à plusieurs reprises il ne put s'empêcher de lâcher une bordée d'obscénités à l'énoncé de certaines questions. Comment les gens pouvaient-ils donc supporter de vivre jour après jour en écoutant de telles bouillies pour décervelés ? Toutes ces sinistres petites ménagères de banlieue étalant le néant de leur vie insipide et déversant leur linge sale sur les ondes... Toutes ces phobies, tous ces préjugés... C'était comme une acné mentale. L'émission était animée par un crétin qui adoptait un soi-disant accent américain : « Oui, mes chéries, voici l'heure de votre émission préférée, c'est aujourd'hui dimanche et vous pouvez me dire TOUT ce que vous avez sur le cœur! » Calder se demandait comment les choses tenaient encore debout en Angleterre. Dans toutes les petites villes qu'il traversait, c'étaient les mêmes rues anonymes avec leurs boutiques de pari mutuel, leurs pubs inhospitaliers, leurs restaurants chinois et leurs trottoirs jonchés de détritus et de sacs en plastique – comme si les dernières industries florissantes du pays se contentaient de propager la souillure et la laideur. Il avait l'impression que l'Angleterre qu'il avait connue autrefois s'était lentement laissée glisser dans le néant. Il éteignit la radio, craignant que sa colère et son dégoût ne l'amènent à commettre une imprudence.

Quelques miles au-delà de Farnham, il s'arrêta sur une aire de repos et acheta un bouquet de fleurs à un marchand installé au bord de la route. Il prit soin de le payer en petite monnaie. Avant de repartir, il sortit de son sac une seringue hypodermique qu'il glissa dans la poche de sa veste.

L'hospice de vieillards « Les Fougères », où il se rendait, était situé à cinq miles environ de Farnham. Le bâtiment avait jadis été une propriété privée et se dressait au milieu d'un grand parc; le long de la route une épaisse haie de rhododendrons l'abritait des regards. En se rapprochant, Calder remarqua que le récent orage avait dévasté le peu de fleurs qui restaient et qui semblaient maintenant aussi flétries et inertes que les pensionnaires qu'elles protégeaient des passants. Un saule pleureur s'élevait contre l'un des piliers de brique de la grille d'entrée, et ses branches griffèrent le toit de la Ford lorsqu'il pénétra dans le parc. Ce bruit aussi sinistre qu'imprévu lui fit instinctivement courber la tête, et il se sentit ridicule. Un panneau demandait aux visiteurs de ne pas dépasser le 10 à l'heure. Un autre, devant l'édifice, indiquait que les enfants n'étaient admis qu'après autorisation préalable de la direction.

Comme la plupart des établissements de ce genre, la bâtisse donnait l'impression que ses occupants étaient venus s'y retirer pour leur ultime repos. Elle devait dater de la fin de l'ère victorienne. Ses murs de brique rouge étaient rongés par le lierre qui rampait comme une main crochue tout le long de sa façade. Ses fenêtres garnies de barreaux la faisaient ressembler plus à une prison qu'à une clinique. Le chemin défoncé par les nids de poule était jonché par les pignons des grands pins écossais; c'était la saison de leur chute et la Ford de Calder en écrasa des dizaines tandis qu'il rejoignait le parking, se garant le plus près possible de l'entrée. Il remarqua qu'il n'y avait que deux autres véhicules, appartenant sans doute à des membres du personnel; il doutait en tout cas que ce fussent des visiteurs. Des gens assez riches pour subvenir aux frais d'un tel établissement ne se seraient sûrement pas contenté d'une Datsun ou d'une Mini Austin. Il laissa la clef sur le tableau de bord et saisit les fleurs et la boîte de chocolats. Il n'avait pas quitté ses gants une seule fois au cours du voyage. Il se remit à claudiquer au cas où quelqu'un l'aurait observé et s'avança vers la porte d'entrée, dont il actionna la clochette métallique.

Il ne se passa rien pendant près d'une minute. Puis une silhouette apparut derrière la vitre opaque encadrée dans la porte. Il nota que cette dernière était munie d'un système de sûreté courant et entendit qu'on donnait deux tours de verrou.

Lorsque la porte s'ouvrit enfin, il se trouva nez à nez avec un vieillard qui était vêtu d'un costume de tweed et arborait une perruque posée de travers, visiblement mise à l'envers, ce qui donnait à son visage un aspect légèrement dissymétrique. Il tenait à la main un livre pour enfants d'Enid Blyton qu'il brandissait comme un drapeau.

« Vous avez lu ça? » s'exclama-t-il avec brusquerie. Tout le monde devrait lire ce livre! Je me demande pourquoi il ne figure pas encore au programme de toutes les écoles. Ce livre contient la vérité. C'est une vraie Bible pour moi. Tout ce que je sais, je l'ai appris là-dedans. Et tant qu'il restera en ma possession, ils ne m'auront jamais. Jamais. »

Le vieillard avait débité son histoire avec un sourire de dément qui s'effaça brusquement, tandis qu'il ôtait son dentier de sa bouche.

« Vous arrivez juste à temps. Vous savez quelle est leur dernière trouvaille? Ils veulent me voler ça. Ils m'ont volé tout le reste et maintenant ils en ont après mon dentier. Ça vous donne une idée de ce que je dois endurer ici. Mais grâce à ce livre, je parviendrai à déjouer leurs plans. Voilà ce qu'ils ne comprendront jamais. Tant que je l'aurai, ils pourront toujours courir pour m'attraper. »

Le vieillard avait éructé ses paroles à quelques centimètres du visage de Calder. Soudain, il lui saisit le bras et, l'arrachant presque du perron, le tira jusqu'à l'intérieur du hall. Malgré sa faiblesse apparente, il était doué d'une force étrange.

« Nous parlerons de tout cela plus tard, lorsque vous me ramènerez en ville. Je suis très heureux que vous ayez pu venir, mon brave. C'est gentil d'avoir répondu à ma lettre. Il fallait bien que je l'écrive en langage codé, car vous savez qu'ils lisent tout, ici. Mais j'étais sûr de pouvoir compter sur vous. Vous serez récompensé comme vous le méritez. Je ne suis pas encore à court d'argent, vous savez. »

L'excitation et l'absence de dents le faisaient baver. Il resserra son étreinte autour du bras de Calder.

« L'essentiel, c'est que je puisse sortir d'ici et que je retrouve mes papiers. Je ne pourrai pas prouver la vérité tant que je ne les aurai pas récupérés. Nous allons partir immédiatement. »

Une voix s'éleva soudain.

« Allons, lord Orchover, ça suffit! »

Une jeune infirmière en uniforme apparut dans le hall et vint calmement desserrer l'étreinte du vieillard, qui se pendait toujours au bras de Calder.

« Soyez gentil, poursuivit-elle, et remettez votre dentier. Sinon, je n'irai pas vous lire d'histoire ce soir. »

Elle adressa un rapide sourire à Calder.

« Allons, faites ce qu'on vous dit. Voilà... Encore un petit effort... »

Elle saisit la main d'Orchover et l'aida à remettre son dentier en place.

« Voilà qui est mieux... Vous n'êtes vraiment pas beau à voir sans vos dents. Maintenant, retournez à la salle de télévision, sinon vous allez manquer les *Bisounours,* et vous me ferez encore toute une histoire. Je vous apporterai du thé dans un instant.

– Est-ce que j'aurai droit à mes joujoux?

– Oui, si vous êtes sage. Vous aurez deux œufs frits et tout plein de joujoux.

– Veillez à ce que mon avocat soit bien traité, ajouta Orchover. Il a spécialement fait le voyage pour venir s'entretenir avec moi de certains sujets confidentiels. »

L'infirmière blêmit. C'est incroyable, pensa Calder, à quel point la moindre mention de la justice pouvait mettre mal à l'aise les gens les plus innocents.

« Vous êtes vraiment son avocat, monsieur?

– Non, pas du tout. Je suis venu rendre visite à une parente, répondit Calder en simulant un léger accent irlandais.

– Alors! Vous me racontez encore des sornettes et vous profitez de ce que je suis nouvelle pour vous moquer de moi. Vous êtes un vilain, un très vilain garçon! »

Elle emmena Orchover jusqu'à une porte qui était restée ouverte à l'autre extrémité du hall. Calder distingua quatre ou cinq autres vieillards assis dans des fauteuils, et aussi raides que des figurines dans un stand de tir.

« Et qu'est-ce qui arrive aux vilains garçons ? Eh bien, ils n'ont droit ni à leur goûter ni à leurs joujoux...

– Je veux aller sur le pot, se plaignit Orchover, qui retombait en enfance. Je veux faire la grosse commission.

– Vous n'êtes pas encore en train de vous moquer de moi ? Parce que sinon, je vais me fâcher pour de bon.

– Non, j'ai vraiment besoin cette fois-ci. Je veux faire la grosse commission.

– Très bien, je vous crois. Laissez-moi d'abord faire entrer ce monsieur, et je viendrai ensuite m'occuper de vous. »

Calder attendit qu'elle eût installé Orchover dans son fauteuil.

« Je m'excuse pour cet incident, lui dit-elle après être revenue et avoir tiré les verrous de la porte d'entrée. J'ai bien entendu la cloche sonner, mais je n'ai pas pu arriver à temps. J'étais occupée au premier, il fallait que je change un autre de ces messieurs. Il vous faudrait des yeux derrière la tête pour faire ce travail. »

Réalisant brusquement qu'elle n'aurait pas dû dire ça, elle ajouta précipitamment :

« Je crains que nous ne soyons à court de personnel ces temps-ci. Moi-même, j'ai été engagée à titre temporaire. Je vous prie de m'excuser. Qui êtes-vous venu voir ?

– Ma cousine, Mme Nicolson, répondit Calder, qui utilisait toujours son accent irlandais.

– Ah, oui ! Elle ne nous donne aucun problème, contrairement à d'autres clients. Eh bien, elle sera ravie de vous voir. La supérieure m'a dit qu'elle ne recevait pas beaucoup de visites.

– Hélas non ! Je suis la dernière personne qu'il lui reste, malheureusement. Et vous savez ce que c'est... Il est parfois difficile de se libérer. Mon travail ne me laisse pas beaucoup de temps, et je dois souvent me rendre à l'étranger.

– J'espère que vous allez dans des régions plus clémentes qu'ici. Quel été pourri nous avons !

– Vous l'avez dit. Non, il fait bien meilleur au Moyen-Orient. »

Calder remarqua qu'elle avait un léger duvet blond sur la lèvre supérieure – un détail qui l'avait toujours attiré. Son uniforme était propre, mais le tablier qui était tendu sur sa poitrine était tellement empesé qu'il était difficile de se faire une idée exacte de ses formes. Les infirmières avaient toujours éveillé en lui une trouble fascination, peut-être à cause de leur apparente pureté. La jeune femme n'avait visiblement pas plus de vingt-deux ou vingt-trois ans – un peu trop âgée à son goût. Il se dit pourtant que ce devait être le genre de fille qu'une petite partie de jambes en l'air ne devait pas effrayer, de temps à autre. En d'autres circonstances, il aurait volontiers tenté sa chance.

« Je sais que j'arrive en dehors des heures de visite habituelles. J'espère que cela ne vous pose pas un trop gros problème ?

– Oh, nous ne sommes pas stricts à ce point. La supérieure est très accommodante. Du moment que les visiteurs finissent par repartir, c'est l'essentiel. »

Elle lui sourit, mais c'était le sourire de quelqu'un qui avait l'habitude d'afficher sa compassion à longueur de journée.

« Nounou ! Nounou ! »

Lord Orchover s'était remis à crier dans la salle de télévision.

« Je veux aller sur le pot ! Ça ne peut plus attendre !

– Mon Dieu ! s'exclama l'infirmière. Quel après-midi ! Excusez-moi, mais il faut que j'aille m'occuper de lui, sinon il va provoquer une émeute. Les autres ne font même pas attention à lui. Est-ce que je peux vous laisser monter seul ? Vous trouverez facilement le chemin : c'est au premier étage, la deuxième chambre à votre gauche. Le nom de Mme Nicolson est écrit sur la porte. »

Se retrouvant enfin seul, Calder monta l'escalier de chêne qui menait au premier étage. Le tapis aux motifs hideux était couvert de taches et élimé jusqu'à la corde. Une odeur tenace qu'il ne parvenait pas à identifier planait à l'étage. Puis cela lui revint : il régnait les mêmes effluves fétides dans la première salle de classe où il avait pénétré lorsqu'il était enfant – un mélange de remugles humains et d'odeurs de désinfectants. Une reproduction bon marché d'un tableau religieux était accrochée au sommet de l'escalier : un Christ idéalisé, qui ne portait aucun des stigmates de l'agonie et qui évoquait plutôt une pop-star moderne, bénissait une troupe d'enfants accroupis à ses pieds comme une foule de groupies. En dessous était épinglée une notice indiquant les démarches à suivre en cas d'incendie.

Tout en détaillant ce qui l'entourait, Calder prit conscience d'un bruit persistant à l'arrière-plan. On aurait dit le pépiement nocturne d'une multitude d'oiseaux.

Il trouva le nom de Mme Nicolson sur la porte qu'on lui avait indiquée, mais il fut désagréablement surpris de constater que deux autres noms figuraient en dessous du sien. Voilà qui n'était pas mentionné dans le dossier. On lui avait assuré qu'il n'y aurait pas le moindre problème cette fois-ci : vous arrivez, vous faites votre boulot et vous repartez comme vous êtes venu – tout marchera comme sur des roulettes. Mais rien ne marchait jamais comme sur des roulettes.

Il poussa doucement la porte, qui s'ouvrit en révélant un lit métallique placé perpendiculairement à l'entrée. Une vieille femme y était allongée, recroquevillée sur le couvre-lit dans une position fœtale. Sa chemise de nuit remontée découvrait des jambes aussi maigres que des pattes de héron. La vieille ouvrit les yeux et le dévisagea.

« Docteur ? C'est vous, docteur ? »

Pris de court, Calder hésita.

« Je ne peux plus avoir d'enfant, si c'est pour cela que vous êtes venu. Il faut que vous le fassiez comprendre à mon mari. Je n'en veux plus, de toute façon. Je ne les ai jamais voulus, sauf le petit Bertie – mais il est mort. »

En prenant un air de conspirateur, elle se redressa et s'appuya sur ses coudes décharnés.

« Je peux bien vous dire la vérité, puisque vous êtes du métier : il m'a toujours prise contre ma volonté. Je le supportais. Vous comprenez, j'étais sa femme : il fallait bien que je le supporte. »

Elle se laissa retomber en arrière, comme si l'effort de cette confession l'avait épuisée.

Calder jeta un coup d'œil à l'extrémité de la pièce et aperçut une autre vieille femme, assise devant la baie vitrée. Elle avait le regard à la fois doux et hébété propre aux grands débiles. Comme sa compagne, elle était à moitié nue, ficelée plutôt que vêtue dans un fatras de tissus qui partaient en lambeaux. En l'examinant plus attentivement, Calder remarqua qu'elle était équipée d'une sonde qui rejoignait un réceptable de plastique posé contre un pied de sa chaise. Il se sentit étrangement mal à l'aise. Pour la première fois depuis bien des années, il éprouvait un sentiment proche de la panique. Comme si elle avait déchiffré ses pensées, la vieille se tourna vers lui. Ce brusque mouvement amena son visage éteint dans le contre-jour d'un faible rayon de soleil, qui auréola ses cheveux blancs d'un halo blême. On aurait dit un oiseau de mauvais augure.

Il reporta son attention sur la troisième occupante de la chambre. Rien ne l'avait préparé au choc qu'il éprouva en constatant à quel point elle avait changé. La femme que l'on appelait maintenant Mme Nicolson était assise dans un fauteuil à côté de son lit. Comme Calder s'approchait d'elle, il vit qu'elle était retenue sur son siège par des lanières de cuir qui lui enserraient la taille. Il savait quel âge elle avait réellement et se souvenait trop bien de la dernière fois où il l'avait rencontrée, dans un pays et des circonstances bien différentes d'aujourd'hui. Il s'agenouilla près d'elle, mais tout en débitant ses prétendues gentillesses, il ne pouvait s'empêcher de penser que la métamorphose qu'elle avait subie dépassait en horreur tout ce qu'il avait pu imaginer.

« Bonjour, ma belle, lui dit-il en se servant d'une formule qu'il n'avait plus employée depuis sa jeunesse. Tu devais croire que je ne viendrais plus. (Il éleva la voix pour que les deux vieilles puissent l'entendre.) Je suis désolé de t'avoir fait attendre, mais pour me faire pardonner je t'ai apporté ça. »

Il brandit la boîte de chocolats et le bouquet de fleurs qui était déjà à moitié fané.

« Ce sont tes préférées. Tu vois, je n'ai pas oublié tes goûts. »

La soi-disant Mme Nicolson releva la tête, jusqu'à ce que ses yeux mouillés soient au même niveau que les siens. Leurs deux visages se touchaient presque et Calder sentait l'odeur acide de lait qui se dégageait d'elle. Un éclair de reconnaissance brilla lentement dans ses yeux.

« Toi! murmura-t-elle à travers ses gencives édentées.

– Eh oui, ma belle, répondit Calder. C'est moi, Martin... »

Le regard de la femme se concentra et chercha le sien.

« Non..., pas Martin, dit-elle enfin.

– Mais si, c'est moi, Martin. Je tenais à te faire la surprise. »

Elle gigota dans les lanières qui la retenaient, tout en secouant la tête. Calder se retourna pour voir si les deux vieilles les observaient, mais elles semblaient s'être assoupies.

« Je suis venu voir si tout allait bien. Tu es bien installée, ici. Ils t'ont donné une jolie chambre. Et tu as de la compagnie... C'est agréable de ne pas être seule, de pouvoir faire un brin de causette de temps en temps. »

Il se pencha pour poser sur la table de nuit les chocolats qu'elle ne mangerait jamais et les fleurs dont elle ne connaîtrait jamais le parfum, à côté d'un réveil qui n'était pas à l'heure et qui était orné d'une effigie de Mickey. Il jeta un coup d'œil à sa propre montre, et s'aperçut qu'il prenait du retard sur son horaire.

« Tu les mangeras plus tard », ajouta-t-il.

Son regard exercé enregistrait le moindre détail. Sur la table de chevet, posée contre un bol de légumes bouillis, à côté d'un crachoir en émail et d'un verre d'eau où trempait un dentier, il y avait la photographie d'une jeune femme. Elle portait des vêtements de tennis blancs et se détachait sur la pelouse d'une imposante maison de campagne. Un homme dont le visage n'était pas étranger à Calder la tenait par la taille; sa main effleurait la courbe inférieure de sa poitrine généreuse. La fille fixait l'objectif avec l'arrogance de celles qui savent que leur beauté leur ouvrira bien des portes. Il y avait une sorte d'horrible décalage entre l'insolence de sa jeunesse et la décrépitude des trois occupantes de la chambre.

« Tu es bien traitée, ici? On s'occupe de toi comme il faut? On m'a dit que ton état s'arrangeait. »

Il agissait maintenant avec l'habileté et la précision d'un joueur de bonneteau. Il sortit la seringue de sa poche et y fixa rapidement l'aiguille. Gardant le bras baissé pour rester hors de vue, il pressa légèrement la seringue pour s'assurer qu'il n'y avait pas d'air dans le réservoir. Il avait pris soin de la remplir à l'avance.

« Le personnel a l'air sympathique. J'ai rencontré une des infirmières en bas. Elle m'a dit qu'elle n'était pas ici depuis longtemps, mais elle m'a fait l'effet d'une brave fille, plutôt au-dessus de la moyenne, dirais-je. »

Il laissait les mots s'écouler, en adoptant le ton d'un présentateur de télévision.

« Il y en a qui sont de vrais dragons, mais celle-ci m'a eu l'air de quelqu'un de très bien. Je lui demanderai de te monter un pot et de l'eau pour les fleurs avant de repartir.

– Des fleurs..., grimaça Mme Nicolson en se redressant. Ça te ressemble tellement d'avoir... d'avoir pensé à amener... des fleurs... »

Les lanières de cuir l'empêchaient toujours de bouger mais sa voix avait retrouvé une certaine vigueur, et Calder y distingua comme un lointain écho d'un passé qui lui parut soudain très proche. Ils lui ont fait subir un traitement irréprochable, pensa-t-il, mais c'est toujours l'amour qu'on efface en dernier.

« Tu vois, je n'ai pas oublié. Je t'ai amené celles que tu préfères. »

Il était prêt maintenant. Il saisit l'une des mains de la femme et releva la manche de sa robe de chambre de flanelle. Ses doigts difformes étaient glacials au toucher. Puis, comme s'il voulait raviver en elle un vieux souvenir, il palpa lentement son bras décharné à la recherche d'une veine. Le contact de sa peau la fit réagir : elle bougea les doigts en tâtant le tissu de sa veste, comme un aveugle explorant le contour d'un visage inconnu. Il était prêt pour le dernier acte lorsque la vieille femme couchée près de l'entrée se mit brusquement à crier.

« Docteur! Au secours, docteur! Venez voir mon bébé! »

Calder fit précipitamment demi-tour et faillit perdre l'équilibre.

La vieille brandissait un ours en peluche tout pelé, auquel il manquait un œil. La paille dont il était bourré s'effilochait par un large accroc à la hauteur de l'épaule.

« Il va mourir! Il va mourir! gémissait la femme.

– Ta gueule, vieille peau! » lâcha Calder. Il tendit l'oreille un instant pour s'assurer que l'infirmière n'avait pas été alertée par le bruit, puis il se redressa et pressa la seringue d'un coup sec, expédiant dans la veine de Mme Nicolson le liquide qui se précipita à toute allure en direction du cœur.

Lorsqu'il reprit la parole, il prit soin d'adoucir le ton de sa voix.

« J'en finis avec cette dame, puis je viendrai m'occuper de votre bébé », mentit-il, tandis que la seringue achevait de se vider. Il ne quittait pas des yeux le visage de Mme Nicolson. Elle releva encore la tête et le dévisagea une dernière fois, en comprenant qu'il n'y avait plus aucun espoir et que la fin était proche.

« Pourquoi... maintenant? » murmura-t-elle. Les mots expirèrent sur ses lèvres et elle fut prise d'une brusque contraction. Jouant son rôle jusqu'au bout, en vrai professionnel, Calder se pencha et déposa un baiser sur ses joues flétries. Elle n'émit plus le moindre son. La toxine était en train de produire son effet, mais son corps fut encore parcouru d'un imperceptible frisson avant de se relâcher enfin, inerte dans ses liens. Calder éloigna son visage du sien et retira l'aiguille, qu'il dévissa avec soin avant de la fourrer dans sa poche en même temps que le reste de la seringue. Puis il redressa doucement dans son fauteuil le corps privé de vie de Mme Nicolson et borda autour de ses genoux les pans de sa couverture, sur laquelle il ramena ses mains déjà raides.

« Tu es une gentille fille, dit-il. Je vois que tu as un peu sommeil. Fais donc un petit somme avant qu'on ne serve le thé. »

La tension lui donnait des crampes. Il se pencha pour masser les muscles de ses mollets. En se redressant, il vit que la vieille femme assise près de la fenêtre était en train de l'observer.

« Est-ce que les vacances approchent? lui demanda-t-elle. Est-ce que nous rentrerons à la maison cet été?

– Mais oui, dit-il, ce sera pour très bientôt.

– Oh, mon Dieu! Je ne veux pas partir cette année. Est-ce que c'est obligatoire?

– Bien sûr que non. Vous ne partirez que si vous en avez envie », répondit Calder.

Il fallait encore qu'il s'occupe des indices – celui qu'il allait laisser et celui dont il devait s'emparer. Il sortit de la poche intérieure de sa veste une vieille enveloppe portant un tampon irlandais, la froissa et la jeta sous le lit de Mme Nicolson. Puis il se pencha pour saisir la photographie de la jeune fille. En cours de route, il heurta le réveil qui tomba sur le côté et se mit à sonner. Il le couvrit précipitamment de sa main pour étouffer le vacarme de la sonnerie. Il se figea et tendit l'oreille, mais rien n'indiquait que le bruit ait été perçu. Il glissa la photographie dans son portefeuille.

La tension qui régnait dans la pièce fut soudain rompue par la vieille à l'ours en peluche, qui se mit à gémir.

« Et mon bébé, docteur ? »

Calder se pencha et embrassa Mme Nicolson sur le front.

« Maintenant que je suis de retour au pays, je tâcherai de venir plus souvent te voir, ma belle. Dis-moi si tu as besoin de quelque chose, je te l'apporterai. »

Il s'avança vers la porte, mais les bras squelettiques qui brandissaient l'ours en peluche l'empêchèrent de passer.

« Il meurt, docteur. Mon Bertie va mourir...

– Bien sûr que non, il se porte très bien. »

Calder jeta un ultime regard à la femme qu'il venait d'assassiner. Un vague sentiment de justification lui traversa l'esprit : peut-être lui avait-il au fond rendu service.

Il repoussa l'autre femme sur son lit. Elle se mit à bercer son jouet. Puis elle déboutonna le haut de sa chemise de nuit, révélant un sein étonnamment ferme.

« Il faut peut-être que je lui donne sa tétée. Les gens disent toujours que je ne le nourris pas assez. »

Elle était en train d'enfoncer son téton noiraud dans la figure fripée de l'ours lorsque Calder réussit enfin à s'échapper. Il dévala les escaliers quatre à quatre et fut soulagé de constater que le hall était désert. Il avait presque atteint la porte d'entrée lorsque lord Orchover fit une brusque apparition et se dirigea vers lui avec une rapidité surprenante.

« Ne partez pas sans moi, voyons! Vous n'allez pas abandonner un vieux copain dans la débine! »

Il venait apparemment de manger des tartines trempées de jaune d'œuf, car sa bouche flasque était maculée de taches. Calder tenta de débloquer le verrou supérieur de la porte, mais Orchover entravait ses mouvements.

« Hé, mon vieux, vous m'entendez? J'insiste pour que vous m'emmeniez.

– Fous-moi le camp, vieux débris! » fulmina Calder.

Il rassembla ses forces pour écarter Orchover et l'autre ne cessait de revenir à la charge, comme un chien qui n'a pas appris à obéir. Calder avait quand même réussi à tirer le verrou du haut et tentait de libérer l'autre, mais Orchover s'agrippait littéralement à lui. Excédé, il le frappa du plat de la main juste au-dessus de la pomme d'Adam. Des débris de tartines à moitié mâchées giclèrent de la bouche du vieillard, constellant le revers de la veste de Calder. Ce dernier avait enfin réussi à ouvrir la porte et il était déjà dehors lorsque le corps d'Orchover vint heurter le bureau de la réception. Il entendit l'infirmière qui criait derrière lui. La Ford démarra au quart de tour. Il écrasa l'accélérateur, ce qui fit s'envoler un nuage de gravillons. L'un d'eux gicla jusque sur la porte, étoilant le panneau vitré. Mais l'infirmière, qui s'était agenouillée auprès de lord Orchover, s'en aperçut à peine. Par la suite, elle devait d'ailleurs être dans l'incapacité de se souvenir avec précision des détails relatifs à la fuite de la voiture et de son passager.

« Vilain garçon! disait-elle. Vous vouliez encore vous échapper, c'est ça? Eh bien, vous n'avez eu que ce que vous méritiez. Vous m'avez donné assez de souci pour aujourd'hui. La supérieure va être fâchée et ça va encore retomber sur moi, vous verrez. »

Comme un acteur jaillissant des coulisses, la supérieure sortit à cet instant de son bureau.

« Dieu du ciel! que se passe-t-il?

– Il était encore en train d'essayer de s'échapper, madame.

– Non, c'est pas vrai, glapit Orchover avant qu'une nouvelle quinte de toux ne le réduise au silence.

– Il ment, pour ne pas changer. C'est la deuxième fois qu'il tente de s'enfuir aujourd'hui.

– Je ne peux donc pas me reposer cinq minutes sans qu'il arrive quelque chose. Vous savez bien que lorsqu'il fait ses crises vous ne devez pas le quitter une seule seconde.

– Mais je ne peux pas être au four et au moulin! J'étais en train de leur préparer du thé.

– Ça ne fait pas partie de vos fonctions. C'est Mme Mason qui est chargée de la cuisine.

– Elle n'a pas montré le bout de son nez. Qu'est-ce qu'il fallait que je fasse? Il y aurait eu un de ces bousins s'ils n'avaient pas eu leur thé... »

La supérieure la toisa. L'insolence était monnaie trop courante en ce siècle éclairé pour qu'elle se donne la peine de la relever.

« Eh bien, allez le mettre au lit. On ne va pas le laisser par terre.

– Il est trop lourd. Je ne pourrai jamais le soulever toute seule.

– Prenez-le par la tête. »

La supérieure se pencha pour l'aider. Elle glissa les bras sous les genoux du vieillard; les articulations de ses poignets craquèrent sous l'effort. A elles deux, elles transportèrent lord Orchover à l'étage. Son dentier tomba soudain par terre.

« Laissez-le, dit la supérieure. Il vaut mieux qu'il ne le remette pas. J'ai peur qu'il nous fasse une convulsion dans l'état où il est. Emmenez-le dans la chambre du fond, la 7, elle est inoccupée. Donnez-lui deux Valium et assurez-vous que la porte est bien verrouillée avant de partir.

– Mais il va pisser au lit s'il ne peut pas aller aux toilettes.

– Eh bien, qu'il pisse au lit! C'est vraiment le cadet de mes soucis.

– On voit bien que c'est pas vous qui devez le changer, marmonna l'infirmière.

– Qu'est-ce que vous dites?

– Rien, madame. »

Elles transportèrent le vieillard le long du couloir jusqu'à la chambre libre et l'étendirent tout habillé sur le lit. La supérieure devait plus tard se reprocher de ne pas l'avoir examiné alors avec assez d'attention. Si elle l'avait fait, elle aurait sûrement remarqué la contusion qu'il avait sur le cou. Mais au fond (c'est ainsi du moins qu'elle excusa sa négligence), la contusion ne l'aurait probablement pas spécialement alarmée : les vieillards ont l'habitude de se cogner un peu partout et ils portent souvent des traces de bleus.

« Où en étiez-vous pour le thé? demanda-t-elle à l'infirmière après qu'elles eurent enfermé Orchover.

– J'ai servi les malades du rez-de-chaussée, et les plateaux des autres sont déjà prêts.

– Bon. Donnez-lui son Valium et restez avec lui jusqu'à ce qu'il se soit calmé. Ensuite vous l'enfermerez et vous me donnerez la clef. Je vais aller chercher les plateaux. »

La jeune infirmière fit une grimace dans le dos de la supérieure qui s'éloignait, puis se dirigea vers le placard à pharmacie. Elle l'ouvrit avec un second passe-partout, prit les Valium et signa le registre des médicaments.

« Vous m'avez mise dans de beaux draps, dit-elle à lord Orchover lorsqu'elle eut regagné la chambre. Je vous avais fait une faveur parce que vous êtes mon préféré, et voilà comment vous me remerciez. Puisque c'est comme ça, vous n'aurez pas droit à votre histoire ce soir. Allez, avalez-moi ça. Ouvrez bien la bouche. Et pas de scandale »

Le vieillard déglutit avec difficulté.

« J'ai mal au ventre, se plaignit-il.

– Ça n'a rien d'étonnant. Soyez sage, maintenant. Et pour une fois, tenez-vous tranquille. »

Elle redressa les oreillers et cala Orchover dans le lit.

« Vous êtes un vilain garçon. Regardez tout le souci que vous donnez à Maureen.

– Je veux un bisou!

– Vous ne le méritez pas. »

Des larmes se mirent à couler sur les joues du vieillard, et l'infirmière eut pitié de lui.

« Bon, d'accord. Mais un seul. Voilà, maintenant vous allez rester sagement allongé. Je reviendrai vous voir. »

Au moment où elle quittait la chambre, la supérieure émergeait en haut de l'escalier, un plateau dans les mains.

« Puis-je vous aider, madame? demanda l'infirmière d'une voix contrite. (Après tout, elle n'avait aucun intérêt à se mettre cette vieille chouette à dos.)

– Non, j'ai terminé. Allez cependant jeter un coup d'œil dans la salle de télévision. Et assurez-vous que M. Goldman n'a pas besoin d'être changé. »

Ce ne fut qu'après avoir servi le thé aux deux autres malades que la supérieure remarqua l'état anormal de Mme Nicolson. Par un réflexe dû à l'habitude, elle tendit un paravent autour du lit de la patiente avant de relever sa chemise de nuit pour l'ausculter. A dire la vérité, elle ressentit une étrange impression de soulagement. Elle terminait son service au milieu de la nuit, et cet accident imprévu venait rompre à point nommé le déroulement routinier de la journée. A l'époque où elle faisait ses études, la mort – celle des jeunes enfants surtout – l'avait souvent horrifiée. Mais dix années à la tête d'un hospice de vieillards avaient changé beaucoup de choses en elle. Que représentait aujourd'hui la mort d'un malade? Quelques paperasses à remplir, un coup de téléphone à donner à la famille dont le nom venait en tête de la liste d'attente, pour l'informer qu'une place venait de se libérer... Au fil des ans, elle avait fini par se forger une mentalité de logeuse, et elle considérait plus ses clients comme des pensionnaires temporaires que comme des morts en sursis. Et au fond, n'était-ce pas la vérité? La seule différence, c'était que les pensionnaires que lui confiaient les familles, même s'ils étaient riches, n'avaient plus toute leur tête.

En tout cas, elle n'aurait jamais pensé que Mme Nicolson les quitterait si brusquement. Non pas que la pauvre ait eu grand chance de survivre. Mais si elle avait eu son mot à dire, la supérieure aurait préféré que certains autres pensionnaires débarrassent le plancher avant elle. Enfin... la mort était toujours imprévisible. Elle émergea du paravent. Penchées sur leur plateau comme des poules en train de picorer, les deux autres femmes ne semblaient pas s'être aperçues de l'incident.

Après être redescendue à son bureau, elle appela comme elle en avait l'obligation le médecin de service, à qui elle certifia sur l'honneur que Mme Nicolson avait quitté le monde des vivants. Le médecin lui promit qu'il passerait pour signer le certificat de décès dès qu'il aurait terminé sa tournée du soir. La supérieure nota ensuite tous les détails de l'incident dans son registre, puis elle rappela Maureen. Elles montèrent ensemble à l'étage et étendirent le corps de Mme Nicolson sur le sol. Elles firent sa toilette et lui passèrent une chemise de nuit propre avant de la rallonger sur son lit, où elles avaient placé une alèse, et de la recouvrir d'une couverture neuve.

Ce décès avait dissipé la colère de la supérieure.

« Croyez-moi, dit-elle à Maureen, il vaut toujours mieux qu'ils soient présentables. Les gens se soucient beaucoup plus du confort de leurs parents une fois que ceux-ci les ont quittés pour de bon.

– Vraiment ?

– Faites-moi confiance. Il y en a qui sont vraiment odieux, je vous assure. Et j'ai peur qu'il n'y ait pas grand monde à l'enterrement de cette pauvre Mme Nicolson.

– J'imagine qu'il va devoir revenir, dit Maureen. Ça va lui faire un choc.

– De qui parlez-vous ?

– Eh bien, de ce type, là. De son cousin.

– Quel cousin ? Que me chantez-vous là ?

– Mais le type qui est venu la voir cet après-midi.

– Vous dites que son *cousin* est venu la voir ?

– Oui, madame.

– Cet après-midi ?

– Oui, madame.

– Pourquoi ne m'avez-vous pas prévenue ?

– Vous étiez en train de vous reposer. Vous m'aviez dit de ne pas vous déranger. Il est arrivé juste au moment où lord Orchover essayait de s'échapper.

– Et ce... cet homme vous a dit qu'il était le cousin de Mme Nicolson ?

– C'est ce qu'il a prétendu.

– Vous a-t-il dit comment il s'appelait?

– Non. Enfin, peut-être l'a-t-il fait, mais comme Mme Mason avait disparu dieu sait où et que j'avais lord Orchover sur les bras, je n'ai peut-être pas fait très attention. »

La supérieure la dévisagea un instant, puis souleva la couverture qui recouvrait le corps.

« Qu'est-ce que j'ai fait de mal, madame? Je veux dire, il avait un bouquet de fleurs et... »

La supérieure ne répondit pas. Elle releva la chemise de nuit et se mit à examiner le cadavre avec un soin scrupuleux.

« Qu'est-ce que j'ai fait de mal? répéta Maureen.

– Rien, ma fille, rien. Vous êtes nouvelle ici, ce n'est pas de votre faute. Dites-moi seulement une chose : lorsque vous avez pris votre service, n'auriez-vous pas administré par hasard une piqûre à Mme Nicolson?

– Une piqûre? Non, pourquoi? Le tableau n'indiquait pas qu'il fallait lui en faire une.

– Vous en êtes absolument sûre?

– Évidemment que j'en suis sûre. Vous pouvez vérifier dans le registre.

– Il arrive que l'on oublie de tout inscrire, dans le feu de l'action.

– Eh bien, je ne lui ai pas fait de piqûre et je ne veux pas qu'on m'accuse.

– Je ne vous accusais pas. Je vous posais simplement une question. Qu'est-ce que cet homme vous a dit d'autre?

– Pas grand-chose. Il s'est excusé parce qu'il arrivait en dehors des heures de visite. Il m'a dit qu'il travaillait à l'étranger et que c'était pour ça qu'il n'était encore jamais venu la voir.

– Quel âge avait-il, d'après-vous?

– Je ne sais pas... La quarantaine, environ.

– L'avez-vous vu quitter les lieux? »

La jeune femme hocha négativement la tête.

« Non, mais il devait déjà être parti au moment où nous nous occupions de lord Orchover, ajouta-t-elle. Ça lui aurait été impossible plus tard, puisque nous étions dans le hall.

– Vous avez raison », répondit lentement la supérieure. Elle rabaissa la chemise de nuit et remit la couverture en place.

« Maintenant, écoutez-moi bien. Il faut que je vous dise un certain nombre de choses. Cela devait arriver tôt ou tard, mais j'aurais préféré... »

Elle n'acheva pas sa phrase. L'infirmière la suivit des yeux tandis qu'elle contournait le lit pour aller ouvrir le tiroir supérieur de la table de chevet. Elle en retira une petite boîte plate.

« Avez-vous déjà vu ceci ?

– Je ne touche jamais aux affaires des malades, sauf s'ils me le demandent.

– Je vous crois, Maureen. Je vous en prie, détendez-vous. Vous n'avez rien à craindre. »

Elle souleva le couvercle de la boîte et sortit ce qu'elle contenait.

« Savez-vous ce que c'est ?

– C'est une médaille.

– Ce n'est pas une médaille *ordinaire.* C'est la médaille de St. George. On ne la donne qu'aux citoyens qui ont fait preuve d'une bravoure exceptionnelle.

– C'était la sienne ?

– Oui.

– C'est incroyable ! Je n'aurais jamais pensé que cette pauvre Mme Nicolson pouvait avoir reçu une distinction pareille.

– Son vrai nom n'était pas Mme Nicolson. Du reste, elle n'était pas mariée. Et elle était beaucoup plus jeune qu'elle n'en avait l'air. On lui a donné cette médaille à cause de la transformation qu'elle avait dû subir, du moins c'est ce que l'on m'a dit. »

La supérieure replaça la médaille dans sa boîte.

« Si je vous ai posé toutes ces questions et raconté cette histoire, c'est uniquement pour vous protéger.

– Me protéger ? Mais contre quoi ?

– Je l'ignore encore. Tout ce que je sais, c'est que l'homme que vous avez laissé entrer n'était pas son cousin. Elle avait bien un cousin, le seul parent d'ailleurs qu'il lui restait, mais il s'agit d'un vieillard à moitié impotent. Bon, maintenant, voilà ce que vous allez faire : transférez tout de suite ces deux femmes dans la chambre 16. Ne touchez à rien d'autre ici, que ce soit au corps, aux fleurs ou aux chocolats. A rien, vous m'entendez ?

– Qu'est-ce qui s'est passé, selon vous ?

– Je n'en ai pas la moindre idée. Mais si j'étais à votre place, je me dépêcherais de mettre de l'ordre dans mes souvenirs. Essayez de vous rappeler à quoi ressemblait son visiteur, ainsi que tout ce qu'il a pu vous dire. Car je suis sûre d'une chose : c'est que les gens qui ne vont pas tarder à venir fouiner par ici seront bien plus curieux que moi. »

La supérieure redescendit dans son bureau. Elle s'assit et tenta durant quelques minutes de reprendre ses esprits. Elle rappela le médecin et lui demanda d'abréger sa tournée. Puis elle forma un numéro qu'elle n'avait encore jamais eu l'occasion de composer.

2.

Au même instant, Calder atteignait l'aéroport de Heathrow. Il abandonna la Ford volée sur le vaste parking qui faisait face au terminal n° 3. Il jeta dans une poubelle le ticket de parking ainsi que la clef de contact du véhicule, en franchissant la passerelle couverte qui rejoignait le bâtiment.

Une fois à l'intérieur de l'aéroport, il se rendit immédiatement aux toilettes et s'enferma dans une cabine. En se servant d'un miroir de poche, il rasa soigneusement sa moustache; puis il repassa ses vêtements habituels, après avoir fourré le costume de chez Oxfam dans son sac de voyage. Ceci fait, il fouina un moment devant les présentoirs d'un marchand de journaux. Il finit par acheter la revue la plus salace qu'il put dénicher, ainsi qu'un exemplaire du *Times*. Il dissimula le magazine à l'intérieur du journal et se fraya un chemin au milieu d'une foule qu'on aurait crue sortie d'une scène de *Gandhi*. Il rejoignit le niveau de la rue par un escalator et fit la queue pour attendre l'un des autocars qui faisaient la liaison avec le centre de Londres. Il eut la chance de trouver une place libre au fond du véhicule, sur la dernière rangée de sièges, et, pendant que le car le ramenait en ville, il étudia les publicités du magazine, tout en faisant semblant d'être plongé dans la lecture du *Times*.

Ce fut seulement lorsque l'autocar eut atteint les parages de Kensington que la peur qui l'avait jusqu'alors paralysé se dissipa peu à peu. Non d'ailleurs qu'il se sentît totalement hors de danger, ou qu'il fût assez stupide pour s'abandonner à une satisfaction béate – mais il avait hâte à présent de s'offrir un petit divertissement, comme il en avait l'habitude après avoir accompli une mission.

Il descendit au terminus et déambula un moment, profitant de l'occasion pour se débarrasser de la seringue vide et du magazine, qu'il jeta dans une poubelle. Celle-ci portait un écriteau qui proclamait : « Veillez avec nous à la propreté de Londres ! » Il poursuivit son chemin en savourant intérieurement l'ironie de la chose, puis monta dans un bus à deux étages qui le conduisit vers Soho. Il descendit au carrefour d'Oxford Street et de Tottenham Court Road. Il pénétra dans un magasin d'articles de sport où il fit quelques emplettes, qu'il régla en liquide comme à son habitude. Puis il rejoignit Charing Cross Road, qu'il remonta jusqu'à l'extrémité la plus étroite de Berwick Street, où se tenait l'établissement dont il avait trouvé l'adresse un peu plus tôt dans le magazine. Au-dessus de la porte, une enseigne aux lettres de néon clignotantes proclamait : IMPERIAL SAUNA CLUB.

A l'intérieur, assis derrière une table nue au fond d'une pièce qui devait être la réception, un Chypriote qui avait l'air de s'ennuyer ferme regardait la télévision sur un récepteur miniature.

« Je peux vous renseigner ?

– Je voudrais un sauna, répondit Calder.

– C'est un club privé, ici. Vous êtes membre ?

– Non.

– Vous voulez adhérer ?

– Est-ce obligatoire ? Je ne suis à Londres que pour quelques jours.

– Nous avons des cartes de membre temporaire pour les clients de passage. »

Le Chypriote sortit un imprimé qu'il tamponna rapidement.

« Comment vous appelez-vous ?

– Whittaker, lança Calder en choisissant le premier nom qui lui vint à l'esprit.

– Épelez. »

Calder détacha chaque lettre, mais cela n'empêcha pas le Chypriote de faire deux fautes.

« Parfait, M. Whittaker. Ça fera dix livres pour l'adhésion, plus dix autres livres pour la première visite. On vous remboursera l'argent de l'adhésion à votre prochain passage. En tant que membre, vous pouvez profiter du bar, où l'on peut vous servir à manger. Hôtesses aux seins nus. Boissons et nourriture en plus. Ai-je bien été clair ? »

Calder acquiesça.

« Maintenant, laissez-moi vous présenter les autres services que nous proposons, afin que vous puissiez faire votre choix. Vous m'avez l'air d'un homme de goût. »

Il tendit à Calder une brochure défraîchie, qui répertoriait les spécialités de l'établissement : le Bain moussant à la Romaine, le Massage de César (laissez-vous traiter comme un Empereur), la Manucure de Néron (un frisson que vous ne connaîtrez nulle part ailleurs!), la Cure de rajeunissement des Ides de Mars, le Bain de champagne de Claudius... On aurait dit le menu fatigué d'un de ces restaurants où il y a toujours une table de libre.

« Vous avez le choix, prenez votre temps. Bien sûr, si vous désirez quelque chose qui ne figure pas sur la liste, n'hésitez pas à me le demander. Vous êtes un membre officiel à présent, et nous ferons tout notre possible pour vous satisfaire. »

Les yeux du type allaient et venaient sans cesse de Calder à l'écran de télévision. Il débitait le même boniment à tous les gogos.

« Et quels sont les suppléments qui ne figurent pas sur votre liste ?

– Eh bien, on peut s'arranger. Ça dépend de vos goûts. Ça vous coûtera peut-être un peu plus cher, mais on n'a jamais rien sans rien, pas vrai ? Tenez, je vais vous faire une fleur. Je prends le risque, car je suis sûr que je peux vous faire confiance. Je vais vous montrer quelque chose de tout à fait confidentiel. »

Il se pencha et saisit sous la table un album qui contenait une douzaine de Polaroïds de filles entièrement nues.

« Comprenez bien que je ne montre pas ça à n'importe qui; aussi j'espère que vous n'allez pas me décevoir. Nos filles sont très bien éduquées, et nous n'avons jamais eu le moindre ennui ici, si vous me suivez. Pour l'instant le n° 2, Marlène, et le n° 7, Trixie, ne sont pas libres. Elles sont avec des habitués. Vous pouvez néanmoins aller prendre un verre au bar si vous préférez les attendre. »

Calder feuilletait les pages maculées d'empreintes de doigts.

« Des filles superbes, parfaitement saines, aucun problème.

– Je prendrai le n° 9.

– Vous avez fort bien choisi. Betty est une de nos meilleures techniciennes. Écoutez, je viens de vous faire une faveur et je ne voudrais pas abuser, mais puisque c'est votre première visite, laissez-moi vous conseiller. Vous en voulez pour votre argent, non ? Je l'ai vu dès que vous êtes entré, et je ne me trompe jamais. Suivez mon conseil, et prenez l'offre spéciale de la semaine. Formule complète : sauna, bain moussant, onction parfumée et massage intégral. »

Il insista sur le mot « intégral » et sourit en révélant une rangée de dents en or.

« Une affaire à ne pas manquer, je vous en donne ma parole. Et comme vous m'êtes sympathique et que j'ai envie de vous voir revenir, j'irai même plus loin. Normalement, le spécial coûte vingt-cinq livres de plus. Donnez-m'en seulement dix et n'en parlons plus. Nous acceptons les cartes de crédit.

– Parfait, déclara Calder qui avait hâte d'en finir avec ces préliminaires ennuyeux. Mais je préfère payer en espèces.

– Comme vous voudrez », répondit le Chypriote.

Il paraissait vexé, comme si Calder avait voulu le rouler. Il compta l'argent, puis pressa le bouton d'un interphone. Le grésillement d'une voix féminine répondit à l'autre bout.

« Betty, tu as un spécial qui descend. M. Whittaker, un nouveau membre. Occupe-toi bien de lui. (Il se retourna vers Calder.) Tout est arrangé. Passez la porte, c'est en bas des escaliers. Betty vous attend. »

La décoration du sous-sol où Calder descendit avait jadis été conçue pour suggérer un vague décor à l'antique, mais Rome était apparemment depuis longtemps sur le déclin. Des panneaux évoquant des scènes de luxure dont le style imitait vaguement celui de Pompéi étaient tendus le long du couloir qui menait à une série de cabines à peine plus larges que des cages à poules. La plupart de ces tableaux étaient rongés par la moisissure et la poussière, et certains étaient entièrement couverts de graffiti. Sur l'un d'eux, un client facétieux avait écrit : « J'ai passé ici le meilleur de ma jeunesse »; un autre – latiniste émérite, sans aucun doute – avait gravé ces mots : « *In memoria aeterna erit justus.* »

La fille que Calder avait choisie l'attendait au bout du couloir. Il ne fut pas surpris de constater qu'elle était plus vieille que sur la photographie. Pourtant, il continua de penser qu'il avait fait la sélection la plus judicieuse parmi les filles qui lui étaient proposées.

« Bonjour, c'est moi Betty. »

Elle lui adressa un sourire aussi frais que celui d'une hôtesse de l'air à la fin d'un vol de douze heures, et lui tendit une serviette minuscule.

« Tu peux prendre une douche avant le sauna.

– Je ne veux pas de sauna. Je me contenterai du massage.

– Il faut quand même prendre une douche, c'est la règle de la maison.

– Eh bien, on n'est pas obligé de respecter les règles. »

Calder sortit un billet de vingt livres de son portefeuille et l'agita sous son nez. La fille hésita, puis saisit le billet, qu'elle fourra dans la poche de sa robe légère.

« C'est quoi, ton prénom ?

– Martin, répondit Calder. Il le regretta aussitôt, en se souvenant des circonstances dans lesquelles il l'avait récemment utilisé et de la pièce lugubre où la sénilité était le seul critère d'admission.

– Tu es déjà venu dans un salon de massage, Martin ?

– Une fois ou deux.

– Quand tu avais besoin d'un peu de détente, c'est ça ? Tu es marié ?

– Non. »

La cabine où elle le fit pénétrer contenait un divan ordinaire recouvert d'un drap, une petite commode sur laquelle était posée une bouteille d'huile adoucissante et une chaise où s'empilaient des serviettes. Un portemanteau portant l'inscription « Savoy Hotel – Ne pas emporter » était fixé à l'intérieur de la porte.

« Tu as pris un spécial, c'est ça ?

– Oui.

– Il t'a dit en quoi ça consistait ? Tu préfères te déshabiller d'abord ? Le type en haut t'a expliqué ?

– Non, pas exactement.

– Eh bien... (La fille se mit à réciter sa leçon comme s'il s'agissait d'une liste d'épicerie.) Tu peux avoir le moitié-moitié, ou la méthode française, ou bien la formule au poignet (tu peux me faire confiance, je suis rudement douée), ou encore le grand jeu – mais droit au but, hein, rien de tordu, c'est ma devise... »

Elle s'interrompit.

« Tu es timide, Martin ? Tu veux que je t'aide à te déshabiller ?

– Quel âge as-tu ?

– Ah ! Quel âge je peux avoir, à ton avis ?

– Dix-sept ans, dit Calder.

– Tu espères une réduction ou quoi ?

– Tu as dix-sept ans, répéta Calder.

– D'accord, le client a toujours raison. Tu es tombé pile, j'ai juste dix-sept ans. Maintenant, enlève-moi ces vêtements.

– Non, je suis bien comme ça. Mais toi, tu peux mettre ceux-ci. »

Il ouvrit le paquet contenant les achats qu'il venait de faire et en sortit un survêtement et une paire de chaussettes blanches. La fille se rapprocha de la porte.

« Qu'est-ce qui se passe, Martin ? Tu joues à quoi ?

– Je ne joue pas.

– Qu'est-ce que tu as derrière la tête ? Qu'est-ce qu'il faudra que je fasse une fois que j'aurai enfilé ça ?

– Rien, rien. Simplement, tu seras plus belle avec ça.

– Tu en es bien sûr ? Parce que je n'aimerais pas que tu te fasses des idées. Et j'aime mieux te dire tout de suite que nous sommes protégées, ici. Tu vois ça ? (Elle lui montra un bouton fixé au mur à côté du lit.) C'est la sonnette d'alarme. Il suffit que j'appuie là-dessus pour qu'on vienne s'occuper de toi. Et on ne prendra pas de gants, je peux te l'assurer.

– Tu n'as rien à craindre, dit Calder. J'aime seulement que les filles soient bien habillées. »

Il lui tendit les chaussettes de tennis blanches.

« Bon, d'accord, dit-elle en les prenant. Mais je t'aurai prévenu. Alors, pas d'entourloupe. »

Elle dénoua sa ceinture et laissa glisser sa robe sur le sol. Sa peau avait une pâleur malsaine, comme si elle avait passé toute sa vie à l'abri du soleil. Calder regarda ses côtes saillantes tandis qu'elle s'asseyait sur le divan pour enfiler les chaussettes.

« Voilà. Tu es content ?

– Ne dis rien. Mets ça, maintenant. »

Il lui passa le survêtement.

« Il y a encore le prix dessus, remarqua la fille.

– Je t'ai dit de te taire.

– Et qu'est-ce que je suis censée être ? Une gamine muette de dix-sept ans ?

– Contente-toi d'obéir. »

Elle se leva et enfila le survêtement, dont elle ne remonta qu'à moitié la fermeture éclair.

« Jusqu'en haut », ordonna Calder.

Elle fit comme il demandait puis s'approcha de lui.

« C'est ça qui t'excite, hein, Martin ? Tu te crois revenu au collège. Et tu as peur des grandes filles, n'est-ce pas ? »

Elle se frotta contre lui mais Calder la repoussa.

« Ne fais pas la putain. Je ne te paie pas pour ça. »

Il fit valser les serviettes et s'assit sur la chaise.

« Nous allons faire une petite mise en scène, tous les deux. »

Le regard de la fille se posa sur la sonnette d'alarme.

« Et ça va durer combien de temps, ce cirque ? Tu ne m'as pas payée pour que je passe avec toi toute cette putain de nuit !

– Ne jure pas. Je n'aime pas entendre ce genre de propos dans la bouche d'une jeune fille.

– D'accord, je m'excuse. Maintenant, si tu m'expliquais à quoi nous allons jouer ?

– Tu viens de rentrer de l'école et tu me trouves à la maison. Ton papa et ta maman sont sortis, il n'y a personne à part moi. Je suis un vieil ami de la famille, et tu m'as toujours bien aimé. Tu as joué au tennis, tu es en sueur et tu aimerais bien pouvoir te déshabiller et aller prendre un bain, mais en même temps tu ne veux pas m'envoyer promener, puisque tu m'aimes bien. Tu sais que ta maman aussi m'aime bien, et tu es jalouse d'elle. Tu voudrais bien lui jouer un mauvais tour, pour une fois. (Sa voix prit soudain un tour plus pressant.) Donc tu rentres et tu me trouves là, tu te déshabilles devant moi, tu me taquines en quelque sorte, tu aimerais que je te vois nue et que je te fasse des câlins. »

La fille hésita, ne sachant toujours pas à quoi s'en tenir.

« C'est tout?

– Oui. Ce n'est qu'un jeu. Et si tu joues bien, tu auras droit à un autre billet de vingt livres. »

Malgré tant d'années au cours desquelles elle s'était trouvée confrontée aux fantaisies sexuelles les plus bizarres et les plus variées, elle était légèrement embarrassée par sa requête. Elle avait toujours préféré le connu à l'inconnu.

« Encore une chose avant qu'on commence, ajouta Calder. Désormais, tu ne t'appelles plus Betty. Ton nom est Lucy. Fais comme si tu t'apprêtais à entrer. Attends juste une seconde que je sois prêt. »

Il se retourna. La fille alla vers la porte. Elle l'entrouvrit puis la referma et resta debout, le dos appuyé contre le battant. Calder lui fit face.

« Bonjour, Lucy. Tu rentres tôt. J'ai peur que ton père et ta mère ne soient sortis pour aller faire des courses. Qu'est-ce que tu as fait de beau à l'école aujourd'hui ?

– On a joué.

– Au tennis? »

Elle acquiesça.

« Ça a dû te donner chaud. »

Elle acquiesça de nouveau. Elle avait l'impression d'être à la première répétition d'une pièce montée par des amateurs et de devoir répondre à des répliques qu'elle ne connaissait pas.

« Eh bien, ne fais pas attention à moi si tu veux te mettre à ton aise. »

Elle fit glisser la fermeture éclair. Ses gestes étaient empruntés, comme si ce qu'on lui demandait de faire était étranger à ses habitudes. Ses seins pâles apparurent, puis son ventre, zébré par une cicatrice d'appendicite jusqu'à la toison pubienne aux poils clairsemés. Exposée de la sorte, sa nudité avait quelque chose d'obscène.

« Tu es adorable, murmura Calder, tandis que le survêtement glissait le long de son corps. Garde encore un moment ces belles chaussettes blanches. Tu sais que tu es devenue une fille superbe ? »

Une fois encore, elle se contenta d'acquiescer.

« Tu n'as pas peur de moi, au moins ?

– Non.

– Non, bien sûr que non. Pourquoi ne viens-tu pas t'asseoir sur mes genoux ? »

Il tapotait sur ses cuisses comme s'il avait voulu y faire sauter un chat. Elle s'avança et s'assit à califourchon face à lui.

« Là... On est bien, non ? »

Il avança la main vers sa poitrine et lui caressa les seins.

« Tu as des tétons adorables... Et ces petits boutons au bout – c'est bien comme ça qu'on les appelle ? »

Elle n'avait aucune idée de ce qu'elle devait répondre.

« Est-ce qu'on t'a déjà embrassée sur les tétons ? »

Est-ce que le pape est catholique ? se dit-elle. Mais elle secoua respectueusement la tête, en se pliant au caprice de ce pauvre zinzin.

« Eh bien, il se pourrait que je les embrasse tout à l'heure. Je parie que des tas de garçons à l'école aimeraient bien les embrasser.

– Quelques-uns, oui, répondit-elle.

– Mais bien sûr, tu ne les laisses pas faire. Je serai le premier à en avoir le droit. Qu'est-ce qu'ils essaient de faire, encore ?

– Les trucs habituels.

– Quel genre de trucs ? Des trucs cochons ?

– Évidemment.

– Ils veulent te toucher là en bas, hein ? Dans ton petit recoin ?

– Oui.

– Et qu'est-ce que tu fais dans ce cas ?

– Je m'enfuis », répondit-elle en se disant : Mon Dieu, encore deux heures et la journée sera finie. Il avait l'air inoffensif, finalement. Encore un connard d'attardé, voilà tout. Elle s'enfonça un peu plus profondément sur ses cuisses, en espérant que ça hâterait le dénouement. Au fond, ils étaient tous les mêmes, sauf que certains employaient un langage inhabituel pour déguiser des besoins qui, eux, n'avaient rien que de très banal. Celui-là avait l'air un peu plus atteint que les autres, mais au moins il lui avait promis d'être généreux.

« Qu'est-ce que tu ferais si je les embrassais ? »

serviette. Calder était resté assis, les yeux fermés, et elle réalisa qu'il était en train de pleurer. Elle remit sa robe et plia soigneusement le survêtement.

« Ça va mieux, maintenant? » lui demanda-t-elle.

Elle ôta les chaussettes de tennis et les posa à côté du survêtement.

« Je peux encore te faire un massage, ajouta-t-elle. Après tout, tu as payé pour l'ensemble. Autant en avoir pour son argent. Et tu m'avais dit que j'aurais droit à un petit supplément. J'ai bien joué mon rôle, non? »

Calder ouvrit les yeux et la dévisagea comme s'il ne l'avait jamais vue. Ils sont bien tous les mêmes une fois que c'est terminé. Ils ne peuvent jamais attendre. A peine entrés, à peine sortis, se dit-elle en riant intérieurement de sa plaisanterie. Elle sentit le billet de vingt livres dans sa poche. Dommage qu'ils ne soient pas tous aussi généreux.

Calder semblait s'être ressaisi. Il se leva et empoigna son sac.

« N'oublie pas ça, tu pourrais en avoir besoin la prochaine fois. »

Elle lui tendait les chaussettes et le survêtement et allait s'approcher de lui, mais Calder se retourna soudain et lui donna un brusque coup de couteau au niveau du cœur. Il retira et replongea la lame plusieurs fois de suite, avec une force terrifiante. Ses gestes étaient si rapides et le couteau si pointu qu'elle s'en aperçut à peine, et ce ne fut qu'au bout de plusieurs secondes que la douleur la traversa. La violence du choc l'avait vidée de ses forces et elle s'écroula sur le divan, où son visage s'enfonça en étouffant le dernier cri qu'elle poussa avant de perdre connaissance.

Calder la contempla un instant, puis essuya la lame du couteau sur le drap avant de le remettre dans son sac. Il rejoignit le couloir désert et tira soigneusement la porte derrière lui.

La fille n'était pas la plus demandée de la liste et il se passa une bonne heure avant qu'un nouveau client ne porte son choix sur elle. Mais il était déjà bien trop tard. Elle avait partagé sa mort avec un étranger, comme tant d'autres choses durant sa vie. Sa dernière pensée avait été pour se demander ce qu'elle pouvait bien éprouver à l'époque où elle avait vraiment dix-sept ans.

3.

Le dernier coup de fil de la supérieure avait déclenché un certain nombre d'événements. C'est ainsi que, quatre heures plus tard à peine – à peu près au moment où Calder pénétrait dans le salon de massage –, le corps de Caroline Oates, née Nicolson, titulaire de la médaille de St. George et d'un certificat de décès signé en bonne et due forme par le médecin du village, avait été évacué de l'hospice des Fougères et transféré dans un bâtiment discret du nord de Londres. Là, le Dr Colin Hogg, membre de l'Académie royale de médecine et commandeur de l'ordre de l'Empire britannique (section civile), pratiqua immédiatement l'autopsie. En tant que médecin-chef rattaché aux services de sécurité, les mille et un tourments dont le corps humain pouvait être victime n'avaient plus de secret pour lui. Le cadavre de Caroline Oates était le troisième dont il avait à s'occuper ce jour-là. Les précédents étaient ceux de deux officiers de la section spéciale qui avaient été victimes d'une explosion et dont les restes lui avaient été ramenés dans des sacs en plastique. Il était fatigué et se sentait d'une humeur exécrable.

Comme à son habitude, Hogg dictait ses analyses et ses commentaires tout en œuvrant avec son scalpel. Son assistant, une nouvelle recrue qui n'avait pas encore le cœur bien accroché, éprouvait quelque difficulté à suivre son rythme. L'atmosphère de la salle de dissection n'était guère propice aux plaisanteries, et Hogg mettait toujours un point d'honneur à travailler avec la plus grande célérité. Son adresse et sa précision étaient devenues proverbiales.

Lorsqu'il eut achevé l'examen général du cadavre et en eut soigneusement ôté les viscères, il se lança dans la dissection elle-même avec une virtuosité qui avait souvent provoqué l'admiration de ses étudiants. Dans le cercle de ses relations il était généralement respecté mais n'était guère aimé, car il n'avait aucun sens de l'humour et se mettait dans une rage folle dès que l'on risquait devant lui la moindre plaisanterie à propos de son métier. C'était un célibataire endurci (ce qui avait d'ailleurs conduit un certain nombre de gens à spéculer, à tort ou à raison, sur ses penchants sexuels) et sa principale distraction était la culture d'une variété de dahlias aux couleurs particulièrement voyantes – ce dont bon nombre de ses relations les plus mondaines ne manquaient pas de se moquer dans son dos. Comme tant d'autres passe-temps, le jardinage a lui aussi ses pédants. Il gardait toujours trois livres sur sa table de nuit – les *Citations* de Stevenson, le *Guide des titres de noblesse* de Debrett et *Les Fleurs et les Hommes* de lord Wavell –, mais ne lisait pratiquement jamais les journaux. « Toutes les nouvelles dont j'ai besoin finissent par arriver sur mon billard », aimait-il répéter à ses étudiants.

Après un ultime coup de scalpel, Hogg s'éloigna de la table de dissection et ôta sa blouse maculée de sang. Faisant fi du protocole, il alluma sa sixième cigarette de la journée; il était déjà en avance de deux cigarettes sur sa dose habituelle. Une étude approfondie des poumons humains l'avait depuis longtemps convaincu que les avertissements du ministère de la Santé n'étaient pas sans contenir quelque vérité, mais il était trop âgé pour modifier ses habitudes. Il commençait toujours ses cours par cette déclaration : « La rumeur selon laquelle l'homme serait immortel est totalement infondée. » En fait, il ne pouvait pas plus se passer de la cigarette qui accompagnait chaque matin ses deux tasses de café (qu'il se faisait servir noir et sans sucre) que d'un bon verre de bordeaux ou de porto de temps à autre. Il garda la cigarette entre ses lèvres tout en procédant à ses habituelles ablutions postopératoires, puis jeta l'étroit cylindre de cendre dans le lavabo avant d'enfiler son costume et de nouer sa cravate. Il sortit ensuite et rejoignit les deux hommes qui avaient patiemment attendu dans le couloir pour connaître son verdict.

L'un d'eux, Alec Hillsden, ne lui était pas inconnu, bien qu'il n'ait jamais eu avec lui que des relations superficielles. De taille moyenne, il portait un costume bleu foncé plutôt cossu, mais qui datait visiblement d'une époque où son propriétaire pesait quelques kilos de moins. Hogg lui donnait la cinquantaine bien tassée, bien que son métier lui eût appris qu'il ne fallait jamais se fier au visage d'un homme pour évaluer son âge : c'est le corps qui constitue le seul vrai critère. Hogg se posait rarement beaucoup de questions à propos des gens qui passaient sous son scalpel (« Je m'occupe des effets plutôt que des causes », se plaisait-il encore à dire), mais il se rendait bien compte que la manière dont Hillsden se définissait volontiers – « un tout petit rouage dans la machine du ministère de la Guerre » – n'était guère adéquate. Hogg soupçonnait Hillsden de travailler pour la Division B du MI 6. Sa présence ce soir, ainsi que celle de son compagnon – qu'on lui présenta sous le nom de sir Charles Belfrage – révélaient à tout le moins que le cas de feu miss Oates n'avait rien d'ordinaire. Hillsden se comportait comme tous ceux qui se méfient des apparences – une qualité que Hogg estimait grandement. Sir Charles, par contre, sentait le Foreign Office à cent lieues : il émanait de toute sa personne l'arrogance innée de ces hommes qui sont encore convaincus que c'est leur classe qui régente le monde.

Hogg lui tendit une main encore humide. C'était l'un de ses plaisirs favoris que d'observer comment les étrangers réagissaient à sa poignée de main lorsqu'il sortait d'une dissection. « Je peux cerner le caractère d'un individu par ce simple geste social », aimait-il à répéter. Sir Charles, qui avait dirigé deux des cérémonies commémorant l'indépendance du Commonwealth et serré un nombre incommensurable de mains plus ou moins suspectes au cours d'une carrière entièrement vouée au service de la Couronne, passa l'épreuve sans broncher.

« C'est très aimable à vous d'avoir pu donner suite aussi vite à notre requête, dit sir Charles. Je sais que le ministre vous en saura gré. »

Les subtilités du langage de Whitehall échappaient à Hogg, mais il n'avait qu'un mépris sans bornes pour les politiciens de tous bords et ne votait plus depuis une bonne vingtaine d'années.

« Avez-vous une déclaration décisive à nous faire ?

– Que signifie cette question ? » répondit sèchement Hogg.

Sir Charles eut un léger sourire.

« Je m'excuse de m'être exprimé aussi crûment. Je voulais simplement savoir si vous vous étiez forgé une opinion précise quant aux causes de la mort de cette femme.

– Il n'est pas dans mes habitudes de forger quoi que ce soit. Je pratique une science exacte, sir Charles, qui s'embarrasse rarement de diplomatie et qui déconcerte souvent les profanes. Mon rapport complet vous sera communiqué dès que mon assistant aura fini de le taper. Nous n'avons pas eu une seconde de répit aujourd'hui. Le cadavre que vous m'avez amené était le troisième de la journée.

– J'apprécie votre dévouement, répondit sir Charles d'une voix plus douce, et en adoptant un ton qui avait su amadouer aussi bien les extrémistes de la Primrose League que les dictateurs du Tiers-Monde. Il se trouve que le cas qui nous préoccupe est particulièrement urgent. Notre tâche serait grandement facilitée si vous pouviez faire une légère entorse à vos règles.

– De quelles règles voulez-vous parler ?

– Peut-être aurais-je dû dire habitudes ?

– Ce que vous auriez dû dire ne me regarde pas. »

Sir Charles revint à la charge, mais son sourire s'était légèrement crispé.

« Eh bien, je me demandais s'il ne vous serait pas possible de nous fournir un bref résumé verbal des conclusions auxquelles vous êtes parvenu – à supposer, bien sûr, qu'une telle requête ne heurte pas les principes de votre déontologie. »

Il sortit une petite boîte de tabac à priser de sa poche et s'en servit une pincée, après quoi il s'épousseta les narines à l'aide d'un mouchoir brodé à ses initiales.

Mon Dieu, se dit Hogg, pourquoi ne peuvent-ils donc s'empêcher de se comporter comme s'ils jouaient un rôle...

« Je pense que je puis vous concéder cela, dit-il.

– Avez-vous constaté quelque chose de choquant, par exemple ?

– La mort est toujours choquante.

– Oui, bien sûr. (Sir Charles se moucha une nouvelle fois.) Je crains de m'exprimer avec beaucoup de maladresse. Je ne me sens pas exactement sur mon terrain habituel. Je vous prie de m'en excuser.

– Miss Oates était atteinte de sénilité précoce, déclara Hogg. Je pense que son âge réel devait se situer entre quarante-huit et cinquante-deux ans.

– Quarante-neuf, murmura Hillsden.

– Mais elle semblait considérablement plus âgée. Durcissement des artères. Détérioration apparente des viscères – très prononcée dans le cas des reins. Hystérectomie complète, remontant à six ou sept ans. Léger empâtement, un peu de calcification, spondylarthrite avancée de la quatrième et de la cinquième vertèbre. Traces de fractures sur le tibia et sur quatre doigts de la main gauche. L'ongle de l'index était d'ailleurs totalement arraché. Délabrement avancé du système dentaire sur l'ensemble de la mâchoire. Volume cervical supérieur à la moyenne. Évidemment, je ne me risquerai pas à émettre la moindre hypothèse quant aux résultats des tests pathologiques, qui ne seront pas achevés avant demain, en fin d'après-midi.

– Vous n'avez pas constaté de dégâts plus récents ?

– Je crains que le terme de « dégâts » ne fasse pas partie de mon vocabulaire.

– Je vous prie de m'excuser une nouvelle fois. Comme vous venez de le dire, la journée a été longue pour nous tous. J'essayais seulement de savoir si... Laissez-moi formuler cela autrement : le ministre serait grandement soulagé s'il pouvait s'avérer que cette mort a été d'origine naturelle.

– Rassurer le ministre, c'est la seule chose qui vous préoccupe, hein ? rétorqua Hogg d'un air ironique. Je ne suis pas sûr qu'il soit bien sage de raisonner ainsi. Voyez-vous, sir Charles, c'est la première fois que nous nous rencontrons et vous n'avez peut-être pas exactement saisi que je ne passe pas mes heures de travail à épiler des cadavres ou à pratiquer des autopsies sur la pointe des pieds. On me demande rarement de rechercher l'origine naturelle des décès, comme vous l'avez si joliment formulé. Mais si votre ministre est si pressé de retourner se coucher avec la conscience tranquille, vous n'avez qu'à lui ramener le certificat du médecin local. Il pourra constater que la mort est due à un arrêt cardiaque – un diagnostic aussi net que concis, et qui honore assurément les services du ministère de la Santé.

– Mais... (Sir Charles suspendit sa phrase.) Sans doute ce certificat est-il net et concis, mais je suppose que vous avez votre propre sentiment sur ce cas. C'est la raison pour laquelle nous nous trouvons ici – afin de solliciter les hauteurs de vue de votre jugement supérieur.

– Ce que vous voulez savoir, c'est si l'affaire va devoir nécessiter une enquête pour meurtre.

– Ce serait en effet un grand soulagement si nous pouvions écarter cette hypothèse. En d'autres termes, nous aimerions apprendre la vérité de votre bouche.

– Un cadavre recèle des vérités parfois contradictoires, répondit Hogg, que cette conversation ravissait. Toutefois, je serai catégorique sur un point : cette femme n'a été ni poignardée, ni étouffée, ni étranglée; on ne lui a pas davantage tiré dessus. Par contre, j'ai trouvé dans ses veines des traces d'injection récentes.

– D'injection ?

– Oui. Mais il ne servirait à rien de tirer une conclusion trop hâtive de ce simple constat. Elle était dans une clinique privée, c'est bien ça ? Je me suis laissé dire que dans ce genre d'établissement on vous injectait n'importe quoi n'importe quand, pour que les employés puissent avoir la paix. Je n'ai d'ailleurs rien contre ça, et j'espère qu'on agira de même avec moi quand mon heure sera venue.

– Docteur Hogg, l'interrompit Alec, qui sentait que sir Charles était sur le point d'exploser et de compromettre ainsi leurs chances d'obtenir une réponse plus précise. Il a déjà été établi grâce aux déclarations de la supérieure de l'hospice que miss Oates avait reçu aujourd'hui même une piqûre d'origine inconnue. C'est celle-ci que nous aimerions pouvoir identifier.

– Cher monsieur, je ne suis pas prophète et je ne joue pas davantage aux devinettes. Si la supérieure en question a raison, et si ladite piqûre n'a pas été administrée par un membre du personnel, il est possible que les techniciens de mon laboratoire parviennent à isoler la substance toxique qui aurait hâté le départ de cette brave dame. Son cœur était en bon état – il était même remarquablement normal, comparé à la dégradation qu'avait subie le reste de son organisme. Mais je vous le répète, je ne prétends pas être aussi infaillible qu'un ministre.

– Merci, dit sir Charles d'une voix irritée. Je dirai donc au ministre d'attendre votre rapport avec toute la patience dont il pourra faire preuve. Je m'excuse de vous voir importuné à la fin de cette rude journée.

Il jeta un coup d'œil à Hillsden et saisit son chapeau melon et son pardessus.

« D'où sort ce petit imbécile prétentieux ? demanda-t-il à Hillsden tandis qu'ils rejoignaient la BMW de ce dernier. Est-il toujours aussi insupportablement pédant ?

– Il a ses bons et ses mauvais jours. Il n'est jamais à prendre avec des pincettes lorsqu'il monte sur ses grands chevaux, mais c'est le meilleur spécialiste que nous ayons.

– Il s'est fait soigner récemment ?

– Aucune idée.

– Eh bien, il le devrait. Personne ne m'a traité de cette façon depuis l'époque où Amin Dada voulait savoir pourquoi il n'avait pas été anobli. A propos de décorations, vous feriez bien de mettre ça en lieu sûr. »

Il lui tendit la médaille de Caroline. Avant de démarrer, Hillsden jeta un coup d'œil à l'intérieur de la boîte. Un papillon mort gisait contre le cordon de la médaille. Voilà tout ce qu'il reste de sa triste aventure, songea-t-il – cette décoration et un cadavre mutilé dans la chambre froide de Hogg.

« Vous croyez qu'il va tranquillement aller manger après une journée pareille ? demanda sir Charles, qui se débattait avec sa ceinture de sécurité.

– Il doit être végétarien. Je le serais, à sa place. (Il fit démarrer la

BMW et prit la direction du périphérique nord.) La plupart de ces types finissent par ne plus tourner rond. Son prédécesseur s'est suicidé. En plus, il s'y est mal pris. Vu son métier, on aurait pu penser qu'il emploierait une méthode infaillible et sans douleur. Ça ne manque pas d'ironie, vous ne trouvez pas ? Evelyn Waugh aurait pu écrire une histoire de ce genre. Vous avez lu Waugh ?

– Non, répondit sir Charles, qui venait enfin de réussir à attacher sa ceinture. Je l'ai rencontré une ou deux fois, au club. Plutôt déplaisant. Et ennuyeux, avec ce foutu côté catholique. C'est quoi, votre voiture ?

– Une BMW.

– C'est une marque boche, non ?

– Oui. Batavia Motor Works.

– Vous êtes vraiment au-dessus des lois, vous autres. Ce n'est pas nous qui serions autorisés à rouler dans une voiture étrangère. Pourtant, la plupart des pièces qui composent nos modèles ne sont plus fabriquées en Angleterre, de nos jours.

– Où allons-nous, à propos ?

– Oh, je ne vous l'ai pas dit ? Excusez-moi. Chalfont St. Giles.

– Dans ce cas, nous roulons dans la mauvaise direction. Accrochez-vous, je vais mettre votre théorie à l'épreuve. Nous allons bien voir si nous sommes réellement au-dessus des lois. »

Au croisement suivant, il fit faire à la voiture un demi-tour complet et parfaitement illégal sur la route à double voie, puis accéléra en direction de Hanger Lane. Sir Charles sortit sa boîte de tabac à priser.

« Ça ne vous dérange pas, j'espère ?

– Pas le moins du monde.

– Sale habitude, mais relativement moins nocive que d'autres, si l'on en croit les statistiques. Vous n'avez jamais essayé ? »

Hillsden secoua négativement la tête.

« J'ai remarqué que le vieux Hogg toussait. Ça le rendait au moins un peu humain. Vous ne fumez pas du tout ?

– Jamais de mon plein gré. J'ai arrêté il y a trois ans. Je me contente de taper une cigarette de temps en temps, ça me donne l'impression d'être un saint. (Lorsque Belfrage eut fini de se moucher, il poursuivit.) A quoi ressemble notre nouveau ministre de l'Intérieur ?

– Vous ne l'avez jamais rencontré ?

– J'évolue rarement dans vos sphères élevées. »

Belfrage prit son temps avant de répondre.

« Difficile à dire, en fait. Il a pris ses fonctions il y a quelques jours à peine, il tâte encore le terrain. Que pensez-vous de toute cette affaire?

– Il s'agit d'un meurtre, apparemment. Je vous parie que les tests du labo vont révéler la présence d'une de ces nouvelles toxines. Vous vous souvenez de ce qui s'était passé près de Bush House il y a quelques années?

– Pas exactement.

– Un correspondant étranger de la BBC qui avait été atteint par un parapluie dont l'extrémité était enduite de poison.

– Ah oui! je me rappelle. Un truc à la James Bond. Ian Fleming ne vous a pas précisément rendu service, pas vrai? Il avait trop d'imagination. Comme si tout se réduisait à un simple jeu d'enfants... L'imagination n'est pas une bonne chose. (Il prit une nouvelle pincée et aspira bruyamment.) Excusez-moi. J'ai toujours pensé que pour réussir dans la vie il fallait en être totalement dépourvu. Mais pour en revenir à notre affaire, de quels témoignages disposons-nous?

– Il n'y a eu qu'un seul témoin – la jeune infirmière qui a laissé entrer le type. En fait, ce n'est pas entièrement exact. Il y avait aussi un vieux cinglé qui s'est mis dans les pattes de ce soi-disant cousin et qui a pris quelques coups pour sa peine, mais il semble bien qu'il soit incapable de distinguer son nez de son derrière.

– Comment s'appelle-t-il?

– Lord Orchover.

– Bon Dieu! C'est triste de voir le vieil Archie finir ainsi.

– Vous l'avez connu?

– Il y a des années. Il a toujours été fou à lier, mais c'était un chaud lapin dans sa jeunesse. La plupart du temps, il ne reconnaissait personne et oubliait même qui il était. Nous étions tous les deux dans les Grenadiers. Il s'est trouvé impliqué dans une sordide affaire de divorce et il a dû donner sa démission. Il s'était payé la sœur du commandant à une garden-party. Il ne savait pas choisir ses partenaires. Qu'est-ce que vous avez pu dénicher sur l'infirmière et la supérieure? poursuivit Belfrage en changeant de sujet avec une rapidité déconcertante.

– Nous avons vérifié dans l'ordinateur central. Rien.

– La technologie nous perdra, soupira Belfrage. On commence par les ceintures de sécurité et on finit par Big Brother. Je n'arrive pas à me faire à l'idée qu'Orwell ait pu entrer à Eton. (Il regarda par la fenêtre.) Pourtant, il n'avait pas tort sur certains points. Elle faisait partie de votre équipe, non? »

Il avait délibérément enchaîné les deux phrases. Ça devait faire partie de sa tactique habituelle, pensa Hillsden.

« Oui, autrefois.
– Où ?
– A Berlin d'abord, puis en Autriche. Et encore à Berlin pour finir.
– J'ai dû me rendre au festival du cinéma de Berlin, une année, Dieu sait pourquoi. La ville est laide et les gens sont détestables.
– Rien que des Allemands, c'est ça ?
– Des Allemands et des cinéphiles – un mélange infernal. Que lui est-il arrivé ?
– Elle a repassé le mur une fois de trop. Ils l'attendaient à son dernier voyage. On n'a jamais su comment ils avaient été au courant.
– Vous faites probablement allusion à Berlin-Est ?
– Oui.
– Quand était-ce ?
– En 1979. Nous avons réussi à obtenir un échange quatre ans plus tard, mais ils avaient largement eu le temps de lui faire subir un traitement bien pire que celui dont ils se contentent d'habitude.
– Les choses dont parlait Hogg dans son diagnostic ?
– Oui. »

Hillsden n'avait pas envie de s'étendre sur ce sujet, pourtant Belfrage revint à la charge.

« A-t-elle craqué ? Non que je songe à le lui reprocher...
– Tout le réseau de Berlin-Est est tombé. Nous avons bien dû supposer qu'elle avait parlé.
– Et ensuite ? Je suis désolé de vous harceler de la sorte, mais je ne tiens pas à ce que le ministre me reproche de n'être au courant de rien.
– Ensuite, rien. Nous l'avons fait revenir dans le secret le plus complet. Elle n'avait aucune famille proche, et il fut décidé qu'elle quitterait la prison de Moscou pour un hospice anglais. Le confort y est meilleur, mais il y a autant de barreaux aux fenêtres. Non d'ailleurs qu'elle s'en soit rendu compte – elle n'était plus vraiment capable de faire la différence. Et c'est là qu'elle est restée, jusqu'à aujourd'hui.
– Avait-elle un grade important ?
– Ma foi, depuis la guerre nous n'avons pas employé beaucoup de grand-mères.
– Pardon ?
– Dans notre jargon, nous appelons grand-mères les membres féminins de nos équipes.
– Vous allez vraiment chercher des noms à dormir debout.

– C'est sans doute parce que nous faisons un travail à dormir debout.

– Quand même... Tout ce vocabulaire de contes de fées... " Taupe ", par exemple – quel terme infantile! Je préfère le bon vieux mot de " traître ".

– Je ne vous donne pas tort, dit Hillsden. Vu de l'extérieur, ça a un côté puéril. Mais nous utilisons ces noms de code enfantins pour ne pas perdre la raison. »

Belfrage resta un moment silencieux, puis revint à la charge.

« Nous pouvons donc affirmer que, depuis son retour chez nous, elle n'avait pas pu avoir accès à de nouvelles informations?

– C'était devenu un légume », répondit Hillsden. Il s'était forcé à employer le terme, mais ne parvenait pas à chasser ses souvenirs. Il revoyait cette maison de Berlin-Ouest et le château construit au milieu d'un lac, près de la frontière entre l'Autriche et la Tchécoslovaquie, en se rappelant combien Caroline avait été différente, alors. Il essaya de ne plus penser au cadavre allongé sur le billard de Hogg.

« Elle ne représentait donc aucune menace?

– Aucune.

– Mais si elle n'a pas été assassinée pour des motifs ordinaires, quelle peut être l'explication? La revanche? Mais de quoi? J'imagine qu'ils avaient tiré d'elle tout ce qu'ils voulaient savoir. Quels autres indices avons-nous? Une lettre? Portant un tampon irlandais, disiez-vous?

– Oui, mais il s'agit certainement d'une fausse piste. Je ne crois pas à la filière irlandaise dans cette affaire.

– Nous n'avons pas grand-chose de solide. Ça ne va pas plaire au ministre. Il était plutôt irrité au téléphone, sans doute à cause de l'affaire Glanville qui a éclaté le jour même où il est entré en fonctions. Un sale coup. Pourquoi n'aviez-vous pas viré Glanville depuis longtemps? Je suppose que vous l'aviez repéré.

– Ne venez pas nous accuser! Ce sont vos services qui ont insisté pour qu'il ait l'immunité. »

Belfrage évita de le regarder.

« Vous connaissiez Glanville? »

C'était au tour de Hillsden de poser une question embarrassante.

« Je l'ai rencontré une ou deux fois. Il avait l'air d'une vieille mégère. Une vraie tante, à mon avis. Pourquoi y en avait-il tant autrefois, à votre avis?

– Ils avaient peut-être peur de mettre les filles enceintes. »

Belfrage ne releva pas la plaisanterie. Ils arrivaient au carrefour d'Uxbridge et Hillsden zigzaguait dans un labyrinthe de bollards et de poteaux indicateurs.

« Sommes-nous toujours dans la bonne direction ? demanda-t-il.

– Oui. Prenez la route d'Oxford. »

Belfrage fredonna quelques mesures d'une chanson en vogue, puis revint sur la personnalité du ministre de l'Intérieur, comme si cette question était beaucoup plus vitale que celle du mystère qui entourait la mort de Caroline.

« Vous me demandiez ce que je pensais de notre ami Bayldon. Je dirais que c'est un ambitieux.

– Tous les hommes politiques le sont.

– Impatient d'atteindre le sommet, comme tout le monde de nos jours. Fortuné, évidemment, sinon il ne pourrait pas se permettre d'être au Parti travailliste. Il n'a guère émergé à l'époque où Wilson était à la tête des affaires. Ils se détestaient, d'après ce que j'ai entendu dire. Mais il a attendu son heure. Il s'est montré autant qu'il l'a pu et n'a jamais manqué de faire une apparition dès qu'il y avait une grève ou une de ces satanées marches antinucléaires. »

Belfrage se remit à fredonner son air, puis il donna à Hillsden quelques indications sur le chemin qui restait à faire. Lorsqu'ils arrivèrent devant la demeure du ministre, deux policiers en uniforme sortirent de l'ombre et vérifièrent leurs papiers avant de les laisser entrer.

« Merci, monsieur, déclara le plus âgé après avoir salué. Je ne sais pas si vous êtes au courant, mais l'alerte rouge a été décrétée ce soir.

– Pour quelle raison ? demanda Belfrage.

– Il y a eu un attentat à la bombe à la gare de Paddington, monsieur. Environ dix morts et deux fois plus de blessés. Il semble que nous ne nous en soyons finalement pas trop mal tirés.

– L'attentat a-t-il été revendiqué ?

– Pas encore, monsieur. »

Les doubles grilles se refermèrent derrière eux, tandis que les agents informaient leurs collègues postés dans la maison que la voiture était en route.

« Tout ce déploiement pour une simple alerte rouge..., remarqua Hillsden. Vous avez vu avec quel soin ils nous ont fouillés ? Bon sang ! Ils croyaient peut-être que nous transportions un missile nucléaire ! »

Ils dépassèrent un policier qui tenait un chien en laisse, à mi-chemin de l'allée qui s'étirait sur trois ou quatre cents mètres, bordée de citronniers étêtés, puis qui s'élargissait pour former un vaste demi-cercle devant une élégante demeure de style Tudor. A l'instant même où la voiture s'arrêtait, un domestique ouvrit la porte d'entrée puis les introduisit dans une pièce dont les murs étaient couverts de boiseries. Leur hôte les rejoignit quelques instants plus tard.

On prétendait – non sans malice – que l'honorable Toby Bayldon, conseiller privé et membre du Parlement, aujourd'hui ministre de l'Intérieur de Sa Majesté, avait tout sacrifié au Parti travailliste, à l'exception de la fortune dont sa femme avait hérité. Il pensait probablement qu'il était inutile de se lancer dans la carrière politique en poussant la sincérité aussi loin. D'après ce qu'il avait pu observer, cette dernière qualité ne rapportait pas grand-chose à ceux qui en faisaient preuve, sinon un strapontin pendant une trentaine d'années, un anoblissement s'ils ne faisaient pas trop de vagues, ou un titre de pair à vie quand le chef de leur parti sentait qu'il était temps de les reléguer sur une voie de garage. L'entrée de Bayldon au gouvernement après les dernières élections générales avait été le principal point de controverse de la nouvelle équipe dirigeante, mais seuls ceux qui étaient au sommet de la pyramide avaient réalisé, à travers cette nomination, combien le Premier ministre savait habilement souffler le chaud et le froid en même temps. Les travaillistes étaient revenus au pouvoir après une traversée du désert de neuf ans. Leur majorité était étroite, et le pays plus ou moins en état de siège. Bayldon avait eu beau proclamer que ses liens avec les racines rurales du Parti le rendraient moins dangereux s'il faisait partie du gouvernement, il avait sous-estimé l'habileté tactique du Premier ministre. Son espoir avait été d'être nommé grand chancelier, mais le chef de l'exécutif était dans le métier depuis trop longtemps pour commettre l'erreur de donner à son successeur déclaré le poste que ce dernier ambitionnait d'occuper. Il avait au contraire suivi la première règle d'or de la politique, qui est de convaincre ceux que l'on s'apprête à décevoir qu'on le fait dans leur intérêt. Et c'est ainsi qu'il lui avait confié le poste inconfortable de ministre de l'Intérieur. C'était un véritable coup de génie stratégique car, dans la conjoncture difficile que connaissait actuellement le pays, l'Intérieur était le dernier endroit où Bayldon aurait le temps de fomenter une révolution de palais.

« Je vous attendais plus tôt, sir Charles. J'ai encore des dossiers à examiner et je ne pourrai pas vous consacrer beaucoup de temps. »

Bayldon traversa la pièce et alla s'asseoir derrière un luxueux bureau. Il marque son territoire comme un vulgaire chat de gouttière, se dit Hillsden. Aucun de ceux qui accèdent pour la première fois au pouvoir ne résiste au plaisir d'étaler ses privilèges.

« Je ne pense pas que vous ayez déjà rencontré Alec Hillsden, Monsieur le Ministre.

– Non, en effet. Je dois pourtant vous avouer, bien que j'aie pris mes fonctions depuis peu, que j'ai déjà entendu parler des cafouillages de votre équipe, Hillsden. Il m'a fallu procéder à quelques remaniements. »

Il ne les regardait pas en face, mais feignait de brasser des liasses de documents officiels en même temps qu'il parlait.

« Vous a-t-on offert à boire ?

– Je dois avouer que non.

– Mon domestique ne parle pas anglais. Il est devenu impossible de trouver du personnel compétent, de nos jours.

– C'est pourtant préférable pour votre sécurité », remarqua Hillsden d'une voix neutre.

Bayldon leva pour la première fois les yeux sur lui, puis il s'adressa à Belfrage.

« Que prendrez-vous ?

– Un verre de gin, si cela ne vous ennuie pas.

– Et vous, Hillsden ?

– Rien pour moi, monsieur. Je conduis. »

Bayldon ouvrit la porte d'une armoire encastrée dans les boiseries et qui révéla un bar abondamment garni. Il servit à Belfrage une généreuse rasade de gin et se versa pour lui-même un verre de porto. En public, lorsqu'il était environné de photographes, il ne buvait que de la bière.

« Eh bien, où en est cette affaire ?

– Pas très avancée pour l'instant, dit Belfrage. Nous sommes du reste en retard parce que l'autopsie a pris beaucoup de temps; mais au bout du compte, elle ne nous a pas appris grand-chose. Nous espérons que les tests du laboratoire seront plus riches en informations. Nous aurons les résultats demain après-midi.

– Bon sang! Pourquoi les choses vont-elles aussi lentement ? Si je travaillais à cette allure, le pays serait déjà à l'abandon. (Il savoura son porto et se tut quelques instants.) Eh bien, nous sommes entourés d'incapables, et j'imagine qu'il faut s'en faire une raison. Je vous accorde qu'il est toujours malvenu d'être en avance sur les faits, mais, d'après ce que j'ai cru comprendre, la sécurité du pays ne semble pas être menacée à cause de la mort d'une vieille femme décrépite, même si cette dernière travaillait jadis pour votre organisation, Hillsden. Est-ce que je me trompe en disant qu'elle était " grillée "? C'est bien comme ça que vous dites dans votre jargon? »

Hillsden dut prendre sur lui pour dissimuler la colère qui l'avait envahi. Il finit par répondre :

« Lorsque les Russes l'ont relâchée, elle n'était plus en état d'être utile à quiconque, Monsieur le Ministre.

– Pourquoi parlez-vous des Russes? On m'avait dit que c'étaient les Allemands de l'Est qui l'avaient capturée.

– Oui, au départ.

– Bien. Soyons précis. De quel genre de choses s'occupait-elle lorsqu'elle était en activité? Comment définiriez-vous le travail qu'elle faisait?

– Ce n'était ni une secrétaire ni une femme de ménage, si c'est cela que vous voulez dire, répondit Hillsden. Elle travaillait sur le terrain, en fonction des circonstances. Contrairement à ce que prétendent les romans policiers, Monsieur le Ministre, nous ne dirigeons pas une école destinée à former des hordes de Mata-Hari. Miss Oates était une pièce centrale de notre réseau autrichien, au bon vieux temps comme disent certains – c'est-à-dire à l'époque où le climat de la guerre froide était officiellement descendu au-dessous de zéro.

– Nous n'employons plus cette expression, répliqua Bayldon. Je vous rappellerai que la politique déclarée de ce gouvernement est de lutter contre les abus et de réparer les dégâts causés par le règne des conservateurs. Permettez-moi de vous poser une question : y a-t-il dans cette affaire un lien avec la CIA que l'on m'aurait caché? Je ne tiens pas à me retrouver avec d'autres squelettes sur les bras, venant de votre équipe. Le Premier ministre et moi-même sommes tout à fait décidés à ne pas voir se répéter une affaire du genre de celle de Glanville, et le public en a assez de ces scandales incessants en matière de sécurité. C'est de mon propre chef que j'ai décidé de prendre les choses en main, et c'est pour cette raison que vous êtes ici tous les deux ce soir. »

Hillsden n'avait pas écouté la moitié de la tirade. C'est incroyable, songeait-il, avec quelle rapidité ils adoptent le masque de leur fonction. « De mon propre chef! » – et toutes ces conneries... Ils éprouvent tous le besoin de cacher leur nudité sous les mêmes oripeaux.

« Je puis vous assurer, Monsieur le Ministre, qu'on n'a jamais entendu dire dans le département dont j'ai la charge que la CIA ait porté le moindre intérêt à miss Oates depuis son retour dans notre pays. Évidemment, à l'époque où elle était en activité, elle s'est forcément trouvée en contact avec nos collègues américains dans l'accomplissement de son devoir.

– J'ai toujours pensé que le terme de " devoir " n'était pas le plus approprié en matière d'espionnage.

– Et quel autre mot proposeriez-vous, Monsieur le Ministre ? »

Sir Charles avala la moitié de son gin.

« Dans le mot " devoir ", il y a l'idée de mérite, répondit Bayldon. Il m'a toujours semblé qu'on dilapidait les deniers publics avec toutes ces histoires d'espionnage. (Il fixa le visage de Hillsden comme si ce dernier n'était qu'une caméra enregistrant un discours qu'il serait en train de tenir à un meeting de son parti.) Dès le premier jour de notre arrivée aux affaires, nous avons émis le vœu de nouer des relations plus étroites avec les Russes. L'idée de détente n'est pas un simple gadget électoral. Nous ne sommes pas cyniques, et nous pensons réellement ce qui est écrit à ce sujet dans notre programme. La coexistence pacifique doit devenir une réalité. Je ne dis pas que vous n'ayez pas votre utilité en temps de guerre ni que nous devions abandonner toute vigilance, mais il faut que cesse toute cette paranoïa. Dans le passé, nous en avons tiré plus d'inconvénients que d'avantages.

– Les membres de mon département seraient les premiers ravis si l'histoire devait brusquement tourner en une version édulcorée de *La Comédie du bonheur,* Monsieur le Ministre. Le seul ennui, c'est que le KGB n'a pas précisément la réputation de vouloir épouser une cause aussi révolutionnaire que la coexistence pacifique. Je me suis laissé dire que l'espionnage était actuellement la seule industrie florissante en URSS.

– Tout est relatif, s'interposa Belfrage, averti par son sixième sens qu'il était préférable de faire dévier la conversation. Ce que Hillsden essaie de vous dire, Monsieur le Ministre, c'est qu'à une certaine époque – dont il est rassurant de vous entendre dire qu'elle appartient définitivement au passé – feu miss Oates a agi avec beaucoup de courage et qu'elle a fini par payer très cher son dévouement à sa patrie. Lorsqu'elle est revenue de Lubianka...

– Où est Lubianka ? demanda Bayldon.

– A Moscou. C'est une prison. »

Bayldon se reprit immédiatement.

« Oui, bien sûr. Je n'avais jamais entendu le nom prononcé de cette façon. Continuez.

– Ils lui ont fait subir un traitement complet. Elle a eu la main brisée, par exemple, mais ce n'est qu'un détail infime par rapport à tout ce qu'ils lui ont infligé.

– A-t-elle parlé ?

– L'art de la persuasion a atteint un degré de sophistication très élevé, de nos jours. Et le courage des gens n'est plus infini, à supposer qu'il l'ait jamais été. Oui, nous sommes dans l'obligation de supposer qu'elle a parlé, à un moment ou à un autre.

– Pourquoi dites-vous “ supposer ” ?

– Tout notre réseau berlinois a été démantelé, dit Hillsden en reprenant part à la conversation. Mais il n'a jamais été établi avec certitude que c'était Caroline... je veux dire miss Oates... qui en était la cause.

– Tout cela est fort désagréable, j'en conviens. Il y a cependant une chose que je ne comprends pas : apparemment, au cours de son séjour dans la prison dont vous parliez, ils ont eu tout le loisir de l'interroger jusqu'à ce qu'ils n'aient plus rien à tirer d'elle. Sinon, ils ne l'auraient pas échangée, comme vous dites. Dans ce cas, pourquoi tout cet affolement aujourd'hui ? Bien sûr, ce serait terrible s'il s'avérait qu'elle a été assassinée – mais c'est là une question qui est du ressort de la police. A moins – et j'insiste sur ce point –, à moins que l'on ne m'ait caché certains faits... (Son regard alla de l'un à l'autre de ses interlocuteurs.) Il serait extrêmement désagréable de découvrir par la suite que cet incident ne constituait que le sommet d'un iceberg capable d'entraîner tout le navire dans son naufrage. »

Hillsden se tourna vers sir Charles. C'est vous le diplomate, après tout, pensa-t-il. A vous de nous tirer de là.

« Il n'est aucunement question de secret, Monsieur le Ministre. Je dois reconnaître que les circonstances, telles qu'elles se présentent actuellement, sont gravement préoccupantes et ce serait faillir à nos responsabilités que de ne pas mener cette enquête jusqu'à son terme. Comme vous l'avez dit avec raison, il semble qu'il n'y ait pour l'instant aucune explication plausible à cet incident. Il est du reste tout à fait possible qu'au bout du compte tout cela n'ait été qu'un fait isolé dont nous ne connaîtrons jamais la cause exacte. »

Bayldon réfléchit un moment, puis se leva en se dressant derrière son bureau comme un diable sorti de sa boîte.

« Je vais être sincère avec vous, commença-t-il avec emphase. (Il se reprit, et poursuivit d'une voix plus naturelle.) Je suis sûr que vous comprendrez aisément qu'une nouvelle équipe dirigeante a besoin d'un peu de répit pour faire ses preuves. Sans me lancer devant vous dans une polémique politicienne, je dois vous dire que, lorsque nous avons mis notre nez dans certains dossiers, nous avons été horrifiés par l'ampleur des problèmes dont nous venions d'hériter. Pour ce qui est de mon ministère, les choses se montrent particulièrement délicates ces temps-ci. On m'a lancé cette fichue affaire Glanville dans les pattes à peine avais-je poussé la porte de mon bureau. Selon moi, le pays a besoin d'une période de stabilité. Nous avons eu notre dose de scandales, avec toutes ces histoires d'espionnage. Ces révélations permanentes semblent être devenues une véritable industrie nationale. Il faut aussi que je m'occupe du renforcement de la garde royale à Windsor, ainsi que des problèmes d'insécurité dans le métro – ce qui n'est pas une mince affaire, mais il faut bien que je m'en charge. Il serait donc tout à fait inconvenant – je dis bien : tout à fait inconvenant – que par pur cynisme la vérité me soit cachée dans cette affaire. En même temps, à ce stade critique où en est arrivée la nation, il est de notre devoir d'agir avec beaucoup de prudence. Cela ne ferait du bien à personne si la mort malencontreuse de miss Oates finissait par s'étaler à la une des journaux conservateurs. Donc, si l'enterrement de cette pauvre femme pouvait avoir lieu sans autre publicité, nous ne nous en porterions que mieux. Nous avons après tout une explication toute trouvée grâce à ce certificat médical. S'il devait arriver que l'on nous pose des questions, nous n'aurions qu'à dire en toute bonne conscience que sa mort est due à une crise cardiaque. »

Tout au long de son discours, il n'avait cessé de faire de petits gestes agacés de la main. Comme si nous étions des gardiens de parking et qu'il essayait de nous convaincre de le laisser passer en agitant son ticket, songea Hillsden.

Ils comprirent qu'on les congédiait, car Bayldon s'était redressé et les regardait comme s'ils étaient déjà à la porte.

« Vous n'avez pas de problème pour rentrer ? demanda-t-il en leur serrant la main.

– Non, nous sommes venus dans la voiture de Hillsden. Mais maintenant que j'y songe, je préférerais pouvoir me rendre directement à Whitehall.

– Eh bien, prenez mon chauffeur, dit Bayldon. Je n'aurai plus besoin de lui ce soir.

– C'est très aimable à vous, Monsieur le Ministre. J'apprécie vivement votre attention. Et merci de nous avoir reçus. Cette entrevue s'est révélée fort utile. »

Tandis qu'ils descendaient le perron pour rejoindre le parking, Hillsden s'adressa à sir Charles :

« Cela vous ennuierait-il de monter avec moi jusqu'à ce que nous ayons rejoint l'autoroute ? J'aimerais encore discuter avec vous de certains détails. Le chauffeur n'a qu'à nous suivre dans l'autre voiture.

– Parfait. Je vais le prévenir. »

Ils se mirent en route dès que ces dispositions eurent été prises. Lorsqu'ils eurent passé le poste de garde, Hillsden déclara :

« Elle a été assassinée. Je sais reconnaître un meurtre quand j'en vois un. J'ai à peine écouté les conneries qu'il nous a sorties, et durant tout ce temps j'essayais de me rappeler quelque chose que Caroline m'avait dit la dernière fois que je l'ai vue.

– Vous la filiez ? C'est bien le terme exact ?

– Non. Nous travaillions tous les deux dans le réseau autrichien. Elle pensait être tombée sur un gros coup – c'est pour cela qu'elle avait repassé le mur. Je crois qu'elle savait qu'elle risquait lourd, mais elle y était quand même allée. L'ordre ne venait pas de moi. J'aurais pu l'en empêcher si j'avais été là, mais on venait de me muter.

– Et vous vous souvenez maintenant ?

– De quoi ?

– De ce qu'elle vous avait dit.

– Non. Ça a failli me revenir, j'ai de nouveau perdu le fil. Mais je le retrouverai. Bayldon me débecte. Et vous ? »

Sir Charles haussa les épaules et sortit sa boîte à tabac.

« Ces types vont et viennent, vous savez. J'en ai tellement connu... Nous restons neutres. A quoi bon avoir une opinion ?

– Vous, les diplomates, vous ne vous mouillez jamais...

– Question de survie.

– La seule chose qu'il voulait nous dire, c'était de nous arranger pour ne pas faire chavirer sa barque.

– Réaction parfaitement normale. De quoi vouliez-vous que nous parlions ? »

Hillsden mit les essuie-glaces en route avant de répondre.

« Je n'ai ni votre patience ni votre hauteur de vue. Dans le métier que nous faisons, nous ne trouvons jamais que des pièces isolées du puzzle. Parfois elles s'emboîtent, parfois non, parfois encore certaines ont été délibérément égarées.

– Ce qui veut dire ?

– Eh bien, Bayldon avait au moins raison sur un point. Quelle est la pièce du puzzle qui leur a échappé à Lubianka ? Pourquoi prennent-ils un tel risque à présent ? Pourquoi se donnent-ils la peine de l'assassiner au bout de tant d'années ?

– Bonne question, à supposer qu'ils l'aient fait.

– Ils l'ont tuée, j'en suis certain. »

Sir Charles plongea le nez dans son mouchoir brodé.

« Je me trompe peut-être, mais j'ai l'impression que votre intérêt pour cette affaire n'est pas uniquement professionnel. On dirait que vous êtes personnellement impliqué là-dedans. »

Il referma sa boîte à tabac et se mit à en tapoter le couvercle.

« Comment ne me sentirais-je pas personnellement impliqué ? Nous avons connu les mêmes dangers. Et contrairement à d'autres, je me fous de faire chavirer la barque de Bayldon ou de n'importe qui d'autre. Pour moi, les politiciens sont des demeurés. C'est nous qui devons passer derrière eux pour nettoyer leurs saletés. »

Il jeta un coup d'œil dans son rétroviseur.

« Nous avons semé son chauffeur, on dirait. »

Il leva le pied de l'accélérateur. Gêné par la ceinture de sécurité, Belfrage se retourna tant bien que mal pour regarder la route derrière eux. A cet instant, ils aperçurent tous deux une lueur rouge qui venait d'embraser le ciel. Ils ne prononcèrent pas un mot, mais Hillsden fit faire demi-tour à la BMW, passa la troisième et appuya sur le champignon. A peine un kilomètre plus loin sur la route en lacets, ils découvrirent les restes de la Jaguar officielle de Bayldon. L'explosion l'avait entièrement retournée : elle gisait sur le toit, environnée de flammes sur vingt mètres à la ronde. Hillsden se précipita, armé de l'extincteur qu'il gardait sous le siège du passager, mais l'engin fut totalement inefficace devant l'ampleur du brasier. Ils durent se contenter de regarder le spectacle à distance, tandis qu'une ultime explosion secouait la carcasse noircie. Puis le silence retomba. Lorsque la chaleur eut diminué, ils purent enfin s'approcher. Il ne restait du chauffeur de Bayldon qu'un tas de débris carbonisés.

Belfrage s'éloigna de quelques pas et contempla la campagne environnante, tandis que Hillsden alertait la police locale par l'intermédiaire de la radio de sa voiture. Il était encore en train de leur parler lorsqu'il vit approcher les phares d'un nouveau véhicule. Il s'agissait d'un camion qui transportait des cageots de légumes.

« Bon Dieu ! s'exclama le conducteur. Qu'est-ce qui est arrivé à ce pauvre gars ?

– Aucune idée. Nous venons d'arriver, dit Hillsden. Vous feriez mieux de vous garer sur le côté. La police sera là d'une minute à l'autre.

– Quelle boucherie ! Il ne doit pas en rester grand-chose. »

Deux voitures de police arrivèrent au même instant, suivies par un camion de dépannage. Hillsden se présenta et leur demanda de pousser la carcasse sur le bas-côté de la route.

« Éloignez ce type au plus vite. Pour lui, il ne doit s'agir que d'un accident, compris? »

Dès que la route fut dégagée, l'un des policiers ordonna au conducteur du camion de circuler.

« Maintenant, vous allez boucler toute cette portion de la route, déclara Hillsden au sergent-chef de l'équipe. Installez des panneaux de déviation, faites ce que vous voulez, mais personne – personne, vous m'entendez! – ne doit toucher à rien avant l'arrivée du service de déminage.

– Le service de déminage, monsieur?

– Vous avez bien entendu.

– Ne s'agit-il pas d'un accident, monsieur?

– Non. »

Le sergent avait l'air ennuyé. Il était marié et n'avait plus que dix-huit mois à tirer d'ici à la retraite. Les manières de Hillsden, qui lui avait montré ses papiers officiels, n'étaient pas sans effet sur lui, mais d'un autre côté il savait que le commissaire dont il dépendait n'appréciait pas beaucoup que l'on intervienne ainsi dans son secteur.

« Il faut que j'en réfère à mes supérieurs, monsieur.

– Inutile! Ne perdez pas de temps avec ces foutues permissions. Faites ce que je vous dis et ne discutez pas. Et dites à vos gars d'arrêter de tout piétiner dans les parages. Installez vos barrages, un point c'est tout.

– Et que sommes-nous censés dire, monsieur?

– A qui?

– Je pensais aux journalistes, monsieur. Comme vous le savez, ils sont souvent à l'écoute de nos appels sur la fréquence spéciale. Que devrons-nous leur dire s'ils avaient vent de cette histoire?

– A vous de faire en sorte que ce ne soit pas le cas.

– J'aimerais mieux avoir des consignes, monsieur. On ne sait jamais.

– Il s'agit d'un simple accident. La voiture a quitté la route et le réservoir d'essence a explosé.

– Je ne pensais pas seulement à ça, monsieur. Je faisais allusion à votre présence et à celle de l'autre gentleman.

– Il n'y avait personne dans la voiture en dehors du conducteur. Sir Charles était mon passager. Il s'est simplement trouvé que nous passions sur les lieux à ce moment et que nous avons donné l'alarme.

– Très bien. C'est enregistré. Merci, monsieur. Il est heureux que vous vous soyez trouvé là, monsieur.

– Oui, dit Hillsden. Curieuse coïncidence.

– Une dernière chose, monsieur. Lorsque je ferai mon rapport, j'imagine qu'il ne faudra pas que j'emploie le terme d'accident?

– Vous recevrez ultérieurement des consignes à ce sujet, sergent. Pour l'instant, occupons-nous de ce qui est urgent. »

Le sergent parut finalement satisfait d'avoir clarifié la situation et partit transmettre ses ordres à ses hommes.

« Je crois que nous devrions foutre le camp d'ici, dit Belfrage, qui avait rejoint Hillsden.

– Oui, ce ne serait pas plus mal que vous décampiez. Je vais rester dans les parages jusqu'à l'arrivée des spécialistes, pour m'assurer que les gars ne font pas de conneries. Prenez ma voiture, je passerai la récupérer demain. Où serez-vous en début de matinée?

– Dans ma tanière habituelle, en train de pondre une lettre à la veuve de ce pauvre type, selon toute évidence. (Il regarda à nouveau la carcasse du véhicule, auprès de laquelle une ambulance venait de s'arrêter.) J'en ai écrit des tonnes, pendant la guerre. »

Il s'installa au volant de la BMW de Hillsden et fixa, sans difficulté cette fois, sa ceinture de sécurité.

« En quoi croyez-vous, Hillsden?

– De quoi parlez-vous? De religion?

– Non. De foi, tout simplement. Qu'est-ce qui vous aide à tenir le coup?

– Ah... Je crois au Mal – au bon vieux Mal. De la sorte, je ne suis jamais déçu. Attendez-vous au pire, et vous verrez que le moindre événement est une vraie bénédiction. »

4.

Le jour était presque levé lorsque Hillsden regagna finalement son domicile le lendemain, après s'être fait ramener par une des voitures de la brigade. En cours de route, il s'était arrêté pour acheter la première édition d'un quotidien du matin. Il ne s'attendait pas à ce qu'on parle de l'explosion de la Jaguar, mais il espérait surtout qu'il n'y aurait pas d'allusion à la mort de Caroline.

La une était entièrement consacrée à l'attentat de la gare de Paddington. Le bilan s'élevait maintenant à dix-huit morts, et le journal reproduisait la photographie d'un enfant horriblement mutilé qu'un jeune policier, lui-même blessé, transportait hors des décombres. « Le fascisme à l'ouvrage », proclamait un titre en gros caractères, sans que l'on sache si le rédacteur avait voulu faire preuve d'ironie ou non. En feuilletant le journal, Hillsden fut soulagé de constater qu'on ne parlait nulle part de la mort de Caroline ou de celle du chauffeur de Bayldon. Le seul autre événement figurant en accroche sur la couverture concernait le meurtre d'une prostituée, assassinée dans un salon de massage de Soho. La rédaction s'interrogeait : « Y a-t-il un nouvel Éventreur en liberté ? »

Avant de pénétrer chez lui – il habitait une maison anonyme des faubourgs de Wembley –, Hillsden s'agenouilla pour regarder s'il n'y avait aucun paquet suspect sous la Ford de sa femme, qui était garée devant la demeure. Il se rendait bien compte que, comme la plupart des gens, sa vigilance se relâchait dans les intervalles qui séparaient les attentats terroristes. Il fallait qu'un nouveau carnage vienne d'avoir lieu pour qu'il se sente ainsi enclin à suivre les consignes de sécurité. Il n'aperçut rien de spécial, en dehors d'une flaque d'huile et d'une trace d'accrochage récent sur le pare-choc arrière. Il nota mentalement de penser à faire réviser la voiture. Sa femme avait tendance à considérer tout ce qui était mécanique comme plus ou moins éternel.

Il se rendit à la cuisine. Leur chat, un matou aussi châtré qu'impénétrable et aux poils constamment emmêlés, trônait tel un Sphinx sur la desserte du petit déjeuner. Il avait de toute évidence été fourrer son nez dans le repas froid que sa femme avait préparé pour Hillsden le soir précédent, et dont les restes n'étaient plus très appétissants. Au fond du frigo, il dénicha un morceau de fromage enfermé dans un emballage pressurisé qu'il eut de la peine à ouvrir et qu'il dut finalement découper au couteau. L'étiquette portait la mention : « A consommer de préférence avant le 14 juillet. » Un coup d'œil à sa montre lui suffit pour constater que la date de péremption était dépassée depuis une semaine, mais il décida de prendre quand même le risque. Le fromage n'avait aucun goût et lui rappelait les gros cubes de savon jaune que sa mère utilisait les jours où elle faisait sa lessive. Alerté par l'odeur de la nourriture, le chat se réveilla; il refusa finalement le morceau que Hillsden lui offrait.

« Tu préfères laisser ça aux autres, hein? » lui dit-il à voix haute.

Le chat le regarda d'un air rancunier.

Hillsden se demanda s'il valait mieux qu'il aille ou non se coucher. Il savait par expérience qu'il lui fallait ses huit heures de sommeil; sinon, il était préférable qu'il ne dorme pas du tout. Tout ce qui se situait entre ces deux extrêmes avait tendance à le perturber. Il relut le journal en mâchant son fromage. Un nouveau groupuscule, qui se donnait le nom de Parti révolutionnaire du peuple, avait revendiqué l'attentat de la gare de Paddington. Un porte-parole de la brigade antiterroriste de Scotland Yard ne semblait guère retenir cette hypothèse et remarquait que l'explosion portait la marque caractéristique de l'IRA. Voilà qui sera d'un grand réconfort pour les victimes, se dit Hillsden. Il tourna la page et étudia un moment le visage triste et bovin de la prostituée assassinée. Le propriétaire du salon de massage s'insurgeait contre l'opinion selon laquelle ses locaux abriteraient des activités immorales. « Nous avons une clientèle distinguée, déclarait-il au journaliste qui l'interrogeait. Parmi nos habitués figurent plusieurs membres du Parlement et du clergé, ainsi que de nombreuses vedettes. Nos employées sont entraînées selon la méthode suédoise et il leur est strictement interdit de nouer des relations intimes avec les clients. »

Tout en continuant à feuilleter le journal, Hillsden cessa peu à peu de s'intéresser à la mort absurde de ce jeune enfant ou aux vices dont pouvait être soupçonnée la bonne société. Ses pensées revinrent aux événements dont il avait été témoin au cours des dernières vingt-quatre heures. Était-il possible qu'il y eût un lien quelconque entre le meurtre de Caroline et la bombe qui avait été posée dans la voiture de Bayldon ? Le seul point commun qu'il voyait entre les deux incidents était sa propre présence; pourtant, il semblait absurde de supposer que la bombe lui ait été destinée. Belfrage, peut-être ? Cela paraissait improbable : comment aurait-on pu savoir que ce dernier allait précisément utiliser la voiture ce soir-là ? La plupart des terroristes sélectionnaient leurs cibles au hasard, mais porter son choix sur un cadre civil de l'État, inconnu de surcroît du grand public, semblait quand même bien aléatoire. La déduction la plus logique tendait à prouver que c'était bien Bayldon qui avait été visé – le chauffeur ne comptait pas –, et pourtant, cette hypothèse elle-même n'était pas très convaincante. L'assassinat des hommes politiques et des hauts magistrats avait été la spécialité de l'IRA dans le passé, mais Hillsden avait tendance à penser que les terroristes irlandais n'étaient pas impliqués dans cette affaire. Attendu que le but de toute organisation subversive est de provoquer le plus de dégâts possible, faire sauter des pubs, des boîtes de nuit ou des gares aux heures d'affluence est a priori plus payant que l'élimination d'un homme politique qui ne jouit même pas d'une popularité particulière. La colère et l'indignation provoquées par le meurtre de lord Mountbatten n'avaient pas fait long feu dans les esprits. Les démêlés amoureux de l'héroïne du premier feuilleton de télévision venu retenaient bien plus longtemps l'attention du public...

Inévitablement, ses pensées revinrent à Caroline. Quelle ironie, songea-t-il : c'est parce qu'elle est morte qu'une vie a été sauvée hier soir. Si nous n'avions pas eu à parler d'elle, le pauvre Belfrage aurait subi le même sort que l'infortuné chauffeur.

Après avoir éteint les lumières du rez-de-chaussée, il monta l'escalier pour rejoindre sa chambre. Les effluves du passé ne l'abandonnaient pas. Il fixa d'un regard absent le papier peint de chez Laura Ashley, les rideaux assortis et les gravures accrochées aux murs, dont sa femme avait vu la publicité dans le supplément illustré d'un quelconque journal du dimanche. Il ne pouvait par moments s'empêcher de penser que c'étaient les PTT qui leur avaient adressé l'un après l'autre tous les éléments qui formaient le décor de leur vie commune. Margot ne résistait jamais au plaisir de commander les articles dont elle voyait les réclames dans la presse. C'est ainsi qu'ils avaient hérité de la collection des cent plus grands livres de l'humanité; elle n'avait jamais lu aucun des volumes en entier, mais ils trônaient au salon dans une bibliothèque, à côté d'une petite vitrine où étaient exposés les plus longs dés à coudre du monde. Si seulement on pouvait acheter l'amour de la même façon, se dit-il en se dirigeant vers la salle de bains où il alla se déshabiller pour ne pas la réveiller.

La cicatrice qui lui zébrait le torse de l'épaule gauche à l'aisselle lui parut livide sous l'éclairage fluorescent. Lorsqu'il se regardait ainsi, il avait l'impression que son corps partait dans tous les sens; sa nudité lui rappelait le temps déjà lointain où son corps et son esprit n'avaient encore subi aucun dommage. Caroline m'a sauvé la vie cette nuit-là, pensa-t-il tandis que les souvenirs émergeaient à nouveau. Ça s'était passé en Autriche, ils étaient à Vienne en train de surveiller une maison du Prater qui leur servait autrefois de boîte aux lettres. L'éclair d'une lame avait soudain jailli dans les ténèbres : un petit voyou qui voulait leur faire la peau. Hillsden avait été pris de court, et ç'avait été l'intervention rapide de Caroline qui lui avait permis de garder la vie sauve. Son reflet dans la glace semblait le dévisager avec mépris : tu es toujours en vie mais que reste-t-il d'elle à présent, à part ce cadavre solitaire et nu, rigide et froid sous le linceul de Hogg...

Il s'assit sur la cuvette des w.-c., mais l'irrégularité de son emploi du temps et toute la consommation de sandwiches rances et de denrées avariées qu'il avait faite lui avaient littéralement cimenté l'intestin. En dépit de cela, il essaya de penser à la balance du jugement suspendue dans la salle du trône où tous les hommes se retrouveraient un jour égaux. Serait-ce le Roi-Soleil qui présiderait l'audience, le cul vissé sur une poire à lavement? Quelle importance, au fond : je ne ferai sûrement pas partie des élus, se dit Hillsden en se permettant sa première remarque sarcastique depuis qu'on lui avait annoncé la mort de Caroline. Le distributeur de papier hygiénique jouait de la musique – encore une trouvaille de sa femme – et il y avait des charades et des proverbes imprimés sur chaque feuille. Il se sentit soudain désespérément seul. Il avait l'impression d'avoir tout perdu, et que plus rien dans sa vie n'avait la moindre signification.

Pendant toutes ces années où Caroline avait été hors d'atteinte, à Moscou d'abord puis dans cet hospice qui n'accueillait que des débiles et des infirmes, il avait refusé de songer au passé. Tant qu'elle avait été prisonnière en URSS, il n'avait pas voulu perdre tout espoir. De temps en temps, des nouvelles filtraient selon lesquelles elle aussi avait gardé confiance. C'était faux, évidemment. En quoi aurait-elle pu garder confiance? Dans l'image du Christ en croix ou de la Vierge au cœur blessé? Dans la promesse d'une vie meilleure après la mort? Toutes ces fadaises ne sont qu'une idéologie de plus, aussi tordue que celle dont se réclament les poseurs de bombes aujourd'hui. Toujours cette foi aveugle, qui prétend que la morale des Bons justifie les pires atrocités que l'on peut commettre contre les Méchants. Quel que soit leur camp, ceux qui croient encore à ce genre de discours perpétuent et reproduisent le même jeu nihiliste et sans fin.

Une vive douleur le traversa; elle ne venait pas de ses intestins, mais des contractions que les souvenirs provoquent parfois en nous. Toujours assis, incapable de refréner la tristesse qui l'avait envahi, il fut secoué de sanglots silencieux. J'ai presque la cinquantaine, songeait-il, et encore sept ans à tirer dans ce foutu métier; je n'ai pas eu d'enfant, personne ne connaît mon existence, et je suis en train de me torcher le cul avec des rébus qui ne feraient même pas rire un demeuré.

Il se ressaisit rapidement et se força à refouler la pitié que son état lui inspirait. Bon Dieu, pensa-t-il, je me demande combien de temps j'aurais tenu au goulag. Je me serais sûrement mis à chialer comme un gamin de dix ans. Pas étonnant qu'ils m'aient viré de Vienne. Le pauvre vieil Alec n'est plus que l'ombre de lui-même, il a perdu la boule. Il n'a même pas respecté la règle n° 1 du métier : Tu ne pécheras pas ni ne connaîtras charnellement un membre de ton équipe, qu'il s'agisse d'un homme ou d'une femme, et quelles que soient les circonstances. *Mais je l'aimais.* L'amour... la dernière trahison. N'avais-je pas des circonstances atténuantes? Ce château sur le lac de Krumpendorf, où nous nous sommes dit adieu. Et puis je suis rentré – dans ce décor de papier peint et de soldes de chez Harrods; j'ai retrouvé ces affreux dessins, les fromages qui sentent le savon, le mariage à crédit, et une épouse qui méritait sans doute mieux que ça.

Il se brossa les dents avec un dentifrice qui garantissait la fraîcheur de l'haleine. Les bons présages ne manquaient pas, sauf en ce qui concernait son propre avenir. Toujours nu, il éteignit les dernières lumières et regagna la chambre. Lorsqu'il se glissa dans les draps, sa femme marmonna dans son sommeil et se tourna vers lui. Il sentit la chaleur que dégageait son corps contre sa peau glacée. Comme les choses seraient simples, se dit-il, si la mort effaçait les désirs que nous avions autrefois au lieu de les raviver...

5.

A l'autre bout de Londres, dans un hôtel trois-étoiles dont la clientèle était essentiellement composée d'hommes d'affaires du Moyen-Orient, Calder dormait paisiblement. Il avait fort bien dîné la veille au soir dans un petit restaurant grec de Moscou Road, savourant intérieurement l'ironie de la situation. En rentrant à l'hôtel, il s'était débarrassé de l'arme du crime et du costume de chez Oxfam dans l'une des énormes bennes remplies de gravats qui semblaient avoir proliféré dans la ville depuis sa dernière visite. Avant de se coucher, il s'était passé la tête sous l'eau pour ôter la teinture dont ses cheveux étaient encore imprégnés; il était sûr que, lorsqu'il quitterait l'hôtel, l'employé de la réception ne serait pas le même qu'à son arrivée. Il s'était inscrit sous le nom de Holgate, en feignant un accent du nord. Aucun rêve ne vint troubler son sommeil.

Le lendemain matin, le plan qu'il avait élaboré avec tant de soin connut son premier accroc. L'hôtel ne servait pas de petit déjeuner dans les chambres. Il hésita un moment, mais finit par se dire qu'il ne prendrait pas un grand risque en se rendant à la salle à manger. Tandis qu'on l'installait à une table située près d'une fenêtre, il se félicita de sa décision : il n'y avait pratiquement que des familles arabes dans la pièce; les femmes, grasses et replettes, portaient le voile, et les enfants ingurgitaient d'énormes quantités de nourriture, allant regarnir leurs assiettes au buffet à intervalles réguliers. Calder les observa sans animosité, tout en se demandant comment on pouvait commencer la journée en avalant du fromage et des tranches d'ananas mélangés à des filets de harengs. Il s'agissait sans doute d'un effort désespéré pour se plier aux coutumes occidentales. Pour sa part, il se contenta d'un fruit, d'un yogourt et d'un toast, accompagnés d'une boisson qui n'avait de café que le nom.

Tout en mangeant, il feuilleta la dernière édition du quotidien que Hillsden avait lui aussi acheté. L'attentat de Paddington occupait toujours la une, mais la photographie avait été changée. En page intérieure, un autre cliché montrait Bayldon en train de visiter les lieux du crime; il arborait une mine de circonstance et était accompagné par le préfet de police. L'éditorial lui-même n'avait pas grand intérêt; il le parcourut rapidement avant de voir si l'on parlait du meurtre de Soho. L'article avait été remis à jour et incluait maintenant une nouvelle photographie de la jeune fille assassinée, prise lors d'un concours de beauté qu'elle n'avait jamais gagné. La notice nécrologique la présentait comme une jeune fille de bonne famille promise à un brillant avenir, et le journal mettait plus que jamais en avant l'hypothèse selon laquelle un nouvel Éventreur rôderait librement dans la ville. Calder lut attentivement l'article. Après avoir constaté avec satisfaction que l'on n'avait aucun indice quant à l'identité du meurtrier, il passa aux pages sportives. Même à Zurich, il se passionnait pour le tournoi national de cricket; durant les mois d'hiver, il avait l'habitude de s'abonner à un quotidien de Melbourne afin de pouvoir suivre la compétition australienne. Le cricket était la seule chose qui lui manquait depuis qu'il avait dû quitter l'Angleterre.

Il avait précieusement serré dans son portefeuille la photographie qu'il avait subtilisée sur la table de nuit de Caroline; à côté se trouvait le billet d'avion de première classe pour la Suisse qu'il avait réservé au nom de Miller – le patronyme qui figurait sur son passeport. Il avait hâte de s'envoler et de retrouver son appartement immaculé et ses voisins sans histoire, qui ne s'occupaient pas de lui et respectaient sa propre discrétion. Une fois rentré, il pourrait reprendre le cours normal de son existence et se fondre dans l'agréable anonymat de la vie zurichoise, en attendant sa prochaine mission. Il grignota le toast calciné en rêvant aux croissants chauds qu'il savourerait bientôt. Des croissants et du café digne de ce nom, servi à point – voilà tout ce qu'il demandait. Il en avait assez de cette lavasse tiède et sans goût.

Après avoir vérifié la position qu'occupait son équipe de cricket favorite dans le classement du tournoi, il passa aux pages boursières et nota avec satisfaction que le taux de l'or avait grimpé de quelques points en raison de la dernière crise pétrolière au Moyen-Orient. En dehors de ça, les commentateurs se lamentaient toujours sur le triste état de l'économie nationale. La stagnation industrielle et la récession de l'emploi dont l'Angleterre souffrait comme d'un mal endémique ne semblaient pas avoir été enrayées, en dépit du récent changement de gouvernement. Les gens sont toujours aussi naïfs, pensa-t-il; ils croient encore que c'est la démocratie parlementaire qui contrôle la destinée du pays. Les centrales syndicales assuraient qu'elles allaient coopérer plus étroitement avec le nouveau cabinet travailliste. C'était toujours les mêmes phrases creuses, les mêmes platitudes, les mêmes remèdes envisagés pour lutter contre un mal qui s'était depuis longtemps révélé incurable. Calder replia le journal et le reposa sur la table, en se disant qu'il ne fallait pas qu'il oublie d'acheter quelques romans récents à l'aéroport de Heathrow. Il serait absurde de s'en priver, vu le prix exorbitant que coûtaient les livres en Suisse. Il aimait surtout les romans historiques – ceux de Jean Plaidy en particulier, dont la lecture ne le décevait jamais. L'innocence de ses héroïnes manquait en effet rarement de l'exciter.

Soudain, grâce à un instinct qui ne l'avait jusqu'ici jamais trahi, il se rendit compte que l'un des Arabes était en train de l'observer à l'autre bout de la pièce. Il n'éprouva qu'un brusque pincement au cœur, qui se dissipa aussitôt; au moment même où Calder en prenait conscience, l'Arabe – qui était seul – s'était déjà levé de table et passait devant lui sans le regarder. Calder essaya de comprendre pourquoi cet homme lui inspirait une telle méfiance. Était-ce parce qu'il était habillé à l'occidentale, au lieu de porter la robe traditionnelle qu'affichaient la plupart de ses congénères dans la salle? Ou était-ce quelque chose de plus familier, semblable au parfum d'une femme avec qui on a couché mais que l'on n'arrive plus à identifier avec certitude? L'incident lui laissa en tout cas une impression désagréable. Il s'attarda un moment devant les restes de son petit déjeuner, tout en suivant l'individu des yeux dans les miroirs tendus aux murs. L'Arabe s'était rendu au bureau de la réception, apparemment pour régler sa note, bien qu'une explication moins rassurante soit toujours envisageable. Calder attendit qu'il soit sorti de son champ de vision; puis, après avoir laissé un pourboire, il gagna rapidement l'ascenseur. Une fois dans sa chambre, il appela la réception et demanda qu'on lui prépare sa note. Il passa la pièce en revue avec sa méticulosité coutumière, essuyant tous les objets qu'il avait été susceptible de toucher.

Il n'aperçut pas l'Arabe lorsqu'il quitta l'hôtel. Cependant, tandis qu'il attendait un taxi, une voiture de police surgit et s'arrêta devant l'entrée. Pendant une seconde, Calder crut que les policiers allaient se diriger vers lui, mais ils le dépassèrent et allèrent inspecter une Mini Austin qui était garée en stationnement interdit. Il les vit s'accroupir et regarder sous le véhicule; puis l'un des flics sortit un trousseau de clefs de sa poche et tenta d'ouvrir la portière du conducteur. Lorsque le taxi surgit enfin, Calder prit soin de demander qu'on le conduise chez Harrods, d'une voix suffisamment forte pour être entendu par les policiers.

Il entra chez Harrods par l'entrée principale de Brompton Road et traversa le magasin jusqu'au rayon des vêtements pour hommes. De là, il gagna la sortie qui donnait sur l'arrière du bâtiment et traversa Hans Place; dans ses années de jeunesse, il lui était arrivé d'emmener par ici une de ses petites amies, qui devait se faire avorter. Il eut la chance de tomber tout de suite sur un nouveau taxi, et demanda cette fois-ci qu'on le conduise à Heathrow.

« J'espère que vous êtes pas trop à la bourre, lui dit le chauffeur.

– Pourquoi donc?

– J' viens juste de prendre le M 4 et y'a une circulation du diable. Au moins trois kilomètres de bouchon. Ils ont installé des barrages tout autour de l'aéroport.

– Des barrages? Pour quelle raison?

– A cause de ces putains d' bombes, je suppose. On s' croirait revenu à l'époque de c'te putain d' guerre. Y viennent d'annoncer aux nouvelles qu'y avait eu une autre explosion, en plein milieu d' l'aéroport justement. Trois morts et quatorze blessés, y z'ont dit à la radio. Y sont pas encore sûrs du nombre. Sans parler des risques de détournements. On prend un d' ces putains d'avions et on sait même pas où on va atterrir. Moi je sais bien ce que j' ferais. J' rétablirai c'te putain d' peine de mort. Et encore, la peine de mort c'est bien trop doux pour ces salopards. A quelle entrée j' vous dépose? ajouta-t-il sans reprendre son souffle.

– Au terminal n° 1.

– Bon, on aura p't'être un peu d' chance. J' vais tâcher de contourner tout c' merdier et d'éviter les voies principales. Ça vous coûtera sans doute un peu plus cher.

– Aucune importance. L'essentiel, c'est que nous arrivions à temps.

– J' vais faire d' mon mieux. Ah! si j'avais l' pognon, j'aime mieux vous dire que j' ferais comme vous et que j' foutrais le camp d'ici. »

L'homme conduisait à peu près aussi bien qu'il parlait et s'engagea dans un dédale de petites rues en roulant comme un enragé. Le monologue qu'il s'obstinait à tenir était lassant et pénible à suivre, car il s'exprimait avec un horrible accent cockney et Calder ne comprenait pas la moitié de ce qu'il disait.

« Plus rien n' tourne rond dans c' putain d' pays. On l'a bien cherché, r'marquez. Tous ces mecs qui nous gouvernent, pourriture et compagnie. J' me fais mes dix heures par jour, à tirer c'te putain d' taquot, et j'ai même pas un rond d' côté. Mais qu'est-ce que vous croyez ? Tous ces enculés qui débarquent chez nous dans leurs cargos d' bananes savent mieux profiter qu' moi d' la Sécu et des Allocs. Vous m' suivez ? Voilà l' problème, croyez-moi. Non, ne m' parlez plus d' ce foutu pays, vous risqueriez d' m'entendre. »

Il se pencha sur son volant et le serra contre sa poitrine comme un ballon. Tout en martyrisant son levier de vitesses, il poursuivit son chemin à travers les encombrements. Lorsqu'ils atteignirent les abords de Heathrow, ils se heurtèrent à un premier barrage et durent prendre place au bout d'une file de voitures qui attendaient d'être contrôlées. Calder distingua les gyrophares bleus de plusieurs véhicules de police. A l'intérieur du périmètre de l'aéroport, un tank de l'armée pointait vers le ciel son canon dentelé. Des militaires armés de mitraillettes étaient postés tout le long de l'enceinte. Tandis que le taxi se rapprochait lentement des barrières, Calder comprit que les policiers ne se contentaient pas d'un contrôle de routine, mais procédaient à une fouille systématique de tous les véhicules. Il passa mentalement en revue la teneur de ce qu'il transportait. Une seule chose présentait quelque danger : la photographie de la jeune femme. Tout en surveillant le chauffeur du coin de l'œil, il la sortit de son portefeuille et la glissa entre les coussins de cuir de la banquette.

Leur tour finit par arriver. Un policier s'adressa à Calder, alors qu'un de ses collègues demandait au chauffeur de descendre du taxi et de lui montrer sa licence.

« Vous vous rendez à l'aéroport, monsieur ?

– Oui, répondit Calder. A quoi rime tout ceci ?

– Simples précautions de routine, monsieur. A cause des récents attentats terroristes. Vous n'avez pas d'autre bagage en dehors de cette valise ?

– Non.

– Puis-je vous demander de l'ouvrir ? »

Calder s'exécuta. Le policier fouilla dans les vêtements et vérifia le contenu de la trousse de toilette.

« Vous êtes citoyen britannique, monsieur ?

– Non, je suis suisse.

– Vous parlez fort bien notre langue, si je puis me permettre cette remarque. Eh bien, merci, et excusez-nous pour ce dérangement. »

Son collègue avait fait le tour du véhicule pour inspecter le contenu du coffre. Lorsqu'il le referma, le taxi trembla sur place.

« C'est bon. Circulez.

– On a perdu du temps, avec toutes leurs conneries, marmonna le chauffeur, qui reprit de plus belle son amer discours sur l'existence. Qu'est-ce qu'ils espèrent trouver dans un putain de taxi ? Y f'raient mieux d' foutre à la porte tous ces salopards d'étrangers. Voilà ç' qui faudrait faire. Sauf que maint'nant, les étrangers c'est nous. Voilà ç' qu'on est dev'nu, des pauv' cons d'étrangers sur cette putain d'île. Vous partez loin, au fait ?

– Non. Un simple voyage d'affaires à Bruxelles, malheureusement. »

Calder sortit à l'avance quelques billets de son portefeuille pour régler le prix de la course et récupéra la photo qu'il avait cachée. Il prit soin de ne pas laisser un pourboire trop élevé : les chauffeurs de taxi se souviennent toujours de ce genre de choses. En pénétrant dans le terminal n° 1, il remarqua immédiatement que d'importantes forces de police étaient postées aux abords des guichets d'embarquement. Il se rendit à un bureau de change et se renseigna pour connaître le montant en francs belges de l'argent qu'il voulait changer. L'employé pianota sur un clavier et lui indiqua la somme.

« Pas plus ? J'attendrai d'être à Bruxelles, je suis sûr d'obtenir un taux plus avantageux. »

Il quitta une fois de plus le bâtiment et se fraya un chemin dans la foule jusqu'au terminal n° 2. D'aussi loin qu'il se souvînt, on n'avait jamais cessé d'agrandir Heathrow et la plupart des bâtiments avaient l'air d'être emboîtés les uns dans les autres comme des blocs de Lego. Ce manque d'harmonie et de vue d'ensemble avait le don de l'irriter.

Comme il n'avait pas de bagage à faire enregistrer, il se rendit directement au contrôle des passeports, qu'il passa sans difficulté. Après avoir acheté une bouteille de whisky hors taxe, il alla regarder la vitrine d'une librairie. A sa grande déception, il n'aperçut aucun nouveau livre de Jean Plaidy, mais se consola tout de suite en découvrant plusieurs rééditions de romans pornographiques victoriens. Il en choisit un, dont le titre était *Scènes lascives au couvent.* Son attention habituelle se relâcha devant la perspective de cette attrayante lecture. Son avion avait décollé depuis plus de dix minutes et il s'apprêtait à savourer le premier verre offert par l'hôtesse lorsqu'il reconnut, quelques sièges plus loin dans la travée de gauche, l'Arabe qu'il avait déjà remarqué à l'hôtel.

6.

A peu près au moment où l'avion de Calder décollait pour Zurich, Hillsden venait de recueillir deux éléments d'information. Le premier lui fut communiqué par le service de déminage, qui lui apprit que le mécanisme mis en place pour faire sauter la voiture de Bayldon était d'un modèle inconnu jusqu'ici, et apparemment bien supérieur à tous ceux que l'IRA avait utilisés dans le passé. Un examen minutieux de la carcasse du véhicule avait permis d'établir que le détonateur avait été relié à la radio de la Jaguar.

« C'est probablement pour cette raison que la voiture n'a pas explosé au moment même où vous partiez, lui dit-on. Cette technique a déjà été employée; on prétend que c'est l'OLP qui l'a mise au point, mais saura-t-on jamais la vérité ? Puisque le chauffeur était seul à bord, l'hypothèse la plus vraisemblable est qu'il a dû allumer la radio pour écouter le dernier bulletin d'information...

– Le poids des mots..., murmura Hillsden, qui regretta aussitôt sa légèreté. Je suppose qu'il est impossible que la bombe ait été placée pendant que la voiture était dans la propriété de Bayldon ?

– Cela semble en effet improbable. La voiture a été l'objet d'une surveillance constante entre le moment où Bayldon est rentré chez lui et celui où vous l'avez quitté.

– Rien en ce qui concerne les domestiques ?

– La cuisinière française est à son service depuis plus de cinq ans. Nous attendons des renseignements de Paris à son sujet. Le maître d'hôtel est très certainement homosexuel, mais en dehors de ça nous n'avons rien contre lui. Quant au jardinier, Bayldon nous a assuré qu'il était aussi peu digne de suspicion que le pape.

– Et le chauffeur lui-même ?

– Ancien militaire, bons états de service, quelques contraventions pour excès de vitesse, mais rien de sérieux. Marié, mais séparé.

– Chou blanc sur toute la ligne, dirait-on, soupira Hillsden. Où était placée la bombe? Sous le capot?

– Non, à l'intérieur de la roue de secours. C'est pour cela que nous sommes certains que l'engin a été mis en place à l'avance.

– Quel type d'explosif?

– Du chlorate de sodium.

– J'imagine que la voiture appartenait aux services du ministère?

– Oui et non. C'était bien une voiture de fonction, mais Bayldon avait exigé qu'elle lui soit exclusivement réservée.

– Alors, quel est votre pronostic?

– Une erreur est toujours possible, mais nous ne croyons pas à la filière irlandaise dans cette affaire. Ils se sont servis de détonateurs à distance tous ces derniers temps, et vous savez aussi bien que moi que ces types tiennent à leurs habitudes. A moins, bien sûr, qu'ils ne soient justement en train de commencer une nouvelle série.

– Bayldon a-t-il été interrogé?

– On n'*interroge* pas les ministres, Alec. On les rencontre. Oui, nous l'avons vu tout à l'heure.

– Il avait l'air plutôt secoué la nuit dernière lorsque je lui ai appris la nouvelle au téléphone.

– Eh bien, il semblait remis de ses émotions ce matin. Rien de tel que de braquer sur eux quelques caméras de télévision pour aider les politiciens à retrouver leur entrain. Il nous a sorti tout un baratin sur la vulnérabilité des hommes publics, sur les risques constants qu'ils encourent, et ainsi de suite. On en avait les larmes aux yeux.

– Il n'avait rien remarqué d'inhabituel?

– Il n'a pas arrêté de nous pomper l'air pour que nous renforcions sa protection. Nous lui avons fait remarquer qu'il ferait bien de changer ses horaires et ses trajets dans les jours qui viennent. Nous allons doubler le dispositif de surveillance dont sa femme et lui sont l'objet. »

Tandis que Hillsden digérait ces bribes de renseignements, il reçut un coup de fil de Hogg.

« Je suis navré d'avoir tant tardé à vous appeler, commença ce dernier en faisant preuve d'une surprenante politesse, mais la première série de tests n'était pas suffisamment fiable et j'ai dû procéder moi-même à de nouvelles analyses. Il y a quelque chose qui cloche, dans cette affaire.

– Quoi donc?

– Je n'en suis pas encore certain. (La voix de Hogg avait retrouvé sa brusquerie coutumière.) Si c'était le cas, je vous le dirais. J'aimerais d'abord en discuter avec un confrère de Porton. »

Dès qu'il eut raccroché, Hillsden appela Belfrage pour lui rapporter la teneur des conversations qu'il venait d'avoir.

« Intéressant », commenta laconiquement ce dernier.

Pourquoi ces foutus officiels ne sont-ils jamais capables de sortir de leur réserve, se dit Hillsden. Il aurait aimé entendre l'écho de sa propre inquiétude dans la voix de son correspondant.

« Comment vous sentez-vous ce matin ? lui demanda-t-il.

– Relié à la radio, dites-vous ? répondit Belfrage en refusant d'être entraîné sur ce terrain. C'est une innovation, non ?

– Pas vraiment. Nous utilisions le même procédé il y a déjà des années. Vous vous souvenez peut-être de Krakov ? C'était entre autres un grand amateur de musique classique. Nous avions monté notre coup afin qu'il soit gâté pour son chant du cygne. Il est parti sur l'air de *Casse-noisette*. Ce fut une des plaisanteries les plus réussies de la boîte.

– Ne me parlez pas de choses que je serai contraint d'oublier, Alec.

– Allons, nous ne sommes pas sur écoute.

– Non, mais je n'ai pas envie pour autant d'entendre ce genre de propos. Officiellement, nous ne nous abaissons pas à de telles activités.

– *Officiellement*, la terre est toujours plate, et une fois arrivés au bord, les gens tombent dans le vide. Vous ne saviez pas ça ? »

Une fois qu'il eut raccroché, ce ne fut pas aux réponses distantes de Belfrage que Hillsden se mit à réfléchir. Il s'assit à son bureau et traça de vagues dessins sur la vitre poussiéreuse de la fenêtre. D'où il se trouvait, il avait vue sur le fleuve et apercevait même la tour de Londres. Autrefois, la trahison était une affaire simple à régler : les gens passaient sur le billot, dans cette prison qui n'était plus maintenant qu'une attraction touristique pour étrangers bedonnants. De nos jours, la trahison était devenue un vrai casse-tête chinois que personne ne parvenait plus à résoudre. Il avait existé une époque où les espions étaient payés en bel et bon argent et n'avaient pas de déclaration d'impôts à remplir. Des coffres remplis de pièces sonnantes et trébuchantes étaient mis de côté à seule fin de récompenser leurs exploits les plus méritants. Mais cet âge d'or était bien fini. Nous ne sommes plus que des gratte-papier, songea-t-il, soumis à la bureaucratie de Whitehall et à l'échelle des salaires. D'ici peu, notre niveau de vie ne sera pas plus élevé que celui d'une couturière ou d'un plongeur de restaurant. Peut-être ne méritons-nous pas mieux, au fond.

La pièce où il se trouvait était située au deuxième étage d'un entrepôt converti en bureaux, dans un quartier abandonné des docks. A l'étage au-dessus, un producteur de films qui avait jadis réussi possédait un luxueux penthouse prolongé en terrasse. Un cabinet d'architectes en vogue occupait les bureaux du rez-de-chaussée et du premier étage. Les locaux de l'équipe dont Hillsden avait la charge étaient pris en sandwich entre eux. Sur la porte, une plaque informait les visiteurs que la compagnie Porter, Forsyth and Newhouse, Ltd – importateurs de vins – tenait ici son siège. Les caisses remplies d'échantillons de vin bon marché qu'ils possédaient pour justifier leur raison sociale au cas où un inconnu serait venu leur passer commande étaient le seul avantage dont ses subordonnés et lui eussent jamais tiré profit. Comme certains aimaient à le dire en plaisantant : « Au moins, si nous coulons, ce ne sera pas sans munitions ! »

Il alluma son récepteur de télévision. L'écran montrait une vue de leur entrepôt de fausses marchandises. Tous ces gadgets techniques, introduits depuis le dernier remaniement des services, amusaient Hillsden plus qu'ils ne l'ennuyaient. Tout comme le précédent directeur, l'illustre et regretté George Dinnsbury (dit Gunga), il n'avait guère confiance en tout cet attirail électronique. Gunga ne manquait jamais de répéter : « Donnez-moi n'importe quelle machine, je parviendrai à la trafiquer. Il faut se méfier de tout ce qui marche avec un moteur. On n'a pas encore inventé un appareil qui soit capable de photographier les pensées d'un être humain. Le jour où ça arrivera, je capitulerai volontiers. Tous ces rayons X, ces détecteurs de mensonge – c'est de la connerie. Ça ne sert qu'à appâter les politiciens et les journalistes. On ne luttera jamais contre les erreurs et les errements de la nature humaine; l'idée de trahison est inscrite dans notre cerveau. Même le Christ a été trahi, et personne n'est venu le sauver quand il était sur la croix. »

L'écran montrait maintenant un bureau de style moderne, derrière lequel une jeune femme plutôt bien roulée était en train de se refaire les ongles. Tout avait été fait pour que le décor ait une allure appropriée : sur les murs, plusieurs affiches représentaient des vues des plus célèbres régions vinicoles, et un présentoir proposait des catalogues où étaient répertoriés la nature et le tarif des crus qu'ils étaient censés vendre. Ils s'étaient tous beaucoup amusé à inventer des appellations plus saugrenues les unes que les autres. C'était

Hillsden qui avait décroché le gros lot avec son « Château de la Vulva, Premier Cru 69 – un rosé fruité de la Forêt-Noire qui se bonifiera avec le temps ».

Miss Glazer, la jeune femme bien roulée en question, était l'un des cadres administratifs de leur équipe. Sa spécialité consistait à ouvrir les lettres qu'ils interceptaient et à les recacheter, mais elle avait également subi un entraînement physique complet. Ses connaissances théoriques en œnologie étaient relativement floues, n'empêche qu'elle était toujours à la hauteur dès qu'il s'agissait de vider quelques bonnes bouteilles. Dans la boîte, personne n'avait réussi à dépasser le stade des préliminaires avec elle; si elle possédait tout ce qu'il fallait là où il fallait, elle ne l'affichait pas ostensiblement. Les spéculations concernant ses penchants extra-professionnels pour les plus jeunes membres de l'équipe allaient toujours bon train et, malgré l'échec qu'avaient rencontré toutes les tentatives amorcées dans ce sens, l'opinion générale n'avait pas changé et on continuait d'estimer qu'elle méritait le détour.

Hillsden appuya sur le bouton de l'interphone et la vit décrocher son récepteur.

« Glazer, ma chérie, je vais aller faire un tour jusqu'à cet hospice. Si le Dr Hogg – peut-être préfère-t-il qu'on l'appelle professeur, je vous laisse juge puisque votre flair est proverbial –, donc si ce Dr Hogg appelait, ne manquez pas de me laisser un message sur le répondeur. C'est *très* important. Quelle teinte utilisez-vous ?

– Peau de pêche.

– Je suis ridicule de vous demander ça. Ah! – encore une chose : pouvez-vous me rendre un service...

– Et appeler votre femme.

– Vous avez gagné. Dites-lui...

– De ne pas vous attendre pour dîner.

– Vous êtes incollable. Vous venez de gagner un week-end pour deux personnes sur le ferry-boat qui fait la liaison entre Douvres et Calais. »

Après avoir composé le code, il emprunta l'ascenseur privé qui menait au garage souterrain. Il fut accueilli par Hanson, le mécanicien et l'enfant terrible de l'équipe, qui l'attendait à côté d'une Opel Monza.

« Ma BMW n'a pas encore été récupérée ?

– Laissez-moi souffler cinq minutes. J'ai eu trois voitures à réviser ce matin. Celle-ci ne vous plaît pas ?

– Je suis un réactionnaire, je n'aime pas le changement. Vous avez vérifié la roue de secours ?

– Est-ce que j'ai l'air d'un amateur ?

– Vous savez qu'hier soir la charge d'explosif était dissimulée dans la roue de secours et reliée à la radio...

– Travail propre mais sans originalité, dit Hanson avec un certain mépris. La Salamandre avait employé la même technique à Rome.

– C'est vrai, au fait. Pourquoi ne me suis-je pas souvenu de ça ?

– Vous n'êtes pas aussi malin que moi.

– Le chauffeur y est passé, hier.

– Ouais. Sale boulot, le métier de chauffeur.

– C'est bien pour ça que je conduis moi-même », conclut Hillsden.

Dès que Hanson eut déclenché l'ouverture des portes automatiques, il fit tourner le moteur de l'Opel et constata avec satisfaction qu'il avait été réglé sur sa conduite habituelle. Il quitta le hangar et longea la rive gauche de la Tamise en direction de l'ouest ; il ne traversa pas le fleuve avant d'avoir rejoint le pont de Battersea. Là, il fut contraint de ralentir car une cohorte de manifestants, escortée par des policiers à cheval, traversait l'avenue en brandissant des pancartes qui proclamaient : LEE WAKEFIELD SERA VENGÉ. Wakefield était un agitateur professionnel qui avait soi-disant trouvé la mort alors qu'il se trouvait entre les mains du GIGN, au cours des émeutes qui avaient agité Trafalgar Square l'année précédente. Il avait aussitôt été élevé au rang de martyr par les trotskystes, le Parti révolutionnaire des travailleurs et autres groupuscules d'extrême gauche. Dans son programme électoral, le nouveau gouvernement avait promis de dissoudre le GIGN, mais cela ne semblait pas devoir être pour demain. Une fois au pouvoir, on ne raisonne pas comme au temps où l'on était dans l'opposition. Tout pouvoir a besoin d'être protégé.

Hillsden prit son mal en patience. Il écoutait les clameurs rituelles de la foule et observait sans émotion les visages déformés par la haine. L'un des manifestants grimpa sur le toit de la Monza et glissa un tract sous l'un des essuie-glaces. La tête ravagée de Wakefield le fixa à travers le pare-brise tandis qu'il contournait les policiers qui fermaient le ban derrière les derniers manifestants.

Il était content de faire ce voyage, finalement. Il avait besoin de s'isoler pour réfléchir à toute cette histoire sans être dérangé. Le souvenir de Caroline était encore trop vif en lui. Il ne voulait plus penser au cadavre qui gisait dans le labo de Hogg, mais à la femme qu'il avait aimée jadis.

Alors qu'il s'apprêtait à quitter l'échangeur et à accélérer pour rejoindre l'autoroute, une rafale de vent inopinée arracha le tract du pare-brise et le soleil vint frapper l'angle de la vitre, l'éblouissant un bref instant. Il rabattit le pare-soleil et revit brusquement la surface d'un lac parcouru de reflets. Pourquoi un lac ? se demanda-t-il. Et soudain la mémoire lui revint.

7.

L'Autriche

« Laisse tomber, Alec. Je ne te crois pas, dit Caroline. Il s'agit encore d'une de tes macabres inventions.

– Pas du tout. Je serais bien incapable d'imaginer une histoire pareille. Je ne fais que rapporter ce que l'on m'a dit. »

Caroline le dévisagea avant de répondre.

« Tu prétends que les mouches viennent mourir précisément dans cette pièce, une fois l'an ?

– Je ne prétends rien du tout. Je me contente de te répéter ce que Jock m'a raconté.

– *Toutes* les mouches ?

– Bien sûr que non. Jock lui-même n'irait pas jusque-là. Je pense qu'il voulait parler de celles qui vivent dans la région.

– Et tu l'as cru ?

– Tu connais ma position, répondit Hillsden. Ne jamais écarter une hypothèse avant d'avoir pu prouver son impossibilité.

– Jock a-t-il vu de ses yeux cet incroyable phénomène ?

– Non. C'est le Dr Lehmann qui lui en a parlé.

– Qui est-ce ?

– Un médecin de la région aux compétences douteuses, historien à ses heures. Un vrai concierge, d'après Jock. En plus, il paraît qu'il pue horriblement de la gueule. Tu sais combien il est friand de ce genre de personnages.

– Vous êtes vraiment impayables, tous les deux.

– Jock affirme tenir de la même bouche fétide l'information selon laquelle le phénomène n'aurait commencé qu'à la fin de l'année 1944, après qu'un officier de la Gestapo eut été exécuté dans cette pièce. Ce serait à partir de ce moment que les mouches auraient pris l'habitude de venir accomplir leur étrange pèlerinage.

– Je suis sûre que Jock a inventé cette histoire de toutes pièces.

– Je ne te dis pas que je l'ai prise pour argent comptant. Mais après tout, il n'est pas impossible qu'elle soit vraie. Les éléphants se retirent bien dans un endroit spécial pour mourir : pourquoi les mouches n'en feraient-elles pas autant ? Il faut bien qu'elles meurent quelque part. Pourquoi pas dans la tour de ce château ?

– D'accord. On parie ?

– Si tu veux.

– Combien ?

– Cent sacs, ça te va ?

– En livres ou en dollars ?

– En devises locales. Je ne veux pas être dur avec toi.

– Écoutez-moi ce ton protecteur... »

Ils grimpèrent l'escalier de pierre, taillé dans l'épaisseur des murs de la tour. Ils étaient à peine arrivés à mi-parcours que Hillsden souffrait déjà de crampes aux mollets.

« Les gens devaient avoir sacrément envie d'aller se coucher, jadis, dit-il en haletant.

– Ça dépendait sûrement de celle qui les attendait en haut.

– Il fallait vraiment qu'elle mérite le détour... (Il s'appuya contre la paroi humide et froide et enlaça Caroline.) Si ç'avait été toi, je suis sûr que tu aurais été plus indulgente. Tu m'aurais certainement lancé une boucle de cheveux dorés du haut de ta fenêtre, comme dans les contes de fées.

– Il aurait d'abord fallu que je les laisse pousser. »

Ils s'embrassèrent, puis Hillsden ajouta :

« Et si je te donnais l'argent du pari et que nous laissions tomber cette histoire de mouches ?

– Ah, ah... Tu te dégonfles ?

– Ça dépend de ce que tu entends par là...

– Arrête ! Tu vas me faire tomber. Cet escalier n'a pas exactement été conçu pour qu'on s'y livre à des exercices de pelotage. Allez, viens ! Nous sommes presque arrivés et je sais perdre avec le sourire. »

Ils achevèrent leur ascension et débouchèrent sur le petit terre-plein qui était situé au sommet de la tour. A cause de l'âge ou de l'humidité – ou plus probablement des deux –, la porte devant laquelle ils se trouvaient était à moitié sortie de ses gonds et Hillsden dut employer toute sa force pour la soulever du sol de pierre avant de parvenir à la faire lentement pivoter.

« Après la crise cardiaque, l'hernie... », ahana-t-il tandis que la porte s'ouvrait enfin.

Le spectacle qu'ils découvrirent était aussi horrible que fascinant. La petite pièce était littéralement couverte d'un tapis ondulant de mouches bourdonnantes. Une brise glaciale soufflait depuis le lac par les vitres brisées de la fenêtre et, pendant qu'ils contemplaient la scène, d'innombrables mouches continuaient à s'insinuer par cette ouverture; après s'être posées sur le rebord, elles se glissaient lentement dans la chambre, en rampant comme une colonie d'infirmes en route vers un dispensaire. La pièce pouvait très bien avoir servi de cachette autrefois : un étroit sommier métallique se dressait encore dans un coin. Le montant était d'un style typiquement autrichien; il était incrusté en son centre de marquetteries ornées de motifs floraux, maintenant à moitié rongées par les termites. Les mouches se pressaient sur le lit en formant une couche de plusieurs centimètres, qui avait l'aspect d'une épaisse flaque de sang noir et coagulé. Il n'y avait pas d'autre meuble dans la pièce, à l'exception d'un petit lavabo au-dessus duquel était fixé un miroir ébréché. Une longue colonie de mouches avait grimpé le long du robinet : on aurait dit qu'elles s'écoulaient de son embouchure comme un atroce flot de liquide visqueux. Les murs étaient fissurés et de larges plaques de plâtre avaient été arrachées par endroits, révélant les pans d'une ancienne boiserie. D'autres cohortes d'insectes rampaient vers ces blessures murales pour y trouver leur dernier abri.

Sur le lit, tout un essaim de mouches bascula soudain et s'effondra au sol, où il fut immédiatement absorbé par le tapis mouvant que formaient ses congénères.

Prise d'une brusque terreur, Caroline recula et faillit précipiter Hillsden en bas des escaliers.

« Ferme cette putain de porte! » hurla-t-elle.

Hillsden s'interposa devant elle et essaya de tirer à lui la porte gondolée, mais elle résista à tous ses efforts.

« Arrête! Tu risques de les affoler et elles vont se lancer à notre poursuite! »

Ils reculèrent vers l'escalier jusqu'à ce qu'ils aient assez de place pour faire demi-tour, puis dévalèrent les marches quatre à quatre.

« C'est absolument incroyable! » déclara Hillsden lorsqu'ils se retrouvèrent à l'air libre, aussi essoufflés que des enfants venant de faire la course. Caroline s'accroupit, la tête entre les genoux, comme si elle était sur le point de vomir.

« Chérie... Tu te sens bien? (Elle ne répondit pas et il s'agenouilla près d'elle.) Je n'imaginais vraiment pas que nous allions tomber sur un truc pareil. »

Il prit la tête de la jeune femme entre ses mains. Tout en la réconfortant, il réalisa que c'était la première fois depuis qu'il la connaissait qu'elle manifestait une telle frayeur.

« Je suis vraiment désolé. Je ne t'aurais jamais emmenée là-haut si j'avais su. Tout ça à cause de ce connard de Jock! Eh! Tu n'es pas malade, au moins? »

Elle secoua la tête, mais il sentit qu'elle tremblait comme si elle avait eu la fièvre. Il la berça dans ses bras jusqu'à ce qu'elle se soit calmée.

« J'ai cru revivre un cauchemar que je faisais souvent lorsque j'étais enfant, dit-elle enfin. Sauf qu'à l'époque il ne s'agissait pas de mouches, mais d'une marée de créatures sans visage qui nous poursuivaient, papa, maman et moi. Je parvenais à leur échapper, mais elles avaient déjà attrapé mes parents. Je voyais mon père tomber tandis que le cercle des monstres se refermait sur lui. Ma mère se retournait pour l'aider, et elle était prise à son tour. Ils avaient disparu tous les deux, comme s'ils avaient été engloutis par cette foule. Et moi, je continuais de courir, sans pouvoir rien faire.

– Mais c'était il y a très longtemps, ma chérie, et ce n'était qu'un rêve, dit Hillsden avec douceur en lui caressant les cheveux.

– Oui. Oui, je sais bien. Tu n'as jamais fait de cauchemars quand tu étais enfant?

– J'en fais encore. A notre sujet, la plupart du temps.

– Ça m'est revenu tout d'un coup, là-haut. Dieu merci, c'est notre dernière nuit ici. Si j'avais su plus tôt ce qui se passait au-dessus de nos têtes, je serais morte de frayeur.

– Mais non.

– Si. Je n'aurais jamais pu m'endormir. Le pire, ç'aurait été de coucher dans cette pièce au début. Je veux dire que nous nous serions endormis sans méfiance, et qu'au milieu de la nuit ces sales bêtes seraient arrivées et se seraient mises à ramper sur nous... Promets-moi de ne pas me quitter cette nuit!

– Tu sais bien que je ne te quitterais jamais, si ça ne tenait qu'à moi. Évidemment, ce n'est qu'un vœu pieux...

– Pourquoi? dit-elle. C'est à toi d'insister. »

Il aurait voulu la croire. Lorsqu'elle eut repris ses esprits, ils franchirent le pont-levis et suivirent l'étroit sentier qui longeait le lac. Les frondaisons des fougères viraient au brun, et les premières feuilles tombaient déjà des arbres.

« Les lacs me rendent triste, dit Caroline au bout d'un moment. Je ne les ai jamais aimés.

– Ils me rappellent toujours un poème que j'ai appris à l'école. Attends... « Les roseaux meurent au bord du lac, les oiseaux se sont tus... »

– *La Belle Dame sans merci.* Moi aussi je l'ai appris. Oui, ils me rendent triste. Ce n'est pas comme la mer... J'aimerais tant habiter au bord de l'océan.

– Qu'est-ce qui t'en empêche?

– L'argent. Je ne parle pas des cottages humides du Sussex ou du Norfolk ni de ces " charmantes ruines " dont on voit la publicité un peu partout et qui n'ont soi-disant besoin que d'être un peu " retapées ". Je vois d'ici le tableau : une bicoque couverte de crottes de pigeons et envahie par la poussière et les punaises, aussi froide qu'une glacière et donnant sur l'étendue grise et monotone de la Manche...

– Qu'est-ce qui te plairait, alors?

– Je voudrais vivre dans un coin retiré, où il y ait du sable blanc, des couchers de soleil – et la mer tout autour, bleue à perte de vue.

– Ma foi, ce n'est pas un rêve insensé. »

Elle s'interrompit et contempla la surface immobile du lac.

« Ludwig a trouvé la mort dans un décor semblable.

– Ludwig?

– Le Roi vierge – c'est bien ainsi qu'on l'appelait? Il est mort non loin d'ici, dans un cadre identique. J'ai visité ses châteaux insensés dans mon adolescence, lors d'un voyage organisé par le collège. Imagine une tribu de gamines en canotier et en jupette plissée, avec leurs chaussettes blanches réglementaires et leurs chemisiers froncés...

– Ne va pas raconter ça à Jock...

– Pourquoi?

– A cause d'un truc qu'il m'a avoué, un jour où nous étions un peu partis et que nous nous étions lancé dans la vieille controverse masculine à propos de nos préférences sexuelles. Il m'avait confessé qu'il avait toujours eu un faible pour les vêtements d'écolières. Mais je ne pense pas qu'il ait jamais concrétisé ça. Ça doit être un simple fantasme.

– Ce sont les fantasmes qui sont dangereux, dit-elle sans le regarder. On n'a jamais connu la vérité, en ce qui concerne la mort de Ludwig et l'ultime promenade qu'il avait faite au bord du lac en compagnie du médecin qui le gardait. Ce dernier s'est également noyé. C'est drôle : les gens détestaient Ludwig à l'époque, et il est aujourd'hui devenu leur principale attraction touristique. J'ai toujours eu un faible pour lui. Quitte à dilapider les deniers publics, autant le faire en édifiant des châteaux sublimes et insensés plutôt que de hideux et mesquins bâtiments administratifs.

– Voilà qui ne constituerait pas exactement un très bon argument électoral de nos jours, ma chérie.

– Qu'est-ce que nous allons léguer à la postérité ? Le National Theater, Center Point, Kensington Barracks ? Tous ces blocs de béton informes de l'après-guerre ? Je préfère cent fois les délires de Ludwig. »

Ils se remirent en marche et, au bout d'un moment, Caroline reprit :

« Je n'opterai jamais pour une telle méthode.

– De quoi parles-tu ?

– De suicide. Si du moins il s'agissait bien d'un suicide. Non, je serais incapable de me noyer. Si encore c'était pour être brusquement recouverte par une longue traîne d'écume chaude... Mais ici – avec ces ténèbres éternelles qui se referment sur vous... Ça doit être encore pire que ces mouches. »

Elle frissonna et il voulut la prendre par l'épaule. Elle accéléra le pas et son bras retomba dans le vide.

« Ne reviens pas là-dessus. Je sais très bien à quoi tu es en train de penser, lui dit-il.

– En es-tu sûr ?

– Tu n'es pas obligée d'aller à Berlin, tu sais. Je peux arranger ça avec Control. »

Elle secoua la tête.

« Il vient de me rappeler à Londres, insista Hillsden. Tu pourrais venir avec moi. Ça ne devrait pas être trop difficile de persuader Control. Il n'est guère satisfait de la façon dont les choses se passent en Allemagne de l'Est depuis que Henry a sauté. »

Caroline secoua une nouvelle fois la tête.

« Il faut que j'y aille, dit-elle.

– Pourquoi ?

– Parce que lorsque je rentrerai – j'entends : définitivement – je veux que ce soit avec quelque chose qui en vaille vraiment la peine. »

Hillsden la força à s'arrêter et voulut l'enlacer.

« Non, dit-elle. Pas ici.

– Qu'est-ce que ça peut faire ? Si par hasard quelqu'un nous voit, il croira à une querelle d'amoureux.

– Sommes-nous vraiment en train de nous quereller ?

– Tu sais très bien ce que je veux dire. N'en as-tu pas déjà fait assez ? Ne nous sommes-nous pas suffisamment battu l'un et l'autre pour toutes ces causes perdues ?

– Elles ne sont pas perdues à mes yeux.

– Ce n'est pas la haine qui ramènera les morts à la vie. Je peux prendre la décision à ta place, si ça te facilite les choses. Je peux arrêter toute l'opération. Je t'aime. (Il eut le brusque pressentiment que c'était la dernière fois qu'il prononcerait ces paroles.) Nous pouvons repartir ensemble, rentrer au pays, nous retirer, hiverner – que sais-je ? – et en finir avec tout ce merdier... Nous irons vivre en paix dans la maison de tes rêves, au bord de la mer.

– Tu as déjà une maison, souviens-t'en – et quelqu'un avec qui la partager.

– Ça aussi, ça peut changer.

– Troquer une vie de mensonge pour une autre, c'est ça que tu me proposes ?

– Je veux dire que je puis obtenir le divorce.

– Tu l'aurais fait depuis longtemps si c'était la solution. Je ne suis pas ta première infidélité.

– Quel terme démodé, ma chérie...

– C'est le péché lui-même qui est démodé, répondit-elle. La seule nouveauté, dans notre cas, c'est ton refus de respecter des règles qui nous dépassent. Nous ne pouvons pas à la fois être ce que nous sommes et mener la belle vie – ni nous comporter comme deux flics en train de faire leur ronde à la recherche de quelques ivrognes. Nous sommes prisonniers de notre rôle : nous surveillons les autres, tout en sachant que nous sommes également surveillés. »

Il tenta d'enrayer ce flot de paroles en l'embrassant, mais elle lui résista.

« Je retournerai là-bas parce que j'ai toujours une raison de haïr. C'est la haine qui régit notre jeu, Alec – ce n'est pas l'amour. »

Hillsden contempla à son tour la surface des eaux. L'implacable logique de Caroline l'avait réduit au silence. Un petit canot à moteur traversait l'autre extrémité du lac. Un peu plus tard, les vagues qu'il avait soulevées à son passage vinrent doucement lécher le rivage.

« De toute manière, tu te trompes en ce qui concerne Control, reprit Caroline. C'est lui qui a décidé de me renvoyer là-bas. Il est au courant pour nous deux. Nous n'avons pas été assez prudents.

– C'est Control qui a pris cette décision ? »

Hillsden ne parvint pas à dissimuler sa surprise. Il n'aurait pas été plus stupéfait si on lui avait annoncé que sa femme venait de lui refiler une maladie vénérienne.

« Évidemment.

– Depuis combien de temps est-il au courant ?

– Est-ce d'une telle importance ? soupira-t-elle.

– Et comment ! s'exclama-t-il, réalisant combien tout cela était moche, et à quel point leur vie avait pu être la proie du mensonge.

– Tu te souviens de la dernière fois où je suis allée à Salzbourg ? Control y était. Il occupait le siège voisin du mien à l'Opéra – une manière de satisfaire son sens de la mise en scène, j'imagine. Il m'en a parlé à l'entracte, en pesant soigneusement ses mots. Nous représentions un risque, tous les deux... Il était préférable de diviser pour régner... Tout cela en feuilletant son programme, comme s'il était en train d'expliquer le livret de Mozart à sa nièce. Mais il avait l'expression d'un directeur de prison venant apprendre à un détenu que sa demande de grâce a été rejetée et que la justice doit suivre son cours. Sauf qu'ici il s'agissait de sa justice à lui.

– Bon. Il est donc au courant. Ça nous simplifiera peut-être les choses.

– Mon pauvre ami ! Qui a prétendu que les choses étaient simples ?

– Formule cela autrement si tu veux. Il y a bien une possibilité. Control n'est tout de même pas Dieu, que je sache, ni même Jésus-Christ. Ce n'est pas parce qu'il vient t'offrir le saint sacrement que tu es obligée de l'accepter. Est-ce que nous comptons pour des prunes ?

– Tu es injuste.

– Je ne prétends pas être juste. Je veux seulement éviter de te perdre. »

Elle le dévisagea un long moment avant de reprendre la parole.

« Il ne t'est sans doute jamais venu à l'esprit que je puisse avoir envie d'y aller ? »

Durant un instant, il fut incapable de prononcer un mot. Le ciel parut soudain s'assombrir et se charger de prémices fatales. Hillsden ramassa un galet et le lança à la surface du lac, mais il alla heurter un bouquet de nénuphars et ne reparut plus. L'eau agitée de reflets concentriques renvoyait un reflet brouillé du couple qu'ils formaient. Il ne parvenait pas à comprendre le calme qu'elle affichait ni à admettre qu'elle ait pu choisir de suivre un chemin qui l'excluait, lui. Il se tourna vers elle en enviant son assurance. Il voulait graver en lui pour toujours l'image de son visage.

« Ne prends pas un air aussi triste, mon chéri. Il faut m'accepter telle que je suis.

– Laisse-moi au moins un peu d'espoir. Je pourrais toujours t'attendre, à défaut de mieux. »

Avec quelle rapidité leurs rôles s'étaient-ils trouvés inversés! se dit Caroline. Ils essayaient, chacun à leur manière, de ne pas perdre pied et de garder le contact avec la réalité du monde.

« On forme une belle équipe, tous les deux – tu ne trouves pas? Toi qui ne peux m'empêcher de partir et moi qui ne puis t'empêcher de m'attendre...

– Je voulais que tout soit parfait, aujourd'hui, et j'ai tout gâché en t'emmenant dans cette pièce. Je t'aime, et j'ai peur de te perdre – voilà mon cauchemar, à moi. Tu es mon dernier espoir.

– Ne parle pas de manière aussi tragique. L'amour et l'espoir vont de pair, tu le sais bien. »

Elle alla vers lui et ils s'embrassèrent en s'étreignant désespérément.

« Nous ferions mieux de rentrer, maintenant, dit-il enfin. Jock doit nous attendre. Tu ne voudrais pas que nous rations notre dernier souper? »

Ils repartirent vers le château, sans se parler, en se tenant par la main comme des aveugles. De l'autre côté du lac, ils entendaient encore le vrombissement du petit canot à moteur, qui semblait battre la mesure comme un tambour funèbre.

8.

Hillsden ne cessait d'être hanté par des souvenirs confus liés à cette période tandis qu'il faisait route vers la clinique. Il n'avait jamais eu le courage d'aller rendre visite à Caroline depuis qu'elle était revenue et avait été installée ici. Sans le savoir, il gara sa voiture à l'endroit même où son meurtrier avait parqué la sienne. Un policier en uniforme montait la garde devant la porte d'entrée. En déclinant son identité, Hillsden remarqua le renflement qui déformait la veste de l'homme à la hauteur de sa poitrine.

« Alors, on a fini par décrocher sa licence de tir au pigeon ? » lui lança-t-il.

Le policier rougit, comme si on l'avait surpris en train de se livrer à quelque activité honteuse.

« Ça se voit tant que ça, monsieur ?

– En tout cas, moi je l'ai remarqué. Je vous conseille de vérifier la position du cran de sûreté si vous ne voulez pas finir également vos jours ici. »

Il se rendit directement au bureau de la supérieure.

« J'ai déjà raconté tout ce que je savais à deux équipes d'enquêteurs, déclara cette dernière. Je ne vois vraiment pas ce que je pourrais vous dire de plus. »

Et apparemment, tout cela commence à te courir sur le haricot, ma vieille, pensa Hillsden.

« Il est souvent nécessaire de revenir plus d'une fois sur les mêmes faits, tant pis si c'est ennuyeux, répondit-il. C'est en répétant la même histoire que l'on parvient parfois à faire surgir un élément nouveau, qui avait échappé à tout le monde jusque-là. »

La supérieure renifla.

« Puis-je commencer par vous demander si vous avez occupé ce poste pendant toute la durée du séjour de Mme Nicolson ?

– Oui. J'ai vérifié : elle est entrée chez nous deux mois exactement après que j'ai pris mes fonctions.

– C'est donc vous qui avez signé les papiers confidentiels lors de son admission ?

– Oui. »

Il sentait son hostilité sous-jacente.

« Vous saviez donc que son vrai nom n'était pas Mme Nicolson, mais Caroline Oates ? »

La supérieure hésita avant de répondre.

« Oui.

– Avez-vous communiqué à quiconque cette information ?

– Pas une seule fois avant sa mort. Après, j'ai pensé que cela n'avait plus d'importance. Ai-je eu tort ?

– Je ne pense pas. Dites-moi : où exerciez-vous avant de diriger cet établissement ?

– J'ai déjà répondu à toutes ces questions.

– Je n'en doute pas, mais je fais partie d'une autre équipe.

– J'ai fait mes études à St. Thomas, puis à Barts. C'est là que j'ai obtenu mon diplôme d'infirmière. Un peu plus tard, j'ai été nommée dans le nord du pays.

– Où cela ?

– A Liverpool.

– Pourquoi êtes-vous venue vous établir ici ?

– Après la mort de mon mari, le salaire que me versait le ministère de la Santé n'était pas suffisant. Lorsque j'ai vu l'annonce pour ce poste, j'ai posé ma candidature et j'ai eu la chance d'être retenue.

– Que saviez-vous d'autre à propos de miss Oates ?

– Sur le plan médical, vous voulez dire ?

– Oui.

– On m'a dit qu'elle sortait d'une grave dépression nerveuse et qu'elle avait jusqu'alors été employée au ministère de la Guerre.

– Rien d'autre ?

– Des bricoles. La liste des médicaments qu'on lui avait précédemment prescrits, des choses de ce genre.

– Elle était constamment sous médicaments, n'est-ce pas ? Souffrait-elle beaucoup ?

– Je ne crois pas qu'elle ait vraiment souffert physiquement, mais elle ne pouvait pas se passer de tranquillisants. J'ai conservé la liste, si vous voulez la voir. Je sais que la plupart des établissements de ce genre sont en butte à toutes sortes de critiques, généralement aussi malveillantes qu'infondées, mais je puis vous assurer que dans toutes les cliniques où j'ai exercé on n'a jamais administré un seul produit à un malade en dehors des consignes médicales.

– J'en suis convaincu. Quel était son état général?

– Elle allait beaucoup mieux de jour que de nuit. Elle ne supportait pas l'obscurité. Le soir, il fallait que nous dressions un paravent autour de son lit, en laissant une petite lampe allumée sur sa table de chevet. La plupart des médicaments qu'elle prenait avaient pour but de l'aider à trouver le sommeil.

– Vous parlait-elle de son passé?

– Le passé, c'est la seule chose dont les malades nous parlent, ici... Il lui arrivait d'avoir des moments de lucidité, mais très rarement, et cela ne durait jamais bien longtemps. Pourtant, j'ai eu la curieuse impression qu'elle avait retrouvé une grande partie de ses facultés dans les semaines qui ont précédé sa disparition.

– Et que disait-elle en de telles occasions?

– Rien de bien cohérent. Elle prononçait parfois certains noms, mais ceux-ci ne me disaient rien du tout.

– Vous souvenez-vous de ces noms?

– Il y en avait un qui ressemblait à Bailey, ou quelque chose d'approchant. Et un certain Jock. Je me souviens très bien qu'elle l'a mentionné plusieurs fois.

– Vous est-il arrivé de vouloir en savoir davantage sur son passé?

– Il y a une marge entre la compassion et la curiosité, M. Hillsden. Je savais que son cas n'était pas ordinaire. On ne donne pas la médaille de St. George à n'importe qui, n'est-ce pas? (Elle le regarda droit dans les yeux.) Mais lorsqu'on occupe une position comme la mienne, on apprend à être discret.

Hillsden sourit. Il sentait qu'elle commençait à se détendre un peu. Le ton de ses réponses était moins acide qu'auparavant.

« Si vous le voulez bien, revenons à ce que vous disiez tout à l'heure. Selon vous, son état s'était amélioré au cours des dernières semaines?

– Oui, j'ai eu cette impression. Je l'ai d'ailleurs dit à son cousin invalide lorsqu'il a appelé.

– Son cousin invalide? demanda Hillsden en essayant de dissimuler sa surprise.

– Oui. Il téléphonait régulièrement pour prendre de ses nouvelles. Il avait toujours l'air de se faire beaucoup de souci à son sujet.

– Vous rappelez-vous exactement quand il a appelé la dernière fois?

– Non. Nous ne notons pas ce genre de choses. Les familles

téléphonent sans arrêt, vous savez – et pas toujours avec les meilleures intentions...

– Au moins approximativement, insista Hillsden.

– Je n'en suis pas certaine. Il y a une dizaine de jours, peut-être.

– Et vous lui avez dit que son état s'améliorait et qu'elle retrouvait peu à peu sa lucidité?

– Je lui ai dit la vérité – ni plus ni moins. Il n'y avait quand même pas de mal à ça?

– Non, à première vue. Nous aurions dû vous mettre davantage au courant. L'erreur vient de nous. »

Pour la première fois depuis le début de la conversation, la supérieure parut troublée.

« Je ne comprends pas.

– Elle n'avait pas le moindre cousin, invalide ou autre, déclara lentement Hillsden.

– C'est impossible, répondit-elle. Je l'ai eu moi-même au bout du fil une bonne dizaine de fois.

– Ce n'est pas ce que je voulais dire. Mais l'homme qui vous a appelée était un imposteur, tout comme celui qui a assassiné miss Oates. »

Voulant se donner quelques instants de réflexion avant de poser une autre question, Hillsden but une gorgée de l'infect café instantané que la supérieure lui avait servi. Le bord de la tasse sentait le désinfectant.

« Ne croyez surtout pas que je cherche à vous accuser. Nous avons apparemment pris un risque beaucoup trop grand en ne vous informant pas complètement sur cette affaire. Ce n'est absolument pas une critique à votre égard. Mais il faut à tout prix que nous sachions maintenant quel genre de questions vous posait ce type. Je vous en prie, faites un effort.

– Il ne m'a jamais rien dit qui ait éveillé mes soupçons. Il se contentait de poser les questions qui préoccupent généralement les familles: il voulait savoir si elle se portait bien, si son état s'améliorait – des choses de ce genre...

– Et la dernière fois, que lui avez-vous dit? Prenez votre temps et réfléchissez bien. Rien ne presse. Lui avez-vous par exemple déclaré qu'elle était en voie de guérison?

– Non. Il me semble lui avoir simplement annoncé qu'elle était plus lucide que par le passé. Je n'en suis pas certaine. J'ai agi avec lui comme je l'aurais fait avec n'importe qui. Je n'ai jamais voulu donner de faux espoirs aux familles, je me suis toujours contentée de rapporter les faits.

– Il prétendait donc être invalide, et que pour cette raison il ne pouvait venir la voir ?
– Oui.
– C'est le seul individu qui vous ait jamais appelée ?
– Oui.
– Avez-vous parfois parlé de miss Oates en dehors de cette clinique ? »

La supérieure hésita, tandis que le rouge lui montait aux joues.

« Je n'ai jamais fait allusion à elle sous le nom de miss Oates. J'ai parlé de sa médaille à ma meilleure amie, mais en prenant soin bien sûr de l'appeler Mme Nicolson.
– Qui est cette amie ?
– Une dame que je connais depuis ma tendre enfance. Elle est institutrice – ou plutôt elle l'était, car elle est à la retraite à présent. Elle est veuve, tout comme moi. Nous avons l'habitude de passer nos vacances ensemble.
– Comment s'appelle-t-elle ?
– Molly. Molly Flute.
– C'est un nom peu courant. Elle est irlandaise ?
– Je crois que sa famille est originaire d'Irlande. Mais je ne la qualifierais pas d'irlandaise. Elle n'a jamais vécu là-bas. En tout cas, elle n'a pas le moindre accent.
– Pourrais-je avoir son adresse ? »

La supérieure n'eut pas l'air enchantée par cette éventualité.

« Est-ce vraiment nécessaire ?
– Dans une affaire de ce genre, nous ne pouvons pas nous permettre de négliger la moindre piste. »

Elle écrivit l'adresse sur une feuille à en-tête et la lui tendit. Hillsden la remercia.

« Il y avait donc deux personnes qui étaient au courant : votre amie et ce soi-disant cousin. Lui est-il arrivé de recevoir des visites ?
– Pas au sens où vous l'entendez. Bien sûr, une personne de l'Assistance venait régulièrement la voir.
– Ah... Je ferais bien de noter aussi le nom de cette femme.
– Il ne s'agissait pas toujours d'une femme. Ils changent sans arrêt, vous comprenez. Ça va, ça vient – parfois c'est une femme, parfois un homme. Je dois vous avouer que je n'approuve guère ce système. Tous ces gens sont généralement jeunes – bien trop jeunes, à mon avis – et la plupart du temps incompétents. De mon temps, il fallait apprendre son métier avant de pouvoir l'exercer. De nos jours, on dirait qu'il suffit d'avoir lu quelques livres sur le troisième âge pour mériter le titre d'expert. Je m'excuse de m'emporter ainsi, mais

ce genre de choses me révolte. Sans compter que l'administration sanitaire régionale ne nous porte guère dans son cœur : ils guettent la moindre occasion de nous avoir au tournant.

– Pourquoi donc ? »

La supérieure parut étonnée de sa naïveté.

« Nous sommes dans une clinique *privée,* M. Hillsden, et qui ne dépend pas du ministère de la Santé. Voilà qui n'est sans doute pas du goût de ceux qui font la loi de nos jours. Tous les hommes sont nés égaux, y compris devant la maladie, vous ne le saviez pas ?

– Ils vous font vraiment des ennuis ?

– Oh... Je sais comment leur tenir tête.

– Et quand l'un de leurs employés est-il venu voir miss Oates pour la dernière fois ? »

La supérieure consulta son registre.

« Il y a huit jours. Un certain M. Timpson. C'est lui qui vient depuis six mois. Pour être honnête, je dois reconnaître qu'il est un peu au-dessus de la moyenne. Au moins, il a les cheveux bien coupés et il porte une cravate. »

Hillsden nota le nom à côté de celui de Molly Flute.

« Vous ne vous êtes jamais dit que ce devait être terrible pour elle d'être seule au monde ?

– Non. Voyez-vous, je ne voudrais pas avoir l'air cynique, mais vous seriez surpris si vous saviez combien peu de malades reçoivent régulièrement des visites. Une fois que les pauvres diables ont été enterrés ici – et croyez-moi, c'est bien le terme qui convient –, leurs familles ne veulent généralement plus entendre parler d'eux et ne viennent pratiquement jamais les voir.

– Et le courrier ? Lui arrivait-il de recevoir des lettres ?

– Pas à ma connaissance.

– J'ai cru comprendre qu'après sa mort vous aviez découvert sous son lit une enveloppe portant un tampon irlandais.

– Oui, mais je ne comprends pas d'où elle pouvait bien venir. Le courrier passe obligatoirement par ce bureau. Ce n'est pas que nous voulions exercer une quelconque censure, néanmoins certains de nos malades sont aveugles et nous devons ouvrir leurs lettres pour que les infirmières puissent les leur lire à voix haute. En ce qui concerne nos patients les plus nerveux, je m'assure toujours que leur courrier ne contient rien qui soit susceptible de les agiter davantage. Vous n'imaginez pas ce que certains parents sont capables d'écrire, surtout lorsqu'il y a un héritage à la clef. Je vous avouerai que, depuis que je travaille ici, j'ai perdu la plupart de mes illusions sur la nature humaine. Il ne règne pas du tout la même ambiance dans les hôpitaux publics, croyez-moi. »

Hillsden hocha la tête.

« Et que se passe-t-il lorsque vous êtes absente – au moment des vacances, par exemple ?

– Les choses suivent leur cours normal. L'infirmière-chef est à mon service depuis des années et elle est au courant de toutes mes habitudes.

– Je me suis laissé dire que le jour où miss Oates est morte vous vous trouviez sur les lieux mais que vous n'étiez pas de service. Est-ce exact ?

– Je suis toujours plus ou moins sur la brèche, mais il est vrai qu'à ce moment-là j'étais en train de prendre un peu de repos.

– Qui était de garde ?

– L'infirmière Maureen Malcom.

– Elle était seule ?

– Pour une heure ou deux. Nous manquons de personnel ces temps-ci, mais l'après-midi est généralement le moment le plus calme de la journée.

– Et avant cet incident, tout était normal ?

– Je ne sais pas ce que vous entendez par " normal ", répondit la supérieure sur un ton qui rappela à Hillsden l'insolence de Hogg. Nous avons sûrement des idées différentes sur cette question.

– Laissez-moi formuler ça autrement : s'était-il passé quelque chose d'inhabituel ?

– Non. Un établissement comme celui-ci doit être régi selon des règles strictes, sinon ce serait le chaos. La plupart des malades sont incapables de se débrouiller seuls. Il y en a qui sont au bord de la folie, d'autres qui sont à jamais grabataires. Je mentirais en prétendant que tout marche toujours comme sur des roulettes. Il nous arrive souvent de ne plus savoir où donner de la tête. Enfin, le repos n'en est que mieux apprécié. L'un de nos malades en particulier – un aristocrate, d'ailleurs – nous donne souvent beaucoup de mal, bien qu'il soit tout à fait inoffensif.

– Vous faites sans doute allusion à lord Orchover ?

– Oui.

– N'est-ce pas lui justement qui a accueilli en premier ce soi-disant cousin ?

– Si. Une malheureuse coïncidence.

– Est-ce que vous pensez que je pourrais tirer de lui quelque information supplémentaire si je l'interrogeais ?

– J'en doute. Mais vous pouvez toujours essayer, à condition que je reste à ses côtés pour le surveiller. En fait, tout ce... toute cette horrible tragédie a eu lieu parce qu'il venait de déclarer à Maureen que l'homme était son avocat. Il est obsédé par l'idée que sa famille complote pour le déshériter. Comme elle est nouvelle ici et qu'elle n'était pas au courant de ses ruses, l'infirmière a dû se laisser prendre. Je ne cherche pas à l'excuser, mais je comprends qu'elle ait agi de la sorte. Normalement, nous accompagnons tous les visiteurs jusqu'aux chambres. Elle ne l'a pas fait. Notez que je n'élude pas la responsabilité qui est la mienne dans cette affaire. J'aurais dû remarquer que lord Orchover avait été blessé et alerter immédiatement les autorités. »

Hillsden s'aperçut avec stupéfaction que la supérieure s'était mise à pleurer.

« Je n'arrive toujours pas à croire qu'une chose aussi affreuse se soit passée ici, dit-elle tandis que Hillsden lui tendait son mouchoir. Mon Dieu, qu'allez-vous donc penser de moi ? Je ne me suis jamais comportée de manière aussi ridicule. Et regardez dans quel état j'ai mis votre mouchoir... Il est tout taché à présent, il y a même des traces de rouge à lèvres. Je vais le faire laver, sinon vous risqueriez d'entendre votre femme...

– Comment savez-vous que je suis marié ?

– Je me trompe rarement, dit-elle en s'essuyant les yeux. Les infirmières ont un sixième sens pour ce genre de choses.

– Je me souviendrai de ce détail.

– Est-ce que l'on pourra me prévenir lorsque l'enterrement aura lieu ? J'aimerais être présente à cette occasion. Surtout que la pauvre n'avait plus de famille... »

Elle s'interrompit brusquement.

« Ça alors ! s'exclama-t-elle.

– Que se passe-t-il ?

– Je viens de me rappeler quelque chose qui m'était complètement sorti de l'esprit. Elle possédait une photographie, qu'elle gardait en permanence sur sa table de nuit. Elle représentait un homme d'âge mûr en compagnie d'une jeune femme.

– Une photo d'elle lorsqu'elle était jeune ?

– Non, non. Elle avait été prise récemment. La fille était habillée à la mode d'aujourd'hui.

– Vous l'avez toujours ?

– Non, c'est bien ça le problème. Elle a disparu.

– Quand ?

– Elle n'était plus là après... après sa mort.

– Est-ce que l'une des personnes avec qui elle partageait sa chambre aurait pu la subtiliser? Les vieilles dames aiment souvent dérober ainsi des objets. »

La supérieure secoua la tête.

« Elles sont toutes les deux plus ou moins impotentes. Lorsque j'ai découvert que miss Oates était morte dans des circonstances suspectes, je les ai fait transférer dans une autre pièce. Même si l'une d'elles avait volé la photo, je m'en serais alors aperçue. »

Hillsden resta quelques secondes silencieux.

« Eh bien, il me reste à vous remercier, reprit-il. Je vous suis très reconnaissant de la franchise avec laquelle vous avez répondu à mes questions. Vous voyez que je n'avais pas tort : au bout du compte, vous vous êtes bel et bien souvenu d'un nouveau détail. Maintenant, si cela ne vous ennuie pas, j'aimerais m'entretenir quelques instants avec Maureen Malcom. »

Ils trouvèrent l'infirmière en train de faire avaler sa Blédine à lord Orchover sur la « véranda », comme l'appela fièrement la supérieure en désignant le prolongement vitré de la salle à manger.

« Je vais m'occuper de ça, Maureen. Ce monsieur voudrait vous poser deux ou trois questions à propos des récents événements.

– Allez-vous-en! s'exclama lord Orchover, alors qu'une cuillerée de Blédine lui ruisselait le long du menton. Je vous déteste! Vous êtes méchante! Et qui est ce type? Ce sont eux qui l'ont envoyé, hein? Dans ce cas, il peut tout de suite faire demi-tour. Ils n'auront pas un sou de plus, vous entendez! Pas un sou!

– Allez-y, Maureen. Vous pouvez utiliser mon bureau, M. Hillsden. »

Tandis qu'ils s'éloignaient, Orchover se remit à hurler.

« Je porterai cette affaire devant la Chambre!

– Il est inoffensif, au fond, dit l'infirmière. Il se comporte la plupart du temps comme s'il était encore un bébé. Vous êtes de la police?

– Je collabore étroitement avec elle. Je travaille au service des retraites du ministère de la Guerre. »

L'explication parut la satisfaire. Elle avait maintenant surmonté le choc que lui avait causé la mort de miss Oates et elle était visiblement ravie de se trouver ainsi sur le devant de la scène. L'idée de devoir répéter son histoire avait même tout à fait l'air de la réjouir.

« Il paraissait si gentil, avec ses fleurs et ses chocolats... Il s'exprimait bien et il était correctement vêtu – il aurait même pu se permettre de grossir un peu. Il flottait plutôt dans ses vêtements, si vous voyez ce que je veux dire. Je suppose que vous n'avez pas besoin de tous ces détails, mais les vrais policiers m'ont dit que j'avais fait une très bonne description de ce type. Ils m'ont même félicitée.

– Je n'en doute pas. Avez-vous remarqué s'il avait un accent quelconque ?

– Oui. Il parlait comme un Irlandais, malgré tout ç'aurait aussi bien pu être l'accent du nord. Il avait un peu l'intonation de James Mason. J'ai dit ça à la police, et ils m'ont déclaré que ça leur serait très utile. Évidemment, James Mason n'est plus de ce monde, mais il parlait exactement de cette façon dans ses films. C'était un magnifique acteur, vous ne trouvez pas ?

– L'un des plus grands.

– Est-ce que je devrai répéter tout ça au tribunal quand le type aura été arrêté ?

– C'est possible.

– Je ne sais pas comment je vais faire. Je n'ai jamais eu d'ennuis jusqu'ici.

– Vous n'en avez pas davantage aujourd'hui.

– Non, mais d'un autre côté... Ce n'est pas très rassurant de devoir penser à tout ça. »

Impatient d'en revenir au vif du sujet, Hillsden coupa court à ces réflexions.

« Miss Oates bénéficiait d'une pension d'invalidité. Mon service a été chargé de s'assurer qu'elle n'avait vraiment plus aucune famille.

– Ce type n'était pas celui qu'il prétendait, c'est ça ? Quel culot de venir me raconter de tels bobards ! Mais j'imagine que n'importe qui s'y serait laissé prendre. Je croyais agir au mieux.

– J'en suis certain. Nous avons appris qu'un parent éloigné de miss Oates téléphonait de temps en temps pour prendre de ses nouvelles.

– C'est exact.

– Il était apparemment dans l'incapacité de lui rendre visite, mais il lui téléphonait régulièrement. Avez-vous eu l'occasion de lui parler ?

– Oui, je m'en souviens. Je l'ai eu récemment au bout du fil, un jour où la supérieure était sortie.

– Qu'entendez-vous par “ récemment ” ?

– Oh ! Je n'ai aucune mémoire des dates ! De toute façon, ça ne peut pas remonter à plus de trois semaines, puisque j'ai été engagée à cette période.

– Et que lui avez-vous dit ?

– On essaie toujours de se montrer rassurant, de ne pas inquiéter les gens. Je crois bien lui avoir dit qu'elle se portait de mieux en mieux. Qu'est-ce que j'aurais pu lui dire en dehors de ça ?

– Et personne d'autre ne l'a jamais demandée ? Vous n'avez pas reçu d'autre coup de téléphone ? »

L'infirmière secoua la tête.

« Je vous pose cette question parce que la supérieure m'a parlé d'une photographie que miss Oates gardait toujours près de son lit. La photo d'une jeune fille...

– Ah, oui !... Une très belle fille.

– Elle ne vous a jamais dit de qui il s'agissait ?

– Non. D'ailleurs, je ne le lui ai pas demandé. J'évite de me mêler des affaires personnelles des malades, à moins qu'ils n'abordent eux-mêmes le sujet. Il y en a qui réagissent bizarrement. Je parlais un peu avec elle, évidemment, lorsque je faisais son lit ou que je l'aidais pour sa toilette. Mais elle ne disait pas grand-chose, la pauvre femme. Elle ne lisait même pas. Elle restait simplement assise là pendant des heures, sans faire un geste. La seule fois où elle s'est vraiment animée – ça m'avait frappée, à l'époque –, ç'a été à propos des mouches.

– Des mouches ?

– Oui. Elle ne les supportait pas. Dès qu'il y en avait une dans la chambre, elle commençait à s'agiter. Il fallait que je pulvérise un produit autour de son lit. Des araignées, encore, j'aurais compris. Moi-même, il y en a qui me donnent de ces frissons ! Mais des mouches... On est bien obligé de vivre avec, non ?

– Comme vous dites. Eh bien, je vous remercie. Votre concours m'a été précieux.

– Quand serai-je convoquée au tribunal, à votre avis ?

– C'est difficile à dire. Il faut d'abord qu'on attrape ce type.

– Je n'arrive toujours pas à réaliser que c'est moi qui l'ai fait entrer. J'ai encore froid dans le dos en y pensant. Vous croyez qu'il risque de revenir ?

– C'est fort peu probable. »

Avant de partir, Hillsden demanda à voir la chambre de Caroline. Elle était restée inoccupée depuis sa mort et il ne s'y attarda pas. Il n'y avait rien dans cette pièce qui eût le moindre rapport avec la femme qu'il avait connue autrefois. Mais il n'arrivait pas à chasser la question qui le tourmentait : pour quelle raison, se demandait-il, a-t-on bien pu vouloir se débarrasser de quelqu'un qui n'était plus qu'un légume ?

9.

L'avion de Calder atterrit à Zurich avec trois minutes d'avance sur l'horaire prévu, ce que l'hôtesse de la Swissair s'empressa d'annoncer en trois langues avec une pointe de fierté soigneusement mesurée dans la voix. Calder ne se pressa pas pour sortir et laissa l'Arabe débarquer avant lui. Comme il était muni d'un passeport suisse et qu'il n'avait qu'un bagage à main, il franchit sans encombre le contrôle des douanes. Il avait perdu l'Arabe de vue, mais il ne voulut prendre aucun risque et se dirigea vers les toilettes; là, il resta enfermé plus de dix minutes dans une cabine avant de ressortir et de rejoindre la succursale de la société Avis. Une autre de ses règles d'or était de ne jamais se rendre à l'aéroport avec sa propre voiture : un véhicule qui restait trop longtemps en stationnement pouvait finir par éveiller la curiosité. Il loua une Mercedes 280 SE, en payant avec une carte de l'American Express délivrée au nom de Miller. Lorsqu'on lui amena la voiture, il avait fini par se convaincre que la présence de l'Arabe dans l'avion n'était due qu'à une simple coïncidence.

Quarante minutes environ après l'atterrissage de l'avion, il roulait tranquillement, en conduisant avec sa prudence coutumière. Il ne lui avait pas fallu beaucoup de temps pour reprendre l'habitude de rouler à droite. Il eut soin d'éviter de se rendre directement chez lui et fit au contraire un long détour à travers les faubourgs de la ville. Il avait déjà parcouru une dizaine de kilomètres lorsqu'il se rendit compte, après avoir regardé plusieurs fois dans son rétroviseur, qu'une autre Mercedes était en train de le suivre. Ses récentes appréhensions refirent surface; pour vérifier si ses soupçons étaient ou non fondés, il poursuivit un moment sa route à la même allure, puis bifurqua brusquement pour aller se garer sur le parking du premier restaurant qu'il rencontra le long de l'autoroute. L'autre Mercedes continua son chemin sans s'arrêter. Devenait-il trop nerveux ? Non, il valait toujours mieux prévenir que guérir. Il commanda un express et une tranche de gâteau au chocolat, en se félicitant d'être enfin de retour au pays de la propreté et de la précision. La bonne odeur du café frais et la blancheur immaculée de l'uniforme de la serveuse eurent sur lui un effet apaisant. Il contempla le visage mutin de la jeune femme et la ligne svelte de ses jambes, qui disparaissaient sous sa jupe d'une manière particulièrement suggestive, et il se mit à réfléchir à ses futurs plaisirs et à la manière dont il allait pouvoir dépenser l'argent qu'il venait de gagner. Il lâcha trois morceaux de sucre dans la crème de son café, après avoir décidé qu'il pouvait se permettre quelques calories supplémentaires en récompense de la mission qu'il venait d'accomplir sans la moindre bavure.

Ce fut dans cet état d'esprit qu'il entama son gâteau au chocolat, en prenant soin de laisser chaque cuillerée fondre lentement dans sa bouche. Ses pensées délaissèrent les questions d'ordre sexuel pour se porter sur le prochain renflouement de son compte en banque. Il faut que j'investisse une partie de cet argent dans les Krugerrands, se dit-il. Ne jamais oublier de placer 10 % de ses revenus dans l'or – n'était-ce pas le slogan de tous les hommes d'affaires avertis ? Et on pouvait leur faire confiance... Les spéculateurs savent toujours tirer leur épingle du jeu, quel que soit l'état du marché ou les aléas des fluctuations internationales.

Il régla son addition et laissa un pourboire convenable, puis regagna le parking où était garée sa voiture. Un peu plus loin, l'autoroute longeait une petite rivière où se jetait une cascade. Calder resta un moment immobile, à côté de sa Mercedes, et écouta le bruit paisible que faisait l'eau en s'écoulant. Il était encore plongé dans ses pensées lorsqu'une voix sifflante s'éleva soudain dans son dos, en même temps qu'il percevait les effluves d'une eau de toilette épicée :

« Je crois que vous nous avez suffisamment fait attendre, M. Miller... »

Calder fit demi-tour et se trouva nez à nez avec un homme assez jeune, à la peau si claire et aux cheveux si blonds qu'il semblait droit sorti des affiches de propagande pour les jeunesses hitlériennes que l'on voyait pendant la dernière guerre. Il était revêtu d'un Burberry, ce que le temps ne semblait pas justifier.

« Alors, on a bien savouré son thé ? (La voix du type affectait un accent britannique.) Il est bien connu qu'en Angleterre tout s'interrompt à l'heure du thé. Mais nous ne sommes pas au royaume de Sa Gracieuse Majesté, et nous sommes attendus ailleurs... Alors, montez là-dedans, mon cœur, et en route! »

Calder jeta un coup d'œil autour de lui mais, à part une famille de touristes en train de décharger le coffre arrière d'une Fiat, il n'y avait personne en vue.

« Vous ne regardez pas dans la bonne direction, dit le jeune homme. Vous ne pensez tout de même pas que je suis venu seul. Je ne sors jamais sans compagnie, voyez-vous. Comme ma mère le dit toujours, il y a tellement de vieux bonshommes dégoûtants qui traînent dans les rues, de nos jours. Aussi, pour éviter de me faire violer, j'emmène toujours un copain bien costaud avec moi. Il est justement là-bas, regardez, dans cette Mini Cooper aux vitres noires. Un vrai boucher... Et il a un flingue pointé sur votre belle petite gueule – vous savez, le genre d'engin qu'on voit dans les films de gangsters, qui tirent sans faire le moindre bruit et sans effrayer les voisins... »

Pendant qu'il parlait, la Mini s'était approchée pour venir se ranger à côté de la Mercedes.

« Allez, en route! Nous, on vous suit.

– Et où allons-nous? demanda Calder.

– La curiosité est un vilain défaut. Vous le saurez bien assez tôt. »

L'ironie de son intonation et la préciosité ridicule de son vocabulaire ajoutaient à l'aspect inquiétant de la scène. Calder monta dans sa voiture, et omit délibérément de boucler sa ceinture de sécurité. Lorsqu'il s'engagea sur l'autoroute, son premier réflexe fut d'appuyer sur l'accélérateur et de semer ses poursuivants, mais il y renonça finalement. La Mini devait sûrement être équipée d'un moteur surpuissant, et le rattraperait sans doute aisément. Pour le moment, il ne pouvait rien faire.

Au bout de quelques kilomètres, il vit derrière lui la Mini faire par deux fois des appels de phare. La Mercedes qu'il avait remarquée avant de s'arrêter au restaurant déboucha de l'accotement où elle stationnait et s'engagea sur la route en venant se placer devant lui, de telle sorte qu'il se trouvait maintenant pris en sandwich entre les deux véhicules. Peu après, la Mercedes quitta l'autoroute et l'entraîna sur une route en lacets qui grimpait le long des montagnes. Il se concentra et essaya de graver précisément dans son esprit le parcours qu'ils suivaient. A un moment, la route déboucha au sommet d'un col; au-delà s'étendait une vallée, au fond de laquelle de nombreuses propriétés avaient été construites, disséminées autour d'un lac. Encadrant toujours la voiture de Calder, le petit convoi descendit dans cette direction. Alors qu'il tentait désespérément de mettre au point un plan de fuite, la voiture de tête s'arrêta bientôt devant un vaste portail en fer forgé, qui s'ouvrit automatiquement. Les trois véhicules s'engagèrent alors sur une allée impeccablement entretenue.

Le soleil disparaissait à l'extrémité de la vallée, et la première chose que Calder aperçut fut un court de tennis à moitié plongé dans l'ombre, sur lequel deux personnes étaient en train de jouer. Puis il distingua les reflets du lac à travers l'écran des conifères – et enfin la maison se dressa devant lui. Il s'agissait d'une imitation des chalets traditionnels, mais d'une taille nettement supérieure à la moyenne; le long du toit, les gouttières étaient peintes de couleurs vives, et l'ensemble aurait pu figurer dans les pages publicitaires d'un guide touristique. Il remarqua également qu'une antenne terminée par un disque se dressait au sommet du toit, sans doute pour capter les images retransmises par satellite. Au même instant, la Mini fit brusquement un écart derrière lui et le doubla en le frôlant de quelques centimètres. Tandis qu'elle s'arrêtait, le blondinet jaillit de la voiture et indiqua à Calder l'endroit où il devait se garer. Il coupa le moteur et le blondinet vint ouvrir sa portière.

« Alors, le trajet vous a plu?

– J'adore les voyages organisés, surtout quand il y a de belles blondes au programme.

– Faites bien attention à ce que vous dites, mon cher. Je pourrais très bien m'emporter et vous tordre les poignets en un rien de temps. Mon ami adore me voir jouer au dur. Ça l'excite – et quand il est excité, il est parfois difficile de l'arrêter. L'histoire pourrait bien se terminer tragiquement. »

Le conducteur de la Mini les rejoignit. Il avait à peu près le même âge que son compagnon, mais il était d'une carrure plus imposante. Tous deux étaient habillés de la même façon. Avec leurs chemises rayées et leurs cravates roses, ils semblaient sortir d'un cabaret de travelos.

La Mercedes qui était en tête s'était rangée un peu plus loin, et Calder s'aperçut alors que c'était l'Arabe qui la conduisait. L'homme lui adressa un petit salut moqueur en s'approchant.

« Eh bien, M. Holgate – ou devrais-je dire M. Miller? –, nous voilà enfin réunis! Si vous n'aviez pas été aussi soupçonneux à l'aéroport, nous vous aurions évité les frais de location de ce splendide véhicule.

– On ne pourrait pas arrêter ces conneries? dit Calder. J'ai déjà dû subir les Dolly Sisters, et si vous m'épargniez vos plaisanteries, je ne m'en porterais que mieux. »

Sans prévenir, le blondinet le poussa contre la voiture et se mit à le fouiller méticuleusement. Calder n'offrit aucune résistance. Lorsque ce fut terminé, il lui lança :

« Beau travail, fiston. On voit que vous vous êtes entraîné sur des enfants de chœur.

– C'est une règle de la maison, dit l'Arabe. Nous n'avons rien contre vous personnellement. Et maintenant, entrons. »

Ils pénétrèrent dans le chalet. Calder se mit à patauger dans une épaisse moquette, dont les poils lui chatouillaient les chevilles. L'intérieur du chalet se composait d'une unique et vaste pièce; un escalier apparent menait à une galerie qui en faisait le tour sur trois murs. Ces derniers étaient couverts d'immenses toiles – de toute évidence des tableaux modernes, qui avaient au moins l'avantage de démontrer que la taille n'a souvent rien à voir avec le talent. Il y avait aussi une multitude d'appareils hi-fi, ainsi qu'un écran de télévision géant. Le double panneau de la baie vitrée coulissa automatiquement lorsque l'Arabe s'en approcha; il était sans doute actionné, comme les grilles de l'entrée, par un système électronique invisible.

Le blondinet et son compagnon disparurent dans un recoin du chalet, cependant que Calder suivait l'Arabe sur une vaste terrasse dallée, qui se prolongeait en pente douce jusqu'au bord du lac. Deux individus y étaient installés, vautrés sur de confortables chaises longues. Ils étaient vêtus de polos chamarrés et de pantalons à carreaux. Une tenue tout à fait appropriée pour le tournoi de golf de Miami, pensa Calder; mais sur ces deux-là, on aurait dit un costume de théâtre. Le plus âgé des deux hommes serrait entre ses dents une pipe éteinte qui jurait étrangement avec le reste de son visage; on aurait dit l'un de ces trucs qu'utilisent les acteurs pour se donner une contenance. L'ensemble de la scène ressemblait à une photographie prise pour ces magazines snobs qui sont censés vanter les charmes de la vie des privilégiés.

L'homme à la pipe se leva de sa chaise longue.

« Ah, Ronnie! dit-il en s'adressant à l'Arabe. Vous avez finalement amené notre ami. Nous commencions à nous faire du souci.

– M. Miller s'est arrêté en cours de route pour boire une tasse de thé.

– Eh bien, il ne s'attendait pas à ce que nous lui proposions l'hospitalité, et c'est à nous de lui faire des excuses. Asseyez-vous, M. Miller. Le vol s'est bien passé, j'imagine? Les Suisses sont vraiment d'une grande compétence, et c'est là une qualité que j'apprécie hautement, bien qu'elle ait hélas tendance à se perdre de nos jours. Puis-je vous offrir quelque chose d'un peu plus consistant, après votre thé ?

– Je ne refuserais pas un verre.

– Que désirez-vous boire ?

– Du vin blanc.

– Ronnie, voulez-vous vous charger de cela, s'il vous plaît ? »

L'Arabe disparut. L'homme se retourna vers Calder avec un sourire, révélant une rangée de dents qui semblaient appartenir à un autre visage.

« Eh bien, déclara-t-il, je pense que nous en avons terminé avec les congratulations.

– Vraiment ? Désirez-vous que je vous congratule également pour la compétence de vos troupes de choc ? Toute cette mise en scène me semble ridicule. Pourquoi ne pas m'avoir fait confiance comme les fois précédentes ?

– Franchement, j'ai pensé qu'il était temps que nous fassions connaissance. Et quand je parlais de congratulations, je pensais surtout à l'excellent travail que vous avez accompli. Si j'en crois les rapports, tout s'est déroulé à merveille.

– J'ai fait ce qui m'avait été demandé – ni plus ni moins.

– Légèrement plus, peut-être... Mais nous parlerons de cela plus tard. En attendant, je crois que vous avez quelque chose pour nous ?

– Il était convenu que le paiement aurait lieu à la livraison...

– Allons, M. Miller ! Nous sommes trop vieux tous les deux pour nous livrer à de tels enfantillages. Du reste, vous n'êtes guère en mesure d'imposer vos conditions. Vous avez une photographie : donnez-la-moi. »

Calder sortit son portefeuille et en retira la photo. Le second des deux hommes se manifesta pour la première fois :

« Puis-je la voir ? » demanda-t-il.

Son accent n'était pas aussi parfait que celui de son acolyte. Calder pensa qu'il s'agissait d'un Russe. Peut-être l'autre l'était-il aussi, d'ailleurs – c'était difficile à dire. Il essaya de réfléchir et de comprendre pourquoi ils avaient choisi ce moment précis pour se manifester au grand jour. Depuis qu'il s'était établi en Suisse, toutes les transactions avaient jusqu'alors eu lieu par l'entremise de diverses boîtes aux lettres. Il devait y avoir d'autres implications derrière cette rencontre – et des dangers, aussi, qu'il ne discernait pas. Il dévisagea l'homme qui examinait la photographie avec attention.

« Excellent, déclara-t-il enfin. Un morceau de choix – et qui méritait bien que vous fassiez ce voyage, M. Miller.

– J'espère surtout qu'elle mérite le prix que vous aviez accepté de payer. »

Le premier des deux hommes ouvrit un coffret de laque chinois, posé sur la petite table qui était installée entre les chaises longues. Il en sortit une épaisse enveloppe.

« En francs suisses, et en petites coupures, comme vous l'aviez exigé. »

Calder déchira l'enveloppe du bout du doigt et jeta un coup d'œil à l'intérieur. Il avait trop de classe pour compter l'argent devant eux – et de plus, il éprouvait le besoin de reprendre l'avantage d'une manière ou d'une autre.

A cet instant, l'Arabe affligé du patronyme incongru de Ronnie réapparut en portant une bouteille de vin frais. Il remplit les verres et les servit.

« Comment avez-vous trouvé l'Angleterre? demanda le second des deux hommes. C'est un pays tellement rétrograde, par bien des côtés, même s'il s'accroche toujours à l'idée qu'il continue à jouer un rôle dans les affaires du monde. N'était-ce pas un peu étrange pour vous d'y retourner après une aussi longue absence?

– Oui et non. Le chauffage central marche mieux ici. »

Le plus âgé des deux hommes reprit la parole :

« On ne se débarrasse pas facilement de ses vieilles habitudes... Encore moins de celles que l'on prend soin de cacher.

– Qu'est-ce que vous insinuez?

– Avez-vous lu la presse anglaise ce matin? dit-il en brandissant un exemplaire du *Daily Telegraph.* Malheureusement, nous n'avons pas reçu le *Times* aujourd'hui – les imprimeurs sont toujours en grève. Ils veulent sans doute prouver au monde à quel point la démocratie fonctionne bien. De toute façon, le *Telegraph* est largement à la hauteur lorsqu'il s'agit de crimes crapuleux. Vous avez peut-être remarqué ce compte rendu concernant le meurtre d'une jeune prostituée, dans ce que les Britanniques nomment par euphémisme un salon de massage... (Il se tut un instant, mais Calder ne réagit pas.) Nous vous avons choisi pour cette mission parce que nous pensions que vous étiez particulièrement qualifié pour la mener à bien – et effectivement, vous n'avez pas commis la moindre faute. C'est ce qui s'est passé après qui nous pose un problème. (Il fit une nouvelle pause.) Et c'est la raison pour laquelle nous avons décidé de modifier la procédure habituelle et de vous faire venir ici. »

Son discours ne contenait pas l'ombre d'une menace; c'était le ton inexpressif et froid sur lequel il l'avait prononcé qui était inquiétant. On aurait dit un professeur en train de faire son rapport trimestriel.

« Vous n'êtes pas le seul à ne rien laisser au hasard, M. Miller. Nous avons surveillé tous vos faits et gestes. Et de grâce, n'allez pas vous imaginer que je sois en train de critiquer vos penchants sexuels. Moi aussi, j'apprécie les femmes jeunes et malléables. Cela donne un peu de piment à une existence que nous avons tendance à trouver monotone en vieillissant. Non, ce qui nous inquiète, c'est le moment que vous avez choisi. Je comprends qu'une fois votre mission remplie vous ayez éprouvé le besoin de vous accorder un peu de détente. Vous avez après tout encouru de grands risques sur ce travail, et il y a toujours des moments dans la vie où la grâce nous abandonne. Toutefois, il est historiquement établi qu'une erreur en amène une autre – et je suis certain que nous souhaitons tous deux que celle-ci ne se renouvelle pas. La contribution que vous avez apportée à notre cause par le passé est immense, et nous détesterions l'idée d'avoir à nous passer de vos services. Je pense que vous comprenez ce que je veux dire ? »

Calder se contenta d'acquiescer. Il avait l'impression que l'essentiel n'avait pas encore été dit.

« Bien. Pour être sûrs que vous compreniez bien notre point de vue, nous avons pensé qu'il serait instructif que nous nous livrions devant vous à une petite expérience, de façon à vous prouver que nous ne traitons pas ce genre de choses à la légère. Nous tenons beaucoup à ce que vous restiez attaché à notre service, car nous avons encore besoin de vous.

– Faut-il que je signe un certificat de bonne conduite ?

– Quel sens de l'humour ! Typiquement anglais, j'imagine ? Malheureusement, en plus de cette indéniable faculté qu'ont les Anglais de considérer toute chose sous un angle ironique, ils possèdent aussi un don pervers pour mélanger le plaisir et les affaires. C'est une tendance dangereuse, et généralement autodestructrice. Je n'ai pas besoin, j'en suis convaincu, de vous rappeler ce qui est arrivé à certains de vos dignes prédécesseurs... Il serait aussi navrant que tragique qu'un homme de votre talent et de votre envergure finisse par être retiré de la circulation pour les mêmes raisons.

– Moscou m'a déjà tué une fois, dit Calder en feignant un calme qu'il était loin d'éprouver.

– Il s'agissait alors d'un arrangement concerté entre les deux parties. Ce n'est pas du tout la même chose. Nous ne sommes cependant pas ici pour débattre de solutions aussi extrêmes, mais simplement pour vous donner un conseil. Nous avons toujours connu la nature de vos goûts, et il ne devrait pas être bien difficile de les satisfaire sans faire encourir de risques inutiles à quiconque. Vous n'avez qu'à demander. »

Le soleil avait pratiquement disparu à présent, et la surface du lac était entièrement plongée dans l'obscurité. Calder ne voyait pas le court de tennis depuis l'endroit où il était assis, mais il entendait de temps à autre les deux joueurs annoncer le score.

« C'est une question de priorité, poursuivit son interlocuteur en remplissant le verre de Calder. C'est comme la culture de la vigne : quels pieds faut-il laisser se développer, quels autres élaguer... En d'autres termes, on cherche à savoir ce qui s'avérera le plus profitable pour la récolte à venir. La patience, voilà le mot clef. Nous laissons les autres faire le premier geste, parce que le temps est de notre côté. Vous êtes un parfait exemple de cette théorie. Avons-nous jamais songé à vous presser ? Certes non. Nous avons arrangé votre disparition officielle, nous vous avons luxueusement entretenu, et quand le moment s'est montré propice, nous vous avons remis dans le circuit. Mais peut-être n'est-ce au bout du compte qu'une affaire de race et de caractère.

– C'est pour cela que vous m'avez fait venir ? Pour me tenir ces propos philosophiques ? »

L'homme se retourna vers son compagnon.

« Notre ami n'a toujours pas saisi la signification profonde de mes paroles. Une partie de lui-même continue de penser selon les valeurs anciennes.

– Peut-être sera-t-il plus convaincu tout à l'heure...

– Je l'espère. Voyez-vous, M. Miller, le problème, avec vous, c'est que vous demandez toujours : Pourquoi ? Nous ne le faisons jamais. Votre esprit est rempli d'interrogations. Pour quelle raison m'a-t-on conduit ici ? Quel était le véritable motif de ma dernière mission ? Je peux lire toutes ces questions dans votre regard. Ne vous les posez pas – elles ne sont pas de votre ressort. Détendez-vous, au contraire. Vous venez d'être payé, vous avez un verre de vin blanc à la main et d'ici peu nous prendrons le repas en plein air, ici même. Lorsque les soirées sont aussi belles qu'aujourd'hui, nous faisons généralement des grillades. De beaux filets de viande cuits à la braise, à l'américaine – que rêver de mieux ?

– Volontairement ou non, je suis votre invité, répondit Calder en haussant les épaules.

– Allons, détendez-vous, vous dis-je. Si nous avions jugé nécessaire de vous éliminer, nous l'aurions fait pendant que vous étiez encore à

Londres. C'était là-bas que vous n'étiez pas en sécurité. Mais ici, au pays des horloges et des coucous, vous n'avez absolument rien à craindre. »

Il s'interrompit au moment où l'Arabe revenait, chargé de tout un matériel pour barbecue, ainsi que d'un ventilateur électrique.

« Très bien, Ronnie. Vous êtes juste à l'heure. »

L'homme s'approcha du barbecue et passa un tablier. Tandis que Ronnie repartait vers le chalet, il versa sur le lit de charbon de bois le contenu d'un petit bidon d'essence spéciale. Puis il y mit le feu.

« Les Suisses sont doués dans bien des domaines, mais ils ne nous fourniront jamais des steaks qui puissent rivaliser avec ceux des Américains. Je fais venir les miens directement du Texas. Certifiés premier choix. »

Ronnie revint en transportant une petite table basse sur laquelle les steaks étaient disposés, comme une rangée de livres rouge sang dans une bibliothèque. Les œuvres complètes de la cuisine américaine..., songea Calder.

« Comment les préférez-vous : saignants ou bien cuits ?

– A point, répondit Calder.

– Rapportez-nous du vin, Ronnie. Et n'oubliez pas les trois bouteilles de Margaux qui sont déjà débouchées. »

Il brancha le ventilateur et les braises se mirent à rougeoyer.

« Il y a vraiment quelque chose de satisfaisant, de presque élémentaire, dans le fait de manger en plein air, vous ne trouvez pas ? Nous avons tous fini par oublier les plaisirs les plus simples de la vie. »

L'homme s'affairait comme s'il était en train de parodier une femme d'intérieur modèle. Des effluves de chaleur montaient du barbecue et planaient autour de Calder. Un oiseau solitaire dessinait de grands cercles au-dessus de leurs têtes, espérant sans doute profiter des restes du festin. Les premières tranches de viande furent disposées sur le gril, au-dessus des braises brûlantes. La brise légère qui venait du lac poussait vers Calder les effluves de viande grillée et, pour la première fois depuis son arrivée, il se détendit un peu. L'ambiance presque familiale de la scène, combinée aux effets du vin qu'il avait bu, firent se relâcher la tension qui l'habitait. La graisse de la viande ruisselait sur les braises rougeoyantes et un nuage de fumée envahit la terrasse.

Ronnie refit son apparition et plaça les bouteilles de vin sur une seconde table. Au même instant, le blondinet et son compagnon émergèrent à leur tour du chalet. Ils se déplaçaient en silence, comme des danseurs jaillissant des coulisses, et vinrent empoigner

Ronnie par-derrière, puis l'entraînèrent le long des marches qui descendaient vers le lac. La main du blondinet était plaquée sur la bouche de l'Arabe. Si quelqu'un avait observé la scène de loin, il n'aurait vu que trois hommes se préparant pour une promenade vespérale. Ronnie trébucha soudain et parvint à se dégager durant un bref instant. Il tenta de crier pour appeler au secours, avant d'être à nouveau réduit au silence, mais il ne parvint à émettre qu'un son étouffé, qui ressemblait au cri d'une mouette. Les deux hommes resserrèrent leur étreinte et le poussèrent vers la surface paisible des eaux. Leurs contours se confondaient dans la lumière déclinante et la brume qui planait tout autour. Calder se redressa sur sa chaise, comme s'il venait seulement de réaliser le but de la scène dont il était le témoin. Lorsque le groupe eut atteint le rivage, les deux hommes forcèrent Ronnie à se mettre à genoux. Puis ils lui enfoncèrent la tête dans l'eau, et le maintinrent ainsi un long moment. Calder assistait à ce spectacle en ressentant les mêmes impressions qu'un conducteur de voiture au moment d'un accident : tous les gestes auxquels il assistait étaient comme suspendus et se déroulaient avec une incroyable lenteur. Le combat au bord du lac n'avait sans doute duré qu'un court instant, mais il lui avait semblé s'éterniser pendant un temps infini. Lorsque tout fut terminé, le blondinet et son compagnon soulevèrent le corps inerte de l'Arabe et le traînèrent vers la maison. Ils firent un large détour et disparurent dans l'obscurité.

Calder fut le premier à rompre le silence.

« Tout ceci a eu lieu à mon intention, je suppose ? »

Devant le barbecue, celui qui faisait office de cuisinier releva les yeux. Il ruisselait de sueur.

« Mettons les choses au point, M. Miller. Attendu votre défaillance londonienne, il était nécessaire que nous vous prouvions que nous ne prenions pas ce genre de choses à la légère. Mais contrairement à vous, Ronnie ne nous était plus d'aucune utilité. Sa cupidité avait atteint un point de non-retour, puisqu'un seul employeur ne lui suffisait plus.

– Qui l'avait retourné ?

– Pas les Anglais, heureusement pour vous sinon nous aurions également dû nous passer de vos services. Il avait été touché par la grâce de Sa Sainteté Khomeiny. A Moscou, le Centre a décidé qu'il pourrait fort bien être victime d'un accident de bateau. Il est de notoriété publique que ces lacs réservent parfois de désagréables surprises aux estivants... »

A cet instant, les deux joueurs de tennis – un homme et une jeune femme – rejoignirent leur groupe. La fille était vêtue d'un pantalon moulant et d'un gros pull au col en V qui soulignait ses formes tandis qu'elle avançait. Calder ne la distingua pas nettement au premier abord mais, lorsqu'elle se fut rapprochée, il reconnut la fille qui figurait sur la photographie pour laquelle il avait dû retourner dans le pays qui avait longtemps été le sien.

10.

Lorsque Hillsden regagna l'entrepôt, à la fin de la même journée, Rotherby l'attendait avec le rapport de Hogg. Tout le monde avait pris l'habitude de surnommer Rotherby le Colonel, ou Lawrence d'Érèbe, depuis le jour malencontreux où il avait reconnu vouer un culte spécial à T. E. Lawrence. Il était arrivé dans la firme après avoir effectué un long séjour au ministère des Finances, et il affectait un souverain mépris envers tout ce qui s'apparentait de près ou de loin à de la paperasserie. Si l'on s'abstenait d'écrire, prétendait-il, il n'y aurait rien à lire. S'il n'y avait rien à lire, il n'y aurait rien à copier. S'il n'y avait rien à copier, il n'y aurait rien à voler – et lorsqu'il n'y aurait plus rien à voler, les ennuis seraient terminés. CQFD.

Hillsden, qui le connaissait bien, ne fut aucunement surpris par son entrée en matière.

« Visez-moi ce pensum, Alec! Il y en a bien dix pages, et je vous assure que *L'Origine des espèces* est d'une lecture moins rébarbative. Tout ce qu'on lui demandait, c'était de nous expliquer le pourquoi et le comment du décès, mais cet enculé n'a pas pu s'empêcher d'étaler son foutu savoir.

– Pourriez-vous formuler cela autrement, Colonel? Hogg est incontestablement compétent dans son domaine, mais je doute que ses connaissances en matière de fornication soient supérieures aux vôtres.

– Je vous serais reconnaissant de bien vouloir renoncer à ce terme de Colonel. C'est d'une puérilité...

– D'accord. Résumez-moi tout ça.

– La substance qui a été injectée a été identifiée comme étant du DS 7. C'est un produit qui est apparu sur le marché vers 1944, grâce aux bons soins des officiers SS, et qui a pour effet de provoquer une paralysie complète des voies respiratoires en moins d'une minute et demie. Les analyses de Hogg ont été vérifiées et confirmées par Porton. On a également découvert la trace de plusieurs autres substances épouvantables qu'il n'a pas pu s'empêcher de mentionner, en particulier la présence dans l'estomac de résidus partiellement digérés de Farex.

– Qu'est-ce que c'est que ce truc?

– Vraiment, Alec! D'où sortez-vous? C'est une marque de nourriture instantanée pour enfants. Ma nourrice ne jurait que par ça.

– Je n'ai jamais eu de nourrice.

– Voilà qui éclaire bien des choses. Vous voulez entendre la suite?

– Non, ça ira comme ça.

– Tout cela me paraît un peu trop évident, observa Rotherby. Cette allusion aux SS, par exemple. Je n'aime pas trop qu'on nous livre ainsi des indices sur un plateau. »

Hillsden hocha la tête.

« En tout cas, vérifiez quand même avec Bonn. Demandez-leur s'ils ont enregistré au cours de ces dernières années un incident quelconque où cette substance aurait été utilisée. Demandez-leur aussi si on continue à en fabriquer dans leur démocratie modèle – et si oui où, et dans quelles conditions. Et pendant que vous y êtes, renseignez-vous pour savoir s'il est possible de s'en procurer en pharmacie avec une simple ordonnance.

– *En pharmacie?* Vous plaisantez?

– Dans quel monde vivez-vous? Les fabricants de médicaments mettent les bouchées doubles ces temps-ci. Soyez certain que le plus nocif des produits serait disponible sur le marché sous une forme ou sous une autre s'ils trouvaient le moyen de l'écouler. D'après ce que nous savons, à peine un banal remède contre le rhume des foins est-il sur le point d'être commercialisé que les vétérinaires s'apprêtent déjà à l'employer pour lutter contre la démographie galopante de la race canine.

– Vous êtes sérieux?

– C'est mon métier, d'être sérieux. Où est Fenton, au fait?

– Il est sorti.

– Pour aller où?

– L'ambassade de Turquie a demandé qu'on leur envoie quelqu'un pour examiner un colis suspect.

– Ce n'est pas de notre ressort. Depuis quand nous sommes-nous transformés en service de déminage? Nous ne sommes que de respectables importateurs de vin.

– Il ne s'agissait pas d'une bombe, mais d'une série de documents qui étaient, d'après eux, susceptibles de nous intéresser.

– En quelle langue?

– En anglais. Mais apparemment, ils étaient incapables de les déchiffrer.

– Fenton risque de ne pas s'en sortir beaucoup mieux. C'est à peine s'il arrive à lire le *Morning Star.*

– C'est bien pour cette raison que Control l'a envoyé là-bas. Ça fait partie du plan anti-turc qu'il médite secrètement. Il ne leur a jamais pardonné d'avoir fait sauter la résidence d'été de sa sœur, à Chypre.

– Il y a vraiment des moments où j'ai l'impression que nous sommes tous devenus fous.

– Attention, cher ami! Votre discours devient subversif! Je vous conseille vivement de passer un nouveau test de contrôle.

– A part les champignons que j'ai aux pieds, je n'ai pas grand-chose à cacher.

– Je vois. Vous avez dû être en contact avec de la vaisselle malpropre.

– Vous y êtes presque. La dernière tasse que j'ai eue entre les mains sentait l'Ajax ammoniaqué. Je suis finalement allé faire un tour dans cet hospice.

– Alors?

– J'ai mis le doigt sur deux pistes intéressantes. La première est encore un peu confuse à mes yeux, mais nous pourrions peut-être tirer quelque chose de la seconde. Apparemment, le personnel de l'hospice recevait régulièrement des coups de téléphone de la part de quelqu'un qui se faisait passer pour le cousin de Caroline et qui se renseignait sur son état de santé.

– Est-ce qu'il serait possible de retrouver sa trace?

– J'en doute, mais ça ne coûte rien d'essayer. Est-ce que Waddington est dans les parages?

– Il traînait dans le coin il y a peu.

– Dites-lui que je veux le voir. »

Comme Rotherby se préparait à sortir, Hillsden ajouta :

« Vérifiez aussi les antécédents de la supérieure et de tout le personnel de l'hospice. Tenez, prenez ça, dit-il en lui tendant le bout de papier sur lequel il avait griffonné une liste de noms. Je vous recommande particulièrement cette Molly Flute. Renseignez-vous d'abord auprès de la section spéciale. »

Il fouilla un instant dans son bureau et en sortit un paquet de biscuits vitaminés.

« Et pendant que vous y êtes, demandez-leur aussi s'ils ont quelque chose sur le chauffeur de Bayldon. Un ancien militaire... »

Il s'aperçut soudain qu'il était seul et qu'il parlait dans le vide. Lorsque Waddington arriva, il était encore en train de se débattre avec l'emballage plastifié du paquet de biscuits.

« Si nous pouvions recouvrir l'ensemble du territoire avec un truc pareil, Wadders, la sécurité du pays serait assurée à 102 %. J'ai bien l'impression qu'il va me falloir une tronçonneuse pour venir à bout de ce machin.

– Encore un coup des communistes, répondit Waddington d'un air résigné. Comme l'a dit Soljenitsyne : c'est à mains nues qu'ils nous auront, pas avec leurs tanks. En clair, cela signifie qu'ils s'apprêtent à miner les fondements mêmes de notre société en s'attaquant à l'institution du biscuit vitaminé britannique.

– Trêve de plaisanterie. Je n'ai vraiment pas l'esprit à ça aujourd'hui. Y a-t-il quelque chose à boire ?

– Vous avez le choix entre du vin blanc, cuvée spéciale de la maison, et du vin rouge, cuvée spéciale de la maison.

– Allez donc faire un tour dans la réserve spéciale du Colonel.

– Vous plaisantez. Vous n'ignorez pas qu'il est sujet aux crises d'épilepsie.

– Écoutez, coupa Hillsden, qui était brusquement las de ce dialogue et qui souhaitait changer de sujet. A part l'affaire Bush – vous vous souvenez que le meurtre avait été commis à l'aide d'un parapluie dont l'extrémité était enduite de poison –, les assassinats par injection ne sont pas si fréquents que ça, du moins sous nos latitudes. Ça devrait nous donner un point de départ. Est-ce que l'ordinateur central n'aurait pas quelque chose à ce sujet ?

– Je viens de vérifier. J'avais eu la même idée que vous. La boîte magique ne m'a livré qu'un seul nom, celui de Mozhayev. On lui attribue deux affaires de ce genre. Le problème, c'est qu'il a été extradé à Belgrade l'année dernière.

– Merde. Vous avez lu le rapport de Hogg ?

– Oui.

– Qu'en pensez-vous ?

– Il est irréprochable.

– Allez vous faire voir, Waddington ! Ça vous ferait mal de donner franchement votre opinion de temps en temps ? Personne ne vous en voudrait de vous tromper. Seulement vous pourriez quand même vous mouiller davantage.

– On dirait que vous avez les nerfs à vif aujourd'hui.

– C'est possible, mais je vous jure qu'il y a de quoi. »

Hillsden se leva et alla chercher un carton de bouteilles dans un coin du bureau.

« Où est passé le tire-bouchon ?

– On l'a sûrement classé à la lettre T, dans le tiroir du bas. »

Dans sa colère, Hillsden massacra le bouchon. Puis il saisit une tasse qui traînait, vida le reste de café dans une poubelle et se versa du vin.

« Cette histoire ne rime à rien. Strictement à rien. Pourquoi avoir tué cette pauvre Caroline ? Et pourquoi maintenant ? Pourquoi avoir accepté de nous la rendre, nous l'avoir renvoyée, et l'éliminer des années plus tard, alors qu'elle était devenue complètement gaga ?

– C'est peut-être la clef de toute cette affaire – le fait qu'elle n'ait apparemment pas le moindre sens. La vieille mentalité du KGB, l'insondable âme russe et tout le tralala.

– Non, je n'y crois pas. Ce serait trop simple. Mais quel avantage tirent-ils de tout ça ? Pourquoi avoir pris tant de risques – après tout, l'affaire pouvait mal tourner. C'est un travail de professionnel, mis au point et exécuté par quelqu'un qui connaît parfaitement son boulot. Et ces gens-là ne font jamais rien sans raison. (Il se mit à arpenter la pièce, tout en buvant son vin par petites gorgées.) Je suis convaincu que la solution se situe au-delà des récents événements. Faut-il cependant aller la chercher dans le passé, ou dans le futur ? Pour ce qui est du passé, c'est bien simple : il ne reste plus personne ayant appartenu à l'ancien réseau autrichien. Jock est mort. Henry nous a quittés il y a déjà longtemps, et tout a été liquidé. Non, il ne reste plus personne.

– A part vous. »

Hillsden s'arrêta devant la fenêtre et contempla les eaux boueuses que charriait la Tamise à ses pieds.

« Non, dit-il. Je n'étais plus dans le coup à l'époque où elle est retournée là-bas. C'était Jock qui dirigeait le réseau.

– C'est ce que vous dites.

– Et il se trouve que c'est la vérité.

– Ce que je veux dire, c'est qu'ils n'en sont peut-être pas convaincus, *eux*. Vous savez aussi bien que moi que Moscou ne classe jamais définitivement un dossier. Caroline et Jock étaient sur un gros coup, et c'est pour cela qu'elle était retournée là-bas. Maintenant que Jock et Henry sont morts et que Caroline a été éliminée, qui reste-t-il en dehors de vous ?

– Wadders, il y a vraiment des fois où vous devriez réfléchir avant de sortir de telles âneries. Si c'était après moi qu'ils en avaient, pourquoi auraient-ils tué quelqu'un qui n'était plus dans le circuit ?

– Pour vous obliger à agir.

– Et qu'est-ce que je peux faire? Ressusciter les morts?

– Ce n'est pas la peine de monter sur vos grands chevaux. Mais vous oubliez une chose : cet attentat à la bombe, la nuit dernière. Peut-être était-ce vous que l'on visait.

– Bon sang, faites un peu travailler vos méninges! Premièrement, la bombe était placée dans la voiture de Bayldon. Deuxièmement, bien que j'aie un charisme indéniable, il ne va pas jusqu'à me permettre d'utiliser à n'importe quel moment la voiture officielle du ministre de l'Intérieur. Donc, et troisièmement, ce n'était qu'une macabre coïncidence.

– Très bien. C'était vous qui m'aviez demandé de me mouiller. »

Hillsden se remit à marcher de long en large.

« Pour l'instant, les pistes dont nous disposons ne nous mènent nulle part. La supérieure de l'hospice m'a pourtant appris quelque chose tout à l'heure. Elle s'est aperçue qu'il manquait une photographie sur la table de chevet de Caroline, après le meurtre – une photographie représentant une jeune fille. Question n° 1 : Qui était cette fille? Question n° 2 : Pourquoi cette photo a-t-elle été volée? Trouvez-moi une réponse appropriée à ces deux questions, et je veillerai à ce que vous soyez nommé chevalier avant de partir à la retraite. Au fait, je ne me souviens plus si vous connaissiez Caroline?

– Non. Je suis arrivé ici après cette affaire.

– A vous entendre, on dirait que cela remonte aux calendes grecques. Je me fais vraiment l'effet d'être un vieillard. »

Mais, tandis que Hillsden prononçait ces paroles, il savait très bien que ce n'était pas le sentiment du temps écoulé qui l'oppressait : c'était la culpabilité.

11.

Le lendemain, la fille qui figurait sur la photographie atterrit à l'aéroport de Heathrow. Elle était munie d'un passeport britannique indéniablement authentique, établi au nom de Pamela Brent-Russell. Après avoir passé sans encombre les contrôles d'identité, elle se dirigea vers le service des douanes, où elle fut arrêtée par un jeune employé qui avait tendance à suspecter les jeunes femmes les plus séduisantes. Il fouilla son unique valise, où il ne découvrit rien de spécial, et l'interrogea longuement sur la montre de chez Cartier qu'elle portait à son poignet. Mais elle lui déclara qu'il s'agissait d'une banale imitation fabriquée à Hong Kong.

« Si vous ne me croyez pas, vous pouvez me la confisquer. Elle s'autodétruira au bout d'une semaine. Je dois en acheter une nouvelle tous les mois », ajouta-t-elle pour le remettre à sa place.

Après qu'il l'eut laissée passer, elle alla s'enfermer dans l'une des rares cabines téléphoniques qui n'étaient pas en dérangement et composa un numéro précédé de l'indicatif du quartier de Belgravia. Une voix masculine lui répondit.

« Je suis rentrée, chéri, dit-elle. Je t'ai manqué ?

– Bien sûr. Tu as passé de bonnes vacances ?

– Couci-couça. Mais tu m'as manqué, toi aussi. Tu veux qu'on se voit ?

– Tu me le demandes ?

– Quand ?

– Je suis coincé jusque tard dans la soirée. Dix heures et demie, ça te va ?

– On va être coupés... D'accord, à tout à l'heure. »

Le signal annonçant la fin de la communication s'était en effet mis à clignoter et elle eut à peine le temps d'ajouter : « Je n'ai plus de monnaie » que la ligne était déjà coupée. Elle se dévisagea un instant, contemplant ses traits bronzés dans le miroir brisé qui était fixé au-dessus du téléphone. Un avis de la police avait été placardé sur la vitre, à côté de la glace : ATTENTION. RISQUE D'ATTENTAT. SOYEZ SUR VOS GARDES. SI VOUS CONSTATEZ LA PRÉSENCE D'UN COLIS SUSPECT OU D'UN BAGAGE ABANDONNÉ, VEUILLEZ LE SIGNALER IMMÉDIATEMENT À LA POLICE. Elle sourit à son propre reflet, puis elle quitta le terminal et monta dans le métro qui rejoignait le centre de Londres.

Elle descendit à Notting Hill Gate. Quittant l'artère principale, elle se dirigea vers une petite rue bordée de maisons qui étaient encore des ateliers d'artisans sous le règne edwardien, mais qui avaient été récemment rachetées et remises à neuf par des spéculateurs immobiliers. Les portes et les volets avaient été repeints aux couleurs à la mode cette année, et tranchaient sur la grisaille environnante. Arrivée à mi-chemin de la rue, elle pénétra dans l'une de ces demeures. Quelque part au loin, la sonnerie d'un système d'alarme vibrait sans interruption. Elle en perçut encore les échos après avoir refermé la porte d'entrée.

« Gunther! cria-t-elle. Je suis rentrée. »

Mais personne ne répondit. Par habitude, elle se débarrassa de ses chaussures avant de traverser la pièce principale et de se rendre à la cuisine. L'arrière de la maison formait un L, dont les deux côtés donnaient sur un petit jardin clôturé par une murette. Une chatière était aménagée dans la porte de la cuisine, pour permettre à Daisy d'aller et venir. Elle attendit que la chatte vienne lui souhaiter la bienvenue, comme elle le faisait d'ordinaire, mais elle ne se montra pas. Pamela remarqua que la nourriture préparée dans sa soucoupe n'avait pas été touchée. « Daisy, murmura-t-elle. Où es-tu? Allons, montre-toi et viens me dire bonjour. » Comme l'animal n'apparaissait pas, elle se sentit gagnée par un brusque malaise.

Elle remplit d'eau la cafetière électrique et la mit en marche, tout en réalisant qu'une tenace odeur de tabac froid planait dans toute la maison. L'évier débordait de vaisselle sale, et le four de la cuisinière était couvert d'une couche de graisse solidifiée, constellée çà et là de débris noircis de bacon carbonisé. Fronçant les narines avec dégoût, elle chercha dans son trousseau la clef de la porte de la cuisine. Ce fut alors qu'elle s'aperçut que ses plantes vertes n'avaient pas été arrosées et que la plupart d'entre elles étaient mortes. Le salaud, pensa-t-elle, il ne risquait pas de lever le petit doigt en mon absence. Mais brusquement, elle distingua autre chose et elle s'immobilisa. Elle avait conscience de tous les bruits de la ville qui parvenaient jusqu'à elle, et de la sonnerie d'alarme qui continuait de bourdonner au loin. Elle fut saisie d'une brusque nausée qui la fit vaciller. Elle voulut s'éloigner de la fenêtre, mais ses jambes ne la portaient plus et ses pieds refusaient d'avancer sur le carrelage.

Un treillage de bois dominait la murette qui séparait son jardin de celui du voisin. Les branches grimpantes d'un chèvrefeuille l'avaient presque entièrement recouvert, isolant ainsi les deux propriétés. Le soir, ses pétales jaunes dégageaient un parfum capiteux – pour l'instant, elle fixait ce décor avec une horreur grandissante. Elle crut tout d'abord qu'elle était victime d'une hallucination, mais elle dut bientôt se rendre à l'évidence devant l'atroce réalité : sa chatte avait été clouée aux lattes du treillage; elle avait les pattes écartées comme si on l'avait crucifiée, et son cou était étranglé par un fil de fer qui le retenait au grillage.

Le choc fut si violent qu'elle perdit connaissance durant quelques instants. Lorsqu'elle reprit ses esprits, elle était pliée en deux au-dessus de l'évier; ses mèches de cheveux effleuraient la vaisselle sale. Elle vomit avant de se laisser glisser au sol; elle resta un moment étendue, la joue contre le carrelage froid, en attendant que ses spasmes se calment. Elle n'entendit pas la porte d'entrée qui s'ouvrait ni la voix qui l'appela par son prénom. Et ce ne fut qu'en sentant une main lui relever la tête qu'elle se rendit compte qu'il y avait quelqu'un d'autre dans la maison.

« Que s'est-il passé ? Tu as eu un malaise ? Pamela, réponds-moi – tu as eu un malaise ? »

Elle leva les yeux et reconnut un visage familier.

« Gunther, murmura-t-elle. Dieu merci, c'est toi.

– Qu'y a-t-il ? Que s'est-il passé ?

– Ils ont tué Daisy.

– Ils ont quoi ? Qui ?

– Va voir dans le jardin. »

L'homme la dévisagea, puis il se redressa et alla regarder par la fenêtre.

« Pourquoi l'as-tu laissée là ? Tu voulais que je la vois, hein ? sanglota Pamela, tandis que le choc qu'elle venait d'éprouver se muait en colère. Pourquoi ne l'as-tu pas enlevée de là, espèce de salaud !

– Qu'est-ce que tu racontes ? Je n'étais au courant de rien. J'étais absent ces deux derniers jours.

– Tu m'avais promis de t'occuper d'elle.

– Mais c'est ce que j'ai fait, protesta-t-il, tout en se sentant vaguement coupable. Elle se portait comme un charme quand je suis parti. Je lui avais laissé des tonnes de nourriture.

– Elle n'y a pas touché. Tu n'as pas remarqué ?

– Je viens de te dire que je n'étais pas là et que je ne suis rentré qu'à l'instant.

– Tu ne t'es pas occupé d'elle. Tu t'es toujours foutu de cette chatte.

– Bon Dieu! »

Il voulut l'aider à se relever, mais elle ignora la main qu'il lui tendait.

« Sors d'ici, file dans la pièce à côté et arrête de regarder ça, lui dit-il. Je m'en occupe. »

Lorsqu'elle eut disparu, il saisit un sac en plastique et une paire de tenailles, puis déverrouilla la porte de la cuisine et s'avança dans le jardin. Sans manifester plus d'émotion que s'il avait été en train de tailler un rosier, il trancha les fils de fer qui retenaient les membres et le cou de la chatte, puis enfouit son cadavre dans le sac. Il traversa ensuite la maison et ressortit par la porte principale pour aller jeter le tout dans une poubelle.

« Voilà, c'est terminé, dit-il en revenant s'agenouiller près de Pamela, qui s'était allongée sur un canapé. Maintenant, regarde-moi. Je suis vraiment désolé. »

Il l'embrassa, mais elle ne réagit pas.

« Qui peut bien avoir fait une chose pareille ? demanda-t-elle.

– Selon toute évidence, il s'agit de quelqu'un qui déteste les chats.

– Appelle la police.

– Tu es encore sous le choc. Regarde, tu trembles comme une feuille. Mais tu sais aussi bien que moi que nous ne pouvons pas contacter la police.

– Ils l'ont crucifiée. C'est la chose la plus affreuse que j'ai jamais vue. Je veux que tu retrouves le coupable.

– Écoute, sois raisonnable. Je t'ai déjà dit que j'étais désolé. Je voudrais vraiment que cela n'ait pas eu lieu. Pourtant c'est arrivé, et je considère que c'est une affaire terminée. Je n'ai pas l'intention d'attirer l'attention sur nous en provoquant une enquête. (Il voulut à nouveau l'embrasser, mais elle était aussi inerte et aussi raide que le cadavre du chat.) Tu connais pourtant le quartier. Il y a des cambriolages tous les jours. Tiens, même à présent, tu entends cette sonnerie d'alarme ? Il devait s'agir d'un petit voleur minable qui a essayé de s'introduire ici, qui n'y est pas arrivé et qui s'est vengé sur cette foutue chatte.

– Ah bon... C'est le nom que tu lui donnes à présent ?

– Tu ne vas pas te mettre à critiquer tout ce que je dis. Je te le répète, c'est l'explication la plus probable. Si tu montais pour aller t'étendre un moment ? Je vais te préparer une boisson chaude.

– Je n'ai pas soif. Je veux foutre le camp d'ici et aller habiter ailleurs. Cette chatte était à moi, et je l'aimais. »

Elle chercha son regard en essayant d'y trouver un reflet de ses propres angoisses, mais l'homme était impénétrable.

« Je t'en achèterai une autre, se contenta-t-il de dire.

– Je n'en veux pas d'autre. Je n'aurai plus jamais de chat jusqu'à la fin de mes jours. Et je veux partir d'ici.

– D'accord, ça ne pose pas de problème. J'y pensais d'ailleurs moi-même depuis quelque temps.

– Pourquoi ? Il s'est passé quelque chose en mon absence ?

– Non. Mais il est temps de changer de domicile. Et maintenant, si nous parlions d'autre chose... Est-ce que Miller a réussi son coup ?

– Oui.

– Tu en es sûre ?

– J'ai détruit la photographie de mes propres mains.

– Eh bien, tu vois : il n'y a pas que des mauvaises nouvelles.

– Tu es vraiment odieux, parfois.

– Que veux-tu : je ne suis pas anglais, et je n'ai pas ta sensibilité, comme tu me l'as déjà dit. Mais n'oublie pas une chose : si tu es encore en mesure aujourd'hui d'éprouver le moindre sentiment, c'est bien grâce à moi. »

Elle se leva et passa devant lui, puis monta les escaliers jusqu'à la salle de bains. Elle mit le radiateur en marche et se déshabilla, en laissant choir ses vêtements à ses pieds. Au bout d'un moment, Gunther apparut dans l'encadrement de la porte. Elle était nue à présent et il s'avança pour l'enlacer.

« Laisse-moi, dit-elle. Je n'ai vraiment pas la tête à ça.

– Je mérite quand même bien quelques remerciements, tu ne trouves pas ? »

Elle s'écarta de lui et grimpa dans la baignoire, qui était déjà à moitié pleine. L'homme s'assit sur un tabouret, tout en continuant de détailler son corps.

« Tu ne trouves pas ? répéta-t-il.

– Si, mais je suis vraiment fatiguée. Je n'ai qu'une envie, c'est de me mettre au lit et de prendre un peu de repos. Je serai gentille tout à l'heure.

– Il n'y a vraiment que les Anglais pour employer le terme de “ gentil ” à propos des questions sexuelles. (Il se mit à imiter l'accent d'une jeune fille de bonne famille.) Oh, chéri, sors donc ton *gentil* petit engin et viens le mettre dans mon *gentil* petit trou, mais sois *gentil* et ne t'agite pas trop, Maman m'a toujours dit qu'il n'y avait que les étrangers qui se comportaient comme ça. »

Elle n'avait pas écouté ses paroles. Elle essayait de se persuader qu'elle se trouvait encore à dix mille mètres d'altitude et qu'elle sombrait dans le sommeil anxieux dont les compagnies aériennes évitent de parler dans leurs publicités. Ce fut l'intonation de la voix de Gunther et le contact de sa main qui venait de plonger dans l'eau et s'insinuait le long de sa cuisse qui la ramenèrent à la réalité.

« N'insiste pas. Passe-moi plutôt une serviette. »

Il en saisit une sur le radiateur et la lui tendit, mais de telle sorte qu'elle ne pouvait pas l'attraper. Voyant cela, elle émergea de la baignoire et sortit de la salle de bains en laissant derrière elle des traînées humides sur la moquette. Il faut bien qu'il comprenne que ce n'est pas toujours lui qui commande, se dit-elle. Une fois dans la chambre, elle enfila une chemise de nuit à fleurs qui était suspendue derrière la porte.

« Et pour ta gouverne personnelle, je te signale qu'il faut que je ressorte dans la soirée. Tu devras encore patienter un peu. *Il* veut me voir. Et comme tu le dis souvent, le travail doit passer avant le plaisir. »

Elle ramena les mains derrière la tête et s'ébroua les cheveux avant de se recoiffer. Gunther se tenait dans l'encadrement de la porte et la dévisageait. Quelque chose dans son regard lui fit regretter ses paroles et elle s'approcha de lui pour l'embrasser.

« Je ne suis pas fâchée contre toi, je t'assure. C'est à cause de toute cette histoire – ce qui est arrivé à Daisy, la fatigue du voyage, et le reste. Tu ne veux quand même pas faire l'amour à un cadavre ! »

A peine eut-elle prononcé le mot qu'elle revit l'image de sa chatte crucifiée, et le souvenir de cette horrible scène lui fit resserrer son étreinte. L'homme se méprit sur ses intentions et voulut prolonger leur baiser; il pouvait sentir le contact de ses seins chauds et fermes à travers l'étoffe légère de la chemise de nuit. Elle se libéra à nouveau.

« Moque-toi de moi si tu veux, mais c'est vrai que je serai gentille tout à l'heure, très *gentille.* Quand je serai rentrée, tu pourras me faire tout ce que tu voudras, toutes ces choses que tu m'as apprises. Il faut vraiment que je prenne un peu de repos avant d'aller le voir. Ils étaient plutôt inquiets à son sujet là-bas, et ils veulent savoir s'il ne risque pas de craquer.

– Eh bien, tâche de l'apprendre. Comment as-tu trouvé Miller ?

– Différent, dit-elle en se glissant dans les draps.

– Différent de quoi ?

– Je ne sais pas... De l'image que je m'étais fait de lui. Après tout ce que j'avais entendu dire, je m'attendais à rencontrer une sorte de Frankenstein. En fait, il ressemble à un employé de banque. »

Elle remonta la couverture jusqu'à son menton.

« Il t'a fait du gringue ?

– Tu veux rire ? Bien sûr que non.

– Il adore pourtant les jeunes filles dans ton genre.

– Mais mon chéri, on dirait presque que tu es jaloux! (En même temps qu'elle prononçait ces mots, elle remarqua intérieurement que c'était la première fois qu'il manifestait un sentiment plus ou moins humain.) Tu devrais savoir que ce n'est pas du tout mon type. Je n'aime que les Allemands – et encore, un certain Allemand... »

Il accueillit le compliment sans un sourire.

« A quelle heure dois-tu le retrouver ?

– Tard, vers dix heures et demie. Réveille-moi aux environs de neuf heures.

– Tâche de lui soutirer le plus de renseignements possible. Mais agis avec tact... Tu as une bonne excuse, puisque tu étais à l'étranger. Tu pourras lui dire que tu ignores tout des dernières nouvelles. Tires-en le maximum.

– Je me suis conduite comme une idiote tout à l'heure. Pardonne-moi. Parfois, j'ai tellement peur que la chance nous abandonne. C'est pour cela que la mort de Daisy m'a fait un tel choc.

– Je ne crois pas à la chance. Je la laisse aux amateurs », répondit-il.

Les yeux de la jeune femme venaient de se fermer et elle n'entendit pas la fin de la phrase. Elle dormit à poings fermés et Gunther vint la réveiller un peu après neuf heures. Elle se peigna et se maquilla discrètement, puis enfila un tailleur élégant, mais relativement classique par rapport aux vêtements qu'elle portait en rentrant de voyage.

« C'est comme ça qu'il veut te voir, hein ? dit Gunther sur un ton sarcastique.

– La réponse est oui. Tu devrais profiter de mon absence pour remettre un peu d'ordre dans la cuisine. On se croirait dans une porcherie.

– Je ne suis pas doué pour les rangements. Mon truc, c'est plutôt le désordre. »

Elle quitta la maison et eut la chance de trouver un taxi sans trop de difficultés. Il faisait encore jour, mais le ciel baignait dans cette lumière mauve qui plane sur la ville à cette époque de l'année.

« Au Royal Court Theatre, Sloane Square, s'il vous plaît. »

Une fois arrivée à destination, elle pénétra dans le théâtre et contempla un moment les affiches, avant de s'assurer que le taxi avait bien disparu. Puis elle ressortit et contourna le bâtiment en direction d'Eaton Square. Elle avait l'impression de se trouver dans un pays étranger; elle pouvait sentir la richesse et le luxe tapis derrière ces façades bien entretenues, et imaginer l'existence confortable et feutrée de leurs habitants. Lorsqu'elle eut traversé le square, elle atteignit Eccleston Street, la dépassa et se dirigea vers l'une des ruelles qui rejoignaient Belgrave Place. En dehors d'un petit garçon qui fonçait sur sa planche à roulettes, la ruelle était déserte. En prenant soin de garder la tête baissée, elle s'approcha de l'une des splendides demeures qui étaient édifiées là. La porte s'ouvrit dès qu'elle eut pressé la sonnette.

« Ai-je été ponctuelle ? demanda-t-elle.

– Je ne mérite pas une telle perfection », répondit sir Charles Belfrage. Il s'effaça pour la laisser entrer, tandis que le petit garçon disparaissait à l'horizon.

12.

C'était Control qui avait opté pour une incinération.

« C'est encore ce qu'il y avait de mieux à faire, dit-il, puisqu'elle n'avait laissé aucune instruction. C'est tellement plus propre – et du reste, cela va tout à fait dans le sens des idées actuelles : ça ne gâche pas l'environnement. Ma mère a participé à la fondation de la Ligue en faveur de l'incinération. A l'époque, c'était une attitude plutôt extrémiste.

– Comptez-vous y aller ? demanda Hillsden.

– Je ne pense pas. J'ai la fâcheuse habitude d'attraper un rhume chaque fois que je vais à des funérailles. De toute manière, j'estime que votre présence suffira amplement pour représenter la firme.

– La supérieure de l'hospice avait demandé qu'on la prévienne. »

Control considéra la chose un instant.

« Je ne crois pas que ce soit souhaitable, dit-il finalement. L'essentiel est que vous y alliez. Mais soyez discret, n'est-ce pas... Et ce ne serait pas une mauvaise idée d'emmener votre femme : ça aura l'air plus naturel. »

Hillsden fut pris de court par cette suggestion.

« Ça ne m'était pas venu à l'idée, déclara-t-il.

– Je suis là pour ça, répondit Control en faisant craquer ses jointures. Puis, coupant court à la discussion, il ajouta : Je vous recommande l'huile de primevère.

– Je vous demande pardon ?

– Son effet est souverain sur les rhumatismes, auxquels notre chair mortelle est malheureusement exposée. J'en prends quotidiennement. C'est également très efficace contre le vieillissement – c'est du moins ce que j'ai lu dans un article spécialisé. »

L'image de Control plongé dans la lecture des magazines féminins à la recherche des dernières trouvailles en matière de cosmétiques était assez inattendue. Il s'agissait encore d'une de ces nombreuses excentricités dont il avait le secret.

« Aussi, ne vous étonnez pas, Alec, si en entrant un jour dans ce bureau vous vous retrouvez en face de Dorian Gray. Imaginez un peu la réaction des Assurances s'ils étaient brusquement obligés de verser une pension de vieillesse à un adolescent! Ils en mangeraient leur chapeau. Vous avez bien tout noté, n'est-ce pas? poursuivit-il en revenant à leur propos initial avec une brusquerie déconcertante. Les funérailles auront lieu lundi, au crématorium de Tunbridge Wells. L'endroit est assez peu fréquenté et le cadre est agréable, m'a-t-on dit – autant du moins que ce genre de lieu puisse l'être. Je trouve que le Kent, qui est comme vous le savez le jardin de l'Angleterre, convenait parfaitement pour le dernier repos d'une héroïne de la nation. Il n'y aura pas de cérémonie religieuse. Nous ne souhaitons pas éveiller l'attention de la population locale.

– Je vais réfléchir, pour ce qui est de ma femme.

– J'ai pensé que ça cadrerait à merveille avec le reste. J'espère que ça ne vous pose pas de problème – aucun, en tout cas, que vous ne soyez à même de résoudre. C'est une page qui est tournée – et sûrement la fin d'une longue histoire en ce qui vous concerne. Je ne me trompe pas? »

Il refit craquer ses articulations et lui adressa l'un de ces regards innocents dont il avait la spécialité, mais Hillsden refusa de se laisser entraîner sur un tel terrain.

« Y a-t-il autre chose qui vous tracasse?

– Non. Sauf que nous savons maintenant que quelqu'un continuait de la surveiller. Nous aurions peut-être dû faire la même chose.

– Bien sûr. Il y a trop de choses que l'on réalise après coup. J'imagine que vous n'êtes pas encore sur le point d'identifier cette photographie qui a disparu?

– Non.

– Il doit y avoir un lien entre tous ces faits, Alec. Et c'est à nous de trouver lequel. Après tout, nous sommes payés pour ça, même si nous ne sommes que de modestes serviteurs de la Couronne. »

Et même s'il y en a parmi nous qui sont plus modestes que d'autres, songea Hillsden en quittant la pièce.

Il regagna son domicile un peu plus tard dans l'après-midi. Sa femme était encore au lit et poussait de profonds soupirs dans son sommeil. Une boîte de chocolats entamée et déjà à moitié vide trônait sur la table de nuit, et une multitude de petits emballages froissés jonchaient le sol. Hillsden se baissa et ramassa un livre de poche qui traînait au milieu du désordre. Il s'agissait d'une étude sur la sexualité féminine – le dernier d'une série de best-sellers consacrés à la question; ils étaient tous fabriqués sur le même modèle et relataient des cas soi-disant réels sous le couvert de l'anonymat. Margot avait corné une page qui débutait ainsi : « Je suis mariée depuis dix-huit ans avec le même homme, mais ma vie sexuelle est inexistante. Aussi loin que je me souvienne, il en a toujours été ainsi. Je n'ai pas quitté mon mari car je ne sais pas où aller, et je n'ai jamais eu l'occasion de connaître par ailleurs des aventures sexuelles. Je ne suis pas du genre à faire des avances, et je me crois plutôt passive. J'aimerais avoir le courage d'être lesbienne. »

Il remit le livre là où il l'avait trouvé, quitta la chambre sur la pointe des pieds et regagna le rez-de-chaussée. Par réflexe, et pour se sentir moins seul, il alluma le poste de télévision portable que sa femme trimbalait généralement d'une pièce à l'autre. Il baissa le son au minimum, mais de manière à pouvoir tout de même entendre la voix du présentateur. Que les nouvelles soient bonnes ou mauvaises, elles étaient toujours annoncées sur le même ton neutre et inexpressif; on avait vraiment l'impression que ces types sortaient tous du même moule. En attendant que l'eau se mette à bouillir, il regarda défiler les images étrangement morbides qui se succédaient sur l'écran comme celles d'un jeu de cartes en train de s'effondrer. Il dut ainsi supporter la vue d'un groupe d'enfants aux crânes difformes, aux ventres distendus et aux jambes squelettiques, qui reposaient sans vie dans les bras de leurs mères effondrées; on lui montra ensuite les restes déchiquetés d'un soldat anglais qui avait été pris dans une embuscade en Irlande du Nord; puis ce fut le tour d'une voiture de course qui explosait et prenait feu, et dont le conducteur, transformé en torche humaine, essayait vainement de se dégager. Cette dernière séquence repassa d'ailleurs au ralenti. Voilà les seules informations qui sont jugées dignes de retenir notre attention, se dit-il : celles qui provoquent en nous répulsion et dégoût. Depuis que l'Église ne fait plus recette avec ses diverses versions du *Paradis perdu*, on estime sans doute utile de rappeler ainsi quotidiennement au public l'existence de la miséricorde et de la bonté infinies de Dieu.

La bouilloire se mit à siffler et il se leva pour la débrancher à l'instant même où le visage onctueux de Bayldon succédait à l'image du conducteur carbonisé. Élevé comme il l'avait été à l'école de la haute politique et de la dissimulation, Bayldon fixait la caméra en arborant la mine la plus ministérielle qui soit; pourtant, à l'occasion de deux ou trois questions particulièrement embarrassantes, une lueur incendiaire s'alluma dans ses yeux. Mais il ne se départit pas de l'air distant qu'il affichait, tout en cherchant de quelle manière il allait parvenir à enrober ses mensonges. Voilà de quoi l'on nourrissait les masses : de cet informe magma verbal, débité sur le même ton neutre et rassurant que celui adopté par les hôtesses de l'air lors des décollages et des atterrissages – c'est-à-dire au moment où les risques d'accident sont les plus élevés.

Hillsden déchira un sachet de thé et en répartit le contenu dans deux tasses. Il n'avait jamais compris pourquoi l'emballage de ces sachets ne se désintégrait pas au contact de l'eau bouillante. C'était à ses yeux l'un des plus grands mystères de la vie domestique. Lorsqu'il revint dans la chambre en portant les deux tasses de thé, Margot se réveilla.

« J'ai entendu du bruit, dit-elle.

– J'avais allumé la télévision en bas.

– Quelle heure est-il?

– Pas très tard. Six heures à peine. Tu as fait un petit somme?

– Non. J'avais la migraine.

– Je t'ai amené du thé.

– Ce n'est pourtant pas mon habitude de m'endormir comme ça en plein milieu de l'après-midi.

– Une fois de temps en temps, ça ne peut pas te faire de mal. Zut, j'ai oublié de mettre du sucre dans ton thé.

– Je n'en prends plus. J'ai commencé un nouveau régime. »

Son regard se posa sur la boîte de chocolats, mais Hillsden feignit de ne pas s'en apercevoir.

« Je devrais suivre ton exemple, dit-il. Je commence à m'empâter. C'est à cause de tous ces repas d'affaires.

– Comment ça c'est passé aujourd'hui? Tu as eu beaucoup de travail?

– Pas trop. J'ai eu quelques commandes. Au fait, je t'ai ramené une bouteille du nouveau mousseux que nous lançons ce mois-ci. Ce n'est pas un grand cru, mais il se laisse boire. Il a l'air de bien démarrer. (Il avala une gorgée de thé, en adoptant une expression aussi pateline que celle de Bayldon.) Tu as pris quelque chose pour ta migraine?

– Oui, j'ai pris deux aspirines.

– Le temps n'arrange rien. Il a fait lourd toute la journée. Dis donc, pourquoi ne sortirions-nous pas ce soir? On pourrait aller manger quelque part. Ça nous changerait un peu, et comme tu n'es pas dans ton assiette, ça t'éviterait de faire la cuisine.

– Je ne sais pas... Je dois avoir l'air horrible.

– Pas à mes yeux, en tout cas. (Il lui parlait comme à un enfant qui a peur de rater son examen.) Allez, viens. Je vais te faire couler un bain.

– D'accord, mais ne m'emmène pas dans un endroit trop chic.

– Qu'est-ce que tu dirais de ce petit restaurant chinois de King's Road ? La cuisine chinoise ne fait pas grossir, ça sera parfait pour ton régime. »

Il alla dans la salle de bains et ouvrit les robinets. Il fut soulagé qu'elle ne puisse pas voir son visage tandis qu'il débitait le reste de son discours :

« Nous ne sortons pas assez souvent, si tu veux mon avis. C'est d'ailleurs de ma faute. J'ai des horaires tellement irréguliers. Enfin, il ne faut pas trop se plaindre : c'est déjà une chance d'avoir un travail stable de nos jours. Heureusement, plus les choses s'aggravent et plus les gens boivent. Mais ce n'est pas très agréable pour toi, ma chérie. Tout le monde a besoin d'un peu de changement, de temps en temps. Après tout, on ne vit qu'une fois. Au fait, je ne t'ai pas dit pourquoi j'étais rentré si tôt aujourd'hui. Figure-toi que nous avons eu un de ces coups, au bureau...

– Vous avez vu un fou ?

– Non, je disais que nous avons eu un coup.

– A quel sujet ? »

Il s'assit sur le rebord de la baignoire, car la réalité de ce que cachaient ses mensonges lui coupait les jambes.

« Je t'avais déjà parlé de Mme Nicolson ?

– Madame qui ?

– Nicolson. Elle travaillait au magasin.

– Je ne crois pas. Que lui est-il arrivé ?

– Elle est morte brusquement aujourd'hui. Elle venait de boire un café à la cantine et, tout à coup, sans prévenir, elle a perdu connaissance. Nous avons appelé une ambulance et elle a été conduite d'urgence à l'hôpital, mais elle est morte en arrivant. Elle avait à peine cinquante ans.

– C'est terrible. »

Il arracha une feuille de papier de toilette et s'essuya les yeux.

« Ce n'est pas seulement à cause de son âge. Tu imagines le choc que ça nous a fait ?

– Bien sûr, répondit sa femme depuis la chambre. Le choc a dû être encore plus terrible pour son mari.

– Elle était veuve. Elle n'avait plus de famille. »

Il vérifia la température de l'eau, se ressaisit et retourna dans la chambre. La boîte de chocolats et le livre de poche avaient disparu.

« Ton bain est prêt, ma chérie, dit-il en déboutonnant sa propre chemise et en se dirigeant vers l'armoire. J'espère que tu pourras m'accompagner. C'est tellement déprimant d'aller seul à ce genre de cérémonies.

– De quoi parles-tu ?

– Des funérailles. Elles auront lieu lundi.

– Pourquoi devrais-tu y aller ?

– Eh bien, il fallait que quelqu'un de la boîte soit présent. On a tiré au sort et c'est tombé sur moi.

– Tu ne pouvais pas trouver une excuse ?

– C'était un peu difficile.

– Je ne la connaissais même pas.

– Je le sais bien. Mais je me suis dit que tu pourrais me tenir compagnie. On pourra même aller faire un tour au bord de la mer, une fois que ce sera fini. J'ai la journée libre.

– Où est-ce que ça doit avoir lieu ?

– A Tunbridge Wells, dans le Kent.

– J'ai horreur des enterrements.

– Ce sera une incinération. Et puis, tu n'as pas assisté à tant de funérailles que ça. »

Elle s'était déshabillée et démaquillée tout en parlant, et sortit de la chambre à moitié nue.

« J'en ai vu suffisamment pour savoir que je les ai en horreur.

– Même si on termine ça par une petite fête ?

– Tu es bien prévenant, tout d'un coup. Tu m'apportes mon thé au lit, tu m'offres une bouteille de mousseux, tu m'invites au restaurant, tu me proposes une balade sur la côte... On dirait que tu as quelque chose à te faire pardonner.

– Je pensais seulement te faire plaisir. »

Il ramassa sa tasse de thé et suivit sa femme, mais elle s'était enfermée dans la salle de bains.

« Tu n'en veux plus ?

– De quoi ?

– Du thé. Tu en as à peine bu une goutte.

– J'ai bu ce dont j'avais envie.

– Pourquoi as-tu fermé la porte ?

– Parce que.

– Je pensais qu'on prendrait notre bain ensemble. Comme au bon vieux temps. (Il n'y eut pas de réponse.) Chérie, tu m'entends ?

– Oui.
– Alors? (Il attendit un moment.) Bon, ce n'était qu'une idée en l'air. Je vais réserver une table pour ce soir. Nous parlerons plus tard du programme de lundi. Tu te sentiras peut-être mieux après un bon repas. »

Il s'apprêtait à descendre les tasses lorsqu'il l'entendit crier :

« Alec! Ne choisis pas un restaurant trop chic. Je n'ai plus rien à me mettre. Je ne rentre plus dans mes affaires. »

Une fois à la cuisine, il appela le restaurant puis s'assit et attendit dans l'obscurité que la fête commence.

13.

« Reprenez tout depuis le début, dit Waddington. Et n'hésitez pas à m'expliquer les choses dans le détail. Faites comme si je n'étais qu'un jeune novice frais émoulu de l'école de police. Peut-être parviendrais-je à extraire quelques précieuses miettes de votre mémoire marmoréenne.

– Quel langage fleuri, Wadders! Vous avez raté votre vocation : vous auriez dû vous faire critique d'art. »

Waddington prit cela pour un compliment.

« J'ai remporté le premier prix de composition trois années de suite lorsque j'étais au collège, avoua-t-il. Je dois avoir un don. »

Hillsden et lui étaient installés dans un fast-food situé juste derrière Covent Garden. La clientèle était essentiellement composée d'étudiants, mais il y avait aussi quelques clochards isolés. Waddington avait choisi l'endroit parce qu'il s'agissait d'un self-service et qu'ils ne risquaient donc pas d'être interrompus par le personnel.

Tout cela était d'ailleurs parfaitement égal à Hillsden. La nourriture et ses à-côtés lui étaient devenus indifférents. La veille au soir, le dîner avec Margot était loin d'avoir constitué un succès, tant sur le plan du repas que sur celui de la conversation. Au lieu d'en profiter, sa femme n'avait semblé accepter cette sortie que du bout des lèvres. « Ne me dis pas que c'est par pure gentillesse que tu fais tout ça. Je ne te crois pas. Tu espères quelque chose en retour. » Voilà ce qu'elle n'avait cessé de lui répéter, et il avait dû laisser en suspens la question des funérailles. Tandis qu'ils avalaient leur repas en silence (la nourriture semblait prouver une fois de plus que tout ce qui avait trait à l'Extrême-Orient demeurerait décidément insondable), il n'avait pu s'empêcher d'être frappé par la justesse de ses intuitions. On ne pouvait pas échapper à ses anciennes infidélités : elles vous poursuivaient au fil des années, comme une vieille dette inscrite au registre de la vie. Sa femme ne pouvait établir aucun lien entre la prétendue Mme Nicolson et Caroline, mais cela faisait des années que le doute s'était insinué en elle.

« Il est parfois utile de tout reprendre à zéro, poursuivait Waddington. Ne croyez-vous pas que ce serait une bonne idée ? Racontez-moi par exemple comment Caroline a été recrutée : nous pouvons reprendre l'histoire à partir du moment où elle a rejoint la firme.

– Non, il faut remonter encore plus loin. (Hillsden considéra un instant le morceau de viande synthétique glissé entre deux tranches de pain rassis avant de se décider à mordre dedans. Le fait de se demander s'il allait ou non avaler cette injection le força à parler avec circonspection.) Tout ce qui a eu lieu avant est au moins aussi important.

– Eh bien, je vous écoute.

– Elle était fille unique. Elle est née en Finlande en 1938.

– En Finlande ? Elle n'était pas anglaise ?

– Si. Son père était attaché aux questions maritimes à l'ambassade d'Helsinki. En fait, elle a vu le jour dans l'enceinte même de l'ambassade.

– Je vois. Née avec l'insigne du corps diplomatique sur le front...

– Est-ce que vous avez l'intention de m'écouter ou de m'interrompre sans arrêt avec vos spirituelles reparties ?

– Excusez-moi.

– Lorsque la guerre éclata, ses parents la renvoyèrent au pays en compagnie de sa nourrice. C'est probablement vers cette époque qu'elle est devenue une adepte du célèbre Farex, ajouta-t-il en surveillant Waddington pour voir si celui-ci, à l'exemple de Rotherby, avait remarqué ce détail dans le rapport de Hogg ; mais comme il ne réagissait pas, Hillsden poursuivit : Lorsque les Russes envahirent la Finlande en novembre 1939, son père fut nommé officier de liaison auprès des troupes finlandaises qui combattaient sur le front. Je ne sais pas si vous connaissez bien l'histoire de cette période, Wadders, mais, après la guerre, on a su que les Anglais et les Français avaient alors eu le projet d'envoyer un contingent militaire commun pour soutenir ces braves Finlandais. Je crois que le but secret de ce plan avait été de lancer quatre divisions à l'assaut de la Norvège avant que les Allemands n'occupent eux-mêmes ce pays, et de contenir ainsi l'avance de l'armée russe en Scandinavie.

– Un peu tordu, comme raisonnement.

– N'oubliez pas que durant toute la première année de la guerre personne ne prenait vraiment les choses au sérieux. Nos avions lâchaient plus de tracts que de bombes et tout le monde fredonnait des refrains ironiques sur la ligne Siegfried. En tout cas, pendant que Londres et Paris essayaient de se mettre d'accord, la situation changea. Les Finlandais avaient commencé par remporter quelques batailles. Ils étaient bien entraînés, et encore mieux équipés. L'hiver avait été épouvantable cette année-là, et les deux armées s'affrontaient sous des températures qui étaient presque constamment inférieures à zéro. Mais finalement, les Russes se regroupèrent et, au mois de février l'année suivante, ils lancèrent une offensive massive sur l'isthme de Karelian. Avant que Whitehall et les Frenchies aient pu s'entendre, tout était terminé. La Finlande capitula en mars 1940. Le père de Caroline fut fait prisonnier; il fut convaincu d'espionnage et exécuté. La vérité fut révélée quelque temps seulement après la fin de la guerre. Jusque-là, il avait été porté disparu. Et, même lorsqu'on sut le fin mot de l'histoire, cela n'eut aucune conséquence : personne ne tenait à faire de vagues à propos d'une affaire où étaient impliqués nos glorieux alliés russes.

– Et sa mère, qu'était-elle devenue?

– Elle était restée là-bas pour tenter de découvrir ce qui était arrivé à son mari. Elle avait pris un emploi de secrétaire ou quelque chose de ce genre. Lorsqu'elle fut certaine de sa mort, elle se suicida. »

Hillsden s'interrompit en voyant un groupe de punks s'approchant de leur table. Avec leurs cheveux teints et hirsutes, leurs vêtements des années 30 et leurs chaussures démesurées, ils semblaient sortir d'une pantomime. Il n'y avait cependant aucun moyen de se méprendre sur leur hostilité. L'un d'eux bouscula délibérément Waddington, mais ce dernier ignora la provocation.

« J'imagine que si je devais avaler ce genre de nourriture tous les jours, je finirais moi aussi par devenir agressif, dit-il. (Tandis que le groupe les dépassait, il se versa un peu de ketchup en agitant une bouteille plastifiée en forme de tomate, constellée de taches rances.) On prétend qu'au bout d'un certain temps l'abus de nourriture avariée provoque des lésions cérébrales. Vous étiez au courant de ça?

– Non, mais je suis tout disposé à le croire.

– Pardonnez cette parenthèse et continuez votre histoire finlandaise. C'est incroyable, mais je n'ai jamais entendu parler de ça à l'école.

– Comme je vous le disais, il n'était plus question après Stalingrad de critiquer l'armée Rouge. Tout ce qu'on a trouvé à faire, après l'invasion de la Finlande, ç'a été d'exclure l'URSS de la Société des Nations.

– La Société des Nations? Elle existait encore?

– Hélas oui! J'ai toujours pensé que c'était le dernier mauvais tour qu'elle nous ait joué. Maintenant, pour l'amour du ciel, cessez de m'interrompre!

– C'est vous qui vous étiez écarté du sujet. Que devenait Caroline, pendant tout ce temps?

– Elle était en sécurité en Angleterre. Sa nourrice était de ces femmes qui savent faire face à toutes les situations. Rien n'aurait pu l'ébranler. Caroline a toujours prétendu que si elle s'était trouvée à bord du *Titanic* elle aurait réussi à empêcher le naufrage. Il n'était pas question qu'elle confie Caroline à quelqu'un d'autre. Elle l'a élevée seule, sans l'aide de personne, et ne l'a jamais tenue dans l'ignorance de ce qui se passait en Finlande. Je suppose qu'elle est parvenue à l'endoctriner lorsqu'elle était gamine comme peu d'enfants l'ont été. Elle détestait farouchement tout ce qui avait de près ou de loin rapport avec les Russes. Pendant la guerre, il y avait des gens qui refusaient de jouer de la musique allemande; eh bien, Caroline m'a raconté que sa nourrice – elle s'appelait Anderson et elle était écossaise, évidemment – s'était un jour opposée à ce qu'elle écoute un morceau de Tchaïkovsky – et cela à une époque où son premier concerto pour piano avait pratiquement supplanté notre hymne national. Au fond, c'était une vieille dame un peu bornée. Bien sûr, elle s'est occupée de Caroline et l'a élevée seule, mais elle lui a aussi inculqué la haine viscérale qu'elle vouait aux Russes. On peut dire que c'est à ce moment-là que les choses ont commencé et que Caroline a été formée pour le reste de sa vie.

– On l'a conditionnée depuis le berceau, c'est ce que vous voulez dire?

– Non, ce serait trop simple de présenter les choses ainsi. L'idée de s'engager lui est venue beaucoup plus tard, et pour des raisons bien différentes de celles que je viens d'exposer. Bien sûr, l'éducation qu'elle avait reçue a joué un rôle, il ne pouvait en être autrement, mais elle n'a pas choisi cette voie tout de suite. C'était une bonne élève: elle a appris plusieurs langues avec facilité, et elle a brillamment passé ses examens. Au bout du compte, c'était une jeune fille ordinaire. Lorsqu'elle eut terminé ses études, elle ne devait pas être très différente des autres adolescentes de sa génération. Je crois qu'elle pensait alors surtout à s'amuser.

– En quelle année sommes-nous à présent?

– Autour de 1956, 1957. Elle n'avait pas d'ambition particulière. Elle suivit un moment des cours de secrétariat, mais cela ne la passionnait guère et elle finit par se faire engager comme guide dans une agence de voyages. Elle espérait ainsi connaître du pays; elle fut très vite déçue : tout ce qu'elle avait pu voir, disait-elle, c'étaient les sièges des autocars et les visages des passagers qui n'arrêtaient pas de se plaindre. Elle laissa donc tomber ce métier et devint manucure, pour se retrouver finalement chez Austin Reed, dans Regent Street.

– Et la nourrice, que devenait-elle?

– Elle était morte entre-temps. Caroline n'avait pas de famille à part elle – aucune en tout cas dont elle ait pu retrouver la trace.

– Pas de petits amis?

– Des tas, je suppose. Peut-être pas à la queue leu leu, mais je peux vous affirmer que lorsque je l'ai rencontrée elle m'a fait une sacrée impression. Elle n'était pas vraiment belle, son visage était un peu ingrat. Mais elle avait une bouche splendide, on avait tout de suite envie de l'embrasser. »

Il repoussa les restes de son repas, qui ressemblaient aux débris d'une voiture accidentée.

« Comment êtes-vous arrivé à finir le vôtre?

– J'en ai vu d'autres, répondit Waddington. Donc, elle était devenue manucure. Quand était-ce?

– Juste avant qu'elle ne soit recrutée. L'un de ses clients réguliers était le vieux Dinnsbury.

– Le légendaire Gunga?

– En personne. C'était lui qui était à la tête de la section B lorsqu'ils se rencontrèrent. Elle l'ignorait, évidemment. Tout ce qu'elle savait à son sujet, c'était qu'il n'aimait pas qu'on lui lime les ongles, mais qu'il adorait par contre qu'on lui masse son mont de Vénus.

– *Son quoi?*

– Il s'agit de cette petite éminence située à la base du pouce. Je me suis laissé dire que c'est une zone érogène notoire, mais chez moi ça n'a jamais rien donné. Bref, elle s'imaginait qu'il s'agissait d'un vieux richard de la City. Il lui laissait toujours de gros pourboires. Peut-être lui avait-elle tapé dans l'œil – qui sait? En tout cas, aux dires de Caroline, il n'a jamais tenté sa chance dans ce sens et leurs rapports n'ont jamais dépassé le stade de la simple poignée de mains. Toujours est-il qu'il lui proposa un jour de travailler pour lui. Gunga était loin d'être un imbécile lorsqu'il s'agissait d'estimer la valeur de nouvelles recrues. A le voir, on avait l'impression qu'il était toujours dans la lune, mais derrière ces apparences c'était un calculateur-né. J'imagine qu'il a dû tâter le terrain, la faire parler de son passé, enquêter sur son compte de son côté, avant de conclure qu'elle faisait l'affaire. Vous savez, j'ai toujours pensé que si Gunga était resté à son poste, nos écuries ne sentiraient pas si mauvais. Je suis sûr qu'il se serait méfié de Burgess, de Blunt et de toute cette bande de bouffons. C'était un vieux renard, quoi qu'on prétende sur son compte aujourd'hui. Mais évidemment, il faisait preuve d'un goût douteux dans le choix de ses cravates, il ne fréquentait pas les bonnes coteries et il mangeait les petits pois avec son couteau, si je puis m'exprimer ainsi. Vous n'imagineriez pas à quel point nous vivions dans un monde clos, avant tous les récents chambardements. Et bien sûr, ils ont eu sa peau à la fin.

– Comment cela? Il n'a pourtant jamais été suspecté...

– Oh... Quand la merde déborde, personne n'est épargné. La théorie d'une « super-taupe » tapie dans les hautes sphères de l'édifice s'était répandue à la vitesse grand V. Le Parlement et les médias exigeaient que des têtes tombent. C'était une véritable chasse à l'homme. Rappelez-vous : nous avions quand même été salement infiltrés. Sans être complète, la pénétration avait été profonde.

– Comme disaient les dames à l'époque...

– Vous n'en loupez décidément pas une.

– Je m'excuse. C'est ce hamburger qui me monte à la tête.

– Caroline fut mise sur la touche parce qu'elle était proche de Gunga. Quant à lui, il dut subir je ne sais plus combien d'interrogatoires. On lui délivra finalement un certificat qui l'innocentait totalement, mais il avait gêné trop de monde au cours de sa carrière. Pour sauver la façade, on le nomma commandeur de l'Empire britannique et il dut prendre sa retraite anticipée. Son état déclina rapidement et il mourut dix-huit mois plus tard, en emportant ses secrets dans la tombe.

– Quel genre de poste avait-il proposé à Caroline?

– Du simple travail de bureau, au début. Il tâtait le terrain. Il ne prenait jamais de décision à la légère. Puis, lorsqu'il fut convaincu de ses qualités, elle devint sa secrétaire particulière. C'est à partir de là que les choses ont vraiment commencé pour elle. Dès qu'elle eut connaissance des rouages et des ficelles du métier, il n'y eut plus moyen de l'arrêter. Elle m'a affirmé que le jour où elle avait réalisé la vraie nature du travail de Gunga, elle avait eu l'impression de trouver enfin son véritable foyer. Ce sont ses propres termes. Encouragée par Gunga, elle se mit à apprendre le russe. L'étude des langues ne lui avait jamais posé de problèmes; de plus, elle était en de bonnes mains. Le vieux Gunga parlait je ne sais plus combien de langues, c'était une école Berlitz ambulante à lui tout seul. Il connaissait même une douzaine de dialectes indiens, sans parler du reste.

– Il avait commencé sa carrière là-bas, d'après ce que j'ai entendu dire? Et c'est de là que lui venait son surnom?

– En tout cas, il préparait un curry du tonnerre!

– Ce fut donc lui qui lança Caroline?

– Il l'encouragea beaucoup. Ce fut sur ses conseils qu'elle entra au Parti communiste anglais. Il ne s'agissait que d'un banal travail d'infiltration. Elle y resta quelque temps et glana quelques informations, tout cela sous le contrôle de Gunga. Mais ce n'était pas vraiment son domaine – simplement une manière comme une autre de mettre le pied à l'étrier. Ça ne lui plaisait qu'à moitié, et je crois que sa haine mit un certain temps à se développer. Elle avait sagement écouté les horreurs que lui racontait sa nourrice, mais ce fut auprès de Gunga qu'elle apprit à en faire usage. Vous me suivez, jusque-là?

– Oui, et je reprendrais bien une tasse de café, répondit Waddington. Ne serait-ce que pour faire passer le goût de ces saletés. »

Hillsden se rendit au comptoir et ramena deux tasses de plastique pleines d'un liquide suspect, qui passait ici pour du café. Il se rassit et poursuivit :

« Les gens qui ont connu Caroline à cette époque affirment tous qu'elle n'avait qu'une hâte : celle d'aller affronter l'ennemi sur le terrain. Discuter des mérites de la lutte des classes avec les camarades ne correspondait pas vraiment à l'idée qu'elle se faisait du combat pour la démocratie. Nous savons vous et moi ce que représente un séjour prolongé chez ce genre d'illuminés. Il faut être constamment sur ses gardes, changer de nom et de style de vie, renoncer à voir ses anciens amis, prendre de nouvelles habitudes; boire de la bière au lieu du gin, fumer des cigarettes bon marché, acheter des journaux différents – sans compter que l'on doit adopter leur jargon et faire semblant de partager leurs convictions, alors qu'au fond de vous tout s'oppose à cette mascarade. Voilà la pression qu'il faut subir vingt-quatre heures sur vingt-quatre. On est loin de l'existence idyllique que dépeignent les romans d'espionnage. Et selon moi, les femmes doivent avoir encore plus de mal à supporter ça.

– Pourquoi?

– Vous ne trouvez pas que, de manière générale, la vie est plus difficile pour elles?

– Je ne sais pas.

– Elles ont déjà leur fardeau mensuel. Dans cette affaire, nous avons une position privilégiée : nous jouissons d'un plaisir momentané, mais ce sont elles qui doivent en supporter les conséquences. Vous n'êtes pas d'accord avec moi ?

– Si, bien sûr.

– Quoi qu'il en soit, je voulais insister sur le fait qu'elle mourait d'envie d'aller travailler sur le terrain. Et c'est grâce à Jock qu'elle a finalement pu le faire. Jock était un des chouchous de Gunga, et il avait besoin d'une nouvelle recrue pour le réseau qu'il dirigeait à Vienne. Il porta son choix sur elle – mais tel que je le connais, je suis sûr qu'il avait une idée derrière la tête. Et je n'irai pas jusqu'à affirmer que Caroline ne se soit pas aperçue que le meilleur moyen pour rentrer dans les bonnes grâces de Jock était encore de lui foutre la main au panier, pour parler vulgairement. Non d'ailleurs qu'elle ait jamais succombé à son charme : ils étaient trop étroitement surveillés à l'époque pour se permettre d'avoir des rapports de ce genre.

– Vous en êtes sûr ?

– De quoi ?

– Que ça n'a pas été le cas.

– J'en suis absolument certain, croyez-moi.

– Si nous considérons les choses un tant soit peu sérieusement, la question n'est pas de croire ou de ne pas croire, mais d'obtenir des preuves concrètes.

– Elle n'a jamais couché avec lui. Si ç'avait été le cas, c'est lui qu'on aurait rappelé, pas moi. »

Waddington hocha la tête, et Hillsden eut l'impression qu'il n'était guère convaincu.

« Jock réussit à persuader Gunga que c'était elle qu'il lui fallait pour ce travail, et personne d'autre. Évidemment, dès qu'elle eut vent de ce projet, Caroline ne manqua pas d'insister de son côté, si bien qu'à eux deux ils finirent par emporter le morceau. Je ne pense pas que Gunga ait été particulièrement enchanté par la tournure que prenaient les événements. Par bien des côtés, il n'aimait guère le changement. Mais après tout, Caroline avait été son élève et il lui était difficile de s'opposer à ce qu'elle vole de ses propres ailes. On prétend que Jock l'avait menacé de démissionner s'il refusait de la laisser partir. Ce n'était sûrement que des mots en l'air, mais Gunga ne pouvait pas se permettre de prendre le risque. Jock était l'un de ses agents les plus précieux.

– Je ne l'ai connu que de réputation.

– Oh... C'était un élément remarquable. Il a dirigé le réseau autrichien en obtenant des résultats spectaculaires, aux pires moments de la guerre froide. A l'époque où Caroline entra dans son équipe, la CIA nous avait demandé de l'aide pour infiltrer un réseau prosoviétique qui opérait depuis Munich. Les Ricains étaient de plus en plus inquiets de voir que Moscou arrivait à mettre la main sur leur technologie de pointe. Il s'agissait surtout de procédés industriels qui n'avaient pas de réels débouchés militaires, mais dans le tas il y avait aussi du matériel d'armement. Ils savaient qui dirigeait ce réseau munichois; ils n'arrivaient pourtant pas à comprendre comment le matériel parvenait à Moscou. C'était d'ailleurs assez compliqué. Lorsque ce réseau fut démantelé, on découvrit que les expéditions se faisaient de Los Angeles, où les colis étaient facturés comme s'il s'agissait de réfrigérateurs ou de machines à laver. Ils étaient ensuite expédiés par avion en Allemagne de l'Ouest; de là, ils repartaient en direction d'un pays neutre, soit vers la Suisse, soit vers l'Autriche. Après quoi ils quittaient Zurich ou Salzbourg pour Amsterdam, puis la Russie – non sans avoir rapporté de confortables bénéfices. Tout le système était basé sur un circuit de fausses factures et de transactions compliquées, et les douanes des pays concernés n'y avaient jamais vu que du feu. Les Russes payaient la marchandise trois fois le prix coûtant, en dollars s'il vous plaît, et rubis sur l'ongle.

« C'était superbement agencé. A l'époque, les Ruskoffs avaient des années-lumière de retard sur nous. C'est à peine s'ils connaissaient l'existence des machines à calculer, comme on disait alors. N'oubliez pas que nous parlons d'un temps où la révolution électronique n'avait pas encore commencé, et où Silicon Valley n'était qu'un vague projet. Mais cette affaire n'était pas seulement une banale escroquerie industrielle. Les Russes avaient impérativement besoin de tester les capacités de leur dispositif nucléaire; à cette fin, selon leur bonne habitude, ils avaient recours à l'arme la plus ancienne de tout l'arsenal humain : l'argent. Des montagnes d'argent. Ils dilapidaient des sommes absolument ahurissantes. Leur plan, c'était de parvenir à s'insinuer dans les rouages de quelques grosses entreprises capitalistes. Pour cela, ils se mettaient en rapport avec un brave démocrate allemand dont ils achetaient les services pour qu'il réalise l'opération à leur place. Ils fournissaient les fonds et le type passait les commandes par le canal d'une de ses multiples sociétés, toutes parfaitement légales bien sûr. De l'autre côté de l'océan, les fournisseurs ne se posaient pas trop de questions pour savoir à qui le matériel était destiné; leur seul souci, c'était de vendre leur camelote, peu importait à qui. Et personne n'avait jamais rien soupçonné avant que les Russes ne se mettent à lancer sur le marché des produits visiblement copiés sur du matériel déjà existant. Les Ricains s'aperçurent alors qu'on les concurrençait avec leurs propres produits!

– Et vous dites que c'est Jock qui a foutu en l'air cette jolie combine?

– Pour l'essentiel, avec l'aide de quelques amis.

– Dont Caroline?

– Oui. Jock l'utilisa pour venir à bout du brave démocrate en question. Ce dont elle se chargea magnifiquement.

– Ça ne vous plaît pas beaucoup de l'admettre, pas vrai? » demanda Waddington.

Le coup avait porté. Hillsden se mit à tripoter sa cuillère en plastique, qui se cassa brusquement en deux.

« Qu'est-ce qui vous fait croire ça?

– Ça se voyait sur votre visage.

– Très malin de votre part, Wadders. Je constate avec plaisir que vous n'avez pas perdu la main.

– Vous préférez peut-être que je vous dise qu'elle ne faisait que son travail?

– Allons, Wadders! Vous me décevez! Vous n'avez ni les yeux ni les oreilles dans votre poche, et il est de notoriété publique que vous êtes le concierge de la firme. Vous savez très bien ce qu'il y a eu entre Caroline et moi. Vous avez dû en entendre de belles... Ce pauvre Alec! Incapable de se retenir! Il a bousillé sa carrière avec cette histoire. Un bon officier, un authentique gentleman n'auraient jamais agi ainsi – encore moins un espion qui se respecte!

– Alec... Calmez-vous!

– Et merde, Wadders! Elle est morte, est-ce que vous pouvez comprendre ça? Hogg l'a charcutée dans tous les sens avant de la recoudre et de la flanquer dans son frigo. Qu'est-ce qui reste d'elle à présent? Un nom dans un dossier, une ligne dans les statistiques, un simple accroc dans une histoire qui nous dépasse...

– Ne sommes-nous pas tous dans le même cas? Si nous essayions plutôt de comprendre comment les choses se sont passées pour qu'elle termine ainsi son existence sur le billard de Hogg...

– J'imagine que l'adultère est une chose qui vous dépasse, Wadders... Vous devez être un mari parfait – le genre de type qui regarde droit devant lui en traversant le bureau des secrétaires...

– La discrétion, ça existe.

– Et vous êtes un champion en la matière, pas vrai? Bon Dieu! Ce que vous pouvez être con, parfois!

– Peut-être. Mais j'ai mis le doigt sur le point sensible, non? Je suis sûr que vous ne supportiez pas l'idée de devoir la partager avec d'autres, même si c'était pour la bonne cause.

– Où allez-vous chercher vos reparties? Dans les bouquins de la collection Harlequin? Je l'aimais, bon Dieu! Est-ce que vous êtes capable de comprendre ça, ou est-ce que vous trouvez cela trop simple? »

Il avait élevé la voix à la fin de ce dialogue et il remarqua soudain que les punks ne perdaient pas une miette de ce qu'il disait. L'un d'eux lança une remarque sarcastique et les autres s'esclaffèrent en se tapant sur les cuisses. Hillsden envoya promener sa tasse en plastique, renversa cette stupide bouteille de ketchup et se leva. Waddington se raidit, s'attendant à ce qu'il explose, mais Hillsden dépassa le groupe et sortit précipitamment. Il avait déjà parcouru plus de cent mètres lorsque Waddington le rejoignit dans la rue.

« Je me suis conduit comme un imbécile, déclara finalement Hillsden.

– C'est un peu de ma faute.

– Non, j'ai agi comme un idiot. Vous aviez raison de dire que vous aviez touché un point sensible. Je croyais que tout cela n'avait plus la moindre importance pour moi depuis longtemps, et que ce qui concernait Caroline ne me touchait plus, mais je me trompais.

– Vous voulez qu'on laisse tomber le sujet?

– Non. Faisons quelques pas. Vous savez ce qui m'obsède, au fond? C'est que même à présent, malgré sa mort, je suis toujours jaloux d'elle – et de tout ce temps passé et perdu.

– Ce n'est pas une mauvaise chose. Vous pouvez au moins vous raccrocher à ça.

– Vous croyez? Je trouve que ça me rend surtout bien imprudent. »

Ils marchèrent un moment en silence. Waddington estima enfin qu'il pouvait revenir sur le sujet.

« Où l'avez-vous vue pour la dernière fois?

– En Autriche. Nous étions réunis tous les trois ce jour-là : Jock, Caroline et moi.

– Et après, elle est repartie à Berlin, c'est bien ça?

– Oui.

– Pourquoi? Vous disiez que la combine munichoise avait déjà été éventée...

– Elle était sur une autre affaire, à propos d'une histoire que Jock et elle venaient de découvrir.

– Elle ne vous a pas dit de quoi il s'agissait?

– Non.

– N'était-ce pas un peu étrange, vu la nature de vos relations?

– Pas vraiment. Il est parfois préférable de ne pas en savoir trop. Elle n'avait pas de comptes à me rendre : c'était Jock qui était son supérieur, et son principe était généralement de ne nous informer que du strict nécessaire.

– Quel genre de relations avaient-ils, elle et lui?

– Étroites, dirais-je.

– Écoutez, je ne veux pas vous pousser à bout, mais qu'est-ce que vous entendez exactement par " étroites " ?

– Caroline ne couchait pas avec nous deux en même temps, si c'est ça que vous sous-entendez. Il faut que vous réalisiez que sa seule, son unique passion, c'était son travail. J'ai possédé son corps de temps à autre, mais jamais son esprit.

– Après qu'elle eut été capturée, pourquoi Jock n'a-t-il pas essayé d'en savoir plus?

– C'est une bonne question. Peut-être a-t-il tenté de le faire; en tout cas, nous ne le saurons jamais. J'étais déjà rentré quand Caroline a disparu, et je n'ai jamais revu Jock. Un mois plus tard, nous avons eu la confirmation que Caroline était bien à Moscou. Jock avait été tué. Tout le réseau autrichien était anéanti.

– Ne vous est-il pas venu à l'idée que Caroline pouvait avoir trahi Jock et les autres?

– Si, bien sûr.

– Et alors?

– N'importe qui peut craquer. Nous ne pratiquons pas une science exacte, Wadders. Vous devriez le savoir. »

Ils étaient en train de longer les arcades de St. Paul, derrière Covent Garden. L'église des acteurs... Hillsden s'arrêta.

« Pygmalion, murmura-t-il.

– Quoi?

– Voilà le rôle que nous avons joué pour Caroline, et que la firme adopte envers tous ceux qui pénètrent dans son orbite. Elle les prend en charge et les façonne à son usage. (Il leva les yeux et aperçut l'armée de pigeons qui s'étaient installés le long des toits pour la nuit.) J'ai toujours aimé ce coin de Londres, et cette place principalement – même si elle a subi le même genre de transformations que d'autres quartiers de la ville. Avez-vous le sens de l'histoire, Wadders? Cela fait-il partie de votre vie secrète? Éprouvez-vous un plaisir particulier à la vue de certaines ruines – celles de ma vie exceptées?

– Non, pas spécialement.

– Vous ne savez pas ce que vous manquez, Wadders. L'histoire, c'est la seule chose à laquelle je puisse me raccrocher. Le fait de savoir que tout ce que je vis a déjà eu lieu m'empêche de devenir fou. »

Tandis qu'ils s'approchaient d'un de ces restaurants chics qui fourmillaient dans le quartier, un groupe d'individus qui semblaient sortir des pages de *Vogue* émergea brusquement devant eux. Ils encombraient le trottoir et parlaient avec des voix stridentes du prochain club disco qu'ils comptaient honorer de leur présence. Hillsden et Waddington durent descendre du trottoir pour les contourner.

« Vous ne trouvez pas nos efforts bien inutiles ? Nous défendons la démocratie pour que des types de ce genre puissent continuer à faire la bringue...

– L'alcoolisme est aussi un problème dramatique en URSS, répondit Waddington. Nous n'avons pas le monopole de ce genre de parasites.

– Les choses doivent paraître plus simples lorsqu'on a la foi – je veux dire, lorsqu'on a embrassé une religion ou une idéologie politique. Prenez les types qui rédigent les éditoriaux de la *Pravda*. Il doit falloir une foi à toute épreuve pour assurer la copie jour après jour.

– Pas forcément. J'ai un copain qui travaillait autrefois au *Times*. Il me disait qu'au bout d'un certain temps on finit par trouver le truc. Et le truc, c'est de se contenter de poser une série de questions. Il prétendait qu'au bout d'un an il était capable de pondre un article en une demi-heure sur n'importe quel sujet.

– Ça confirme ce que je disais. Il n'avait pas la foi.

– Êtes-vous certain que les types de la *Pravda* écrivent toujours ce qu'ils pensent ? »

Mais Hillsden songeait déjà à autre chose.

– Comme je l'ai dit à Control, le seul indice que nous possédions, c'est cette photographie qui a disparu et qui représentait une inconnue. Je n'arrête pas de me demander pourquoi Caroline la gardait sur sa table de nuit, et pourquoi elle a été volée. Je m'en veux presque autant de ne pas connaître la réponse que de l'avoir trahie. »

Cette fois, Waddington ne parvint pas à dissimuler un mouvement de surprise.

« Trahie ? Comment cela ?

– Je n'ai jamais été la voir, dans cette clinique. Et savez-vous pourquoi ? Parce que j'avais la frousse. Oh ! je me disais que j'agissais ainsi par grandeur d'âme, en homme dignement repenti – mais la vérité, c'est que j'aurais été incapable de supporter sa vue, après le traitement qu'ils lui avaient fait subir. Ça ne s'appelle pas une trahison ?

– Mais vous disiez aussi que vous vous en vouliez?

– Oui, parce que si j'avais été lui rendre visite, j'aurais forcément vu cette photographie. »

Il s'arrêta au carrefour suivant. Sur le trottoir, un vieux clochard qui s'apprêtait à passer la nuit s'enveloppait dans des cartons en lambeaux sur lesquels, par une cruelle ironie du sort, on pouvait lire le nom d'une célèbre marque de couvertures. Sans un mot, Hillsden se dirigea vers lui tout en fouillant dans ses poches. Il tendit une pièce au vieillard, dont la main se referma comme une serre d'oiseau. Des bribes de détritus constellaient sa barbe et il portait au moins cinq couches de vêtements, retenus entre eux et autour de sa taille par des bouts de ficelle. Le reste de ses maigres effets était enveloppé dans un sac en plastique. Il regarda la pièce d'une livre mais ne prononça pas un mot.

« Votre B.A. de la journée, commenta Waddington lorsque Hillsden le rejoignit.

– Il n'y a rien de très glorieux là-dedans. Ce n'est qu'un peu d'argent. La vraie charité, ça consiste à aimer quelqu'un sans arrière-pensée... Eh bien, vous n'avez pas complètement perdu votre temps, Wadders. Vous connaissez à présent mon talon d'Achille. Allons boire un verre. J'ai suffisamment brassé de souvenirs pour la soirée.

14.

La salle d'attente qui jouxtait la petite chapelle du crématorium n'avait guère été conçue pour atténuer la peine de tous ceux qui venaient accompagner leurs défunts pour la dernière fois. Un feu brûlait dans une petite cheminée qui rappela à Hillsden celles que l'on trouvait jadis dans les gares. Il prit un magazine périmé sur une table et se mit à le feuilleter.

« Il y a toujours quelque chose de sinistre dans ce genre d'endroit, tu ne trouves pas ? demanda-t-il à sa femme.

– Je déteste l'ambiance des funérailles.

– Je sais, ma chérie, mais je suis content que tu m'aies tout de même accompagné.

– Puisqu'on la tenait en si haute estime dans ta boîte, je me demande pourquoi les choses n'ont pas été mieux faites. Allons-nous être les seules personnes présentes ?

– Je crois qu'elle n'avait plus la moindre famille.

– Tout cela est morbide. »

Elle sortit un petit mouchoir de sa poche et s'en tamponna le nez, tout en regardant par la fenêtre.

« Il va sûrement pleuvoir, dit-elle.

– Pour te dire la vérité, ça m'est bien égal. Je t'avouerai même que je trouve cela préférable. Il y a toujours quelque chose de macabre à voir le soleil briller au moment où l'on s'apprête à dire adieu à quelqu'un. »

Il jeta un bref regard à sa femme pour voir si le ton de sa voix ne l'avait pas trahi, mais Margot était en train de se repasser du rouge sur les lèvres.

« Je regrette de t'avoir écouté, dit-elle. Il va bien me falloir une semaine pour m'en remettre.

– Ça ne sera pas long, répondit-il en surveillant toujours son intonation. Si tu veux, nous pouvons rentrer directement à la maison à la fin de la cérémonie.

– J'aurai plutôt besoin d'aller chez le coiffeur. Avec ce temps, ma permanente va être fichue. »

Elle étudia le reflet que lui renvoyait son miroir de poche comme si c'était la première fois qu'elle apercevait son visage. Hillsden se souvint brusquement de l'allure qu'elle avait autrefois, à l'époque où toutes les femmes rêvaient d'imiter Joan Crawford. Margot n'avait jamais accepté de voir le passé s'éloigner. Le temps semblait s'être arrêté pour eux deux dans cette petite pièce, et ce fut encore Caroline qu'il revit au lieu de la femme qu'il avait jadis courtisée, puis épousée. A l'extérieur, le ciel s'assombrissait et Hillsden se rappela combien la vie lui avait parfois semblé lumineuse autrefois. « Et ses yeux se fermèrent, tandis qu'elle retournait au néant... » Caroline aimait tant la poésie; elle lui citait souvent des strophes entières après qu'ils eurent fait l'amour, certains après-midi. Il s'était toujours senti mal à l'aise en de telles occasions; et pourtant, aujourd'hui que tout était terminé, il en gardait un souvenir à la fois triste et serein.

Ils patientaient en silence lorsque l'employé des pompes funèbres pénétra dans la pièce. Il s'adressa à Hillsden :

« C'est bien vous qui attendez pour l'incinération de Mme Nicolson, monsieur?

– Oui.

– D'autres personnes doivent-elles venir?

– Apparemment, non.

– Dans ce cas, puis-je vous prier de me suivre à la chapelle? »

De près, l'individu dégageait un parfum de naphtaline. Ils lui emboîtèrent le pas et gagnèrent la chapelle, qui semblait avoir été construite à l'échelle d'une maison de poupée. Trois rangées de bancs étaient disposées de part et d'autre de l'allée, mais rien dans le décor ne permettait de penser qu'il s'agissait d'un édifice religieux. Seul un vase rempli de fleurs installé sur un petit socle donnait au lieu une touche un peu solennelle. Hillsden et sa femme prirent place sur la première rangée de bancs.

« Que sommes-nous censés faire? murmura Margot. Qui va s'occuper du service?

– Je ne crois pas qu'il y ait un service à proprement parler.

– Tu veux dire que personne ne va faire de sermon?

– Je ne pense pas.

– Mais c'est affreux...

– Il n'y en aura pas pour très longtemps. »

Il se rendit brusquement compte que quelqu'un venait d'entrer dans la chapelle. Il se retourna discrètement et aperçut Belfrage, qui s'était assis sur le dernier banc, la tête baissée comme s'il était plongé dans ses prières. Leurs regards se croisèrent un instant, mais ils firent mine de ne pas se connaître.

Au bout d'un petit moment, les employés des pompes funèbres amenèrent le cercueil dans la chapelle et le déposèrent sur le tapis roulant qui devait l'entraîner pour son dernier voyage. Ils s'inclinèrent devant le cercueil avant de se retirer.

Pendant deux bonnes minutes, il ne se passa rien. Puis il y eut un déclic en provenance d'un invisible mécanisme et le cercueil se mit à avancer lentement sur le tapis roulant, en direction d'une trappe qui venait de s'ouvrir dans le mur du fond. Le seul bruit perceptible était celui du ruban du tapis qui se déroulait. Finalement, le cercueil s'engouffra lentement à travers l'écran d'une tenture rouge qui se rabattit derrière lui et le dissimula définitivement. Le silence retomba. Pourquoi suis-je venu voir ça ? se demanda Hillsden. Nous nous sommes dit adieu voilà déjà longtemps, à une époque où nous étions encore en vie l'un et l'autre. La cérémonie à laquelle il venait d'assister n'avait pas le moindre sens à ses yeux. Il essaya désespérément de penser à Caroline, mais son image restait floue. Il ne parvenait pas à chasser la vision du cercueil qui avait disparu derrière le rideau. L'usage aurait voulu qu'il se mette à genoux pour prier – mais à qui aurait-il pu adresser sa supplique ?

Ils restèrent un moment assis, sans trop savoir que faire.

« C'est fini ? murmura Margot.

– Je suppose, répondit-il en réalisant que sa voix tremblait et qu'il était au bord des larmes.

– Eh bien, allons-nous-en. (En se levant, elle aperçut Belfrage qui partait.) Dis donc, nous n'étions pas les seuls, finalement.

– Ah bon ?

– Oui. Tu n'as pas vu ? Il y avait un autre bonhomme, drôlement bien habillé d'ailleurs.

– Il devait s'agir d'un ami de la famille.

– Je n'aurais jamais pensé qu'elle avait des amis aussi chics. Viens, je vais te le montrer. »

Ils sortirent sous une pluie fine, mais la voiture de Belfrage s'éloignait déjà.

« C'était lui. La voiture n'est pas mal non plus, dit Margot. C'est drôle qu'il soit parti comme ça. Il aurait au moins pu venir nous saluer, puisque nous avions fait l'effort de nous déplacer.

– Il est sans doute comme toi : les funérailles doivent le déprimer.

– C'est vrai que ce n'était pas une partie de plaisir. »

Le responsable des pompes funèbres faisait le pied de grue devant la grille d'entrée. Une goutte d'eau pendait au bout de son nez.

« J'espère que tout s'est bien passé, monsieur ?

– Oui, je vous remercie. »

Hillsden comprit tout à coup ce qu'on attendait de lui. Il chercha son portefeuille et en sortit un billet qu'il tendit au type à contrecœur. Il avait l'impression de soudoyer un maître d'hôtel pour obtenir la dernière table libre dans un restaurant.

« C'est très aimable à vous, monsieur. J'espère que vous ferez encore appel à nos services.

– Ces gens me donnent le frisson, dit Margot lorsqu'ils se furent suffisamment éloignés.

– N'y pense plus, ma chérie. Tout est terminé à présent. Je suis désolé de t'avoir imposé une telle corvée, mais je suis heureux que tu aies bien voulu m'accompagner.

– Je ne serais sûrement pas venue si j'avais su que les choses se passeraient ainsi. Il n'y a même pas eu le moindre chant. Vraiment, ça n'avait pas grand-chose de religieux ! »

Hillsden s'engagea sur une départementale. Ils restèrent silencieux jusqu'au carrefour suivant.

« Est-ce que ça te dirait de faire cette balade sur la côte dont je t'avais parlé l'autre soir ?

– Tu trouves que ça vaut le coup, avec un temps pareil ? »

Il coupa le contact.

« Écoute, on ne va pas s'engueuler pour une histoire pareille. C'est à toi de choisir. Moi aussi, je me sens déprimé. Mais nous sommes toujours en vie toi et moi, et il faut bien que les choses continuent. Tu ne peux donc jamais faire un effort ? »

Elle garda les yeux rivés droit devant elle. Hillsden dut faire l'impossible pour se rappeler à quel point il l'avait désirée autrefois. Nous faisions l'amour à tout bout de champ et n'importe où, songea-t-il, parfois même en plein air, dans des endroits de ce genre ; il suffisait de garer la voiture dans un coin désert : nous ne craignions même pas d'être découverts. Mais à présent, tassée au fond de son siège, elle lui était totalement étrangère. Toutes les excuses qu'il avait pu trouver au fil des années refirent surface : les choses auraient peut-être été différentes si leur enfant avait vécu, ou s'ils avaient pu en avoir un autre ; s'il n'avait pas lui-même été prisonnier de cette existence mensongère, ou s'ils avaient eu autre chose à partager qu'un désir physique depuis longtemps éteint – la musique ou la littérature par exemple, ou même la passion du jardinage... Comment savoir ce qui se serait passé s'ils n'avaient été qu'un couple ordinaire, dénué d'imagination, heureux dans leur petit pavillon de banlieue en compagnie d'un brave chien qui aurait remplacé l'enfant qu'ils n'avaient pu avoir, et qui leur aurait au moins rendu leur affection. Si, si, si... C'était toujours la même ritournelle.

« Eh bien, qu'as-tu décidé ?

– Je n'ai pas spécialement envie de me promener. Je ferais mieux d'aller chez le coiffeur », répondit-elle finalement.

Il redémarra et prit la direction de Londres. Tandis qu'ils roulaient en silence, il se dit qu'il devrait essayer d'oublier le passé, mais son esprit ne cessait de brasser les mêmes souvenirs et les mêmes questions. Il enviait la paix que connaissait maintenant Caroline. Où donc avait-il lu que les morts n'ont besoin de personne ? Elle était vraiment partie pour de bon, désormais. Le temps que nous arrivions chez le coiffeur, songea-t-il, et le feu l'aura entièrement consumée. Et une vague de haine monta en lui – contre tous ceux qui avaient conditionné sa vie, et contre la vie elle-même.

15.

Il n'était pas dans la nature de Hillsden d'agir sous le coup d'une impulsion, et comme rien ne venait éclairer les circonstances qui entouraient la mort de Caroline, l'affaire ne cessait de le ronger. La conversation qu'il avait eue avec Waddington n'avait fait qu'accroître le désespoir qu'il ressentait. Aucun indice nouveau n'était apparu. Au milieu de toutes ces ténèbres, la seule petite lueur d'espoir était venue d'un article de journal qui relatait un fait sans rapport apparent avec l'affaire : un industriel allemand qui fabriquait du matériel aéronautique pour l'OTAN avait été assassiné devant son domicile par une unité de la Fraction Armée Rouge qui avait revendiqué l'attentat sous le nom de Commando Patrick Flute, en référence à l'un des grévistes de la faim de l'IRA mort en prison quelque temps auparavant.

« Vérifiez cela avec Belfast, ordonna-t-il à Rotherby. Je veux savoir s'il n'y aurait pas un lien de parenté quelconque entre ce Patrick Flute et l'amie d'enfance de la supérieure. Ce n'est pas un nom tellement répandu, et cela nous permettrait peut-être d'établir un rapport avec l'enveloppe que l'on a retrouvée sous le lit de Caroline. Elle a été analysée, au fait ?

– L'enveloppe ? Oui, bien sûr.

– Qu'est-ce que ça a donné ?

– Rien de bien enthousiasmant. L'adresse a été tapée sur une Olivetti électronique et le cachet de Dublin est authentique. Le seul élément un peu surprenant vient du fait que l'enveloppe elle-même est indubitablement de fabrication suisse.

– Suisse ?

– Oui. Et d'un modèle qui n'est en vente que dans les papeteries de luxe.

– Eh bien, tâchez de creuser cette piste. »

Il eut un coup de fil de Belfrage juste après le départ de Rotherby.

« Je m'excuse de m'être ainsi éclipsé l'autre jour, lui dit Belfrage. Il y avait une réception organisée ici en l'honneur du nouveau président de la Gambie et j'étais obligé d'y assister. J'espère que vous ne m'en tenez pas rigueur.

– Personne ne désire s'attarder dans ce genre de circonstances. C'était déjà méritoire de votre part d'avoir fait l'effort de vous déplacer. Je ne m'attendais pas à vous voir.

– C'était la moindre des choses. (La voix de Belfrage était plus inexpressive que jamais.) On ne donne pas la médaille de St. George à n'importe qui. Triste fin, pour une femme aussi courageuse... C'était votre épouse qui vous accompagnait?

– Oui.

– Je serais enchanté de faire sa connaissance. Il faudrait que nous dînions ensemble un de ces jours.

– Elle sort très rarement, répondit Hillsden, qui pensait à autre chose.

– Vous avez de nouvelles informations?

– Rien qui soit digne d'être signalé. Pour dire la vérité, nous piétinons toujours.

– Eh bien, tenez-moi au courant. »

Après avoir raccroché, Hillsden réalisa qu'il avait oublié de lui poser la seule question qui le tracassait : comment Belfrage avait-il été informé de ces funérailles? Il envisagea un instant de demander à Control si c'était lui qui l'avait mis au courant, puis il y renonça : il valait mieux ne pas mettre le nez dans les combines de ces messieurs. Mais le fait l'intrigua suffisamment pour qu'il le mentionne dans le dossier; cela pourrait être utile ultérieurement.

Ensuite, il appela quelqu'un qu'il connaissait à la section spéciale et qui lui devait une faveur, afin de lui demander si un indice quelconque avait récemment été découvert. Mais dans leur fichier, personne ne correspondait à la description qu'avait faite la jeune infirmière. De toute manière, plus il y réfléchissait et plus il était convaincu que l'assassin n'avait aucun lien avec les organisations extrémistes qui opéraient habituellement sur le territoire. D'ailleurs, le crime n'avait pas été revendiqué, ce qui ne laissait guère planer de doute.

« La bombe qui a été placée dans la voiture de Bayldon ne nous laisse pas moins perplexes, lui avoua le type de la section spéciale. Jusqu'ici, nous n'avons pas l'ombre d'un indice. Il est tout de même assez surprenant que personne n'ait encore revendiqué l'attentat. Nous avions cru un moment que nous aboutirions quelque part en remontant la piste du chauffeur. Il avait travaillé en Irlande du Nord à une certaine époque, mais c'était seulement comme ordonnance. Bayldon n'est pas aux affaires depuis suffisamment longtemps pour qu'on lui fasse ce genre de cadeau. L'IRA n'agit plus au hasard. Ils ont un raisonnement qui est parfois tortueux, je vous l'accorde, mais ils choisissent rarement des cibles isolées. Il n'est guère dans leurs habitudes de viser ainsi un ministre qui vient à peine d'entrer en fonctions.

– A propos de voiture : nous sommes absolument certains que le type qui a opéré dans cette clinique en a utilisé une. Aucune ligne d'autocar ne dessert l'hospice. Nous avons interrogé tous les chauffeurs de taxi à la gare de Farnham, ça n'a rien donné. Il reste évidemment l'hypothèse d'une voiture volée. En dehors de cette infirmière, la seule personne qui ait vu le tueur est un vieux gâteux du nom de lord Orchover. La plupart de ses propos sont incohérents, mais j'ai relevé quelque chose d'intéressant dans les déclarations qu'il a faites aux autorités locales. Orchover avait pris l'assassin pour son avocat et il était apparemment outré que ce dernier ne soit pas venu en Rolls. Attendez une seconde, j'ai le rapport sous la main... (Hillsden fouilla parmi les paperasses qui couvraient son bureau.) Voilà. Écoutez bien : " Question : Avez-vous pu apercevoir sa voiture, Votre Excellence ? Réponse : Je lui avais bien recommandé de venir avec la Rolls, car il n'était pas question que je me déplace dans un autre véhicule, eh bien figurez-vous qu'il a trouvé le moyen d'amener cette minable Ford... "

– Est-ce que vous savez combien de Ford sont volées tous les jours ? A la centaine près ?

– Laissez tomber. Nous sommes dans le noir le plus complet et nous en sommes tous réduits à tâtonner au hasard. »

Plus que toute la boue qu'il avait pu brasser lors de sa discussion avec Waddington, ce fut sans doute le souvenir des funérailles qui le convainquit peu à peu que les réponses qu'il cherchait étaient probablement enfouies dans le passé. Certains faits qui remontaient à l'époque de Berlin et de l'Autriche avaient dû contraindre quelqu'un à prendre le risque d'intervenir. Car il était indéniable qu'un risque avait été pris. Ceux qui étaient à l'origine de l'affaire avaient décidé de rouvrir un dossier que tout le monde tenait pour clos – et cela signifiait au moins une chose, à savoir que Caroline, même dans le triste état où elle était, représentait encore un danger pour eux et devait donc être éliminée. Son assassinat n'était pas un travail d'amateur. Il fallait bien admettre que son meurtrier n'avait pas commis la moindre erreur. Il n'avait laissé aucun indice derrière lui et il avait agi sans se faire repérer. En mettant de côté le facteur chance, Hillsden savait par expérience que de telles opérations ne s'improvisent pas. Elles exigent une longue et méticuleuse préparation, et il est impossible de les mener à bien sans l'aide d'une solide infrastructure. En bref, elles nécessitent de l'argent, des complicités et l'appui d'un réseau bien organisé.

Après avoir abouti à cette conclusion, il se dit qu'il ferait bien de se replonger dans un certain nombre d'affaires récentes; il passa ainsi de longues heures à étudier attentivement de volumineux dossiers. Il s'attarda particulièrement sur l'affaire Glanville. Avant d'être finalement dénoncé comme agent double, ce dernier avait longtemps occupé un poste de haute responsabilité et joui de la confiance générale, comme Blunt avant lui. Il y avait d'ailleurs d'autres similitudes entre les deux cas : Glanville était un homosexuel notoire; ses études sur l'architecture médiévale avaient fait de lui une autorité en la matière; enfin, comme son triste prédécesseur, il était titulaire de la croix du Mérite national, qui lui avait été accordée en récompense de ses activités durant la guerre. Il avait été parachuté en Yougoslavie à l'époque où les Anglais soutenaient l'armée de Mikhailovic. Plus tard, lorsque les Alliés avaient reconnu Tito et ses partisans, Glanville avait joué un rôle déterminant dans le regroupement des forces britanniques. Lorsque sa trahison fut découverte, il avoua qu'il avait été recruté avant la guerre, à l'époque où il faisait ses études à Cambridge, et qu'il avait été gardé en réserve jusqu'en 1945. Ce fut seulement alors que le KGB, estimant qu'il avait suffisamment fait ses preuves, commença à l'utiliser. Il avait terminé la guerre à Vienne, mais le gouvernement britannique lui avait proposé de rejoindre le MI 5 après son retour à la vie civile.

A cause de la réputation internationale dont il jouissait en tant que spécialiste des questions médiévales, Glanville avait fréquemment été invité par des universités étrangères. Son dossier mentionnait trois longs séjours aux États-Unis, ainsi que de nombreux déplacements en Allemagne de l'Est, en Pologne et en Italie. Le KGB avait bien calculé son coup. Sa couverture était à toute épreuve et lui permit de traverser sans être inquiété les scandales qui secouèrent les services de renseignements dans les années 60. Il avait été lavé de tout soupçon à trois reprises et, jusqu'à la découverte de son imposture, il avait toujours été considéré comme un agent fiable. Le dossier mentionnait en particulier que c'était lui qui avait fourni l'un des premiers éléments ayant permis la dissolution du groupe

Baader-Meinhof. C'était une figure respectée en Angleterre, et l'on parlait même à son sujet d'un probable anoblissement, bien que son homosexualité ait été connue des autorités. A plusieurs reprises, le MI 5 s'était même arrangé pour satisfaire ses goûts en lui procurant des partenaires lorsqu'il était en mission à l'étranger, jugeant sans doute préférable de savoir avec qui il était plutôt que de risquer une entourloupe du KGB. La manière dont il avait finalement été découvert n'était pas dénuée d'une certaine ironie, bien qu'elle ne fût pas spécialement à porter au crédit de la firme : il avait été arrêté lors d'un contrôle de routine par la brigade des mœurs, tandis qu'il se livrait à une activité hautement répréhensible dans les buissons de Hyde Park. On aurait d'ailleurs sûrement fermé les yeux sur cette affaire s'il ne s'était justement trouvé en compagnie d'un officier du KGB qui accompagnait une délégation commerciale soviétique. Après son arrestation, le Russe affirma qu'il avait agi délibérément en vue d'obtenir l'asile politique, et, pour être certain qu'on donnerait suite à sa demande, il dénonça Glanville. Mis en face du fait accompli, ce dernier s'effondra au bout d'un long interrogatoire et reconnut l'étendue de sa trahison.

Tous ces événements avaient eu lieu récemment, durant le premier mois qui avait succédé à l'arrivée au pouvoir du nouveau gouvernement travailliste. Malgré le concert de protestations indignées qui atteignit les rangs mêmes du gouvernement, Glanville obtint finalement l'immunité et ne fit l'objet d'aucune poursuite judiciaire. Cette décision fut justifiée par l'argument un peu cynique selon lequel ce n'était guère le moment de faire chavirer le navire, mais aussi par le fait que Glanville s'était montré très coopératif.

Ce fut en étudiant le dossier pour la seconde fois que Hillsden découvrit une référence isolée à Jock. A l'époque dont il était question, les agents étaient toujours désignés par un chiffre plutôt que par un nom de code. Il se souvenait de celui de Jock aussi bien que du sien, et le chiffre le frappa soudain au milieu d'une page, dans la retranscription de l'interrogatoire de Glanville. Ce dernier était à Bonn l'année où Caroline avait disparu et où le réseau est avait été détruit. De Bonn, il s'était rendu à Salzbourg, en tant que responsable d'une mission culturelle britannique.

Hillsden relut attentivement le passage en question et s'assura que rien ne lui avait échappé. Il n'y avait que cette allusion isolée à Jock qui le troublait car, pour le reste, ce que Glanville racontait était totalement explicite. Il remâcha cette découverte et décida finalement qu'il était préférable d'en parler avec Control.

Lorsqu'il pénétra dans le saint des saints, Control était en train de se débattre avec un nouveau modèle de cafetière électrique, qui était censé mesurer et moudre la quantité de café nécessaire avant de le filtrer.

« Je ne m'en sors pas, lui dit Control. Le problème, c'est que je n'ai pas la moindre idée sur la manière dont fonctionne cette sacrée machine. Les Japonais sont décidément trop malins pour moi. C'est bien pour cette raison que j'ai toujours refusé d'aller en Extrême-Orient. Vous ne sauriez pas par hasard comment il faut s'y prendre ?

– Je suis un buveur de Nescafé invétéré.

– La notice prétend que cet engin fait tout à votre place, sauf boire le café lorsqu'il est prêt. Je n'arrive pas à comprendre s'il faut d'abord appuyer sur ce bouton, ou sur celui-là. (Sa main nouée de rhumatismes resta posée sur la cafetière.) Savoir presser le bon bouton au bon moment, n'est-ce pas tout le secret de la vie ? »

La remarque semblait plus s'adresser à Hillsden qu'à la machine. Control regagna son bureau et se pencha sur l'interphone.

« Amanda, pouvez-vous venir une minute, je vous prie ? »

Au même instant, la cafetière se mit à émettre un bruit strident qui ressemblait à un signal d'alarme.

« Mon Dieu, que se passe-t-il encore ? Il s'agit peut-être d'un augure nous prévenant de laisser Glanville en paix... C'est bien à son sujet que vous êtes venu me voir, Alec ? J'ai entendu dire que vous aviez réclamé son dossier. »

Avant que Hillsden ait pu trouver une repartie appropriée, Amanda entra dans la pièce. Elle leva les yeux au ciel en entendant le bruit que faisait la machine et se précipita pour la débrancher.

« Réflexe remarquable, commenta Control. Pourquoi n'y avais-je pas pensé moi-même ? C'est sans doute pour ce genre de raison que vous êtes une secrétaire de direction dont le salaire est indexé sur l'inflation, tandis que je suis toujours resté un modeste chef de service.

– Je vous avais pourtant prévenu : cette prise ne fonctionne plus. J'ai informé le service d'entretien, mais ils n'ont évidemment rien fait. D'ailleurs, je ne comprends pas pourquoi vous avez acheté un tel engin, ajouta-t-elle d'un air pincé. Mon café n'est sans doute pas assez bon pour vous ?

– Il faut bien vivre avec son temps, ma chère Amanda.

– Je vous conseille en tout cas de lire attentivement la notice.

– Vous savez très bien que je ne comprends jamais rien à leur jargon. (On aurait dit un vieux couple en train de se disputer.) Eh bien, renonçons à l'électronique pour aujourd'hui... Apportez-nous donc une tasse de votre délicieux breuvage.

– Comment prenez-vous le vôtre? demanda-t-elle à Hillsden.

– Avec un nuage de lait, et sans sucre.

– Je constate avec plaisir qu'il existe quand même des gens qui surveillent leur ligne, lança-t-elle avant de repartir.

– Nous avons parfois quelques différends, commenta Control une fois la porte refermée. Il ne faut jamais discuter de cuisine avec une femme ni se disputer au lit avec elle. Voilà ma règle d'or. A propos, comment va votre épouse?

– Elle se porte comme un charme.

– A-t-elle bien supporté ces funérailles?

– Ça ne l'a guère enchantée, mais elle m'a accompagné.

– J'étais persuadé que vous parviendriez à la convaincre. Comment vont les choses, à présent? Je crois me souvenir qu'à une époque il y avait un peu de tirage dans votre ménage...

– C'est de l'histoire ancienne.

– J'ai toujours estimé que, dans un métier comme le nôtre, nous avions besoin du soutien de nos proches.

– Vous avez sûrement raison.

– C'est bien pourquoi je suis resté célibataire.

– Belfrage était là lui aussi, remarqua brusquement Hillsden.

– Vraiment? Eh bien, pourquoi vouliez-vous me voir? Il s'agit de Glanville, c'est bien ça?

– Pas particulièrement. C'était à propos de l'affaire qui nous concerne tous: le meurtre de Caroline, répliqua Hillsden. (Moi aussi, je peux me livrer à ce petit jeu, se dit-il.)

– Ah! oui..., répondit Control, dont l'expression ne changea pas. Il m'avait semblé que vous aviez mentionné le nom de Glanville.

– Absolument pas. C'est vous qui avez parlé de lui.

– Vraiment?

– Vous n'aviez d'ailleurs pas tort: j'ai effectivement consulté son dossier. Voyez-vous, je ne crois pas que nous arrivions à résoudre cette affaire par une banale enquête de police. J'ai la conviction que c'est dans le passé qu'il faut aller chercher la solution.

– Mais qu'est-ce que Glanville vient faire là-dedans?

– Il a rencontré Jock jadis, ainsi que Caroline, d'après ce que je sais. J'aimerais lui parler.

– C'est assez délicat. Il a mis beaucoup de gens dans l'embarras, et la plupart d'entre eux préfèrent qu'on ne leur rappelle pas son existence. C'est une sorte de lèpre qui a atteint l'ensemble du corps politique.

– J'aimerais malgré tout que vous me donniez l'autorisation de l'interroger. »

Control avala sa salive et hocha la tête.

« Je ne pense pas que nous puissions obtenir la levée de son immunité, après la déclaration que le Premier ministre a faite devant le Parlement. Personne n'a envie de remettre le feu aux poudres – nous pourrions tous y laisser des plumes. Vous avez lu ses aveux... Il est allé un peu plus loin que Blunt. Mais je n'ai pas souvenir qu'il ait mentionné Caroline.

– Cela fait justement partie de ses omissions. »

Ils furent interrompus par le retour d'Amanda, qui leur apportait le café.

« Je n'ai que du lait en poudre à vous offrir, dit-elle. Les laitiers étaient en grève aujourd'hui; c'était leur tour cette semaine. »

Hillsden remarqua qu'elle balançait les hanches en s'en allant.

« Je devrais la remplacer, dit Control comme s'il avait lu dans ses pensées. Nous sommes cependant habitués l'un à l'autre. On est attaché à ses manies, lorsqu'on a atteint mon âge. Avez-vous remarqué que ce lait ne fond pas? On dirait cette poudre d'œuf que l'on utilisait durant la guerre. A mon avis, il devait s'agir d'une arme secrète... Mais j'ai découvert par la suite qu'on pouvait en tirer une colle excellente. Si j'avais été doué, j'aurais creusé cette idée. Enfin, n'en parlons plus... Tout change trop vite à notre époque. Que disiez-vous déjà à propos de Glanville? ajouta-t-il sans transition.

– En dépit des réserves que vous émettiez, je crois qu'il ne serait pas inutile de l'interroger à nouveau. Une visite discrète, bien sûr, sans caractère officiel...

– C'est impossible.

– Ne sommes-nous pas une organisation secrète? »

Control le dévisagea en fronçant les sourcils d'un air peiné.

« Vous savez très bien que nous dépendons du bon plaisir de ceux qui nous gouvernent, Alec. Et on nous a vivement conseillé de laisser tomber cette affaire.

– Qui ça, on?

– Ne faites pas l'innocent. Nos supérieurs immédiats.

– Vous voulez dire nos *nouveaux* supérieurs?

– Ils ont leur propre méthode, Alec. Une nouvelle employée est toujours convaincue qu'elle fera mieux que celles qui l'ont précédée. Si nous provoquions leur courroux aussi rapidement, ils pourraient se montrer extrêmement désagréables. Ils n'ont pas hésité à faire preuve d'une grande intransigeance lors de l'établissement de notre prochain budget. En fait, ils guettent la moindre occasion de nous tomber sur le dos. Comme vous avez pu le constater, ils ne nous portent pas précisément dans leur cœur. Ce sont eux qui doivent laver le linge sale à présent, ne l'oubliez pas. Ils en ont hérité en même temps que du pouvoir et de la gloire.

– Glanville n'a fait qu'une seule allusion à Jock durant son interrogatoire. Je voudrais en savoir un peu plus. Nous sommes confrontés à une situation nouvelle, et nous ne pouvons négliger aucune piste.

– Lorsqu'on dépend de la charité d'autrui, Alec, on doit s'en tenir à ce qu'on a décidé à votre place. Cela fait aussi partie de mon travail que de nous protéger des risques d'intempéries et d'analyser la situation avec un peu de recul. Vous êtes trop impliqué dans cette affaire pour y voir clair.

– J'attendais que vous me sortiez ça.

– Il faut parfois savoir reconnaître l'évidence.

– Il n'y a rien d'évident dans le meurtre de Caroline. »

Control n'avait pas cessé de remuer sa cuillère dans sa tasse durant cet échange de reparties. Il but son café d'un trait et grimaça.

« Je suis fermement convaincu qu'il n'y a plus rien à tirer de Glanville, poursuivit-il. Si je pensais le contraire, je serais sans doute plus enclin à prendre le risque.

– Quelqu'un continuait à s'informer sur son compte, alors qu'elle était enfermée dans cette clinique – et il ne s'agissait sûrement pas d'un employé de l'Assistance.

– Vous ne croyez tout de même pas que c'était Glanville qui passait ces coups de téléphone ? C'est un homme fini à présent, qui soigne ses blessures. Il ne risquait sûrement pas de se relancer dans une histoire pareille.

– Il est donc décidément intouchable ? Vous ne m'avez toujours pas répondu clairement.

– Je croyais pourtant l'avoir fait », répondit Control sur un ton faussement innocent. Il ne savait peut-être pas se servir d'une cafetière électrique, mais on pouvait lui faire confiance pour assurer ses arrières.

16.

L'Autriche

« Je t'avais prévenu, dit Jock. Je dis toujours la vérité. On dirait que ce château sort d'un roman de Bram Stocker. Je me demande si les gens du coin ne l'auraient pas surnommé " La maison du bonheur ".

– Tu te trompes d'auteur, répondit Hillsden d'un air suffisant. C'est Edith Wharton qui a écrit *La Maison du bonheur*.

– Ce vieil Alec... Absolument incollable! Tu ne rates vraiment pas une occasion d'étaler l'étendue de tes connaissances littéraires. Un de ces jours, tu devrais te présenter au jeu des mille francs!

– Ça suffit comme ça, vous deux! dit Caroline. Vous êtes d'une susceptibilité, ce soir... Je vous préviens que si l'un d'entre vous mentionne encore cette histoire de mouches, je vais me mettre à hurler.

– Qui parle de susceptibilité? Je me sens en pleine forme. C'est la faute d'Alec : il veut toujours avoir le dernier mot. Je me contentais de vous faire une petite leçon d'histoire locale. A ce propos, j'ai découvert un ou deux détails particulièrement atroces.

– J'ai eu ma dose d'atrocité pour la journée.

– Ce château a connu un étrange destin. Des personnages fort divers s'y sont succédé à travers les âges, depuis un évêque du XVe siècle qui avait l'esprit plutôt biscornu jusqu'à une bande de voleurs de grand chemin – sans parler, plus récemment, de nos respectables amis les SS. Nous sommes de vrais enfants de chœur, comparé à tous nos prédécesseurs. Ce qui me fascine, c'est que la cruauté ait ainsi pu se transmettre de génération en génération.

– Qu'est-ce qu'il y a d'extraordinaire là-dedans? Il est bien connu que les maladies sont contagieuses. Même lorsque nous faisons l'amour, nous prenons le risque d'en transmettre certaines – ce qui, entre parenthèses, m'a toujours semblé être l'une des trouvailles les plus injustes de Dieu.

– Tu confonds l'amour et la luxure, Alec. Les bons citoyens prennent soin de ne pas s'asseoir sur des cuvettes malpropres : ainsi sont-ils à l'abri de ce genre de problèmes.

– Pourquoi les hommes finissent-ils toujours par ramener la conversation au niveau de la ceinture ?

– Tu veux lui répondre, Alec, ou tu préfères que je m'en charge ?

– Si nous changions plutôt de sujet ? Qu'est-ce que tu voulais nous dire à propos de ce château ?

– Ah... J'allais vous parler de la bouteille.

– La bouteille ?

– Oui. Une fois de plus, je dois reconnaître ma dette envers mon très savant ami, le Dr Lehmann : c'est lui qui m'a raconté cette histoire. Nous savons tous que les donjons servaient de prisons, mais ce que nous ignorons, c'est qu'il existait en plus une sorte de super-prison – un cachot définitif, d'où personne ne pouvait s'échapper.

– Où cela ?

– Dans les sous-sols du donjon. L'accès en a aujourd'hui été scellé par mesure de sécurité, mais, selon toute vraisemblance, il existe là-dessous, à vingt pieds de profondeur, une chambre secrète en forme de bouteille : ses murs sont inclinés et se rétrécissent au sommet pour former une sorte de goulot, juste assez large pour qu'on puisse y jeter un homme ou une femme – d'ailleurs, on n'était pas très regardant à l'époque sur ce genre de détail. Ce cachot a été construit sur les ordres de l'évêque dont je parlais tout à l'heure. Nul doute qu'il l'ait fait édifier pour la plus grande gloire de Dieu.

– Bon sang ! s'exclama Caroline. Tu es sûr que l'entrée est bien fermée ?

– Nous sommes passés dessus cent fois sans le savoir. D'après ce que m'a dit Lehmann, la légende veut qu'un pauvre bougre ait passé là-dedans onze ans de sa vie. Quand il en est ressorti, il était blanc comme un ver et il avait perdu la vue. »

Cette conversation morbide avait lieu au cours de leur dernier dîner commun dans le château. Ils avaient l'habitude de prendre leurs repas dans la salle principale, qui avait été tapissée dans la deuxième moitié du XIXe siècle et dont les fenêtres d'époque avaient été retravaillées dans le style gothique. Des portraits d'anciens dignitaires germaniques étaient accrochés aux murs; il s'agissait du genre de croûtes qui finissent ordinairement leur existence dans les halls des édifices publics. Pendant la guerre, les SS les avaient pris pour cibles; la plupart des toiles étaient constellées d'impacts de balles et certaines étaient entièrement déchiquetées. Les yeux avaient été particulièrement visés, ce qui donnait à de nombreux portraits de la galerie l'aspect de créatures sorties d'un film d'épouvante. Les montants des fenêtres étaient couverts d'initiales gravées et de cœurs transpercés. Le couvercle du Steinway qui se dressait sur une estrade à l'extrémité de la salle n'avait pas été davantage épargné.

Au fur et à mesure qu'ils parlaient, leurs voix résonnaient sous la voûte du plafond, tendu de vieilles armoiries couvertes de poussière. Ils prenaient leur repas sur une immense table de chêne, elle aussi constellée de graffiti. Ils étaient assis très loin les uns des autres, comme s'ils avaient été les seuls invités d'un mariage finalement annulé. La décrépitude du décor qui les entourait n'avait d'égale que la médiocrité de la nourriture qui leur était servie. La section autrichienne était loin de figurer en tête de liste dans le budget de la firme, et ils enviaient souvent leurs collègues de la CIA, qui semblaient bénéficier de fonds illimités.

Ils avaient pourtant décidé de marquer le coup pour cette dernière soirée, et ils s'étaient offert quelques bouteilles dignes de ce nom. Leur cuisinière était une honnête Bavaroise qui paraissait avoir décidé une fois pour toutes que la quantité valait mieux que la qualité. Caroline l'avait surnommée Shéhérazade : si nous restions ici assez longtemps, prétendait-elle, nous pourrions écrire les Mille et Un Ennuis de la viande de veau... Mais ce soir-là, ils burent plus qu'ils ne mangèrent et ce fut Jock qui assura l'essentiel de la conversation.

« J'ai souvent réfléchi à ce qui peut se passer dans la tête d'un assassin, reprit-il.

– On ne pourrait pas changer de sujet ? demanda Caroline.

– Pourquoi ? Ce sont des créatures fascinantes. Je ne puis m'empêcher de penser, par exemple, aux gens qui se sont assis avant nous à cette table. Regardez tout autour de vous... Lorsque les SS résidaient ici, ils se vautraient sur les mêmes chaises et on leur servait probablement le même genre de nourriture. Ils se mettaient à boire pour chasser l'ennui, la solitude et tous les soucis auxquels sont exposés les soldats. Ils s'entraînaient un moment sur cette galerie de tableaux qui leur servait de stand de tir, puis ils redescendaient et allaient arracher quelques ongles de plus à leurs patients. Ce que je veux dire...

– Écoute : viens-en au fait ou va te coucher! le coupa Hillsden en jetant un coup d'œil inquiet sur Caroline.

– J'y arrive. Ce que je veux dire, c'est qu'il est impossible que tous ces types aient été des monstres.

– Et pourquoi pas?

– C'est statistiquement peu probable.

– Mon œil! Ils ne s'étaient tout de même pas engagés dans les SS par humanisme!

– Tu veux bien me laisser finir? Je t'accorde que la plupart d'entre eux devaient aimer leur boulot; mais reconnais d'un autre côté qu'ils menaient une vie parfaitement ordinaire. Ils avaient des fiancées, des femmes, des enfants...

– Je ne reconnais rien du tout! Qu'est-ce que tu cherches à prouver? Qu'ils trimbalaient des photos de famille dans leur portefeuille et que les larmes leur montaient aux yeux lorsqu'ils entendaient la *Berceuse* de Brahms?

– Tu as la manie de tout vouloir simplifier. Tu es pourtant bien obligé d'admettre qu'un assassin vit constamment sur deux plans différents. Je pense à ces splendides Aryens, qui étaient hier nos ennemis et qui sont aujourd'hui nos alliés... (Il leva son verre en direction des portraits défigurés.) Eh bien, ils étaient assis dans cette pièce et y prenaient le café avant de boire un dernier verre de schnaps; puis ils remontaient dans leur chambre et écrivaient une lettre à leur famille : « Liebe Gretchen, tu me manques tant et je pense souvent à notre petit *kinder...* » Et le lendemain ils remettaient ça : les électrodes sur les testicules, les coups de matraque dans les reins et tout le tralala...

– Ça ne me paraît pas être une caractéristique spécialement germanique. Pense au goulag, et à tous ces dictateurs africains qui ont " libéré " leur pays et s'efforcent à présent de maintenir les traditions vivantes...

– Je n'ai jamais prétendu qu'il s'agissait d'un monopole des Boches. N'est-ce pas, Caroline?

– Je n'ai pas suivi le débat.

– D'ailleurs, pourquoi aller voir chez le voisin? Nous, les Anglais – pardon, *vous,* les Anglais –, n'avez rien à envier aux autres. Regardez comment vous nous avez traités à Culloden, nous, les pauvres Écossais... Et souvenez-vous des meurtres de Moors. Je ne parle même pas de la peu enviable réputation que vous vous êtes taillé comme éducateurs, avec votre manie des châtiments corporels...

– Et alors? L'histoire ne fait que se répéter; il n'y a rien de nouveau là-dedans. Comme l'a souligné Marx, la première fois c'est une tragédie, mais ensuite cela tourne à la comédie.

– J'envie la faculté que tu as de sortir toujours au bon moment une citation appropriée.

– C'est bien mon seul talent.

– Entre nous, Alec : tu n'as pas vraiment lu tous ces livres dont tu nous rebats les oreilles? Je suis persaudé qu'on a dû t'offrir un abonnement à vie au *Reader's Digest* quand tu étais gamin.

– Comment l'as-tu deviné? Je suis un vrai personnage de roman.

– Et moi, je vais me coucher, déclara Caroline. Je dois partir tôt demain matin. Je vous laisse échanger vos insultes. »

Les deux hommes se levèrent avec une politesse exagérée et lui souhaitèrent bonne nuit. Après son départ, ils débouchèrent la dernière bouteille de vin et poursuivirent leur discussion jusqu'à ce qu'ils l'aient entièrement vidée. Ils parlèrent de choses et d'autres, tout en évitant soigneusement d'aborder le sujet qui les préoccupait tous deux. Complices de la même histoire, ils avaient conscience de ressasser une vieille rengaine.

« C'est la fin d'une époque, dit Jock. Malgré cet excellent vin, nous avons connu des jours meilleurs; mais ils semblent bel et bien terminés.

– C'est certain, en ce qui me concerne. Je t'avoue que l'idée d'aller moisir dans un bureau ne m'enthousiasme guère.

– Control ne te gardera pas longtemps là-bas.

– On parie?

– Non, tu verras. Tu repartiras bientôt sur le terrain.

– J'en doute. Ils doivent estimer que j'ai craqué nerveusement; sinon, pourquoi m'auraient-ils rappelé? »

Il guetta la réaction de Jock, mais celui-ci se contenta de lever son verre et de le regarder à travers la lumière.

« Il y a un peu de dépôt. Ce vin a vieilli, et nous aussi, Alec... Nous sommes les derniers de notre cuvée. Pourquoi ces crétins de romanciers nous décrivent-ils toujours comme d'incurables idéalistes, qui se battent pour que le monde reste aux mains d'IBM ou de la General Motors?

– Sans doute parce que c'est leur métier d'inventer des histoires.

– Ignorent-ils donc ce que nous sommes réellement? Un ramassis de criminels reconnus d'utilité publique, à qui l'on demande de commettre les pires atrocités au nom de la patrie... Il y a des gens qui gagnent leur vie en spéculant sur le marché financier; c'est sur les vies humaines que nous spéculons. Je ne vois rien de très romantique là-dedans.

– Tu penses vraiment ce que tu dis?

– Plus ou moins.

– Tu viens d'employer le terme de patrie. Notre tâche n'est-elle justement pas de défendre un système bien différent de celui de nos ennemis?

– Il n'y a que les politiciens pour croire à ce genre de conneries. Tout dépend de quel côté du rideau de fer on est né. Nous défendons tous la même cause, et elle est perdue d'avance. (Jock vida son verre d'un trait.) Moi, je ne pourrais plus retourner là-bas.

– Tu penses que tu ne rentreras jamais?

– Je n'irais peut-être pas jusque-là. Disons qu'il me faudrait une sacrée motivation.

– L'Angleterre ne te manque jamais?

– Et pourquoi me manquerait-elle? Je suis né à Glasgow, dans le quartier de Gorbals – le genre de coin où les flics patrouillent toujours par deux et guettent la moindre occasion de te faire ta fête. Le samedi soir, il valait mieux surveiller ce qu'on racontait au pub si l'on ne tenait pas à prendre un tesson de bouteille en travers de la gueule. Vois-tu, contrairement à toi, je ne me raconte pas d'histoires : je m'en tiens aux faits. Non, je n'ai rien laissé derrière moi qui mérite d'être regretté. Toute cette grisaille, cette médiocrité soigneusement entretenue par les journaux... Et ces femmes, qui avaient l'air d'avoir été élevées au bromure... Moi, j'aime que les gonzesses aient du répondant; j'apprécie la chair fraîche, dans laquelle on peut mordre à belles dents...

– Tu as vécu trop longtemps dans ce coin, Jock. Le culte des vampires a fini par déteindre sur toi. Toutes ces forêts obscures et secrètes...

– Tu n'es pas de mon avis? Finis donc la bouteille.

– Tu l'as déjà vidée.

– Vraiment? Toutes mes excuses... Tu sais ce qui cloche, chez toi?

– A quel sujet?

– Tu vis avec des œillères. Tu regardes tout ce qui t'entoure avec les yeux d'un homme marié. Il ne t'arrive jamais de vouloir être libre? »

Quelque chose dans l'intonation de Jock éveilla la méfiance de Hillsden. Il connaissait bien la technique de son compagnon, surtout lorsque ce dernier avait quelques verres dans le nez. Il manœuvrait comme un acupuncteur, prêt à enfoncer l'aiguille décisive au moment où l'on s'y attendait le moins.

« Nous sommes tous les deux mariés... avec ce foutu métier, répondit-il.

– Mais il doit bien t'arriver de rêver – d'imaginer que tu pénétreras toi aussi un jour dans cette forêt obscure, pour t'y perdre à jamais.

– Qu'est-ce qui te fait croire que ça ne m'est jamais arrivé ?

– Dans ce cas, tu ne t'y es sûrement pas attardé. Tu n'es jamais allé jusqu'au centre de la forêt, là où tout devient léger et aérien.

– Pour l'instant, c'est plutôt toi qui as un coup dans l'aile...

– Tu crois ?

– Tu es ivre. Mais laisse-moi te poser une question à mon tour : as-tu déjà été amoureux ?

– Non.

– Tu ne crois pas avoir loupé quelque chose ?

– Non.

– Pourquoi en es-tu si sûr ?

– Il suffit de te voir.

– Tu estimes que je suis un mauvais exemple ?

– Et toi, qu'en penses-tu ? »

Ils avançaient maintenant en terrain miné. Hillsden se demanda quel rôle Jock avait pu jouer dans le rappel dont il venait de faire l'objet. Il n'y avait aucune trace d'amitié dans le visage qui l'observait de l'autre côté de la table. Tous les hommes deviennent ennemis dès qu'il est question d'amour, se dit-il. Pourquoi suis-je en train de gâcher le peu de temps qui nous reste, alors qu'une partie de mon être est en train de mourir ici même, à l'image de ces mouches là-haut, au sommet de la tour...

« Peut-être as-tu raison, dit-il en se levant (il constata non sans surprise qu'il tenait parfaitement debout : on aurait dit qu'il n'avait pas bu une goutte).

– Ne médis pas sur mon compte lorsque tu seras rentré au pays. Dis-leur que Jock tient toujours le drapeau, que son uniforme est bien repassé et qu'il n'a jamais été en retard pour le défilé. »

C'était le genre d'instants où, malgré son sourire et son humour contraints, Hillsden comprenait comment certains samedis soirs des gens pouvaient en arriver à ne plus savoir s'exprimer autrement qu'à coups de tessons de bouteilles.

« Je ne te demande qu'une chose, dit-il à Jock. Prends soin d'elle. Je ne suis pas dans le secret, mais je suppose que tu as une bonne raison pour la renvoyer à Berlin ?

– La décision ne vient pas de moi, mon cher. L'ordre est tombé d'en haut. D'ailleurs, une fois qu'elle sera partie, elle ne dépendra plus de moi, mais de Berlin. »

Un peu plus tard, alors que le château était plongé dans le silence, il rejoignit à pas de loup la chambre de Caroline, en prenant autant de précautions que n'importe quel mari adultère. Ils firent l'amour et furent dans l'ignorance, selon la triste formule de Yeats. Mais, tandis que jadis cette tristesse avait créé un lien entre eux, décuplant même leur plaisir, cette nuit-là elle ne fut que silence et inertie. Un terrible pressentiment oppressait Hillsden. Nu au côté de Caroline dans le lit à une place dont la couverture les enveloppait comme une toge de laine, il songeait aux semaines et aux mois à venir. Le froid qu'il ressentait était à la mesure de celui vers lequel elle allait partir. Il n'avait jamais aimé Berlin. La ville lui avait toujours fait penser à une prison – peut-être en forme de bouteille elle aussi : le Mur la cloîtrait de toutes parts, et quelque chose lui disait que Caroline s'y rendait en aveugle.

17.

Depuis sa récente célébrité, Glanville avait dû renoncer à son ancienne existence. Il avait changé trois fois de domicile et s'était finalement installé dans un petit village du Lincolnshire, entre Woodhall Spa et Tattershall, au cœur de la vaste plaine qui s'étend autour de l'estuaire de Wash – région où, depuis la guerre, les bases militaires ont poussé comme des champignons. Il avait acheté une propriété qui donnait sur les marécages, en direction du château de Tattershall. Il avait pris soin de changer de nom et s'était fait passer pour un certain Plimpton, mais cette fausse identité avait été rapidement éventée par les habitants du village. Il menait là une existence solitaire et retirée et ne recevait jamais personne, à l'exception de quelques rares amis, et il avait renoncé à ses amours illicites. La propriété était située à l'écart du village; elle dépendait jadis d'une station-service maintenant abandonnée. En plus de la maison, elle comportait un hectare de terres marécageuses, sillonnées de digues. Les journaux à scandales n'avaient eu aucun mal à débusquer Glanville dans sa retraite et ne s'étaient pas privé d'ironiser sur le côté embourbé de sa nouvelle situation.

Bien que la saison ne fût guère avancée, le sol était couvert de givre le matin où Hillsden se rendit sur les lieux. Les champs noirs et labourés qui s'étendaient autour du domaine luisaient comme des mines de charbon à ciel ouvert. Un petit pont en bois enjambait la digue qui isolait de la route la propriété de Glanville. Une pancarte plantée à l'entrée proclamait : PROPRIÉTÉ PRIVÉE – DÉFENSE D'ENTRER. Elle était écrite à la main et Hillsden se dit que c'était Glanville qui avait dû l'installer. Il gara sa BMW le long du talus herbeux, brancha le système d'alarme, puis franchit le pont à pied. Au fond de la digue, un rat mort flottait à la surface de l'eau; son ventre blanc brillait dans la brume. Au moment où il poussa la grille de fer, une nuée d'oiseaux de mer venus chercher refuge à l'intérieur des terres s'ébrouèrent paresseusement, puis revinrent se poser en poussant des cris perçants. Le soleil matinal jouait au loin sur la tour du château, qui rappela une fois de plus à Hillsden ses derniers jours autrichiens. Un mince filet de fumée s'échappait de l'unique cheminée de la demeure; il remarqua que Glanville avait déjà disposé des parterres de fleurs de part et d'autre de la porte d'entrée. Une vraie retraite de vieille fille, se dit-il. Les rideaux étaient tirés mais, en se rapprochant, il entendit de la musique, puis la voix d'un présentateur qui annonçait les titres du journal télévisé. Les serrures de la porte avaient été récemment changées.

La plupart des photos de Glanville qui avaient fait la une des journaux lorsque sa trahison avait été rendue publique le représentaient comme un vieil esthète; selon Waddington, qui n'était pas loin du compte, c'était le portrait tout craché du diplomate de carrière à l'allure supérieure et au regard fuyant. Peut-être pouvait-on déceler un soupçon de cruauté dans ce visage aux cheveux clairsemés mais soigneusement peignés; dans l'ensemble, cependant, il avait surtout l'expression de quelqu'un à qui tout a toujours réussi. Il est vrai que les traîtres, comme les assassins, n'ont l'air d'avoir le physique de l'emploi qu'une fois leur crime découvert.

A travers l'entrebâillement de la porte, retenue par une chaîne de sécurité, Hillsden aperçut le visage d'un individu sensiblement différent. Les cheveux épars de Glanville avaient pris une teinte jaunâtre et son visage émacié était couvert de barbe, ce qui le faisait ressembler à un acteur que Hillsden avait vu jadis dans le rôle de Don Quichotte. L'homme dont il distinguait les traits était bien le même que celui dont les portraits étaient parus dans la presse, mais entre-temps il semblait avoir beaucoup vieilli.

« Vous n'avez pas vu la pancarte? demanda Glanville d'une voix légèrement sifflante. Je ne reçois que sur rendez-vous. Quand donc vous déciderez-vous à me laisser en paix? »

Il était vêtu d'une robe de chambre en soie aux motifs chamarrés; un foulard était noué autour de son cou décharné.

« Je ne suis pas journaliste, répondit Hillsden.

– Peu m'importe qui vous êtes. La réponse est la même. »

Une odeur de café planait dans la maison et s'échappait par la porte entrouverte.

« Il faut pourtant que nous ayons une petite discussion.

– Vous n'avez pas entendu? Je ne reçois personne. (Il y avait un peu d'anxiété dans sa voix.)

– Je comprends parfaitement, mais je suis sûr qu'il vous sera possible de faire une petite exception. Vous n'avez rien à craindre. Ma visite n'est pas officielle.

– Je ne sais toujours pas qui vous êtes.

– Vous pouvez le deviner. J'ai fait un long voyage pour venir vous voir et votre café sent diablement bon. »

Glanville jeta un coup d'œil par-dessus l'épaule de Hillsden et aperçut la BMW garée le long de la route.

« Je suis venu seul, si c'est ça qui vous tracasse. Je veux juste avoir une petite conversation avec vous. Ça ne prendra pas longtemps.

– Je peux voir vos papiers d'identité ?

– Allons, ne jouez pas au plus malin avec moi, M. Plimpton. Nous avons été à la même école et nous savons tous les deux qu'il est parfois nécessaire de transgresser les règles. Vous ne vous débarrasserez pas si facilement de moi. Alors, pourquoi ne pas me laisser entrer ? Il fait plutôt froid sur le palier.

– Si vous êtes bien celui que je crois, je vous préviens que j'ai déjà dit à vos collègues tout ce que je savais. On m'a assuré que personne ne viendrait plus me déranger. J'ai payé ma dette à la société.

– Je vous trouve bien insouciant. Je me suis souvent demandé, pour ma part, ce que je ressentirais si je n'avais rien à me reprocher... Vous ne connaissez pas votre bonheur, Glanville. Mais vous commencez aussi à m'énerver. Si j'étais à votre place, je ne ferais pas autant confiance à cette chaîne.

– Si vous continuez à me menacer, ou si vous essayez d'entrer de force, je vais appeler la police.

– Ils ne seront pas là en cinq minutes. Et maintenant, si nous arrêtions toutes ces conneries ? Ayez l'amabilité d'ouvrir cette porte. Je n'ai pas l'intention de faire un scandale, ce n'est pas mon genre. Je veux seulement vous parler. Vous allez attraper une pneumonie, avec votre robe de chambre. »

Glanville lui lança un regard haineux.

« J'ai votre parole ? lui demanda-t-il.

– Bien sûr. Et je vous certifie qu'on peut s'y fier, contrairement à la vôtre. »

Glanville repoussa la porte et débloqua la chaîne de sécurité.

« Voilà qui est mieux. Nous allons finir par nous entendre. »

Hillsden entra et s'essuya les pieds sur le dallage. Glanville demeura à distance. Il se tint immobile derrière une table tandis que Hillsden s'approchait de la cheminée. La table était couverte de papiers; un cendrier rempli de mégots traînait dans un coin.

« Vous écrivez vos mémoires ? Quel titre avez-vous envisagé ? Une pédale en exil ?

– Si vous croyez m'impressionner avec ce genre de plaisanteries, vous vous trompez.

– Telle n'était pas mon intention. Au fait, je prendrai du lait avec mon café. Sans sucre. »

Glanville resserra les pans de sa robe de chambre et se dirigea vers la cuisinière. Il saisit la cafetière, remplit deux tasses et déposa celle de Hillsden sur le coin de la table.

« Vous auriez fait une bonne femme d'intérieur. (La première gorgée lui brûla les lèvres.) Peut-être l'avez-vous été, d'ailleurs ? Ou était-ce vous qui faisiez l'homme ? Je suis totalement ignorant en ce qui concerne ces choses. »

Il s'assit devant la table. Lorsqu'il eut plié les jambes, il sentit que la circulation se remettait en route. Il tendit la main vers les feuillets entassés en désordre, mais Glanville le devança et s'en empara avant lui.

« Ne soyez pas aussi nerveux... Je vous préviens tout de même : si ça ne colle pas entre nous, comme disent les putes, je n'hésiterai pas à en venir aux mains. A vous de choisir.

– On m'avait assuré...

– Je me fous de ce qu'on vous a assuré. Pour moi, vous n'êtes qu'une sale vieille pédale. Je n'ai rien contre les pédés, tant qu'ils se tiennent à carreau ; mais s'il y a quelque chose que je ne peux pas encadrer, ce sont les mecs dans votre genre, qui font dans leur froc et se mettent à table à la première occasion.

– J'admire l'étendue de votre vocabulaire.

– Je suis ravi que vous l'ayez remarqué ; j'avais fait un effort. Maintenant, écoutez-moi : je n'ai pas la moindre idée de ce que vous allez raconter dans vos mémoires, à supposer qu'ils voient jamais le jour, mais je doute qu'on y trouve un chapitre qui apprendra au public combien de mes amis sont morts grâce à vous. Vous allez me dire que je suis décidément trivial, je n'ai pas votre distinction ni la compréhension de certains de vos petits amis haut placés. »

Glanville s'effondra sur sa chaise, sans avoir touché à sa tasse de café.

« Parfait ! Mettez-vous à l'aise ! Calez confortablement votre vieux derrière, répondez-moi gentiment, et vous verrez que tout se passera bien. Comme je vous l'ai dit, je ne suis pas du genre à faire un scandale, mais je ne manque tout de même pas d'entraînement et je sais encore comment il faut s'y prendre pour tordre les poignets des gens récalcitrants.

– Cette intrusion ne restera pas sans suite. Je déposerai une plainte. Vous n'avez absolument pas le droit de me menacer de la sorte.

– Faites, faites... Nous sommes dans un pays libre », répliqua Hillsden.

Au fond de lui, il regrettait que la conversation ait commencé ainsi. Il avait tendance à se mettre en colère dès qu'il pensait à ce que Glanville représentait; il éprouvait un profond ressentiment contre cet homme qui les avait trahis, et qui s'en était tiré indemne. Toutefois, en reprenant la parole, il prit soin de radoucir le ton de sa voix.

« Je vous répète que vous n'avez rien à craindre de moi. Pourtant, si j'étais vous, j'éviterais de porter plainte. Vous vous croyez sans doute en sécurité, en imaginant que le fait d'avoir avoué vos crimes vous a absous à jamais; mais il n'en faudrait pas beaucoup pour que la situation tourne à votre désavantage. Nous avons les moyens de vous mener la vie dure et de vous pousser à bout. Vous en arriverez à regretter votre patrie d'adoption. Ça vous dirait, d'aller vivre dans un deux-pièces à Moscou? Nous pourrions arranger ça; et même, qui sait, vous procurer un bel éphèbe russe pour adoucir vos vieux jours – à supposer que vous soyez encore en état de l'honorer de vos faveurs... Nous faisons un sale boulot, vous et moi, et dans ce genre de jeu, les règles ne sont pas écrites. »

Il se pencha et prit une cigarette dans le paquet de Glanville.

« En fait, poursuivit-il, je n'attends pas grand-chose de vous. Je veux juste que vous me livriez le petit détail qui me permettra d'y voir clair. Répondez-moi franchement, et je ne viendrai plus vous ennuyer. Je laisserai l'histoire se charger de vous. (Il frotta l'allumette contre le pied de la table.) Est-ce que le nom de Nicolson vous dit quelque chose? »

Glanville hésita.

« J'ai connu un Peter Nicolson autrefois.

– Je n'ai pas l'intention de dresser la liste de vos anciennes conquêtes. Je voulais parler d'une *madame* Nicolson. »

L'autre hésita encore.

« Le nom ne me dit rien, dit-il finalement.

– Bon. Essayons autrement. Avez-vous entendu parler de Caroline Oates? demanda-t-il en dévisageant Glanville à travers la fumée de la cigarette.

– Ce nom ne m'est pas inconnu, mais je ne le situe pas exactement.

– Elle était la secrétaire de Dinnsbury à une époque. Vous vous souvenez sûrement de Gunga Dinnsbury... Vous avez été sous ses ordres pendant un certain temps.

– Évidemment. Un vieux pédant, qui empestait toujours l'eau de toilette bon marché.

– Que voulez-vous! Tout le monde ne partage pas vos goûts raffinés; d'ailleurs, il était moins bien payé que vous. Eh bien, ce n'est pas un mauvais début, vous faites au moins un effort. Maintenant, essayons d'être un peu plus précis. Et attention : je veux des réponses directes, pas des échappatoires! Aviez-vous rencontré Caroline Oates chez Dinnsbury?

– C'est fort possible. Mais je doute qu'elle m'ait laissé une forte impression. Ce n'était pas mon type, ajouta-t-il, les lèvres pincées.

– Bon. Laissons cela de côté pour l'instant. A présent, je voudrais que vous me parliez de l'Autriche.

– De l'Autriche?

– Oui. Vous avez dû entendre parler de l'Autriche – le pays de l'Auberge du cheval blanc et des petits garçons en culottes de peau... (Il avait du mal à se retenir.) Vous vous y êtes rendu à la tête d'une mission culturelle britannique.

– Ah, oui! C'est exact. Une parmi beaucoup d'autres.

– Et à cette occasion, vous avez rencontré un de mes amis, un collègue dont j'étais très proche et qui est mort aujourd'hui. Cela se passait à Salzbourg.

– Vous n'espérez tout de même pas que je me souvienne de tous les gens que j'ai pu rencontrer dans ma vie?

– Vous l'avez mentionné au cours de votre interrogatoire. Il s'appelait Jock.

– Ce n'est pas sous ce nom que je l'ai connu, répondit Glanville un peu trop rapidement.

– Non, bien sûr. A l'époque on désignait les agents par un chiffre. Mais vu la position que vous occupiez, vous ne pouviez pas ignorer que c'était lui qui dirigeait le réseau autrichien. Et c'est pour cela que vous l'avez rencontré. Je n'insisterai pas sur ce point, mais il y a de grandes chances pour que vous soyez directement responsable de sa mort. Miss Oates faisait partie de son équipe. Puisqu'il est prouvé que vous avez vu Jock, il n'est pas déraisonnable de supposer que vous l'ayez rencontrée elle aussi. »

Il attendit, mais Glanville demeura silencieux.

« Voyez-vous, il y a une contradiction dans votre déclaration; et c'est cela qui a retenu mon attention lorsque j'ai lu votre dossier. Vous vous expliquez longuement, avec force détails, sur votre carrière d'agent double, mais en ce qui concerne cette affaire vous êtes resté dans le flou le plus complet, si bien que l'on ne comprend rien à ce qui s'est passé. Alors, je vous demande d'interroger vos souvenirs, à défaut de votre conscience.

– J'ai subi quatre-vingt-cinq heures d'interrogatoire. Si vos collègues sont passés à côté de quelque chose, ce n'est pas de ma faute.

– A moins qu'il n'y ait une autre explication. Vous aviez peut-être une excellente raison pour éviter de vous étendre sur cette affaire... Est-ce que je me trompe ?

– Ce que vous croyez n'est pas de mon ressort.

– Je suis très suspicieux de nature, et le but de notre petite conversation est justement de rétablir les faits que vous avez omis de signaler. Je vous repose donc la question : quelle part estimez-vous avoir pris dans l'anéantissement de notre réseau berlinois à l'époque ? Et pas de fausse modestie, je vous en prie !

– Vous savez aussi bien que moi que je transmettais certains renseignements. Je n'ai jamais su de quelle manière ils étaient utilisés.

– Je constate surtout qu'un homme aussi sensible que vous supporte mal de voir en face le résultat de ses crimes... J'estime pour ma part que vous êtes le principal responsable de cette hécatombe.

– Je n'étais qu'un maillon dans une longue chaîne.

– De qui dépendiez-vous, à l'époque ?

– Pourquoi me demander ce que vous savez déjà ?

– Rappelez-moi son nom.

– Henze.

– Ah oui ! »

Glanville alluma une nouvelle cigarette au mégot de la précédente. Hillsden remarqua que ses doigts noueux étaient jaunes de nicotine.

« De quelle manière le contactiez-vous ?

– Par une boîte aux lettres. Vous allez continuer longtemps comme ça ?

– Je suis un homme méthodique. Revenons maintenant à cette Caroline Oates qui vous avait fait si peu d'impression. Après votre dernière rencontre connue avec Jock, à Salzbourg, elle se rendit à Berlin. Ce fut son dernier voyage. Elle fut immédiatement arrêtée, et pour elle ce fut le début de la fin. J'espère que vous me suivez bien ? Ma question est la suivante : Henze vous avait-il appris quelle piste Jock et elle étaient en train de suivre ?

– Est-ce vraiment important, maintenant ?

– Laissez-moi décider ce qui est important et ce qui ne l'est pas.

– Tout ce qu'il m'avait dit, c'est qu'il pensait que votre équipe était sur le point de découvrir quelque chose d'important. Je me suis alors dit que ma propre position était peut-être en danger.

– Pourquoi ? Qu'est-ce qui vous avait spécialement alarmé ?

– On finit par avoir un second sens pour ce genre de choses ; ce n'est pas à vous que je l'apprendrai.

– Vous vous êtes donc dit qu'il vaudrait mieux protéger vos arrières, si vous me passez l'expression...

– J'ai fait ce que nous faisons tous en de telles circonstances. J'ai pris les précautions nécessaires. Vous auriez agi de même à ma place.

– En un mot, vous avez trahi Henze et vous avez mis en branle tous les événements... »

Glanville détourna les yeux.

« Le jeu sans fin dont nous subissons la règle n'est-il pas basé sur la trahison ? Je n'étais pas le seul impliqué dans cette affaire : il y avait d'autres personnes, qui avaient bien plus à perdre... »

Il se rattrapa tout de suite et se tut brusquement.

« La mort n'est pas quantifiable, Glanville. Une fois que vous êtes mort, le jeu s'arrête. Mais vous semblez oublier quelque chose : on vous a mis la main dessus, avant le coup de sifflet final. On vous a cuisiné. Et lorsqu'on songe à la manière dont Caroline Oates a été cuisinée de son côté, vos malheureuses quatre-vingt-cinq heures d'interrogatoire paraissent bien dérisoires... Elle a d'abord été internée à Berlin-Est, puis au Centre de Moscou, où les méthodes de rééducation sont plus sophistiquées, comme chacun sait. Et même là-bas, il leur a fallu six mois pour tirer d'elle tout ce qu'elle savait. Vous voyez comme nous sommes débonnaires, par comparaison. Quand je pense que vous n'avez même pas été inculpé... »

Glanville fixait un point situé au-dessus de Hillsden.

« Étiez-vous au courant ?

– De quoi ?

– De l'état dans lequel elle était lorsqu'un échange fut conclu et qu'ils nous la renvoyèrent ?

– Non, je l'ignorais.

– Allons, ne faites pas l'innocent ! Vous saviez parfaitement qu'elle avait été échangée.

– J'en avais entendu parler, mais je n'étais pas au courant des détails.

– Vous saviez cependant qu'elle était rentrée ?

– Oui, mais j'ignorais dans quelles conditions.

– Son retour vous a-t-il inquiété ?

– Pourquoi m'aurait-il inquiété ?
– Ah... Vous mentiez, n'est-ce pas ? Vous n'aviez aucun souci à vous faire, parce que vous saviez parfaitement que Caroline Oates n'était plus qu'un légume, et qu'elle ne représentait plus le moindre danger. Vous ne craigniez absolument rien. »

Glanville se mit à tripoter son foulard comme une femme en train de jouer avec son collier de perles.

« Interprétez les choses comme vous voulez, dit-il. Je vous ai dit que je ne la connaissais pas : pourquoi aurais-je eu peur d'elle ?
– Dans le jeu qui est le nôtre, nous n'avons pas besoin de connaître personnellement les gens pour les redouter : il suffit qu'*eux* nous connaissent. Laissez-moi vous présenter le scénario des événements, tel que je l'imagine : vous travailliez toujours pour nous, tout le monde vous considérait comme un homme respectable, aucune tache n'avait encore souillé votre costume de chez Hawes & Curtis...
– Kilgour & French, le coupa Glanville sur un ton irrité.
– Admettons. Vous aviez assez de perversité intellectuelle et d'inconséquence morale pour justifier vos actions; vous étiez mieux placé que la plupart d'entre nous et vos relations sociales étaient largement supérieures à la moyenne. Vous n'aviez aucune raison de redouter que tout cela s'écroule un jour : votre carrière d'agent double tirait à sa fin, vous n'attendiez plus que votre anoblissement pour partir à la retraite avec une confortable pension. Et brusquement, que se passe-t-il ? Cette femme – que vous prétendez n'avoir jamais rencontrée mais dont vous connaissiez néanmoins l'existence –, cette Caroline Oates, donc, découvre que Henze a été retourné. A partir de là, elle aurait très bien pu remonter jusqu'à vous. Que pensez-vous de mon raisonnement ? »

Glanville haussa les épaules, se leva et se dirigea vers la cuisinière, qu'il se mit à regarnir en y vidant le contenu d'un vieux seau à charbon. Maintenant qu'il avait le dos tourné, il daigna enfin répondre à Hillsden.

« Vous avez beaucoup d'imagination. Mais quelle importance toutes ces choses ont-elles à présent ? Tous les protagonistes sont morts, ont été exilés ou sont tombés en disgrâce. A quoi bon remuer tout ce linge sale ?
– Vous ne m'avez pas laissé finir. Mon scénario comporte une deuxième partie – et celle-là, je ne l'ai pas inventée. Contrairement à vous, miss Oates n'a pas eu la chance de pouvoir se retirer au calme dans une propriété comme celle-ci; et pourtant, elle avait souvent rêvé de terminer ses jours dans un tel cadre. Quand on nous l'a

renvoyée, elle n'avait guère plus de vie qu'un légume. Un légume..., répéta-t-il en fixant Glanville dans les yeux, tandis que celui-ci venait de se retourner. Apparemment, elle n'était plus d'aucune utilité et elle n'aurait plus dû inspirer de crainte à personne. Notez que j'ai bien dit : apparemment... Car malgré tout, des années plus tard, on a décidé de l'éliminer – de se débarrasser, du moins, de ce qui restait d'elle. Et pour quelle raison, d'après vous ?

– Vous voulez dire qu'elle a été tuée ici, en Angleterre ? demanda Glanville, dont l'étonnement ne semblait pas feint.

– Oui. Et ça n'a pas eu lieu au coin d'une rue déserte, mais à Farnham, pour être précis, dans la clinique privée où elle était internée.

– Quand cela a-t-il eu lieu ?

– Il y a trois semaines environ. Vous voulez peut-être savoir comment ça s'est passé ? On lui a injecté un poison foudroyant, du genre de ceux dont les SS se servaient pour aller rejoindre leur bien-aimé Führer.

– Je n'ai jamais été mêlé à ce type d'actions, déclara lentement Glanville. Mon engagement était purement idéaliste. J'ai toujours détesté cet aspect des choses.

– Personne ne vous accuse de l'avoir tuée. Si je l'avais pensé une seule seconde, vous seriez déjà mort. Je veux juste que vous répondiez à cette question : Pourquoi a-t-on fait ça ? Quelle partie de son pauvre cerveau avait donc échappé à leurs tortures ? Que savait-elle, qui fût encore capable de les inquiéter ?

– Je n'en ai pas la moindre idée.

– Eh bien, mon scénario comporte encore une troisième partie ; elle est peut-être un peu bancale, elle est partiellement basée sur de simples hypothèses, mais elle mérite quand même qu'on s'y arrête un instant. Miss Oates n'était plus qu'une vieille femme impotente, qui ne quittait plus guère son fauteuil ; tout le monde avait oublié son existence, et pourtant, elle continuait de les préoccuper – suffisamment en tout cas pour qu'ils prennent régulièrement de ses nouvelles.

– Vous voulez dire qu'ils venaient la voir dans cette clinique ?

– Non – du moins pas avant le jour où elle fut assassinée. Mais quelqu'un téléphonait de temps en temps pour s'informer de son état. A partir d'un certain moment – c'est là que commencent mes hypothèses –, celui ou ceux qui appelaient ont eu l'impression que sa santé s'améliorait et qu'elle risquait de révéler le petit détail qui avait jusque-là échappé à tout le monde, y compris à nous-mêmes, bien sûr. Reconnaissez qu'il fallait quand même avoir une bonne raison pour aller ainsi assassiner quelqu'un qui n'était plus capable de faire du mal à une mouche...

– Je ne comprends pas. Tout cela me paraît aussi inexplicable qu'horrible.

– Vous voyez quelle chance vous avez, à côté d'elle. Il vous est toujours loisible de faire poireauter des étrangers à votre porte sans vous sentir menacé. Je ne suis pas venu vous voir avec une seringue hypodermique; je suis venu vous demander votre aide. Alors, tâchez de fouiller un peu mieux dans vos souvenirs : quel nom avez-vous caché ? Il doit s'agir de quelqu'un de sacrément haut placé pour que vous vous soyez senti aussi sûr de vous. Dites-moi la vérité, au moins par respect pour Caroline!

– Je ne vois absolument pas de quoi vous voulez parler.

– Vous avez peur, Glanville. Regardez-vous dans une glace, ça se voit sur votre visage. Vous transpirez de trouille, et vous mentez encore. Et tout ça pour quoi? Pour rien. La face du monde n'a pas été changée par vos minables trahisons. Pourquoi continuez-vous de les protéger? Est-ce qu'ils vous ont protégé, eux? Ils n'ont pas hésité un seul instant à vous donner.

– Vous essayez de me faire marcher.

– Ah, vous croyez? Comment pensez-vous que nous soyons finalement remonté jusqu'à vous? Si vous voulez tout savoir, nous avions déjà retourné Henze à l'époque où Caroline est repartie à Berlin. Nous l'avions pris la main dans le sac et il a tourné sa veste aussi facilement qu'un homme politique aux abois.

– Je ne vous crois pas. Vous inventez cette histoire de toutes pièces. Il est impossible que les choses se soient passées ainsi. Vous ne m'aurez pas avec un truc aussi puéril. Si c'était la vérité, vous m'auriez cueilli bien plus tôt.

– Ça nous arrangeait davantage de vous laisser en paix. C'est une simple malchance qui a voulu que vous vous fassiez justement pincer cette nuit-là à Hyde Park, et que vous ayez paniqué. La brigade des mœurs nous a tous mis dans un sale pétrin. Voilà comment une bonne action se termine parfois en tragédie. Au lieu de vous contenter de sauter votre petit copain, c'est votre propre couverture que vous avez fait sauter ce soir-là. »

Glanville secoua énergiquement la tête.

« Je refuse de croire plus longtemps que cette visite n'a pas un caractère officiel. Vous êtes en train d'essayer de me coller quelque chose sur le dos. Votre équipe à la noix a encore fait une connerie et vous voulez m'en rendre responsable.

– Pourquoi vous mettre dans un tel état si vous n'avez rien à cacher ? N'avez-vous pas confiance dans la justice anglaise ? Vous savez bien qu'il est impossible d'inculper un homme deux fois de suite pour le même crime. Nous avons toujours su que vous n'aviez pas les mains propres, même si vous n'êtes personnellement responsable d'aucun assassinat. Je vous certifie que Henze travaillait bien pour nous. C'était nous qui le manipulions, et à travers lui nous vous manipulions aussi. Vous voulez des preuves ? D'accord, rasseyez-vous. (Il attendit en souriant que Glanville lui ait obéi.) Nous lui avions demandé de veiller à ce que vous ne manquiez jamais de partenaires pour vos précieux ébats ; c'était lui qui draguait à votre place. Ma mémoire est meilleure que la vôtre et, si vous voulez des noms, je vais vous en donner. Si nous commencions par Leif Otto Flindt ? Dix-neuf ans, garçon d'étage à l'hôtel Hauptbahnhof, à Bonn. Entre autres choses, il adorait que vous lui rasiez les jambes, si je ne m'abuse. Puis il y eut Peter Florin, qui travaillait à la réception de l'ambassade d'Allemagne de l'Ouest à Paris. Celui-là n'a d'ailleurs pas fait long feu ; vous avez cessé de le voir au bout de quelques nuits : il vous posait trop de questions. Je dois reconnaître que ce n'était pas l'une de nos meilleures recrues, mais on n'a pas toujours le choix. Après ça, vous avez été plus méfiant, jusqu'à ce que vous tombiez amoureux du jeune Werner. Vous lui écriviez des poèmes, dans un style plutôt pompier d'ailleurs, si vous me passez l'expression. Qu'est-ce qu'on a pu rigoler à la firme en les lisant ! C'était même nous qui écrivions les lettres enflammées qu'il était censé vous adresser ; c'était encore plus amusant. Ne croyez pas que je porte un jugement quelconque sur votre vie amoureuse ; je vous raconte tout cela pour vous prouver que nous n'avons jamais été dupes de votre manège, et que nous n'avons jamais cru que c'était Henze qui avait trahi Caroline et les autres. Comme nous surveillions ses moindres faits et gestes, il aurait signé son propre arrêt de mort s'il avait agi ainsi. Et j'ajouterai, même si cela doit vous surprendre, que je ne crois pas davantage que ce soit vous le responsable. Je suis convaincu, par contre, que vous connaissez le nom de celui qui a fait ça. Alors lâchez le morceau, Glanville, et je vous laisserai en paix.

– Pourquoi vous ferais-je confiance ? Quelles garanties aurais-je, en supposant que vous ayez raison ?

– Aucune. L'heure n'est plus aux marchandages, Glanville. Mais si vous refusez de m'aider, vous pouvez être sûr que je mettrai tout en œuvre pour que vous n'ayez plus une seconde de paix dans votre retraite ; et faites-moi confiance : je réussirai à vous rendre la vie infernale.

– Si vous aviez retourné Henze comme vous le prétendez, pourquoi ne lui avez-vous pas posé la question ?

– Henze est mort. On lui a tiré dans le dos un jour, pendant qu'il promenait son chien devant chez lui. A part nous, il ne reste plus personne qui ait été impliqué dans cette affaire. Tout le monde a disparu : Caroline, Jock, Henze, tout le réseau de Berlin-Est... Caroline a été la dernière de la liste, et son assassinat est sans doute le moins justifié de tous. Nous savons pourtant tous les deux qu'on ne commet jamais un acte de ce genre sans une bonne raison. Les maîtres insondables dont nous servons les causes diverses n'agissent pas à la légère.

– Vous me dites qu'elle est morte, mais je dois vous croire sur parole. Il n'y a rien eu à ce sujet dans les journaux.

– Ne me prenez quand même pas pour un amateur. J'espère que vous aimez les belles images : je vous en ai apporté une. »

Hillsden sortit une enveloppe de sa poche et la lui tendit.

« Vous pouvez y jeter un coup d'œil. Mais faites attention : je ne tiens pas à revoir ça. »

Glanville prit l'enveloppe à contrecœur. Très lentement, comme s'il s'attendait à ce qu'elle lui explose au visage, il l'entrouvrit du bout des doigts et aperçut la photographie qu'elle contenait. Il la rendit aussitôt à Hillsden.

« Quelle horreur ! s'exclama-t-il.

– C'est le jeu auquel nous jouons qui est horrible. Cette fille était belle autrefois, même si vous ne la trouviez pas à votre goût. Que vaut la beauté lorsqu'on se retrouve sur une table d'autopsie, qu'on vous ouvre le ventre, qu'on vous charcute dans tous les sens... »

Il remit l'enveloppe dans sa poche. Glanville s'était pris la tête dans les mains.

« Je ne me sens pas bien, dit-il. J'en ai eu pour mon grade durant ces derniers mois.

– Je ne suis pas au meilleur de ma forme moi-même. Mais puisque votre cœur bat toujours, dites-moi plutôt si cette photographie n'aurait pas ravivé vos souvenirs. Et ne craignez rien : si vous tournez de l'œil, je prendrai soin de vous. Je ne vous jure pas que j'irai jusqu'à vous faire le bouche à bouche, mais je vous masserai les poignets et, lorsque vous reviendrez à vous, je serai toujours là et je continuerai à vous poser la même question, inlassablement, jusqu'à ce que vous m'ayez répondu. Peu importe le temps qu'il faudra. Vous n'étiez pas à l'une des extrémités de la chaîne, Glanville : vous vous trouviez quelque part au milieu. Alors dites-moi qui étaient vos partenaires, parmi ceux qui sont toujours en place. Où sont-ils à présent? A Bonn? A Salzbourg? A Berlin? Où?

– Plus près d'ici – mais ce n'est qu'une supposition.

– Continuez à supposer.

– Vous en avez mentionné un.

– Qui?

– Dinnsbury. Il aurait pu être impliqué.

– Arrêtez vos conneries! Il a été mis totalement hors de cause. Vous essayez encore de me mener en bateau. Caroline n'a pas été tuée par des morts. Je veux connaître les noms de ceux qui sont toujours en activité.

– Je vous jure devant Dieu que je l'ignore.

– Nous n'avons malheureusement pas de Bible sous la main. Comment vous contactait-on, quand vous étiez à Londres?

– Essentiellement par des boîtes aux lettres. Parfois par téléphone. Je ne les ai jamais rencontrés en face.

– Quel genre de marché avez-vous conclu, Glanville?

– Un marché? Comment ça?

– Vous savez très bien de quoi je veux parler. Je trouve qu'on a été plutôt gentil avec vous : non seulement on ne vous a pas foutu au trou, mais en plus on a empêché la justice de suivre son cours. De quelle manière avez-vous acheté votre billet de sortie? Je serais curieux de l'apprendre; comme je suis moi-même au guichet, ça pourrait toujours me servir un jour. Quels ressorts avez-vous fait jouer? La solidarité entre vieux camarades? Vous connaissiez quelqu'un qui connaissait quelqu'un capable de lever les verrous?

– Je me suis contenté de leur dire tout ce qu'ils désiraient savoir.

– Mais vous aviez pris soin de garder un atout dans votre manche, pas vrai? Et vous l'avez sorti à la fin. De quoi s'agissait-il?

– J'ai été publiquement déshonoré; les journaux m'ont traîné dans la boue : vous appelez ça un marché?

– Je vous répète ma question, puisque vous ne semblez pas m'écouter : qui vous a protégé?

– Pour la dernière fois, je l'ignore. Je n'ai conclu aucun marché, et personne ne m'a protégé. Je n'étais pas suffisamment important.

– C'est un aveu?

– Vous vous imaginez que je l'étais, et sans doute l'ai-je cru moi aussi à une époque. J'ai agi pour mes idées, jamais dans l'espoir d'en tirer un profit personnel.

– Continuez, vous allez me faire pleurer.

– Vous vous croyez malin, avec votre humour soi-disant caustique. Si vous étiez si futé que ça, vous auriez posé votre question à la seule personne qui était en mesure d'y répondre. C'est à votre ami Jock que vous auriez dû demander tout ça, quand il était encore de ce monde. Il était au courant, *lui.* »

Hillsden fut pris de court pour la première fois depuis le début de leur entretien.

« De qui parlez-vous ?

– De celui que vous appeliez Jock.

– Jock était au courant ?

– C'est l'impression que j'ai eue. Lorsque je l'ai rencontré à Salzbourg, j'avais pour mission d'apprendre si oui ou non le présidium d'Allemagne de l'Est avait bien été infiltré. Bien sûr, je lui ai fait croire que j'en savais beaucoup plus, que Londres m'avait envoyé pour tirer les choses au clair. Ma visite eut l'air de le plonger dans une grande agitation. Il me déclara tout d'abord que, quel que soit mon grade, il lui était impossible de me répondre. Comme j'insistai, je me souviens qu'il me déclara : " Cette affaire est trop délicate, Londres devrait le savoir. " Je ne lâchai pas prise et il finit par me dire qu'il soupçonnait Moscou d'être en train de noyauter tout le réseau est-allemand; d'après lui, tout tendait à prouver que la fuite venait de Londres. " Nous approchons de la solution, disait-il, il ne nous manque plus qu'une ou deux pièces pour compléter le puzzle. Si nous précipitions les choses en ce moment, nous foutrions tout en l'air. " Il refusa de me donner des noms, mais il m'affirma que, lorsque tout serait révélé, ce serait le plus gros scandale d'espionnage dont on ait jamais entendu parler. " Nous sommes à deux doigts du but, ajouta-t-il; il ne reste plus qu'à ouvrir les vannes. "

– Qu'entendait-il par là ?

– Comment l'aurais-je su ?

– Qu'arriva-t-il ensuite ?

– Je fis mon rapport à Henze, qui insista pour que je rencontre ce Jock une nouvelle fois. Cela se révéla plutôt compliqué, mais finalement rendez-vous fut pris : nous devions nous retrouver par hasard lors d'une réception donnée à Vienne à l'occasion d'une foire commerciale. Je m'y rendis, mais il ne se montra pas. Lorsque je rentrai à mon hôtel, un message m'attendait, m'informant que les plans avaient été modifiés. Un peu plus tard, on me téléphona pour me fixer un autre rendez-vous dans un lieu sûr, où je devais me rendre le lendemain soir.

– C'était Jock qui vous avait appelé ?

– Je ne crois pas. L'individu avait un accent étranger. Je suivis les instructions, mais lorsque j'arrivai sur les lieux, la rue fourmillait de voitures de police et je passai mon chemin sans m'arrêter. J'appris par la suite qu'un homme venait d'être tué. (Glanville alluma une autre cigarette.) L'histoire s'arrête là. Je n'eus aucun autre contact avec lui par la suite, et on ne me fournit jamais la moindre explication.

– Avez-vous appris qui avait été tué ce soir-là ? »

Glanville hocha négativement la tête.

« Je n'ai jamais pris ce genre de risque. Il n'est pas sage de vouloir en savoir trop. J'ai pensé qu'il s'agissait de Jock.

– Jock n'a pas été tué à Vienne, dit Hillsden. Il a soi-disant été victime d'un accident en traversant en barque le lac où Ludwig II de Bavière a lui aussi trouvé la mort.

– En tout cas, je n'ai rien d'autre à ajouter. Êtes-vous satisfait ?

– Il en faut plus pour me satisfaire, mais je vous donnerai quand même seize sur vingt.

– Allez-vous me laisser tranquille à présent ?

– J'ignore quelle idée vous vous faites de la tranquillité. »

Hillsden se sentit brusquement las, et sa voix perdit son intonation menaçante. Il avait l'impression d'être dans la peau d'un acteur qui doit finir sa tirade, mais qui a oublié son texte. C'était le désespoir qui l'avait poussé à faire cette visite, et tout ce qu'il allait en ramener, réalisa-t-il brusquement, c'était la douleur de l'échec. Sans la présence dans sa poche de la photographie qu'il ne voulait plus voir, la haine qu'il éprouvait se serait presque dissipée.

« J'ai payé pour mes actes, disait Glanville, quelle que soit l'opinion que vous ayez de moi. Au bout du compte, nous jouons tous à pile ou face : j'ai choisi le mauvais côté de la pièce, et j'ai perdu. »

Un train siffla au loin et le son se répercuta à travers la plaine.

« Peut-être, dit Hillsden en se levant pour prendre congé. Mais il y a plusieurs façons de payer. Vous avez eu de la chance d'être du bon côté de la barrière. A Moscou, on ne vous aurait pas laissé le choix. »

18.

La première des bombes qui ravagèrent le pays ce jour-là explosa pratiquement au moment où Hillsden sortait de chez Glanville.

Ce fut le hall d'entrée des studios de télévision de la BBC à Wood Lane, près de Sheperd's Bush, qui fut visé en premier. Les dégâts furent considérables. Vingt-sept personnes furent tuées sur le coup, dont un groupe de retraités de Luton qui était venu assister à l'enregistrement d'un célèbre jeu télévisé. La plupart d'entre eux étaient dans un tel état qu'ils ne purent être identifiés que grâce aux montres ou aux bijoux qu'ils portaient. Il y eut près de soixante-dix blessés. La police révéla plus tard que la bombe avait été dissimulée dans une bobine de pellicule 35 mm, mélangée aux nombreux colis qu'une foule de coursiers livraient en permanence. Une fois qu'ils avaient signé les reçus, les employés de la réception prêtaient généralement peu d'attention aux individus qui apportaient les paquets; de toute manière, ils étaient tous coiffés de la même casquette réglementaire. La bombe avait explosé moins de cinq minutes après avoir été déposée; l'auteur de l'attentat avait quitté le bâtiment sans être inquiété.

Le plus troublant, dans les attentats qui se succédèrent alors en cascade, c'est qu'ils ne semblaient pas répondre à une logique discernable. Ils eurent lieu dans les trois heures suivantes, au rythme d'un toutes les demi-heures environ. La deuxième bombe souffla presque entièrement la façade de l'Oratoire de Brompton, provoquant des embouteillages qui paralysèrent toute la ville. Il y eut heureusement peu de blessés. La troisième bombe détruisit la synagogue de Leeds; cruelle ironie du sort, elle explosa au cours d'un service funéraire et fit sept morts, sans parler de nombreux blessés dont certains avaient été très gravement touchés.

En eux-mêmes, ces événements étaient déjà suffisamment horribles; mais ce fut le dernier attentat qui fit les gros titres de la presse ce soir-là. La bombe explosa dans la cantine d'une base aérienne américaine, au moment où se déroulait une réception organisée par le personnel au profit des enfants handicapés. Dix-sept militaires américains trouvèrent la mort, y compris quatre épouses d'officiers, mais ce fut le massacre dont furent victimes les enfants qui souleva l'indignation du monde entier. Vingt-trois d'entre eux furent tués sur le coup et neuf autres moururent un peu plus tard à l'hôpital. On aurait dit que le destin s'était acharné sur eux, comme s'ils n'avaient déjà pas suffisamment souffert durant leur triste vie : la plupart d'entre eux étaient en effet paraplégiques. La bombe était bourrée de clous longs de sept centimètres qui provoquèrent des blessures atroces. La quasi-totalité des images filmées par les équipes de télévision étaient trop insoutenables pour être retransmises. Pourtant, le lendemain matin, l'un des grands quotidiens nationaux consacra toute son édition aux photos du carnage et le *Times,* faisant une entorse à sa tradition, publia en première page un éditorial de son directeur, qui comparait cet attentat aux crimes de guerre perpétrés par les nazis à Lidice. De nombreuses personnalités de tous les horizons demandèrent le rétablissement immédiat de la peine de mort.

Le Premier ministre se trouvait à Chequers mais, dès qu'il eut appris l'étendue du carnage, il regagna Downing Street sous une impressionnante escorte policière et réunit sur-le-champ un conseil des ministres extraordinaire afin de prendre des mesures d'urgence. Il fut convenu qu'il s'adresserait en direct à la nation le soir même sur toutes les chaînes de radio et de télévision. Le directeur de la BBC fit annuler tous les programmes initialement prévus. Pour ne pas être en reste, la chaîne IBA annonça de son côté qu'elle ne passerait aucun spot publicitaire ce soir-là. Toutes les stations diffusaient des bulletins d'informations ininterrompus. L'archevêque de Canterbury, l'évêque de Westminster et le grand rabbin d'Angleterre publièrent une déclaration commune en réclamant une journée de prières et de deuil national. Les drapeaux furent mis en berne sur tous les édifices publics. Un livre commémoratif fut ouvert à l'ambassade américaine de Grosvenor Square; à la fin de la journée, plus de trois mille personnes étaient déjà venues le signer. Les permissions des policiers furent supprimées dans l'ensemble du pays et l'armée fut mise en état d'alerte rouge.

Dès que les premiers rapports eurent été rendus publics, une immense foule de donneurs se rassembla dans le calme devant

Whitehall, et des files de donneurs de sang se formèrent devant tous les hôpitaux du pays. Une autre manifestation, qui rassembla douze mille personnes selon la préfecture de police, défila le long du Mall et devant Buckingham Palace. La foule resta calme et se contenta de chanter des hymnes patriotiques; pourtant, la reine ne se trouvait pas au Palais : elle était en voyage dans le nord du pays à bord du train royal. Elle adressa néanmoins un message de sympathie à l'ambassadeur des États-Unis. Les mesures de sécurité furent renforcées autour de la famille royale, mais cela n'empêcha pas le prince de Galles de se rendre jusqu'à la base américaine qui avait été visée à bord d'un avion de la RAF; ce geste spontané ne fit qu'augmenter par la suite la popularité dont il jouissait auprès de la population.

Le conseil des ministres décida d'envoyer des contingents spéciaux dans les principales villes du pays. A Londres, des patrouilles d'unités mobiles prirent place aux endroits stratégiques et des tireurs d'élite furent postés sur les toits de tous les bâtiments officiels. Un escadron de blindés légers installa une base provisoire à Hyde Park. Les sentinelles des palais de Buckingham, de Kensington et de St. James furent équipées d'armes de combat. Le public fut invité à éviter les abords des musées tant que des mesures de sécurité n'auraient pas été prises. Il fallait remonter à la grève générale de 1926 pour trouver l'exemple d'une telle mobilisation des forces du royaume.

Pour l'instant, aucune organisation n'avait encore revendiqué les attentats. Mais, compte tenu de l'histoire récente, le public pensa immédiatement qu'ils étaient dus à des factions terroristes irlandaises. A Bond Street, l'Office du tourisme irlandais fut saccagé par des passants. Ce ne fut là qu'une réaction isolée, qui fut plus tard attribuée à des membres du Front national; dans l'ensemble, les nombreuses personnes d'origine irlandaise vivant en Angleterre ne furent pas prises à partie. A Belfast, cependant, des manifestants loyalistes menèrent une opération de représailles dans le quartier catholique de Bogside. Le ministre de l'Intérieur irlandais se rendit secrètement à Londres pour qu'une concertation s'établisse entre les deux gouvernements; il promit de coopérer sans réserve avec les Britanniques. Ce soir-là, la plupart des pubs, des théâtres et des cinémas restèrent déserts; les gens s'étaient cloîtrés chez eux et attendaient anxieusement devant leur poste de radio ou de télévision l'allocution du Premier ministre.

En fait, son discours tomba un peu à plat; malgré l'intensité de l'émotion que ces événements avaient soulevée, il était incapable de lutter contre sa nature profonde. Même dans les circonstances les plus favorables, il n'avait jamais été à l'aise devant les caméras. Le texte qu'il lut ce soir-là avait été rédigé à la hâte par plusieurs de ses collaborateurs; il manquait de souffle et débordait de la rhétorique boursouflée dont les hommes politiques ont tendance à abuser dans ce genre de circonstances.

« Rendez-nous de Gaulle! s'exclama Hillsden, qui regardait la télévision chez lui en compagnie de sa femme. Regarde-moi cet abruti! Pour une fois, il pourrait faire un effort et nous sortir autre chose que ces platitudes à la con!

– Arrête de jurer.

– Et pourquoi m'arrêterais-je de jurer? Tu n'entends pas les conneries qu'il débite?

– Comment veux-tu que j'écoute si tu n'arrêtes pas de crier? »

Hillsden bondit de son fauteuil et alla se verser une copieuse rasade de whisky. Dans son énervement, il fit tomber plusieurs glaçons sur le tapis préféré de sa femme. Derrière lui, le Premier ministre était en train de s'empêtrer dans son discours :

« Rien ne sera épargné... ou plutôt, aucun effort ne sera épargné tant que les auteurs de ces crimes monstrueux n'auront pas été livrés à la justice. Soyez assurés que le gouvernement ne se laissera pas intimider par cette aveugle barbarie.

– Il meurt de trouille, dit Hillsden entre deux gorgées de whisky. Regarde-le : il en chie dans son froc.

– Cesse de t'agiter. Et je t'en prie, surveille ton langage. »

Le Premier ministre poursuivait :

« J'ai d'ores et déjà donné des instructions afin que les forces de sécurité, sous mon contrôle direct et avec le plein accord de mon cabinet, disposent de pouvoirs étendus pour procéder à leur enquête, ainsi qu'aux futures arrestations. Dès la fin de cette allocution, je me rendrai directement au Parlement, où un débat d'urgence doit avoir lieu, et où je demanderai que les mesures de lutte contre le terrorisme déjà existantes soient renforcées. Et j'ai la ferme conviction que ces mesures – dont, je tiens à le souligner, je n'envisage l'application qu'à contrecœur, étant donné ma défiance bien connue envers toute forme de restriction des libertés publiques –, que ces mesures, donc, seront favorablement accueillies et fermement soutenues par l'opposition. L'heure n'est pas aux mesquines querelles politiciennes...

– Alors, pourquoi en parler? s'écria Hillsden.

– ... il s'agit de rassembler la nation tout entière, sans esprit de parti ni faiblesse. Je sais que chacun d'entre vous mesurera, à la vue des terribles événements qui nous frappent aujourd'hui, combien les fondements mêmes de nos sociétés civilisées peuvent être fragiles. Il est normal que vous vous tourniez vers votre gouvernement en exigeant de lui qu'il assure la sécurité de chaque citoyen, quelles que soient sa race, ses convictions ou la couleur de sa peau. Nous ne vous décevrons pas. Je vous demande de rester calmes, et d'être certains que nous faisons, que nous continuerons de faire tout ce qui est en notre pouvoir. Nos pensées vont bien sûr à tous ceux qui ont aujourd'hui perdu des êtres chers – et particulièrement aux parents de ces malheureux enfants, ainsi qu'aux familles des soldats américains basés sur notre territoire, et qui ont été odieusement frappés alors même qu'ils accomplissaient un acte de simple charité chrétienne. Que Dieu protège la reine! »

Le Premier ministre fixa encore les caméras pendant quelques secondes, puis son image fut remplacée par celle de l'entrée du 10, Downing Street, tandis qu'un présentateur annonçait en voix off :

« Vous venez d'entendre un message de sir Herbert Greenwell, Premier ministre, qui s'adressait à vous en direct de Downing Street. Voici maintenant les informations de neuf heures.

– Plutôt mou, comme direct! commenta Hillsden.

– Je trouve qu'il a fait un bon discours, dit sa femme. Que voulais-tu qu'il dise d'autre?

– Tu parles sérieusement? Tu n'es quand même pas bouchée à ce point! (Il eut un geste saccadé et renversa le fond de son verre.)

– Fais attention à mon tapis. Tu as déjà laissé tomber des glaçons tout à l'heure.

– Au diable ton tapis! Regarde plutôt ces images : ce sont les sacs en plastique dans lesquels on a enfermé les restes des enfants. Tu ne trouves pas que c'est un peu plus important que tes précautions à la noix? »

Il la vit changer de couleur. Les larmes lui montèrent aux yeux et son mascara se mit à couler le long de ses joues.

« Excuse-moi, dit-il. Je ne voulais pas te faire de peine. Ne pleure pas. Je suis désolé. La coupe est pleine en ce moment, voilà tout. Ça ne marche pas très fort au boulot, on commence à parler de licenciements. Je sais que ce n'est pas une excuse, mais je suis vraiment désolé. »

Il voulut la prendre par l'épaule, mais elle s'écarta de lui et quitta précipitamment la pièce. Il se resservit une rasade de whisky avant de la suivre.

Elle s'était enfermée dans la salle de bains. Il resta debout devant la porte et essaya de lui parler calmement.

« Margot? Sors de là, je t'en prie. Je t'ai dit que j'étais désolé. Ne reste pas enfermée là-dedans. »

Il n'y eut pas de réponse. Il appuya son front contre la porte et refit une tentative.

« Chérie, sois raisonnable. Ne rends pas les choses plus difficiles qu'elles ne le sont déjà. Je ne supporte pas la vue de ce type, voilà tout; il a le don de me mettre en rogne. Devant les images de ces pauvres gosses, j'ai vu rouge. Allons, arrête de pleurer. Sèche tes larmes, et sors de là. Je te jure que tout est fini maintenant. »

Il crut l'entendre murmurer quelque chose, mais il ne comprit pas ses paroles.

« Qu'est-ce que tu dis? Je n'ai pas entendu. »

Au bout d'une minute, elle rouvrit finalement la porte. Ils se dévisagèrent comme deux étrangers vaguement familiers, meurtris par vingt ans de mariage.

« Tu as l'air si jeune quand tu pleures », dit-il doucement.

Il voulut une nouvelle fois la prendre dans ses bras, mais elle l'écarta et passa dans la chambre.

« Écoute, chérie, pourquoi ne pas faire la paix? Quels que soient les différends que nous avons eus ou la peine que j'ai pu te faire au fil des années, ce n'est vraiment pas le moment de nous chamailler. Je t'ai présenté mes excuses, et je t'assure que j'étais sincère. On n'a pas arrêté de nous parler de morts toute la journée : tu ne voudrais tout de même pas que nous nous disputions pour couronner le tout. »

Elle s'assit devant sa coiffeuse, prit un peu de crème à démaquiller dans un pot et se mit en demeure d'effacer les traces que le mascara avait laissées sur son visage.

« C'est cela, faisons la paix... jusqu'à la prochaine fois, dit-elle.

– Qu'est-ce que tu veux dire? »

Elle essuya la crème avec un kleenex.

« Qu'est-ce que tu veux dire? répéta-t-il.

– Que tu es toujours désolé, mais que ça ne t'empêche pas de recommencer.

– De recommencer quoi?

– Tes affronts. Ta guerre perpétuelle. »

Hillsden s'avança dans la pièce. Tout en essuyant un dernier reste de crème autour de ses yeux, elle fixait le reflet d'Alec dans le miroir de la coiffeuse.

« De toute façon, ça n'a aucune importance », dit-elle en se levant.

Elle se mit à se déshabiller. Hillsden avait l'impression qu'elle n'attachait plus depuis longtemps la moindre importance à l'effet qu'elle pouvait lui faire. Elle n'aurait pas agi autrement à son égard si elle avait été une inconnue en train d'ôter ses vêtements sur une plage.

« Pourquoi ne te mets-tu jamais en colère ? lui demanda-t-il. Ça prouverait au moins qu'il existe encore quelque chose entre nous. Agis, bon Dieu ! Frappe-moi, monte sur tes grands chevaux, mais fais quelque chose ! »

Ses vêtements gisaient sur le sol, là où elle les avait abandonnés. Hillsden ressentit une fois encore une impression de mort : il y avait une certaine similitude entre ces habits qui traînaient et les cadavres que la télévision avait montrés ; on aurait dit les restes misérables de quelque chose qui, jadis, avait été humain.

« Ça te plairait, n'est-ce pas ? lui répondit-elle en passant la chemise de nuit qu'il lui avait offerte pour son dernier anniversaire. Je me demande même si ça ne t'exciterait pas.

– Tu es ridicule de dire ça.

– Peut-être suis-je ridicule, en effet. Tu aurais dû épouser quelqu'un qui te ressemble davantage. »

Une fois démaquillé, son visage avait un air fragile et vulnérable. Elle rabattit le couvre-lit et se glissa entre les draps, lui tournant aussitôt le dos. Il s'assit sur le bord du lit et posa la main sur l'épaule nue de sa femme.

« Chérie, regarde-moi. Les gens ne peuvent pas être parfaits en permanence. Il est parfois inévitable d'avoir des mots et de se chamailler. Il faut savoir affronter le bon et le mauvais côté des choses.

– Je commence à en avoir l'habitude, dit-elle, le visage toujours tourné vers le mur.

– J'aimerais tant que tu aies plus d'amis.

– Eh bien, ce n'est pas le cas. Et tu as tout fait pour qu'il en soit ainsi. Tu ne m'as jamais trouvée digne d'être présentée aux gens que tu connais ; tu as soigneusement protégé ta vie personnelle, pendant toutes ces années, et tu as toujours refusé de la partager avec moi.

– Ce n'était pas délibéré. Je pensais que ce que je faisais ne t'intéressait pas. Je ne trouve pas mon travail si passionnant que ça. Mon ambition dans la vie n'a jamais été de vendre du vin... Enfin, c'est grâce à ça que nous avons pu avoir un foyer et payer les traites de la maison. Je te promets de faire un effort à partir de maintenant. Nous sortirons davantage, nous ferons plus de choses ensemble. Nous allons prendre un nouveau départ. »

Elle se redressa soudain, s'adossa contre le montant du lit et le dévisagea un moment. Estimant que le pire était passé, Hillsden lui sourit, mais l'expression de Margot ne changea pas.

« J'ai parlé à quelqu'un, dit-elle enfin (il y avait un peu de crainte dans sa voix).

– Eh bien, je suis heureux de l'apprendre. De qui s'agit-il ?

– D'un homme. Quelqu'un que tu ne connais pas.

– Bon. Je reconnais que tu étais dans ton droit.

– Oh, ce n'est pas ce que tu penses. Il s'agit d'un médecin. J'ai été voir un psychanalyste. »

Cet aveu le prit de court. Malgré toutes ces années au cours desquelles il avait appris à dissimuler ses émotions, il ne put retenir un mouvement d'incrédulité.

« Je croyais que tu n'avais pas confiance en eux.

– Peut-être est-ce toujours le cas. Mais au moins, j'ai trouvé quelqu'un qui m'écoute.

– Et ça te fait du bien ? (Il s'était ressaisi.)

– Oui.

– Tu m'en vois ravi. J'imagine qu'il connaît les bonnes réponses, lui ? Celles que je suis incapable de t'apporter ?

– Non, il n'y a pas de réponses.

– De quoi lui parles-tu ?

– Ce sont mes affaires. Je le paie de ma propre poche.

– Et cette histoire dure depuis combien de temps, si tu m'autorises du moins à te poser la question ?

– Un bon moment déjà. Environ trois mois. Je vais le voir une fois par semaine.

– Et cela t'a aidée ?

– Cela aide toujours de ne pas se sentir seule.

– Parfait. Du moment que tu en as pour ton argent... »

Il se leva du lit et, après avoir ramassé les vêtements éparpillés et les avoir posés sur le dossier d'une chaise, il quitta la chambre et redescendit au salon. La télévision marchait toujours. Il aperçut sur l'écran le visage de Bayldon, qui était interviewé devant Westminster. Pour ne pas changer, il tenait des propos pontifiants, qui ne contenaient d'ailleurs rien de nouveau. La voix de son maître... Hillsden l'écouta distraitement tout en se versant un nouveau verre de whisky. « Le terrorisme échouera... Nous sommes plus résolus que jamais... Nous contrôlons parfaitement la situation... »

Pauvre clown, songea Hillsden. Comme si l'on pouvait contrôler quoi que ce soit dans la vie ! La violence règne partout – jusque dans les chambres des pavillons de banlieue. La terreur et la solitude se terrent derrière leurs rideaux soigneusement tirés; l'amour et la haine s'y affrontent sans cesse, et ce sont les souvenirs qui servent de détonateurs.

Lorsque l'interview eut pris fin, l'image de Bayldon fut remplacée par celles des nombreuses victimes des attentats; il s'agissait pour l'essentiel de photos de mariage et de portraits de famille, que l'on avait sûrement soutirés dans l'après-midi aux parents éplorés. La voix off du présentateur les énumérait l'un après l'autre, donnant pour chaque personne deux ou trois détails sur sa vie passée. Hommes, femmes, enfants défilaient ainsi sur l'écran, et Hillsden ne put s'empêcher d'éprouver un certain malaise : tous ces êtres avaient été figés par l'objectif dans un moment heureux de leur vie, et maintenant ils étaient morts à jamais. L'une des jeunes filles, qui fut présentée comme « feu miss Blackpool », offrait en particulier un saisissant portrait de l'adolescence triomphante. Elle portait un maillot de bain une pièce qui contrastait avec la perfection de son corps superbement bronzé. C'en fut trop pour Hillsden. La nostalgie du passé l'envahit; il songea avec regret à cette époque de la vie où l'amour n'a pas encore été souillé par la laideur de l'existence, où il semble parfois à portée de la main; où le contact de la peau nue et frémissante d'une fille paraît la chose la plus désirable du monde. Un nouveau visage apparut sur l'écran : celui d'un aviateur américain au menton carré, qui évoquait irrésistiblement les portraits idéalisés que peignait autrefois Norman Rockwell. L'aviateur avait trouvé la mort en tentant de sauver l'un des enfants handicapés – une jeune fille qui n'avait même pas la moitié de son âge.

Hillsden éteignit le récepteur. Il réalisa soudain que, pour la première fois depuis qu'il avait appris la mort de Caroline, une journée entière s'était presque écoulée sans qu'il ait pensé à elle.

19.

Genèse

« Finalement, on en revient toujours aux gens, dit Caroline. Je veux dire : aux individus. On peut bien embrasser une cause, les masses ne vous aimeront pas pour autant. Si l'on a besoin d'amour, mieux vaut fourrer un homme dans son lit.

– J'y réfléchirai à tête reposée. Ta réflexion me semble assez profonde.

– A moins qu'elle ne soit tout simplement banale. »

Ils partageaient un lit à une place dans une petite *gasthaus* anonyme cachée au fond d'une forêt de pins, à la lisière du village autrichien de Krumpendorf. C'était Hillsden qui avait choisi l'endroit.

« J'y ai séjourné à la fin de la guerre. A l'époque, une nuit ici coûtait l'équivalent d'un morceau de savon ou d'un paquet de cigarettes. J'aurais pu vivre comme un roi pendant un mois entier avec un demi-kilo de café.

– Que tu te serais procuré au marché noir, je suppose...

– Bien sûr. Officiellement, c'était strictement interdit, mais tout le monde agissait ainsi, depuis les généraux jusqu'aux simples troufions. Les soldats n'allaient jamais retirer leur paie : nous n'en avions pas besoin. L'ambiance était étrange, à la fin de la guerre. Nous vivions tous dans un climat irréel – presque aussi irréel que ce qui nous arrive à présent. »

C'était ainsi que leur histoire avait commencé. Ils avaient réservé deux chambres séparées sous des noms d'emprunt. Les murs grossièrement passés à la chaux étaient blancs et il y avait des doubles fenêtres; les pommes de pins qui brûlaient dans de curieux poêles en briques dégageaient une douce odeur. Par mesure de précaution supplémentaire, ils mangeaient à des tables différentes lorsqu'ils prenaient leur repas dans la petite salle de l'auberge. Autrement, ils suivaient toujours le même plan : l'un d'eux quittait l'hôtel en premier, et l'autre le rejoignait un peu plus tard en pleine forêt, dans un endroit convenu à l'avance. Lorsqu'il faisait beau, ils passaient là l'essentiel de la journée; ils mangeaient et faisaient l'amour en plein air. Hillsden attendait que la nuit soit tombée et que le personnel de l'hôtel se soit retiré pour aller retrouver Caroline dans sa chambre. Il rejoignait la sienne peu avant l'aube, avant que les employés ne reprennent leur travail.

« Tu disais que les choses paraissaient irréelles. De quoi voulais-tu parler : de la vie, ou du contexte général?

– Des deux, mais surtout de la vie. Tout avait brusquement pris fin. L'arbitre avait donné le dernier coup de sifflet et nous nous étions retrouvés là. Nous étions bien sûr sacrément soulagés d'en avoir terminé avec toute cette horreur, mais nous devions aussi jouer un nouveau rôle. Nous étions les maîtres à présent, nous faisions partie de l'armée conquérante occupant le territoire ennemi. Quand on entrait dans un endroit comme celui-ci, par exemple, les gens se figeaient instantanément. Dans un sens, c'était un peu énervant, et il nous a fallu un bout de temps avant d'y être habitué. Tu n'imaginerais jamais l'obséquiosité des habitants : c'était à celui qui viendrait nous dire le premier qu'il n'avait jamais été nazi, qu'il avait toujours refusé d'adhérer au Parti...

– Les femmes se comportaient de la même façon?

– Non. Avec elles, le problème était différent...

– Pourquoi souris-tu?

– Un crétin quelconque avait décidé en haut lieu qu'il ne devrait pas y avoir de fraternisation. *Streng verboten, meine Herren!* Interdit de forniquer avec l'ennemi. L'armée du Rhin devait faire vœu de chasteté jusqu'aux calendes grecques!

– Parle moins fort, murmura Caroline. Et toi? As-tu respecté la consigne?

– Tu parles! Imagine un peu : cinq cent mille soldats en rut lâchés dans la campagne, mais à qui l'on demande de ne pas cueillir de fleurs... Ça n'a pas tenu plus de deux ou trois semaines.

– Est-ce que ça ne te faisait pas un drôle d'effet de conter fleurette à des femmes que tu aurais tuées quelque temps plus tôt?

– On ne tuait jamais les femmes. Du moins, pas intentionnellement.

– Ne coupe pas les cheveux en quatre. Tu sais très bien ce que je veux dire.

– Il n'y avait aucun problème. C'est incroyable de constater à quel point ce genre de choses redevient vite naturel.

– Mais quelle était leur attitude?

– La même que partout.

– C'est fascinant. Raconte-m'en un peu plus.

– Pourquoi es-tu si curieuse?

– Je veux connaître tout ce qui te concerne. Tu sais, j'étais encore à l'école à l'époque où tu déflorais les serveuses des auberges sur les bords du Rhin. Tu sembles l'oublier.

– Non, je ne l'oublie pas. (Il se pencha et l'embrassa sur les seins.) Comment le pourrais-je? Tu sais aussi bien que moi qu'en ce moment même nous sommes en train de transgresser toutes les règles – celles de la firme, celles de l'Église anglicane, et les miennes, par la même occasion.

– Tu n'as pas l'air de te sentir bien coupable.

– Et pourtant, je le suis. Le sentiment de ma faute pèse sur moi comme le flot du courant sur le nid d'un cygne.

– Très poétique. Tu viens juste de trouver ça, ou tu l'avais mis de côté pour une occasion de ce genre?

– Ne parle pas comme Jock. Il n'arrête pas de se moquer de mes penchants littéraires.

– Je ne veux pas que tu te sentes coupable à cause de moi, dit Caroline.

– Je ne suis sans doute pas très doué pour l'adultère.

– Moi non plus. Mais je ne t'ai pas précisément découragé. J'aimerais tant t'avoir rencontré plus tôt... Tu as eu beaucoup d'aventures, après la guerre?

– Pas tant que ça. Trois, pour être exact. Et je n'appellerais pas ça des aventures.

– Dans cet hôtel?

– Non.

– Tu ne peux pas savoir à quel point ça me fait plaisir. Comment ça se passait?

– Et si je te retournais la question? Si je t'interrogeais à mon tour sur tes anciens amants?

– Tu peux le faire.

– Non. Je ne veux rien savoir. »

Elle se blottit encore plus près de lui et leurs jambes se mélangèrent. Il sentait la chaleur de son corps serré contre le sien.

« Alors? Raconte-moi, insista-t-elle.

– Tu n'abandonnes pas facilement la partie... Tu sais, il ne s'agissait que de quelques escapades en pays étranger. C'est drôle...

– Qu'est-ce qui est drôle ?

– Je réfléchissais. Peut-être que toutes mes désillusions datent de cette époque. Nous étions comme des aveugles : deux peuples qui essayaient de se rejoindre à tâtons. Il y avait aussi l'obstacle de la langue. Je ne connaissais que quelques mots d'allemand alors, et aucune de ces filles ne parlait anglais. L'une d'elles – j'ai oublié son nom – voulut absolument m'emmener un jour chez elle pour me présenter à ses parents. Ils restèrent debout tout le temps que dura ma visite. C'était grotesque. La mère ne disait rien, mais le père n'arrêtait pas de me parler en faisant des courbettes. Il se passa un bon moment avant que je saisisse le sens de ses paroles, mais je compris finalement ce qu'il essayait de me dire : il m'offrait sa fille, en soulignant à quel point lui et sa femme étaient honorés que je l'emmène avec moi. En partant, je laissai une demi-livre de café sur la table et la mère s'approcha de moi pour me baiser les mains. Je ne les ai jamais revus par la suite.

– Pourquoi ?

– Toujours à cause de ce sentiment de culpabilité. Appelle ça de la honte, si tu préfères. Je n'arrêtais pas de penser à quel point ce devait être affreux d'en être réduit à vendre sa fille pour obtenir une demi-livre de café. »

Hillsden dévisagea Caroline. Leurs baisers avaient effacé son rouge à lèvres et sa bouche semblait lui promettre l'amour infini dont il n'avait jamais cessé d'espérer la venue. Il était stupéfait par la violence et la rapidité des sentiments qu'il éprouvait pour elle. Dès qu'il était arrivé en Autriche, il avait su qu'il n'aurait pas le choix. Et maintenant, il lui était impossible de repenser au temps où il ne l'aimait pas. Il comparait son amour à une plante qui serait parvenue à pousser dans les fissures d'une dalle de béton – et dans son cas, cette dalle était celle qui le retenait prisonnier depuis qu'il avait commis l'erreur de se marier. Il savait désormais qu'il aurait une nouvelle culpabilité à porter : celle de n'avoir pas rencontré Caroline plus tôt.

« Et la haine ? demanda-t-elle, interrompant le fil de ses pensées. Ne jouait-elle pas un rôle dans tout ça ?

– La haine ?

– Oui. Après tout, ça n'aurait rien eu d'étonnant, dans le contexte de la guerre. »

Avant de lui répondre, il se pencha pour saisir au pied du lit la bouteille de vin du Rhin. Il remplit leurs deux verres, mais il était en équilibre instable et il renversa le contenu de celui qu'il voulait passer à Caroline.

« Zut! Tiens, prends le mien.

– Non, ça ne fait rien. Frotte-m'en une goutte derrière les oreilles, il paraît que ça porte bonheur.

– Ça marche seulement avec le champagne. »

Après un silence, il ajouta :

« Tu crois toujours que tu *dois* haïr; on t'a enseigné ça pendant des années. Mais une fois le brouillard dissipé, les choses ne sont plus les mêmes. On ne peut pas haïr la misère en elle-même, mais seulement ses causes. »

Ce fut au tour de Caroline de rester un instant silencieuse.

« En ce qui me concerne, le brouillard ne s'est pas dissipé, dit-elle enfin. C'est bien cela qui nous sépare. Il me faut vivre avec ma haine; sans elle, j'aurais déjà tout laissé tomber. Je ne suis pas courageuse, tu sais : c'est la haine qui me permet de continuer. »

Elle parlait comme si l'esprit de revanche qu'on lui avait inculqué dans son enfance n'avait jamais cessé de la hanter durant toutes ces années. Elle faisait penser à ces gens qui ne se résolvent pas à jeter les lettres d'amour que leur avaient écrites ceux qui devaient pourtant les trahir.

20.

La tension était encore grande dans le pays et les choses ne s'arrangèrent pas lorsque émergea une nouvelle fraction militante d'un groupuscule extrémiste, qui prit le nom de CCSN (Comité contre le suicide nucléaire). Cette organisation apparut du jour au lendemain lors d'une manifestation qui eut lieu devant la principale base stratégique américaine installée en Angleterre. Le motif en était la récente mise en place d'une nouvelle génération de missiles atomiques. Ce fut à cette occasion que les terroristes – qui n'avaient toujours pas été identifiés – frappèrent une nouvelle fois de manière dévastatrice. Plus de cent dix kilos d'explosifs avaient été cachés dans une estafette qui vendait des hamburgers pour les manifestants devant la base. L'explosion fut déclenchée à distance et creusa un cratère gigantesque dans le sol. Près de quarante manifestants et sept membres des forces de l'ordre furent tués sur le coup. Dans la panique qui s'ensuivit, un soldat américain posté sur le périmètre de la base ouvrit le feu sur la foule hystérique qui tentait de forcer le cordon de sécurité pour s'enfuir. Il y eut cinq morts supplémentaires, dont un bébé de dix-huit mois. Comme le soldat avait agi en suivant les nouvelles consignes d'urgence, il fut acquitté par la suite – ce qui ne contribua guère à infléchir les sentiments antiaméricains de la plus grande partie de l'opinion.

Une fois de plus, suivi en cela par l'ensemble de la presse, le *Times* consacra l'ensemble de sa une à la publication d'un éditorial qui demandait à la reine de dissoudre le Parlement et de nommer un nouveau Premier ministre, dans le but de former une autre coalition gouvernementale. Le ministre des Affaires étrangères se rendit à Washington, où il fut vertement sermonné par le président américain, qui subissait déjà l'assaut du Congrès au moment où s'ouvrait une campagne électorale dont il n'était pas certain de sortir vainqueur. Aux États-Unis, l'opinion publique réclamait déjà le retour à une politique isolationniste, ainsi que le retrait de toutes les forces américaines basées en Europe.

Sur le marché des changes, la livre sterling s'effondra. Pour la première fois dans l'histoire, la monnaie anglaise tomba en dessous de son cours de parité avec le dollar, et la Banque d'Angleterre dut massivement intervenir pour stabiliser la situation. Le taux de crédit minimal atteignit un niveau record et le gouvernement s'empressa de rétablir le contrôle des changes.

Cette explosion de violence ne toucha pas que le Royaume-Uni. Des attentats à la bombe, des enlèvements ainsi que de nombreux assassinats eurent lieu à travers toute l'Europe occidentale, et cette flambée terroriste se répandit de frontière en frontière avec la rapidité d'un incendie de forêt. Il y eut d'innombrables controverses à ce sujet : certains prétendaient que l'on avait affaire à un réseau inconnu jusque-là, qui se manifestait pour la première fois, et que la vieille garde avait été supplantée par une nouvelle génération de criminels; les cibles limitées et extrêmement circonscrites d'autrefois étaient largement dépassées et les services de sécurité croyaient détecter derrière ces nouveaux attentats une stratégie globale dirigée contre l'OTAN ou en tout cas contre des objectifs qui concernaient tous la défense nationale. Le plus troublant, c'est qu'il semblait bien y avoir des liens évidents entre les trois groupes d'action qui se partageaient la tâche; et ils étaient apparemment sous le contrôle d'une filière unique, située quelque part en Europe de l'Est. Tandis que cette flambée de violence traversait l'Europe – partie d'Angleterre, elle avait atteint la Belgique, puis l'Italie, pour gagner ensuite l'Allemagne, et enfin la France –, les forces antiterroristes de ces différents pays, qui s'échangeaient leurs informations, avaient bien décelé de nombreux points communs entre toutes ces actions, mais n'avaient abouti pour l'instant à aucun résultat convaincant.

En Angleterre, la plupart des membres connus ou des sympathisants de l'IRA avaient été arrêtés dans les quarante-huit heures qui avaient suivi la première vague d'attentats. Néanmoins, hormis la découverte de quelques dépôts d'armes et de munitions, ces opérations se soldèrent par un échec et ne permirent pas d'envisager la moindre piste. La tempête qui agitait le monde politique et qui gagna l'opinion finit par donner l'impression que l'ordre ancien était cette fois sur le point de s'écrouler pour de bon. Déjà confronté à une situation économique désastreuse, incapable à présent de fournir une solution à long terme au défi terroriste, le jeune gouvernement travailliste avait le dos au mur. A deux reprises, le président du Parlement dut suspendre une séance particulièrement houleuse. Dans la foulée des mesures d'urgence qu'il avait prises, le gouvernement avait interdit toute manifestation, tout défilé, tout rassemblement de plus de cinquante personnes, ce qui renforça le sentiment général selon lequel la société était bel et bien en état de siège, et déchaîna de surcroît la colère de plusieurs associations qui combattaient en faveur des libertés civiles et qui tentèrent à diverses reprises de passer outre cette interdiction. Une manifestation qui rassemblait plusieurs milliers d'étudiants se termina en bataille rangée avec les forces de l'ordre.

Dans un tel contexte, il n'était pas surprenant que la mort de Glanville passe quasiment inaperçue. Les journaux ne lui consacrèrent qu'un simple entrefilet dans leurs pages intérieures, sous des titres comme « Mort solitaire d'un traître » ou « Les dernières heures d'un espion ». C'était l'un de ses amis qui avait trouvé son cadavre ; il était apparemment mort à la suite d'une crise cardiaque. Le communiqué officiel déclara que les circonstances de ce décès n'avaient rien de suspect et qu'une cérémonie strictement privée aurait lieu à l'occasion des funérailles ; mais, comme tant d'autres communiqués publiés à la même époque, il cachait une bonne part de la vérité.

Comme celui de Caroline, le cadavre de Glanville avait été soumis à l'épreuve du bistouri et du jugement non moins tranchant de Hogg.

« La mort est due à un gaz paralysant, selon l'illustre Hogg, déclara Control.

– Il ne s'agit donc pas d'une crise cardiaque ?

– Non, Alec. Mais après tout, son cœur ne penchait pas du bon côté. »

Hillsden se sentit obligé de sourire à cette plaisanterie. On ne savait jamais si Control était sérieux ou non.

« Pour être exact, le cœur a bel et bien lâché, comme il le fait toujours lorsque l'heure a sonné. Et dans le cas de Glanville, elle a sonné lorsqu'on lui a pulvérisé le contenu d'une bombe aérosol au visage. Aussi simple et efficace qu'un déodorant, sauf qu'ici l'effet du produit fut définitif. Est-ce que vous distinguez un motif dans tout ça, Alec ? »

L'emploi de son prénom pour la seconde fois en moins de cinq minutes intriguait Hillsden. Control cédait rarement à la familiarité ; lorsqu'il le faisait, cela signifiait généralement qu'il s'apprêtait à vous donner un ordre.

« Quel genre de motif ? demanda-t-il.

– Je suis plus âgé que vous, évidemment – ce qui n'est d'ailleurs pas un critère : cela signifie simplement que j'ai un plus lourd fardeau de souvenirs à porter que vous. Et ma mémoire est excellente, bien qu'elle soit sélective. Disons qu'elle me permet la plupart du temps de résoudre les mots croisés du *Times,* mais que je n'ai jamais été foutu de me rappeler comment on changeait un plomb qui vient de sauter. Toutefois, des choses plus importantes me reviennent parfois à l'esprit – des phrases comme celles-ci, par exemple : " Lorsqu'on déclenche une guerre, l'important n'est pas d'être dans son droit, mais de remporter la victoire. Il faut fermer son cœur à la pitié et agir implacablement. " Savez-vous qui a dit ça ?

– Napoléon ?

– Vous n'êtes pas tombé loin. Non, c'était notre vieil ami Adolf, quelques jours avant l'invasion de la Pologne. Son discours portait sur la propagande qu'il faut mettre en œuvre pour justifier une déclaration de guerre ; il rejetait justement l'argument du bon droit, en prétendant qu'après coup on ne demande jamais au vainqueur s'il a ou non agi au nom de la vérité. Il avait d'ailleurs parfaitement raison, et ne se trompait pas en jugeant ainsi la nature humaine. »

Hillsden écoutait poliment. Il ignorait où Control voulait en venir. L'allusion voilée que ce dernier avait faite à sa prétendue sénilité ne l'avait pas abusé. Il se demandait seulement pour quelle raison il avait été convoqué.

« Enfin, qu'y pouvons-nous... J'ai longuement réfléchi ces jours derniers, tout comme vous je suppose, à ce qui se cache derrière cette vague de terrorisme. Nous sommes pratiquement certains qu'elle est financée, sinon inspirée, par Moscou. Le but des Russes a toujours été que toutes les nations renoncent à la course aux armements, eux exceptés. Qu'y a-t-il donc de nouveau dans les récents événements ? En apparence, rien. C'est comme si Staline, Beria, le goulag, le Mur de Berlin et l'inamovible Gromyko n'avaient jamais existé. Nous n'avons rien appris : les leçons du passé n'ont pas été retenues et les livres d'histoire sont restés lettre morte. »

Il s'approcha de la fenêtre ; sa silhouette se profila devant la vitre.

« C'est toujours la même stratégie, Alec : diviser pour régner. Les méthodes changent, de nouveaux groupes prennent le relais mais fondamentalement la consigne reste la même : ne faites rien vous-même, laissez les autres agir à votre place, mais soyez toujours prêts à venir encaisser les bénéfices. Une fois de plus, ils ont choisi le bon moment. Nous sommes mûrs, Alec, et l'heure de la récolte approche, même si les gens de Whitehall ne veulent pas le reconnaître – à supposer qu'ils en soient encore capables. »

C'était la première fois que Hillsden l'entendait tenir un discours aussi long, et il se demanda pour quelle raison il y avait eu droit. Control se retourna vers lui en souriant.

« Il va de soi que vous ne m'avez jamais entendu tenir de tels propos, dit-il.

– Je n'étais même pas là, répondit Hillsden.

– Ces sombres réflexions me sont venues à la suite d'une convocation dont j'ai été l'objet ce matin. Rien de moins qu'une entrevue avec l'honorable M. Bayldon... Après que mes respectueux hommages eurent été acceptés, j'ai eu droit à une dégelée magistrale, je vous prie de le croire. J'ai dû subir ensuite un sermon extrêmement désagréable sur l'incompétence de la firme. Ça ne m'a d'ailleurs fait ni chaud ni froid; mais on ne m'avait plus parlé sur ce ton depuis que j'ai quitté l'école primaire. Notre fringant ministre de l'Intérieur ne m'a guère fait l'effet d'être un spécialiste des questions historiques. Il n'a pas la moindre idée du contexte général dans lequel nous nous trouvons et ne m'a pas semblé spécialement désireux d'en apprendre un peu plus à ce sujet. Lorsque j'ai réussi à placer un mot, j'ai tenté de lui expliquer que les événements actuels ont sûrement été préparés de longue date – que des germes divers avaient été plantés dans notre parterre pour fleurir à intervalles réguliers, et que toutes les espèces botaniques s'y trouvaient représentées; qu'il y avait là des éphémères, quelques plantes hybrides, mais aussi des immortelles dont nous risquions fort de ne pas être débarrassés de sitôt. »

Control semblait enchanté de sa métaphore, comme s'il venait de se découvrir un talent caché pour le langage.

« J'ai bien sûr ajouté que nous avions fait çà et là un peu de désherbage au fil des années. Oh, très modestement... Rien de bien spectaculaire, mais suffisamment pour empêcher que les mauvaises herbes ne prolifèrent. Et que peut-être, sans le savoir, nous étions sur le point de toucher à certaines racines. Si nous prenions cette hypothèse, si nous nous trouvions *vraiment* au bord de quelque chose d'essentiel, cela suffisait : non pas pour que nous soyons en mesure de résoudre le puzzle, mais pour que Moscou *croie* que c'était le cas. D'où, sans doute, le pas qu'ils venaient de franchir; car ils sont capables de s'adapter d'une seconde à l'autre à un nouveau contexte – là où nous-mêmes, à travers les laborieux arcanes de la démocratie, nous mettrions des années. »

Control s'interrompit un instant et contempla une photographie qui représentait un couple âgé. Hillsden pensa qu'il s'agissait de ses parents.

« La mort de Caroline est à nos yeux un mystère. Du moins l'était-elle jusqu'à aujourd'hui. Car nous avons à présent un nouveau cadavre sur les bras : celui de Glanville. Deux de nos anciens collaborateurs viennent d'être éliminés, alors qu'il n'y avait apparemment aucun lien entre eux. Mais ceux qui connaissent leur histoire savent comme vous et moi qu'il y a toujours un lien dans ce genre d'affaire. Pour rester dans mon hypothèse, il n'est pas impossible que Moscou nous croie sur le point d'établir ce lien.

– En effet, acquiesça Hillsden.

– Puisque vous m'avez suivi jusqu'ici, nous en arrivons justement à vous, et aux relations que vous aviez avec les deux disparus.

– Je ne connaissais pas Glanville. »

Control sourit pour la seconde fois.

« Il me faut malheureusement vous contredire, Alec. Vous êtes même probablement la dernière personne à l'avoir vu vivant.

– Qu'est-ce qui vous fait croire ça ?

– Il était sur écoute, Alec. Et il y a votre voix sur la bande. Vous avez fait preuve d'une grande imprudence. Vous avez même été jusqu'à le menacer. »

Le sourire s'était effacé de son visage.

« Je n'aurais pas été idiot au point d'aller tuer Glanville, dit Hillsden.

– Ah... *Moi,* je le sais, mais, vu les circonstances, d'autres ne vous croiraient peut-être pas sur parole. Après tout, vous avez été assez stupide pour aller le voir, et cela malgré mes ordres. Dois-je vous le rappeler ?

– Qui pourrait bien vouloir me coller ça sur le dos ? Après tout, pourquoi se soucierait-on du sort de cette vieille pédale, de ce traître mal blanchi ?

– La politique, Alec, la politique... On a toujours besoin de boucs émissaires. Glanville n'est pas mort en dormant : il a été assassiné. Hogg a été formel : il a même identifié le gaz dont on s'est servi. Il s'agit d'un produit de fabrication anglaise, que la firme est autorisée à employer. Il y aura forcément des gens qui se poseront des questions, et il faudra bien trouver des réponses. C'est le fonctionnement normal de la justice : personne, même un traître, n'est au-dessus des lois ou n'a le droit de les transgresser. C'est précisément ce genre de postulat qui nous différencie des sociétés moins civilisées que la nôtre.

– C'est à ce sujet que Bayldon vous a passé un savon?

– Non. Il parlait de manière générale. Il n'a mentionné l'affaire Glanville qu'en passant, et comme il ne me demandait pas mon avis, je ne le lui ai pas donné. Mais il faut se méfier du chien qui dort : il peut se réveiller à la moindre occasion.

– Qu'essayez-vous de me dire? Que je serai le premier sacrifié quand l'affaire sera rendue politique?

– Allons, Alec... Vous savez bien que ce n'est pas dans mon genre.

– J'ignore qui vous êtes, et quel est votre genre! s'écria rageusement Hillsden. Et j'ai horreur des devinettes. J'ai trouvé votre leçon d'histoire passionnante : mais venez-en au fait à présent, et expliquez-vous un peu mieux!

– Tout cela est complexe, Alec. Presque autant que les intrigues d'Iris Murdoch. Vous avez lu ses romans?

– Quelques-uns.

– J'adore ses livres – *Une tête coupée* en particulier, qui est l'un de ses meilleurs : les rapports qui se tissent entre les personnages font penser à un ballet composé par un chorégraphe de génie. Évidemment, je ne prétends pas lui arriver à la cheville; disons que j'ai une certaine... aptitude pour survivre dans le labyrinthe. Nous menons des vies tellement compliquées. Sommes-nous le chasseur, ou la proie? Pour qui travaillons-nous vraiment? Pour nous, pour eux, pour d'autres? Ou sommes-nous simplement animés par la rage et la colère que nous inspire tout ce chaos? Vous arrive-t-il de vous poser ce genre de questions?

– Très fréquemment. Je me le demandais encore il y a un instant.

– Et comment y répondez-vous?

– En me disant qu'il n'y a probablement pas beaucoup de sens derrière tout ça.

– Vous n'avez pas tort. »

Control revint à la fenêtre. Son doigt effleura la vitre, recueillant le dépôt quotidien de la tourbe londonienne.

« Mais je crois qu'en ce qui vous concerne la réponse est évidente, poursuivit-il. C'est la colère qui vous anime. C'est un trait qui m'a toujours frappé chez vous. Vous parvenez très bien à le dissimuler, mais j'ai souvent senti que cette rage affleurait en vous – qu'elle pouvait exploser d'un instant à l'autre. En ce moment, par exemple. Mes détours vous ont irrité. Je vous avais dit que tout cela était compliqué.

– Glanville était en vie lorsque je l'ai quitté. Et il mentait. Vous avez dû vous en rendre compte en écoutant la bande.

– Vous avez mis les pieds dans le parterre de quelqu'un, Alec.

– Que voulez-vous dire, bon Dieu ? M'avez-vous convoqué pour le seul plaisir de me faire un cours de jardinage ? »

Control posa de nouveau les yeux sur lui. Il se frotta l'arête du nez.

« Ne retournez pas votre colère contre moi, Alec. Je suis votre ami, l'un des seuls peut-être qui vous restent en ce moment. Et cette colère, vous allez en avoir sacrément besoin dans les semaines qui viennent. Parce que vous repartez.

– Où ça ?

– Là où tout a commencé, Alec. Là où tout a commencé. »

DEUXIÈME PARTIE

21.

Belfrage n'était assurément pas le plus brillant ni le plus accompli des amants, mais on l'aurait certainement vexé si on lui avait dit qu'il manquait de technique. Une fois l'acte sexuel accompli, il était généralement envahi par un sentiment de remords, et Pamela était assez maligne pour comprendre que cette culpabilité était aussi bien à la source de son excitation initiale que de la mélancolie qui en résultait. Plus le temps passait, plus elle se disait que le sacrifice que Gunther exigeait d'elle était décidément bien lourd à assumer. Elle essaya de chasser son ennui en pensant à autre chose, tandis que sir Charles s'échinait à lui procurer un plaisir qu'elle n'éprouvait pas, mais qu'elle était obligée de simuler.

Lorsqu'il lui arrivait de repenser aux diverses étapes de son éducation sexuelle, Pamela se rendait compte qu'à l'exception de Gunther aucun des hommes avec lesquels elle avait couché ne l'avait vraiment satisfaite. Durant son adolescence, elle n'avait connu que des lycéens de bonne famille, plus anxieux de faire bonne impression sur ses parents que de lui procurer le plaisir qu'elle espérait. En attendant que, vautré sur elle, sir Charles en ait terminé avec ses laborieux efforts, elle se rappelait leurs voix étranglées, leurs vaines et constantes érections, la manière dont ils collaient aux siennes leurs lèvres gercées ou dont leurs mains empoignaient ses seins avant un bref et égoïste soulagement... Sir Charles n'était au fond qu'une caricature plus âgée de ces anciens soupirants. C'était l'un de ses cousins qui avait le premier eut droit à ses faveurs, une année où ils passaient ensemble leurs vacances à la campagne. Un jour, ils avaient discrètement quitté le court de tennis pour rejoindre la maison; le visage du garçon était congestionné par le rhume des foins, et ils étaient aussi novices l'un que l'autre, même s'ils prétendaient le contraire. Mais pour elle, ç'avait été une étape nécessaire à franchir : elle avait pour la première fois goûté au fruit défendu, en attendant de meilleures occasions. Car on l'avait bien sûr élevée dans le culte de la virginité, en lui recommandant de rester pure et innocente jusqu'au jour suprême où, pénétrant dans l'église au bras de son père, elle aurait enfin le droit de participer à son tour au vieux mensonge de l'amour, de l'honneur et de la soumission. Ayant vu d'autres filles autour d'elle suivre ce genre de préceptes, elle s'était juré de ne pas se laisser enfermer dans une impasse pareille.

La plus grande erreur de ses parents avait été de l'autoriser à aller terminer ses études en Californie. Son père avait un faible pour elle et avait toujours fait ses quatre volontés. Lorsqu'elle se retrouva à Berkeley, dans ce campus aussi étendu que la ville où elle avait jusqu'alors été confinée, sa recherche du nirvana prit brusquement fin. Elle découvrit non seulement un autre monde, dont les habitants parlaient sa propre langue avec un accent étranger, mais surtout un univers dont l'ambiance intellectuelle, politique et morale lui permit d'accéder à la maturité. Les blazers des joueurs de cricket cédèrent la place aux tee-shirts bariolés et couverts de slogans contestataires, et les banquettes arrière des Chevrolet ou des Thunderbird remplacèrent les recoins obscurs de la maison de campagne d'autrefois. Des mains plus expertes la déshabillèrent, des esprits plus éveillés la rendirent consciente des travers et des défauts de la société qui l'avait jusqu'alors étouffée. Ce fut une révélation. Elle réalisa qu'elle n'était pas uniquement originaire d'un pays épuisé par deux guerres mondiales, mais qu'elle appartenait à un mouvement qui allait tout balayer pour repartir sur un nouveau pied – un mouvement qui inventait ses propres règles au fur et à mesure qu'il se développait, et qui n'hésitait pas à les remettre en cause ou à les abandonner lorsqu'elles se montraient inefficaces ou inutiles. Elle se vit acceptée par une société virtuellement sans classe, qui rejetait avec dédain des attitudes ou des comportements qu'elle n'avait jusqu'alors jamais songé à remettre en cause. Elle avait été élevée dans l'idée que les choses étaient immuables, et elle découvrit avec stupéfaction qu'il n'en était rien. Le mépris congénital des Américains envers toute forme d'autorité la libéra des conceptions qui l'entravaient; l'idée de prendre part un jour à des actions violentes, destinées à détruire l'édifice politique actuel, lui parut tout simplement merveilleuse.

Bien entendu, le changement ne se fit pas en un jour. Au début, son accent, sa manière de s'habiller, l'argent dont elle disposait firent obstacle à son intégration. Lorsqu'elle eut compris que l'amitié ne s'achetait pas, elle lutta pour se débarrasser de son ancienne personnalité, car elle mourait d'envie d'être acceptée par ses nouveaux congénères. Jusque-là, elle n'avait jamais eu la moindre conscience politique. Il avait toujours été tacitement entendu qu'une fois en âge de voter elle suivrait la même voie que son père, qui était un conservateur pur et dur. A la maison, lorsque l'on parlait politique, on disait toujours *eux* et *nous* – et par *eux* on entendait les membres des partis dont la couleur avait plus ou moins tendance à virer vers le rouge. Son seul engagement dans ce domaine avait été de signer un jour une pétition pour la limitation et le contrôle de la chasse au renard; cela n'avait d'ailleurs pas empêché ses parents de lui offrir un manteau de fourrure pour son seizième anniversaire. Mais à présent, sous le soleil californien qui brunissait sa peau d'Anglaise, elle ne pensait plus qu'à brûler tout ce qu'elle avait adoré. Elle se joignit à toutes les manifestations, signa toutes les pétitions qui semblaient aller contre l'ordre établi. Comme tant de nouveaux convertis, elle embrassa la foi nouvelle avec un enthousiasme débordant. Elle se mit à fréquenter les maîtres à penser des étudiants américains, sagement assise à leurs pieds pour les écouter – ou sur leurs genoux, si c'était le prix à payer –, tout en adoptant leur philosophie nihiliste. Au sortir de la guerre du Vietnam, le discours qu'ils prêchaient lui semblait le seul qui fût en mesure de sauver sa génération. Il n'y aurait plus de guerres désormais, sauf celles qu'ils choisiraient de mener.

Ce fut durant la seconde phase de son évolution qu'elle rencontra Gunther. Elle fut d'abord séduite par ses qualités intellectuelles, mais ne tarda pas à être subjuguée par son ardeur sexuelle. Ce fut lui qui introduisit un certain romantisme dans le contexte politique où elle se trouvait, et qui lui démontra que le marxisme avait la plus importante des vertus, puisqu'il allait sauver l'humanité par la violence. Sous sa pression, elle se laissa peu à peu aller à la fascination du chaos. L'idée de servir la cause de la révolution au milieu d'une telle abondance, de travailler à la naissance de l'État idéal au sein même du plus puissant des États, lui paraissait d'une originalité et d'une logique parfaites, surtout de la façon dont en parlait Gunther. Il lui révéla qu'avec un certain nombre d'autres individus, venus comme lui d'Europe, il avait l'intention de rallumer le foyer de la révolution dans le Nouveau Monde. Il lui expliqua comment, une fois les germes semés, elle allait proliférer et envahir tout le continent. « Ce n'est qu'un début, lui disait-il. Nous n'avons même pas commencé. »

L'avenir qu'il lui décrivait était pour elle un stimulant bien plus puissant que l'herbe qu'ils fumaient ensemble. Et, tout en dévoyant son esprit, il la pervertissait aussi sur le plan sexuel, en la rendant de plus en plus dépendante de lui. Il lui enseigna les mérites de la patience, la nécessité d'agir souterrainement. « Tu t'y prends mal, lui répétait-il. Il ne faut jamais révéler son vrai visage. Agis toujours comme on l'attend de toi : sois une étudiante exemplaire, ne signe plus de pétitions, ne t'engage dans aucune organisation étudiante. Fonds-toi au contraire dans la masse, laisse les gens croire qu'ils n'ont rien à craindre de toi. Si tu te comportes ainsi, tu auras déjà fait la moitié du parcours. » Elle crut tout ce qu'il lui disait et suivit ses instructions à la lettre, adoptant une attitude exactement inverse à celle qui avait été la sienne jusque-là.

Elle fut bientôt entièrement sous sa coupe. Non seulement Gunther était un maître exigeant, mais il ne manquait pas de mettre ses idées en pratique. Il apprit en très peu de temps la plupart des choses qui la concernaient; mais, de son côté, elle ne tira pas grand-chose de son passé. Il était allemand, issue d'une famille aisée de Hambourg qu'il méprisait et avec laquelle il avait coupé tous les ponts. Elle ne tarda pas à découvrir qu'il n'avait aucun sens de l'humour; il était sérieux en tout. Lorsqu'ils étaient ensemble, il restait parfois silencieux des heures durant, sans répondre aux questions qu'elle lui posait. Cette concentration la fascinait, tout en l'effrayant quelquefois. Peu à peu, elle se mit à copier son attitude, à imiter les qualités qu'elle admirait en lui, avec l'espoir d'être ainsi plus séduisante à ses yeux. Vu la manière dont il se comportait au lit, elle avait bien compris qu'elle n'était sûrement pas la première à profiter de ses faveurs, mais elle ne réussit jamais à le faire parler de ses anciennes conquêtes. En fait, il n'y avait en lui aucune tendresse, et il était loin de correspondre à l'image de l'amant idéal dont elle avait pu rêver dans son adolescence; malgré cela, plus il la traitait de la sorte, et plus elle le désirait. Elle ne pouvait envisager l'idée de le perdre, et elle aurait fait n'importe quoi pour ne pas être séparée de lui.

Au cours du second été qu'ils passèrent ensemble, Gunther lui annonça qu'ils allaient partir en vacances à l'étranger. Il ne s'était évidemment pas donné la peine de lui demander son avis; quant à elle, elle ne songea même pas à contester sa décision. Tout était arrangé, et ils devaient aller au Brésil. Elle était enchantée.

Durant ces vacances, Pamela se rendit compte à quel point Gunther avait réussi à détruire ses convictions antérieures. Au début, il parut plus détendu qu'il ne l'avait jamais été depuis qu'ils se connaissaient; pourtant, son humeur pouvait changer d'un moment à l'autre et ce fut sans grande surprise qu'elle s'aperçut, au début de la deuxième semaine, qu'il rentrait peu à peu dans sa coquille et devenait de plus en plus nerveux et irritable avec elle. Un jour, il lui annonça brusquement qu'ils allaient changer d'endroit, que le décor l'ennuyait. C'était une simple constatation : il n'avait jamais eu l'intention de lui demander son opinion.

Ils firent leurs bagages et quittèrent l'hôtel dans l'heure qui suivit. Après avoir loué une voiture, ils roulèrent pendant plus de cinq heures et atterrirent finalement dans un village retiré. Pas une seule fois il ne lui donna la moindre indication quant à leur éventuelle destination. Ils arrivèrent à la tombée de la nuit et prirent une chambre dans l'unique hôtel du village. Pamela se sentait lasse après leur long voyage mais, lorsqu'elle voulut prendre une douche, il ne sortit du robinet qu'un mince filet d'eau. Après le silence de Gunther et leur brusque départ, ce dernier avatar la mit hors d'elle.

« Qu'est-ce que c'est que cette histoire ? cria-t-elle. Et que me caches-tu ? Nous sommes censés être en vacances. J'aimais bien l'endroit où nous étions. Et tout d'un coup, sans l'ombre d'une explication, tu m'obliges à partir, à rouler pendant des heures, pour atterrir finalement dans ce trou. Peux-tu me dire pourquoi ?

– J'ai changé de plan. Je dois rencontrer quelqu'un ici.

– Qui ?

– Tu le verras ce soir.

– Et si je refusais ?

– Tu le verras ce soir, répéta-t-il. Tu feras ce que je te dis. Et tu vas arrêter de poser des questions. »

Elle se mit à bouder. Une heure plus tard, Gunther lui annonça qu'ils ressortaient.

« Il est hors de question que je remonte dans cette bagnole, dit-elle. D'ailleurs, je meurs de faim.

– Nous allons manger. Viens, et ne discute pas. »

Le trajet fut court cette fois-ci. Au bout de sept ou huit kilomètres à travers les collines, ils atteignirent une villa isolée, invisible de la route, et qui semblait déserte. Aucune lumière ne brillait aux fenêtres et le jardin était à l'abandon. Gunther gara la voiture derrière le bâtiment et, lorsqu'il coupa le moteur, un chien se mit à aboyer. Tout cela n'avait rien d'encourageant. Tandis qu'ils se dirigeaient vers l'entrée de service, la porte s'ouvrit brusquement et Pamela aperçut un jeune homme qui paraissait à peu près du même âge que Gunther. Il avait une carrure massive et il était presque obèse pour sa taille ; son visage était joufflu, presque poupin. Il tenait à la main une laisse au bout de laquelle un gigantesque doberman haletait en les fixant d'un œil mauvais. La laisse était du même type que celles employées par les policiers et les gardiens de prison.

« Il n'est pas méchant, dit le jeune homme. (Il avait une voix sifflante et son accent était difficile à identifier.) Seulement, il ne fait pas la différence entre les amis et les ennemis. »

Il lança un ordre et le doberman se calma instantanément. Puis, le jeune homme les introduisit dans une pièce dont les volets de bois étaient fermés. A la lumière de la pièce, Pamela put l'observer plus à son aise. Son teint était olivâtre, et elle estima qu'il devait être d'origine méditerranéenne ou sud-américaine. Il avait des lèvres affreuses, gonflées comme s'il venait d'être piqué par un essaim de guêpes, et qui s'accordaient mal au reste de son visage. En dépit de son poids, il se déplaçait avec la légèreté d'un boxeur. Il était à la fois fascinant et répugnant, surtout lorsqu'il souriait, ce qui était justement le cas.

« J'imagine que vous devez avoir faim, dit-il. Je vous ai préparé à manger. »

Il désigna la table, où des assiettes de viande froide et des bouteilles de vin avaient été installées.

« Puisque Gunther ne semble pas disposé à faire les présentations, permettez-moi de m'en charger à sa place. Je m'appelle Pamela.

– Oh, je sais qui vous êtes. Mais mangez, je vous en prie ».

Il lui tendit une assiette et remplit trois verres de vin. Pamela attendit que Gunther lui fournisse une explication; il resta muet. Le jeune homme et lui prirent un peu de nourriture et une bouteille de vin et quittèrent brusquement la pièce, en refermant la porte derrière eux. Pamela resta seule avec le doberman. Elle lui lança un morceau de viande, mais le chien l'ignora.

Elle mourait de faim et se mit à manger. Cela n'apaisa pas le malaise qu'elle ressentait. Au fond d'elle-même, elle ne pouvait s'empêcher de penser qu'elle avait déjà vu le jeune homme quelque part; son allure lui était vaguement familière. Elle essaya de percevoir le son de leurs voix, en vain; elle n'osait pas bouger car le doberman ne la quittait pas des yeux. Lorsqu'elle eut fini de manger, elle posa l'assiette et le verre vides à côté de sa chaise. L'angoisse et les ennuis de la journée l'avaient épuisée et elle s'assoupit au bout d'un moment.

Lorsque Gunther la réveilla, elle était en train de rêver à ses parents. L'angoisse l'envahit à nouveau.

« Nous partons ? demanda-t-elle.

– Non, nous restons dormir ici.

– Pourquoi ? Où sommes-nous ? Pour quelle raison sommes-nous venus ici ? Que se passe-t-il ? »

Les questions se bousculaient dans sa bouche. Le jeune homme était hors de vue.

« Et qui est ce type ? » ajouta-t-elle.

Pour seule réponse, Gunther saisit son poignet et le serra si fortement que sa circulation s'arrêta.

« Fais ce que je te dis et ne pose pas de questions sur ce qui ne te regarde pas. Nous restons ici, un point c'est tout. Maintenant, va te coucher. »

Elle remarqua que, pendant qu'elle dormait, on avait apporté sa valise. Après l'avoir ramassée, Gunther la poussa vers la porte en la serrant toujours par le bras et lui fit traverser le couloir en direction des escaliers. A l'étage, il la fit pénétrer dans une chambre qui, comme le reste de la maison, était pauvrement meublée.

« Tu viens me rejoindre ? lui demanda-t-elle d'un ton plus doux, pour éviter qu'il ne se fâche davantage.

– Plus tard.

– J'ai peur, dit-elle. Je ne comprends rien à ce qui se passe.

– Tu n'as aucune raison d'avoir peur. Je t'expliquerai plus tard de quoi il s'agit. Fais-moi confiance. »

Mais, lorsqu'il eut quitté la pièce, elle était loin de se sentir en sécurité. Elle examina la chambre avant de se déshabiller. L'armoire et la commode étaient vides. La seule chose qu'elle découvrit fut un livre de poche abandonné sur la table de nuit; il était écrit en espagnol et, d'après sa couverture, il devait s'agir d'un roman d'espionnage de quinzième zone. Alors qu'elle allait se mettre au lit, elle entendit le doberman faire le tour du jardin; puis il y eut un long silence. Une fois de plus, elle sombra dans le sommeil. Elle fut brusquement réveillée par le bruit d'une porte claquée, suivi par celui d'une voiture qui démarrait. Elle se dressa sur le lit et se mit à hurler en appelant Gunther. Elle entendit quelqu'un monter l'escalier et, juste après, la silhouette de Gunther se découpa dans l'encadrement de la porte.

« Tu es folle ? lui lança-t-il. Qu'est-ce qui te prend de crier comme ça ?

– J'ai peur. Je n'ai pas cessé d'être angoissée depuis que j'ai mis les pieds ici. Je ne comprends pas ce qui se passe. J'ai cru que c'était toi qui partais, en me laissant seule avec ce type et son horrible chien.

– Eh bien, tu t'es trompée. Tu vois bien que je suis là.

– Est-ce qu'il va revenir ? »

Gunther hocha négativement la tête et s'assit au bord du lit.

« La maison ne lui appartient donc pas ?

– Elle lui sert seulement provisoirement, répondit Gunther en lui caressant les cheveux.

– Je t'en supplie, dis-moi de quoi il s'agit.

– Sois un peu patiente.

– Pourquoi sommes-nous venus ici ? Nous étions en vacances.

– Il fallait que je vienne. C'était un ordre.

– Un ordre ? Mais de qui ?

– De lui. »

Elle le dévisagea avec ahurissement.

« Ce gros type ? Et pourquoi te donnerait-il des ordres ?

– Heureusement qu'il n'est plus là pour t'entendre... Il est très susceptible quant à son physique.

– Qui est-ce ? Dans quoi t'es-tu embringué ? C'est une histoire de drogue, non ? »

Gunther sourit.

« Tu as encore beaucoup de choses à apprendre, ma belle. Non, ça n'a rien à voir avec la drogue.

– Alors, quels rapports as-tu avec ce type ? Il ne doit pas s'agir de n'importe qui, pour t'obliger à venir le rejoindre dans un trou pareil.

– Oh... C'est loin d'être n'importe qui ! Tu as eu un immense privilège : tu as rencontré ce soir quelqu'un qui est recherché par les polices de trois continents – quelqu'un qui a justement accompli le genre de choses dont toi et moi n'avons fait que parler jusqu'ici. »

Il guetta sa réaction mais, comme elle ne disait rien, il fut incapable de se retenir et ajouta avec une pointe de fierté :

« Tu viens de rencontrer Raoul – celui que la presse appelle la Salamandre.

– C'était lui ?

– Il aurait été ravi de savoir que tu ne l'avais pas reconnu. Comprends-tu un peu mieux, à présent ?

– Non, cela n'a toujours pas le moindre sens pour moi. A moins que tu ne m'aies menti depuis le début.

– Je ne t'ai pas menti. J'attendais simplement d'être sûr que tu sois prête à franchir un nouveau pas. Tu vois, bébé... Tiens, prends ça, tu as besoin de te détendre. (Il alluma un énorme joint et le lui tendit ; elle le prit avec soulagement.) Je peux t'avouer maintenant qu'il n'était pas spécialement ravi de voir que tu m'accompagnais, mais j'ai fini par le convaincre qu'on pouvait te faire confiance. Si je n'avais pas été aussi persuasif, s'il avait eu le moindre doute, tu ne serais plus en vie à cette heure. Je n'aurais rien pu faire pour te sauver. Il ne prend jamais le moindre risque : c'est pour cela qu'il est toujours en vie, contrairement à nombre de ceux qui ont voulu l'imiter. Mais il a besoin de nouvelles recrues pour la poursuite de son action. »

Même lorsque la drogue commença d'agir en elle et de dissiper ses craintes, elle ne comprit pas vraiment la portée de tout ce qu'il lui racontait. Ce fut bien plus tard, après avoir fait l'amour, qu'elle réalisa à quel point Gunther était impliqué dans cette affaire. Il lui expliqua quel rôle il tenait dans le réseau du gros jeune homme – et comment, à travers lui, elle se trouvait à son tour impliquée. Il lui apprit qu'à partir d'aujourd'hui elle allait devoir mener une nouvelle vie, que son ancienne identité devrait être à jamais effacée. Il lui rappela certains des exploits passés du gros jeune homme : l'attentat de la gare de Turin, l'assassinat de l'ambassadeur d'Israël au Pérou, la prise d'otages et la destruction du Boeing 747 de la British Airways au Koweit.

« Et il ne s'agit pas là d'une liste complète de ses prouesses, mais seulement de celles dont il a été officiellement crédité. Il lui arrive souvent de mettre au point une opération dans ses moindres détails, sans y participer lui-même personnellement. Il sera à des milliers de kilomètres lorsque l'explosion aura lieu. Quelle intelligence, quel génie dans la maîtrise du chaos! Et ça ne l'empêche pas de mener une vie tout à fait normale. En dépit de tout ce que les journaux ont raconté, personne n'a jamais pu l'approcher. Cela fait plus de deux ans qu'on a perdu sa trace. Personne n'est en rapport direct avec lui : c'est lui qui vous contacte. Il ne possède absolument rien.

– Et ce chien?

– Tu as raison, il lui appartient. Il adore les animaux, mais pas au point d'être incapable de l'éliminer si cela était nécessaire. Tu as eu ce soir un bon exemple de la manière dont il procède. Il n'était encore jamais venu dans cette maison, et il n'y remettra plus les pieds. Elle a été mise à sa disposition par ceux qui l'emploient. »

A écouter Gunther, on avait l'impression qu'il était en train de parler d'un saint, et non d'un tueur à gages.

« Il n'y a qu'une seule chose qui présente un danger pour lui. Tu as mis le doigt dessus sans le savoir tout à l'heure. Son talon d'Achille, c'est qu'il aime trop manger. Il s'est fait refaire le visage plusieurs fois. La prochaine fois que tu le verras – si jamais cela doit arriver –, il aura probablement une autre tête. Mais son appétit, lui, ne changera pas. Tu avais raison : c'est un jeune homme trop gros.

– Et à part ça?

– Que veux-tu dire?

– Quelles sont ses distractions, par exemple ?

– Oh... Je crois qu'il est impuissant. Il n'y a que son travail qui l'excite.

– C'est drôle que tu appelles cela un travail. La mort de neuf à six... Qui sont ses employeurs ?

– Je crois qu'il se moque de savoir qui signe les chèques. De toute façon, il n'est jamais à court d'argent. Les talents comme le sien sont toujours très bien payés.

– Quel rôle allons-nous jouer là-dedans ?

– Comment le savoir ? Lorsque tout sera prêt et que sa décision sera prise, il nous préviendra. Ce sera peut-être la semaine prochaine, ou dans plusieurs mois, à moins que nous n'entendions plus jamais parler de lui. D'ici là, il nous faut patienter. Mais il saura toujours où nous trouver. »

Les vacances se terminèrent et ils rentrèrent en Californie. L'année suivante, ils passèrent leurs examens dans leurs universités respectives. Ils étaient l'un et l'autre considérés comme des étudiants parfaits, plus soucieux d'épouser l'idéal de réussite américain que de se mêler de politique. Ils regagnèrent ensuite séparément l'Europe : Pamela retourna dans sa famille en Angleterre et Gunther dans son Allemagne natale. Il lui laissa de l'argent et l'informa de ce qu'elle devrait faire une fois rentrée au pays. Elle apprit ainsi enfin qui les avait recrutés; la nouvelle provoqua en elle un mélange de crainte et d'excitation. A l'époque, elle avait encore l'impression d'être autorisée à participer à un jeu merveilleux, qui ne présentait pas plus de danger que les drogues qu'elle consommait régulièrement.

Gunther lui avait dit qu'en son absence elle recevrait ses instructions par le biais des petites annonces affichées sur la devanture d'un modeste bureau de tabac de Wardour Street. Le premier message devait être placardé à une date convenue et confirmer un rendez-vous qui avait été donné à l'avance, afin qu'elle fasse la connaissance de l'homme dont elle allait désormais dépendre. Il s'agissait d'un officier du KGB travaillant à l'ambassade soviétique et dont le nom de code était Albert.

Pamela fut bien accueillie par ses parents et endura pendant plusieurs semaines l'atmosphère étouffante de la vie familiale. Elle dut faire un effort pour sauver les apparences, mais elle n'avait nullement l'intention de retomber dans les mêmes pièges qu'autrefois. Au bout de quelques jours, elle annonça à son père et à sa mère qu'elle avait décidé de mener une vie indépendante – nouvelle qu'ils accueillirent intérieurement avec un certain soulagement, car ils s'étaient bien rendu compte que son séjour californien l'avait changée et qu'elle n'avait plus grand-chose à voir avec leur petite fille d'autrefois. Elle alla s'installer à Londres dans un petit appartement que Gunther avait loué pour elle, et ce fut ainsi que commença son existence clandestine.

Le jour convenu, elle se rendit au bureau de tabac. Dans le fatras des cartes de visite qui étaient exposées – offres de récompense pour des chiens perdus, ventes de voitures ou d'appareils-photos d'occasion, sans parler des prostituées qui proposaient leurs services sous le couvert de séances de massage ou de cours de français –, elle découvrit enfin le message qui lui était destiné : « Chérie, retrouve-moi au même endroit mardi matin. Je t'aime. Albert. »

Le lieu du rendez-vous avait été fixé à l'avance : il s'agissait de la volière du zoo de Regent's Park. Pour être sûre de ne pas commettre d'erreur, elle s'y rendit très en avance et fut parmi les premières personnes à entrer lorsque le zoo ouvrit ses portes. Elle alla directement à la volière. Deux heures plus tard, comme personne ne s'était présenté, elle dut s'absenter quelques minutes pour aller aux toilettes, et revint aussi vite que possible reprendre son guet. Mais personne ne l'aborda. Ses craintes redoublèrent : elle était convaincue d'avoir fait une erreur ou d'avoir mal interprété les instructions, échouant ainsi à son premier test. Elle resta dans les parages de la volière jusqu'à l'heure du déjeuner, puis finit par s'en aller. Les visages des gens qu'elle croisait lui semblaient tous chargés de menaces.

Tous les jours de la semaine, elle retourna au bureau de tabac, et ce fut seulement le samedi suivant qu'un nouveau message apparut : « Chérie, désolé pour l'autre jour. Je viendrai à coup sûr lundi. Tu es mon Ève, mais je ne suis pas le serpent. »

Elle passa des heures à se demander ce que pouvait bien signifier la dernière phrase. Elle décida finalement de retourner au zoo, mais d'aller cette fois-ci au pavillon des reptiles. Elle était là dès l'ouverture, essayant de refréner l'aversion que lui avaient toujours inspirée les serpents. Tout en déambulant entre les cages de verre où sommeillaient les sauriens inertes, elle se demanda si elle n'était pas allée trop loin et si elle retrouverait un jour la paix.

« Vous avez laissé tomber ça », dit soudain une voix derrière elle.

Elle se retourna et vit un homme tenant à la main un de ces paquets de cacahuètes qui sont en vente un peu partout à travers le zoo, pour ceux qui veulent donner à manger aux animaux. Pamela prit le paquet. L'homme était de taille moyenne; il devait avoir dans les trente-cinq ans et portait des vêtements ordinaires, mais de bonne coupe. Il serait passé complètement inaperçu dans la foule.

« Merci, lui dit-elle sans trop savoir comment elle devait réagir.

– Les serpents ne sont jamais aussi laids qu'on ne l'imaginait, n'est-ce pas ? »

Après avoir prononcé ces mots, l'homme fit demi-tour et quitta le bâtiment avant qu'elle ait pu lui répondre. Serrant le paquet de cacahuètes dans sa main, elle poursuivit sa visite, ne voulant pas s'en aller avant d'avoir laissé s'écouler un certain temps. Elle ne revit pas l'homme en sortant du zoo et prit un taxi pour rentrer chez elle.

Une fois en sécurité, elle examina le contenu du paquet. Un petit bout de papier plié en quatre était caché au fond. Le message tapé à la machine disait : « Vous recevrez bientôt une invitation pour un week-end à la campagne. Acceptez-la. »

Après l'avoir relu plusieurs fois, elle réalisa qu'il fallait sans doute qu'elle se débarrasse du message. Il lui parut absurde et rocambolesque de faire comme dans ces films d'espionnage où l'héroïne avale le bout de papier qui contient le code secret; elle se contenta de le jeter dans la poubelle de la cuisine avec les restes de son petit déjeuner. Elle aurait aimé que Gunther soit à ses côtés.

Deux semaines s'écoulèrent sans que rien n'advienne. Pamela était de plus en plus inquiète. Ne sachant trop que faire, elle se rendait régulièrement au bureau de tabac, mais aucun nouveau message ne fit son apparition. Puis, un jour, elle reçut une enveloppe qui contenait un billet de première classe pour une ville du centre de l'Angleterre. Sa place était retenue pour le vendredi suivant; une note tapée à la machine l'accompagnait : « Quelqu'un vous attendra pour vous conduire à Brampton Abbots. Amusez-vous bien. » Le nom ne lui disait rien.

La seule chose dont elle était sûre, c'était le genre de vêtements qu'elle devait emmener; pour une fois, l'éducation qu'elle avait reçue lui fut de quelque utilité. Lorsque le jour arriva, elle prit le train convenu. Le wagon de première classe n'était pas plein; elle s'aperçut très vite qu'un jeune homme qui avait à peu près son âge et qui brassait des listes de cotations boursières n'arrêtait pas de la dévisager. Le train avait à peine quitté les faubourgs de Londres qu'il avait déjà engagé la conversation. Après avoir échangé quelques remarques anodines avec lui, elle s'apprêtait à le remettre à sa place lorsqu'il s'exclama soudain :

« Au fait, j'y pense! Excusez-moi de vous poser cette question, mais n'iriez-vous pas à Brampton Abbots, par hasard ?

– Eh bien si, justement.

– Formidable! J'y vais moi aussi. Je m'appelle Jeremy Ross.

– Pamela, répondit-elle.

– Êtes-vous déjà allée là-bas?

– Non, c'est la première fois.

– Je vous assure que vous n'allez pas vous ennuyer! Le vieux Marty ne fait pas les choses à moitié. Il possède une propriété incroyable; il y a des courts de squash, une piscine, un solarium, sans parler du château lui-même. On rencontre toujours chez lui les gens les plus extraordinaires. Le vieux Marty ne lésine pas sur les moyens. Je crois d'ailleurs que ça ne sort pas de sa poche; il doit s'arranger pour faire passer ça dans les frais généraux de son horrible magazine. Mais je ferais mieux de ne pas crier ça sur les toits. Vous avez déjà mis votre nez dans sa revue?

– Une ou deux fois, mentit-elle.

– Méfiez-vous! Il va vouloir vous recruter : il est toujours à la recherche de nouveaux modèles et ce ne sont pas spécialement les visages qui l'intéressent... »

De fil en aiguille, elle finit par deviner l'identité de l'hôte mystérieux chez qui elle se rendait. Ce furent les remarques polissonnes de Jeremy à propos de ce magazine qui la mirent sur la piste. Un certain Martin Gattey publiait justement une revue à gros tirage, plus ou moins copiée sur *Playboy*; ce n'était qu'une pâle imitation, mais Gattey payait très bien ses collaborateurs et les photos qu'il publiait étaient aussi suggestives que le permettait la loi. Le nom de Gattey figurait très souvent dans les rubriques mondaines des journaux; lors des week-ends champêtres qu'il organisait régulièrement à grands renforts de publicité, il réunissait toujours un étrange cocktail de personnalités du show-business, de vedettes sportives et de ténors de la politique. L'origine de son immense fortune était quelque peu obscure : on prétendait généralement qu'il avait débarqué en Angleterre juste après la guerre en tant que réfugié, et qu'il avait d'abord réussi dans l'immobilier avant de s'intéresser à la presse. Après avoir vainement tenté d'acquérir l'un des grands quotidiens nationaux, il avait lancé *Bachelor,* qui, à la surprise de tous ses concurrents, avait obtenu un succès foudroyant.

« Savez-vous qui doit venir ce week-end? demanda Jeremy.

– Non.

– Moi non plus. D'ailleurs, quelle importance? Nous serons là-bas l'un et l'autre, et l'imprévu est le piment de l'existence, comme je le dis souvent. Que faites-vous dans la vie? Je parie que vous êtes mannequin.

– Eh bien, vous vous trompez.

– Je l'aurais pourtant juré. Vous avez tout ce qu'il faut pour ça. (Il s'y prenait avec tant de maladresse que Pamela eut envie de rire.) Laissez-moi deviner... Vous ne travaillez quand même pas pour l'Armée du Salut?

– Je suis secrétaire, tout bêtement.

– Eh bien, si vous avez un jour envie de changer de décor, n'hésitez pas à me faire signe. Il y aurait sûrement une place pour vous au bureau. A votre tour, maintenant : qu'est-ce que je fais, à votre avis?

(A part emmerder les gens, pensa-t-elle intérieurement...)

– Oh, ce n'est pas très difficile à deviner. Vous êtes sûrement comptable dans la banque de votre père, à moins que vous ne soyez agent de change. »

Le visage du type vira au gris.

« Ça se voit tant que ça? » demanda-t-il.

Elle n'écouta pas la moitié de ce qu'il lui débita durant le reste du voyage. Lorsqu'ils arrivèrent à destination, ils furent accueillis au sortir de la gare par un chauffeur en uniforme qui les attendait à côté d'une Bentley.

« Qu'est-ce que je vous disais! s'exclama Jeremy après avoir salué le chauffeur comme s'il le connaissait depuis sa plus tendre enfance. Il faut bien reconnaître que Marty sait comment s'y prendre. »

Le chauffeur conduisait à toute allure et ils arrivèrent à la propriété au bout d'une vingtaine de minutes. Malgré le mauvais goût qui s'étalait à longueur de pages dans son magazine, Gattey avait de toute évidence une conception un peu plus raffinée de la vie. Le château du XVIe siècle vers lequel ils se dirigeaient, sur l'allée bordée d'une triple rangée d'arbres, avait été restauré avec art et apparemment sans que l'on ait regardé à la dépense. Gattey avait fait construire une aile supplémentaire dans le même style que le reste des bâtiments, pour abriter la piscine et le complexe sportif. Lorsqu'on lui eut fait faire l'inévitable tour du propriétaire, Pamela se rendit compte que Jeremy n'avait pas exagéré : il y en avait vraiment pour tous les goûts.

Quant à Gattey lui-même, il se montra d'une ironie et d'une politesse désarmantes. Elle s'était attendue à rencontrer un vulgaire parvenu, mais elle fut agréablement surprise et très vite conquise par le charme indéniable de son hôte. Des domestiques s'affairaient dans tous les coins et, lorsqu'on l'eut conduite à sa chambre, elle découvrit une pièce meublée et arrangée avec un goût exquis. Après l'avoir accueillie, Gattey avait tenu à lui faire sa déclaration d'usage : « Il n'y a que deux règles dans cette maison, Pamela : ne pas toucher aux paons, ne pas jouer d'argent. A part ça, vous pouvez faire tout ce qu'il vous plaira. Vous êtes ici pour vous amuser : habillez-vous comme vous l'entendrez, profitez de la piscine ou du sauna, des courts de tennis ou de squash, allez faire le lézard au solarium – ou envoyez tout ça au diable et restez dans votre coin sans rien faire, si vous le préférez. L'essentiel, c'est que vous vous sentiez à l'aise. Je suis très heureux que vous soyez des nôtres aujourd'hui. » Tout cela semblait bien loin des scénarios imaginés par Gunther ou par le Jeune Homme Trop Gros, et elle se demandait quand lui serait révélée la véritable raison de sa présence ici.

Elle n'eut pas longtemps à attendre. Tandis qu'elle redescendait à l'heure du déjeuner pour se joindre à la trentaine d'invités, la première personne qu'elle aperçut fut l'individu qu'elle avait déjà rencontré au zoo. Elle eut l'intuition qu'il valait mieux faire comme si elle ne le connaissait pas. Gattey le lui présenta sous le nom d'Andrei Shmarinov, directeur d'une agence de presse polonaise avec qui il était en relations d'affaires. L'homme qu'elle connaissait sous le nom d'Albert lui baisa la main avec une politesse exagérée, mais ne parut pas se soucier autrement d'elle, et ce fut Jeremy qui l'accompagna à table.

Dès qu'elle pénétra dans la salle à manger, elle comprit qu'une chose était sûre : en dehors de ce que lui réservait le week-end, elle ne risquait en tout cas pas de mourir de faim. La nourriture était servie avec cette insouciante prodigalité que seuls les gens les plus riches peuvent se permettre; cela contrastait singulièrement avec les réceptions ennuyeuses auxquelles elle avait dû assister dans son adolescence. La seule fausse note venait du fait que les hommes étaient deux fois moins nombreux que les femmes : Gattey avait réuni tout un escadron de filles, toutes plus belles les unes que les autres, et dont la plupart semblaient d'ailleurs bien connaître les lieux. Parmi les hommes, elle reconnut plusieurs célébrités : un champion de tennis, deux journalistes très connus de la télévision et un jeune poulain du Parti travailliste qui flétrissait peut-être les riches dans ses discours, mais qui n'avait pas l'air de se sentir mal à l'aise en leur compagnie.

Le soleil fit son apparition au cours du repas et leur hôte demanda que le café soit servi sur la terrasse. Au bout d'un moment, des groupes se formèrent pour le tennis et Pamela remonta se changer. Lorsqu'elle rejoignit les autres, elle remarqua qu' « Albert » prenait des photos de certaines des filles. Elle joua deux sets en double, puis partit explorer seule le reste de la propriété. Elle ne se faisait aucune illusion quant au but plus ou moins avoué de ce genre de rassemblements mais, à part Jeremy, la plupart des hommes lui semblèrent dignes d'intérêt. Cela faisait déjà longtemps qu'elle n'avait pas revu Gunther.

Elle ne fut pas surprise de voir « Albert » surgir au détour d'une allée, dans un coin retiré de la propriété, hors de vue du château. Il lui expliqua rapidement ce qu'on attendait d'elle.

« Nous souhaitons prendre quelques assurances pour l'avenir, lui dit-il. J'imagine que vous n'élèverez aucune objection si je vous demande de séduire l'un des invités ici réunis ?

– Non, pourvu qu'il s'agisse d'un homme. Sinon, je ne marche pas.

– C'est un homme.

– Qui ? »

Il lui dit le nom de l'individu en question.

« Très bien, répondit Pamela. Ce ne sera pas très difficile. S'attend-il à ce que je fasse le premier pas ?

– Il s'attend à ce que ça marche pour lui – avec n'importe qui. C'est la seule raison de sa présence ici. C'est à vous de voir comment vous y prendre. L'essentiel est que vous parveniez à vos fins. Je veux que vous vous serviez de ça. »

Il lui tendit un petit magnétophone à cassettes, de la taille d'un paquet de cigarettes.

« Avez-vous l'habitude de ce genre d'engin ?

– Pas vraiment.

– Il est entièrement automatique. Vous n'avez qu'à appuyer sur ce bouton. La bande dure trois heures. Il est essentiel que vous prononciez de temps en temps son nom, nous en aurons besoin pour prouver l'authenticité de l'enregistrement. Demain, je vous photographierai ensemble.

– Vous voulez dire : en pleine action ?

– Non. Mais ça sera peut-être nécessaire par la suite, lors d'une autre occasion. Est-ce que tout est bien clair ? »

Pamela acquiesça.

« Qu'est-ce que je dois faire de la cassette ?

– Je la récupérerai avant votre départ. Ne me suivez pas et tâchez de m'éviter le plus possible. »

Il la planta là sans un mot de plus.

Elle erra encore un moment dans le parc, en réfléchissant au meilleur moyen d'approcher l'homme. Elle regagna le château et monta dans sa chambre pour y cacher le magnétophone ; puis elle alla rejoindre les invités, qui s'étaient rassemblés autour de la piscine.

Ce fut une des filles qui lui donna l'occasion de tenter sa chance, en proposant que tout le monde se retrouve au sauna – une suggestion que tous les hommes s'empressèrent d'accepter. Pamela fut la première à se déshabiller. Une fois dans le bassin, elle se rapprocha mine de rien de l'homme qu' « Albert » lui avait désigné et leurs corps nus se frôlèrent dans l'eau bouillonnante. Le message fut reçu cinq sur cinq.

Le soir, le dîner fut encore plus somptueux que le repas de midi. Pamela s'assit en face de sa proie et ne manqua pas une occasion d'échanger avec lui des regards appuyés. Elle était sûre à présent qu'il avait mordu à l'hameçon. Après le repas, la plupart des invités se rendirent dans la salle de projection privée pour voir un film tout récent, qui n'était pas encore sorti sur les écrans. Elle s'assit à côté de l'homme. Dans l'obscurité, elle retrouva le trouble de ses jeunes années; cela faisait bien longtemps qu'elle n'avait pas vécu ce genre de prélude érotique ni éprouvé une telle excitation. Ils n'échangèrent aucun mot : le courant passait entre eux sans qu'il soit nécessaire de prononcer une parole.

Lorsqu'il la rejoignit finalement dans sa chambre, il se révéla plutôt maladroit par rapport à Gunther; Pamela l'initia pourtant à certaines postures qu'il lui avoua n'avoir jamais pratiquées jusque-là, et il ne tarda pas à se laisser aller entre ses mains expertes. Le fait que le magnétophone invisible enregistre leurs ébats ne faisait qu'augmenter son excitation et ce fut pour elle un jeu d'enfant que d'obtenir de l'homme les deux ou trois renseignements demandés. Elle était convaincue qu'Albert serait plus que satisfait de la manière dont elle avait rempli cette première mission.

Tout cela avait eu lieu au début de sa nouvelle vie. Elle ne fut jamais réinvitée à Brampton Abbots et on l'informa qu'elle n'aurait plus d'autre contact avec l'homme qu'elle avait séduit. Au lieu de ça, on lui ordonna d'aller s'installer à Bruxelles; on lui avait trouvé un poste d'interprète, d'ailleurs fort bien rémunéré, auprès d'un organisme qui dépendait de la CEE. Elle retrouva Gunther là-bas, mais aucun de ses collègues n'était au courant de leur liaison; on la tenait généralement pour une célibataire endurcie, soucieuse de garder sa liberté. Gunther avait sa propre vie de son côté; il lui arrivait assez souvent de s'absenter, et elle se rendait compte qu'il était beaucoup plus impliqué qu'elle – et de manière bien plus dangereuse – dans ce qui était en train de se tramer. De temps en temps, elle avait par la presse des nouvelles du Jeune Homme Trop Gros (elle ne pouvait s'empêcher de le nommer ainsi dans son for intérieur) : sa présence avait été signalée au Caire et on estimait qu'il était responsable de certains attentats récemment commis en France.

Pamela était plutôt satisfaite de son nouveau travail. Elle recueillit plusieurs fois des renseignements intéressants, qu'elle transmit bien sûr à Gunther. Sa vie sociale n'avait rien de monotone. L'organisme où elle travaillait était composé de jeunes politiciens aussi fringants qu'ambitieux, qui vivaient loin de chez eux et ne regardaient pas à la dépense. Elle avait pris goût au double jeu qu'elle menait, et n'éprouvait généralement pas beaucoup de difficultés à leur extorquer des informations confidentielles; mais Gunther lui avait bien recommandé de rester constamment sur ses gardes : étant donné le milieu cosmopolite dans lequel elle évoluait, il était toujours possible qu'elle tombe sur quelqu'un travaillant pour l'autre bord.

Lorsqu'elle interrogeait Gunther sur l'avenir, ce dernier restait toujours délibérément évasif. « Rien ne presse, lui disait-il. J'ai appris qu'on était très content de tes services jusqu'ici. Ton heure ne tardera donc pas à arriver. Reste tranquille en attendant qu'on te désigne une nouvelle cible. On estime en haut lieu que tes qualités méritent d'être employées à bon escient. »

La cible se présenta finalement. Il s'agissait de sir Charles Belfrage. Elle fit sa connaissance lors d'une réception de l'OPEP; la rencontre avait évidemment été soigneusement agencée par Gunther. Elle s'était rendue à cette soirée en compagnie d'un ami arabe : il ne s'agissait que d'une prise de contact et on lui avait recommandé de ne pas brusquer les choses.

Elle ne trouva pas Belfrage très différent du diplomate de carrière ordinaire. Il avait peut-être une stature plus massive et un peu plus de malice dans le regard que la plupart de ses collègues. Il y avait aussi quelque chose dans ses manières suggérant qu'il n'avait pas toujours fréquenté ce genre de milieu; en effet, elle devait découvrir par la suite qu'il venait d'une famille de la classe moyenne, un peu semblable à la sienne. Lors de leur première rencontre, il ne se départit pas d'une réserve polie : on sentait l'homme habitué à écouter les autres et à garder ses pensées pour lui. Néanmoins, elle le quitta en jugeant qu'elle ne l'avait pas laissé indifférent.

Grâce aux manigances de Gunther, elle revit Belfrage lors d'une représentation de *La Flûte enchantée,* au cours d'un gala organisé au profit de la lutte contre la famine en Afrique. Elle avait pris soin cette fois d'y aller seule et ils se croisèrent au bar durant le premier entracte. Belfrage lui offrit une coupe de champagne et ils discutèrent un moment avant la reprise du spectacle, puis durant le second entracte. Comme ils parlaient de leur mutuel amour de l'opéra, Belfrage lui proposa de lui céder ses places réservées, qu'il ne pouvait pas utiliser puisqu'il devait retourner à Londres. « Vous n'avez qu'à me dire où je dois les envoyer », lui dit-il négligemment.

Non sans admirer son habileté, elle lui donna son adresse et son numéro de téléphone. Elle était sûre à présent que ce serait lui qui ferait le premier pas. Effectivement, lorsqu'il revint à Bruxelles le mois suivant pour un déplacement officiel, il ne manqua pas de l'appeler. Gunther lui avait dit de prétendre qu'elle n'était pas libre le soir même, mais elle remercia gentiment Belfrage pour l'envoi des billets.

« Si j'avais su que vous deviez venir, j'aurais gardé ma soirée libre, lui dit-elle. Il m'est hélas impossible d'annuler au dernier moment un engagement pris de longue date.

– Je comprends parfaitement, et je n'aurais d'ailleurs jamais songé à vous le demander. Nous aurons peut-être l'occasion de nous voir une autre fois ?

– J'en serais ravie. C'est un tel plaisir de discuter avec quelqu'un qui connaisse autre chose que la politique.

– Je suis charmé que vous ne m'ayez pas oublié, dit-il. Il n'est pas impossible que je sois obligé de rester à Bruxelles un peu plus longtemps que prévu. Les Français ne ratent jamais une occasion de faire traîner les choses en longueur.

– Dans ce cas, n'hésitez pas à m'appeler. Je suis libre tout le reste de la semaine. »

Belfrage avait mordu à l'hameçon et il s'arrangea pour prolonger son séjour. Ils dînèrent ensemble dans un restaurant choisi par Belfrage pour son atmosphère feutrée ainsi que pour sa remarquable carte de vins. Aux yeux de n'importe qui, il devait sûrement passer pour un père sortant sa fille à l'occasion de son anniversaire. Leur conversation resta dans les limites de la courtoisie; ils parlèrent essentiellement d'art et Belfrage ne se livra à aucune insinuation déplacée. Toutefois, Pamela se rendit compte qu'à plusieurs reprises il essaya de se renseigner sur son passé. Il la raccompagna en taxi jusque chez elle, mais ne proposa pas de prolonger la soirée. En la quittant, il l'embrassa sur la joue.

Le lendemain, elle reçut une corbeille de fleurs, accompagnée d'une carte qui disait : « La prochaine fois, nous devrions essayer *La Bohème.* » Il n'y avait pas de signature. Pamela ne manqua pas de le remercier.

Après cela, ce ne fut plus qu'une question de temps. La fois suivante, sans que rien n'ait été ouvertement dit, elle l'invita chez elle et ils passèrent la nuit ensemble. L'affaire était dans le sac.

« Il me sera impossible de venir aussi souvent par la suite, ma chérie, lui dit-il. Non seulement ce serait trop risqué, mais il se passe trop de choses en Angleterre en ce moment.

– Je comprends.

– D'un autre côté, je tiens beaucoup à te revoir. Je dois t'avouer que tu es loin de me laisser indifférent. Mais je ne peux pas te cacher la vérité en ce qui concerne ma situation personnelle. Il est hors de question que je modifie quoi que ce soit à l'organisation de ma vie. Si tu n'acceptes pas cet état de fait – ce que je comprendrais parfaitement –, je n'aurai plus qu'à me faire une raison et à tâcher d'oublier ce qui s'est passé entre nous. Je ne te dis pas que ça sera de gaieté de cœur, mais ça, c'est mon problème.

– Moi aussi je veux te revoir. Tu comptes pour moi. Tu es si différent des gens que je connais. Les hommes de mon âge sont tellement ennuyeux. Ils n'ont jamais rien à dire, si ce n'est des banalités.

– Dans ce cas, il faut que nous trouvions une solution. Il y a bien une possiblité... Mais je n'ose pas t'en parler, c'est un peu égoïste de ma part...

– A quoi penses-tu ?

– Avec ta qualification, je crois que tu n'aurais aucun mal à trouver une situation équivalente à Londres. Je pourrais d'ailleurs t'aider : quand on fait un métier comme le mien, on finit toujours par entendre parler de ce genre de choses. »

Elle eut soin de ne pas accepter immédiatement cette proposition.

« Je dois subvenir à mes besoins. Je crois que j'ai pris de mauvaises habitudes, ici. Et puis, il faudrait que je trouve de quoi me loger...

– Bien sûr. Je t'aiderai. Je peux même te louer un petit appartement.

– Je ne suis pas du genre à me laisser entretenir. Et d'ailleurs, ça ne serait pas une bonne chose pour toi non plus. »

Elle savait qu'il serait ravi de l'entendre dire ça.

« Tu es trop bonne avec moi. Mais je te comprends. Verrais-tu alors une objection à ce que je loue un petit pied-à-terre où nous pourrions nous retrouver ? Sans que cela te lie, évidemment. »

Elle protesta une fois de plus, en employant des arguments qui ne pouvaient que charmer Belfrage. Elle lui expliqua que, quels que soient le bonheur qu'elle avait à le voir et le plaisir qu'ils prenaient ensemble, elle ne voulait pas risquer de compromettre son mariage et encore moins sa carrière.

« Je comprends très bien dans quelle position tu te trouves, lui dit-elle. Je sais qu'il est hors de question pour toi d'envisager le divorce. Ce n'est pas le problème. Je ne veux pas te perdre, mais je préfère que nous en restions là plutôt que de t'attirer des ennuis. »

Il lui répondit qu'il était fou d'elle, qu'elle représentait la plus belle chose qui lui soit jamais arrivée, qu'en aucun cas il n'accepterait de l'abandonner. Ils refirent l'amour et elle lui promit de penser à tout ça.

« Tu as parfaitement manœuvré, lui dit Gunther lorsqu'elle lui fit son rapport. Tiens-le encore un peu en haleine, puis accepte sa proposition. Retourne à Londres et laisse-le nouer lui-même la corde qui le pendra. Je m'occuperai des détails. Nous pouvons disposer d'une maison sûre et je te rejoindrai là-bas un peu plus tard. Ce ne serait d'ailleurs pas une mauvaise chose si tu le prévenais que tu as un petit ami. Ça l'obligera à garder ses distances. Mais n'hésite surtout pas : vas-y à fond, et suce-le jusqu'à la moelle. »

C'est ainsi que tout commença. Belfrage n'arrivait pas à croire à son bonheur. A la fierté qu'il éprouvait en croyant avoir séduit une femme assez jeune pour être sa fille, s'ajoutait le fait qu'elle venait de la même classe sociale que lui et qu'elle n'avait donc pas de motifs intéressés. Tout cela l'amena à prendre des risques qu'il aurait autrefois jugés insensés. Il connut grâce à Pamela une sorte de renaissance; il avait l'impression d'être retombé en adolescence. Elle l'initia au cannabis, dont les effets enthousiasmèrent Belfrage. (« N'emploie pas de drogues dures, lui avait dit Gunther : nous en aurons peut-être besoin plus tard. ») Pour la première fois depuis plus de dix ans, il se remit à faire de l'exercice, s'étant rendu compte du contraste qu'il y avait entre le corps de Pamela et le sien. Son comportement devint presque insouciant et ses collègues ne le reconnaissaient plus; même ses remarques sarcastiques, devenues pourtant proverbiales, se faisaient de plus en plus rares.

Il avait mis au point avec Pamela un certain nombre de mots clefs, qu'il utilisait pour la prévenir lorsqu'il l'appelait depuis son travail. Lorsqu'ils étaient seuls, il la surnommait « mon écureuil » ou « ma petite noisette », comme s'il avait été chercher son vocabulaire galant dans une version pour adultes d'un conte de Beatrix Potter. Pamela s'était faite à ses manifestations de passion infantiles. Au lit, il lui avoua qu'il avait longtemps rêvé de certaines fantaisies sexuelles, sans jamais oser les mettre en pratique; elle ne manqua pas de le combler sur ce plan, l'enchaînant un peu plus à elle. (Il apparaissait que les connaissances de Mme Belfrage se limitaient à la position du missionnaire.) Sous les caresses expertes de Pamela, des choses profondément enfouies en lui refirent surface; dès qu'elle pénétrait dans sa chambre, il abandonnait le masque grave du serviteur de l'État qu'il avait mis une vie entière à se forger. Et au fur et à mesure que leurs relations se développaient, elle gagnait peu à peu son entière confiance; tout en se comportant avec une feinte innocence, qu'il trouvait charmante, elle tissait lentement sa toile et se rapprochait de son but.

Elle commença à tâter le terrain un jour où il avait laissé échapper que Mme Belfrage ne s'était jamais souciée de sa carrière.

« Pénélope ne voit que le résultat; elle refuse de se préoccuper des moyens. Je ne veux pas avoir l'air de l'accabler, mais elle n'a jamais voulu jouer le rôle qui aurait dû être le sien. Elle est incapable d'organiser une soirée, par exemple – sans cela je serais peut-être monté plus rapidement en grade, et j'aurais aujourd'hui une meilleure situation. Oh, ce n'est pas que je me plaigne : les choses auraient pu être pires. Du moment qu'aujourd'hui j'ai mon petit écureuil à mes côtés, je me sens parfaitement comblé. Je vais d'ailleurs immédiatement embrasser cette ravissante petite forêt noire... J'espère que je suis bien le seul à en profiter ?

– Bien sûr, répondit-elle en dissimulant son ennui. Mais raconte-moi un peu comment se déroule la vie extraordinaire que tu mènes. J'aime tant que tu m'en parles : cela me semble si romantique, si excitant... »

Belfrage savourait ce genre de compliment avec la même gourmandise qu'un chat devant un pot de crème.

« Oh, tout cela n'a rien de très romantique, ma petite noisette. La plupart du temps, il ne s'agit que d'une pure routine. Tout ce qu'on raconte sur les coulisses du pouvoir a l'air merveilleux vu de l'extérieur, mais quand on est soi-même sur scène, les choses perdent beaucoup de leur charme. Il y a quelques avantages, bien sûr, et ça vous ouvre certaines portes. Pour le reste, ce sont des inventions de journalistes en mal de copie. Tu sais comment nous sommes, en Angleterre : nous aimons cultiver le mystère. »

Au début, ce qu'elle put tirer de lui fut relativement insignifiant; il s'agissait surtout de rumeurs et de ragots. « Ne néglige rien, lui disait Gunther lorsqu'elle lui faisait son rapport. Nous déciderons nous-mêmes ce qui est important ou non. » C'était lui à présent qui était en contact avec « Albert ». On avait estimé qu'il valait mieux ne pas risquer de compromettre Pamela.

De temps à autre, les vieilles angoisses de Belfrage refaisaient surface; il prétendait alors qu'il était préférable de mettre un terme à leur liaison. En de telles occasions, Pamela devait faire appel à toute sa science. Elle s'était aperçue qu'il était incapable de lui résister dès qu'elle se mettait à pleurer. Elle l'assurait qu'il était le seul homme qui ait jamais compté dans sa vie, qu'il était le seul à l'avoir satisfaite, et d'autres mensonges du même ordre qui ne manquaient pas de réveiller son orgueil d'amant. La volte-face qui s'ensuivait immanquablement le rendait encore plus dépendant d'elle.

A mesure que leurs liens se resserraient, elle essaya d'en apprendre un peu plus, d'abord sur son passé, puis sur les événements présents. Mais Belfrage restait généralement assez circonspect à ce sujet.

« Parle-moi un peu de cette affaire Cliveden, lui demanda-t-elle un jour. Est-ce que ce qu'on a raconté à son sujet était vrai – qu'il avait commencé par être domestique avant de finir ministre?

– Il me semble bien avoir entendu quelque chose de ce genre, il y a des années. De nombreux ragots circulaient sur son compte à une époque. Le problème, avec les hommes politiques, c'est qu'ils ne sont jamais contents. Il n'est pas très original de dire que le pouvoir corrompt, mais c'est la vérité. Certains de ces types ont accompli un tel chemin par rapport au milieu dont ils sortent... Ils finissent par être persuadés qu'ils forment une classe à part et qu'ils n'ont de comptes à rendre à personne – surtout en ce qui concerne leurs origines. »

Elle tentait par tous les moyens de l'amener à parler des questions de sécurité. Un soir, ils venaient de regarder un reportage à la télévision, au cours duquel un membre de l'opposition avait une fois de plus évoqué la question de l'incompétence du MI 6. Le nom de Dinnsbury était revenu plusieurs fois au cours de l'interview.

« Est-ce que tu as déjà travaillé avec des gens comme ça? lui demanda-t-elle.

– Comme qui, ma petite noisette?

– Des espions, des types dans ce genre...

– Non, mon amour. Dieu merci, je n'ai jamais eu à ferrailler avec ces mousquetaires. Nous ne dépendons pas du même ministère. Je reconnais toutefois qu'il m'est arrivé de croiser deux ou trois fois cet enfoiré de Maclean.

– C'est vrai?

– Mais oui. Je me souviens l'avoir rencontré à Washington. Il n'avait déjà pas très bonne réputation à l'époque. Je me suis toujours demandé comment il avait pu rester aussi longtemps à son poste. Si ç'avait été de mon ressort, je l'aurais éjecté depuis belle lurette, lui et toute sa clique. Je n'ai jamais pu sentir les lopettes.

– Les quoi ?
– L'expression est passée de mode. Comment les appelle-t-on de nos jours ? Les " gays ", c'est bien ça ? Je n'ai jamais pu me faire à ce terme. Question de génération, je suppose, comme pour tant d'autres choses. Heureusement, nous ignorons ce genre de problème tous les deux, pas vrai ? ajouta-t-il en l'embrassant.
– Je suis sûre que tu aurais été très compétent, roucoula-t-elle lorsqu'il eut terminé. Tu crois qu'il y a toujours des gens comme lui ?
– Comme qui ?
– Maclean.
– Pourquoi t'intéresses-tu autant à lui ?
– Je ne sais pas... Jusqu'ici, je n'ai jamais rencontré de gens comme toi, qui connaissent les dessous de tout ce qui se passe.
– Tu es un adorable petit écureuil, tu sais. Mon rôle est loin d'être aussi important que tu sembles l'imaginer. Non, il y a moins de laisser-aller de nos jours. On a serré la vis; enfin... peut-être pas à fond, mais suffisamment pour faire croire qu'il y a quelqu'un aux commandes. Nous sommes tous régulièrement contrôlés.
– Il n'y a pas moyen d'échapper à ces contrôles ?
– Non, mon amour. C'est comme une visite médicale, sauf qu'on vous triture la cervelle au lieu de vous examiner la prostate, dit-il en riant de sa propre plaisanterie.
– Tu as déjà dû en subir ?
– Oh, oui ! Ils ont fouillé dans tous mes placards pour voir s'il n'y avait pas un vieux cadavre qui traînait, mais ils en ont été pour leurs frais. Je n'avais pas grand-chose à cacher.
– Qu'est-ce qui se passerait s'ils étaient au courant, à propos de nous ?
– Bon sang, ne parle pas de malheur ! Vite, touchons du bois ! (Il se pencha pour atteindre la table de nuit.)
– Alors, dis-moi : quel genre de cadavres ont-ils découvert ? Tu as souvent trompé ta femme ?
– Ma foi, honnêtement, je ne prétendrais pas le contraire. L'occasion s'est parfois présentée, comme pour tout le monde. Mais il n'y a jamais rien eu de sérieux, avant que je te rencontre. Cela dit, ils se souciaient surtout de savoir quel genre de rapports j'avais bien pu avoir avec les Rouges. Comme pas mal de gens de ma génération, j'ai eu dans ma jeunesse – je parle des années 30, ne l'oublie pas – des contacts avec divers mouvements de gauche; j'avais même adhéré au Club du livre socialiste, et des peccadilles de ce genre. Toujours est-il que, aujourd'hui, mon seul secret, c'est toi – et je t'assure que tu n'as

rien d'un cadavre! Regarde-moi ces petits tétons, et ce ravissant petit derrière, et cette charmante forêt que je vais d'ailleurs embrasser sur-le-champ... »

Tandis qu'il se lançait dans des caresses et une étreinte qu'il croyait parfaites, Pamela fixa son crâne dégarni tout en faisant semblant de réagir à ses attouchements. Elle savait qu'il était essentiel de le laisser croire en sa virilité. Après tout, c'était en de tels instants, quand il était le plus vulnérable, qu'elle parvenait à tirer de lui le maximum d'informations.

Un autre jour, alors qu'ils étaient en train de prendre un bain ensemble après avoir fait l'amour, il laissa échapper une remarque à propos de la mort du chauffeur de Bayldon. Elle ne laissa pas passer l'occasion.

« Chéri! Mais tu aurais pu te trouver dans cette voiture!

– Eh oui... Cela fait partie des risques du métier. De nos jours, n'importe qui peut être visé.

– Est-ce que tu as eu peur?

– Je n'étais pas à côté de la voiture lorsqu'elle a explosé, ma petite noisette. J'étais surtout bouleversé par ce qui était arrivé à ce pauvre homme.

– Tu devrais exiger une protection.

– Il n'y a qu'auprès de toi que je me sens en sécurité... dit-il en lui savonnant le dos et les seins.

– Tu ne prends pas cette affaire au sérieux! Je me fais du souci pour toi!

– Chérie... Je ne suis même pas armé. Ce n'est pas après des gens comme moi qu'ils en ont. Ces salauds préfèrent s'en prendre aux femmes et aux enfants. Ce serait plutôt à toi de faire attention. Si jamais il y avait une alerte à la bombe un jour où tu fais tes courses, ne prends surtout pas le moindre risque. Tu ne sais pas de quoi ils sont capables.

– Qu'est-ce qui va se passer, selon toi, si cette vague d'attentats ne s'arrête pas?

– Frotte-moi un peu le dos, s'il te plaît, ma chérie. C'est une bonne question. Nous vivons une époque troublée; des forces terrifiantes sont à l'œuvre. Ajoute à cela qu'il risque d'y avoir sous peu un profond remaniement au plus haut niveau. Ne me demande pas de te donner des détails, je n'en ai pas le droit. Je pourrais d'ailleurs y être impliqué.

– Tu as des ennuis?

– Non, Dieu merci! Mais il se trouve que j'ai eu certains contacts avec celui que l'on tient pour responsable. Tout dépendra de l'étendue de la fuite. »

Pamela rapporta scrupuleusement cette conversation à Gunther.

« Il faut absolument que tu en apprennes davantage, lui dit ce dernier.

– Ça ne va pas être facile. Il n'est quand même pas idiot.

– Dans ce cas, débrouille-toi pour inventer de nouvelles postures qui lui ramollissent le cerveau.

– Tu te moques bien de ce que je dois subir, hein?

– C'est effectivement le cadet de mes soucis. Ça t'emmerde tant que ça que je ne sois pas jaloux?

– Je me fous de savoir si tu es jaloux ou non! répondit-elle (mais sa voix manquait de conviction et le sourire narquois de Gunther ne fit qu'attiser sa colère). Je te déteste! lança-t-elle.

– Parfait! J'aime que tu me détestes. Ça veut dire que tu me désires encore. »

Contrairement à Belfrage, ses mains avaient toujours le pouvoir de l'exciter. Quand il l'empoignait pour la caresser, son corps ne pouvait s'empêcher de réagir, comme s'il avait été programmé pour ça, en dépit de tous les sentiments qu'elle pouvait éprouver intérieurement.

« Pas maintenant, dit-elle. Tu ne réalises donc pas que je sors à peine de son lit?

– Et alors? En quoi cela me concerne-t-il?

– Il y a vraiment des moments où tu me dégoûtes.

– A moins que ça ne t'excite encore plus... N'oublie pas que tu ne peux rien me cacher. »

Tel était le chaos de sa vie : prisonnière de son passé, elle ignorait ce que lui réservait l'avenir. Lorsqu'il lui arrivait, par devoir, d'aller rendre visite à ses parents, elle avait l'impression de débarquer dans un pays étranger. Elle portait le fardeau de sa vie secrète comme un enfant non désiré. Assez curieusement, elle s'était mise à éprouver une certaine affection pour Belfrage; ce n'était sûrement pas un amant idéal, mais il était gentil, plein d'attentions pour elle, presque romantique avec ses manières démodées. Il y avait même des jours où elle se méprisait en le trompant de la sorte.

C'était lorsqu'elle n'essayait pas de lui forcer la main qu'elle obtenait avec lui ses meilleurs résultats – lorsqu'elle laissait au contraire s'installer un peu de compassion dans leur relation. L'intérêt et la pitié qu'elle lui témoignait n'étaient pas toujours feints; elle faisait tout pour le cacher à Gunther, dont les exigences étaient de plus en plus insistantes.

« Tu ne vas pas assez loin, lui reprochait-il. Tu ne comprends donc pas que le temps nous est compté ? Il faut absolument que nous obtenions des résultats. »

De retour dans la petite maison où elle retrouvait Belfrage, mêlant ainsi ses mensonges à ses baisers, il lui arrivait de penser qu'elle allait trop loin, que Belfrage allait finir par se douter de quelque chose. Il était peut-être aveuglé par l'amour, mais il n'était quand même pas né de la dernière pluie.

« J'ai peur que tu sois en danger, lui dit-elle un jour. Je sens que je vais te perdre et que tout cela prendra fin.

– Si notre aventure doit se terminer, ce ne sera pas de mon fait, mon petit écureuil. Ce sera dans la logique des choses; ne crois pas que je l'ignore.

– Ce n'était pas ce que je voulais dire. J'apprends presque tous les jours qu'on vient d'assassiner des gens comme toi. Hier encore, un diplomate a été abattu sous les yeux de sa femme et de ses enfants.

– Je te répète que je ne suis pas en première ligne. Mon poste est à l'arrière. Bien sûr, je peux être renversé par un bus en sortant d'ici, mais ce n'est pas la même chose.

– Tu m'as dit que la plupart de tes activités sont secrètes...

– Bien sûr, jusqu'à un certain point. Mais tous les gens qui travaillent au service de l'État sont dans le même cas que moi, ma chérie. Les gouvernements n'œuvrent pas au grand jour – sinon, d'ailleurs, ce ne serait pas drôle. Où irions-nous si les électeurs étaient au courant de tout ce qui se trame ? »

Son cynisme le fit rire, mais elle refusa de partager sa bonne humeur.

« Tu es une délicieuse petite noisette, ajouta-t-il, et je suis touché que tu te fasses tant de souci pour moi. Je te promets que je ferai attention. »

Comme elle ne parvenait toujours pas à tirer de lui de plus amples informations, les scènes qu'elle avait avec Gunther étaient de plus en plus violentes.

« Écoute, lui disait ce dernier, nous savons qu'il est au courant de certaines affaires. Est-ce que tu peux te fourrer ça dans le crâne ? Il est en liaison avec le MI 5. On m'a dit qu'il avait été consulté quand nos gars ont éliminé cette Caroline Oates, pour les raisons que tu sais.

– Il prétend toujours n'être au courant que des questions qui relèvent de la sécurité civile.

– Bon dieu! Comment peut-on être bouché à ce point! Ils racontent tous la même chose, espèce de stupide petite conne! Tout ça, c'est du vent! Je te dis, moi, que ton vieux débris est trempé jusqu'au cou dans cette histoire : alors ne discute pas!

– Ce n'est pas un vieux débris, lança-t-elle en tentant vainement de lui répondre sur le même ton.

– Je ne suis pas certain de pouvoir encore te faire confiance. Je vais vous mettre sur écoute, comme ça je serai renseigné sur votre compte à tous les deux. N'oublie jamais que personne n'est irremplaçable dans ce genre d'affaire. »

Un jour où la maison était vide, il utilisa la clef de Pamela et installa un micro dans leur chambre.

22.

Les rumeurs les plus bizarres se répandirent dans la firme lorsque Hillsden disparut brusquement de la circulation. Tout le monde s'accordait à penser qu'il s'agissait d'une sale affaire mais, bien que la firme ait déjà su vaillamment faire face aux traîtrises, aux scandales et aux sanctions gouvernementales qui l'avaient secouée dans le passé, personne n'avait souvenir qu'un événement aussi étrange et inattendu que celui-là se soit jamais produit. *Very misterioso,* commenta Fenton avec sa pédanterie habituelle. Mais c'était Waddington qui était le plus perplexe. Les faits qui ne présentaient aucun enchaînement logique le troublaient davantage qu'une véritable catastrophe. Au moins, affirmait-il, on sait à quoi sont dus les tremblements de terre; mais dès qu'une porte claquait sans qu'il en sache la raison, il ne pouvait s'empêcher d'aller voir de quoi il retournait. Dans cette affaire, il avait l'impression d'avoir été personnellement trahi.

Miss Glazer avait émis une théorie selon laquelle Hillsden aurait été atteint d'une maladie incurable. Elle s'appuyait sur le fait qu'il était de plus en plus pâle dans les semaines qui avaient précédé sa disparition.

« Je lis toujours l'imminence de la mort sur le visage des gens, prétendait-elle avec une satisfaction morbide. Mon coiffeur vient de mourir du SIDA. La dernière fois que j'avais été chez lui, je lui avais fait observer qu'il n'avait pas très bonne mine. Et trois semaines plus tard, il nous avait quittés. Il venait d'avoir trente-deux ans. Ça vous fait réfléchir, non?

– Certes, répondit Waddington, mais je ne vois pas le rapport avec Alec. »

Rotherby, qui s'était toujours considéré comme socialement supérieur à Hillsden, affirmait qu'il n'y avait aucun mystère derrière tout ça.

« Si vous voulez mon avis, on lui a tout simplement donné son congé, expliquait-il non sans méchanceté. Il n'était plus dans le coup. Il marchait à côté de ses pompes depuis qu'il était revenu du froid.

– Il ne serait tout de même pas parti sans rien dire, rétorqua Waddington.

– Vous croyez ? Je trouve au contraire que ce serait bien dans son caractère. Ça lui a évité d'avoir à offrir un pot pour fêter son départ.

– Vous ne vous illustrez pas vous-même particulièrement par vos largesses en la matière ! »

Les spéculations allèrent bon train durant tout le mois suivant mais, comme aucune explication n'avait été officiellement fournie, Waddington demanda à être reçu par Control. Il savait pertinemment que la firme avait été créée à travers les anciens réseaux tissés jadis par les vieux pontes de l'espionnage, et que la réticence de ces derniers à partager quelque information que ce soit avec leurs subordonnés était quasiment proverbiale. Avec eux, il était toujours préférable d'être le plus allusif possible et il valait mieux suggérer les choses que les exposer ouvertement. Il décida pour une fois de mettre les pieds dans le plat.

« Je travaillais en étroite collaboration avec Alec, dit-il à Control. S'il lui est arrivé quelque chose de grave, j'estime avoir le droit d'en être informé, et de savoir au moins sur quel pied danser.

– Encore une de ces affreuses expressions familières..., répondit Control en faisant craquer ses jointures. Nous devrions tous manier notre langue maternelle avec plus de respect. Mais puisque vous me posez la question, je puis vous assurer que le départ de Hillsden n'est pas près de faire des vagues dans l'opinion publique.

– Je vous remercie de me le dire. Qu'est-ce que c'est censé signifier ?

– Nous ne sommes pas là pour mettre les points sur les i, Waddington. Notre métier n'a rien d'honorable, ni même d'humanitaire. Nous pratiquons une étrange vertu, qui nous vaut très peu d'estime lorsque nous réussissons, mais une avalanche de blâmes en cas d'échec. Aussi est-il souvent préférable que nous gardions pour nous nos petites histoires.

– Il y a donc quelque chose à cacher ?

– Mon cher Waddington, le jour où nous n'aurons plus rien à cacher, nous pourrons mettre la clef sous la porte.

– Laissez-moi formuler ça autrement : le départ de Hillsden marque-t-il le début d'une purge ? Si oui, je préférerais le savoir : mon contrat d'assurance tire justement à son terme.

– Alec n'était pas spécialement menacé lorsqu'il nous a quittés, et il n'a rien laissé de compromettant derrière lui. Mais ce n'était pas la première fois qu'il marchait sur les plates-bandes de quelqu'un, et nous avons mutuellement estimé qu'il valait mieux qu'il s'en aille.

– En d'autres termes, il a été viré ?

– Je vous laisse la responsabilité de l'expression.

– Et vous étiez d'accord ?

– J'ai pesé le pour et le contre. Êtes-vous marié, Waddington ?

– Vous savez très bien que non.

– Alec l'était, lui, et notre métier s'accommode mal de cette respectable institution qu'est le mariage. Dans son cas, je crois que ça n'a guère arrangé les choses.

– Je ne comprends toujours pas pourquoi il est parti sans rien dire à personne, y compris à moi.

– Il était peut-être embarrassé ? » suggéra Control en mettant fin à l'entrevue.

Waddington passa outre son avertissement implicite et se rendit un jour chez Hillsden, à Wembley. Il ne s'était pas annoncé ; les coups de fil qu'il avait donnés étaient d'ailleurs restés sans réponse. Une pancarte « A vendre » était placée devant la maison. A la mairie, on l'informa que le contrat de vente avait été résilié deux semaines auparavant et que, d'après ce que l'on avait pu comprendre, les Hillsden avaient déménagé sans laisser d'adresse. Il essaya d'en apprendre un peu plus auprès de l'agence qui s'était chargé de vendre la maison, mais on lui déclara que toutes les formalités avaient été faites par l'entremise de l'avocat de Mme Hillsden ; la maison était d'ailleurs au nom de cette dernière.

Avant d'avoir pu pousser plus loin ses investigations, Waddington fut convoqué par Control. Cette fois-ci, le conseil n'eut rien d'équivoque.

« Vous êtes visiblement un peu dur d'oreille, lui dit Control. Il me faut donc mettre les choses au point une fois pour toutes. Hillsden nous a définitivement quittés. En ce qui nous concerne, il n'existe plus. Inutile d'enquêter davantage : la piste se termine là. Vous n'avez pas besoin d'en savoir plus. »

Il y avait pourtant une part de vérité dans les explications soigneusement mesurées de Control, même si la coïncidence entre le départ de Hillsden et le naufrage final de son mariage s'avéra purement accidentelle.

Lorsqu'il avait accepté le plan mis au point par Control, Hillsden s'était dit qu'il ferait aussi bien d'en profiter pour mettre un terme à une relation qui ne lui procurait plus depuis longtemps la moindre satisfaction. Il fut d'ailleurs soulagé de voir que Margot ne lui offrit que peu de résistance. Elle se crut bien sûr obligée de jouer l'épouse outragée, mais il la soupçonna de n'adopter cette attitude que pour sauver les apparences. Dans les livres qu'elle empruntait à la bibliothèque ou dans les magazines qu'elle dévorait avec avidité, les femmes étaient toujours présentées comme des exploitées, et ses propres sentiments étaient au fond de seconde main. Comme il ne manifesta aucune exigence et qu'il lui déclara même qu'il lui laisserait la jouissance de tous leurs biens, elle sécha rapidement ses larmes. La vente de la maison allait lui procurer un confortable capital – plus en tout cas qu'elle n'avait jamais rêvé posséder. Elle aurait le temps d'envisager le moyen de subvenir à ses besoins. D'ici là, elle allait avoir la possibilité de réaliser certains projets qu'elle caressait depuis longtemps : faire quelques voyages, s'acheter les bijoux qu'elle convoitait. Pour la première fois depuis des années, elle éprouva quelque chose qui ressemblait à de l'affection pour ce mari qui lui était devenu étranger – comme si, en l'abandonnant, il lui avait fait une dernière faveur.

Une fois qu'ils eurent mis au point les formalités et qu'il l'eut assurée qu'elle pourrait choisir la forme de divorce que lui conseillerait son avocat, les derniers jours qu'ils passèrent ensemble furent presque sereins. Ils discutèrent de tout cela comme s'ils s'apprêtaient à prendre ensemble un nouveau départ plutôt que de mettre fin à leur union.

« Que vas-tu faire ? lui demanda-t-elle. Où vas-tu aller, une fois que tu seras parti d'ici ?

– Je ne sais pas. J'irai peut-être à l'étranger. Je n'ai pas encore décidé.

– Tu as vraiment fait un sacré ménage, puisque tu as également laissé tomber ton travail. De quoi vas-tu vivre ?

– Oh, je trouverai bien quelque chose.

– Le contexte n'est pas très favorable ces temps-ci. »

On aurait dit que leurs rôles étaient brusquement renversés. C'était elle à présent qui s'inquiétait pour lui.

« Je resterai probablement dans la même branche, dit-il en lui avouant une part de la vérité. J'en connais tout de même un bout sur la question; et d'ailleurs, quelle que soit la situation économique, les gens ne vont pas s'arrêter de boire... Sait-on jamais... Je me ferai peut-être représentant de commerce.

– Oui, cela t'irait bien. Tu as toujours aimé voyager. »

Elle n'avait jamais eu la moindre idée de la manière dont s'était déroulée sa vie passée, et l'intérêt qu'elle lui manifestait à présent n'était du reste que passager. Elle pensait surtout à ce qui allait se passer pour elle. Néanmoins, la veille de son départ, elle fit un effort et lui prépara un repas digne de ce nom. Ils dormirent côte à côte pour la dernière fois et, lorsqu'il s'en alla le lendemain matin, elle l'embrassa comme un enfant en route pour l'école. Une heure plus tard, elle téléphona à son avocat, puis à l'agence immobilière. Ce fut alors qu'elle réalisa toute l'étendue de sa nouvelle liberté, et elle se mit à pleurer.

La marge de liberté de Hillsden se révéla plus limitée. Il quitta Londres ce matin-là et prit le train pour Leeds. Là, il prit une chambre dans un hôtel anonyme pour voyageurs de commerce. Il n'avait pratiquement rien emporté avec lui, en dehors des vêtements qu'il avait sur le dos et d'une demi-douzaine de chemises de rechange. L'hôtel ne faisait pas restaurant et il prenait ses repas dans les gargotes du quartier. Ses journées se déroulaient de manière monotone : après avoir quitté l'hôtel tôt le matin, il se rendait à la bibliothèque municipale, où il faisait la queue en attendant l'heure de l'ouverture en compagnie d'autres chômeurs. Une fois les portes ouvertes, il allait directement à la salle de lecture, où il dépouillait les offres d'emploi publiées par les quotidiens du matin. Il décourageait systématiquement tous ceux qui tentaient de l'approcher ou de lui adresser la parole. Puis il quittait la bibliothèque et arpentait les rues en attendant l'heure du déjeuner; après quoi, il allait généralement au cinéma, jusqu'à l'ouverture des pubs. Il passait ses soirées à boire en solitaire. Un observateur attentif aurait sûrement remarqué qu'il choisissait invariablement les débits de boisson dont la clientèle était majoritairement composée d'homosexuels. Son comportement ne manquait pas d'attirer sur lui la méfiance et l'hostilité des consommateurs; les individus qui appartiennent à une culture minoritaire possèdent leur propre rituel et ils ont généralement tendance à suspecter ceux qui ne leur ressemblent pas.

Les choses finirent par mal tourner un soir où un pédé particulièrement exubérant s'en prit ouvertement à Hillsden.

« Tu attends quelqu'un ? » lui demanda-t-il.

Hillsden se retourna lentement.

« Quoi ? marmonna-t-il.

– Tu n'arrêtes pas de reluquer ma copine. Je me suis dit que tu attendais peut-être quelqu'un.

– Non.

– Je me demandais si tu n'espérais pas prendre un peu de bon temps ce soir.

– Sûrement pas avec toi, en tout cas. »

Le pédé prit la mouche.

« Ah, ah... On veut faire son malin, c'est ça ? Alors, comme ça, on est juste venu faire un tour ? Eh bien, si tu veux mon avis, je trouve que tu t'éternises un peu trop. Si ça continue, tu vas nous gâcher la soirée. Nous n'avons pas spécialement envie de nous farcir ta tronche toute la nuit. (Il se mit à fredonner.) Miroir, mon beau miroir, tu es bien cruel ce soir... »

En dépit de sa voix de fausset, le pédé était solidement bâti ; il était vêtu d'un costume de cuir qui le moulait étroitement et qui était couvert d'insignes et de décorations militaires savamment disposés. Il avait parlé assez haut pour être entendu par ses congénères et un brusque silence s'installa, tandis qu'une douzaine de visages se tournaient dans leur direction.

« Laisse tomber, dit Hillsden. Va tenter ta chance ailleurs. »

Sentant qu'il avait un public, le pédé en rajouta :

« Écoutez-moi mère Teresa, les filles ! s'exclama-t-il. Tu crois peut-être que j'ai envie de me farcir un vieux débris dans ton genre ? Pouah ! Oh, pardon ! ajouta-t-il en écrasant délibérément le pied de Hillsden.

– Ne pousse pas trop, mon pote.

– Ah ! parce que je suis ton pote à présent ! Super ! Vous entendez ça, les filles ? Je lui ai marché sur le pied et ç'a été le coup de foudre ! »

Il voulut recommencer son manège, mais Hillsden réagit avec une rapidité et une violence terrifiantes. Il le frappa trois fois de suite à toute allure. Le premier coup, porté du plat de la main, atteignit de plein fouet le visage du pédé et lui brisa la cloison nasale. Le sang gicla sur le comptoir. Hillsden lui assena ensuite deux manchettes sur la nuque. Le pédé s'effondra et resta au sol. Ses amis se ruèrent sur Hillsden, qui assomma le premier d'entre eux ; mais il fut bientôt submergé par les autres, qui se mirent à le tabasser jusqu'à ce qu'il perde connaissance. Il se réveilla au poste le lendemain matin. Plus tard dans la journée, il fut conduit devant un magistrat qui l'inculpa de coups et blessures volontaires. Il prétendit être un représentant de commerce actuellement au chômage et plaida non-coupable. On refusa de le relâcher et il resta en garde à vue pendant sept jours, le magistrat ayant demandé une expertise médicale. A la fin de la semaine, on le reconduisit au tribunal et son cas fut transféré au parquet. Un mois plus tard, à la suite surtout de la déposition du barman et de plusieurs autres témoins, il fut reconnu coupable. Tout en tenant compte du fait qu'il s'était montré coopératif et qu'il y avait indubitablement eu provocation, le juge ne fut guère clément. Il sermonna Hillsden, lui recommanda de se montrer tolérant à l'avenir envers les minorités et le condamna à un an de prison. Il lui accorda néanmoins six mois de sursis, à condition qu'il s'engage à consulter un psychiatre après sa libération. L'affaire fit la une de la presse régionale et fut abondamment commentée dans *Gay News,* un magazine de diffusion nationale.

En prison, Hillsden partagea sa cellule avec un individu qui avait été condamné pour détournement de fonds et qui lui apprit les mille et une manières d'utiliser les cartes de crédit volées. La raison pour laquelle il avait été inculpé ne tarda pas à faire le tour du bloc et, comme il y avait parmi les prisonniers un certain nombre d'homosexuels, ceux-ci se mirent à comploter entre eux pour venger leur camarade. Un jour où il était de corvée à la lingerie, l'un d'eux lui laissa tomber – soi-disant accidentellement – une énorme barre de fer sur le pied. Hillsden souffrit de multiples fractures et passa le reste de sa peine à l'infirmerie de la prison. Il n'était pas entièrement remis et boitait légèrement lorsqu'il fut enfin libéré.

A sa sortie de prison, il retourna à l'hôtel où il logeait précédemment, mais on lui déclara qu'on se passerait désormais de sa clientèle. Il récupéra ses maigres effets et dormit en compagnie d'une bande d'ivrognes et de vagabonds qu'il avait rencontrés dans un chantier abandonné. Le lendemain, il fit la queue avec eux devant les locaux de l'Armée du Salut; durant quelque temps, il réussit à se faire héberger là. Son pied lui faisait toujours mal et il passait l'essentiel de ses journées à errer dans les couloirs de l'Assistance publique. Un peu plus tard, il trouva un emploi dans les cuisines d'un restaurant asiatique. Durant tout ce temps, il s'efforçait d'oublier son ancienne existence et d'effacer en lui jusqu'au souvenir de son identité. Il faisait de moins en moins attention à son apparence physique et se fondit bientôt dans la masse anonyme d'une population habituée à vivre d'expédients. Lassé de sa vie de plongeur, il donna sa démission et se contenta par la suite d'accepter de droite et de gauche des petits boulots provisoires, pour lesquels on le payait sans lui poser de questions. Il vivait aux frontières de la loi, ne travaillait que pour profiter durant quelques jours d'un lit décent et d'un ou deux vrais repas, dépensant le reste en boisson. A la suite d'une de ces séances d'ivrognerie, il finit par échouer de nouveau en prison. Lorsqu'il repassa devant le tribunal et que l'on s'aperçut qu'il n'avait aucune ressource régulière, on le fit passer devant le juge responsable des mises en liberté surveillée.

« Pourquoi avez-vous quitté votre dernier emploi fixe? lui demanda ce dernier. Je vois que vous avez travaillé pendant plusieurs années pour une entreprise de négociants en vin. »

Le juge en question avait à peine la trentaine; il avait des lunettes à double foyer et une mine de papier mâché. Il lui tendit un paquet de cigarettes fripé; Hillsden en extirpa la dernière sans dire un mot.

« J'ai été viré, déclara-t-il enfin.

– Pour quelle raison?

– Sans motif. Restriction de personnel.

– C'est une raison.

– Ça dépend de quel côté on voit ça.

– Vous avez dû recevoir des indemnités. Où sont-elles passées?

– Elle a tout pris.

– Qui?

– Ma femme.

– Où est-elle à présent?

– J'en sais rien.

– Vous n'êtes pas resté en rapport avec elle?

– Non. La dernière fois que j'ai eu de ses nouvelles, c'est lorsqu'elle a demandé le divorce.

– Vous avez des enfants?

– Non.

– Et le reste de votre famille?

– Eh bien?

– Personne ne peut s'occuper de vous?

– Ils sont tous morts.

– Écoutez, Hillsden. Vous avez de l'éducation. Vous devez bien vous rendre compte que, si vous continuez comme ça, vous n'irez pas bien loin. L'alcool va vous détruire, à moins qu'on ne vous remette en prison. C'est ça que vous voulez? »

Hillsden évita de le regarder et ne répondit pas.

« A ce rythme, vous allez mal finir. Mais je ne peux pas vous aider contre votre gré. Il faut que vous y mettiez du vôtre.

– Il y a des moments où la chance vous laisse tomber, c'est tout. Oh... sûr qu'il y en a qui s'en tirent mieux – ces putains de pédés par exemple, qui sont là à se pavaner et à se rouler des palots en public comme si le monde leur appartenait...

– Nous connaissons effectivement votre point de vue à ce sujet... Mais vous avez mis un doigt dans l'engrenage. Ce n'est pas sain de continuer à ressasser ce genre de ressentiments; ce n'est pas ça qui va vous permettre de repartir du bon pied. Avez-vous envie qu'on vous aide ?

– Ça dépend comment.

– Il existe des lieux, des institutions, où l'on s'occupe des gens comme vous. Je vous préviens tout de suite qu'il ne s'agit pas du Club Méditerranée. Je vois dans votre dossier qu'on vous avait recommandé de voir un psychiatre. L'avez-vous fait ?

– Non.

– Pourquoi ?

– Ils vous embrouillent encore plus les idées.

– Écoutez, voici ce que je vous propose, si vous êtes d'accord : je vais arranger les choses pour que vous soyez accueilli dans un établissement que je connais, et où l'on s'occupe justement de cas comme le vôtre. Il s'agit d'un organisme charitable; aussi, ne vous attendez pas à débarquer au Ritz. Au moins vous aurez un toit, et un peu d'argent de poche. C'est votre dernière chance de remettre le pied à l'étrier.

– Où est-ce ?

– Dans les environs de Plymouth. L'établissement appartient aux Frères de la Charité.

– Ils ne vont pas m'obliger à prier toute la journée, au moins ?

– On vous demandera sûrement d'assister aux offices, mais n'ayez crainte : on ne vous évangélisera pas de force. Alors, qu'en pensez-vous ?

– Combien de temps devrai-je rester là-bas ?

– Jusqu'à ce que vous ayez retrouvé votre dignité. Cependant, si vous ne faites pas d'effort, ils n'hésiteront pas à vous mettre à la porte. Il y a beaucoup de monde sur leur liste d'attente. Je vous fais une faveur, Hillsden. Si vous acceptez ma proposition, on vous paiera votre billet de train et vous recevrez même un peu d'argent. Vous avez votre carte de Sécurité sociale ?

– On me l'a volée.

– Vous rappelez-vous votre numéro d'immatriculation ?

– Non.

– Je le retrouverai dans le fichier. Alors, que décidez-vous ?

– D'accord, je vais essayer, dit Hillsden après un silence. Ce n'est sûrement pas le paradis, mais à tout prendre, c'est probablement mieux que l'enfer. »

23.

Calder avait trop d'expérience pour ne pas se rendre compte qu'on n'avait pas laissé s'écouler suffisamment de temps avant de lui confier une nouvelle mission. Il quitta à regret la quiétude de son appartement zurichois et passa la frontière italienne. Après avoir contourné Milan, il suivit la route sinueuse et parsemée d'innombrables tunnels qui longe la côte jusqu'en France. Il pénétra sur le territoire français par le poste-frontière qui domine Monaco. On lui avait dit de descendre au Hyatt, à Nice, où il passerait inaperçu au milieu des touristes déversés par les cars des voyages organisés. On devait le contacter là-bas après son arrivée.

Il atteignit Nice en début de soirée. C'était l'heure de pointe et la Promenade des Anglais était envahie par les voitures – des Fiat et des Citroën pour la plupart – dont les files semblaient s'étirer à l'infini, du moins d'après ce qu'il pouvait distinguer à travers son pare-brise constellé de chiures de mouches et d'insectes écrasés. Tandis qu'il se rapprochait de l'hôtel, un avion d'Air Algeria amorça un virage spectaculaire dans le ciel avant de venir se poser. Il suivit un instant une ligne parallèle à la route; ses ailes tremblaient sous l'assaut du mistral et ne se stabilisèrent qu'au moment de l'atterrissage. Distrait par ce spectacle, Calder crut qu'il avait dépassé l'hôtel, mais il s'aperçut que le Hyatt avait été rebaptisé depuis son dernier passage. Ils auraient dû le savoir et me prévenir, songea-t-il. Le fait qu'on ne prête pas attention à ce genre de détails avait le don de l'irriter.

Une prostituée correctement vêtue prenait position devant l'entrée du parking souterrain de l'hôtel lorsqu'il y engagea sa Mercedes. Il garait toujours sa voiture lui-même : il tenait à savoir exactement où elle se trouvait, en cas de nécessité. Après avoir rapidement inspecté les lieux, il la rangea le plus près possible de l'ascenseur intérieur de l'hôtel. Avant de monter, il jeta un coup d'œil sur les véhicules qui occupaient les boxes voisins et releva les numéros d'immatriculation de ceux qui encadraient sa Mercedes.

Comme prévu, on l'informa à la réception qu'une chambre avec balcon surplombant la mer avait été retenue pour lui au nom de Müller; l'un de ses nombreux faux passeports était établi sous cette identité. En remplisssant la fiche d'admission, il indiqua qu'il habitait Hambourg. Un message l'attendait déjà, mais il attendit d'être en sécurité dans sa chambre pour en prendre connaissance. Son contenu était fort laconique : « La Ribote. 20 heures. » Il jeta la note dans la cuvette des w.-c. La pièce où il se trouvait était plus fonctionnelle que luxueuse; le double vitrage des grandes fenêtres coulissantes étouffait le rugissement ininterrompu de la circulation, sept étages plus bas.

Il s'apprêta à prendre une douche et entendit des enfants courir dans le couloir, puis quelqu'un crier en arabe. Après s'être déshabillé, il examina le contenu du mini-bar et choisit une petite bouteille de Chivas dont il versa le contenu dans un verre à dents. Sur le poste de télévision, une notice informait les clients qu'un choix de films était à leur disposition et qu'ils pouvaient se les faire projeter pour une somme modique. Deux d'entre eux portaient la mention « pour adultes ». Il en sélectionna un et téléphona à la réception pour passer sa commande. Puis il alla prendre sa douche.

Le film avait déjà commencé lorsqu'il émergea de la salle de bains. Il s'installa sur le lit, le dos bien calé contre les coussins, et sirota son whisky en regardant les acteurs simuler leur accouplement. L'héroïne et son partenaire étaient en train de se contorsionner sur un court de tennis inondé par une pluie artificielle. Un court de tennis! marmonna Calder. Comme si on baisait dans des endroits pareils... A ses yeux, la pornographie devait être outrageuse et excessive si elle voulait justifier son existence. Les deux acteurs se tortillèrent comme des poissons dans une nasse et s'arrachèrent leurs vêtements avant de se vautrer sur la boue rougeâtre du court. L'opérateur fit alors un zoom pour montrer un gros plan de leur étreinte. Calder avait l'impression d'être un chirurgien en train d'observer deux cadavres avant la dissection. Le film le dégoûta tout à coup. Il avait voulu se distraire un peu avant son rendez-vous, mais ces images vides et sans vie le déprimaient plus qu'elles ne l'excitaient. Il éteignit l'écran et ouvrit les baies vitrées. L'air chaud de l'extérieur et le tumulte de la circulation pénétrèrent brusquement dans la pièce, tandis qu'il regardait au loin le rai de lumière tournoyant du phare du Cap-Ferrat. En bas, sur la plage de galets déserte, un chien errait en reniflant les traces desséchées d'écume.

Avec sa prévoyance coutumière, Calder avait emporté un costume d'été de fabrication germanique. Il l'enfila, prit un exemplaire de *Stern* dans sa valise, ainsi qu'un paquet de cigarettes allemandes et une boîte d'allumettes au nom d'un restaurant de Hambourg. Au rez-de-chaussée de l'hôtel, il changea des marks en francs et chercha l'adresse de « La Ribote » dans l'annuaire du téléphone. Il ne lui serait même pas venu à l'idée de se renseigner auprès du portier de l'hôtel.

A l'extérieur, la prostituée était toujours à son poste mais elle avait changé de vêtements, ce qui signifiait qu'elle avait déjà réussi sa première passe de la soirée. Il la dépassa sans lui rendre son sourire et parcourut plusieurs centaines de mètres avant de héler un taxi.

« La Ribote » était un modeste bistrot qui ne figurait pas dans les guides touristiques et qui était essentiellement fréquenté par les gens du quartier. Il n'y avait pas de menu à proprement parler, mais une liste d'une demi-douzaine de plats du jour était écrite à la craie sur un tableau noir fixé derrière le comptoir. Calder choisit une table au fond de la salle d'où il pouvait surveiller l'entrée; il remarqua que la seule autre issue était la porte de service située dans les cuisines. Il ouvrit son exemplaire de *Stern* et commanda une bouteille de vin rouge en attendant l'homme avec qui il avait rendez-vous. Il s'exprimait en français, avec un accent guttural. Il n'y avait qu'une seule serveuse, une grosse femme joviale qui déboucha la bouteille avec une dextérité qu'il avait toujours enviée. Il prit soin de la remercier en allemand, avant de s'excuser et de répéter la phrase en français. Il alluma une cigarette, laissant le paquet en évidence sur la table. Tout en dégustant son vin, il dévisagea soigneusement les autres convives et détailla tous ceux qui entraient. Il ignorait l'identité de celui qu'il devait rencontrer. Tout ce qu'il savait, c'était le mot de passe qui serait employé.

Gunther pénétra soudain dans le restaurant. Il se dirigea immédiatement vers la table de Calder et lui adressa la parole dans un allemand impeccable.

« Excusez-moi d'être en retard, mais j'ai dû aller voir ma mère à l'hôpital », lui dit-il.

Calder lui répondit dans la même langue, dont ils devaient d'ailleurs se servir durant le reste de la conversation.

« J'espère qu'elle s'est bien remise de son opération.

– Oui, je vous remercie. Elle est tirée d'affaire à présent, mais elle ne sera pas sur pied avant un bon moment, dit Gunther en acceptant le verre de vin que lui versait Calder.

– Votre mère a une santé de fer. »

Ils étudièrent le menu et commandèrent tous les deux le même plat – une grillade garnie aux champignons. Au cours du repas, leur conversation se cantonna à un échange de propos anodins. Ils se firent ensuite servir du café et du cognac; et comme les autres clients étaient presque tous partis, Gunther en vint finalement au véritable motif de leur rencontre. Il le fit d'une manière allusive et soigneusement étudiée, que Calder apprécia en connaisseur.

« La situation en Angleterre semble satisfaisante, dit-il.

– Je m'en réjouis.

– Avez-vous suivi les derniers développements?

– Je me tiens plus ou moins au courant.

– Les succès que nous avons obtenus les ont laissés perplexes. La filière irlandaise nous a été d'un grand secours : c'est toujours elle que l'on soupçonne en premier. »

Calder acquiesça. Il souhaitait que l'Allemand entre rapidement dans le vif du sujet. La rencontre s'éternisait un peu trop à son gré.

« Le contexte politique nous a été extraordinairement favorable. Le changement de majorité n'aurait pas pu tomber à un meilleur moment. Ils ne comprennent rien à ce qui est en train de leur arriver et, bien sûr, toutes les dispositions qu'ils sont obligés de prendre se retournent contre eux.

– A quel sujet désiriez-vous me voir? demanda Calder, tandis qu'une voiture de police passait dans la rue en faisant hurler sa sirène.

– Nous sommes en train de mettre au point un projet pour lequel nous risquons d'avoir besoin de vos services dans un proche avenir.

– Pas en Angleterre, j'espère? Je ne puis y retourner aussi vite. Ce serait de la folie.

– Non, rassurez-vous. Cela doit avoir lieu dans le pays où vous résidez.

– Vous devriez savoir que je n'opère jamais sur mon territoire.

– Il ne s'agit pas de ce que vous croyez. Le travail sera un peu différent de celui dont on vous charge d'habitude.

– De quoi s'agit-il, alors? (Calder commençait à se fâcher; l'Allemand semblait le traiter comme un étudiant.)

– Nous voudrions que vous fassiez parler quelqu'un.

– Qui?

– Il vaut mieux que vous l'ignoriez tant que la souricière ne sera pas en place. Nous comptons enlever quelqu'un. Si nous réussissons, votre concours nous sera très précieux. Il n'y a aucun risque en ce qui vous concerne. Tout danger aura été écarté lorsque commencera la phase de l'opération à laquelle nous vous demandons de participer.

– Je ne travaille pas dans le noir. Si vous ne me mettez pas au courant, je ne marche pas. Je n'ai jamais fait d'entorse à ma règle. »

Gunther ne parut pas troublé et se reversa du cognac.

« Pourquoi croyez-vous qu'on vous ait demandé de venir ici ? dit-il lentement en regardant Calder à travers son verre. Il aurait été plus simple de nous rencontrer à Zurich ; cela nous aurait épargné un voyage à tous deux. Si je n'informe pas nos supérieurs dès ce soir que tout est arrangé, je crains qu'il ne vous soit malheureusement impossible de retourner chez vous. Certaines mesures ont été prises depuis votre départ pour que nous soyons sûrs de votre totale coopération. »

Il sourit et but une gorgée de cognac. Calder eut soin de ne pas afficher le moindre trouble.

« Est-ce que ç'a à voir avec la fille ? demanda-t-il.

– Quelle fille ? dit Gunther en souriant toujours.

– La vôtre. C'est bien votre copine, non ? Du moins quand elle n'est pas au turbin..., ajouta Calder pour lui montrer qu'il disposait lui aussi de quelques atouts.

– Vous ne m'aurez pas aussi facilement. Je ne suis pas jaloux. Et il est inutile que nous perdions tous les deux notre temps à ce genre d'enfantillages. Vous serez aussi bien payé que d'habitude.

– Eh bien, foutez-vous de moi autant que vous voudrez, mais donnez-moi au moins quelques indications. Le but de l'opération est-il de retourner le type ou la fille en question ?

– Retourner n'est pas le terme qui convient. Nous espérons connaître grâce à vous certaines pièces du puzzle que nous essayons de résoudre. La personne dont je vous parle ne cadre pas avec le reste du décor.

– Quand cela aura-t-il lieu ?

– Lorsque nous jugerons le moment opportun, dit Gunther en finissant son verre. Il faut que je retourne à l'hôpital, ajouta-t-il en élevant la voix. Avez-vous un message à transmettre à ma mère ? Puis-je lui dire que vous irez la voir ? »

Il se leva en réclamant l'addition.

« Oui, répondit Calder. Dites-lui que je regrette qu'elle ait eu à subir un tel traitement, mais que je respecterai de toute manière sa décision.

– Elle en sera enchantée. »

Gunther parcourut l'addition et la tendit à Calder.

« Très raisonnable. Et merci de m'avoir invité, j'ai passé une fort agréable soirée », lança-t-il avant de quitter le restaurant.

24.

Les Frères de la Charité formaient une paisible communauté, bien que l'on prétendît (sans grande charité) que certains d'entre eux auraient mieux fait d'entrer dans une congrégation de Sœurs.

Le bâtiment où Hillsden était logé, en compagnie d'une vingtaine d'autres rebuts de la société, était un de ces manoirs de campagne typiquement anglais que personne ne peut plus se permettre d'entretenir de nos jours, à l'exception des institutions privées et des entreprises commerciales. Les pensionnaires y bénéficiaient de trois repas par jour, d'offices réguliers (auxquels ils n'étaient d'ailleurs pas contraints d'assister) et de séances de thérapie organisées par un psychiatre amateur qui venait leur rendre visite de temps à autre. Les Frères vivaient grâce aux largesses de l'un des gros bonnets des abattoirs de Chicago, décédé depuis déjà longtemps, sa veuve s'intéressant plus au sort de l'âme humaine qu'au cours de la poitrine de porc. De style Tudor, le bâtiment principal avait été « réaménagé » par plusieurs architectes successifs au cours de l'ère victorienne; mais heureusement, un certain temps s'était écoulé depuis lors et, grâce aux soins d'un jardinier doué d'un goût certain, le lierre grimpant cachait maintenant la plupart de ces affreux rajouts et la propriété avait fini par se fondre dans le paysage harmonieux du Devon. Elle dégageait presque à présent une impression de douceur et de paix.

Les pièces étaient hautes et froides. Certaines d'entre elles étaient encore tapissées dans le style de William Morris. Quelques tableaux du XIXe siècle étaient accrochés aux murs; ils représentaient essentiellement des scènes de chasse et des meutes de chiens poursuivant des troupeaux de cerfs, mais il y avait aussi quelques portraits d'évêques, ainsi que d'autres témoignages d'une foi depuis longtemps éteinte. La chambre de Hillsden se trouvait au dernier étage; elle avait visiblement été conçue pour le logement des domestiques, en des temps moins égalitaires que le nôtre. Comme elle était située sous les toits, elle se transformait en étuve dès que le soleil brillait. Mais en compensation, il avait une vue magnifique sur la vallée qui s'étendait au-delà jusqu'à la mer, dont on distinguait çà et là les reflets à travers le rideau des pins tordus par le vent.

Les pensionnaires prenaient leurs repas en commun dans une grande salle destinée jadis au jeu de paume. La nourriture était aussi copieuse qu'excellente; tous les légumes provenaient du potager de la propriété, où ils étaient cultivés selon des principes strictement biologiques. Pour les aider à digérer, l'un des frères leur lisait des passages de la Bible durant les repas. Ils disposaient pour se distraire d'une salle de billard; les dimensions de la table étaient conformes à celles dont se servent les professionnels, mais son tapis était tellement élimé et bosselé par endroits que les boules avaient souvent tendance à suivre des trajectoires inattendues. Il y avait aussi une serre fort bien entretenue. Dans le parc se trouvait une de ces grottes artificielles creusées dans le sol dont raffolaient les victoriens et un petit édifice baroque qui tombait en ruine, ainsi qu'un cimetière pour animaux jonché de pierres tombales miniatures.

Comme il s'agissait d'un établissement privé, les règles étaient heureusement limitées et n'avaient rien de commun avec les consignes tatillonnes édictées par le ministère de la Santé. Comme il s'y attendait, Hillsden se retrouva au milieu d'un ramassis d'épaves, même s'il était évident que la plupart d'entre eux pourraient sûrement se réinsérer dans la société une fois leur cure terminée. Il y avait là quelques anciens drogués, mais la majorité était composée d'alcooliques et de vagabonds. Hillsden gardait délibérément ses distances avec eux, tout en faisant attention à ce que son comportement n'ait rien d'exagéré : il ne fallait pas que son silence finisse par paraître suspect. L'atmosphère de sérénité qui imprégnait la communauté et les efforts que faisaient les Frères pour procurer à leurs hôtes tant un salut spirituel que les moyens d'une réinsertion sociale auraient très bien pu avoir pour effet d'endormir sa méfiance. En d'autres circonstances, il aurait même accueilli ce changement d'existence avec une certaine satisfaction.

Il ne manquait jamais les séances de thérapie, où il jouait le rôle du pénitent repenti soucieux de se faire pardonner. Le psychiatre de l'établissement était dépourvu du moindre sens de l'humour; il était affligé d'un léger défaut d'élocution, qui lui faisait dire « Fluide » chaque fois qu'il voulait prononcer le nom de Freud, à qui il devait tout de même son moyen d'existence. Afin de ne pas le décevoir, Hillsden avait inventé à son intention une histoire compliquée concernant son enfance, où il était question d'une mère effacée et d'un père alcoolique, et dont il étoffait un peu plus le récit à chaque séance comme s'il s'agissait d'un interminable feuilleton à l'eau de rose. Le reste du temps, il était livré à lui-même, tout en étant bien sûr astreint comme le reste de ses congénères à quelques besognes domestiques et à l'entretien du potager. Les Frères basaient leur institution sur un principe de confiance mutuelle; ils exigeaient seulement que les pensionnaires évitent d'aller faire des esclandres dans les villages voisins. Mais comme la plupart d'entre eux s'en abstenaient, le système fonctionnait plutôt bien.

Hillsden se promenait souvent le long des falaises qui surplombaient la mer. La plupart des plages dépendaient de domaines privés et, bien que rien n'en interdise ouvertement l'accès, il était pratiquement impossible de les atteindre, sinon par voie de mer. L'été était agréable cette année-là, et le rivage avait autant de charme que celui des îles lointaines; l'eau de la Manche n'était pourtant jamais très chaude, même au moment le plus doux de l'année.

Assis au milieu des fougères et des ajoncs au sommet d'une falaise, il mâchonnait des brins d'herbe en réfléchissant au chemin qu'il avait parcouru ces derniers temps. A ses pieds, les vagues allaient et venaient en léchant le sable. Les Frères de la Charité auraient sûrement voulu laver son âme de la même manière, se disait-il; il doutait au fond de lui qu'une vie comme celle qu'il avait menée, et qui avait toujours été basée sur le mensonge, puisse jamais être entièrement absoute. Enfin... Ce n'était plus qu'une question de temps à présent : la souricière était en place; il n'y avait plus qu'à voir si un animal du même acabit que lui allait s'y laisser prendre. Control semblait convaincu au départ que ça allait marcher; mais plus les semaines passaient, et plus Hillsden était sceptique. Lorsqu'on lui avait proposé ce plan, il avait eu quelques secondes d'hésitation avant d'accepter. C'était la mort de Caroline qui avait finalement décidé du reste de son existence; jusque-là, il avait toujours cru qu'il était incapable d'éprouver le genre de haine qu'elle ressentait jadis. Il n'avait pas été guidé par un patriotisme aveugle, plutôt par un vague sentiment de loyauté envers le système pour lequel il avait combattu toute sa vie. Il avait souvent pensé que les choses devaient être plus faciles pour ceux qui étaient animés par des convictions inébranlables, qui choisissaient au début de leur carrière une voie à laquelle ils se tenaient par la suite, quitte à devoir s'exiler – comme Philby par exemple. Mais lorsque l'heure avait sonné pour lui, il n'avait éprouvé aucune difficulté à rompre les liens qui le rattachaient encore à son pays. Lorsqu'il avait quitté sa femme, il avait eu l'impression de mettre un terme à une simple liaison de vacances qui ne se serait même pas révélée particulièrement agréable.

Telles étaient les pensées qu'il ressassait, tandis que ces longues journées d'attente s'écoulaient sans changement. Il n'avait aucune idée de l'époque ou de la manière dont on allait le contacter. Il en profitait pour reprendre des forces. Ses fractures étaient maintenant complètement guéries, et la vie monotone et paisible qu'il menait chez les Frères de la Charité, ainsi que ses longues promenades au grand air, lui permirent de se préparer dans les meilleures conditions aux rudes épreuves qui l'attendaient.

Il avait remarqué que certains promeneurs se risquaient parfois le long des pentes escarpées des falaises pour aller pique-niquer sur les plages, sans manquer de transporter avec eux l'inévitable sac en plastique chargé de victuailles dont ni la mer ni les poissons ne pourraient jamais digérer les déchets. Il était à son poste habituel lorsqu'il vit un matin une fille surgir au pied de la falaise. Elle étendit une serviette colorée à l'abri d'un groupe de rochers non loin du rivage; puis, se croyant seule, elle se dévêtit entièrement. Elle ressemblait de loin à une naïade lorsqu'elle pénétra, nue, dans le flot calme et caressant des vagues. Elle s'avança d'abord dans la mer jusqu'à la taille en élevant les bras, sans doute arrêtée dans son élan par la fraîcheur de l'eau. Son geste redressa ses seins et elle se retourna un instant, offrant son corps nu au regard de Hillsden, avant de se lancer finalement dans les vagues. Elle se mit aussitôt à évoluer avec la grâce d'une nageuse expérimentée.

Hillsden s'aplatit contre le sol en se cachant sous le couvert des fougères pour éviter d'être aperçu, et se mit à observer la fille qui évoluait dans l'eau limpide. Il ne pouvait s'empêcher de se comporter en voyeur et la contemplait avec la fascination fébrile d'un adolescent. Lorsqu'elle émergea enfin de la mer et alla s'étendre sur sa serviette, quelques dizaines de mètres plus bas, sa beauté le frappa presque aussi douloureusement que s'il avait reçu un coup de couteau. Sa peau mouillée luisait au soleil; la perfection de ses seins et de son triangle pubien la rendait presque irréelle : elle paraissait sortir des profondeurs d'un rêve. Il la reluqua pendant un bon quart d'heure avant de se retirer le plus discrètement possible et de regagner l'hospice. Une fois dans sa chambre, il se rendit compte qu'il n'arrivait pas à dissiper le trouble où elle l'avait plongé ni à chasser de son esprit l'image de son corps inconsciemment offert.

Le lendemain, il retourna au même endroit plus tôt qu'à l'ordinaire et descendit cette fois-ci jusqu'à la plage. Il s'installa non loin de l'endroit où la fille était venue le jour précédent. Il s'était dit qu'elle devait être en vacances et qu'elle ne manquerait sûrement pas de revenir profiter d'un cadre aussi enchanteur. Il ne s'était pas trompé. La fille apparut à la même heure que la veille et se rendit immédiatement compte que l'endroit n'était plus désert. Hillsden avait l'impression de se comporter comme le vieux professeur que décrit Thomas Mann dans *La Mort à Venise* : il l'observait à la dérobée tout en faisant mine de lire son journal, mais en évitant également que leurs regards ne se croisent. La fille disposa sa serviette et son sac de plage à l'abri des rochers et alla se changer dans un coin retiré. Lorsqu'elle revint, elle portait cette fois-ci un minuscule bikini. La mer était plus forte aujourd'hui et elle ne se baigna pas très longtemps. Ce fut seulement lorsqu'elle sortit de l'eau qu'ils se saluèrent.

« La mer est bonne ? lui lança-t-il.

– Glaciale, répondit la fille. Vous y êtes allé ? »

Elle avait l'accent d'une secrétaire de direction – le genre de voix que Hillsden avait souvent entendu lorsqu'il lui arrivait de téléphoner au siège du Parti conservateur.

« Non, je ne suis pas assez courageux », répondit-il.

Elle ne manifesta aucune intention de prolonger la conversation et alla s'allonger près des rochers.

Il revint le lendemain, mais la fille ne se manifesta pas. Déçu, il se dit que ses vacances devaient avoir pris fin. Deux jours plus tard, comme elle n'avait toujours pas refait son apparition, il se résigna et se dit que cet agréable intermède, après avoir réveillé en lui des désirs qu'il croyait oubliés, demeurerait sans suite. Il se prépara donc à reprendre sa routine. Lorsqu'il revint le quatrième jour, la fille était de nouveau là.

Tandis qu'il descendait les derniers mètres de la pente qui menait à la plage, elle se tourna vers lui en souriant.

« Je m'excuse pour l'autre jour, lui dit-elle. J'ai dû vous paraître bien mal élevée.

– Mais pas du tout. Pourquoi donc ?

– Je n'ai réalisé qu'un peu plus tard que nous nous étions déjà rencontrés.

– Ah bon ?

– Oui. Vous n'étiez pas à la dernière soirée que Timmy a donnée ?

– Timmy comment ?

– Mon Dieu! Si vous me posez cette question, c'est que je me suis encore trompée! Vous ne connaissez pas Timmy Clark?

– Je suis navré, mais ce nom ne m'évoque absolument rien.

– Ma pauvre Wendy! dit Pamela. Tu ne changeras donc jamais!

– C'est Wendy, votre nom? Moi, c'est James. Eh bien, Wendy, je suis désolé de ne pas connaître votre ami Tim Clark. Sa soirée était-elle réussie, au moins?

– Oh, oui!

– Je regrette encore plus de ne pas y être allé. »

Il y avait quelque chose qui l'intriguait dans cette entrée en matière – comme si les choses étaient trop faciles. Mais il ne s'en plaignit pas : la glace était maintenant rompue et l'erreur de la fille lui donnait un léger avantage. Lorsqu'ils eurent échangé les banalités de rigueur à propos du temps, elle s'étendit sur sa serviette et ouvrit un livre qu'elle venait de sortir de son sac.

« J'essaie de me cultiver, dit-elle. Mon petit ami prétend que je ne lis pas assez.

– De qui est-ce? »

Elle lui tendit l'ouvrage.

« Ivy Compton-Burnett. Vous avez lu ses livres?

– J'en ai essayé un ou deux, il y a des années. »

Hillsden étudia la photographie qui figurait au dos de la couverture. Il y avait vraiment un fossé bien supérieur à celui d'une génération entre le visage sévère de miss Compton-Burnett, à moitié dissimulé sous sa résille edwardienne, et les formes généreuses de Wendy, qu'il aurait pu frôler en tendant la main.

« Son style est un peu rebutant au début, poursuivit la fille, mais une fois qu'on s'y est fait, je trouve qu'elle écrit des choses merveilleuses. Il y a un passage qui m'a particulièrement frappée hier soir. Vous voulez bien que je vous le lise? »

Elle se redressa et se rapprocha de lui. Le haut de son bikini ne cachait absolument rien de sa poitrine généreuse. Après s'être confortablement installée, elle se mit à lire à voix haute : *« Qu'est-ce qui nous pousse à être honnêtes à ce point envers nous-mêmes, mon chéri? – Nous ne savons pas comment nous y prendre autrement, dit Terence. C'est ainsi que l'horreur est tapie au cœur de chacun d'entre nous, et que nous nous résolvons immanquablement à cacher la vérité aux autres.* »

« Ne trouvez-vous pas cela étonnant? demanda-t-elle.

– Laissez-moi réfléchir une seconde. Cela me semble effectivement assez profond. Y a-t-il aussi de l'horreur au fond de vous?

– De temps en temps, sûrement.
– Comment dit-elle à la fin ? Que nous cachons toujours la vérité aux autres... Oui, la sincérité que nous manifestons est fort relative, ne croyez-vous pas ? Cela dépend des gens avec qui nous nous trouvons, et de ce que nous attendons d'eux.
– Ai-je été transparente à ce point ?
– Que voulez-vous dire ?
– Je parle des bobards que je vous ai sortis à propos de ce soi-disant Timmy Clark. Je ne connais personne de ce nom. Je l'ai tout simplement inventé.
– Vous cherchiez le moyen de m'aborder, c'est ça ?
– C'est bien ça, M. Hillsden », déclara-t-elle lentement.
Il comprit soudain qu'ils lui avaient finalement mis la main dessus, et il fit un effort pour que la fille ne s'aperçoive pas de son trouble. Il la félicita intérieurement pour le talent dont elle avait fait preuve.
« J'imagine que vous ne vous appelez pas Wendy, dit-il.
– On ne peut rien vous cacher.
– Eh bien, mes félicitations, dit Hillsden en se levant. Vous m'avez possédé sur toute la ligne. Et moi qui me croyais d'un charme irrésistible !
– Vous n'allez pas partir ainsi. Nous avons encore beaucoup de choses à nous dire.
– Vous n'envisagez tout de même pas de me livrer le secret de votre cœur ?
– Non, mais je pensais que nous aurions pu discuter ensemble du sort qui vous attend. Vous méritez quand même de vivre dans un cadre plus décent que celui des Frères de la Charité.
– Puisque vous semblez si bien renseignée sur mon compte, vous devriez savoir que j'ai laissé tomber toutes ces histoires.
– Peut-être n'étiez-vous pas suffisamment payé ? »
Hillsden lui lança un regard glacial.
« Dites-moi qui vous envoie et foutez-moi la paix. Je ne suis pas à vendre, ajouta-t-il en s'apprêtant à partir.
– Vous n'aimeriez pas apprendre ce qui est arrivé à votre chère Caroline ? » lança Pamela.
Il s'arrêta net et se retourna pour la dévisager.
« Et Jock ? Et tous les autres ? poursuivit-elle. Leur sort ne vous intéresse pas davantage ?
– Qui vous envoie ?
– Je ne suis qu'une intermédiaire.
– Écoutez-moi bien, Wendy – ou quel que soit votre véritable

nom. N'en rajoutez pas trop. Vous êtes belle, mais ne croyez pas qu'il va vous suffire de me faire de l'œil et de trémousser votre petit derrière pour que je me mette à ramper à vos pieds. L'endroit est peu fréquenté et je connais encore mon métier, même si je me suis retiré des affaires. Je n'aurais guère de difficultés à vous faire boire la tasse. Les marées sont dangereuses par ici et il arrive régulièrement des accidents, même aux nageurs les plus expérimentés.

– Nous y avons pensé. Regardez plutôt derrière vous. »

Hillsden fit demi-tour et releva les yeux vers le sommet de la falaise. Un homme venait d'apparaître au milieu des fougères. Il tenait un revolver à la main.

« De surcroît, il a entendu tout ce que nous avons dit jusqu'ici, dit Pamela en lui montrant un talkie-walkie qu'elle avait sorti de son sac. Je vous conseille donc d'être raisonnable, M. Hillsden. Vous n'avez pas affaire à des amateurs. »

En haut de la falaise, l'homme disparut brusquement pour resurgir quelques instants plus tard sur le sentier qui menait à la plage. Son arme était hors de vue, mais il portait un gros sac de toile à la main; il était vêtu d'un short et d'un tee-shirt. On aurait dit qu'il sortait d'un court de tennis. Tandis qu'il s'approchait, Hillsden estima qu'il devait avoir le même âge que la fille; mais, contrairement à elle, il n'avait pas l'air d'être anglais.

En attendant de voir comment les choses allaient tourner, il essaya d'évaluer la situation. S'ils avaient bien fait leur travail, ils devaient être à peu près persuadés qu'il était à leur merci. Après tout, d'après ce qu'ils savaient, il était mûr pour être cueilli : il sortait de prison, il n'avait plus aucun moyen d'existence et il ne survivait que grâce aux bons offices des Frères de la Charité. Malgré la surprise qu'il venait d'éprouver – il fallait reconnaître que la fille avait superbement manœuvré –, il ne tarda pas à reprendre ses esprits. Il fallait qu'il change de tactique. Il était plus sage de faire machine arrière et d'adopter une attitude qui corresponde davantage à ce qu'ils devaient attendre de lui. D'ailleurs, ils étaient loin d'avoir tous les atouts en main; le fait qu'ils aient dû mentionner aussi vite le nom de Caroline lui laissait penser qu'ils étaient sûrement un peu nerveux de leur côté.

Il attendit en silence que le jeune homme ait parcouru les derniers mètres de sable et ait rejoint la fille. Le type posa son sac à côté de la serviette et l'ouvrit pour bien montrer à Hillsden que le revolver était à portée de sa main. Il reconnut un modèle standard de l'OTAN, mais muni d'un silencieux.

« Pourquoi ne pas nous asseoir ? dit le jeune homme. Autant nous mettre à l'aise. Nous avons tant de choses à nous dire. »

Hillsden crut déceler la trace d'un léger accent allemand derrière l'anglais impeccable du type.

« Il n'y a aucune raison pour que nous ne nous entendions pas, poursuivait ce dernier. Aussi, j'espère que les choses ne tourneront pas aussi mal que vous le suggériez tout à l'heure à Wendy, M. Hillsden. La mer présente sûrement autant de dangers pour vous que pour elle.

– Vous avez déjà entendu ce que j'avais à dire. Je ne suis pas à vendre.

– Qui parle de vous acheter ? Contentons-nous plutôt de nous entretenir un moment. »

Je ne me suis pas trompé, pensa Hillsden. Il n'y a qu'un Allemand pour faire preuve d'un sens de l'humour aussi subtil...

« Si nous parlions des choses dont nous sommes tous parfaitement au courant ? Nous savons l'un et l'autre que vos précédents employeurs – comme les miens du reste – ne lâchent pas facilement la proie pour l'ombre. Ils travaillent à long terme, mais ils sont souvent bien ingrats envers nos services passés. Une fois que nous avons cessé de leur être utiles, ils n'hésitent pas à nous laisser tomber, sans trop se soucier de savoir comment nous allons nous débrouiller. Eh bien, j'ai été mandaté pour que nous envisagions ensemble le moyen de lever les inquiétudes que vous ne manquez sûrement pas d'éprouver quant à votre avenir. Pour que nous tâchions de résoudre la question de vos ressources, si vous préférez – et d'une manière moins humiliante que cet organisme de charité dont vous dépendez à présent. Je suis certain que ces problèmes financiers vous tracassent de temps à autre. A moins que vous n'ayez l'intention de continuer à mener ce genre d'existence, dans la crainte permanente de voir resurgir vos anciens petits copains, le jour où ils auront décidé qu'il est finalement préférable de se débarrasser définitivement de vous. »

Comme Hillsden ne répondait pas, l'Allemand caressa le canon de son revolver et poursuivit :

« Ne pensez-vous pas qu'il serait raisonnable d'envisager la question ?

– Et que devrais-je donc envisager ?

– Un petit voyage, une nouvelle installation, un futur moins incertain...

– En échange de quoi ?

– Allons, M. Hillsden... Vous n'êtes pas naïf à ce point ! Disons que nous vous demandons un peu de coopération en retour.

– Bref, vous me demandez de trahir.

– Et eux, ne vous ont-ils pas trahi ? Vous avez fait votre devoir, et que vous ont-ils donné en échange ? Les gens pour qui je travaille se montreront beaucoup plus généreux, je puis vous l'assurer. Disons, 25 000 livres sterling pour commencer, versées sur un compte en Suisse. Et encore n'est-ce là qu'un début, destiné à vous prouver leur bonne volonté. Après, tout dépendra de la manière dont vous vous montrerez coopératif. Mais je vous certifie que vous n'aurez pas à vous plaindre. »

Pour gagner du temps, Hillsden regarda la pointe de ses pieds tout en dessinant des figures sur le sable avec un vieux morceau de bois. Il était indispensable de ne pas leur donner l'impression qu'il s'était attendu à leur proposition. La manière dont les choses allaient se passer dans les prochaines minutes serait assurément décisive.

« Je ne suis pas certain d'avoir grand-chose à vous vendre, dit-il enfin. Il y a déjà un bon moment que je ne suis plus dans le coup.

– C'est un risque que nous acceptons de prendre. »

Hillsden resta encore silencieux un moment.

« Ai-je vraiment le choix ? Si je refusais de marcher avec vous maintenant que vous m'avez retrouvé, j'imagine que les gens pour qui vous travaillez n'hésiteraient pas à m'éliminer. »

Le jeune homme sourit.

« Ils ne valent pas mieux les uns que les autres, dit-il. Il n'y a que leur couleur qui change. Nous ne serons vraiment en sécurité qu'une fois morts et enterrés.

– Comment puis-je avoir l'assurance qu'ils respecteront leurs engagements ?

– Ils n'auraient aucun intérêt à agir autrement. Vous pouvez très bien réaliser ça. Et ne vous sous-estimez pas : si vous ne possédiez pas d'informations intéressantes, ils ne nous auraient sûrement pas envoyés vous faire cette offre.

– Et après ?

– Que voulez-vous dire ?

– Lorsqu'ils auront appris ce qu'ils veulent savoir, que se passera-t-il ?

– Ce sera à vous de décider. Une fois que vous aurez l'argent, vous pourrez aller où bon vous semble.

– J'aurai besoin d'une couverture.

– C'est une chose que vous pourrez négocier.

– J'entends : une couverture à toute épreuve. Si je vous suis, je tiens à disparaître pour de bon.

– Évidemment.

– Comment serai-je assuré d'avoir l'argent?

– Je vois que nous progressons, puisque vous posez maintenant des questions pratiques. J'aime ça. Je ferais la même chose à votre place. Le premier versement a d'ores et déjà été effectué sur un compte en Suisse. Je vous donnerai son numéro en même temps que votre nouveau passeport. Je pense que vous conviendrez que cet arrangement est parfaitement clair.

– Dans combien de temps voulez-vous une réponse?

– Pourquoi ne pas nous la donner dès à présent? Comprenez notre position. Si vous décliniez finalement notre offre, nous nous trouverions confrontés à un sérieux problème. Vous pourriez être tenté d'aller vendre cette information ailleurs. Je suis sûr que vous me comprendrez. D'un autre côté, si j'ai réussi à vous convaincre, autant nous le dire tout de suite. Tous les arrangements ont déjà été pris. »

Hillsden hésita une dernière fois. Ils disaient probablement la vérité : ils ne pouvaient pas se permettre de lui laisser la possibilité de contacter qui que ce soit. Et la vue du revolver dans le sac lui rappela qu'il n'avait de toute façon pas le choix.

« Si vous aviez prévu de m'emmener immédiatement, ça risque d'être un peu difficile, dit-il en jouant le jeu jusqu'au bout. Je n'ai pas de vêtements décents, aucune affaire de rechange...

– Je vous ai dit que nous avions pensé à tout. Nous avons acheté des affaires à votre intention. Vous voyagerez en vous faisant passer pour le père de Wendy. L'idée n'est-elle pas excellente? »

L'Allemand arbora une nouvelle fois son sourire dénué de chaleur. Un vent glacial se mit soudain à souffler de la mer.

« Les gens croiront que vous êtes venu ici ce matin comme à votre habitude, et que vous avez voulu vous baigner. Comme vous le disiez vous-même tout à l'heure, les marées sont parfois dangereuses. Qui sait ce qui se sera passé dans la tête d'un vieil homme déchu comme vous? Lorsqu'on découvrira vos vêtements échoués quelque part sur la côte, la tragédie ne fera plus de doute pour personne. Que pensez-vous de ce scénario?

– Au fond, vous n'avez jamais douté de ma réponse, répondit Hillsden.

– Vos nouveaux effets sont dans la voiture. Vous allez voyager sous le nom de Coburn. Votre femme est récemment décédée. J'ai choisi un costume sombre, avec une cravate noire. Il faut toujours se montrer respectueux envers les morts. »

25.

Le Jeune Homme Trop Gros avait déjà un certain nombre de morts sur la conscience, ce qui ne l'avait d'ailleurs jamais empêché de dormir. Il y avait toujours eu suffisamment de haine en lui pour qu'il ait même trouvé un plaisir secret dans l'accomplissement de ces meurtres. Il avait subi un certain nombre d'opérations de chirurgie esthétique qui avaient réussi à la longue à atténuer l'empâtement de ses traits et la laideur de son nez, mais sa cruauté initiale était demeurée intacte.

Depuis plusieurs mois, il s'était réfugié en Libye. Tapi dans l'ombre, il avait fait le mort tout en restant aux aguets, attendant le moment propice pour faire sa réapparition. Au cours de cette retraite temporaire, de fausses informations avaient circulé sur son compte et à propos de ses prétendues activités. Il avait beau savoir que tout cela n'était que pure invention, il ne pouvait s'empêcher d'être vaguement amusé en lisant de temps à autre la liste des attentats qu'on lui attribuait. Il était plutôt rassurant de constater qu'en dépit de son retrait de la scène internationale on n'avait pas oublié son existence.

En Angleterre, le début de l'opération s'était déroulé à merveille. Ils avaient même bénéficié d'une chance qui le surprenait lui-même, et il regrettait de ne pas avoir pu prendre personnellement part à cette première phase du plan. Il était en sécurité à Tripoli, mais il ne fut pas fâché de devoir enfin quitter la ville. Le fanatisme du régime libyen ne lui plaisait guère; il se sentait plus à l'aise avec les Russes, dont le cœur battait au même rythme que le sien. Eux au moins n'improvisaient jamais rien, et la manière dont ils l'employaient lui convenait parfaitement : il aimait les missions délicates, celles où il lui fallait prendre le maximum de risques.

Il se trouvait en ce moment sur la terrasse de l'hôtel Quaddan, en compagnie de l'homme du KGB dont il dépendait, et il écoutait avec beaucoup d'attention ce dernier lui expliquer en détail la teneur de sa nouvelle mission. De l'autre côté de la balustrade, une tribu de chats affamés miaulaient désespérément; il leur lançait de temps en temps des miettes de son petit déjeuner. Du temps où la région était sous contrôle britannique, les chats avaient proliféré dans le pays. La légende voulait qu'une riche héritière eût jadis laissé un testament en leur faveur : depuis lors, ils s'étaient multipliés à une allure terrifiante. Laissés à l'abandon, leurs descendants étaient retournés à l'état sauvage. Le Jeune Homme les aimait bien : ils survivaient, comme lui, à force d'intelligence et de volonté.

« L'homme dont nous vous demandons de vous charger ne nous est plus d'aucune utilité depuis déjà un bon moment, disait le type du KGB. Nous devons assurer nos arrières avant d'avancer le prochain pion. Nous l'avons raté une première fois, mais je suis certain que vous ne commettrez pas la même erreur. »

Ils discutaient de cet assassinat aussi paisiblement que s'il s'était agi d'une bénigne intervention chirurgicale. Le Jeune Homme opérerait seul – c'était la méthode qu'il préférait – et il n'aurait qu'une seule personne à contacter. L'homme du KGB lui apprit de qui il s'agissait.

« Nous nous sommes déjà rencontrés une fois, il y a longtemps, dit le Jeune Homme après un instant de réflexion.

– Ce choix vous satisfait-il?

– Cela fera l'affaire. L'essentiel, c'est que j'aie les mains libres pour mener les choses à ma guise.

– Cela va de soi. De la même façon, vous comprendrez qu'il devra leur être impossible de remonter jusqu'à nous. Quand tout sera terminé, Londres va probablement chercher à impliquer dans cette affaire les sympathiques dirigeants du pays dont nous sommes présentement les hôtes. (Le Jeune Homme savourait avec délectation ce genre de tournure délibérément cynique.) Moscou se rend parfaitement compte que ces gens ne sont bons qu'à nous créer des ennuis. Leur système politique et les buts qu'ils poursuivent à long terme n'ont rien de commun avec les nôtres. Leurs chefs ne sont qu'un ramassis de braillards hystériques, incapables de voir plus loin que leur ridicule révolution islamique. Comme si ce genre de choses avait vraiment la moindre importance! Et vous avez vu de quelle manière ils s'y prennent... »

Il rappela au Jeune Homme l'incident de St. James' Square, au cours duquel une jeune auxiliaire de la police britannique avait été tuée par un membre de la légation libyenne.

« Cet exemple montre bien qu'on ne peut pas compter sur eux. Est-ce que vous pouvez nous imaginer en train de commettre une bourde pareille ? Évidemment, si la chose s'était passée à Moscou, ils n'auraient jamais pu quitter le territoire soviétique vivants. Les Anglais sont vraiment devenus bien mous; au fond, ils méritent ce qui leur arrive. »

Au fur et à mesure qu'ils parlaient, le plan commença à prendre forme dans l'esprit du Jeune Homme. Il envisagea la meilleure manière de mettre les choses en route, les différentes étapes nécessaires à la réussite de l'opération, le genre d'armes qui serait le plus approprié, ainsi – et ce n'était pas le moins important – que les mesures de sécurité qu'il faudrait prendre pour éviter d'être capturé une fois sa mission accomplie. Depuis longtemps, les Russes lui faisaient entièrement confiance et le laissaient décider seul de ce genre de détails. Il avait survécu jusque-là parce qu'il avait toujours su assurer ses arrières. Aux yeux du KGB, son principal atout résidait dans le fait que personne n'avait jamais été en mesure de prouver qu'il avait le moindre lien avec eux. Les services de sécurité occidentaux le considéraient comme un franc-tireur, prêt à servir n'importe quelle cause – quelqu'un qui opérait sans motif apparent et qui faisait ainsi écran devant le véritable but de ses employeurs. Cet arrangement satisfaisait les deux parties. Il travaillait toujours mieux en solitaire : tout ce qu'il demandait, c'était qu'on lui désigne sa cible.

Tout ayant été mis au point, il quitta Tripoli le lendemain et commença un long et complexe voyage, au cours duquel il multiplia les escales afin de brouiller les pistes, avant de rejoindre finalement le pays où il avait été décidé que quelqu'un devait mourir.

Hillsden avait lui aussi des idées de meurtre. Durant la traversée qui le menait en France, il ne put s'empêcher de penser que sa situation n'était pas sans évoquer celle du Dr Crippen et d'Ethel La Neve : eux aussi avaient suivi ce chemin avant de se lancer dans l'inconnu. La fille qu'il connaissait sous le nom de Wendy ne le lâcha pas d'un pouce durant tout le voyage. Ils restèrent ensemble sur le pont en regardant la côte anglaise disparaître à l'horizon. Il se demanda s'il la reverrait jamais à l'avenir. L'Allemand ne les avait pas accompagnés; il était allé à Heathrow prendre un avion pour Paris. De là, il devait venir les attendre à Cherbourg, leur port d'arrivée.

« Est-ce que vous pourriez abandonner ce pays pour de bon? demanda Hillsden à la fille.

– Il y a déjà bien longtemps que je l'ai fait.

– Et ça ne vous a pas posé de problème?

– Oh... ça n'a pas été bien difficile. L'Angleterre est fichue. Elle finira par tomber sous notre coupe : ce n'est plus qu'une question de temps. »

La mer devint mauvaise dès qu'ils se furent éloignés des côtes, et la fille n'avait apparemment pas le pied marin.

« Retournons dans la cabine, dit-elle. Je crois qu'il vaut mieux que je m'allonge un moment.

– Il est préférable de rester dehors, dans ces cas-là.

– C'est ce qu'on dit, mais j'aime mieux aller m'étendre. »

Il l'accompagna. Dans la cabine voisine de la leur, un groupe de supporters d'une équipe de football jouaient bruyamment au poker. Ils lancèrent des remarques obscènes lorsque Hillsden et la fille passèrent devant leur porte.

« En tout cas, je ne regrette pas de laisser derrière moi ce genre d'individus, dit-elle lorsqu'ils furent seuls. (Elle alla au lavabo et s'aspergea le visage d'eau froide.)

– J'ai pourtant cru comprendre qu'ils venaient avec nous.

– Vous m'avez fort bien comprise. (Elle s'étendit sur l'une des couchettes et fronça le nez d'un air dégoûté.) Pouah! Ces couvertures ont une odeur infecte!

– Vous n'aimez donc pas vous rapprocher du peuple? »

Elle ne répondit pas. Lorsqu'elle ferma les yeux, la dureté de ses traits s'effaça. Hillsden passa une serviette sous l'eau et la lui posa sur le front. Cette fraîcheur inattendue la fit sursauter.

« J'ai pensé que cela vous ferait du bien.

– Je vous remercie. »

Elle referma les yeux, maintenant la serviette en place de sa main soigneusement manucurée. Hillsden s'assit sur la couchette opposée et se mit à la dévisager. Il se souvint de son corps nu sur la plage et se demanda par quel obscur cheminement elle avait bien pu se retrouver mêlée à toutes ces histoires. Qui l'avait donc endoctrinée à ce point? Assoupie, elle paraissait étrangement vulnérable et il dut faire un effort pour se souvenir qu'il ne se trouvait pas vraiment de son plein gré en sa compagnie. Il avait fini par apprendre que les choses ne se passent jamais comme on le croit à l'avance. Tout en la contemplant, il repensa à Caroline et aux heures qu'ils avaient passées dans les bras l'un de l'autre. Il réalisa brusquement la signification de ces pensées. Comme si elle avait lu en lui, la fille ouvrit les yeux et le regarda.

« C'est passé, dit-elle. Il suffisait que je m'allonge. Vous savez, ajouta-t-elle en cherchant son regard, je ne vous imaginais pas comme ça.

– On ne vous avait pas mise au courant?

– Si, mais on n'arrive jamais à se représenter quelqu'un en lisant simplement son dossier.

– Qu'est-ce qui vous surprend en moi?

– Vous me désirez. Je n'aurais jamais cru ça de vous.

– Qu'est-ce qui vous fait croire que vous avez raison?

– La façon dont vous me regardiez quand je me suis réveillée.

– Est-ce si surprenant? Vous devez bien savoir que vous êtes très attirante. »

Ils se dévisagèrent à travers l'étroite cabine. Hillsden se demandait si ce qui était en train de se passer entre eux était dû à l'ancestrale alchimie du désir physique ou au fait qu'ils étaient l'un et l'autre accoutumés de longue date au mensonge. Il décelait un changement en elle, et même une nuance d'excitation dans sa voix.

« En supposant que vous ayez raison, dit-il, vous savez très bien que cela ne nous mènerait nulle part. Vous n'allez pas prendre le risque d'outrepasser vos consignes. Les gardiens n'ont pas le droit de faire l'amour avec ceux dont ils ont la charge. A moins, bien sûr, que vous n'ayez carte blanche dans ce domaine? »

Il se rendit compte que ce dialogue intriguait la fille. Finalement, il y avait peut-être bien une faille dans son armure, et cela l'amusait de la tester sur ce point.

« Vous vous considérez donc comme un prisonnier? lui demanda-t-elle.

– N'est-ce pas la vérité?

– Vous ne nous faites pas confiance?

– Ma chère enfant, dit-il avec une brusque conscience de leur différence d'âge, le mot confiance ne figure pas dans le dictionnaire que nous utilisons. »

Il s'agenouilla dans l'espace qui séparait les deux couchettes et attira son visage vers le sien. Elle ne lui offrit aucune résistance. D'aussi près, elle avait l'air encore plus jeune et il n'ignorait pas que, en cet instant du moins, c'était à lui de prendre l'initiative. Il n'avait d'ailleurs pas l'intention de pousser les choses beaucoup plus loin, mais l'étrangeté de la situation l'intriguait. Il se demanda soudain si elle n'avait pas délibérément feint d'avoir le mal de mer pour se retrouver seule avec lui. Afin de l'éprouver, il lui caressa doucement les seins; cette fois encore, elle se laissa faire.

Les joueurs de cartes se mirent tout à coup à crier dans la cabine voisine et le charme fut rompu.

« Va fermer la porte », lui dit-elle.

Il hésita un instant avant de se relever, puis il alla pousser le verrou. Lorsqu'il se retourna, elle était déjà en train de se déshabiller. Il avait encore sous les yeux la splendeur de son corps nu sur la plage, mais, dans cette cabine minuscule, sa beauté était presque irréelle. Il était incapable de lui résister. Ils s'embrassèrent pour la première fois, puis il lui demanda d'excuser sa maladresse et lui avoua qu'il y avait bien longtemps qu'il ne s'était plus livré à ce genre d'exercice. C'était la première fois dans sa vie qu'une telle chose lui arrivait, sans que rien ne l'y ait préparé.

Elle ne dit rien, mais l'aida à se défaire de ses vêtements. Elle s'interrompit pour caresser la cicatrice qui lui barrait l'épaule. Il ne s'était pas attendu à ce qu'elle fasse preuve d'une telle tendresse; c'était comme s'ils étaient brusquement redevenus humains, avant que les choses ne basculent à jamais. Elle défit le lit et ils se glissèrent sous les couvertures, ce qui lui rappela soudain les jeux obscurs auxquels il se livrait lorsqu'il était enfant, dans le placard situé sous l'escalier de la demeure familiale. La vie ne cesse de se répéter, se dit-il. Il dut faire un effort pour se souvenir que ce qui était en train de se passer n'avait rien à voir avec de l'amour, puisqu'il ne pouvait se retenir d'éprouver un mélange de culpabilité et de honte. J'avais juré autrefois de ne jamais trahir la mémoire de Caroline, songea-t-il. Mais il ne put empêcher son corps de réagir au désir de la fille qui frémissait sous lui et, oubliant sa promesse, il l'étreignit dans un élan désespéré.

Lorsqu'ils eurent terminé, ils restèrent serrés l'un contre l'autre sur le matelas fatigué, en écoutant les bordées de jurons que lançaient les joueurs de poker de l'autre côté de la cloison. La fille effleura une nouvelle fois sa cicatrice, tandis que la main de Hillsden étreignait toujours ses seins moites, sous lesquels il sentait son cœur battre lentement. Le sentiment de culpabilité lui revint brusquement.

« Nous formons vraiment un drôle de couple, dit-il.

– Pourquoi ?

– Vu les circonstances, je veux dire. A moins que tu n'aies accordé une dernière faveur au condamné à mort.

– Non. J'avais envie de toi. Ça ne te suffit pas ?

– Officiellement, ça s'appelle une " relation intime illicite ". C'est drôle, non ? Après tout, on peut considérer l'intimité comme la plus belle forme d'amitié; c'est du moins le sens que le terme avait autrefois. Aujourd'hui, on s'en sert pour désigner l'adultère. Enfin, tout cela ne nous concerne pas. On peut effectivement parler d'intimité dans notre cas, mais je doute que l'amitié y ait sa part.

– Tu parles toujours comme ça après avoir fait l'amour ?

– Je n'en avais pas eu l'occasion depuis bien longtemps. »

Il avait une crampe dans le bras et voulut se dégager. Dans son élan, il faillit basculer de la couchette.

« Ces lits n'ont pas été conçus pour des exercices de ce genre, plaisanta-t-il. Nous aurions dû faire ça le premier jour quand tu t'offrais à moi sur la plage. Tu savais que j'étais là, je suppose ?

– Bien sûr.

– Pour qui travailles-tu ? demanda-t-il brusquement, en espérant la prendre par surprise. Elle ne tomba pas dans le piège.

– Tu n'espérais quand même pas que j'allais te le dire...

– Non, mais ne m'en veux pas d'avoir essayé.

– Dans combien de temps devons-nous arriver ? » demanda-t-elle.

Il tourna la tête pour regarder sa montre-bracelet.

« Dans deux heures, exactement.

– Je ne t'accompagnerai pas beaucoup plus loin. C'est lui qui doit prendre le relais.

– Où doit-il m'emmener ?

– On ne me l'a pas dit », répondit-elle en s'écartant de lui.

Dans la cabine voisine, de nouveaux rires gras s'élevèrent ainsi que des bruits de bouteilles entrechoquées.

« Écoute un peu ces crétins, dit-elle. Ils ne méritent même pas qu'on les trahisse. »

Un instant, il se crut presque revenu à l'époque où il faisait son service militaire. La cabine lui rappelait une chambrée, et le brouhaha qui montait de l'autre côté de la cloison ressemblait à celui de la cantine du mess. Mais, en ces temps reculés, la loyauté faisait encore partie du jeu.

« Ce type, c'est ton petit ami ?

– Pourquoi veux-tu le savoir ?

– Simple curiosité.

– Je vis avec lui, répondit-elle – du moins quand il m'en laisse le temps.

– Il est allemand, non ? Sans doute un des nouveaux rejetons de la jeune démocratie germanique...

– Tu peux bien croire ce que tu veux.

– Allons, Wendy ! Nous ne sommes pas dans *Peter Pan*, et cela fait longtemps que nous avons tous deux quitté la maternelle. Pourquoi jouer la sainte nitouche avec moi ? Il y a encore un instant, ce que nous étions en train de faire n'avait pas l'air de t'incommoder. Ce n'est sans doute pas une preuve d'amour éternel, mais ça crée tout de même un certain lien entre nous, tu ne crois pas? Nous sommes de la même race tous les deux; la seule différence, c'est que toi tu espères encore atteindre un jour ta Terre promise, tandis que moi je m'apprête à y retourner pour la seconde fois.

– On évite bien des ennuis si l'on s'en tient à ce que les gens ont envie de vous entendre dire.

– Et toi? Que ferais-tu si on te donnait le choix?

– J'ai déjà choisi. Je suis du côté des futurs vainqueurs.

– Comme ça doit être agréable de ne pas éprouver le moindre doute... »

Hillsden avait prononcé cette dernière phrase sur un ton qui n'avait rien d'ironique. Cette joute verbale avait rallumé son désir et l'arrogance de la jeune fille la rendait infiniment attirante. Il la renversa sur le matelas et la posséda une nouvelle fois, mais il sentait à présent que c'était lui qui maîtrisait la situation. Tout en l'étreignant, il réalisa que seul le sexe a le pouvoir de nous faire brièvement oublier nos hantises et nos peurs secrètes; il en arrivait même à comprendre la frénésie qui s'empare de celui qui commet un viol. Il savait très bien que la fille n'éprouvait aucune passion à son égard, mais il aurait voulu la forcer à lui témoigner au moins un peu de tendresse, une forme de chaleur qu'il aurait pu garder au fond de lui pour affronter les heures difficiles qui l'attendaient. Elle soupirait et geignait sous lui, mais il n'ignorait pas que ces sons indistincts ne lui étaient pas personnellement destinés; et lorsque tout fut consommé, il se sentit plus seul que jamais.

Ils restèrent silencieux durant plusieurs minutes. Puis la fille reprit la parole :

« Est-ce que tu crois que nous nous reverrons?

– Si j'étais en mesure de répondre à cette question, je ne me ferais pas de souci pour le reste.

– Oui, sans doute. Ma question était stupide. (Elle se libéra de son étreinte et se leva de la couchette.) J'irais bien boire un verre, ajouta-t-elle. On ne pourrait pas remonter sur le pont?

– Comme tu voudras. »

Hillsden l'observa aller et venir avec souplesse tandis qu'elle ramassait ses vêtements. Sa beauté avait quelque chose de mortel et lui fit penser au temps qu'il avait perdu, et à celui qu'il devait encore perdre. Lorsqu'ils furent tous les deux rhabillés, elle l'autorisa à l'embrasser sur la joue avant qu'ils ne quittent la cabine.

« Laisse-moi au moins espérer qu'il a existé un peu de chaleur entre nous », lui dit-il.

Elle acquiesça silencieusement.

Plusieurs cannettes de bière roulaient de long en large dans la coursive, en suivant les oscillations du navire. Comme ils repassaient devant la cabine des joueurs de poker, l'un d'eux interpella Hillsden :

« Alors, pépé! On a fait un peu de gymnastique? »

Des rires éclatèrent derrière eux alors qu'ils remontaient sur le pont. Ils pénétrèrent dans le bar, qui était noir de monde.

« Quel genre de poison bois-tu? demanda Hillsden.

– Je prendrai une double vodka. Sans glace.

– Je vois qu'on fait marcher l'industrie nationale... »

Mais sa plaisanterie tomba à plat. Toutes les tables étaient occupées et, lorsqu'il eut réussi à se faire servir, ils ressortirent en emportant leurs consommations.

« A quoi buvons-nous? lança-t-il.

– A ton départ! répondit-elle en observant la cohue qui se pressait au bar. Regarde-moi ces abrutis engloutir leur bière détaxée et leurs chips à l'oignon... Ne me dis pas que tu vas les regretter!

– Si seulement les choses étaient aussi simples... », répondit-il tristement.

Ils restèrent accoudés en silence au bastingage, en regardant les côtes françaises émerger lentement de la brume comme un décor de théâtre. Au-dessus d'eux, les mouettes qui hurlaient semblaient partager leur solitude.

Une heure plus tard, après avoir débarqué, ils passèrent la douane française, qui ne parut pas précisément s'inquiéter de l'arrivée en France de M. Coburn et de sa fille. Une fois ces formalités accomplies, ils débouchèrent sur le parking du débarcadère. L'Allemand les attendait à côté d'une Citroën noire. Il embrassa Pamela et Hillsden sur les deux joues, à la manière française. Cette mise en scène était destinée à abuser un observateur éventuel.

Ils prirent l'autoroute jusqu'à Paris. L'Allemand n'hésita pas à dépasser la limitation de vitesse lorsqu'il estima qu'aucun contrôle de police n'était plus à craindre. Hillsden somnolait sur le siège arrière. A l'avant, le type et la fille n'échangèrent pas trois phrases; il crut pourtant les entendre mentionner une fois le nom de Londres. La Citroën quitta l'autoroute à l'échangeur de l'aéroport Charles-de-Gaulle. L'Allemand déposa la fille devant l'entrée des embarquements. Elle l'embrassa à travers la vitre baissée et jeta à peine un coup d'œil à Hillsden avant de s'éloigner en direction du bâtiment. Elle n'était pas encore entrée que la voiture avait déjà fait demi-tour pour se réengager sur la bretelle qui rejoignait l'autoroute. Ils contournèrent Paris par le sud et prirent la direction de Troyes. L'Allemand ne leva pas le pied de l'accélérateur. Ils ne s'arrêtèrent qu'une seule fois pour faire le plein d'essence et manger un morceau.

« Où allons-nous ? demanda Hillsden lorsqu'ils furent entrés dans le snack. (Comme l'autre ne répondait pas, il reposa sa question en allemand.)

– Vous le verrez bien.

– Si ça ne vous dérange pas, j'aimerais autant que vous cessiez de me traiter comme si j'avais la gale. A mes yeux, vous n'êtes que de simples intermédiaires, vous et votre petite amie. Aussi, je vous prie de vous en tenir à votre rôle de chauffeur et de me dire quelle est notre destination. »

L'Allemand essuya consciencieusement son assiette avec un morceau de pain.

« J'ai l'habitude de traiter avec des partenaires qui soient mes égaux, poursuivit Hillsden, et non avec des subalternes. Et puisqu'il a été question d'argent, j'aimerais également bien en voir la couleur... »

L'Allemand but une gorgée de café avant de répondre.

« Qu'est-ce qui vous fait croire que vous êtes en mesure d'imposer vos conditions ? dit-il. Votre passeport est faux, vous n'avez pas un sou en poche et vous n'êtes même plus dans votre pays. A votre place, je me tiendrais à carreau. Allez, finissez votre café, nous allons repartir. »

Ils roulèrent encore pendant plus de trois heures à travers la haute Marne. A la tombée de la nuit, ils atteignirent finalement Tettingen, un petit village situé à quelques kilomètres de la frontière suisse. Ils descendirent dans un modeste hôtel pour voyageurs de commerce.

« Rendez-moi votre passeport avant que nous entrions, lui dit l'Allemand. Il est temps de mettre fin à l'existence de M. Coburn. »

Hillsden lui tendit ses papiers. Il reçut en échange un second passeport, allemand celui-là, établi au nom de Ernst Sanckel, joaillier et natif de Coburg.

« Vous devez parler allemand à partir de maintenant, lui dit l'autre. Il vaut d'ailleurs mieux que vous me laissiez m'occuper des formalités. Nous allons passer la nuit ici et nous repartirons demain matin à l'aube. Je tiens à ce que nous passions la frontière à l'heure où il y a le plus de camions; nous attirerons ainsi moins l'attention. Au fait, nous dormirons dans la même chambre.

– Charmante attention. Mais pas dans le même lit, j'espère...

Contrairement à votre petite amie, j'ai l'habitude de choisir mes partenaires. »

Il avait espéré marquer un point, mais il en fut pour ses frais.

« Tant mieux pour vous si vous l'avez baisée, lâcha le type. C'est une vraie traînée. Elle est comme tout le reste de vos compatriotes : tout juste bonne à obéir. »

L'Allemand paya leur chambre d'avance. Ils prirent un repas frugal avant de monter se coucher. La chambre comportait deux lits jumeaux; le reste du mobilier était sommaire, mais d'une propreté immaculée. Il y avait une douche et une cuvette de w.-c. dans un coin de la pièce.

« Même pas de télévision, soupira Hillsden. Il va falloir faire causette pour passer le temps. Au fait, quel peut bien être le salaire d'un chauffeur, de nos jours? » ajouta-t-il.

Mais l'Allemand ne releva pas le sarcasme. Il choisit le lit qui était le plus proche de la porte et s'allongea tout habillé.

« On ne se lave même pas les dents? lança Hillsden. Si vous n'y voyez pas d'inconvénient, je vais néanmoins prendre une douche. Tournez-vous de l'autre côté si vous trouvez le spectacle trop indécent. »

Il se déshabilla. Une fois sous l'eau, il se frotta énergiquement pour chasser le parfum de la fille, mais cela n'effaça pas sa propre culpabilité. Lorsqu'il eut terminé, il regagna son lit et éteignit la lumière.

« Rallumez! dit l'autre.

– Excusez-moi. J'ignorais que vous aviez peur du noir. Si vous voulez, je peux vous raconter un conte de fées typiquement allemand pour vous aider à trouver le sommeil. Que diriez-vous de l'histoire du siège de Stalingrad?

– Arrêtez de faire le malin. Vous feriez mieux d'économiser vos forces : vous allez en avoir besoin dans les jours à venir. »

Hillsden regarda les insectes qui virevoltaient autour de la lampe, en songeant que ce que l'autre venait de lui dire n'était pas dénué d'une certaine vérité. Il avait l'expérience des interrogatoires et ne se faisait aucune illusion sur ce qui l'attendait. Une fois de plus, il regretta de ne pouvoir trouver refuge dans une forme de foi quelconque. Il tenta de se souvenir des prières qu'on lui avait apprises dans son enfance – test de mémoire plus significatif qu'on ne le croit généralement – et, tout en songeant à ces années depuis longtemps révolues, il sombra peu à peu dans le sommeil.

Ils quittèrent l'hôtel à l'aube et passèrent la frontière l'estomac vide. Comme à Cherbourg, les formalités douanières se déroulèrent sans incident. Ils roulèrent ensuite pendant une heure environ avant de s'arrêter au bord de la route dans une de ces auberges suisses où les clients sont servis avec une méticulosité et une précision dignes d'une montre à quartz. Puis ils reprirent leur voyage. Sans le savoir, Hillsden suivait le même itinéraire que Calder, le jour où ce dernier était revenu après le meurtre de Caroline. Comme lui, il essaya de graver dans sa mémoire les détails les plus frappants du paysage montagneux qu'ils étaient en train de traverser. La netteté et la propreté qui caractérisent la Suisse avaient le don de l'irriter, mais éveillaient aussi en lui un certain sentiment d'admiration. Les vaches qui broutaient dans les prés environnants ressemblaient aux petites figurines de bois avec lesquelles il jouait dans son enfance. La voiture n'était pas équipée d'un système d'air conditionné et il devait lutter contre la torpeur qui l'envahissait de plus en plus, à mesure que le soleil s'élevait dans le ciel. L'Allemand conduisait d'un air concentré; il était évident qu'il connaissait les lieux. Lorsqu'ils s'engagèrent dans la dernière vallée, ses mains se relâchèrent sur le volant; peu après, la voiture ralentit et fit halte devant les grilles d'une propriété. Hillsden vit deux blondinets surgir de l'autre côté; ils vérifièrent l'identité du véhicule avant d'ouvrir les grilles. Lorsque la Citroën eut pénétré dans la propriété, ils s'avancèrent pour dévisager les passagers d'un peu plus près.

« Pas de problème? demanda l'un d'entre eux en se penchant par la fenêtre ouverte. (Il empestait le parfum pour femmes.)

– Tu m'as déjà vu avoir des problèmes? » répliqua l'Allemand.

Le blondinet les laissa passer. Une fois arrivé devant le chalet, Hillsden fut accueilli par un individu qui approchait de la soixantaine. Il était vêtu d'un costume de flanelle gris à la coupe impeccable et paraissait sortir des pages d'un magazine de mode. L'homme lui tendit la main.

« Bienvenue, M. Hillsden. Je suis heureux de vous voir enfin parmi nous. Mon nom est Hansel.

– Comme dans *Hansel et Gretel* », dit Hillsden.

Mais, au même instant, on lui assena un violent coup sur la nuque. Il perdit immédiatement connaissance et sombra dans les ténèbres et l'obscurité.

Le camp de base était l'Allemagne de l'Ouest. Le Jeune Homme Trop Gros passa une semaine à Hambourg, où il peaufina soigneusement son plan; puis il se rendit dans une agence de voyages qu'il avait choisie au hasard et acheta un billet pour un séjour organisé qui comportait la visite de Londres et de ses environs. Il se déguisa en touriste moyen, choisissant des vêtements qui ne trancheraient pas sur ceux que porteraient les autres membres du groupe. Le voyage devait durer dix jours, et les participants avaient la possibilité de rester en compagnie du groupe principal ou de se débrouiller de leur côté une fois sur place. Il calcula donc qu'il disposait d'une semaine pour accomplir sa mission.

La traversée de Hambourg à Douvres fut très agréable. Parmi les membres de son groupe, il y avait une proportion à peu près égale de jeunes gens et de personnes âgées. Tous avaient bien l'intention de prendre du bon temps et d'en avoir pour leur argent. Leur principal sujet de conversation était le taux de change actuel. Le Jeune Homme prit des photos-souvenirs avec son Leica lorsqu'ils firent halte pour le repas, mais, contrairement aux autres passagers, il n'avait pas mis de pellicule dans son appareil. Les produits de la firme Kodak ne manquaient assurément pas de qualités, mais il jugeait quant à lui qu'ils ne présentaient pas de garantie de sécurité suffisante. Cela faisait trois ans qu'il n'avait pas remis les pieds en Angleterre, mais son apparence physique avait suffisamment changé depuis la dernière fois. D'ailleurs, il ne transportait rien de compromettant. Il ne fumait pas, ne buvait pas, et désapprouvait l'usage des stupéfiants. En dehors du meurtre et de la gourmandise, il n'avait aucun vice.

Ils débarquèrent dans leur hôtel londonien à la minute même qui était prévue par l'horaire. Le Jeune Homme monta dans sa chambre et déposa ses bagages avant de ressortir immédiatement pour aller acheter tous les journaux qu'il put trouver. Il était toujours essentiel d'être au courant de ce qui se passait dans une capitale : les plans les plus soigneusement élaborés échouaient parfois à cause d'un petit grain de sable inattendu. Il remarqua qu'une manifestation de chômeurs devait avoir lieu durant son séjour; une visite officielle du président du Nigeria était également prévue. Ces deux événements allaient sans doute provoquer un renforcement des contrôles policiers et des embouteillages supplémentaires, ce qui pouvait le gêner s'il avait besoin d'opérer une retraite précipitée.

Ne voulant pas donner l'impression de se tenir délibérément à l'écart, il prit son repas le premier soir avec le reste du groupe et en profita pour divulguer de fausses informations sur ce qu'il comptait faire durant son séjour. Après avoir regardé le bulletin d'informations et un épisode particulièrement consternant d'un feuilleton télévisé, il monta se coucher et dormit huit heures durant d'un sommeil de plomb. Le lendemain matin, après avoir ingurgité ce que la direction de l'hôtel appelait pompeusement un « petit déjeuner continental », il sortit équipé de son Leica et de son guide, comme le plus innocent des touristes.

Il se rendit d'abord au Musée d'histoire naturelle de Brompton Road. Il y passa une heure, puis alla visiter le Victoria and Albert Museum, en ayant soin de se comporter en parfait anglophile. Il but ensuite un café dans un établissement voisin avant de marcher jusque chez Harrods. Afin de tester son déguisement, il demanda à un policier le chemin de la tour de Londres; l'homme le renseigna avec courtoisie et il s'engouffra alors dans le métro à la station de Knightsbridge. Mais, au lieu d'acheter un ticket, il pénétra dans une cabine téléphonique et demanda la police. En feignant un accent irlandais, il déclara qu'une bombe allait exploser chez Marks and Spencer, dans Oxford Street. Ce genre de plaisanterie lui procurait une satisfaction d'ordre quasiment sexuel, et ce fut d'un pied léger qu'il remonta à la surface, avant de s'engager dans Sloane Street. Malgré l'aspect généralement terne des Anglais, il ne put s'empêcher de remarquer l'insolence provocante qui émanait de certaines jeunes filles; les riches se ressemblent, quel que soit leur pays, et il était grand temps de mettre un terme à leur arrogance. Il marcha jusqu'à la station de Sloane Square en longeant le Royal Court Theatre; à partir de là, il mesura très précisément le temps qu'il lui fallait pour traverser Eaton Square sans avoir à se presser. Il n'utilisait jamais de voiture pour ses plans de fuite; tout ce qui était mécanique manquait de fiabilité à ses yeux et, de surcroît, on a besoin d'un chauffeur lorsqu'on se sert d'un véhicule. C'était là le genre de risques qu'il préférait éviter.

Il dépassa l'entrée de l'impasse et nota le nombre de voitures qui étaient garées devant les riches demeures, puis revint vers Sloane Square par un autre chemin. Il était satisfait du travail qu'il avait fait durant la matinée. Le Royal Court reprenait une pièce d'Orton en ce moment et il acheta un billet pour la représentation de l'après-midi. L'ironie vengeresse d'Orton envers les valeurs les plus sacrées le divertit énormément; il avait l'impression que c'étaient ses propres idées qui étaient représentées sur scène, sous le couvert de la fiction. Le fait que le public puisse rire à gorge déployée à ce genre de spectacle prouvait bien le degré de décadence où cette société était tombée, et il était fier de travailler à sa destruction. Lorsqu'il regagna l'hôtel pour prendre le repas du soir en compagnie des autres membres du groupe, il se sentait d'excellente humeur. Le lendemain, il se joignit à eux pour la visite organisée de Kew Gardens.

L'essentiel, c'était de ne jamais se laisser enfermer dans un schéma trop rigide.

Le troisième jour, il quitta l'hôtel tôt le matin et se rendit directement à la station de métro de Liverpool Street. Là, il prit une ligne qui le mena à Stratford-atte-Bow, le célèbre centre du quartier cockney de l'East End. Il n'y avait jamais mis les pieds auparavant, il avança poutant sans la moindre hésitation à travers les rues du marché; il avait bien étudié le plan, et il enregistrait ce genre de choses au millimètre près. Un demi-siècle s'était presque écoulé depuis le Blitz, mais le quartier en portait encore les cicatrices : les façades des maisons qui avaient été éventrées sous l'impact des bombes béaient encore à certains endroits. Même les immeubles qui avaient été construits après la fin de la guerre semblaient sur le point de s'effondrer; avec leurs murs lépreux et couverts de graffiti, leurs fenêtres aux carreaux brisés et à la peinture écaillée, on aurait dit qu'ils s'attendaient toujours à un bombardement imminent. En l'espace de quelques centaines de mètres, le Jeune Homme avait l'impression d'avoir franchi une invisible frontière et d'avoir pénétré sur un territoire étranger. La foule dans laquelle il se frayait un chemin n'avait aucune caractéristique propre; les gens qui la composaient étaient de toutes provenances raciales et semblaient avoir été rassemblés là par le plus grand des hasards. Il redoubla de précaution, en se rendant compte qu'il risquait davantage d'être remarqué par ici. Il n'imaginait évidemment pas qu'on lui ait donné des instructions erronées – il avait totalement confiance en ceux qui s'étaient chargés de cette partie du plan –, mais son instinct de conservation lui recommandait d'être prudent.

Il poursuivit son chemin à travers un labyrinthe de ruelles et arriva finalement devant l'adresse qu'il cherchait. Le petit magasin en question n'avait qu'une seule vitrine et se trouvait coincé entre deux entrepôts de vêtements. L'enseigne prétendait qu'il s'agissait d'une bijouterie, mais il distingua surtout des postes de radio et des montres d'origine douteuse. La vitrine était couverte d'affiches annonçant une prochaine liquidation et des soldes mirobolants, mais ce genre d'artifices n'abusait plus personne depuis longtemps dans le quartier. Tout le monde savait que la plupart de ces magasins n'étaient que des façades et qu'ils abritaient tous les trafics plus ou moins illégaux.

Le Jeune Homme contempla un moment la vitrine du magasin depuis le trottoir d'en face, puis il se décida finalement à traverser la rue. Lorsqu'il poussa la porte, une clochette se mit à tinter et un Pakistanais surgit au bout d'un instant de l'arrière-boutique.

Le Jeune Homme sortit une chaîne en or de sa poche.

« On m'a conseillé de venir vous voir, dit-il. Il paraît que vous pourriez me réparer ça. »

Le type se cala une loupe de bijoutier dans l'œil et examina la chaîne avec l'attention d'un professionnel.

« C'est faisable, dit-il. Mais ça va vous coûter cher.

– Je ne m'attendais pas à ce que vous acceptiez de travailler à l'œil.

– Le règlement se fait toujours en liquide.

– Combien voulez-vous ?

– Pour une affaire aussi délicate, ce sera 500 livres.

– C'est le tarif officiel ?

– C'est un prix raisonnable, vu le risque que je prends. »

Le Jeune Homme changea brusquement de ton.

« Écoute-moi bien, espèce d'enfoiré. La seule chose que tu risques, c'est de me faire sortir de mes gonds à force de me faire poireauter. Alors je te conseille de fermer ta boutique et de me filer au plus vite ce que je suis venu chercher ! »

L'homme s'empressa d'obéir. Il alla verrouiller la porte du magasin, suspendit le panonceau « Fermé » et entraîna son visiteur dans son arrière-boutique – laquelle, d'après les apparences, devait également lui servir de chambre à coucher. Un poêle à gaz se dressait à côté d'un minuscule évier, dans lequel s'empilait de la vaisselle sale; des restes de repas traînaient encore sur la table. Un lit de camp était déplié dans un coin; un petit chien de race incertaine qui était couché au fond d'un carton se dressa lorsque les deux hommes entrèrent et leur montra les dents sans grande conviction. Le Pakistanais s'agenouilla et repoussa le chien, qui alla se réfugier sous l'évier en gémissant. L'homme fouilla dans la pile de vieux journaux qui tapissaient le fond du carton et en sortit un revolver de police de fabrication allemande enveloppé dans du papier gras. Sa main tremblait lorsqu'il le tendit au Jeune Homme, qui ôta le papier protecteur et libéra le chargeur d'un geste expérimenté. Il fit tomber une cartouche dans sa paume, l'examina, et la reglissa dans le chargeur avant de remettre ce dernier en place. Il vérifia que le numéro de série avait bien été limé, puis sortit de sa poche une épaisse enveloppe qu'il lança sur la table.

« Ne te donne pas la peine de compter, bougnoule ! Contente-toi de me montrer la sortie. Et rappelle-toi : si jamais il y avait le moindre problème, on saura où te retrouver. Passe le premier et fais-moi signe si la voie est libre. »

L'homme ouvrit la porte de l'arrière-boutique et jeta un coup d'œil à l'extérieur.

« Tout va bien », dit-il.

Le Jeune Homme fourra le revolver dans sa poche et sortit dans la ruelle déserte. Il rejoignit l'artère principale et monta dans un bus qui le mena à St. Paul. Là, il prit le métro jusqu'à Bond Street. Il marcha de Bond Street jusqu'à Oxford Circus, où il prit un nouveau bus jusqu'à Hyde Park Corner. Il estima alors que personne ne l'avait suivi et rejoignit son hôtel. Une fois en sécurité dans sa chambre, il examina plus attentivement le revolver, puis sortit le Leica de son étui afin d'y ranger l'arme. Il l'emporta avec lui lorsqu'il descendit dîner. Après le repas, il suivit la retransmission d'un match de football dans un bar du quartier avant de rentrer se coucher.

Les deux jours suivants, il accompagna le groupe dont il faisait partie pour une série de visites organisées. Ils se rendirent à la Tate Gallery, à Hampton Court et au château de Windsor. La veille de leur départ, il prétendit dans l'après-midi qu'il souffrait de maux d'estomac et qu'il préférait garder la chambre pour se reposer. On lui demanda s'il voulait qu'on appelle un docteur, mais il refusa en disant à l'accompagnateur qu'il était sujet aux troubles digestifs depuis son enfance et qu'il avait l'habitude d'emmener avec lui les médicaments nécessaires lorsqu'il se déplaçait. L'homme lui exprima ses regrets de le voir manquer la soirée finale de leur voyage, qu'ils devaient tous passer au National Theatre.

Une heure après le départ de tous les membres du groupe, il donna un coup de téléphone depuis sa chambre. Une voix féminine lui répondit.

« Notre rendez-vous de ce soir tient toujours? demanda-t-il.

– Oui. Tout est au point.

– Quelle heure avez-vous exactement en ce moment?

– Six heures trente-deux. »

Il regarda sa propre montre.

« Je serai là-bas à neuf heures », dit-il avant de raccrocher.

Il alla ensuite prendre une douche, se mit en pyjama et téléphona à la réception pour commander des toasts et une bouteille d'eau minérale. Lorsque l'employé se présenta, il était au lit et lui dit qu'il ne se sentait pas très bien. L'autre lui exprima ses regrets et reçut un bon pourboire.

Le Jeune Homme grignota un toast et but un verre d'eau en attendant huit heures. Puis il s'habilla et quitta sa chambre. Il évita l'ascenseur et descendit par l'escalier. Le hall d'entrée était envahi par un groupe d'étudiants suédois qui venait d'arriver; il n'eut aucun mal à se faufiler parmi eux et à sortir sans se faire remarquer. Il n'avait avec lui que son étui d'appareil-photo.

A huit heures quarante-cinq, il était à Sloane Square, et il déboucha à l'entrée de l'impasse à huit heures cinquante-neuf, juste à temps pour apercevoir Pamela qui s'éloignait. La clef de la maison avait été laissée à son intention sur la serrure de la porte d'entrée. De sa main gantée, il libéra le verrou puis, après s'être rapidement glissé à l'intérieur, il monta l'escalier quatre à quatre.

Belfrage était en train de regarder la télévision, qui passait le *Concerto pour piano* de Grieg. Avant d'arriver à l'étage, le Jeune Homme avait sorti le revolver de son étui. Lorsqu'il pénétra dans la pièce, Belfrage lui tournait le dos et s'apprêtait à se verser à boire. Le Jeune Homme appuya deux fois sur la gâchette à l'instant même où il se retournait. Le verre à whisky alla heurter l'écran du téléviseur après s'être échappé de la main de Belfrage, mais ne se brisa pas. Le Jeune Homme s'avança vers Belfrage, dont le corps étendu gisait sur l'épaisse moquette; il appuya le canon de l'arme entre les deux yeux de sir Charles et fit feu une nouvelle fois, à bout portant. Puis il augmenta le volume du téléviseur et quitta la maison; il avait lancé la clef à l'intérieur avant de refermer la porte. L'ensemble de l'opération ne lui avait pas pris plus d'une minute.

Il rejoignit Sloane Square sans se presser et prit le métro jusqu'à Putney. Là, il s'engagea sur le pont et s'arrêta à mi-chemin pour regarder au-dessous de lui le va-et-vient des péniches et des caboteurs. Accoudé au parapet, il laissa tomber le revolver dans la Tamise; puis il continua son chemin et prit un bus pour revenir à Londres. A dix heures trente, il était de retour dans sa chambre d'hôtel. Lorsque l'accompagnateur du voyage vint prendre de ses nouvelles une heure plus tard, il était au lit et ils discutèrent ensemble du spectacle qu'il avait manqué.

Le groupe repartit le lendemain matin pour Hambourg. De l'avis général, le voyage s'était très bien déroulé et personne ne regrettait d'y avoir participé.

26.

« A condition de s'y prendre habilement, les services qui dépendent du Premier ministre peuvent heureusement camoufler bien des erreurs, remarqua Bayldon sur le ton déférent qu'il adoptait toujours en présence de son supérieur.

– Oui, répondit le Premier ministre. Je regrette seulement qu'ils ne puissent pas étouffer toute cette maudite affaire. »

Il jeta un coup d'œil à travers les fenêtres de sa résidence de Chequers. La pluie drue qui tombait estompait les contours des champs environnants, mais il distingua quelques silhouettes qui passaient aux abords de la propriété.

« Je me demande à quoi peuvent bien servir toutes ces consignes de sécurité, du moment qu'on autorise les gens à aller et venir librement si près d'ici. Avec un bon fusil, un tireur d'élite pourrait nous abattre comme des mouches avant que nous n'ayons eu le temps de dire ouf. Enfin, c'est ça l'Angleterre! Je me demande parfois si nous ne sommes pas tous devenus complètement fous.

– Ça doit dater de l'époque où l'on a rédigé le Grand Cadastre, murmura un autre membre du cabinet. Il devait s'agir de protéger les libertés civiles.

– Vu la manière dont les choses ont tourné, on ferait mieux de l'appeler le Grand Cadavre... », répliqua le Premier ministre.

Il lança un regard à la ronde pour voir comment sa plaisanterie était accueillie. A l'issue du plantureux repas qui leur avait été servi par des auxiliaires féminines de l'armée, la plupart des membres du cabinet avaient allumé les cigares jamaïcains que l'on distribue toujours lors des dîners officiels et sirotaient nonchalamment leur cognac.

« Bon, revenons à nos moutons, dit-il en se tournant vers Bayldon.

D'après ce que vous dites, Toby, nous sommes donc menacés par un nouveau scandale d'espionnage. C'est bien cela?

– Pas exactement, George. »

L'usage des prénoms était autorisé lors des réunions à huis clos, mais il était strictement prohibé en présence de la presse.

« Expliquez-vous un peu mieux.

– Il est à peu près établi à présent que Glanville a probablement été assassiné.

– S'il s'agit d'un fait établi, ce n'est donc plus une probabilité. Je vous ai déjà dit et répété cent fois – et cela s'adresse à chacun d'entre vous – que, lorsque vous faites une déclaration, il faut qu'elle soit fondée. Sinon, il vaut mieux vous taire, surtout devant le Parlement. Les conservateurs guettent toutes les occasions de nous avoir au tournant. Aussi, je vous prie d'être clair, Toby : Glanville a-t-il été assassiné, oui ou non?

– Disons que l'expertise judiciaire a établi qu'il était mort après inhalation d'un gaz paralysant. Maintenant, il est toujours possible qu'il se le soit administré lui-même, quoique cela paraisse peu probable. Mais on m'a dit qu'il était d'un tempérament suicidaire. Ce qui me laisse un peu perplexe, c'est que ce gaz était de fabrication britannique.

– Le produisons-nous toujours?

– Non. Il s'agit d'un vieux modèle expérimental.

– Était-il toujours légal lorsque les conservateurs étaient au pouvoir? demanda le Premier ministre avec un vague espoir.

– Difficile à dire. Vous savez de quelle bonne volonté font preuve les gens de Porton... (Bayldon s'éclaircit la gorge.) L'autre élément inquiétant, c'est qu'il semble bien qu'il y ait eu des fuites et que des membres de l'opposition aient été mis au courant. Mes services m'ont informé que le problème serait probablement soulevé lors de la prochaine séance des questions ouvertes à l'Assemblée. »

A cette nouvelle, le Premier ministre explosa.

« Le navire prend vraiment l'eau de toutes parts! s'exclama-t-il.

– Pour être juste envers Toby, intervint le ministre des Affaires étrangères, il faut reconnaître que nous avons souvent bénéficié de ce genre de fuites lorsque nous étions dans l'opposition.

– Ce constat ne nous avance guère, Sam. J'ai l'impression que certains d'entre vous ne réalisent pas que nous sommes assis sur une poudrière. Lisez donc les derniers sondages d'opinion. Si nous ne sommes pas renversés par cette vague terroriste, nous allons tomber parce que nous n'aurons pas su faire le ménage devant notre porte. Ce que je veux savoir, et vite, c'est si cette affaire Glanville constitue ou non le sommet d'un nouvel iceberg... Qui avait les meilleures raisons de l'éliminer : les Russes, ou nous ?

– Les Russes, logiquement, répondit le ministre des Affaires étrangères. Mais d'un autre côté, il semble que la dernière personne qui l'ait vu soit un membre du MI 6.

– Comment le savons-nous ?

– La maison de Glanville était sur écoute.

– Qui avait donné le feu vert ?

– Moi.

– Pourquoi ?

– C'est l'usage, George. Dans le cas de quelqu'un comme Glanville, on ne relâche pas la surveillance. Je n'ai vu aucune raison d'aller à l'encontre de la tradition. Après tout, il s'agissait d'un traître notoire.

– Les Américains sont-ils au courant de tout ça ? grommela le Premier ministre.

– Ils sont généralement bien informés.

– Je les ai déjà sur le dos jour et nuit. Encore une erreur de ce genre, et ils vont finir par nous laisser tomber.

– Il y a un certain nombre de gens à l'intérieur du Parti (et j'ajouterai : dans l'ensemble du pays) qui accueilleraient cette nouvelle sans mécontentement excessif, George. »

L'auteur de cette dernière remarque était le ministre des Affaires sociales, l'honorable Graham Lewisham. Tout comme Bayldon, le Premier ministre lui avait demandé d'entrer au gouvernement à seule fin d'avoir barre sur lui. Lors du traditionnel congrès à l'issue duquel était désigné le leader du Parti travailliste, Lewisham avait failli remporter la majorité des suffrages au premier tour de scrutin ; il avait fallu au Premier ministre le soutien de tous les vieux briscards et des seconds couteaux les plus obscurs du Parti pour l'emporter finalement au second tour. Lewisham était le chouchou de l'extrême gauche et il était appuyé par l'aile la plus populaire de l'électorat travailliste. Bien que son cheval de bataille favori fût la dénonciation de la presse corrompue contrôlée par les conservateurs, il était passé maître dans l'art de manipuler les médias pour son propre bénéfice, et il ne manquait jamais une occasion d'apparaître à la télévision. La presse était depuis longtemps tombée dans le piège et l'avait surnommé le Cassandre de la gauche ; de toute manière, il se « vendait » bien et on accordait beaucoup plus de place à ses déclarations qu'elles ne l'auraient au fond mérité. Il avait adopté la méthode chère à tous les démagogues, selon laquelle ce n'est pas la qualité ni la vérité de ce que l'on dit qui importe, mais le nombre de fois où l'on peut assener son message. Il manipulait avec brio un nombre impressionnant de statistiques tirées on ne savait d'où et ne manquait jamais d'insister dans ses discours sur la nécessité du « processus démocratique ». Il était pour la transparence gouvernementale et pour la participation des travailleurs aux délibérations du conseil ministériel. C'était lorsqu'il faisait preuve de la plus apparente pondération qu'il était le plus dangereux, et il nourrissait une ambition sans borne.

« Puisque vous mentionnez " l'ensemble du pays ", Graham, je vous rappellerai que nous n'avons obtenu que trente-huit pour cent des voix aux élections. Aussi devrions-nous nous montrer un peu plus réservés.

– Il était écrit noir sur blanc dans notre programme que nous mettrions fin à notre dépendance envers l'armement nucléaire américain.

– Il est inutile de me rappeler ce qu'il y avait dans notre programme : c'est moi qui en ai écrit les trois quarts! Malheureusement, les événements nous ont pris de court, et ce n'est vraiment pas le moment de faire chavirer le navire. Le pays est en émoi, non pas à cause de la présence des bases militaires américaines sur notre territoire, mais en raison de cette série d'attentats terroristes. Nous aurons tout le temps de nous poser des questions de fond une fois que nous aurons réussi à maîtriser la situation. Tout le monde est bien d'accord avec moi sur ce point? »

Ses yeux firent le tour de la table et il constata que chacun l'approuvait. Mais Lewisham n'en avait pas terminé.

« J'espère que nous n'atteindrons pas ce noble but par l'instauration pure et simple d'un état policier, George. Nous avons d'ores et déjà pris les mesures d'urgence les plus étendues qui aient jamais été décidées en temps de paix.

– Nous sommes en guerre, Graham. Comment pouvez-vous parler de paix alors que ces attentats font pratiquement tous les jours de nouvelles victimes au sein de la population civile?

– On m'a dit – je suis en train de vérifier ce point – que la CIA serait impliquée dans cette affaire. (La théorie d'un complot de la CIA était l'un des dadas de Lewisham; il faisait toujours un tabac lorsqu'il abordait ce sujet lors des conférences qu'il donnait régulièrement dans diverses universités.) Mais, quoi qu'il en soit, je suis fermement convaincu que la stratégie que nous sommes en train de suivre est délibérément, cyniquement manipulée. En agissant comme nous l'avons fait ces derniers temps, nous trahissons purement et simplement la classe ouvrière.

– Je prends note de votre déclaration, Graham, répondit le Premier ministre. Et je vous assure que si vous parvenez à me prouver de manière irréfutable que les Américains, à un an de leurs élections générales, ont volontairement assassiné certains de leurs soldats basés sur notre sol, je m'engage à ordonner personnellement le démantèlement de toutes leurs installations nucléaires. Mais d'ici là, il nous faut redresser la situation et remettre de l'ordre dans l'économie. Pour votre gouverne, je vous signale que ces mesures d'urgence nous ont fait remonter de deux points dans les sondages. »

On ne réduisait pas aussi facilement Lewisham au silence.

« L'instauration d'une milice contrôlée par les travailleurs serait encore plus populaire, dit-il.

– Allez raconter ça à l'homme de la rue. Je crains qu'il ne fasse davantage confiance aux paras et aux unités d'élite... Mais poursuivons, si vous le permettez. Où en sommes-nous exactement, Toby ?

– Je ne veux pas empiéter sur le terrain de Sam, dit Bayldon avec un petit signe de tête en direction du ministre des Affaires étrangères, mais l'enquête a considérablement avancé ces jours derniers. La section spéciale a procédé à plusieurs descentes de police hier matin à Norwich, à Southampton et à Liverpool. Il s'est ensuivi une trentaine d'arrestations et la découverte d'une importante cache d'armes et d'explosifs. D'après les dernières informations dont je dispose, nous devrions bénéficier d'un certain répit.

– Quel genre de répit ?

– L'un des suspects arrêtés était recherché par la police israélienne ; il semble qu'il soit impliqué dans l'affaire de Munich. Dès le début, la police a toujours estimé que les auteurs des récents attentats ont peut-être bénéficié du soutien logistique de l'IRA, mais qu'ils appartiennent sûrement à un réseau beaucoup plus étendu, du genre de celui des Brigades rouges, et qui est selon toute vraisemblance financé par les Russes. Avez-vous quelque chose à ajouter sur ce point, Sam ? »

Le ministre des Affaires étrangères se leva.

« Oui, dit-il. Dans les grandes lignes, cette analyse recoupe celle du MI 5 et du MI 6. J'ai rencontré leurs responsables respectifs juste avant de venir à cette réunion. D'après les informations qu'ils ont pu recueillir par l'intermédiaire de leurs hommes en poste dans les pays de l'Est, il semble que le KGB ait débloqué récemment des fonds très importants. Apparemment, il y a eu une lutte interne à la direction du KGB voilà environ six mois ; le résultat en a été l'émergence d'une nouvelle équipe qui a immédiatement adopté une ligne beaucoup plus dure que celle de leurs prédécesseurs. Notre problème a toujours été de les prendre de vitesse, et sur ce point je pense que les Américains ne nous ont pas aidés comme ils auraient été en mesure de le faire. Il ne sert pas à grand-chose de proclamer que le contrôle de nos services de sécurité a été renforcé. Il faut bien reconnaître qu'autrefois ils étaient à peu près aussi étanches qu'une passoire.

– Nous aurons l'occasion de revenir là-dessus, dit le Premier ministre. Mais je ne comprends plus très bien : Toby vient de mentionner Israël, et voilà que vous me parlez du KGB. Où est le lien ?

– Tout semble laisser penser que nous sommes victimes d'une campagne dont le but est de nous forcer la main. Les Russes se moquent bien de savoir qui ils utilisent. Ils sont au contraire trop contents que d'autres fassent le sale boulot à leur place. Leurs dernières tentatives de paix ont lamentablement échoué. Après tout, les missiles sont en place aujourd'hui, et ils ont décidé de changer de tactique. Pour l'instant, il faut d'ailleurs bien avouer que cela ne leur réussit pas si mal. Comme vous le savez, nous n'avons pas été les seuls à être visés. Tous les pays de l'OTAN ont été victimes des mêmes attentats. Cela nous ramène à ce que Graham proposait tout à l'heure : ce qu'ils cherchent, c'est à créer dans le pays un climat de déstabilisation tel que les Américains soient plus ou moins contraints de nous laisser tomber.

– Vous déformez complètement ce que j'ai dit! s'exclama Lewisham.

– Le sens y est.

– Pas du tout! J'ai soutenu exactement l'inverse.

– La question est sans importance, laissa tomber le Premier ministre, qui n'avait aucune envie de voir Lewisham se lancer dans un nouveau sermon. Il apparaît donc que certains progrès ont été accomplis, et Dieu sait que nous en avons besoin ces temps-ci. Où en est-on du côté des services secrets ? D'autres individus s'apprêtent-ils à suivre l'exemple de Glanville ?

– Ne tentez pas le diable! s'exclama Bayldon.

– Glanville faisait partie d'un groupe dont tous les membres sont morts aujourd'hui, répondit le ministre des Affaires étrangères. Comme ils étaient tous de la même génération, il n'est peut-être pas déraisonnable de penser que nous en avons enfin terminé avec eux. »

Au même instant, le secrétaire du cabinet pénétra dans la pièce et passa une note au Premier ministre. Après l'avoir lue, ce dernier se tourna vers son interlocuteur.

« Vous disiez tout à l'heure que la dernière personne à avoir vu Glanville vivant était un officier du MI 6. Vous souvenez-vous de son nom ?

– Il me semble qu'il s'agissait d'un certain Hillsberg.

– Ne serait-ce pas plutôt Hillsden ?

– C'est cela même.

– Eh bien, vous avez parlé trop vite. Ce message émane de la section spéciale et m'informe que, selon toute vraisemblance, Hillsden nous a trahis. »

27.

Le rêve était confus, et oscillait au bord de l'abîme noir et sans fond du cauchemar sans y basculer vraiment. Au début, il se trouvait au milieu d'un champ qui lui rappelait les marécages bourbeux dont était entourée la maison de Glanville. Les mains plongées dans la terre grasse et boueuse, il creusait désespérément le sol, sans le moindre résultat. Puis, comme s'il avait feuilleté les pages d'un album de photos, le paysage se modifia imperceptiblement. Il se tenait à présent devant une tombe béante. Tout était immobile et figé autour de lui; cela lui rappelait la traditionnelle minute de silence qui précède les tirs de canons et le salut aux armes, lors des cérémonies marquant l'anniversaire de l'Armistice, et le bref instant où la foule rassemblée à Whitehall semble brusquement pétrifiée. Il n'y avait pas de cercueil à l'intérieur de la tombe : la fosse était pleine d'eau. Il crut distinguer le reflet de ses propres traits mais, comme il s'agenouillait au bord de la tombe sur la terre fraîchement remuée, le vent se leva brusquement, ridant la surface de l'eau, et l'image se dissipa. Une fois le calme revenu, il discerna dans les profondeurs de la fosse la coque retournée d'une barque; sous l'effet d'un invisible courant, elle oscillait lentement puis se retourna brusquement en libérant le cadavre qu'elle recouvrait jusque-là. Mais le corps ne remonta pas à la surface; au contraire, ce fut lui qui bascula, plongeant dans l'abîme verdâtre des eaux. Des bulles d'air s'élevaient à toute vitesse autour de lui, comme des rafales de mitraillette. Il atteignit enfin le cadavre et tendit la main pour le retourner. Au moment où il allait le toucher, des lambeaux de chair putréfiée se détachèrent du crâne et se mirent à flotter sous ses yeux comme un horrible masque. Il se retourna et aperçut une ultime fois le visage convulsé de Jock, avant que ce dernier ne disparaisse dans les ténèbres environnantes. Sans transition, il se retrouva sur la terre ferme; il escaladait les marches en spirale d'un escalier de pierre. Une lumière brillait au-dessus de sa tête et une silhouette penchée vers lui se détachait au sommet des marches. Il montait toujours mais il n'avançait pas, et il se mit à crier le nom de Caroline. Ce n'était pas elle qui l'attendait : lorsqu'il atteignit enfin le sommet, il reconnut les traits de Belfrage. « Vous sentez-vous mieux à présent, M. Hillsden ? » lui demanda ce dernier, d'une voix qu'il ne reconnut pas. Il ouvrit brusquement les yeux et aperçut le visage de Hansel penché au-dessus du sien.

« Je vous prie d'accepter toutes mes excuses pour ce fâcheux incident. Il y a eu un affreux malentendu, et l'auteur de cette erreur a été vertement sermonné. J'espère au moins que vous ne souffrez plus? Vous avez dû trouver que notre accueil manquait singulièrement de chaleur! »

Tandis que les dernières images du rêve se dissipaient, Hillsden reporta son attention sur le décor qui l'entourait. Il était étendu sur un lit, dans une pièce qu'il n'avait encore jamais vue. Il faisait apparemment nuit : les rideaux étaient tirés et la lumière allumée. Il voulut se redresser, mais une violente douleur lui traversa le crâne.

« Nous avons bien des problèmes de nos jours avec ces nouvelles recrues, poursuivait l'autre. Ils ignorent la pondération et semblent estimer qu'il n'y a que la violence qui soit capable de résoudre les problèmes. Nous savons pourtant bien l'un et l'autre qu'elle est loin de constituer un remède miracle. »

Hillsden luttait pour saisir le sens de ce que l'homme lui disait, mais les mots ne lui parvenaient qu'à travers un brouillard confus.

« Je vous ai apporté de quoi manger, continua Hansel, et si vous avez besoin d'autre chose, n'hésitez pas à me le dire. Je ne veux pas que vous pensiez que nous ignorons les lois de l'hospitalité. Je vous laisse vous reposer. Nous reprendrons cette conversation lorsque vous serez entièrement rétabli. (Il s'apprêtait à quitter la pièce, mais fit halte sur le pas de la porte.) Au fait, ajouta-t-il, je vous ai également apporté les journaux anglais. »

Une fois seul, Hillsden passa ses blessures en revue. En dehors de sa nuque qui le faisait toujours souffrir, il ne semblait pas avoir été gravement touché, il prit quand même soin de ne pas faire de geste brusque. La seule idée de manger lui donnait des nausées, mais il but le verre de vin qui accompagnait le plateau du repas posé sur la table de nuit. Un certain temps s'écoula avant qu'il ait repris ses esprits et soit en mesure d'analyser calmement la situation. « Ils nous auront les uns après les autres », lui avait dit Control; la remarque semblait d'autant plus juste, au regard de sa situation présente. Il n'imaginait certes pas qu'ils aient eu l'intention de l'éliminer aussi rapidement. D'un autre côté, il n'était guère convaincu par les explications que lui avait fournies Hansel. Il n'ignorait pas que c'était une pratique courante de se partager ainsi le travail : il y a celui qui castagne et celui qui soigne vos plaies en vous consolant; c'est une tactique bien connue, dont le but principal est de désorienter celui qui en est la victime. Hillsden s'était maintenant entièrement ressaisi et il se mit à repenser à la trajectoire qui avait été la sienne, depuis le jour où Control lui avait exposé son plan.

« Selon moi, il y a tout de même une certaine logique dans la manière dont les choses se sont déroulées, lui avait dit Control. Et c'est pourquoi je suis persuadé qu'ils tomberont dans le panneau. Mais s'il en allait ainsi, n'allez pas leur faciliter les choses pour autant lorsqu'ils vous auront mis le grappin dessus. N'hésitez pas à faire monter les enchères; toutefois, ne leur laissez pas croire que vous acceptez leur marché pour des raisons strictement intéressées. Dites-leur que vous souhaitez vous venger de la manière dont on vous a traité. N'est-ce pas, après tout, un motif plus plausible que l'idéalisme pur et simple? Les choses fonctionnent ainsi dans nos sociétés capitalistes... Ce qu'ils voudront avant tout savoir, c'est si nous sommes oui ou non sur le point de découvrir la dernière pièce du puzzle. A mon sens, tout a commencé au moment de l'affaire Philby. Vous devrez manœuvrer avec beaucoup de prudence, puisque nous ignorons toujours la vérité. Je sais bien que vous détestez tous ces clichés journalistiques, mais comment leur échapper... Après tout, le terme de " super-taupe " est maintenant passé dans le langage courant. Quel que soit le nom que vous voudrez lui donner, l'individu en question est toujours en vie et il continue de tirer les ficelles dans l'ombre. Nous ne nous faisons aucune illusion sur ce point, vous et moi. Sinon, comment Glanville aurait-il pu opérer si longtemps sans être inquiété? Et pourtant, quelqu'un a visiblement jugé préférable de l'éliminer après que vous êtes allé lui rendre visite...

– C'était vous cependant qui m'aviez mis en garde.

– J'agissais dans votre intérêt. Je n'ai jamais cru que Glanville était Dieu le Père. Il protégeait quelqu'un qui le protégeait en retour. Un labyrinthe à l'intérieur d'un labyrinthe, en quelque sorte... Mais vous n'avez pas voulu suivre mon conseil. Vous êtes trop impulsif, Alec. C'est cela qui vous a empêché d'obtenir l'avancement que vous auriez mérité, compte tenu des qualités qui sont les vôtres. Ceux qui nous gouvernent n'aiment pas l'initiative individuelle. Ils préfèrent le statu quo et le confort des situations immuables. Je me demande parfois si, au fond, ils ne souhaitent pas que nous échouions : cela leur donne sur nous un moyen de pression supplémentaire. Ils n'ont jamais pu avaler le fait que nous soyons une organisation secrète – non pas que le secret en lui-même leur déplaise, bien au contraire, mais ils voudraient être les seuls à le partager. C'est cela, l'essence même de la politique : on parle du pouvoir du peuple, et on gouverne contre lui. Comme disait le père de Churchill : « Faites confiance au peuple ! » Dans sa bouche, ce n'était pas un argument électoral, surtout à l'époque, mais la phrase ne lui a pas mal réussi. C'est la syphilis qui l'a tué, ajouta Control, comme s'il y avait un lien quelconque entre la philosophie de lord Randolph et les méandres de sa vie privée.

– Seriez-vous en train d'insinuer que c'est quelqu'un de notre bord qui a fait assassiner Glanville ? demanda Hillsden.

– Cela me paraît plus que probable. Vous n'êtes pas de cet avis ?

– C'est un peu dur à avaler.

– Vous trouvez ? Songez à la trajectoire de tant de ses compagnons de route, qui ont fini par travailler comme lui pour l'ennemi. Et rappelez-vous que ces années de l'entre-deux-guerres n'étaient pas dénuées d'un certain romantisme. Tous ces aristocrates vibraient à l'idée d'embrasser une cause qui allait les rapprocher de la classe ouvrière. C'était leur manière de lutter contre les abus de leur propre caste. Ils n'avaient pas renoncé à leurs privilèges, mais ils en avaient honte. Comme l'a dit le vieux Somerset Maugham, ils rêvaient de se vautrer dans la fange populaire. Et lorsqu'ils se trouvèrent finalement dans l'obligation de choisir, ce furent les privilèges qui l'emportèrent, et non leur noble cause.

– D'accord, pourquoi alors avoir attendu si longtemps ? insista Hillsden. Surtout que Glanville avait été amnistié. Il n'est tout de même pas devenu dangereux du jour au lendemain. Il était dans le secret depuis le début. Alors, pourquoi ne pas l'avoir tué plus tôt ?

– Peut-être cela a-t-il un lien avec la mort de Caroline. Les choses ont dû se précipiter à partir de là. Mais je suis certain que vous avez raison : ce n'est pas Glanville qui est brusquement devenu plus dangereux. C'est vous. Vous étiez sûrement à deux doigts de découvrir la vérité.

– Ce qu'il m'a raconté ne nous a pourtant rien appris de bien nouveau – à part cette allusion à Jock, ou plutôt à quelque chose que

Jock lui avait dit autrefois. Nous ne pouvons tout de même pas tirer Jock de sa tombe pour en savoir davantage.

– Et pourtant, Glanville avait peur quand vous êtes allé le voir. Vous n'êtes pas de la même classe que lui, Alec, et cela a immédiatement éveillé ses soupçons. Glanville ne se sentait en sécurité que lorsqu'il évoluait dans son propre milieu. N'oubliez pas qu'il y a obligatoirement une histoire de privilèges à défendre derrière toutes ces affaires de trahison. Quelle que soit l'identité de celui qui a fait exécuter Glanville, le fait qu'un roturier comme vous soit venu rôder dans les parages et frapper à sa porte a sûrement dû peser dans sa décision. Il s'agit nécessairement de quelqu'un qui est parfaitement au courant de tous les tenants et aboutissants de cette affaire. Il doit vous avoir à l'œil depuis longtemps. C'est pour cette raison que je vous propose ce marché. En outre, vous avez un motif personnel pour vouloir venger le fantôme de Caroline.

– Je ne crois pas aux fantômes, dit Hillsden. Mais si j'ai la moindre chance de mettre la main sur son assassin, je veux bien tenter le coup.

– Vous n'êtes évidemment pas obligé d'accepter, dit Control en s'excusant presque. (Il fit craquer ses jointures.) Si vous refusez, cela restera entre nous.

– Il ne faut pas que le plan ait la moindre faille.

– Cela va de soi. Mais je pense que nous avons les moyens d'élaborer un scénario convaincant. Il faut d'abord que vous acceptiez de mener la vie d'un clochard pendant quelque temps.

– Et quel genre d'informations serai-je censé leur fournir ? »

Control le dévisagea comme s'il s'était brusquement retrouvé en face d'un étranger.

« Oh, nous trouverons bien quelques os juteux à leur intention dans le garde-manger ! Des renseignements solides, mais dont nous n'avons plus guère l'usage et que nous pouvons leur céder sans risque. Ne craignez rien, je ne vous laisserai pas partir les mains vides.

– Je suppose que je travaillerai seul ?

– Cela dépendra de la manière dont les choses vont se passer.

– Et qu'adviendra-t-il lorsqu'ils en auront terminé avec moi ?

– Nous négocierons votre rapatriement ultérieurement, au bout d'un laps de temps suffisant, naturellement. Il serait dangereux de vouloir brusquer les choses. Mais je m'arrangerai pour que vous puissiez garder l'argent qu'ils vous auront versé – et je suis sûr qu'ils se montreront plus généreux que nous. »

Sauf que, dans leur milieu, la générosité n'existait pas. Les prix avaient été fixés une fois pour toutes il y a déjà longtemps : pour ceux qui échouaient, il n'y avait jamais de solde, et tout marchandage était évidemment exclu.

L'effort qu'il avait fait pour ranimer ces souvenirs avait aggravé le mal de tête de Hillsden. Il se leva et marcha prudemment jusqu'à la fenêtre, dont il tira les rideaux. La pièce surplombait une vaste terrasse qui descendait en pente douce vers le lac. Malgré le double vitrage qui étouffait les bruits de l'extérieur, il entendit au loin le ronronnement d'un canot à moteur. Il regagna son lit en examinant le reste de la pièce et ramassa l'un des journaux anglais que Hansel lui avait amenés. Il était daté du jour même. Les gros titres parlaient surtout du climat d'insécurité intérieure et de l'incapacité du gouvernement à redresser la situation. Mais un encart en bas de la première page éveilla soudain son attention et le tira immédiatement de sa léthargie. La photo de Belfrage était surmontée de cette légende : « Meurtre d'un diplomate ». Il relut l'article deux fois, mais il contenait peu de détails car la nouvelle était tombée juste avant la sortie des premières éditions. La seule chose qui l'intrigua fut que le meurtre avait été commis dans un petit studio du quartier de Belgravia. D'après ce qu'il savait, Belfrage habitait dans les environs de Westminster, non loin de son lieu de travail; à part cela, il ne possédait qu'une maison de campagne dans la région d'Oxford. Il se souvint de la nuit où ils avaient attendu ensemble le verdict de Hogg – et où, un peu plus tard, la voiture de Bayldon avait explosé. Au fond, peut-être était-ce bien Belfrage qui avait été visé ce soir-là... En tout cas, on ne l'avait pas manqué cette fois. Mais qui avait pu souhaiter sa mort ? Caroline, Glanville, et maintenant Belfrage... Et tous les trois avaient un lien avec moi, se dit-il.

Il s'assit et attendit le retour de Hansel, en essayant de démêler cet écheveau de fausses pistes et de mensonges. Il savait par instinct que les choses n'étaient jamais simples, et qu'une vérité se dissimulait forcément derrière toutes ces apparences. Il remonta par la pensée le chemin qui l'avait mené jusqu'ici. Et les routes qu'il suivait le menèrent toutes, inexorablement, à la même conclusion – et ce qu'elle impliquait était si monstrueux qu'il ne voulut pas l'envisager. Il tenta de la chasser de son esprit. Mais elle ne le quitta pas.

« Le Premier ministre peut-il certifier devant le Parlement qu'il n'y a aucune raison de supposer que la récente et tragique disparition d'un éminent serviteur de l'État soit d'une manière ou d'une autre liée à une quelconque bavure des services secrets ? »

La question tant attendue fut posée devant une Chambre des communes pleine à craquer, et le Premier ministre y répondit du mieux qu'il pouvait vu les circonstances – c'est-à-dire qu'il opposa le démenti le plus formel à de telles insinuations. Deux autres questions, soulevées par des membres de sa propre majorité, furent balayées de la même manière.

Dès que s'acheva la séance des questions ouvertes au gouvernement, le Premier ministre regagna Downing Street pour présider une réunion de son cabinet, à laquelle Control avait été convoqué, ainsi que le préfet de police et les trois conseillers responsables des contrôles de sécurité intérieure. Le Premier ministre n'était pas à prendre avec des pincettes lorsqu'il fit son entrée, et Control fut le premier à faire les frais de sa mauvaise humeur.

« Avant toute chose, lui lança le Premier ministre, j'exige que vous répondiez clairement à la question que je vais vous poser. Nonobstant la déclaration que je viens de faire devant le Parlement, est-il oui ou non exact que feu sir Charles Belfrage ait eu des contacts étroits avec un officier de vos services, qui a récemment disparu de la circulation et que l'on soupçonne maintenant d'être passé dans le camp adverse ?

– Le terme de " contacts étroits " ne me semble guère approprié, Monsieur le Premier ministre. Mais il est vrai qu'il leur est arrivé de se rencontrer lorsque les circonstances l'exigeaient.

– Donc, ils se connaissaient ?

– Oui, Monsieur le Premier ministre. Il n'y avait là rien que de très normal.

– Je vous prie de m'épargner ce genre de remarque. Je trouve le mot " normal " tout à fait déplacé dans votre bouche, vu la nature des opérations que vous supervisez. Je veux des faits et non du baratin !

– Je pense que Monsieur le Ministre de l'Intérieur se souviendra sûrement de les avoir reçus ensemble, après le décès relativement énigmatique de l'une de nos anciennes collaboratrices.

– Pourquoi ne pas les appeler par leur nom ? Ce ne sont après tout que des agents secrets.

– Officiellement, nous évitons d'employer cette expression, Monsieur le Premier ministre. »

A ce moment, Bayldon passa une note au Premier ministre, qui y jeta un coup d'œil avant d'en revenir à Control.

« Je me souviens d'une époque où, *officiellement,* le poste que vous occupez n'existait même pas. Et aujourd'hui encore, nous devons *officiellement* soutenir que les hommes et les femmes dont vous avez la charge sont le simple fruit de l'imagination du public. Si l'on voulait faire la part des maigres résultats que vous avez obtenus et de l'immensité absolument sidérale de vos échecs, il se pourrait bien que l'on décide un jour de se passer définitivement de vos services. Pour l'instant, revenons-en à nos moutons. Vous venez de mentionner une femme du nom de Oates, si j'ai bien compris ?

– Oui, Monsieur le Premier ministre.

– Dans son cas, vous ne nierez pas qu'elle ait bel et bien été en contact avec ce traître de...

– Hillsden, lui souffla Bayldon.

– ... ce traître de Hillsden ?

– Ils faisaient tous les deux partie de la même équipe autrefois, mais ils n'avaient plus le moindre rapport depuis des années.

– Nous sommes donc en présence d'un nouvel indice. Nous n'ignorons cependant pas que le réseau était plus étendu, et qu'il incluait également cette vieille tante de Glanville. Troisième indice. De plus, ce n'est un secret pour personne que Belfrage et Glanville ont fait leurs études ensemble à Cambridge, et qu'à une certaine époque Belfrage a même été membre du Parti communiste. »

Le Premier ministre se tourna vers les trois conseillers en tapotant son dossier.

« J'aimerais savoir si les informations dont vous disposez recoupent les miennes ? »

Le plus âgé des trois hommes, un amiral en retraite que les politiciens de tous bords n'impressionnaient pas du tout, le fixa droit dans les yeux.

« C'est exact, dit-il. Du reste, il ne s'en est nullement caché.

– Néanmoins, vous avez jugé bon de le blanchir – et à trois reprises, en plus...

– Nous sommes généralement enclins à excuser les erreurs de jeunesse, pourvu que leur auteur les reconnaisse ouvertement et qu'elles n'aient pas eu de suite. Vous savez sûrement, Monsieur le Premier ministre, que deux des membres de votre gouvernement ont suivi le même genre de trajectoire, alors que leur intégrité ne fait évidemment pas l'ombre d'un doute. Il faut avoir en mémoire le contexte politique de l'époque. Dans les années 30, il y a eu la guerre d'Espagne, puis, au cours de la dernière guerre, la tragédie de Stalingrad. Les choses s'expliquent un peu mieux si l'on n'oublie pas ce genre de détails. »

C'était là le discours d'un vétéran, et le Premier ministre jugea préférable de ne pas argumenter avec lui sur ce point. Il se lança au contraire dans une diatribe plus générale, mais tout aussi acerbe.

« Messieurs, laissez-moi vous enseigner une chose : la classe dominante est capable de tout lorsqu'elle est aux abois. Certains d'entre vous ne semblent pas avoir réalisé que les choses avaient changé. C'est nous qui sommes aux commandes à présent et, si certains partisans de l'ordre ancien croient pouvoir continuer encore longtemps à pousser leur rengaine, je vous préviens qu'ils se trompent lourdement. Que les choses soient parfaitement claires : mon gouvernement n'a nullement l'intention de voir son autorité sapée par l'incompétence de ceux qui sont soi-disant chargés d'assurer la sécurité du Royaume. En dehors de ce dernier incident, nous venons d'être confrontés à une vague de terrorisme sans précédent. J'exige que l'on mette un terme à cette détestable habitude qui consiste à dissimuler des informations vitales, et que l'on s'attache au contraire à nous fournir des résultats un peu plus convaincants. Mes propres services me transmettent plus de renseignements que les vôtres, messieurs, et c'est là une situation que je ne suis pas décidé à tolérer davantage ! Cela dit, récapitulons : il y a eu la mort de miss Oates, le meurtre de Glanville et maintenant l'assassinat de ce pauvre sir Charles. Il semble bien qu'il y ait un lien entre ces trois affaires, et que ce lien soit justement constitué par le nommé Hillsden. La question que je vous pose est donc la suivante : pourquoi ? »

Il se tourna vers le préfet de police.

« Je suppose que ce serait trop demander à la section spéciale que d'être déjà en mesure de nous fournir des résultats ?

– Il n'y a apparemment pas eu tentative de vol. Sir Charles semble bien avoir été victime d'un assassinat prémédité et exécuté par un professionnel. La seule chose que cette affaire nous ait révélée, c'est qu'il menait probablement une double vie.

– Vous voulez dire que c'était un agent double ?

– Non, Monsieur le Premier ministre. Je veux dire qu'il avait une liaison. Sa femme ignorait qu'il louait un autre appartement. Bien sûr, rien ne nous autorise pour l'instant à établir un lien entre ses frasques extra-conjugales et son activité professionnelle.

– Selon moi, les deux choses vont souvent de pair. On ne peut pas faire confiance à quelqu'un qui est capable de tromper sa femme. Il s'occupait surtout des archives, c'est bien ça ?

– Oui, presque exclusivement.

– Quel sac de nœuds, bon Dieu ! Connaissez-vous l'identité de l'autre femme ?

– Non. Il semble avoir été remarquablement discret. Pour l'instant, sa bonne est notre seule source d'informations. Elle prétend avoir souvent aperçu des vêtements qui, selon elle, n'appartenaient sûrement pas à sa femme; de plus, elle nous a dit qu'il cachait chez lui une collection de photos pornographiques. Mais il ne s'agit peut-être que de racontars, car pour l'instant nous n'avons rien découvert de tel.

– Pensez-vous qu'on ait pu le faire chanter? intervint Bayldon.

– La possibilité n'est pas à écarter. Nous sommes en train de vérifier ses relevés bancaires.

– Bon. Laissez-moi mettre crûment les choses au point, reprit le Premier ministre, d'une voix où l'on décelait la trace d'un léger accent du Nord. Je souhaite qu'il n'y ait aucun malentendu en ce qui concerne l'attitude de mon gouvernement. Je me fous complètement de ces histoires d'espions d'un autre âge. S'il s'avère nécessaire de nettoyer les écuries, eh bien nous le ferons, et tant pis si certains doivent y laisser des plumes! J'ai suffisamment vu la manière dont les conservateurs étouffaient ce genre d'affaires dans le passé, et j'aime mieux vous dire que je ne me laisserai pas intimider par une poignée de barbouzes et de prestidigitateurs du dimanche! S'il faut remuer la boue, autant le décider nous-mêmes plutôt que de laisser la presse s'en charger. Au moins, nous leur aurons coupé l'herbe sous les pieds. »

Bien qu'un peu incohérent ce plaidoyer passionné ressemblait étrangement à un cri de bataille et, tandis que le Premier ministre se replongeait dans ses papiers, les trois conseillers échangèrent des regards navrés avec le préfet de police.

« Pour commencer, je veux des résultats concrets en ce qui concerne cette campagne terroriste. Je dois me rendre prochainement à Washington, et je puis vous assurer que les Américains ne nous ont pas spécialement à la bonne en ce moment. Et pour une fois, faites en sorte d'obtenir des résultats positifs! Maurice n'a pas pu assister à cette réunion (il faisait allusion au secrétaire d'État de l'Irlande du Nord), mais il m'a communiqué son dernier rapport. Pour ce qui est de l'IRA, plus question de prendre des gants! L'armée a été informée qu'elle était désormais autorisée à tirer à vue. Ce n'est pas encore officiel, mais les faits parleront d'eux-mêmes. Il y aura sûrement des protestations, mais l'opinion publique s'est durcie ces dernières semaines et je suis prêt à affronter n'importe quelle tempête.

– A-t-on informé Dublin? demanda quelqu'un.

– Oui, répondit le ministre des Affaires étrangères. Ils sont d'accord pour soutenir notre action.

– Il faut avant tout que nous obtenions des résultats dans le pays lui-même, poursuivit le Premier ministre. Nous devons recréer un climat de confiance – montrer en quelque sorte que nous sommes maîtres de la situation et que nous ne nous laissons pas intimider.

– Nous avons déjà pris un certain nombre de mesures, dit Bayldon. Politiquement, nous devons faire très attention. Nos propres parlementaires commencent à s'inquiéter.

– Ils s'inquiéteront bien davantage si nous perdons les prochaines élections! Je suis surtout préoccupé par ce qui se passe dans nos services secrets. Où que je me tourne, j'ai l'impression que le navire prend l'eau de toutes parts. »

Il s'adressa de nouveau aux trois conseillers.

« Je vous demande d'être un peu plus vigilants désormais. Nous savons tous ce qui est arrivé dans le passé. Bon Dieu! Regardez un peu les dossiers! Il y a eu des trahisons parmi les plus hauts dignitaires de l'armée, au ministère des Affaires étrangères et jusqu'au sein des officiers appartenant à l'entourage personnel de la reine!

– Il est toujours difficile d'établir ce genre de frontière dans une démocratie, murmura l'un des trois conseillers.

– Je suis d'accord, dit Bayldon.

– Approuvez-les tant que vous voudrez, Toby, mais, au train où vont les choses, il n'y aura bientôt plus de démocratie du tout!

– C'est aussi une question d'effectifs, Monsieur le Premier ministre, dit le préfet de police. Les forces dont je dispose sont éparpillées aux quatre coins du pays. En cas d'urgence, je pourrais à peine parvenir à rassembler les deux tiers de mes hommes. Et je dois en outre vous avertir que l'on prévoit pour bientôt un regain de criminalité. J'aurais besoin de davantage de troupes pour patrouiller dans les rues. »

La discussion se poursuivit encore un moment, sans aboutir à un résultat effectif. Toutefois, alors qu'ils s'apprêtaient à se séparer, le Premier ministre eut une légère consolation. On lui transmit en effet un message qui émanait de la police de Cornouailles. Des vêtements qui avaient été identifiés comme étant ceux de Hillsden avaient été retrouvés, échoués sur la côte dans les environs de Falmouth. On était en train de fouiller méticuleusement toute la région environnante.

« Voilà au moins un résultat, dit le Premier ministre. Avec un peu de chance, le salaud se sera suicidé et nous aura épargné les frais d'un procès. »

Mais il remarqua que Control n'appréciait pas sa plaisanterie.

28.

On avait rarement vu Waddington à ce point hors de lui.

« Je ne crois pas un mot de toute cette histoire! s'exclama-t-il avec colère. Qu'on raconte tout ce qu'on voudra, mais on ne me convaincra pas qu'Alec était le genre de type à se suicider!

– Qui sait..., rétorqua Rotherby pour le seul plaisir de le contredire. (Taquiner Waddington était l'un de ses passe-temps favoris.) Après tout, l'évolution ne manque pas de logique : il avait déjà passé la main, il ne lui restait plus qu'à passer l'arme à gauche... Il faut bien dire qu'il n'avait plus guère de raisons de vivre.

– Vous ne perdez vraiment jamais une occasion d'ouvrir votre grande gueule!

– Regardez les choses en face : il avait été viré, sa femme l'avait quitté... Il était au bout du rouleau.

– Et que pensez-vous de la théorie de miss Glazer? demanda Fenton pour faire diversion. Elle n'est peut-être pas aussi absurde que ça.

– Quelle théorie?

– Vous ne vous souvenez pas? Miss Glazer prétend avoir un don de double vue et être capable de lire l'imminence de la mort sur le visage des gens. Si elle avait raison, cela expliquerait tout.

– Vous semblez l'un et l'autre tenir la mort de Hillsden pour un fait acquis. Mais que l'on ait retrouvé ses vêtements échoués sur une plage ne prouve pas grand-chose.

– Qu'il soit mort ou vivant, quelle importance? Ce qui est certain, c'est que nous ne le reverrons plus à présent. »

Mais Waddington ne se laissait pas démonter aussi facilement. Il se mit en rapport avec la section spéciale et apprit toute l'histoire de Hillsden et de sa déchéance après son départ de la firme. En dehors du fait qu'il avait été victime d'une fracture au pied lors de son séjour en prison, son dossier ne contenait aucune information alarmante quant à son état de santé. D'après les sources que put consulter Waddington, personne dans cette prison ne semblait s'être douté que Hillsden avait jadis fait partie des services secrets. Il en eut la confirmation lorsqu'il alla voir le magistrat qui s'était arrangé pour faire entrer Hillsden chez les Frères de la Charité. Waddington poussa même jusqu'à Plymouth, où il put interroger plusieurs des Frères, en se faisant passer pour un ami de la famille. Tout ce qu'ils lui dirent concernant la condition physique et l'état d'esprit de Hillsden lors de son séjour chez eux le renforça dans ses convictions : l'hypothèse d'un suicide était décidément plus que douteuse. Il eut la permission de s'entretenir avec certains des anciens compagnons de son ami, mais il n'en tira pas grand-chose; d'après ce qu'il put comprendre, Hillsden ne s'était lié avec aucun d'entre eux. Il s'était apparemment contenté d'observer les règles de l'institution, en se tenant soigneusement à l'écart de ses semblables.

Avant de regagner Londres, Waddington mena quelques investigations supplémentaires dans la région et se rendit même à Falmouth, non loin de l'endroit où les vêtements de Hillsden avaient été découverts. Les garde-côtes et la police maritime avaient passé toute la région au peigne fin dans l'espoir de retrouver le corps, sans l'ombre d'un résultat. En rejoignant la capitale, Waddington ne cessait de se dire qu'il était dans le vrai.

Il ne sut jamais comment Control avait été informé de son enquête mais, quelques heures à peine après son retour, il fut convoqué dans son bureau.

« Vraiment, Waddington, je ne vous comprends pas, lui dit Control. Et je ne puis m'empêcher de songer à quel point il serait regrettable que votre récent accès de zèle – tout à fait déplacé, à mes yeux – n'ait pour principal effet de briser une carrière qui s'annonçait jusqu'ici comme très prometteuse. Et c'est certainement ce qui finira par arriver si vous persistez à enfreindre les ordres – au demeurant parfaitement clairs – que je croyais pourtant vous avoir donnés.

– Hillsden était mon ami, et je ne crois pas à cette histoire de suicide.

– Qui peut bien s'intéresser à ce que vous croyez?

– C'est au moins important à mes propres yeux.

– Pardonnez-moi de devoir vous sermonner, Waddington, mais il semble que vous n'ayez pas compris un certain nombre de choses. J'essaierai d'être simple, afin que ces modestes conseils vous soient de quelque utilité à l'avenir. Aussi ahurissant que cela puisse vous paraître, vous n'êtes pas le seul à vous interroger sur la portée des récents événements. Vous n'avez peut-être pas suffisamment remarqué que l'existence même de l'organisation à laquelle nous appartenons est constamment menacée. Toutes nos activités sont l'objet d'une surveillance d'autant plus attentive que les gens qui s'en chargent ne nous portent pas précisément dans leur cœur, et sont à l'affût de nos moindres défaillances. Tous nos gestes, tous nos déplacements sont suspects à leurs yeux. Le sentiment qui prédomine à Whitehall en ce moment, c'est qu'on nous a bien trop lâché la bride dans le passé, que nous avons abusé de notre pouvoir, et qu'il est grand temps maintenant de nous réapprendre à obéir. On nous accuse de complaisance, et même d'incompétence, au niveau le plus élevé – et j'insiste sur le mot *élevé.* Je puis vous avouer que le Premier ministre vient d'ordonner la formation d'une commission d'enquête dont l'objectif principal sera de rectifier et de clarifier nos méthodes de recrutement actuelles. D'après ce que j'ai cru comprendre, l'opinion générale est que nous n'engageons pas les gens les mieux qualifiés pour ce travail – et en regard de certains événements passés, il faut bien reconnaître que ce jugement ne manque pas de fondement. »

Waddington avait écouté ce discours avec une irritation croissante.

« Qu'est-ce que cela a à voir avec la disparition d'Alec ? demanda-t-il.

– Je vais y venir, si vous voulez bien me laisser terminer. Nous représentons un mal nécessaire ; au mieux, notre existence est tolérée tant que nous nous abstenons de faire des vagues. Il faut bien regarder la triste réalité en face : en dehors des scénaristes et des metteurs en scène, à qui nous fournissons des sujets de films indéniablement lucratifs, personne ne nous aime. En fait, l'identité de l'adversaire contre lequel nous sommes censés nous battre n'a jamais été très clairement établie ; elle aurait même plutôt tendance à changer, en fonction des gouvernements en place. Les conservateurs ne nous ont jamais pardonnés d'avoir trahi leur propre classe. Les travaillistes se méfient de nous et croient voir planer l'ombre de Moscou derrière le moindre de nos gestes. D'un côté comme de l'autre, nous sommes coincés. Officiellement, nous devrions rester neutres et servir tous les gouvernements qui se succèdent, du moment qu'ils ont été démocratiquement élus.

– Je suis parfaitement conscient du rôle historique qui est le nôtre.

– Mais vous ne semblez pas réaliser qu'il est impossible de faire correctement ce travail en restant neutre. Il y a là une contradiction à la base. (Du plat de la main, Control lissa le buvard immaculé de son bureau.) Ce n'est vraiment pas le moment de faire des écarts, Waddington. Hillsden a justement commis l'erreur de ne pas en tenir compte.

– Vous êtes au courant, n'est-ce pas? dit Waddington.

– De quoi?

– De ce qui lui est arrivé après qu'il nous a quittés?

– Je connais une partie de l'histoire, tout comme vous d'ailleurs, puisque vous m'avez désobéi.

– Ça ne ressemble pas à Alec d'avoir agi de la sorte.

– Les choses ne sont jamais aussi simples... Saints ou pécheurs, les gens ne sont pas monolithiques. J'imagine que vous avez une théorie en ce qui le concerne?

– Effectivement. Tout d'abord, je refuse de croire qu'il se soit suicidé. Peut-être est-il mort, mais, dans ce cas, ça n'a sûrement pas été de son propre fait. A mon avis, il a dû tomber sur quelque chose après la mort de Caroline, un indice quelconque qui a réveillé en lui un lointain écho du passé. N'oubliez pas que je le connaissais bien. Sans cela, pourquoi se serait-il brusquement comporté d'une manière aussi insensée? Ne me dites pas qu'on l'a surpris la main dans le sac en train de piocher dans la caisse ou de violer une secrétaire! Et ce n'était pas davantage son genre d'aller chercher querelle à une vieille tantouze dans un bar pour pédés!

– Sur ce dernier point, vous vous trompez. Non seulement le fait a été prouvé, mais c'est même pour cela qu'il a été incarcéré.

– Alors, c'est qu'il avait une raison pour agir ainsi. Alec avait *toujours* une raison. Il n'agissait jamais à la légère, et il savait prendre ses précautions, bon sang! Pour lui, Caroline n'était pas seulement un nom dans un dossier. Il l'aimait, vous le savez aussi bien que moi.

– L'amour engendre parfois les pires trahisons, dit Control de son air le plus onctueux. C'est bien pour cela qu'il y a tant d'affaires de divorce qui passent devant les tribunaux.

– Bon Dieu! On dirait vraiment que vous vous foutez complètement de toute cette histoire!

– Vous n'avez pas l'intention de laisser tomber, si je comprends bien?

– Bien sûr que non, répondit Waddington.

– Dans ce cas, il vaut peut-être mieux que vous en sachiez un peu plus, quoique j'ignore si cela vous sera ou non profitable. Je ne peux pas vous révéler la fin de l'histoire, car je ne la connais pas. Et je ne prends pas forcément pour argent comptant tout ce qu'on me raconte. Ce qui nous différencie, c'est que pour ma part je n'ai jamais trouvé surprenant qu'un homme modifie brusquement le cours de son existence – encore moins lorsqu'il s'agit d'un membre de notre profession. Nous ne menons pas une vie ordinaire. On nous charge parfois de commettre des actes que nous pourrions juger déshonorants, pour la défense d'une cause que nous supposons juste. Mais la frontière entre ces deux notions est souvent bien floue. »

Il y avait une nuance de lassitude, ou de résignation, dans la voix de Control, comme s'il s'était lui aussi brusquement senti accablé par le fardeau de cette vie mensongère.

« Je puis néanmoins vous révéler ceci, dit-il à Waddington. La nouvelle sera d'ailleurs sûrement rendue publique d'ici peu. On m'a laissé entendre que des preuves suffisantes avaient été rassemblées pour accuser Hillsden du meurtre de sir Charles Belfrage. J'ignore s'il est mort ou vivant à l'heure actuelle mais, dans son propre intérêt, il vaudrait mieux souhaiter que la première hypothèse soit la bonne. »

29.

En son for intérieur, Hillsden avait surnommé les deux blondinets Fortnum et Mason. La plaisanterie ne valait sans doute pas grand-chose, mais elle l'aidait à supporter leur présence. Il était certain que c'était l'un de ces deux olibrius qui l'avait assommé à son arrivée, et qu'on devait les garder en réserve pour d'autres besognes du même acabit. Hansel avait déployé des trésors d'éloquence pour excuser leur comportement, mais Hillsden savait que cela faisait partie de la vieille tactique du chat et de la souris. Les deux blondinets portaient des vêtements à peu près identiques et affichaient toujours une insolence goguenarde à son égard; on aurait dit qu'ils avaient copié une fois pour toutes leur attitude sur celle des gangsters des films de série B. Ils étaient probablement homosexuels, ce qui les rendait d'autant plus dangereux. C'était eux qui lui apportaient ses repas et qui l'accompagnaient lorsqu'il allait se dégourdir les jambes dans la propriété. La nuit, il était enfermé à clef dans sa chambre, et, durant la journée, il pouvait aller et venir librement dans la villa, bien que l'un des blondinets reste toujours dans les parages. Il n'avait même pas essayé d'engager la conversation avec eux. Quant à l'Allemand qui avait pris le relais de la fille à Cherbourg, et dont il ignorait le nom, il avait disparu de la circulation.

A son grand étonnement, Hansel n'avait pas l'air pressé d'entamer les interrogatoires préliminaires. Hillsden ne se faisait pourtant aucune illusion sur ce qui l'attendait : ses ravisseurs n'avaient jamais eu l'intention de lui offrir une cure de repos, et tôt ou tard ils allaient lui réclamer leur dû. Mais il se demandait pourquoi les choses traînaient. Plus il réfléchissait à la manière dont tout s'était déroulé, et plus il était convaincu qu'ils avaient dû savoir à l'avance qu'il avait l'intention d'accepter leur marché. Il se basait surtout sur la rapidité avec laquelle ils avaient agi à partir du moment où la fille l'avait abordé sur la plage : ils n'avaient pas perdu un seul instant et lui avaient immédiatement fait quitter le pays. Et maintenant, ils n'avaient plus du tout l'air pressés de s'occuper de lui... Il était suffisamment au courant des méthodes de Moscou pour savoir que cette apparente contradiction devait cacher quelque chose. Il y avait sûrement un problème quelque part, et il passa des heures à essayer de deviner de quoi il pouvait bien s'agir, sans parvenir à trouver une réponse satisfaisante.

Il repensait souvent à ce qui s'était passé sur le bateau avec la fille. Celle-ci constituait pour lui une énigme : elle ne cadrait pas avec le reste du tableau. Pourquoi s'était-elle si facilement donnée à lui ? Il ne parvenait pas à croire qu'elle ait juste obéi à un brusque désir physique, comme cela arrive parfois entre deux adolescents qui ne se reverront jamais et qui oublieront jusqu'au visage de leur éphémère partenaire. Comment avait-elle dit, déjà ? « Je ne vous imaginais pas comme ça... » Cela signifiait donc qu'elle savait déjà un certain nombre de choses sur son compte... « Je vous attire », avait-elle ajouté – et c'était vrai. Plus encore que le reste, il éprouvait le besoin de comprendre ce qui s'était exactement passé en lui à cet instant. Non qu'il ait été totalement aveugle quant aux mécanismes dont procédait son propre désir, mais il avait tendance à se méfier de la psychologie pour amateurs. Dans l'univers où il se mouvait, les gens n'obéissaient jamais à des motivations ordinaires, et il fallait toujours se garder de leur appliquer les critères habituels. Mais après tout, fallait-il vraiment se faire une montagne de ce simple épisode ? Il n'y avait peut-être rien d'extraordinaire derrière tout ça : la violence du désir charnel n'est pas forcément porteuse d'un sens caché. N'y a-t-il pas des condamnés à mort qui sont capables d'engloutir un confortable petit déjeuner une heure avant de passer sur la chaise électrique ?

Ce n'était pas les seules considérations qui le troublaient. Jusque-là, le scénario élaboré par Control s'était exactement déroulé de la manière prévue, mais il semblait à présent qu'on n'ait plus l'intention de lui laisser jouer le rôle dont il avait initialement été chargé.

Lorsqu'il n'était pas plongé dans de telles réflexions, il passait son temps à se répéter les réponses qu'il devrait fournir au cours des interrogatoires dont il ne manquerait pas d'être prochainement l'objet. Parfois, il se disait que cette contradiction qui le troublait n'était sans doute qu'une tactique de routine du KGB. Ils le laissaient mariner dans son jus. Après avoir employé la force, ils voulaient sans doute l'user nerveusement en le laissant dans l'incertitude, encadré de Fortnum et Mason, sans qu'il sache comment la situation risquait d'évoluer. La firme employait rarement la violence physique; du moins n'avait-il jamais été témoin de scènes de ce genre, bien qu'il ait souvent entendu dire que les types de la section spéciale n'étaient pas particulièrement réputés pour leur gentillesse. Mais la technique le plus couramment employée consistait à mettre le paquet dès le premier jour, tant que le patient se trouvait encore sous le coup du choc émotif provoqué par son arrestation. L'interrogatoire était mené par une équipe spécialement formée à cet effet et se prolongeait des heures durant, sans le moindre répit. On variait les styles, en se montrant tour à tour amical et menaçant, compatissant et agressif, à seule fin que le patient soit dans l'incapacité de récupérer et de retrouver son équilibre. Il y avait bien sûr des exceptions. Waddington lui avait souvent dit combien il avait admiré la résistance dont Philby avait fait preuve, en tenant tête à la meilleure équipe que la firme ait jamais rassembée. Aux yeux de certains, Philby était resté une sorte de héros légendaire; il avait en tout cas provoqué l'admiration de bon nombre de ses confrères pour la manière dont il avait réussi à entuber le système.

Tout en brassant ces pensées, Hillsden restait constamment aux aguets; il feignait extérieurement une certaine nervosité, afin de faire croire à ses hôtes qu'ils étaient en train de marquer des points.

Il ne se passa rien de nouveau avant le troisième jour. En début d'après-midi, il était en train de finir son repas enfermé dans sa chambre lorsqu'il entendit le bruit d'un canot à moteur qui se rapprochait sur le lac. Il alla jeter un coup d'œil à la fenêtre et aperçut la coque fuselée d'un Riva qui accostait l'embarcadère, au pied des marches de la terrasse. Deux hommes se tenaient dans le bateau. Le vacarme du moteur s'arrêta et Hillsden vit Fortnum et Mason se diriger vers le rivage pour aider le passager à descendre de l'embarcation. L'homme était d'une taille très largement supérieure à la moyenne; il portait une barbe et était revêtu d'un manteau de cuir marron. Le soleil se refléta un instant dans ses lunettes tandis que le trio remontait en direction de la maison. Le nouvel arrivant devait avoir environ la cinquantaine, bien que le port de la barbe rende généralement plus difficile ce genre d'estimation. Comme beaucoup d'hommes trop grands, il marchait les épaules légèrement voûtées. Lorsqu'il se fut rapproché, Hillsden lui trouva un air vaguement familier.

Une vingtaine de minutes s'écoulèrent avant que la clef ne tourne dans la porte. Hansel pénétra dans la chambre, suivi de l'étranger, qui se présenta de lui-même.

« Je m'appelle Walters, dit-il. (Sa poignée de main était ferme et sans chaleur.) Je suis navré qu'il nous ait fallu vous faire attendre si longtemps, mais je vous assure que nous avions d'excellentes raisons pour cela. »

Il n'avait pas le moindre accent, mais son élocution était un peu saccadée, comme s'il avait appris l'anglais dans un manuel. Maintenant qu'il se trouvait devant lui, Hillsden comprit soudain à qui l'homme lui faisait penser. Vu les circonstances, le rapprochement était un peu saugrenu, mais ce visage barbu aux yeux dissimulés derrière d'épaisses lunettes n'était pas sans lui rappeler celui du doyen du groupe de Bloomsbury, l'énigmatique Lytton Strachey. Tandis que cette pensée lui traversait l'esprit, Hillsden se demanda ce que Jock aurait bien pu penser de cette comparaison littéraire, et il dut faire un effort pour garder son sérieux.

« Il est inutile que vous restiez, dit Walters en se tournant vers Hansel. Je vous appellerai lorsque nous aurons terminé. »

Hansel acquiesça et se retira en silence. Le nouveau-venu ôta son manteau et le plia soigneusement avant de le poser sur un dossier de chaise. Il portait en dessous un costume de laine peignée.

« Avant toute chose, laissez-moi vous informer que nous avons tenu nos engagements. Comme convenu, une somme de vingt-cinq mille livres sterling a été versée sur un compte bancaire de la Kreditanstalt, à Genève. Le numéro de ce compte vous sera communiqué à la fin de nos entretiens. Vous verrez que vous n'aurez pas à regretter de nous avoir fait confiance.

– Puis-je également compter sur vous pour m'aider à disparaître lorsque tout cela sera terminé ? Cela faisait aussi partie de notre marché. Vous m'aviez promis de me procurer une nouvelle identité. Unc fois que vous aurez tiré de moi tout ce que vous souhaitez savoir, je serai marqué à jamais. Dans mon pays, l'opinion publique n'est généralement pas très bien disposée à l'égard des traîtres. Et, quoi que vous puissiez penser des compétences de nos services secrets, ils ont quand même le bras long. Une retraite dans les verts pâturages de la Suisse risque de ne pas échapper longtemps à leurs investigations. »

Walters acquiesça, comme s'il approuvait la sagesse et le bien-fondé de ce raisonnement.

« Nous discuterons de ce problème lorsque la situation sera un peu plus avancée, dit-il.

– Alors, autant nous y mettre le plus vite possible. Nous avons déjà suffisamment perdu de temps. D'après ce que je sais, Londres s'inquiète déjà de mon sort. »

Il lui était difficile d'interpréter l'expression de Walters, dont le visage évoquait un masque impénétrable.

« Pour ma part, je suis prêt à commencer immédiatement, ajouta-t-il, soulagé que l'attente ait pris fin.

– J'apprécie votre coopération, M. Hillsden. Malheureusement, l'arrangement dont nous avions initialement convenu n'est plus possible. Un certain nombre d'événements nous contraignent en effet à modifier nos plans, et il va falloir que nous vous conduisions dans un endroit plus sûr. Le risque que vous venez d'évoquer n'est hélas que trop fondé. »

Hillsden le dévisagea, mais il n'aperçut que son propre reflet dans les lunettes de Walters.

« A quoi faites-vous allusion? demanda-t-il.

– Ils sont déjà lancés à votre recherche, mais pas pour les raisons que nous aurions pu croire. Pour vous avouer la vérité, vous êtes accusé de meurtre.

– Vous mentez! »

Walters secoua la tête et la lumière se refléta dans ses lunettes.

« Non. Nous n'avons plus le temps de mentir, M. Hillsden. (Il sortit un journal replié d'une poche de son manteau et le tendit à Hillsden.) Comme vous pourrez le constater, votre nom fait déjà la une des journaux. »

Hillsden saisit le quotidien. Il s'agissait du *Standard,* et il était daté du jour même. Sa photo s'étalait en première page; l'image remontait à plusieurs années – il était d'ailleurs en uniforme –, mais elle était assez ressemblante. Le portrait de Belfrage figurait juste à côté du sien. Au-dessus, le titre proclamait : UN HOMME DU MI 6 MÊLÉ AU MEURTRE DU DIPLOMATE. L'article débutait ainsi :

« Scotland Yard a lancé aujourd'hui un mandat d'arrêt contre le dénommé Alec Hillsden, qui a longtemps travaillé au MI 6 avant de quitter les services secrets l'an dernier, dans des circonstances qui n'ont toujours pas été éclaircies. Hillsden est accusé d'être le responsable de la mort de sir Charles Belfrage, le diplomate bien connu, attaché au département des affaires soviétiques du Foreign Office, qui a été récemment assassiné dans son domicile de Belgravia. De source autorisée, on relève que ce meurtre a toutes les caractéristiques d'un assassinat politique, vu les liens qu'avait la victime avec les milieux de l'espionnage.

« Peu après son départ du MI 6, Hillsden a purgé une peine de prison de plusieurs mois, suite à une inculpation de coups et blessures volontaires. A sa sortie de prison, il semble avoir mené une existence précaire et vagabonde, vivant plus ou moins d'expédients. La justice devait l'arrêter une seconde fois, et demander qu'il soit soumis à une expertise psychiatrique. On croit savoir qu'il a été soigné durant quelque temps dans une clinique pour malades mentaux, dans l'ouest du pays, d'où il a mystérieusement disparu peu de temps avant la mort de sir Charles.

« Depuis lors, on a perdu sa trace, mais, d'après un porte-parole de Scotland Yard, il n'est pas impossible qu'il ait cherché à gagner l'étranger, après avoir simulé un suicide par noyade. Interpol a été alerté... »

« Je pense que vous en avez lu assez? »

Comme Hillsden ne répondait pas, Walters lui prit le journal des mains et le replia soigneusement.

« Vu les circonstances, je pense que vous m'accorderez qu'un changement de plan s'avère nécessaire. Nous devons partir d'ici le plus vite possible. Tout est déjà arrangé.

– Comment puis-je être sûr qu'il ne s'agit pas d'une supercherie? Vous pouvez très bien avoir fait imprimer ce journal vous-mêmes. »

Tandis qu'il prononçait ces mots, la vérité lui apparut en un éclair. Le passé et le présent se confondirent et il comprit que le piège venait de se refermer sur lui : c'était Control qui avait tout manigancé. Ce ne pouvait être que lui – et il se demanda pourquoi il ne l'avait jamais soupçonné auparavant. L'appât qu'il lui avait tendu était trop séduisant, le mécanisme trop parfait, et il était tombé tête baissée dans le panneau.

« Vous vous surestimez, répondit Walters. Pourquoi en viendrions-nous à de telles extrémités, alors que vous êtes déjà entre nos mains?

– Mais comment aurais-je pu tuer Belfrage? Vérifiez les dates, vous verrez que ça ne colle pas.

– Que vous soyez ou non responsable de sa mort nous importe peu. Ce qui compte, c'est que Londres soit convaincu de votre culpabilité. Nous représentons votre dernier espoir, M. Hillsden.

– Que se passerait-il si je refusais de vous suivre?

– Je conçois parfaitement la nature du choc que vous venez d'éprouver, répondit Walters, mais je crains que vous n'ayez guère le choix. A partir de maintenant, vous êtes un homme traqué. Sans nous, vous êtes perdu. En ce moment même, les polices de toutes vos démocraties européennes unissent déjà leurs efforts pour se lancer à votre recherche. (Il avait appuyé avec une certaine ironie sur le mot *démocraties*.) Si vous nous suivez, par contre, le futur se présentera sûrement pour vous sous un jour moins incertain.

– L'avenir radieux, c'est ça ? » répliqua Hillsden.

En même temps, son esprit fonctionnait à toute vitesse. Il essayait d'envisager une autre solution, mais il se rendit rapidement compte qu'il était bel et bien pris au piège. Control avait pris toutes ses précautions. Il comprenait maintenant pourquoi ils n'avaient pas manifesté plus d'empressement pour l'interroger : ils attendaient tout simplement que Control ait ajouté la dernière touche au tableau.

« Je suggère que nous ne perdions pas davantage de temps en discussion, M. Hillsden. Les détails de votre transfert sont déjà au point. Vous partirez à la tombée de la nuit. Faites-vous une raison : après tout, vous allez peu ou prou découvrir votre nouvelle patrie. »

Walters eut un petit sourire en prononçant ces derniers mots – le sourire du geôlier qui, même s'il partage la vie des prisonniers dont il a la charge, sait bien qu'à la fin de la journée il pourra, lui au moins, franchir librement les portes du pénitencier.

30.

Le Conseil des ministres, qui se réunissait pour la troisième fois en moins de quarante-huit heures, s'annonçait houleux. Les caméras de la télévision avaient été postées devant l'entrée du 10, Downing Street pour filmer l'arrivée des membres du gouvernement. Le climat de panique était à son comble.

Les derniers événements avaient pris tout le monde de court et avaient éclaté comme un ouragan jaillissant brusquement et ravageant tout sur son passage, avant que les satellites n'aient pu détecter sa présence. Comme lors des récents épisodes de ce que l'on avait appelé « le cauchemar britannique », tout avait commencé par un incident que l'on aurait pu croire mineur, et qui avait eu lieu dans une usine de Wolverhampton. L'entreprise en question était sous contrat avec le ministère de la Défense et fabriquait un certain nombre de composants électroniques destinés au dernier modèle d'une arme atomique tactique, dont le projet avait été élaboré dans le plus grand secret. D'après ce que l'on parvint à reconstituer par la suite, un ouvrier soudeur d'origine antillaise avait accusé l'un de ses collègues blancs de remarques racistes. Au cours de l'altercation qui s'était ensuivie, l'ouvrier blanc avait chuté dans un puits de contrôle; certains témoins prétendirent qu'il avait glissé, d'autres qu'il avait été délibérément poussé par son agresseur.

La vérité ne fut jamais clairement établie sur ce point, mais l'homme fut transporté inanimé à l'hôpital. Peu après son admission, il fut victime d'une violente hémorragie cérébrale et mourut sur la table d'opération sans avoir repris connaissance. Lorsque l'incident fut rapporté dans les bulletins d'information en fin de journée, les événements s'enchaînèrent à une vitesse folle et ne tardèrent pas à dégénérer. Le soir même, la maison de l'ouvrier antillais fut incendiée à Wolverhampton. Sa femme et lui, ainsi que leurs deux enfants, périrent dans les flammes. On eut rapidement la preuve que le feu s'était déclenché suite à l'explosion d'un cocktail Molotov, lancé depuis une voiture qui ne s'était même pas arrêtée.

Quelques heures à peine après que ces tragiques rebondissements eurent fait la une des journaux, de terribles émeutes raciales éclatèrent spontanément à Londres, Bristol, Birmingham et Wolverhampton. Malgré le renfort d'imposantes forces de police envoyées d'urgence sur les lieux, ces sauvages affrontements ne purent être contenus et se poursuivirent toute la nuit. Les policiers subissaient les assauts simultanés des deux camps, et, après une longue discussion téléphonique avec les responsables des diverses unités concernées, le ministre de l'Intérieur autorisa finalement l'usage de gaz lacrimogènes et de balles en plastique contre les émeutiers. C'était la première fois qu'une telle décision était prise sur le sol britannique. Lorsque les combats prirent fin, le bilan était de vingt-trois morts, dont une grande majorité de Noirs. Pour le seul district de Brixton, dans la banlieue de Londres, les dégâts matériels furent estimés à plusieurs millions de livres sterling. L'une des rues du quartier avait été entièrement détruite. Les policiers, qui avaient procédé à des centaines d'arrestations, comptaient également de nombreux blessés dans leurs rangs; un de leurs responsables devait d'ailleurs mourir peu après des suites de ses blessures. Les premiers rapports fournis par les hôpitaux et les divers services d'urgence où les victimes avaient été transportées indiquèrent qu'à elles seules les balles en plastique avaient fait au moins trois morts parmi les civils.

Comme il était prévisible, l'opinion publique réagit diversement à ces massacres, même si la majorité de la population partageait un sentiment unanime d'horreur et de malaise : l'escalade de la terreur avait franchi un nouveau pas. A l'exception du *Guardian* et du quotidien communiste *Daily Star,* l'ensemble de la presse britannique demanda au gouvernement de prendre immédiatement des mesures draconiennes. Les plus enragés exigeaient même que la loi martiale soit proclamée et que l'armée soit envoyée sur les lieux afin de prévenir de nouvelles émeutes. A cela, le préfet de police rétorqua qu'il avait suffisamment d'hommes et de moyens à sa disposition pour faire face à la situation. Toutes les permissions furent une nouvelle fois suspendues au sein de la police; des unités spéciales et des tireurs d'élite de la célèbre section D 11 prirent place aux points stratégiques de la capitale.

Le comité de coordination des centrales syndicales se réunit en session extraordinaire et publia un communiqué qui condamnait fermement « la brutalité sans précédent dont la police avait fait preuve contre la communauté noire », et demandait au gouvernement de renoncer sur-le-champ à l'emploi des balles en plastique dans le futur. Un second communiqué appelait les adhérents et les sympathisants de tous les syndicats à une journée de grève générale, au cours de laquelle des marches de protestation seraient organisées dans les principales villes du pays.

Ce fut dans cette atmosphère surchauffée que le Premier ministre présida la réunion d'urgence de son cabinet. Il avait été convenu qu'il s'adresserait au pays le soir même par le canal de toutes les chaînes de radio et de télévision. Il était sur des charbons ardents et n'avait pas la moindre intention de se laisser marcher sur les pieds.

« Il est inutile que nous perdions notre temps à discuter des méthodes employées par la police, déclara-t-il en préambule. Cet ordre nécessaire a été donné par le ministre de l'Intérieur, en plein accord avec moi.

– Je suis désolé, monsieur le Premier ministre, l'interrompit Lewisham d'une voix suave, mais j'insiste pour que nous revenions au contraire sur les motifs qui ont présidé à cette décision. (Il brassa les papiers qui étaient étalés devant lui et son regard fit le tour de la table.) Lorsque ce gouvernement a été formé, il avait été très clairement établi que toutes les décisions politiques importantes feraient l'objet d'une discussion générale et ne seraient prises qu'avec le plein accord de l'ensemble de ses membres. J'ai accepté d'en faire partie à cette seule condition. C'est une question de principe, et je n'ai pas changé d'avis sur ce point.

– Et quel genre de principes vouliez-vous donc appliquer la nuit dernière, alors que les émeutes faisaient rage ?

– Avec tout le respect que je vous dois, permettez-moi de vous dire que je trouve votre remarque stupide.

– J'ignore si elle est stupide ! Ce que je sais, c'est que la police était sur le point d'être complètement débordée, hier soir. Lorsque leurs chefs nous ont appelés, ils ne nous ont pas caché que, si nous refusions d'en venir là, leurs hommes n'auraient plus qu'à se retirer en abandonnant les rues aux émeutiers. A Brixton, ils se battaient par endroits à cinquante contre un.

– Le gouvernement aurait dû se réunir et procéder à un vote sur la question.

– Dans quel monde de rêve vivez-vous, Graham ? Procéder à un vote ! Est-ce que vous croyez que nous étions en mesure de demander un cessez-le-feu, le temps de vous laisser peser le pour et le contre? Il y avait déjà des morts, sur le terrain. »

Lewisham le dévisagea sans paraître troublé.

« Il est pourtant évident que la police a pris prétexte des événements de la nuit dernière pour donner libre cours à la haine notoire qu'elle a toujours nourrie à l'égard des communautés noires, dont j'ai d'ailleurs l'honneur d'être l'un des représentants. L'utilisation de gaz lacrymogènes et de balles en plastique est un abus de pouvoir manifeste, qu'il faut immédiatement condamner avec la plus grande fermeté. Je n'aurais jamais cru que je verrais un jour un gouvernement travailliste donner l'ordre de tirer sur la classe ouvrière. »

Il y eut un silence embarrassé. Les autres ministres baissèrent la tête et firent semblant d'être plongés dans leurs dossiers.

« Ce genre d'accusation vous ressemble bien, rétorqua le Premier ministre. Vous savez aussi bien que moi que nous n'avions pas le choix. Nous n'avons nullement déclaré la guerre à la classe ouvrière. La nécessaire décision que nous avons été amenés à prendre était la seule envisageable. Il n'y avait pas d'autre moyen pour arrêter cette flambée de violence.

– Vous dites qu'il s'agissait d'une décision nécessaire, mais cela reste à prouver. Je souhaite en tout cas avoir l'autorisation de manifester publiquement ma désapprobation. Et je voudrais également que vous vous engagiez à ce qu'aucune décision de ce type ne soit prise à l'avenir sans que le gouvernement ait été réuni au complet.

– Est-ce un ultimatum? demanda le Premier ministre d'une voix glaciale. Dans ce cas, sachez que je suis prêt à accepter votre démission sur-le-champ. »

Ce n'était sans doute qu'un coup de bluff, mais Lewisham rassembla ses papiers, les fourra dans sa serviette et se leva.

« Très bien, dit-il. Je vous enverrai une lettre expliquant les raisons de mon départ dès que j'aurais regagné mon bureau. »

Lewisham quitta la pièce dans un silence tendu. Le Premier ministre ouvrit ses dossiers sans paraître troublé.

« Sujet n° 1 : les mesures d'urgence, dit-il. Je cède la parole au ministre de l'Intérieur, après quoi nous procéderons à un rapide tour de table. Nous avons encore beaucoup d'autres questions à traiter. »

Plus tard dans la journée, le Premier ministre eut un entretien secret dans ses appartements privés avec son conseiller en relations publiques, qui était l'un de ses plus anciens et fidèles amis. Les deux hommes s'étaient rencontrés dans les années 40, à l'époque où il briguait pour la première fois un siège de député, et chacun connaissait parfaitement les défauts et les qualités de son interlocuteur.

« Nous sommes dans le pétrin, Charlie, dit le Premier ministre. Pour commencer, comment allons-nous présenter la démission de Lewisham ? Tu as vu sa lettre ?

– Oui. C'est un sale petit hypocrite. A mon avis, il vient de commettre une erreur.

– Cela lui portera peut-être préjudice à long terme, mais nous ne pouvons pas sous-estimer l'impact immédiat que risque d'avoir sa décision. Ça va faire un sacré boucan. Je te parie qu'il s'est déjà arrangé pour passer à la télévision. Il vaudrait mieux que tu me prépares une réplique; je préfère que ce soit toi qui t'en charges, plutôt que les types d'en bas. Et inutile de remercier ce salopard pour ses services passés! Il ne nous a causé que des ennuis.

– Je m'en occuperai.

– As-tu déjà pu recueillir des réactions?

– J'ai passé la journée à téléphoner à travers tout le pays. Il règne indéniablement une certaine inquiétude – je n'emploierai pas un terme plus fort –, mais la plupart des gens semblent approuver notre action. Évidemment, les soi-disant spécialistes des problèmes ethniques risquent de se déchaîner.

– Nous en prendrons notre parti. Que disent les responsables des principaux groupes parlementaires?

– Ils m'ont tous appelé pour tâter le terrain. Si nous sommes contraints de faire voter la confiance, les conservateurs s'abstiendront.

– Et nos propres députés? Ce sont surtout eux qui m'intéressent.

– J'estime que sept d'entre eux risquent de soutenir Lewisham. Mais il devrait être possible de les ramener au bercail en leur passant un peu de pommade.

– Et la presse? Comment réagit-elle dans l'ensemble?

– Tu as vu les commentaires des journaux ce matin. A deux exceptions près, ils semblent disposés à te soutenir. Je pourrais peut-être m'arranger pour les neutraliser pendant quelques jours.

– Comment ça?

– Ils reniflent tous quelque chose de louche derrière l'affaire Belfrage : ils se disent qu'il y a sûrement un scandale d'espionnage à la clef. Je pensais que nous pourrions peut-être organiser une fuite judicieuse à leur intention : ils se précipiteraient dessus et cela détournerait l'attention du public de la crise actuelle. Tu sais bien que ce genre d'histoires fait toujours un tabac. »

Le Premier ministre hocha dubitativement la tête.

« Ça ne me plaît pas. Les risques sont trop grands. S'ils parvenaient à remonter jusqu'à toi, nous serions vraiment dans la merde. De surcroît, Lewisham ne manquerait pas d'en faire ses choux gras.

– Comme tu voudras. Ce n'était qu'une idée en l'air. Au fait, nous avons eu une nouvelle information dans cette affaire.

– De quoi s'agit-il ?

– Un supporter d'une équipe de football nous a spontanément livré son témoignage. Il nous a déclaré avoir aperçu Hillsden en compagnie d'une jeune femme sur un ferry-boat qui rejoignait le continent. La police est en train de vérifier tout ça, mais si ça se révélait exact, la thèse de la trahison ne ferait plus de doute.

– Concentrons surtout nos efforts sur Lewisham. Je donnerais cher pour que ce soit lui qui ait trahi ! Bon. Il faut que j'aille terminer mon discours. Je dois être au Palais dans une heure. »

Il appela son secrétaire particulier et lui demanda de lui monter le brouillon de son discours. Tandis qu'il y mettait la dernière main, on lui communiqua un ultime bilan des émeutes de la veille. Deux des personnes le plus gravement atteintes venaient de succomber à leurs blessures, mais sur place la situation semblait redevenue calme. Il s'entretint ensuite avec le préfet de police ; la question de savoir s'il fallait ou non mobiliser l'armée fut une nouvelle fois soulevée. Ils convinrent finalement que le préfet resterait en rapport constant avec le haut commandement des forces militaires basées dans le sud du pays, mais que celles-ci ne seraient autorisées à intervenir qu'en tout dernier recours. Le préfet informa d'autre part le Premier ministre que les quartiers de Trafalgar, du Parlement et de Whitehall seraient bouclés une heure avant qu'il ne fasse son allocution ; la manifestation que devaient organiser les centrales syndicales serait déviée sur Hyde Park.

Ces nouvelles ne réconfortèrent en rien le Premier ministre, qui était plutôt dans ses petits souliers lorsqu'il quitta Downing Street pour se rendre à Buckingham Palace, où il devait avoir une entrevue avec la reine. Il était encadré d'une imposante escorte de police et remarqua qu'une foule nombreuse était descendue dans les rues pour le regarder passer. Il en voulait surtout à l'homme qui venait de le trahir. Certes, il avait toujours su que Lewisham n'était qu'un opportuniste, et il ne lui avait jamais accordé une grande confiance.

Mais il n'aurait pas cru que leur désaccord public allait éclater aussi vite. Il lui avait semblé que le meilleur moyen de le neutraliser était de le faire entrer au gouvernement, et il y avait une sorte d'ironie cruelle à ce que ce soient des événements extérieurs qui aient fourni à Lewisham l'occasion rêvée de lui offrir sa démission. Ses protestations déchirantes sur le sort de la classe ouvrière n'étaient évidemment que du bluff, mais elles seraient sûrement payantes aux yeux d'une partie de l'opinion. Le Premier ministre devait reconnaître que tout ce baratin abusait bien des gens, surtout au sein de l'aile le plus à gauche du Parti. Comme tous les leaders travaillistes qui l'avaient précédé, le Premier ministre savait pertinemment que c'était à l'intérieur même du Parti que son autorité risquait le plus d'être mise en cause. D'une certaine façon, il valait peut-être mieux que les hostilités soient maintenant ouvertement déclarées, mais il aurait préféré choisir lui-même le moment de l'affrontement plutôt que d'en laisser l'initiative à Lewisham. La question raciale était un bon cheval de bataille, et il faisait confiance à son rival pour en tirer le meilleur parti possible. Il avait toujours envié la manière dont les conservateurs savaient au contraire resserrer les rangs et mettre au placard leurs querelles intestines lorsque les circonstances l'exigeaient. Pour une fois, le vieil Harold n'avait pas tort lorsqu'il affirmait qu'une semaine, c'est long, en politique. Vingt-quatre heures, c'est déjà une éternité, se dit-il, tandis que sa voiture franchissait les grilles du Palais, sous les regards anxieux de la foule amassée de part et d'autre de l'entrée.

31.

Bien loin du Kremlin, dans un quartier retiré de Moscou situé aux abords du vieil aéroport de Khodinka, s'étend une zone interdite dite de haute sécurité. C'est là, à l'intérieur d'un groupe de bâtiments clôturés de toutes parts par une triple rangée de barbelés électrifiés et gardés nuit et jour par des chiens policiers, que se tient le quartier général du GRU. Contrairement au KGB, qui est à la fois son homologue et son rival, le GRU – ou, pour lui donner son titre officiel, l'Office de coordination des services d'espionnage – ne s'est jamais montré très enclin à révéler au grand jour son existence ou la nature de ses activités.

Les façades extérieures des bâtiments n'ont pas une seule fenêtre et personne n'a jamais vu le visage des gens qui y travaillent, hormis ceux qui ont eu le malheur de tomber entre leurs mains. Aucun véhicule n'est admis à l'intérieur de l'enceinte centrale; cette règle n'a jamais souffert la moindre entorse, quel que soit le grade ou le rang des visiteurs. Ces derniers subissent avant d'entrer une fouille systématique et doivent franchir un réseau de contrôle électronique d'une technologie hautement sophistiquée. Le moindre objet métallique en leur possession – même s'il ne s'agit que d'une simple lime à ongles ou d'un briquet – leur est immédiatement confisqué. Les règles de sécurité ont ici atteint le stade de la paranoïa.

Ce matin-là, le chef de la section des Illégaux, le colonel Lemzenko, avait réuni trois de ses collaborateurs, dont son principal adjoint, Lavrov, pour discuter de l'arrivée imminente de Hillsden. Le département n° 1, chargé de délivrer les passeports, avait fourni un jeu complet de faux papiers à l'équipe de Hansel. Hillsden s'était rendu de l'autre côté du lac à bord du Riva, en compagnie de Walters; ce dernier l'avait remis entre les mains de ses collègues qui l'attendaient en un lieu convenu. Par la suite, Hillsden ne revit jamais le sosie de Lytton Strachey.

Il était ensuite monté dans une voiture munie de plaques du corps diplomatique, qui l'avait conduit à Genève en suivant un itinéraire compliqué. Là, il avait été accueilli dans les locaux de la mission commerciale soviétique, où l'on avait mis la dernière touche à ses papiers. Avant de lui tirer le portrait, on avait pris soin de modifier subtilement ses traits : on lui avait coupé et teint les cheveux; on lui avait fourni de nouveaux vêtements, de fabrication russe; on avait renforcé les semelles de ses chaussures pour le faire paraître plus grand; enfin, ses dents de devant avaient été recouvertes de fausses incisives en plastique. Il devait voyager sous le nom de Valentin Savin, natif de Latvia, résidant à Petrograd, spécialiste des questions de pollution et d'environnement et chargé de mission auprès du ministère de l'Agriculture. Il était muni d'un passeport diplomatique. Dès sa métamorphose achevée, il avait quitté la Suisse sans plus attendre par un vol régulier de l'Aéroflot à destination de Moscou. Il était accompagné par deux officiers du GRU qui se faisaient passer pour des attachés commerciaux et qui ne le lâchèrent pas d'un pouce, tant et si bien qu'il lui fut impossible d'avoir le moindre contact avec le monde extérieur avant son arrivée.

Lemzenko souhaitait que les interrogatoires démarrent sans tarder; aussi Hillsden fut-il conduit directement au quartier général du GRU dès sa descente d'avion. On l'autorisa à enlever ses fausses dents et on lui servit un repas composé d'une assiette de caviar, d'un poulet froid d'aspect peu engageant et d'une carafe de vin français. Il était en train de manger lorsqu'il reçut la visite de Lavrov. La politesse qu'affichait ce dernier n'allait pourtant pas sans quelque raideur.

« Nous espérons que notre collaboration s'avérera fructueuse, lui dit Lavrov. (Il parlait un anglais parfait, malgré un léger accent.) Avez-vous besoin de quelque chose?

– J'aimerais bien pouvoir me changer, me raser et me laver les dents.

– Je vais m'en occuper. Est-ce que vous fumez?

– J'avais arrêté voilà quelques années mais, vu les circonstances, je crois que je vais m'y remettre.

– Vous avez une préférence pour la marque?

– Est-il possible d'avoir des Benson?

– Je fumais cette marque lorsque j'étais à Londres. Elles ne sont pas très fortes, mais c'est vous qui choisissez. Je vois que vous n'avez pas terminé votre poulet. Il n'est pas bon?

– On dirait qu'il a été cuit dans du cambouis. Vous avez épuisé les stocks de beurre au rabais de la CEE ? »

Lavrov prit une fourchette et goûta le poulet.

« Je le trouve tout à fait mangeable, dit-il. Vous êtes bien difficile, M. Hillsden.

– Je suis sûr que vous finirez par m'apprendre les bonnes manières. Pourquoi ai-je été amené ici plutôt qu'au Centre ?

– Nous avons nos raisons. Vous devriez être flatté.

– Oh, je le suis... Simple curiosité.

– Il s'agit avant tout d'une mesure de sécurité. Vous voyez quel prix nous attachons à vos services.

– Selon notre marché, il était convenu que vous me donneriez l'argent et m'aideriez à disparaître une fois que j'aurais vidé mon sac.

– Vous avez été payé, je vous en donne ma parole. L'argent a été déposé dans une banque en Suisse. »

Hillsden lui retourna son sourire forcé.

« Vous m'en voyez ravi. Il se trouve simplement que je n'ai guère la possibilité d'en profiter.

– Du moment que la situation avait changé, nous devions prendre des mesures différentes pour assurer votre sécurité. Et pour reprendre votre expression, vous êtes encore loin d'avoir vidé votre sac. Terminez donc cet excellent poulet russe, M. Hillsden. Après cela, nous vous conduirons à votre chambre. J'espère que vous passerez une nuit agréable. Nous tenons à ce que vous soyez en forme demain matin. »

Il sourit et quitta la pièce. Lorsque la porte s'ouvrit, Hillsden aperçut les deux gardes qui étaient postés dans le couloir. Un peu plus tard, un autre officier fit son apparition et le conduisit dans un bâtiment adjacent. Peu après, on le fit pénétrer dans une cellule équipée d'une simple couchette, d'une chaise et d'une petite table. Il y avait un lavabo et une cuvette de w.-c. chimique dans un coin. Un paquet de Benson était posé sur la couchette, ainsi qu'une serviette, un savon, une brosse à dents et un tube de dentifrice. En ouvrant le paquet de cigarettes, il remarqua avec un certain amusement, à côté du traditionnel avertissement sur les dangers du tabac, l'étiquette « Duty Free ».

« Il n'y a pas d'allumettes ? » demanda-t-il.

L'officier fouilla dans ses poches et lui tendit une boîte.

« On m'avait également promis un rasoir.

– Je vous l'apporterai demain matin. »

Le Russe sortit et verrouilla la porte. Une fois seul, Hillsden examina les lieux avec plus d'attention. La fenêtre, qui était munie de barreaux, était située juste sous le plafond. Il grimpa sur la chaise et s'aperçut que sa cellule donnait sur une cour intérieure. Le matelas de la couchette ressemblait à ceux qu'utilisent toutes les armées du monde, et l'unique couverture sentait la vieille sueur. Le lavabo n'avait qu'un robinet d'eau froide. Il se débarbouilla et se lava les dents, mais le goût du poulet lui resta dans la bouche. Après avoir fumé une cigarette, il plia la couverture pour en faire une sorte de coussin et s'étendit tout habillé sur le lit. Il n'y avait pas d'interrupteur dans la pièce et il ferma les yeux pour ne plus voir la lumière crue de l'ampoule nue qui pendait du plafond. La cellule était parcourue d'un léger courant d'air, et il était certain qu'il y avait des micros cachés dans la pièce.

Il ne parvint pas à trouver le sommeil. Il ne cessait de repenser à tout ce qu'impliquait la traîtrise de Control. Il s'en voulut d'avoir été aussi stupide : il avait eu tous les indices en main, et il ne s'était douté de rien. Pourquoi n'avait-il rien soupçonné lorsque Control lui avait interdit d'aller voir Glanville ? Ça aurait dû lui mettre la puce à l'oreille. Sans parler de la facilité avec laquelle l'Allemand et cette soi-disant Wendy l'avaient retrouvé chez les Frères de la Charité... Il avait été obsédé par l'idée de mettre la main sur le meurtrier de Caroline; il avait négligé tout le reste et s'était exposé de façon tout à fait inconsidérée. En même temps, il se rendait bien compte que Control n'avait pu agir seul : il avait sûrement été aidé. Qu'avait donc dit Glanville, lorsqu'il avait rapporté la remarque du pauvre vieux Jock ?... Quelque chose comme : « La vérité est sous votre nez », ou un truc de ce genre. Quand on pensait à ce que Control avait eu l'audace de lui dire : « Ils nous auront l'un après l'autre »... Quel cynisme ! Il comprenait tout à présent; mais bien sûr, Control avait toujours eu trois longueurs d'avance sur lui.

Il fallait aussi considérer le rôle de Belfrage. Jusqu'à quel point était-il impliqué là-dedans ? Si seulement il avait réfléchi cinq minutes à l'époque, rien que la manière dont Control avait arrangé les funérailles de Caroline aurait dû lui paraître suspecte. Hillsden dut admettre qu'il avait été manipulé depuis le début. En plus, il avait trouvé le moyen de se confier à l'homme qui complotait depuis toujours de l'éliminer ! Il tenta de chasser ces pensées et de remonter plus avant dans le passé, mais la fatigue finit par avoir raison de lui et il sombra dans le sommeil. Au cours de la nuit, il fut brusquement réveillé par un cri qui lui parut proche, mais il fut incapable de se rendre compte si c'était lui qui l'avait poussé, ou un autre être humain, dans une cellule voisine.

Ce fut le même officier qui le réveilla en lui apportant une tasse de café et un rasoir. Ce dernier était d'un modèle archaïque, qui rappela à Hillsden l'époque des restrictions, pendant la guerre : les lames étaient rares et son père avait acheté un aiguisoir; sa grande fierté était de se raser le plus de fois possible sans avoir à changer de lame.

L'officier resta dans la cellule tandis que Hillsden se rasait et lui reprit l'outil lorsqu'il eut terminé. Peu après, un garde en uniforme lui apporta son petit déjeuner : deux tranches de pain noir, un morceau de fromage et une seconde tasse de café.

« Vous me gâtez! s'exclama Hillsden.

– Est-ce ainsi que vous mangez en Angleterre?

– Pas tout à fait. Disons que ça ressemble plutôt à un casse-croûte campagnard. »

Le garde resta devant la porte pendant qu'il mangeait.

« Que se passe-t-il? Vous avez peur que je me tranche les veines avec ce bout de fromage? »

L'homme ne répondit pas.

« Vous me décevez. Moi qui avais toujours entendu parler du sens de l'humour proverbial des Russes... Où avez-vous appris l'anglais?

– Ici.

– J'étais en train de faire un calembour à propos de ce camembert. »

L'homme le dévisagea en silence.

« Vous devriez en prendre note. Ça vous sera sûrement utile le jour où vous aurez à soutenir une conversation sur la cuisine anglaise. Je suis convaincu que vous auriez votre petit succès. De quelle manière commencez-vous la journée, en Russie? »

Le garde fixa l'une des parois de la cellule comme si Hillsden avait essayé de le corrompre.

« Dommage que vous ne m'ayez pas amené les *Izvestia.* Le matin, nous adorons lire le journal, en Angleterre. J'aurais pu faire les mots croisés et jeter un coup d'œil sur les cours de la Bourse, avant de me plonger dans la rubrique mondaine. Je suis certain que vos potins sont plus drôles que les nôtres. Vous n'avez peut-être pas d'instituteurs accusés de détournement de mineurs à vous mettre sous la dent, ni de scandale à propos de la famille royale, et autres exemples de la décadence occidentale – mais je suis sûr que les bulletins de santé des membres de Politburo faisant suite aux dernières interventions chirurgicales qu'ils ont dû subir doivent être d'une lecture savoureuse. »

Dès que Hillsden eut fini de manger, l'homme ramassa son plateau et se retira. Un peu plus tard, un autre garde lui amena une chemise propre à sa taille. Après quoi, Hillsden resta seul durant le reste de la matinée. Un peu avant midi, la porte de sa cellule s'ouvrit et il fut conduit sous escorte dans un autre bâtiment. On l'introduisit dans une pièce où il fut accueilli par un homme qui se présenta comme étant le colonel Abramov. Ils s'assirent l'un en face de l'autre devant une table nue. Abramov était revêtu d'un uniforme immaculé et bardé de décorations. Tout comme Lavrov, il parlait parfaitement l'anglais. Il fumait le cigare; plusieurs fois au cours de l'interrogatoire, la cendre tomba sur son uniforme, ce qu'il semblait prendre à chaque fois comme une offense personnelle : il se levait alors et nettoyait méticuleusement son costume avec un mouchoir de soie.

« J'imagine ce que vous devez éprouver en ce moment, commença Abramov. Tous ceux qui changent de camp se sentent un peu isolés au début. Excusez-moi : voulez-vous un cigare? ajouta-t-il en lui tendant un étui en cuir.

– Non, merci. Je préfère les cigarettes.

– Ça ne vaut pas mieux. Nous devrions faire plus attention à notre santé. D'un autre côté, il faut bien avoir certains vices. Après tout, nul n'est immortel, même si on a plus ou moins tendance à l'oublier.

– Sommes-nous ici pour parler de philosophie?

– J'espère que nous parlerons de beaucoup de choses, Alec. Me permettez-vous de vous appeler Alec?

– A votre guise. Et vous, avez-vous un prénom? Autant partir sur un pied d'égalité.

– Mon prénom est pratiquement imprononçable en anglais. Vous n'avez qu'à m'appeler Victor.

– Allons-y pour Victor, M. Hugo!

– Le garde m'avait prévenu que les derniers événements ne semblaient effectivement pas avoir affecté votre sens de l'humour. Au fait, est-il exact que vos compatriotes ne perdent jamais leur ironie, même dans l'adversité? La question m'intéresse beaucoup.

– Bien sûr. Nous avons ri comme des petits fous à Dunkirk. C'est à partir de Yalta que les choses ont commencé à se dégrader.

– Écoutez-moi, Alec. Je veux que vous sachiez que rien ne nous presse, et que je comprends parfaitement la position dans laquelle vous vous trouvez. J'ai souvent essayé moi-même de m'imaginer comment je réagirais si j'étais confronté à une telle situation, après avoir coupé le cordon ombilical. J'ai l'impression que cela doit faire le même effet que si l'on venait de perdre toute sa famille dans un accident. Est-ce que je me trompe?

– Je ne peux guère vous répondre. Cela fait bien longtemps que je n'ai plus de famille. Mais si mon sort vous intéresse à ce point, Victor, pourquoi ne vous arrangeriez-vous pas pour me trouver une chambre avec vue sur le Kremlin? Je croyais être votre invité, et on me traite comme un prisonnier.

– Ces bâtiments ne disposent malheureusement que d'installations rudimentaires. Une fois que nous aurons terminé nos entretiens, je puis vous assurer que nous trouverons un meilleur arrangement. (Il s'interrompit et se leva pour épousseter la cendre qui venait de tomber sur sa veste.) Nous avons de nombreuses heures de discussions passionnantes devant nous, Alec. Lentement, pièce par pièce, nous allons tout reconstituer. Mais il est indispensable que vous cessiez dès à présent de douter de nos intentions. »

Hillsden le regarda allumer un nouveau cigare. Il y avait quelque chose de déplaisant dans ces préliminaires, et il savait qu'il devait faire très attention à ne pas tomber dans le piège de cette fausse camaraderie.

« Qu'est-ce qui vous fait croire que j'aie des doutes? demanda-t-il.

– J'ai bien étudié la psychologie des gens qui se convertissent. Êtes-vous croyant, Alec?

– J'attends l'ange exterminateur.

– Ce que je veux dire, c'est qu'il y a toujours un moment, d'après ce que j'ai pu observer, où le nouveau converti hésite à rompre les derniers liens qui le rattachent à son passé. Il se trouve devant un choix définitif, et il est retenu par ses anciennes certitudes. C'est un peu comme au début d'une aventure amoureuse. Nous sommes attirés par une personne que nous pouvons même désirer désespérément, mais il y a toujours une voix qui s'élève au fond de nous pour nous dire de nous méfier : nous sommes déjà passés par là, nous avons connu la déception, la trahison peut-être. Il ne faut pas qu'il existe ce genre de retenue entre nous. »

Hillsden se tut un instant. A un certain moment de ma vie, se dit-il, je sais que j'ai souhaité que les choses se passent autrement. Est-il possible que tout se termine ainsi, dans les ténèbres de midi? Koestler avait connu une situation semblable, et il a fini par faire le seul choix qui s'imposait. Mais combien de dieux nous auront donc abandonnés le long d'un tel chemin? Enfin, à quoi bon dire cela, puisque je n'avais aucune foi au départ... Je n'ai jamais connu le genre de sentiment que Koestler avait dû éprouver jadis – cette assurance, cette aveugle certitude que procure la foi en levant tous nos doutes. Il m'a fallu pactiser avec le mensonge, comme un alcoolique avec sa gnôle; une fois qu'on est accroché, il n'est plus question de plaisir, mais d'une stricte nécessité. Et le pire, c'est de savoir qu'on ne parviendra jamais à se désintoxiquer... Si jamais quelqu'un vous propose une cure, c'est toujours dans un but intéressé et avec de telles arrière-pensées qu'il vaut mieux se méfier et s'attendre au pire. Bien sûr, les choses n'allaient pas être aussi simples que le prétendait Abramov – rien ne l'était jamais, avec les Russes. Leur esprit ne fonctionne pas de cette manière; ils préfèrent attendre et laisser l'organisme humain faire le boulot à leur place.

« Par quoi voulez-vous que nous commencions? reprit Abramov.

– Ça m'est égal.

– Vous n'êtes pas gradé?

– Disons que je ne le suis plus.

– Vous avez pourtant bien servi dans l'armée anglaise? Commençons donc par là. »

Et voilà, c'est parti..., songea Hillsden. Le long voyage vers Xanadu venait de commencer.

« J'ai été mobilisé en 1943 », débuta-t-il.

Abramov l'interrompit aussitôt.

« Vous n'étiez pas engagé volontaire?

– Non. Je n'ai jamais été mordu à ce point. J'ai sagement attendu l'arrivée de mes papiers d'incorporation. J'ai d'abord été suivre un bref entraînement à Warley Barracks, dans le régiment de l'Essex. Je dois dire que l'infanterie ne m'a guère emballé. Je n'avais rien d'un bagarreur. Au bout de six semaines on m'a proposé de suivre les cours de formation des O.C., mais j'ai refusé.

– Que signifie O.C.?

– Officier de carrière.

– Pourquoi ce refus?

– Je ne désirais pas avoir de responsabilités. Le métier de soldat ne me plaisait pas : je ne pensais qu'à sauver ma peau. Finalement, je fus rattaché au service des renseignements, dans la section de la sécurité du territoire, sur l'île d'Anglesey.

– Pourquoi vous avait-on envoyé là?

– Disons qu'ils n'avaient guère le choix. La plupart des types qui avaient été appelés en même temps que moi avaient été envoyés dans l'infanterie ou dans les paras. Moi, je me débrouillais bien en allemand et en français, ainsi qu'en anglais évidemment – ce qui, contrairement à ce qu'on aurait pu croire, n'était pas si fréquent que ça. A Anglesey, on expédiait les bêtes curieuses dans mon genre, dont l'armée ne savait pas trop quoi faire. Mes compagnons étaient principalement juristes, ou enseignants. Après une période de formation, on m'envoya occuper un poste à Londres, près de Grosvenor Square.

– Un beau quartier.

– L'armée avait réquisitionné plusieurs maisons qui avaient dû être évacuées pendant le Blitz. A cette époque déjà, et malgré le contexte, les services secrets rêvaient d'établir leur quartier général au cœur de Mayfair. Une fois là-bas, on me fit suivre des cours de perfectionnement en langues étrangères, au collège de St. Paul. Il était plus ou moins question de m'envoyer en France, alors occupée. Mais avant que les choses aient pris tournure, mes supérieurs estimèrent – pour des raisons connues d'eux seuls – qu'il valait mieux me muter dans une branche plus adaptée à mes capacités. C'est ainsi qu'ils m'expédièrent à Weybridge, dans l'un des centres de formation des futurs agents du MI 6. Il régnait là-bas une ambiance assez drôle.

– Drôle ?

– Pas dans le sens d'hilarant. Disons que l'atmosphère était un peu étrange. On aurait dit un mélange de Kafka et d'une comédie de Ealing.

– Je ne comprends pas.

– Imaginez une pièce de Gogol récrite par Wodehouse. »

Abramov ne parut pas plus éclairé par cette précision.

« Bref, on se serait cru dans un asile d'aliénés.

– Les choses se passaient-elles toujours ainsi ?

– Bien sûr, sinon nous n'aurions jamais gagné la guerre. »

Abramov semblait de plus en plus dérouté.

« Qui dirigeait l'établissement ? demanda-t-il.

– Quelqu'un qui est mort aujourd'hui. Felix Warren, un ancien de l'armée des Indes, que tout le monde surnommait évidemment Jeannot Lapin.

– Pourquoi, évidemment ?

– Les Anglais ont la manie des surnoms. Ils ne peuvent s'empêcher de surnommer tous les White, Chalky – tous les Clark, Nobby – tous les Miller, Dusty, etc. Warren signifie lapin de garenne, d'où Jeannot Lapin. Vous voyez ? »

Il sourit, mais Abramov n'avait visiblement rien compris à ce qu'il venait de lui expliquer.

« Toujours est-il que je sortis de ce centre avec le grade exaltant de sous-officier breveté, ce qui est à peu près l'équivalent de sergent dans l'infanterie. A ce moment, après avoir voulu m'envoyer en France, on décida finalement de m'expédier au Caire. Je m'y rendis dans un vieux bombardier reconverti en avion de tourisme. Le vol fut épouvantable. Avant l'arrivée, nous dûmes tous pisser dans les circuits hydrauliques pour libérer le train d'atterrissage : les conduits avaient gelé.

– Pourquoi vous avait-on envoyé au Caire ?

– Je me le suis toujours demandé. J'y ai traîné mes guêtres pendant trois mois. Ma principale occupation consistait à planter des petits drapeaux sur une carte pour localiser les bordels de la ville. Il fut question à un moment donné de m'envoyer en Yougoslavie, mais le projet échoua et je regagnai finalement la mère-patrie à bord de l'*Empire Ken,* une vieille carcasse conçue pour accueillir trois cents passagers, mais qui en comptait bien quatre fois plus lors de cette traversée. Nous débarquâmes à Liverpool.

– En quelle année était-ce ?

– Début 44. A mon arrivée, j'appris que j'étais affecté à la section 5 de St. Albans. Entre parenthèses, c'était là que Philby avait fait ses premières armes.

– Qui dirigeait cette section ?

– Felix Cowgill.

– Encore un Felix ?

– Simple coïncidence.

– De quoi vous occupiez-vous là-bas ?

– Oh, du travail de routine : élaboration de fausses informations, supervision des opérations qui se déroulaient sur le terrain, liaison avec les divers gouvernements alliés exilés en Angleterre. Je suis resté à ce poste jusqu'en septembre 1944, date à laquelle je partis pour la France. J'avais été rattaché à la 30e division. Nous ne tardâmes pas à passer en Allemagne, pour nous baser finalement à Flensburg.

– De quoi étiez-vous chargé ?

– Je perdais l'essentiel de mon temps à essayer de dépister les anciens SS. S'il avait fallu croire les gens du pays, personne n'avait jamais été nazi, tout le monde était innocent, les SS avaient toujours été une poignée de fanatiques. De Flensburg, je me rendis ensuite à Hamelin, la ville du joueur de flûte; ma mission n'avait pas changé, et j'étais toujours censé retrouver les criminels de guerre. C'était un travail qui relevait plus des compétences de la police que de l'espionnage, mais tout était sens dessus dessous à la fin de la guerre. Les gens s'en sortaient comme ils pouvaient. Le gouvernement civil allemand était truffé d'anciens responsables militaires qui s'étaient débrouillés pour tirer leur épingle du jeu. Le marché noir fleurissait, la corruption régnait, et les Yankees commençaient déjà à déverser leur camelote sur l'Europe par wagons entiers. Personne n'utilisait l'argent, c'étaient les cigarettes et le café qui servaient de monnaie d'échange. J'avais tiré un mauvais numéro et je ne fus démobilisé qu'en janvier 1947.

– Où aviez-vous passé la fin de votre service ?

– En Autriche. D'abord à Villach, puis à Vienne. Je m'ennuyais et j'avais perdu toutes mes illusions. Après la quille...

– La quille ?

– Le retour à la vie civile. Avant de me relâcher, l'armée m'avait généreusement offert un costume qui n'était d'ailleurs pas sans ressemblance avec l'horreur que j'ai aujourd'hui sur le dos, ainsi qu'un peu de linge, une paire de chaussures et un chapeau. Je suis immédiatement allé revendre le tout chez un fripier, à peine rentré à Londres. J'avais touché ma solde – environ 200 livres – et je me retrouvai le bec dans l'eau. Ces années d'entraînement ne m'étaient d'aucune utilité. Je n'avais pas envie d'entrer à l'Université. Pendant quelque temps, je travaillai comme serveur dans un restaurant de Soho. L'époque des restrictions n'était pas terminée, et c'est à peine si on arrivait à récupérer de temps en temps la viande d'un vieux canasson sur le retour. J'en eus vite ma claque. Je fis ensuite divers petits boulots : laveur de vitres, coursier pour un éditeur, et même portier d'hôtel. Un jour, je répondis à une petite annonce qui avait été passée dans le *Times* par le directeur d'une boîte à bachot de Brompton Road.

– Qu'est-ce qu'une « boîte à bachot » ?

– Le genre d'établissement sur lequel finissent par se rabattre les parents lorsqu'ils désespèrent de voir un jour leur crétin de fils réussir à ses examens. On bourre le crâne aux élèves en espérant qu'ils récolteront au moins la moyenne. Cette boîte était dirigée par un colonel à la retraite, un vieux débris du nom de Pryce-Sampson. J'étais censé enseigner l'allemand à une tribu de demeurés. Je m'ennuyais à peu près autant qu'eux, mais j'y suis quand même resté deux ans. Je venais de faire la connaissance de ma femme, et le boulot était malgré tout un peu plus rentable que celui de portier. La boîte dut finalement fermer : on s'était rendu compte que Pryce-Sampson ne se contentait pas de bourrer le crâne de ses élèves. »

Une fois de plus, Abramov le dévisagea sans comprendre.

« Il fut accusé de tentative de viol sur un mineur. " Mineur " risque de vous induire en erreur – disons plus trivialement qu'il s'était farci l'un des élèves. »

Abramov hocha la tête.

« C'est alors qu'un jour, tout à fait par hasard, je tombai sur Jeannot Lapin au détour d'une rue. Il se montra fort chaleureux et me demanda ce que je devenais. L'histoire que je lui débitai dut l'émouvoir, car je reçus quelques semaines plus tard une lettre du département me demandant de passer les voir. Ils me proposèrent tout simplement de reprendre du service. Vous veniez juste de baisser le rideau de fer, à l'époque, et le MI 6 cherchait à recruter de nouveaux collaborateurs.

– Je me rappelle fort bien la manière dont Churchill avait présenté les choses. Nous étions plutôt flattés. Qui dirigeait le MI 6 à l'époque ?

– Dinnsbury. Un type de la vieille école, et d'une intelligence hors du commun. Il savait mener sa barque, et il vous a tenu la dragée haute un bon moment. »

Abramov acquiesça.

« Je me souviens parfaitement de Dinnsbury. Continuez.

– Bien sûr, le contexte était nouveau pour moi. Je veux parler de la guerre froide : l'ennemi n'était plus le même, les méthodes avaient changé. Ils me laissèrent mariner dans un bureau pendant une bonne année, le temps que j'apprenne les ficelles du métier. A l'époque, l'obsession principale était la lutte contre la subversion intérieure : on essayait d'infiltrer le Parti communiste anglais et les syndicats. Évidemment, personne ne songeait à s'inquiéter de ce qui se tramait au Foreign Office. Vous connaissez le résultat... »

Abramov sourit pour la première fois.

« Ce n'était pas nous qui allions nous en plaindre, dit-il. Dans quelle section étiez-vous ?

– Le Satellite 7. C'était l'ère de l'espionnage atomique, vous devez vous en souvenir. Au bout d'un an, Dinnsbury décida de me muter au contre-espionnage. J'ai la gorge sèche. Pourrais-je boire un verre ?

– Si nous arrêtions là pour aujourd'hui ? Nous avons pris un très bon départ.

– Je ne vous ai sûrement rien appris de très nouveau.

– Une bonne histoire mérite toujours d'être entendue deux fois, répondit Abramov. (Il sortit son mouchoir et épousseta une nouvelle fois sa veste.) Fumer est vraiment une sale habitude, ajouta-t-il.

– Nous faisons un sale boulot, Victor », dit Hillsden avant d'être emmené hors de la pièce.

32.

A la suite de la flambée d'émeutes raciales, le Premier ministre avait constitué un cabinet restreint chargé des problèmes de sécurité intérieure, que les opposants de jour en jour plus nombreux à sa politique avaient aussitôt qualifié de véritable conseil de guerre. Non seulement il n'avait pas aboli les lois sur les contrôles d'identité tant dénoncées dans son programme électoral, mais il avait été contraint de renforcer les pouvoirs de la police, déchaînant ainsi la colère de la Ligue pour les libertés civiles et celle de l'aile gauche de son propre parti. Pour ajouter à son embarras, les conservateurs avaient massivement voté en faveur de son nouveau programme de défense, ce qui avait provoqué une séance houleuse au Parlement; une quarantaine de députés travaillistes, menés par Lewisham, avaient combattu son projet et s'étaient abstenus lors du vote. Comprenant que tout nouvel usage de balles en plastique signifierait un véritable suicide politique, le Premier ministre avait commandé dans le plus grand secret un certain nombre de canons à eau à l'Allemagne de l'Ouest et s'était entendu avec le préfet de police pour qu'ils soient exclusivement utilisés au cas où les émeutes reprendraient. Cette décision n'avait jusqu'alors pas filtré hors du cabinet restreint et le calme s'était peu à peu rétabli. Le Premier ministre n'était pourtant pas sans éprouver quelque inquiétude.

« Je n'ai jamais eu meilleure presse qu'en ce moment, reconnut-il. Les journaux ne cessent d'affirmer que je prends les seules décisions qui s'imposent. En temps ordinaire, j'aurais plutôt tendance à trouver cela suspect, car ils n'ont jamais été très enclins à me faire beaucoup de cadeaux. Mais pour une fois, j'ai l'impression qu'ils sont sincères, et je ne pense pas qu'ils fassent preuve de cynisme. Le pays tout entier est en état de choc. Je n'ai éprouvé qu'une seule fois dans ma vie ce genre de sentiment, immédiatement après Munich. On dirait que les gens sont soulagés, mais qu'ils ont en même temps conscience qu'il s'agit d'un simple sursis et que le pire est encore à venir. Je n'arrive pas à formuler cela autrement. Si vous voulez, c'est une impression viscérale.

– En tout cas, j'ai la conviction que la CIA a plus ou moins trempé dans les récents événements, répondit le ministre des Affaires étrangères. Les Américains nous font de moins en moins confiance. Et puisque nous parlons d'opérations secrètes, je ne sais pas jusqu'à quel point leurs objectifs diffèrent vraiment de ceux des Russes. Les relations soi-disant privilégiées que nous sommes censés entretenir avec les États-Unis ont une fâcheuse tendance à se dégrader lorsque nous sommes aux Affaires. L'accueil que j'ai reçu à Washington la semaine dernière n'avait rien de “ privilégié ”, je puis vous l'assurer. Le secrétaire d'État m'a sermonné comme un collégien, et m'a clairement fait comprendre que les États-Unis envisageaient sérieusement de retirer leurs missiles de notre territoire si nous ne parvenions pas à redresser la situation. Je ne me suis pas donné la peine de relever la remarque de ce petit imbécile arrogant, mais il ne fait aucun doute que l'isolationnisme est un bon argument électoral, à quelques mois d'un vote important.

– Je pensais que nous avions déjà connu le pire, dit le Premier ministre, à l'époque où nos seuls soucis venaient des conservateurs et des syndicats. Vous venez maintenant me raconter que nous serions victimes d'un complot des Russes financé par la CIA! Je suis désolé, mais je ne peux pas avaler ça!

– Vous avez pourtant bien dû entendre parler de la thèse selon laquelle il y aurait eu une conspiration intérieure contre Kennedy? Sans parler du Watergate..., intervint Bayldon.

– Je ne dis pas que les Américains n'aient rien à se reprocher. Je sais pertinemment qu'ils ont parfois trempé par le passé dans des affaires plutôt louches. Je me souviens fort bien de Suez, par exemple...

– Vous aviez pourtant voté contre, à l'époque.

– Effectivement, et c'était une erreur. Les événements ne l'ont malheureusement que trop prouvé. Pour en revenir à ce sentiment viscéral dont je vous parlais tout à l'heure, ce que je n'arrive pas à comprendre, c'est que nous ne parvenions pas à discerner le moindre plan cohérent derrière ce qui est en train de se passer. On dirait que nous sommes confrontés à une armée d'agitateurs invisibles, qui allument des incendies de partout mais qui ne semblent appartenir à aucun milieu précis – comme si les clivages sociaux traditionnels ne s'appliquaient ni à eux ni à leur entreprise. Meurtres inexpliqués, attaques contre des bases américaines, des synagogues ou des églises de toute confession, émeutes raciales..., à quoi s'ajoute une campagne bien orchestrée dont le but principal est de dénigrer la police... Je ne crois pas qu'il s'agisse là de simples coïncidences. Le pays est devenu une véritable poudrière, et la prochaine étincelle risque de tout faire sauter.

– Je ne voudrais pas avoir l'air d'allumer la mèche, dit Bayldon, mais j'ai une nouvelle information à ce sujet. Ce matin, juste avant de venir à cette réunion, j'ai reçu un coup de fil du correspondant de *L'Express* chargé des affaires de défense.

– Vous voulez parler de Charlie Weaver?

– Oui. Je n'irais pas jusqu'à dire qu'il soit l'un de nos plus farouches partisans, mais il faut reconnaître que ses articles sont généralement mesurés et plutôt objectifs. J'ai accepté de l'écouter parce qu'il prétendait avoir une information confidentielle à me communiquer. Il m'a raconté son histoire et m'a dit qu'il ne pourrait plus garder le secret passé huit heures ce soir. Il espérait que cela nous laisserait le temps de préparer notre réaction.

– De quoi s'agit-il donc, bon sang? Venez-en au fait!

– Il m'a apprit que *L'Express* avait reçu un paquet contenant des lettres et des photographies, qui prouvent clairement que Glanville et Belfrage étaient étroitement liés; certains de ces documents ne datent même que de l'année dernière. Bien sûr, je lui ai immédiatement demandé s'il ne pouvait pas s'agir de faux. Il m'a juré que non, et que toutes les photos avaient été soumises aux tests habituels. Il a été moins affirmatif en ce qui concerne les lettres, car ces dernières sont plus faciles à falsifier, mais la plupart de celles qui sont attribuées à Belfrage ont été écrites sur du papier à en-tête du Foreign Office, ce qui n'est pas précisément rassurant.

– Est-ce tout?

– Malheureusement non. La véritable bombe, c'est que ces lettres impliquent Lewisham. Ces documents, s'ils sont authentiques, prouvent de manière irréfutable que notre honorable collègue travaillait pour le KGB depuis 1975. La date paraît probante, comme Weaver me l'a fait remarquer. Il a vérifié dans ses archives : cette année-là, Lewisham s'était rendu à Moscou pour accompagner une délégation syndicale. »

Cette révélation avait provoqué la surprise générale et un silence de plomb était tombé autour de la table. Ce fut le Premier ministre qui le rompit :

« Il ne peut s'agir que d'un faux. Notre cher Graham nous a sans doute laissés tomber, mais il est bien trop rusé, et surtout bien trop ambitieux, pour risquer de compromettre ainsi sa carrière.

– Que dois-je donc répondre à Weaver ?
– S'ils publient ces documents, Lewisham ne va pas manquer de les poursuivre en justice.
– Ils semblent prêts à courir le risque.
– Weaver vous a-t-il dit comment ce dossier était entré en leur possession ?
– Non.
– Est-il possible d'en empêcher la publication en faisant jouer la clause de la sûreté de l'État ?
– J'en doute. L'affaire Glanville est déjà du domaine public, et la clause ne peut pas s'appliquer dans le cas de Lewisham. Si vous voulez mon avis...
– Pourvu qu'il soit pertinent, je vous écoute.
– Lewisham est trop dangereux pour être laissé sur la touche, dit rapidement Bayldon. Surtout par les temps qui courent. Fondé ou non, le scandale ébranle toujours un adversaire. Lewisham nous a joué un sale tour en démissionnant. Retournons-lui la politesse en donnant le feu vert à Weaver. S'il était encore au gouvernement, les choses seraient évidemment différentes. Mais comme il s'agira d'une attaque personnelle, je ne pense pas que l'affaire éclabousse le gouvernement. Au contraire, Lewisham aura de quoi s'occuper et il nous laissera peut-être tranquilles pendant quelque temps. »

Le Premier ministre prit son temps avant de répondre. L'idée était naturellement séduisante, mais il hésitait à donner son accord. Par tradition, les ministres écrivaient toujours leurs mémoires, et les coups de poignard dans le dos étaient hélas monnaie courante au sein du Parti travailliste : les fidèles collaborateurs de jadis avaient une fâcheuse tendance à se blanchir aux dépens de leurs aînés. Il soupçonnait Bayldon de tenir régulièrement son journal, avec l'arrière-pensée de le publier une fois qu'il ne serait plus aux Affaires – et il n'avait aucune intention de lui fournir des arguments susceptibles de se retourner contre lui.

« Non, dit-il finalement. Je n'aime pas ça. D'un autre côté, essayer de bâillonner la presse sans une bonne raison risque d'être aussi dangereux. (Il dévisagea longuement Bayldon.) Dites-moi : lorsque vous avez discuté avec Weaver, lui avez-vous dit que vous aviez l'intention d'exposer le problème devant le Conseil des ministres ?
– Je ne me suis pas exprimé de manière aussi crue.
– Dans ce cas, quels termes avez-vous exactement employés ?
– Si j'ai bonne mémoire, Weaver a plus ou moins dû comprendre que ce serait vous qui trancheriez.
– Ces journalistes sont vraiment des petits salopards ! Il n'y en a

pas un qui échappe à la règle. (Le Premier ministre joignit les mains dans une attitude recueillie et resta encore silencieux un moment.) Voici ce que vous allez faire, dit-il enfin. Rappelez Weaver et dites-lui que vous nous avez rapporté son information, mais qu'il n'est nullement dans l'intention du gouvernement de faire obstacle au cours normal de la justice. Qu'ils prennent eux-mêmes la décision qu'ils jugent bonne, et qu'ils en assument les conséquences juridiques. Insistez bien sur le fait que Lewisham réagira en tant que simple citoyen s'il se décide à porter l'affaire devant les tribunaux – ce qui ne manquera pas d'être le cas. En fonction des développements ultérieurs de l'affaire, le gouvernement avisera par la suite quant à savoir si des questions de sécurité nationale exigent ou non son éventuelle intervention.

– Remarquable, George! s'exclama le ministre des Affaires étrangères, tandis qu'un murmure d'approbation générale s'élevait autour de la table.

– Si vous voulez mon avis, il vaut mieux laisser les commères caqueter entre elles. D'ici là, avant que la nouvelle ne fasse la une des journaux, je vais en informer personnellement les ténors de l'opposition, de manière à émousser un peu leurs fleurets. Je préfère m'en charger moi-même, je sais comment il faut les prendre.

– Souci partagé diminue de moitié, dit Bayldon.

– Ou redouble d'intensité », répliqua le Premier ministre pour avoir le dernier mot – ce qui était, après tout, le privilège de sa fonction.

La roublardise du Premier ministre et la crainte d'un scandale juridique décidèrent en fin de compte la direction de *L'Express* à agir avec modération. L'affaire fit bien la une du journal, mais l'accent fut surtout mis sur les liens qui unissaient Glanville et Belfrage. Le nom de Lewisham ne fut pas mentionné, même si l'article suggérait qu'un ancien membre du gouvernement était très certainement impliqué dans cet imbroglio. Évidemment, cette allusion ne manqua pas d'exciter la curiosité des autres journaux, et les spéculations allèrent bon train; mais personne dans la presse « responsable » ne se risqua à mettre un nom sur ce mystérieux Monsieur X. Ce fut le magazine satirique *Private Eye* qui mit finalement les pieds dans le plat, dans le style ravageur qui était le sien, et qui désigna Lewisham comme étant le candidat le plus probable à ce poste vacant.

Par l'intermédiaire de ses avocats, Lewisham exigea aussitôt que le numéro en question soit saisi et retiré de la vente. Il obtint gain de cause mais, sur les trois cent mille exemplaires du tirage, cinquante mille avaient déjà été vendus lorsque tomba la décision judiciaire. Des copies du numéro interdit se mirent à circuler au marché noir à des prix prohibitifs, surtout dans les parages de Westminster. Avant que la nouvelle ne soit commentée à la télévision, Lewisham entama des poursuites contre le magazine – ce qui n'empêcha nullement le traditionnel cortège d'experts de tout poil de pérorer à longueur d'émissions sur l'érosion des libertés civiles. Il y eut d'interminables débats, où l'on souligna que « le public, dans son ensemble, était gravement concerné par cet abus de procédure ». La vérité, c'est que le public était bien trop ravi de voir une fois de plus la boue éclabousser ses dirigeants, confirmant ainsi les soupçons qu'il avait toujours nourris à leur égard. Lorsque la nouvelle des poursuites fut rendue publique, l'ensemble de la presse quotidienne s'interrogea sur les raisons qui poussaient Lewisham à agir de la sorte, comme s'il ne redoutait pas que les choses se retournent contre lui. La direction de *Private Eye* publia un communiqué où elle manifestait son intention de ne pas se laisser intimider, et où elle déclarait qu'elle avait déjà introduit un recours en défense devant les tribunaux. Tous les éléments d'un procès houleux et dramatique à souhait étaient maintenant réunis.

Au sein du gouvernement, l'ambiance était bien différente. Les accusations portées contre Lewisham avaient fait couler bien des larmes de crocodile; de nombreux ministres qui, dans le passé, avaient dû supporter l'arrogance de leur ancien collègue s'apprêtaient maintenant à danser joyeusement sur sa tombe. Mais ce fut bien là leur seul réconfort en ces temps de troubles, car, pour le reste, la situation ne s'arrangeait guère.

Les éléments eux-mêmes semblaient se déchaîner contre eux. Une sécheresse prolongée, la plus terrible à laquelle l'Angleterre ait dû faire face depuis le début du siècle, s'était abattue sur tout le territoire. Il avait même fallu rationner l'eau dans le nord-ouest du pays – mesure qui s'était montrée particulièrement impopulaire : le jardinage est la première et peut-être la plus profonde passion des Anglais, qui préféreront toujours ne pas prendre de bain un jour sur deux plutôt que de renoncer à l'arrosage quotidien de leur gazon.

Le temps des grandes espérances était bel et bien fini. C'était une époque effroyable.

33.

Le cordon ombilical de Hillsden n'avait pas encore été complètement tranché, mais le lent processus destiné à le déposséder de son passé se poursuivait inexorablement. Méticuleusement, froidement, implacablement, Abramov explorait et vidait les zones le plus profondément enfouies du cerveau de Hillsden, afin de trancher les liens qui le rattachaient encore à son ancienne existence et de l'amener au point où il pourrait lui arracher ses derniers secrets, sans plus de difficulté qu'un dentiste extrayant une dent de lait.

La relation qui s'était instaurée entre les deux hommes n'était pas sans évoquer celle d'un garde-chasse et d'un braconnier; le respect qu'ils se témoignaient mutuellement dissimulait mal les vieilles inimitiés qui les séparaient. Pour Hillsden, le passé avait pris l'aspect d'une forêt obscure; contraint de s'y enfoncer chaque jour davantage, il avait l'impression de plonger dans les ténèbres infinies de ses souvenirs comme dans un dédale de buissons épineux qui le lacéraient et le déchiraient de toutes parts. A son grand étonnement, il s'était rendu compte qu'il lui était impossible d'accomplir ce chemin sans souffrance; Abramov l'obligeait à repasser cent fois par les mêmes sentiers, le contraignant à exhumer des dates et des noms depuis longtemps oubliés, sondant impitoyablement les abîmes de son passé, dont les motifs cachés remontaient à la surface et le forçaient à regarder en face des vérités qu'il avait crues à jamais enterrées.

A la fin de chaque séance, on le reconduisait à sa cellule, ce qui était une manière de lui rappeler qu'on était certes disposé à écouter sa confession, mais qu'on était encore loin de lui avoir accordé l'absolution. Il devait faire des efforts surhumains pour conserver au moins une partie de sa lucidité. C'était la nuit qu'il ressentait le plus durement les contrecoups de ces épreuves. Il était sujet à de fréquentes hallucinations. Étrangement, c'étaient ses souvenirs d'enfance qui revenaient le plus souvent le hanter. Il lui semblait parfois que les murs de sa cellule se lézardaient brusquement, et s'ouvraient sur des lambeaux de paysages qui lui évoquaient le temps de sa liberté perdue. Il revoyait la plage surpeuplée de Weymouth, où il avait passé ses premières vacances en compagnie de ses parents; la mer se retirait au loin à marée basse en découvrant les plis humides du sable rongé par le travail souterrain des vers aquatiques. D'autres fois, il se retrouvait dans les rues de sa ville natale, en train de jouer au base-ball avec une bande de gamins; ou bien c'était le visage de son père et celui de sa mère, morts depuis des années, qui lui apparaissaient. Mais l'image qui revenait le plus souvent, et derrière laquelle il devinait le remords d'une perte essentielle, était celle d'une petite fille qu'il avait aimée et qui l'avait repoussé lorsqu'il avait neuf ans. La plupart du temps, ses traits étaient flous et se confondaient rapidement avec ceux de sa femme, puis avec ceux de Caroline, comme si le projectionniste invisible avait mélangé les bobines de trois films différents. Cette affreuse superposition était insoutenable : le visage innocent de la petite fille d'autrefois se transformait insensiblement et prenait peu à peu l'apparence du masque mortuaire de Caroline. Cette scène cauchemardesque se répétait à vive allure; il se mettait alors à violer la fillette, sous les regards accusateurs et muets de Margot et de Caroline. Il n'éprouvait ni bonheur ni détresse : ses sentiments n'étaient plus aussi tranchés qu'avant. Il avait l'impression d'être en suspens dans le temps, plus proche finalement du chien que de l'être humain.

Il aurait été incapable de dire si Abramov était ou non satisfait des progrès qu'il faisait. Il ne le félicitait jamais pour ses efforts, et ne manifestait pas davantage son éventuel contentement lorsqu'un détail important remontait au grand jour. Il ne prenait aucune note, mais Hillsden était certain qu'il y avait des micros cachés dans la pièce et que toutes leurs conversations étaient enregistrées. Les horaires des séances ne suivaient aucun schéma précis : elles ne commençaient parfois qu'en fin d'après-midi; d'autres fois, on venait le chercher dès son réveil. En une occasion, Abramov avait même débarqué en pleine nuit et l'interrogatoire s'était prolongé jusqu'à l'aube. Hillsden se rendait parfaitement compte qu'on agissait ainsi afin de le maintenir dans un climat d'incertitude et de le rendre plus vulnérable. La guerre des nerfs est une arme universelle lorsqu'il s'agit de faire parler les gens.

A la fin de la deuxième semaine, ils en arrivèrent à l'époque où il avait rejoint Jock et Caroline en Autriche. C'était le moment qu'il redoutait le plus. Comme Control avait d'ores et déjà trahi, il n'avait pas eu beaucoup de scrupules à révéler comment les choses s'étaient passées à Londres; mais maintenant qu'ils allaient aborder la seule période de sa vie qui ait eu quelque sens à ses yeux, ses vieilles angoisses refirent surface.

Ce fut Abramov qui attaqua.

« Vous dites que c'était Control qui avait ordonné à Caroline de repartir?

– Oui.

– Pourquoi en êtes-vous si sûr?

– Elle me l'avait dit elle-même.

– Mais vous n'avez jamais su pourquoi?

– Non.

– N'avez-vous pas essayé de l'apprendre? Après tout, vous aviez une liaison avec elle. On prétend que les amants n'ont pas de secret l'un pour l'autre et, vu les circonstances, j'imagine que vous n'éprouviez pas qu'un simple attrait physique pour elle. Vous faisiez le même métier, et vous deviez sûrement échanger des confidences sur l'oreiller. Je n'arrive pas à croire que vous n'ayez pas été au courant.

– C'est pourtant la vérité. Et vous savez très bien pourquoi. Il est tout à fait naturel de ne pas révéler ce genre de choses lorsqu'on travaille en solo. Les réseaux de résistance fonctionnaient exactement de cette manière durant la dernière guerre. Les gens qui formaient les divers maillons de la chaîne recevaient seulement les informations qui les concernaient. Je ne pouvais qu'essayer de deviner.

– D'accord. Et quel a été le résultat de vos suppositions?

– J'avais été mis sur la touche. Control avait jugé plus habile de me rappeler, pour des raisons qui ne me sont devenues apparentes que beaucoup plus tard.

– Vous n'aviez pas respecté les règles, c'est ça?

– Disons que j'avais transgressé ses règles à lui. Il estimait que j'étais émotivement trop impliqué dans cette affaire.

– Était-ce le cas?

– J'aimais Caroline. L'amour rend aveugle, c'est bien connu.

– L'amour pour un être humain, peut-être, répondit Abramov. Pas l'amour pour une cause.

– Vous êtes mieux placé que moi sur ce dernier point.

– Et elle? Qu'éprouvait-elle pour vous? »

C'était une question à laquelle il aurait préféré ne pas avoir à répondre.

« Peut-être gardait-elle l'essentiel de son amour pour la cause qu'elle servait, comme vous le disiez à l'instant.

– Donc, vous avez accepté la décision de Control?

– Je n'avais pas le choix, même si je ne m'en suis pas très bien rendu compte à l'époque.

– Vous est-il arrivé de vous demander si Jock avait eu son mot à dire dans cette décision?

– C'était lui qui dirigeait l'équipe, mais je ne pense pas qu'il soit intervenu directement. Sans doute devait-il se plier tout comme moi aux directives de Control.

– Quel genre de relation aviez-vous avec Jock?

– Il faisait très bien son travail. C'était un vrai professionnel, méticuleux, impitoyable, sans illusion. Je l'ai toujours considéré comme un combattant – le genre d'individus qu'il vaut mieux avoir de son côté en cas d'affrontement. Quant à notre relation, elle était aussi chaleureuse que possible, vu son caractère. Il maintenait toujours une certaine distance entre les autres et lui. C'était sa manière de survivre, même si au bout du compte il ne s'en est pas si bien tiré que ça.

– Sa mort vous a-t-elle surpris?

– Surpris, non. Il est bien difficile d'être surpris dans notre métier, alors que nous risquons notre peau tous les jours. Cela fait partie du contrat. Non, je ne dirais pas que j'ai été surpris. Je me suis surtout demandé qui l'avait trahi. J'aurais préféré le voir mourir autrement.

– Quelle serait votre réaction si je vous disais que c'était votre maîtresse qui l'avait donné?

– Est-ce la vérité?

– C'est moi qui pose les questions.

– Si c'est le cas – et je suis loin d'en être convaincu –, j'imagine que vous ne lui avez pas laissé le choix. Quoi qu'elle ait pu vous dire, je sais qu'elle ne l'a pas fait de son plein gré.

– Pourquoi transpirez-vous?

– Il fait chaud, répondit Hillsden en fixant Abramov droit dans les yeux.

– Parlez-moi des liens qui unissaient Jock et Caroline. Qualifieriez-vous leur relation d'intime?

– Ils ne couchaient pas ensemble, si c'est ce que vous voulez insinuer.

– Je ne pensais pas à ça. Mais on dirait que l'hypothèse vous a effleuré l'esprit...

– Ils travaillaient en équipe, dit Hillsden, furieux de s'être laissé piéger par Abramov. J'étais le moins haut placé des trois. Je vous l'ai déjà dit : au début, Caroline avait été poussée par Dinnsbury. C'était lui qui l'avait mise sur les rails. Jock avait ensuite exigé et obtenu qu'elle rejoigne le réseau autrichien. Moi, je ne suis arrivé qu'après. Ensuite, Dinnsbury est parti à la retraite et Control a pris le relais.

– Donc, vous continuez de prétendre que vous ignoriez dans quelle affaire Jock et elle venaient de s'engager?

– Ils avaient tous deux activement participé au démantèlement de votre réseau munichois, mais vous savez sûrement tout cela mieux que moi.

– Ce n'est pas à vous de décider si je sais ou non certaines choses. N'anticipez pas mes questions, contentez-vous d'y répondre. (La fumée du cigare, âcre et lourde, planait entre leurs visages.) Vous semblez nerveux aujourd'hui. Vous ne répondez pas aussi franchement que d'habitude. Que se passe-t-il?

– Je fais ce que je peux.

– Restons-en au grand amour de votre vie. Lorsque Caroline a été capturée, avez-vous soupçonné quelqu'un en particulier de l'avoir trahie?

– Non. J'étais en plein brouillard et je n'étais pas plus avancé que les autres. Tout le monde à Londres savait que l'ensemble du réseau avait sauté. Il y avait toujours la possibilité que Henze ait été retourné une deuxième fois. Nous avons longuement étudié la question : à l'époque, cela semblait l'hypothèse la plus probable. Mais lorsque Henze a été assassiné, nous sommes revenus à la case départ. Évidemment, vous pouviez l'avoir retourné et le tuer ensuite pour brouiller les pistes.

– Cette théorie ne manque pas d'intérêt. Nous aurions effectivement pu agir ainsi. »

Hillsden détecta un infime changement dans l'expression d'Abramov – une simple nuance, rien de plus –, mais c'était la première fois depuis le début de l'interrogatoire qu'il avait l'impression d'avoir marqué un point.

« Après la mort de Jock, reprit-il, la dernière chance que nous avions de résoudre cette énigme s'était évanouie. Vous aviez fait un ménage parfait. La seule chose que nous savions de façon sûre, c'est que Caroline avait été capturée dès son arrivée à Berlin, ce qui signifiait que vous aviez été prévenus. La vitesse avec laquelle les choses s'étaient passées prouvait bien que vous l'attendiez. Elle connaissait trop bien son métier pour se laisser prendre par surprise.

Alors : qui avait vendu la mèche ? Vous pouvez bien me le dire à présent. Ce n'est plus que de l'histoire ancienne. »

Abramov écrasa son cigare.

« Nous en reparlerons en temps voulu », répondit-il en se levant et en mettant un terme à la séance.

Il y avait beaucoup de choses que Hillsden ne comprenait pas. Ses interrogatoires ne semblaient suivre aucun plan cohérent, et il était gagné par un sentiment de malaise de plus en plus étouffant. Au cours de la dernière séance, l'attitude d'Abramov s'était nettement durcie ; il avait beau chercher à deviner ce qui avait pu motiver ce changement, il ne trouvait aucune explication satisfaisante. En dépit des nombreuses heures qu'ils avaient déjà passées ensemble, il ne voyait toujours pas quel était le véritable objectif du Russe. Le fait qu'il ait été pris en charge dès le départ par le GRU plutôt que par le Centre de Moscou ne cessait de l'intriguer. Il avait jusqu'alors pensé que c'était le KGB qui avait organisé le meurtre de Caroline, mais cela ne lui semblait plus aussi évident à présent. Et ç'aurait été une erreur que de sous-estimer l'hostilité et la méfiance réciproque qui existaient entre les deux organisations, certes complémentaires, mais avant tout rivales. Il y avait toujours eu en URSS une lutte larvée pour le pouvoir entre les militaires et le Politburo – le KGB faisant plus ou moins office d'arbitre entre les deux camps. Big Brother surveillant Big Brother, en quelque sorte... et ne manquant pas une occasion pour raviver les vieilles querelles en jetant de l'huile sur le feu.

La question essentielle était de savoir jusqu'à quel point Control l'avait trahi. Il était presque certain qu'Abramov ne connaissait qu'une partie de l'histoire. Si tel était le cas, si Control travaillait pour le KGB et non pas pour le GRU, cela expliquait peut-être la manière dont Abramov menait son interrogatoire.

D'un autre côté... Remonte en arrière, se dit-il, il doit y avoir quelque chose qui t'a échappé. Repasse tous les événements en revue dans le détail, depuis le début.

1. De toute évidence, Control m'a livré à eux pour se protéger – et sans doute pour protéger d'autres personnes. Oui, ça paraît probable.

Pourtant... N'aurait-il pas été plus simple de m'éliminer en Angleterre même, comme il l'avait fait pour Glanville ?

2. Mais il n'a pas choisi cette solution. Pourquoi ? Il en avait

pourtant la possibilité. Ç'aurait même été fichtrement plus simple que de concocter ce scénario compliqué destiné à me faire passer pour un traître.

A moins... à moins qu'il n'ait jugé trop risqué de me faire exécuter sur le territoire national. D'autres auraient pu reprendre l'enquête là où je l'avais abandonnée. Wadders, par exemple.

3. Tout a commencé lorsque j'ai été voir Glanville. Jusque-là, Control s'était comporté normalement à mon égard, même s'il paraissait soucieux d'enterrer au plus vite l'affaire du meurtre de Caroline.

4. J'ai dû oublier de demander quelque chose à Glanville. A moins que je n'aie mal interprété ses paroles.

Mais... Control ne pouvait pas le savoir. Donc :

5. Pour ne prendre aucun risque, il a agi en supposant que j'avais découvert la clef de l'énigme.

6. Quel était le meilleur moyen de me jeter de la poudre aux yeux ? Utiliser le meurtre de Caroline. Bonne analyse psychologique. Il a joué sur le côté affectif, en sachant pertinemment que je ne résisterais pas à l'idée de pouvoir la venger. Et il n'avait pas tort. Il m'a manipulé sans que je le soupçonne un seul instant. Une fois mis en branle, le mécanisme devait se terminer par mon retrait définitif de la scène. Mais en même temps...

7. Pour que son plan réussisse, il devait manœuvrer de manière que je sois totalement discrédité et que, quoi qu'il advienne par la suite, ma parole ne vaille plus un clou. De la sorte, il était tranquille. Très futé. Diaboliquement futé.

8. La première partie du plan s'est parfaitement déroulée. Puis, pour que je n'aie plus la moindre porte de sortie, il a fait assassiner Belfrage et s'est arrangé pour me coller ce meurtre sur le dos. Il m'était ainsi impossible de refaire jamais surface.

Ce qui me ramène à Abramov. Que sait-il exactement, ou que soupçonne-t-il, dans toute cette histoire ? Jusque-là, il n'a pas laissé entendre une seule fois qu'il était au courant du rôle joué par Control dans cette affaire. Ce qui signifie soit qu'il ignore réellement que Control travaille pour le KGB, soit qu'il veut me le laisser croire afin d'endormir ma méfiance.

Hillsden arpentait sa cellule de long en large en se tenant intérieurement ce monologue, tant pour se délasser les muscles que pour s'éclaircir les idées. Son esprit était tendu à l'extrême et il ne trouvait pas la paix.

Les séances suivantes prirent un tour différent. Abramov abandonna le terrain des questions précises pour aborder au contraire des sujets plus généraux. Il se mit à parler de leur attitude respective envers la morale et la politique. Hillsden savait qu'il devait faire encore plus attention à ce qu'il disait : en de telles circonstances, les discussions philosophiques ne pouvaient être que suspectes.

« Seriez-vous d'accord avec moi si je vous disais que je ne trouve la vie intéressante que lorsqu'elle est dangereuse ? demanda Abramov à un certain moment.

– La notion de danger est fort relative... L'existence soi-disant bien rangée que mènent les gens dans leurs petits pavillons de banlieue ne cache-t-elle pas des spectres plus enfouis ? Cesser d'honorer ses traites représente un certain danger, pour prendre un exemple terre à terre. Ne risque-t-on pas la mort chaque fois qu'on traverse la rue, ou lorsqu'on va se coucher sans avoir verrouillé la porte d'entrée – ou même en fumant trop de cigares...

– Je comprends ce que vous voulez dire, mais je voulais parler des énigmes ultimes qui se posent à l'être humain : le mystère de la souffrance, du bien et du mal, de la vie elle-même, et de la mort.

– *Crime et châtiment,* en somme.

– Vous avez vraiment tout lu, Alec.

– Oh... Il se trouve que j'ai étudié les classiques russes.

– Vous m'en voyez flatté. Pour l'instant, restons-en aux dangers auxquels nous sommes confrontés, dans l'existence que nous avons choisi de mener. Nous devons constamment dissimuler notre véritable personnalité, tout en sachant que nous risquons fort de nous retrouver un jour devant une alternative aussi cruelle que simple, qui consistera à choisir entre tuer ou être tué. Finalement, n'est-ce pas ce chemin que vous avez suivi avant d'atterrir ici ? Mais lorsque vous avez fait ce dernier pas, j'imagine que le sens de votre vie s'est trouvé modifié ?

– Bien sûr.

– Et que vous avez eu conscience de nouveaux dangers ?

– Oui.

– Laissez-moi formuler cela autrement : les autres connaissent plus souvent notre masque que notre vrai visage. Le masque que vous me présentez, par exemple : que m'apprend-il ? Comment puis-je savoir si c'est celui d'un homme qui a accepté l'idée de son exil, ou celui de quelqu'un qui doute encore du fond de lui ? Que verrais-je, si je pouvais le déchiffrer ?

– Je n'ai pas la possibilité de retourner dans mon pays, vous le savez fort bien.

– Ce n'est pas exactement ce que je voulais dire. Si vous aviez le choix, qui renieriez-vous : Dieu, ou moi ?

– Je n'ai jamais été convaincu de l'existence de Dieu.

– On prétend pourtant que les gens retrouvent la foi lorsqu'ils ont le couteau sous la gorge, dit Abramov en souriant pour la première fois. Mais comme à votre habitude, vous n'avez pas précisément répondu à ma question.

– Comment pourrais-je le faire, alors que j'ignore ce que vous me demanderiez de renier ?

– Toutes vos croyances antérieures, vos engagements, vos amitiés anciennes – bref, la moindre parcelle de votre vie passée.

– N'est-ce pas ce que j'ai déjà fait ? J'ai trahi ceux pour qui je travaillais, piétiné tout ce à quoi je croyais, renoncé à tout ce qui m'entourait. Les semaines qui viennent de s'écouler n'ont-elles pas justement servi à ça ?

– Nous l'espérons, répondit Abramov. Dans votre intérêt comme dans le nôtre, nous l'espérons sincèrement. »

A la suite de cette séance, Hillsden resta seul pendant toute une semaine. Il prit cela pour un nouveau développement de la guerre des nerfs qu'on lui livrait. La technique était bien connue : on faisait alterner des séances d'interrogatoire intensif et des périodes d'isolement prolongé, afin de déséquilibrer le patient.

La fois suivante, la porte de sa cellule s'ouvrit et Abramov le salua avec une chaleur inaccoutumée, comme s'il venait de retrouver un vieux camarade de classe qu'il aurait perdu de vue de longue date.

« Je suis désolé que nous ayons dû interrompre nos entretiens, lui dit-il. J'attendais des instructions. Certaines décisions devaient être prises en ce qui concerne votre avenir. ».

Hillsden quitta sa cellule sous escorte, mais cette fois-ci on ne le conduisit pas dans le bureau d'Abramov. Au lieu de ça, il se retrouva bientôt dans la cour intérieure centrale des bâtiments du GRU. Une limousine officielle les attendait.

« Vous allez changer de décor, dit Abramov. J'espère que cette nouvelle vous fait plaisir.

– Qu'ai-je donc fait pour mériter une telle faveur ?

– Nous tenons énormément à vous – comme à la prunelle de nos yeux, selon l'expression qui a cours chez vous... Vous méritez donc un traitement spécial. Jusqu'à maintenant, vous avez brillamment passé tous les tests. Il est juste que vous soyez récompensé. »

Hillsden n'était guère rassuré par ces explications. Abramov se mit au volant et la voiture quitta bientôt Moscou à vive allure.

« Vous ne respectez pas la loi ? demanda Hillsden.

– Quelle loi ?

– Il n'y a donc pas de limitation de vitesse dans ce pays ?

– Pas pour nous.

– Seriez-vous en train de me dire qu'en URSS la loi n'est pas la même pour les riches que pour les pauvres ?

– Ce que j'aime en vous, Alec, c'est votre sens de l'humour. Je ne suis pas riche. Ce genre de division n'existe pas dans notre société. »

Ils roulèrent pendant plus d'une heure et s'engagèrent finalement sous le couvert d'une forêt, dont les arbres massifs cachaient au-dessus d'eux la pâle lueur du soleil. Hillsden se souvint brusquement d'un film qu'il avait vu il y avait des années : il parvint presque à se convaincre que derrière les rangées de bouleaux et de pins se cachaient une meute de cosaques, qui allaient jaillir d'un instant à l'autre de leur abri et se précipiter sur eux. Il sentait autour de lui, de façon presque palpable, la présence des mythes obscurs de la vieille Russie, et il était de plus en plus convaincu qu'il était en train de faire son dernier voyage.

Après avoir roulé un moment sous le couvert des arbres, ils quittèrent la route principale pour s'engager sur un sentier de terre. La forêt s'éclaircissait par ici et ils arrivèrent bientôt en vue d'une maison isolée, qui se dressait au milieu d'une clairière. De prime abord, Hillsden crut qu'elle était abandonnée. Elle ne paraissait pas entretenue, comme si personne ne l'habitait régulièrement et qu'elle servait de simple relais forestier.

« C'est ici que commence votre nouvelle vie, dit Abramov, avant de se pencher pour attraper un cartable posé sur le siège arrière.

– Je vais m'installer ici définitivement ?

– Non. Ce n'est qu'une résidence temporaire. Vous resterez ici jusqu'à ce que nous ayons mis au point la suite des opérations qui vous concernent.

– Vous comptez m'engraisser avant de m'abattre ?

– Vous engraisser, je l'espère ! Mais nous n'avons nullement l'intention de vous abattre, rassurez-vous. A partir de maintenant, votre statut a changé. Vous avez rejoint l'élite. »

Ils furent accueillis par une petite femme grassouillette qui devait avoir la cinquantaine et qui semblait avoir servi de modèle à mère Courage. Elle avait un visage de paysanne et la peau de ses joues était aussi rugueuse qu'une écorce d'orange. Mais son costume n'avait rien de campagnard, et Hillsden fut agréablement surpris de l'entendre s'exprimer dans un anglais presque correct lorsqu'elle les salua.

La maison était remplie de meubles rustiques, massifs et démodés; quelques peintures à l'huile datant d'une autre époque ornaient les murs. Un poêle à charbon occupait le milieu de la pièce principale. On se serait cru dans un décor du *Violon sur le toit.*

« Le cadre est agréable, n'est-ce pas? dit Abramov. Vous serez parfaitement à l'aise, ici. Mme Vyatkin prendra soin de vous.

– Tanya, le reprit Mme Vyatkin. Je veux qu'il m'appelle Tanya. Vous buvez vodka, M. Hillisdent? »

L'erreur qu'elle avait faite en prononçant son nom renforça le sentiment qu'il avait de se trouver sur une scène de théâtre. On aurait dit qu'ils étaient tous les trois en train de jouer une pièce. Pour un peu, il n'aurait pas été surpris d'entendre des bûcherons débiter du bois à l'extérieur.

« Oui, répondit-il. Je boirais volontiers une vodka. »

La femme apporta une carafe et des verres.

« Je prépare à manger, dit-elle. Quand vous avoir bu et être affamé, vous manger très bien, M. Hillisdent.

– Hillsden, la corrigea Abramov cette fois-ci.

– N'est-ce pas ce que j'ai dit? »

Elle lui lança un regard vexé avant de se retirer à l'arrière de la maison. Abramov servit la vodka.

« Buvons à la sagesse de votre choix », dit-il.

La vodka était excellente. Hillsden, qui n'avait pas bu d'alcool depuis un certain temps, en ressentit immédiatement les effets. Des gouttes de sueur se mirent à perler à son front dès qu'il eut ingurgité le liquide. Abramov ouvrit son cartable et en extirpa une liasse de papiers.

« Pendant que vous vous reposerez ici et que vous reprendrez des forces, j'aimerais que vous étudiiez ceci, dit-il en tendant les feuilles à Hillsden.

– De quoi s'agit-il?

– Du texte que nous avons préparé pour votre première réapparition publique. »

Hillsden regarda la première des pages dactylographiées. Il lui suffit de parcourir les premières lignes pour comprendre de quoi il s'agissait.

« Et vous voulez que j'apprenne ça? Pourquoi?

– Vous donnerez prochainement une conférence de presse. Comme je vous l'ai dit, nous tenons beaucoup à votre collaboration.

Nous voulons montrer à quel point nous sommes fiers de vous, et il est toujours préférable de répéter à l'avance ce genre de prestation, non? On évite de la sorte les erreurs et les malentendus qui sont toujours possibles. Nous vous avons conduit ici afin que vous puissiez prendre un peu de repos avant cet événement. Vous trouverez des vêtements neufs dans votre chambre. Tanya est une excellente cuisinière. Vous pouvez entièrement vous fier à elle, elle saura prendre soin de vous.

– Vous voulez que j'apprenne ce texte mot à mot?

– Nous estimons que ce serait en effet la meilleure solution. Nous avons demandé à quelqu'un de venir vous aider – quelqu'un qui connaît bien ce genre de procédure et qui, en même temps, vous tiendra agréablement compagnie. Nous ne voulons pas que vous vous sentiez trop isolé. »

Abramov jeta un regard derrière lui et fit un petit signe de tête. Hillsden se retourna, s'attendant à voir surgir Tanya. Mais c'était un homme qui se tenait dans l'encadrement de la porte. Il lui fallut une ou deux secondes avant de reconnaître ce visage autrefois familier, et son cœur se mit à battre violemment lorsqu'il réalisa qui se trouvait devant lui.

Sur le seuil, Calder eut un petit sourire, puis s'avança dans la pièce.

« Bonjour, Alec, dit-il. Bienvenue au club. »

Pour la seconde fois depuis qu'il avait quitté l'Angleterre, Hillsden comprit qu'il avait fait fausse route.

« Bonjour, Jock », répondit-il.

34.

« Debout les morts! s'exclama Jock en servant la vodka. A moins que tu ne croies aux fantômes?

– Je ferais peut-être bien de réviser mon jugement sur ce point. »

Abramov venait de repartir pour Moscou et les deux hommes se retrouvaient enfin en tête à tête. Le choc initial que Hillsden avait éprouvé à la suite de cette brusque révélation s'était un peu dissipé, mais il ne comprenait toujours pas la véritable raison de la réapparition de Jock. Ce dernier semblait plutôt bien conservé, même si son costume occidental, impeccablement taillé, ne dissimulait pas entièrement un début d'embonpoint. Sa voix s'était sensiblement éraillée et ne trahissait plus ses origines que par intermittence.

« Je n'ai pas apporté de fleurs, dit Jock en levant son verre, puisqu'on m'a assuré que tu étais en bonne santé. Mais je ne suis tout de même pas venu les mains vides. Étant donné les privilèges que l'on m'accorde – et dont tu bénéficieras d'ailleurs bientôt à ton tour –, je peux me procurer les journaux anglais. Je t'ai amené ce bon vieux *Sun* : tu pourras constater que les traditions ne se sont pas perdues depuis ton départ, et que les pépées de la page 3 sont toujours aussi peu habillées. Tiens, il y a aussi le *Guardian* et le *Telegraph*. Ne viens pas me dire après ça que je ne suis pas œcuménique! »

Hillsden prit les journaux et les effleura du bout des doigts, comme un aveugle palpant le bras d'un ami qu'il aurait perdu de vue depuis des années.

« Je t'ai également apporté des cigarettes anglaises. Tu ne vas pas faire de vieux os si tu continues à fumer ce tabac russe. Ils n'osent même pas imprimer d'avertissement sur les paquets tellement il est nocif.

– Un vrai petit chaperon rouge... Il ne te manque plus que la galette et le pot de beurre!

– Ah, ah... Tu as tout de suite percé mon déguisement! Je suis heureux de te revoir, Alec. A quoi allons-nous porter ce toast? Au bon vieux temps, ou à l'avenir radieux qui nous attend?

– Comme tu voudras. »

Il y avait quelque chose qui sonnait faux dans l'attitude de Jock. Hillsden le trouvait un peu nerveux. Pourtant, cela ne lui ressemblait guère : Jock n'avait jamais été du genre à se laisser intimider.

« Nous avons un certain nombre de choses à nous dire – et beaucoup de retard à rattraper, dit Jock.

– En effet.

– Ils t'ont bien traité jusqu'ici?

– Mieux que la plupart des gens, je suppose. Mais je manque de point de comparaison.

– Quelle était la situation à la firme lorsque tu es parti? S'étaient-ils enfin procuré une carte des vins digne de ce nom? »

Il est vraiment nerveux, se dit Hillsden. On dirait qu'il cherche à me prouver qu'il est encore dans le coup. Ils étaient en train de se comporter l'un envers l'autre comme deux chiens qui se croisent dans une allée et qui marquent leur territoire.

« J'ai suivi l'affaire Glanville, bien sûr, poursuivit Jock. Quelle vieille pédale! Je n'étais pas très chaud pour qu'on l'engage à l'époque, mais comme d'habitude on n'a pas suivi mes conseils. L'ennui, avec les tantes, c'est qu'on ne sait jamais à quoi s'en tenir : vont-ils réagir en homme, ou en femme? A propos de femme, as-tu des nouvelles de Caroline? »

Il s'était retourné pour remplir son verre avant de poser cette dernière question.

« Elle est morte, répondit Hillsden. J'ai même été à ses funérailles.

– Morte? (Jock se retourna, mais évita le regard de Hillsden.) Les journaux n'en ont pas parlé.

– Non. Quelqu'un s'est arrangé pour étouffer l'affaire. Elle a été assassinée. Contrairement à ce qui a eu lieu pour toi, on n'a pas monté sa mort en épingle.

– Mais qui pouvait vouloir tuer Caroline... »

Jock n'acheva pas sa question.

« ... au bout de tout ce temps. C'est bien cela que tu allais dire?

– Oui. Les Russes l'avaient échangée il y a des années. Je croyais qu'elle avait pris sa retraite et qu'elle vivait dans une petite maison au bord de la mer, comme elle l'avait toujours rêvé.

– Il se trouve qu'elle n'était malheureusement pas en très bonne santé lorsqu'elle est rentrée au pays. Sa retraite, comme tu dis, elle l'a passée dans un fauteuil roulant.

– Tu n'irais quand même pas me raconter des bobards?

– Je ne pense pas que nous soyons ici pour plaisanter.

– Elle a donc été assassinée?

– Oui. A moins qu'elle n'ait utilisé le peu de lucidité qui lui restait pour mettre volontairement fin à ses jours. On lui a injecté une dose massive de DS 7 – tu sais, ce produit miraculeux qui met un terme à toutes les souffrances...

– Bon Dieu! Alors, nous sommes les derniers survivants de l'équipe?

– On le dirait. Pourtant, jusqu'à tout à l'heure, j'étais persuadé d'être le seul dans ce cas. Il va falloir que tu me racontes tout ça.

– Bien sûr. Nous allons y venir. Mais je n'arrive toujours pas à croire ce que tu viens de m'apprendre. (Son étonnement paraissait sincère.) Où cela s'est-il passé?

– Dans une clinique privée. Tu sais, le genre d'endroit qu'on appelle l'antichambre du bon Dieu. Elle ne menait plus qu'une vie végétative depuis son retour. Ceux qui s'étaient occupé d'elle n'y étaient pas allés de main morte.

– Tu avais été la voir?

– Non.

– Pas une seule fois?

– Non.

– Pourquoi?

– J'aimerais bien le savoir, répondit lentement Hillsden. A l'époque, j'avais mes raisons. J'imagine que nous finissons tous par trahir ceux que nous aimons. »

A cet instant, Tanya entra dans la pièce et leur annonça que le repas était servi. Ils se rendirent à la salle à manger et s'assirent chacun à l'extrémité d'une table massive. C'était le premier vrai repas que l'on offrait à Hillsden depuis des semaines, mais il n'avait aucun appétit.

« Avant que nous replongions dans le passé, dit Jock, je pense que tu as compris le véritable motif de ma présence? Je suis ici pour te guider, t'apprendre les ficelles, te mettre dans le bain si tu préfères. Tu vas avoir droit à un régime de faveur. Ils veulent te faire passer à la télévision : une émission entière doit t'être consacrée.

– J'ai donc tant de prix à leurs yeux?

– Ils semblent le penser. En tout cas, ils veulent damner le pion au Centre de Moscou. Ils ont mis Abramov sur ton cas, et c'est l'une des étoiles montantes de la nouvelle génération. Le genre de bonhomme qui te tue en s'excusant de devoir te déranger...

– Tu veux dire que j'ai eu de la chance? Mais pourquoi est-ce le GRU qui s'est chargé de moi, plutôt que le Centre?

– Je me le suis également demandé. Comment le savoir? La raison pour laquelle les choses vont toujours de travers dans ce pays, c'est que la main gauche n'est jamais au courant de ce que fait la main droite. Mais tout cela est en train de changer. Ça devenait d'ailleurs impératif. Ça prendra du temps, ne serait-ce qu'à cause de tous ces vieux fossiles qui viennent se recueillir le 1er mai sur la tombe de Lénine, et qui tiennent à peine mieux debout que des pantins désarticulés. Ils sont heureusement de moins en moins nombreux, mais le processus sera encore long. Enfin, il y en a trois qui sont morts récemment... Il y a quand même une justice.

– Tu as le droit de dire des trucs pareils?

– Les choses ne fonctionnent pas comme tu le crois, mon vieux. Tu fais partie de l'élite, à présent!

– Philby disait la même chose. Tu l'as déjà rencontré?

– Grands dieux, non! Ce n'est pas mon genre. Je l'ai croisé une fois à l'opéra. Les deux autres ont passé l'arme à gauche, comme tu dois le savoir. De toute manière, je ne vis pas ici. J'ai conclu une autre sorte de marché. N'oublie pas qu'officiellement je suis mort. Ils ont estimé que je leur serais plus utile ainsi : c'est pourquoi j'ai été autorisé à aller vivre à l'étranger.

– Je vois.

– Je vais sûrement te surprendre, mais tu étais la dernière personne que je m'attendais à voir changer de camp. Tu n'auras d'ailleurs pas à le regretter; en plus, tu as choisi le bon moment. Nous finirons tous par rentrer chez nous : ce n'est qu'une question de temps. Je puis t'assurer que la situation ne va pas tarder à s'aggraver, au niveau international.

– Je n'ai jamais mis ta parole en doute, Jock.

– Je te jure que c'est leur seule obsession, par ici. Ta femme doit-elle te rejoindre, au fait?

– Non. Nous avons divorcé. Ça ne marchait plus entre nous depuis l'époque de l'Autriche.

– Alors, nous organiserons une petite fête dès que tu seras un peu mieux installé. S'il y a bien deux choses que la révolution n'a pas effacées, ce sont l'amour du bon vin et l'amour... de la bonne chair, si tu vois à quoi je veux faire allusion... Pour ma part, je n'y ai pas renoncé. »

Tout en parlant, Jock s'était versé un nouveau verre de Tokay. Il le vida d'un trait, comme il l'avait fait pour la vodka. Hillsden remarqua que ses joues s'étaient légèrement empourprées.

« Aucun changement politique ne pourra jamais rien contre ça, ajouta Jock.

– Raconte-moi comment les choses se sont passées pour toi, demanda Hillsden.

– Par quoi veux-tu que je commence ?

– Je ne sais pas. Ce n'est pas moi qui suis mort. Si tu m'expliquais d'abord cette histoire de noyade ?

– N'était-ce pas un plan génial ? C'est moi qui avais eu l'idée du lac. Ils se sont procuré un cadavre et l'ont revêtu de mes habits – exactement comme pour l'homme qui n'existait pas : tu te souviens de cette histoire, pendant la guerre ? On m'a ensuite appris que j'avais été enterré au cimetière central de Vienne, et que le British Council avait même payé la pierre tombale. A une époque, j'avais l'intention d'aller y faire un tour pour y déposer un bouquet de fleurs, mais j'y ai finalement renoncé. La scène aurait été digne d'un film d'Hitchcock. C'est la seule chose qui me manque, en Suisse : les films sont déjà vieux de cent ans lorsqu'ils arrivent là-bas. »

Le débit de Jock s'était accéléré ; par moments, il bafouillait même légèrement. Je me suis trompé, songea Hillsden : ce n'est pas de la nervosité ; il a réellement besoin de parler. Il a beaucoup plus envie de me raconter son histoire que d'entendre la mienne.

« Tu vis donc en Suisse ?

– Oui. Je ne te l'avais pas dit ? Enfin, je n'y suis pas allé tout de suite, bien sûr. Au début, ils m'ont emmené ici, comme toi, après un court passage à Berlin-Est. Mais tu ne manges pas ?

– Je n'ai pas faim.

– Ils veulent que tu aies bonne mine lorsque tu passeras à la télévision.

– Continue. Ton histoire me fascine. Pourquoi ont-ils décidé de te faire passer pour mort ? Avaient-ils une raison particulière ?

– La raison, mon cher Horatio, se trouve dans les étoiles. Est-ce bien la citation exacte ? Mes connaissances littéraires n'ont jamais été aussi étendues que les tiennes.

– Simple question de don.

– Tout a commencé par un de ces scénarios à la mords-moi le nœud dont Londres a le secret, bien qu'ils soient toujours voués à l'échec. Control venait de succéder à Gunga, et je suppose qu'il voulait imprimer sa marque à la boîte en lançant cette opération. L'idée de base, c'était que Caroline nous trahirait une fois à Berlin. Henze devait se charger d'elle. Moscou semblait soupçonner Henze d'avoir été retourné, et c'était aussi une façon de redorer son blason. Une fois passée chez les Russes, Caroline était censée découvrir l'identité de la super-taupe qui se terrait soi-disant chez nous.

– Cette hypothèse continue à faire couler beaucoup d'encre, dit Hillsden d'une voix neutre. Mais poursuis : étais-tu au courant de la nature de cette opération, à l'époque ?

– De A à Z. Enfin, disons que je connaissais la version de Londres.

– Et tu as marché là-dedans ?

– Non. Je leur ai dit que l'idée était stupide, mais ils ont passé outre. C'était pour cela que Control ne voulait pas que tu restes avec elle. Il était au courant de votre liaison et il estimait que tu finirais sûrement par la convaincre de ne pas accepter cette mission.

– Il n'avait pas tort. Si au moins j'avais su tout ça !

– On t'a donc mis au rancart, et Caroline a obéi aux ordres. L'histoire n'a donc pas filtré par la suite ?

– On n'en a jamais su un mot.

– Ça ne m'étonne pas. Ils ne devaient pas être très fiers de leur coup. Et après tout, qui se soucie du sort des agents secrets ? En tout cas, l'affaire a immédiatement foiré. Henze a été tué juste après l'arrivée de Caroline à Berlin. Elle avait essayé d'entrer en contact avec lui, mais il était déjà trop tard. Elle a alors tenté de se débrouiller seule; tu n'ignores pas à quel point elle était obstinée. Elle faisait avant tout ce métier par vengeance personnelle. Elle s'est fait prendre quelques jours après la mort de Henze. »

Hillsden ne regardait pas Jock, qui fixait son verre de vin en parlant.

« Et toi ? demanda-t-il après un silence.

– Ils m'ont mis le grappin dessus à Vienne, environ un mois plus tard. Comme tu l'auras sûrement remarqué, je n'ai jamais eu l'étoffe d'un héros. Les taudis de Glasgow ne prédisposent pas à ce genre de destin. De toute façon, qui croit encore aux héros, en dehors des jobards ? Je me suis dit : Merde ! A quoi bon me faire entuber ? Ce putain de réseau venait d'être entièrement démantelé, et Londres n'aurait jamais pu me tirer d'un tel guêpier. Je n'avais pas le choix. En plus, les Russes n'auraient pas accepté de me relâcher, je savais déjà trop de choses. Alors, je leur ai proposé un marché : qu'ils s'arrangent pour me “ tuer ” officiellement, et ensuite, je travaillerais pour eux. Ça a marché comme sur des roulettes. Je suis bien payé, je mène une vie agréable, je ne croule pas sous le travail – bref, je suis devenu un respectable citoyen suisse. »

Il vida son reste de vin.

« As-tu revu Caroline par la suite ? demanda Hillsden.

– Non.

– Tu n'as pas été inquiet lorsqu'ils l'ont renvoyée en Angleterre ?

– Non. Pourquoi l'aurais-je été ? dit Jock en reposant son verre.

– Tu m'as dit que tu ignorais l'état dans lequel elle était. Elle aurait très bien pu vendre la mèche à ton sujet. »

Jock secoua violemment la tête. Les veinules de ses joues saillaient maintenant exagérément.

« Les Russes ne commettent pas ce genre d'erreur, mon vieux. S'ils lui avaient par hasard parlé de moi, ils auraient de toute manière prétendu que j'étais mort.

– Avec qui as-tu traité ? Avec le Centre, ou l'équipe d'Abramov ? »

Ils furent interrompus par l'entrée de Tanya avant que Jock ait pu répondre. Elle regarda l'assiette de Hillsden.

« Vous ne pas aimer ma cuisine, M. Hillsden ? demanda-t-elle.

– C'est excellent, mais je n'ai vraiment pas faim. »

La réponse ne parut pas la satisfaire. Tout en débarrassant la table, elle fit claquer ses dents d'un air désapprobateur.

« Si vous ne pas manger, je avoir grands ennuis.

– Je me rattraperai demain.

– Tu l'as vexée, dit Jock lorsque Tanya se fut retirée. Ne les vexe jamais : c'est la règle nº 1.

– Je tâcherai de m'en souvenir.

– Suis mon conseil : agis comme ils te le demandent pour cette conférence de presse, et tu verras qu'ils te traiteront comme un roi. Je suis heureux de t'avoir retrouvé, mon vieux ! On se croirait presque revenus au bon vieux temps.

– Le " presque " n'est pas superflu », répondit Hillsden, qui songeait au moment où les caméras allaient se mettre à tourner.

35.

La conférence de presse avait été soigneusement préparée. Simultanément traduit en une douzaine de langues, l'enregistrement fut retransmis par satellite et les télévisions occidentales en diffusèrent de larges extraits. Hillsden paraissait détendu et en bonne santé ; il expliqua sans gêne apparente les raisons qui l'avaient poussé à passer à l'Est. Les spécialistes affirmèrent qu'il n'avait sûrement pas été drogué et que sa confession semblait tout à fait sincère. Comme il était prévisible, il ne se contenta pas de parler de son propre sort : il lança également de nombreuses accusations contre les puissances occidentales, qui mettaient selon lui gravement en danger la paix mondiale. Il reconnut avoir été un agent du MI 6 et avoir mené dans le passé des opérations subversives contre l'URSS – ce qu'il regrettait amèrement à présent. Il poursuivit en déclarant qu'il avait décidé de changer de camp après avoir peu à peu réalisé les risques que représentait le matérialisme du monde occidental, dont l'unique obsession était la préparation active d'un futur et sanglant affrontement entre les nations ; en revanche, il avait été séduit par la justice et les mérites du système soviétique. Il affirma qu'il avait réclamé et obtenu l'asile politique et qu'il avait l'intention de demander dans un proche avenir la nationalité soviétique.

L'Angleterre fit tout ce qui était en son pouvoir pour minimiser l'importance de Hillsden. On affirma que depuis des années il ne s'occupait plus que d'opérations sans grande portée, qui concernaient essentiellement la sécurité intérieure. On insista beaucoup sur le fait qu'il était recherché dans le cadre de l'enquête relative à l'assassinat de sir Charles Belfrage, qu'il avait été condamné par la justice peu après avoir quitté les services d'espionnage et qu'il avait même dû subir un traitement psychiatrique. Pour sauver les apparences, Whitehall adressa une requête officielle aux autorités soviétiques et exigea son extradition, mais personne dans les sphères gouvernementales ne fut surpris d'apprendre que cette demande avait été rejetée. En guise de représailles, six attachés de l'ambassade soviétique à Londres virent leur statut diplomatique supprimé et furent priés de quitter le pays dans les quarante-huit heures. Puis on cessa officiellement de s'intéresser au cas d'Alec Hillsden, qui tomba peu à peu aux oubliettes.

Les journaux continuèrent néanmoins de parler de l'affaire pendant plusieurs semaines. La principale bénéficiaire de cet engouement fut l'ex-femme de Hillsden. La disparition de son mari et sa brusque réapparition à Moscou lui permirent de réaliser le rêve qu'elle avait longtemps caressé : celui de se distinguer enfin de la masse de ses semblables. Passé le premier choc de la nouvelle, elle s'était rapidement rendu compte que ce nouveau statut n'était pas sans présenter un certain nombre d'avantages matériels. Elle s'en remit à ses avocats, qui firent monter les enchères, et l'un des plus grands quotidiens nationaux s'assura finalement l'exclusivité de son histoire pour une somme rondelette. Le récit de sa vie banale et sans attrait fut habilement récrit et parut en quatre épisodes dans le supplément dominical sous ce titre accrocheur : J'AI PARTAGÉ LE LIT D'UN TRAÎTRE. Comme toujours, le savant dosage d'espionnage et de sexe fit amplement recette. Margot s'acheta un cahier et y colla soigneusement toutes les coupures de presse qui lui avaient été consacrées. Elle finit même très vite par croire tout ce qu'on avait pu raconter à son sujet. Les bénéfices de cette opération lui permirent de s'offrir toutes les choses dont elle avait rêvé en feuilletant pendant des années ses catalogues de vente par correspondance. Elle commanda une volière entière de canaris chinois, les œuvres complètes de Dickens reliées en simili-cuir, une horloge murale reproduisant le clocher de Westminster, ainsi qu'une luxueuse cuisine moderne pour le nouvel appartement qu'elle venait d'acheter. Ce dernier, quant à lui, n'était hélas ni très moderne ni très luxueux.

La gloire, fût-elle la plus éphémère, devient très vite une véritable drogue. Lorsque l'affaire Hillsden quitta la une des journaux pour céder la place à des nouvelles plus fraîches, Margot ne manqua pas d'éprouver rapidement les premiers et cruels symptômes du manque. Elle se mit à fréquenter les pubs, ce qui ne lui était pas arrivé depuis son mariage; un jour, à Mayfair, elle fit la connaissance d'un homme sensiblement plus jeune qu'elle, qui ne tarda pas à devenir son amant. Elle prétendait qu'il était pilote de ligne à la British Airways; en vérité, il travaillait dans une entreprise de location de voitures, était marié et avait trois enfants; il n'avait pris l'avion qu'une seule fois dans sa vie, lorsqu'il était allé passer des vacances (en charter) sur la Costa Brava. Margot avala sans broncher tous les bobards qu'il devait lui raconter lorsqu'il était contraint de retourner dans sa famille, mais ses prouesses sexuelles lui ouvrirent de nouveaux horizons. Elle ne réalisa pas qu'elle avait troqué une vie de mensonge pour une autre – bien plus banale celle-là –, et le souvenir d'Alec s'effaça peu à peu de sa mémoire.

Contrairement à elle, Pamela s'aperçut à sa grande surprise qu'elle pensait très souvent à Hillsden. Après le meurtre de Belfrage, elle avait quitté le pays et était restée quelque temps à l'étranger. Finalement, Gunther lui avait fait savoir qu'il n'y avait plus de danger et qu'elle pouvait rentrer. Mais il avait estimé qu'il serait imprudent de leur part de continuer à vivre ensemble, et ils avaient chacun emménagé dans des quartiers différents de Londres. Ils se retrouvaient généralement dans des établissements fréquentés par la jeunesse.

Ce soir-là, elle l'attendait justement dans l'un des derniers endroits à la mode, une petite trattoria située juste derrière Knightsbridge, qui servait à une clientèle snobinarde des plats italiens sans saveur à des prix exorbitants. Comme d'habitude, Gunther était en retard. Pamela s'était assise dans un coin : tout en dévisageant les convives de tables voisines, elle ne pouvait s'empêcher de songer que ce ne serait pas une grande perte si une bombe explosait soudain et balayait tous ces imbéciles. Elle commanda un verre pour calmer le serveur, qui n'était pas moins snob que sa clientèle, et pour tuer le temps elle se mit à inspecter le contenu de son sac à main. Elle contempla un instant la petite boîte ronde où elle mettait ses pilules, en se demandant si elle n'avait pas oublié de prendre celle de ce matin. S'il y avait une chose qui ne devait jamais changer, quels que soient les bouleversements politiques, c'était bien la dépendance des femmes envers leur propre corps.

Des cris s'élevèrent à la table voisine : une fille au rire hystérique venait de renverser son verre de Coca-Cola sur sa robe. L'un des jeunes gens surprit le regard de Pamela et lui adressa un sourire.

« Il ne viendra plus, maintenant, lui dit-il d'un air complice. Pourquoi ne pas vous joindre à nous?

– J'ai l'habitude. Merci quand même.

– Ça me fait pitié de vous voir là toute seule. »

Ça te fait surtout pitié de louper une telle occasion, pensa Pamela sans se départir de son sourire. Elle maudissait intérieurement Gunther de l'exposer à ce genre de situation. Dans la rue, une voiture de police passa à toute allure en faisant mugir sa sirène.

Ses pensées revinrent à Hillsden. Elle se rappela leur traversée de la Manche et revit brusquement l'image de leurs deux corps enlacés. Elle se demanda ce que pouvait représenter la vie d'un exilé, et s'il ne lui faudrait pas un jour quitter définitivement l'Angleterre à son tour. C'était ce que Hillsden avait fait : il avait bel et bien franchi le Rubicon. Elle se souvint de la cicatrice qu'il avait à l'épaule et la précision de cette image la surprit et la troubla étrangement. Mais le charme fut aussitôt rompu, car le jeune homme de tout à l'heure se tourna de nouveau vers elle et pencha son visage vers le sien.

« Si j'étais à votre place, je laisserais tomber ce type. Il ne vous mérite sûrement pas. Vous êtes certaine que vous ne préférez pas vous joindre à nous? Vous avez l'air perdue, toute seule à votre table. »

Pamela le dévisagea d'un air inexpressif. Mentalement, elle se vit sortir un revolver de son sac et appuyer calmement sur la gâchette, tandis que le corps de son interlocuteur partait à la renverse, éclaboussé de sang. Rebuté par son silence, le type se retourna d'un air dépité.

A quelques centaines de mètres de l'endroit où se trouvait Pamela, la voiture du Premier ministre, encadrée par une imposante escorte de police, quittait au même instant le palais de Buckingham. Le Premier ministre venait d'être reçu en audience par la reine, pour la troisième fois en moins d'une semaine. Ce soir-là, il n'avait eu que des mauvaises nouvelles à lui annoncer. A l'aller, durant le court trajet qui l'avait mené de Downing Street au palais, il avait estimé qu'il était de son devoir d'informer la reine que le pays risquait de se révéler ingouvernable si des mesures draconiennes n'étaient pas immédiatement prises. La totalité des forces de police avaient été déployées sur l'ensemble du territoire, pour endiguer les flambées de violence qui secouaient le monde ouvrier, et tout risquait d'exploser d'un jour à l'autre. Il ne restait plus qu'à appeler l'armée à la rescousse en décrétant l'état d'urgence. Le Premier ministre avait appris au cours de sa carrière qu'on ne gagne jamais rien lorsqu'on mâche ses mots. La reine préférait – et avait même exigé – qu'il lui parle à cœur ouvert. Il avait donc brossé le sombre tableau de la situation et elle lui avait ensuite demandé s'il avait envisagé la formation d'un gouvernement de coalition. Il lui avait répondu sincèrement, en lui disant qu'il n'écartait pas cette hypothèse, mais qu'il n'était pas assuré d'obtenir le soutien de l'ensemble de sa majorité.

« Jusqu'à présent, le Parlement m'a massivement suivi, mais je ne puis dissimuler à Votre Majesté – et c'est un aveu qui me coûte – que certains éléments du parti dont je suis membre se sont déjà violemment opposés aux récentes mesures que j'ai prises. J'ignore de quelle manière ils réagiront dans les jours à venir. Je préférerais ne pas avoir à parler de tout cela à Votre Majesté, mais il me faut bien tenir compte du contexte politique. »

Il n'avait pas expressément mentionné Lewisham, et d'ailleurs la reine ne lui avait demandé aucun nom. Mais bien sûr, c'était à lui qu'il pensait... Ce petit démagogue, ce soi-disant martyr de Lewisham, qui parcourait tout le pays en dénonçant l'action du gouvernement et en rallumant de toutes parts de nouveaux foyers de mécontentement... On ne parlait plus que de lui dans les journaux, au point que le Premier ministre avait fini par en perdre le sommeil. Depuis quelques jours, Lewisham poussait le pays à une grève générale, afin d'imposer les réformes qu'il préconisait. Il avait d'ailleurs un indéniable talent d'orateur. Il savait soulever les foules et n'était jamais à court de formules incendiaires lorsqu'il s'agissait de dénigrer ses adversaires. Sa stratégie était simple : il brandissait le drapeau de l'égalité pour tous, en se gardant bien de reconnaître qu'il ne s'agissait là que d'un rêve insensé.

Le Premier ministre se faisait transmettre aussi rapidement que possible les transcriptions intégrales des discours de Lewisham. Ce soir-là, de retour à Downing Street, on lui communiqua la copie de celui que son turbulent rival avait prononcé quelques heures plus tôt au stade de Wembley, devant une foule gigantesque. Après s'être servi une généreuse rasade de whisky, le Premier ministre s'assit à son bureau pour en prendre connaissance. Lewisham avait proféré ses diatribes habituelles contre ce qu'il appelait « l'émergence d'un véritable état policier », mais pour une fois il s'était abstenu de comparer le régime actuel aux dictatures d'extrême droite les plus répressives. Il parlait sans cesse de la police comme d'une force paramilitaire utilisée en tant qu'arme politique contre la classe ouvrière. « La véritable voix de la démocratie est délibérément étouffée, proclamait-il. La presse conservatrice, pourrie et corrompue, fait ses choux gras des mensonges et des calomnies les plus éhontés. Mais toutes les contre-vérités qu'ils imprimeront, toutes les infamies qu'ils pourront inventer pour me salir, moi et ma famille, ne me détourneront jamais – je le jure solennellement devant vous – de la grande croisade socialiste que je mène depuis toujours et que je continuerai de mener à l'avenir! »

Le Premier ministre fut interrompu dans sa lecture : une lumière rouge – qui signifiait que l'appel était urgent – venait de s'allumer sur son combiné téléphonique. Il décrocha l'écouteur. Son visage se décomposa lentement tandis qu'il écoutait le message de son correspondant.

« La nouvelle a-t-elle déjà été rendue publique? demanda-t-il. Bon, je descends immédiatement à la salle de presse. Appelez le ministre de l'Intérieur et le préfet de police et dites-leur de venir sur-le-champ. »

Il vida son verre d'un trait et se précipita à l'étage inférieur. Plusieurs membres de son équipe personnelle l'attendaient dans la salle de presse, groupés autour d'un poste de télévision. Le visage familier du présentateur des nouvelles occupait tout l'écran.

« Nous espérons entrer très bientôt en liaison avec Charles Sterling, qui se trouve déjà sur les lieux, disait le journaliste.

– Où donc? demanda le Premier ministre à l'un de ses adjoints.

– Devant la maison de son père.

– Bon Dieu! C'est donc là que ça s'est passé?

– Oui, monsieur. »

Sur l'écran, le visage du présentateur disparut, cédant la place à l'image d'une rue banlieusarde. L'asphalte et les trottoirs brillaient à la lueur des gyrophares. Au fond, on distinguait les barrières de protection métalliques dont se sert toujours la police pour boucler un quartier après un attentat. Derrière les barrières, on devinait la carcasse fumante et déchiquetée d'une puissante limousine. De nombreux policiers en uniforme patrouillaient aux abords du véhicule.

Sterling apparut sur l'écran, un micro à la main, et se mit aussitôt à parler :

« Il semble bien que le ou les auteurs de l'attentat se soient cachés dans la maison qui est située de l'autre côté de la rue, avant l'arrivée de M. Lewisham. Ce dernier revenait du stade de Wembley, où il avait prononcé un important discours cet après-midi. Il se rendait chez son père, qui habite la maison que vous pouvez voir, au n° 74 d'Arcia Avenue. Les terroristes ont ouvert le feu dès que M. Lewisham est sorti de voiture. Il a été touché par de très nombreuses balles et a immédiatement perdu connaissance. Après avoir reçu les premiers secours sur le trottoir où il gisait inanimé, il a aussitôt été transporté à l'hôpital principal de Croydon. D'après l'un des responsables du service d'urgence où il a été accueilli, son état est jugé comme très critique. »

Sterling s'interrompit, tandis qu'une nouvelle voiture de police, suivie d'un camion de pompiers, arrivaient sur les lieux en faisant hurler leurs sirènes. Puis il reprit :

« La situation est toujours très confuse ici, et les déclarations qui ont pu être faites quant au nombre des terroristes et à la manière dont ils ont pris la fuite sont pour l'instant plutôt contradictoires. Tout le quartier a été bouclé et la police a commencé la fouille des maisons environnantes. J'ai cru comprendre que l'on avait également fait appel à une unité spéciale de tireurs d'élite. Je vous rappellerai dès que j'aurai de plus amples informations. D'ici là, à vous les studios. »

Le présentateur refit son apparition et enchaîna aussitôt :

« Comme vous venez de l'entendre, l'honorable Graham Lewisham, le célèbre député travailliste et ancien membre du gouvernement en place, a été victime ce soir d'une tentative d'assassinat. Des inconnus l'ont attaqué au moment où il arrivait devant la demeure de son père, à Croydon. Son chauffeur, dont le nom n'a pas été révélé jusqu'ici, est mort sur le coup et M. Lewisham a lui-même été très gravement touché. Il est actuellement à l'hôpital. Sa femme a été prévenue et se rend en ce moment même à son chevet. Jusqu'à présent, on ne dispose apparemment d'aucun indice concernant l'identité des assassins, mais M. Lewisham avait reçu de nombreuses menaces par le passé, et singulièrement ces derniers temps. Depuis qu'il avait quitté le gouvernement, il n'avait pas ménagé ses critiques envers l'équipe actuellement au pouvoir. Il s'était en particulier violemment opposé à la manière dont la police était utilisée pour réprimer les émeutes ouvrières. Nous interromprons nos programmes habituels pour vous tenir au courant minute par minute des derniers développements de cette affaire, dès que de nouvelles informations nous parviendront. (Le présentateur s'interrompit et jeta un coup d'œil à sa droite.) On me signale que nous venons justement de recevoir un reportage qui a été tourné au stade de Wembley, où M. Lewisham a tenu cet après-midi même l'un de ces discours enflammés dont il a le secret.

– Baissez le son, demanda le Premier ministre alors que l'un de ses adjoints lui tendait un combiné téléphonique.

– L'hôpital est en ligne, monsieur.

– Quelles sont les nouvelles? demanda le Premier ministre après avoir pris l'écouteur. Je vois. Et quelles chances lui donnez-vous? Je vois. Bon, tenez-moi au courant. Je veux être immédiatement informé de la moindre évolution. Et rappelez-moi dès que Mme Lewisham sera arrivée. »

Il raccrocha sans plus de cérémonie et se tourna vers ses collaborateurs.

« Alfred, vous feriez aussi bien de rédiger dès à présent la déclaration que je ferai à la presse. Préparez deux versions différentes, on ne sait jamais. Et je devrai également intervenir demain au Parlement. Pondez-moi un discours musclé, quoi qu'il advienne. Bon Dieu! Il ne nous manquait plus que ça!

– Quelles sont les nouvelles de l'hôpital, monsieur?

– Lewisham a à peu près autant de chances d'y rester que de s'en tirer. Il a été salement atteint. Deux balles se sont logées près du cerveau. Où est Tony? Tony, convoquez le gouvernement en réunion extraordinaire pour demain matin, à la première heure. Et je veux que tout le monde soit là! Je ne tolérerai aucune exception. »

Quelqu'un entra dans la pièce.

« Monsieur le Premier ministre, il y a des reporters de la télévision en bas.

– Eh bien, ils attendront. Je ne ferai aucune déclaration pour l'instant. Vous n'avez qu'à les calmer avec les formules d'usage, leur dire à quel point nous sommes révoltés par cette nouvelle escalade dans l'horreur – enfin, vous connaissez la rengaine... (Il s'interrompit et regarda le visage de Lewisham sur l'écran.) Bon Dieu! Comme si nous n'avions déjà pas assez d'ennuis! Michael, suivez-moi, je veux vous parler en tête à tête. »

Le Premier ministre quitta la pièce, accompagné de son principal conseiller privé. Une fois dans son bureau, il téléphona aussitôt à Buckingham Palace et s'entretint avec la reine. Puis il appela sa femme, qui se trouvait dans leur appartement, au dernier étage du 10, Downing Street; il lui dit qu'il allait sûrement devoir rester debout toute la nuit et qu'elle ferait bien de préparer des sandwiches et du café. Il attendit ensuite l'arrivée de Bayldon et du préfet de police, en se demandant si ce cycle infernal allait oui ou non prendre fin.

Gunther apparut enfin et se fraya un chemin à travers la foule des clients. Lorsqu'il atteignit la table où Pamela attendait toujours, son arrivée ne parut nullement enchanter le jeune homme de la table voisine.

« Cela fait plus d'une heure que je t'attends, dit Pamela.

– Et alors?

– Ne t'excuse surtout pas!

– J'ai été retenu plus longtemps que prévu. Viens, on y va.

– Comment ça? Nous ne mangeons pas? J'ai seulement bu un verre pour retenir la table.

– Je n'y peux rien. Le programme a changé.

– Que se passe-t-il?

– Ne pose pas de questions. Tu n'auras qu'à regarder le dernier bulletin d'informations après m'avoir accompagné à l'aéroport.

– Je ne suis pas venue en voiture.

– Merde! Pourquoi?

– Tu ne me l'avais pas demandé. Je prends l'avion avec toi?

– Réfléchis un peu avant de parler. Bien sûr que non. Où est ta voiture?

– Là où je l'ai laissée : devant chez moi.

– On va prendre un taxi pour aller la récupérer. Ramasse tes affaires. »

Il claqua des doigts pour appeler le garçon, mais il avait oublié que le meilleur moyen pour être mal servi en Angleterre, c'est de traiter les employés comme des inférieurs.

Lewisham mourut sur la table d'opération au bout de trois heures d'intervention. On affirma à sa femme que, s'il avait survécu, il n'aurait de toute façon jamais pu reprendre sa vie normale : son cerveau avait été trop gravement atteint. Mme Lewisham perdit connaissance et dut être placée sous sédatifs. Le Premier ministre fut mis au courant dans les minutes qui suivirent et passa le reste de la nuit en compagnie du ministre de l'Intérieur et du préfet de police. Ils débattirent des mesures à prendre pour endiguer l'agitation que cet assassinat n'allait pas manquer de soulever. Vu la gravité de la situation, ils décidèrent de suspendre toutes les permissions au sein de l'armée. La directive fut aussitôt transmise au ministère de la Défense. L'alerte rouge fut déclenchée pour protéger tous les bâtiments officiels, et les contrôles furent renforcés aux frontières. Mais Gunther volait déjà en direction du continent lorsque ces consignes entrèrent en application.

36.

Comme Jock le lui avait annoncé, Hillsden fut bien traité après la retransmission de sa conférence de presse. Il put bénéficier d'un logement relativement spacieux selon les critères moscovites, non loin de l'ancien couvent de Novodevichy, dans un quartier réservé aux hauts dignitaires du Parti. L'appartement était situé au cinquième étage d'un immeuble massif. Le mobilier semblait dater des années d'avant-guerre : les tables et les chaises lui rappelaient celles que ses parents avaient achetées au début de leur mariage; c'étaient d'ailleurs bien les seuls objets qui lui évoquaient un tant soit peu sa vie passée. Les pièces étaient correctement chauffées, et équipées de tout le matériel indispensable à la vie d'un célibataire; il y avait même une petite bibliothèque garnie de romans populaires anglais qu'il aurait sûrement dédaignés en temps ordinaire, mais dont il trouva la présence singulièrement réconfortante dans un tel contexte. Lorsque Jock vint lui rendre visite pour la première fois après son emménagement, il lui fit cadeau d'un canari, dans une vieille cage en osier que Hillsden suspendit devant l'unique fenêtre d'où il avait une vue dégagée sur la ville étrangère qui était maintenant la sienne.

« Il répond au doux nom de Gromyko, dit Jock.

– Tu déconnes, Jock. Les canaris ne parlent pas.

– Je ne sais pas si je déconne, mais ce dont je suis sûr, c'est de m'être bel et bien fait entuber. Ils ont décidé de me garder ici, pour une raison qu'ils n'ont pas encore daigné m'expliquer. Je suis logé dans le même immeuble que toi, au troisième étage, dans un appartement identique à celui-ci. Est-ce que tu te souviens de cette pièce de théâtre qui s'appelait *Retour au troisième étage*? Je l'avais vue jadis, mais je n'y avais absolument rien compris. On m'a dit par la suite que l'histoire avait un rapport avec la vie du Christ. Je ne m'en serais jamais douté tout seul. Le sujet devait être trop profond pour moi. Puisque tu insistes, ajouta-t-il après un silence, je ne refuserai pas un verre d'alcool.

– J'ai peur de ne rien avoir à t'offrir.

– Il faut que tu t'organises, mon vieux. Est-ce qu'ils t'ont filé de l'argent ?

– Oui, mais je ne sais pas trop où le dépenser.

– Je t'emmènerai faire un tour en ville pour te montrer les bons endroits. Il faudra que tu te procures des devises étrangères si tu veux acquérir des denrées à peu près décentes. Ces foutus roubles ne servent strictement à rien. Attends-moi un instant. Je ne serai pas long. »

Il disparut et revint au bout d'une dizaine de minutes avec une bouteille de Johnny Walker qu'ils vidèrent de concert. La soirée se poursuivit fort tard ; avant de se séparer, ils chantèrent ensemble l'air des régates d'Eton et *It's a long way to Tipperary* d'une voix avinée et avec un enjouement un peu forcé. Lorsque Jock eut regagné son appartement, Hillsden eut le sentiment d'avoir passé la soirée en compagnie d'un étranger. Les cicatrices qu'avait laissées en lui toute une vie de méfiance et de suspicion étaient sans doute trop profondes pour disparaître d'un seul coup.

Il voyait peu les autres habitants de l'immeuble. La femme de ménage qu'on avait attachée à son service venait tous les matins faire son lit et mettre un peu d'ordre dans l'appartement. A première vue, elle ne paraissait pas très différente de ses consœurs britanniques chargées d'astiquer les couloirs de Whitehall, à ceci près qu'elle ne parlait pas anglais ; du moins faisait-elle mine de ne rien comprendre aux questions qu'il lui posait – mais bien sûr, on ne pouvait jamais être assuré de rien, dans ce pays. Et comme dans les premiers temps sa maîtrise du russe était plutôt rudimentaire, Hillsden dut s'en tenir avec elle aux politesses d'usage.

Abramov vint un jour lui rendre visite, et Hillsden en profita pour lui réclamer des manuels de russe.

« Cela ne pose aucun problème, répondit Abramov. Je vous en ferai envoyer. Nous pouvons même vous faire donner des leçons par un professeur, si vous le désirez. Maintenant que vous voilà définitivement installé chez nous, il faut que vous vous sentiez à l'aise. Ainsi, si vous souhaitez assister à un spectacle de ballet ou d'opéra, n'hésitez pas à me le demander. Ce n'est pas le choix qui manque. Votre ami Calder peut d'ailleurs vous accompagner. Comment va-t-il, au fait ? Le voyez-vous souvent ?

– De temps en temps. Mais il a sa propre vie.

– J'ai fait en sorte qu'il habite dans le même immeuble que vous, en pensant que cela vous ferait de la compagnie. L'avez-vous trouvé changé ?

– J'imagine que les années écoulées nous ont marqués l'un et l'autre.

– Sa brusque réapparition a dû vous faire un choc.

– Oui, bien sûr. Les noyés n'ont guère l'habitude de refaire surface.

– La vie serait bien monotone si elle ne nous ménageait pas de temps en temps quelques surprises, dit Abramov. (Il s'approcha de la cage du canari et glissa un doigt entre les barreaux; effrayé, l'oiseau recula en battant des ailes.) Ces oiseaux sont stupides, ajouta-t-il. Ils sont pourtant nés en captivité, mais ils ne cessent de rêver à leur liberté. (Il resta près de la cage, en tournant le dos à Hillsden.) J'ai l'impression que Calder n'aime guère Moscou. Il préfère visiblement la Suisse. On m'a pourtant dit qu'il s'agissait d'un pays sinistre. Bien sûr, la guerre les a toujours épargnés.

– Du moins ces derniers temps. Mais il y a quelques siècles, c'était eux qui fournissaient aux armées européennes la plupart de leurs mercenaires.

– Est-ce vrai ? J'ignorais ce détail. Je ne pourrais pas vivre dans un pays pareil. Les riches sont obscènes. Lorsqu'on lit des articles à leur sujet dans la presse occidentale, on se demande vraiment comment il se fait que la révolution n'ait pas encore eu lieu chez vous. Mais cela viendra. On n'arrête pas la marche de l'histoire. Le système capitaliste subira le même sort que cet animal d'Afrique qui tourne en rond et dévore ses propres entrailles. Vous pourrez alors rentrer dans votre pays. (Il frappa du doigt les barreaux de la cage et le canari s'affola de nouveau.) Lorsque vous vous serez un peu mieux installé ici, vous verrez que notre société n'est pas sans présenter un certain nombre d'avantages. Parallèlement, si vous pouviez user de votre influence pour calmer quelque peu votre ami, je vous en serais personnellement très reconnaissant.

– Je ne suis pas chargé de le surveiller.

– Non, mais je suis sûr que vous me comprenez. Il a une fâcheuse tendance – comment dites-vous, déjà ? – à ruer dans les branchages.

– Dans les brancards.

– Merci. Ce n'est guère raisonnable, vu la position qui est la sienne.

– Je vous propose un marché, dit Hillsden.

– Qu'entendez-vous par là ?

– J'accepte de tenir Jock à l'œil, mais en retour j'aimerais bien que vous me donniez satisfaction sur un certain nombre de points.

– Aimeriez-vous profiter d'une compagnie un peu plus agréable, par exemple ?

– Je ne pensais pas à ça. Maintenant que j'ai définitivement rompu avec mon passé, je me sentirais plus tranquille si je connaissais les réponses à certaines questions que je me pose. (Il attendit, mais Abramov ne réagit pas.) Par exemple : Pourquoi a-t-on tué Caroline ? Et qui s'en est chargé ?

– Croyez-vous qu'il soit bien utile de l'apprendre ?

– Cela a beaucoup d'importance à mes yeux.

– Eh bien, nous verrons. Je vais y réfléchir. Votre nouvelle vie ne fait que commencer. Ne pensez pas trop au passé : c'est l'avenir qui compte. »

Comme Hillsden ne tarda pas à l'apprendre, les choses n'allaient jamais vite à Moscou. Plus de deux semaines s'écoulèrent avant qu'il ne reçoive ses manuels de russe. Ce fut une jeune femme d'une trentaine d'années qui les lui apporta. Elle se présenta sous le nom de Sonya Aleksandrov et lui dit qu'elle était professeur d'anglais à l'Université.

« On m'a chargé de vous apprendre notre langue. Savez-vous déjà un peu de russe ?

– Pratiquement pas.

– Bon. Nous allons donc prendre les choses à la base.

– Je vous avouerai avec une certaine honte qu'hormis quelques notables exceptions les Anglais se soucient rarement d'apprendre des langues étrangères. Cela doit remonter à l'époque où nous pensions que le monde nous appartenait. Je constate par contre que vous maîtrisez admirablement notre langue.

– Je ne suis pas du tout d'accord avec vous, et j'espère bien que vous me corrigerez lorsque je ferai des fautes. »

La jeune femme n'attirait nullement Hillsden sur le plan sexuel – elle était trop épaisse et boulotte à son goût – mais elle était sympathique, et s'avéra un excellent professeur. Elle lui fit passer avec succès le cap des premières leçons et il se surprit à guetter impatiemment les visites qu'elle lui rendait deux fois par semaine. Ses services ne s'arrêtaient d'ailleurs pas là; elle lui proposa un jour de faire le tour des musées et des galeries d'art de la ville. Hillsden avait déjà demandé à Jock de lui servir de guide, mais ce dernier n'éprouvait qu'un intérêt limité pour la culture russe. Ils étaient néanmoins allés une fois à l'opéra ensemble.

« Tu devrais essayer de pousser les choses un peu plus loin, lui avait dit Jock ce jour-là, sur le chemin du retour.

– A quoi fais-tu allusion ?

– A ta petite institutrice.

– Nos relations sont strictement professionnelles.

– Il ne tient qu'à toi qu'il en soit autrement.

– Ce n'est pas mon genre de femme.

– Quel est donc ton genre de femme, Alec ?

– Je croyais que tu le savais. »

Il y eut un instant de silence.

« Je disais cela dans ton intérêt, reprit Jock. Tu ne peux pas continuer à vivre seul, dans un cadre pareil. Tu vas devenir fou.

– Dès que j'aurai fait quelques progrès en russe, j'irai tenter ma chance auprès des beautés locales. »

Jock secoua la tête.

« Les choses ne se passent pas ainsi, dans ce pays.

– Ne te fais pas trop de souci. Je résoudrai bien la question d'une manière ou d'une autre.

– On l'a sûrement chargée de t'espionner, poursuivit Jock lorsqu'ils eurent regagné l'appartement. Tu devrais faire attention.

– Je ne me fais aucune illusion là-dessus : c'est Abramov qui me l'a envoyée ! Mais comme nous nous contentons d'étudier la grammaire russe, je doute qu'elle ait l'occasion de découvrir beaucoup de choses sur mon compte.

– N'en sois pas si sûr. Ils ne lâchent jamais leur proie. Tu t'en apercevras tôt ou tard.

– Tu es d'humeur bien sombre, ce soir...

– Ces opéras sont interminables. Sans parler des chanteuses... De vraies montagnes de graisse ambulantes, qui n'arrêtent pas de se trémousser et de roucouler comme des pigeons en chaleur ! (Il saisit la bouteille de whisky.) Tu permets ?

– Vas-y. C'est toi qui me l'as offerte... Dis donc, tu n'y vas pas de main morte sur la bouteille, ces derniers temps.

– C'est vrai. Mais si tu savais comme j'en ai marre d'être vissé ici ! Je regrette mon cadre habituel, sans parler de mes petits plaisirs intimes... Je t'avouerai que mes goûts me portent vers des proies sensiblement plus jeunes que ta charmante institutrice. On ne trouve pas que des vaches et du chocolat blanc, en Suisse !

– Pourquoi t'obligent-ils à rester ici?

– La question mérite d'être posée. Mais ils n'ont pas daigné me l'apprendre. Et lui, t'a-t-il dit quelque chose?

– Abramov? Non. Mais tu ne dépends pas de lui?

– Non. J'ai toujours reçu mes ordres de Zurich.

– Ils songent peut-être à te confier une mission spéciale.

– Dans ce cas, ils n'auraient pas besoin de me garder ici. Ils n'ont jamais agi de la sorte jusqu'à présent. (Il fit une grimace en avalant son whisky.) Je suis sûr qu'ils étendent cette bibine avec de l'eau avant de nous la refiler. On ne peut vraiment pas leur faire confiance. Tu n'as pas remarqué une différence?

– Non. Mais je suis moins connaisseur que toi.

– Bon. En attendant, je vais m'occuper de cette petite soirée intime dont je t'avais parlé. On ne va tout de même pas rester là à se croiser les bras. Je commence à avoir besoin d'un peu d'exercice. Ça te dit?

– Puisque tu m'invites...

– Et comment, que je t'invite! Je te dois bien ça. Après tout, n'es-tu pas mon meilleur ami?

– Par la force des choses... », murmura Hillsden en regardant le canari voleter dans sa cage.

L'apprentissage du russe fut moins facile que Hillsden ne l'avait cru. Cela lui pesait un peu de devoir se remettre à l'étude et il n'arrivait pas vraiment à se concentrer en l'absence de Sonya. Il suivait régulièrement les bulletins d'informations à la télévision dans l'espoir d'enrichir son vocabulaire, mais le ton et le contenu des nouvelles avaient le don de l'irriter, pour le peu qu'il parvenait à comprendre. Apparemment, ses allées et venues n'étaient pas surveillées. Muni d'un guide touristique, il faisait fréquemment de longues marches solitaires à travers la ville. Il cherchait surtout à s'épuiser physiquement; depuis quelque temps, en effet, il souffrait d'insomnies, ce qui ne lui était jamais arrivé auparavant. Il savait très bien qu'il était suivi lors de ces promenades, et, comme il se comportait tout à fait normalement, il ne fut jamais inquiété. La nuit, durant les longues heures au cours desquelles il cherchait en vain le sommeil, il écrivit plusieurs fois d'interminables lettres à Margot, mais ne les envoya jamais. Par un de ces étranges revirements auxquels est sujette la nature humaine, il avait effectivement constaté qu'il regrettait souvent la présence de sa femme; il ressentait le besoin de se justifier envers elle, afin qu'elle le pardonne d'avoir fait échouer leur union.

La plupart du temps, cependant, ses pensées revenaient inéluctablement au mystère toujours inexpliqué que constituait la mort de Caroline. Il essayait parfois d'aborder le sujet avec Jock, mais sans le moindre succès. Le comportement de ce dernier était de plus en plus bizarre. Il se mettait à boire chaque fois qu'ils se rencontraient et, au bout de trois ou quatre verres, sa colère remontait à la surface; il se lançait alors dans des diatribes effrénées contre ceux qui l'obligeaient à rester à Moscou. Il poursuivait parfois son monologue pendant des heures entières, mais Hillsden ne l'écoutait que d'une oreille distraite.

« Je croyais que nous devions organiser une petite fête, lui dit-il un jour.

– Une fête? Quel genre de fête? demanda Jock.

– Je ne sais pas. C'est toi qui avais émis cette idée.

– Ah, oui! Tu as raison. Je vais y repenser. Cela nous fera du bien à toi comme à moi, et en plus ça nous rappellera le bon vieux temps. Nous étions sacrément heureux tous les trois en Autriche, pas vrai? Est-ce que tu crois que nous nous en rendions compte à l'époque, ou bien est-ce que nous ne pouvons le réaliser qu'aujourd'hui, avec le recul?

– C'était des temps meilleurs. Mais le passé n'est-il pas une terre étrangère?

– La formule est bien trouvée.

– Elle n'est hélas pas de moi. C'est Hartley qui a dit ça.

– Hartley? Je le connais?

– Je parle de L. P. Hartley, le romancier. Voici la citation exacte : " Le passé est une terre étrangère, où les choses ne se déroulent pas de la même manière que dans le pays où nous vivons ordinairement. " C'est la première phrase du *Messager*.

– Tu me scies avec tes foutues lectures.

– Je n'ai pourtant plus grand-chose à me mettre sous la dent, dit Hillsden en désignant d'un geste sa maigre bibliothèque. Sonya m'apporte bien de temps en temps quelques classiques russes. A part ça, il faut bien reconnaître que l'idée de relire *Les Enfants de la forêt* ou *Fils de l'eau* n'a rien de bien excitant.

– Tu as tenté ta chance, avec Sonya?

– Non, je me suis retenu. Je croyais que tu allais prendre ma vie sexuelle en charge.

– Je vais m'en occuper, n'aies crainte. Mais tu es tellement romantique... Enfin, à défaut du grand amour, je te promets quand même une petite partie de jambes en l'air.

– Tu n'as jamais été amoureux?

– Ça m'est arrivé une fois, mais on ne peut pas dire que ç'ait été un succès. Ce n'est pas l'amour qui m'excite, mon vieux. J'ai besoin d'un peu plus de piment dans ce genre d'affaires. Et une fois la chose expédiée, bonsoir mesdames! Je n'ai plus qu'une envie, c'est de voir la nénette en question débarrasser le plancher. (Il voulut se reverser un verre, mais la bouteille de whisky était vide.) Encore un cadavre..., soupira-t-il. Bon, je vais m'occuper de cette petite soirée. Quel genre de filles préfères-tu?

– Je croyais que tu le savais.

– Rafraîchis-moi un peu la mémoire.

– Tu te souviens de Caroline, non? demanda Hillsden en le dévisageant attentivement.

– Tu me poses la question? Bien sûr que je me souviens de Caroline! Difficile de l'oublier... »

Il se leva, en tenant toujours la bouteille vide à la main.

« Elle est morte à présent, d'après ce que tu m'as dit. Oui, c'est bien toi qui me l'as dit, répéta-t-il en titubant jusqu'à la porte. Je me charge de cette histoire. Tu peux faire confiance à ce vieux Jock, procureur spécial du tribunal de St. James et agent notoire de Moscou – et décoré, en outre, de l'ordre de Lénine pour services rendus à l'humanité! »

La bouteille lui glissa des mains tandis qu'il cherchait à tâtons la poignée de la porte. Il parvint enfin à l'ouvrir et sortit en hurlant dans le couloir désert : « Debout, les damnés de la terre! » Puis il disparut.

37.

Plusieurs soirées se passèrent de la sorte. Hillsden essayait de boire plus modérément que son ami et de le pousser à révéler de plus en plus de choses sur son propre passé. Il était certain à présent que Jock lui cachait une bonne part de la vérité concernant ce qui avait eu lieu autrefois. Il ne progressait pourtant que fort lentement dans son enquête car, même après avoir beaucoup bu, Jock ne baissait jamais complètement sa garde; son vieil instinct de conservation l'empêchait de tenir des propos trop inconsidérés. Hillsden avait tout son temps désormais, et, à chaque nouvelle séance, il sentait qu'il se rapprochait un peu plus du centre du labyrinthe.

Au bout de quelques jours, après avoir multiplié les allusions aux nombreuses relations qu'il avait dans les cercles les plus fermés de Moscou, Jock tint finalement sa promesse et annonça à Alec que la soirée dont il lui avait parlé allait avoir lieu.

« On fera ça chez moi. On sera peut-être un peu à l'étroit, mais comme ça, au moins, les filles ne pourront pas se défiler.

– Comment vas-tu t'y prendre pour les convaincre de venir chez toi ?

– Laisse le vieux Jock s'occuper de ce genre de détails. Je n'ai pas encore perdu la main, rassure-toi ! Nous cimenterons ce soir le pacte d'amitié anglo-soviétique. Voilà une occasion rêvée de vérifier si tu as fait des progrès en russe... Et si tu as besoin de quelques expressions triviales dans le cours de l'action, tu pourras faire appel à moi ! »

La perspective de cette soirée était loin d'enchanter Hillsden mais, après mûre réflexion, il se dit qu'il pourrait peut-être en tirer quelques bénéfices. Il se souvint de la dernière conversation qu'il avait eue avec Abramov; il composa le numéro de téléphone confidentiel que ce dernier lui avait confié et lui demanda une entrevue, au cours de laquelle il lui révéla les projets de Jock concernant leur petite soirée intime.

« Comme je ne suis là que depuis peu, j'ai pensé qu'il valait mieux vous demander si ce genre de réunion était autorisé.

– J'apprécie grandement votre démarche, Alec, mais je vous avouerai que j'étais déjà au courant de cette affaire. Nous avons même examiné les filles, qui sont parfaitement saines. J'avais espéré que vous trouveriez Sonya à votre goût, je me suis apparemment trompé.

– Sonya est très gentille, et c'est un excellent professeur.

– En d'autres termes, elle ne vous attire pas. Je ne vous le reproche pas, vous êtes libre de vos goûts. Votre ami Calder semble prendre vos intérêts à cœur, tout comme moi du reste. Vous avez eu parfaitement raison de me faire part de tout cela. Et n'hésitez surtout pas à m'appeler si vous éprouviez d'autres doutes de ce genre à l'avenir. J'espère que le choix qu'a fait votre ami vous conviendra.

– Vous n'avez pas oublié les termes de notre contrat?

– Vous ne manquez pas d'obstination, Alec. Oui, je continue à y songer. Pour l'instant, je vous laisse profiter de votre soirée. Amusez-vous bien. »

Lorsque Hillsden arriva chez Jock, ce dernier était en compagnie de deux filles charmantes, dont l'une paraissait nettement plus jeune que l'autre. Jock lui annonça qu'il lui avait réservé la plus âgée.

« J'ai pensé qu'Inga te conviendrait mieux, lui dit-il en anglais. Je sais que tes goûts te portent plutôt vers les femmes qui ont un peu d'expérience. Mais comme tu es mon invité, tu as le droit de choisir. Si tu préfères Katia, je n'y vois pas d'inconvénient. Elles sont tchèques toutes les deux, au fait, et ne parlent pas un mot de notre langue. Je te conseille d'utiliser l'allemand, sauf si tu tiens absolument à tester tes connaissances en russe. A moins que tu ne préfères le français : au lit, c'est encore ce qu'il y a de mieux. »

Ces sous-entendus grivois échappaient visiblement aux deux filles, mais ils mirent Hillsden mal à l'aise.

« Parfait, dit-il à Jock avant de saluer Inga en allemand. (Il n'était pas encore assez sûr de lui pour s'exprimer en russe.)

– Il y a tout plein de bonnes choses à manger et le carburant ne risque pas de nous faire défaut, reprit Jock en passant de l'anglais à l'allemand. Mais comme je ne dispose que d'une seule *Schlafzimmer*, je ne sais pas comment nous allons nous répartir les lieux. A toi de décider – à moins que tu ne sois tenté par une partie carrée?

– Non, tu n'as qu'à prendre la chambre.

– Je te laisserai la place un peu plus tard. La nuit ne fait que commencer. »

Jock ramassa un peu de nourriture et deux bouteilles de vin et disparut dans la chambre en compagnie de Katia. Resté seul avec Inga, Hillsden remplit deux verres de vin et lui en offrit un. Ils se mirent à discuter en allemand. Il apprit qu'Inga était inscrite à l'Université et qu'elle terminait actuellement des études d'informatique. Elle lui dit qu'elle aimait bien Moscou, mais que Prague lui manquait. Hillsden lui avoua qu'il ressentait un peu la même chose et qu'il lui arrivait souvent de repenser à Londres avec nostalgie. Tandis qu'il prononçait ces paroles, il se demanda ce que la fille savait exactement à son sujet.

« C'est la première fois que je rencontre un Anglais », lui répondit-elle.

En tout cas, si Abramov l'avait mise au courant, elle jouait bien la comédie, se dit-il. Il s'était plus ou moins attendu à ce que Jock ramène des prostituées; toutefois rien, ni dans l'accoutrement ni dans les manières de la fille, ne permettait de penser qu'il s'agissait d'une professionnelle. Comme la plupart des femmes russes qu'il avait vues dans les rues, elle était très peu maquillée et ses vêtements, propres mais sévères, dissimulaient plus ses formes qu'ils ne les mettaient en valeur.

Tout en mangeant, il lui posa de nombreuses questions sur les ordinateurs, non sans lui avoir confessé qu'il n'avait jamais rien compris à l'informatique.

« C'est la discipline elle-même qui doit m'intimider, dit-il. J'ai déjà du mal à me représenter comment fonctionne un poste de télévision. Ne parlons pas des inventions de plus en plus sophistiquées qui déferlent aujourd'hui sur le marché... »

La fille trouva cela très drôle. Tout en faisant un effort pour ne pas laisser mourir la conversation, Hillsden éprouvait un sentiment croissant de déjà-vu; ses pensées revinrent à la période de l'après-guerre, et aux vaines tentatives qu'il avait alors faites pour fraterniser avec l'ennemi. Il se souvint que Caroline avait toujours été intriguée par cet épisode de son passé. Le seul fait de penser à elle éteignit le faible désir qu'il ressentait. Cette rencontre programmée avait quelque chose d'aseptique; il réalisa qu'il était incapable de se comporter comme la situation l'aurait exigé, et il eut conscience de la perplexité croissante d'Inga à ses côtés.

« Tu veux que je me déshabille? lui demanda-t-elle enfin, pour couper court à ses hésitations.

– Je ne veux pas que tu fasses quoi que ce soit contre ta volonté. »

Cette réponse parut dérouter la fille.

« Je ne te plais pas ? lui demanda-t-elle.

– Au contraire, commença-t-il en anglais, avant de s'excuser et de poursuivre en allemand : Ce n'est pas le problème. Tu es très séduisante, mais je ne veux pas que tu te sentes obligée d'agir comme une putain.

– Est-ce que tous les Anglais sont aussi courtois ?

– Ils ne se trouvent pas tous confrontés à ce genre de situation.

– Nous sommes dans le même cas tous les deux, loin de nos pays respectifs. C'est normal de vouloir chercher un peu de chaleur auprès de quelqu'un. Si je te plais, pourquoi refuses-tu de me le prouver ? Je vais me déshabiller, et après tu laisseras ta politesse au placard. »

Elle se leva et ôta ses vêtements, qu'elle posa l'un après l'autre sur une chaise après les avoir soigneusement pliés. Ses gestes n'avaient rien d'érotique, mais Hillsden se sentit étrangement touché par cette manière de vouloir lui faciliter les choses. Lorsqu'elle fut entièrement nue devant lui, ce ne fut pas à Caroline qu'elle lui fit songer, mais à la fille avec qui il avait quitté l'Angleterre, et qui prétendait s'appeler Wendy. Wendy, dont le corps souple et bronzé lui avait paru digne d'être fixé pour l'éternité par l'objectif d'un photographe, image même de la perfection... Mais l'étrangère qui s'approchait maintenant de lui pour l'embrasser était infiniment plus humaine et plus désirable. Il lui rendit son baiser. Sa bouche était encore imprégnée du goût du vin qu'ils avaient bu tout à l'heure. Lorsqu'il se pencha pour l'embrasser dans le creux de l'épaule, il sentit les effluves de son parfum, qui n'avait rien de capiteux mais qui lui rappela au contraire l'arôme des pétales de rose et des branches de cannelle que sa mère faisait sécher au soleil dans des pots, lors des lointains étés de son enfance.

Leurs lèvres se séparèrent et la fille prononça une phrase en russe, dont il ne comprit pas le sens. Elle l'obligea à s'étendre sur les coussins fatigués du divan de Calder et l'aida à se défaire de ses vêtements. Lorsqu'il fut entièrement nu, elle s'agenouilla entre ses jambes et il s'abandonna à la caresse humide de sa langue. Ils firent ensuite l'amour, plus intensément que cela ne lui était arrivé depuis bien des années. On aurait dit que leur solitude mutuelle dans cette ville étrangère avait décuplé leur désir – et ils s'unirent comme s'ils avaient été d'authentiques amants, et non deux étrangers qui ne devaient jamais se revoir. Elle cria tandis qu'il s'acharnait sur elle et il sentit ses ongles lui labourer le dos. Lorsque tout fut consommé, il resta hébété pendant plusieurs minutes, comme si le temps venait de s'arrêter. Sous lui, la fille frissonnait en murmurant des phrases inarticulées. Il ne sentait plus que le battement simultané de leurs cœurs, dans leurs poitrines soudées l'une à l'autre. Puis ils durent s'assoupir, car il perçut ensuite un cri aigu, dont la provenance lui échappa tout d'abord. Il crut qu'il venait de rêver, mais le cri ne tarda pas à se reproduire, suivi par le bruit sourd d'une chute dans la pièce adjacente. Inga se réveilla à son tour. Hillsden se détacha d'elle et se redressa en tendant l'oreille.

« Qu'est-ce que c'est? murmura Inga. Tu crois que c'est Katia?

– Je ne sais pas. »

Il se leva et alla écouter à la porte de la chambre. Il perçut seulement la voix étouffée de Jock, ainsi qu'un bruit plus indistinct, qui ressemblait à un gémissement.

« Jock? appela-t-il. Ça va? Que se passe-t-il? »

Inga le rejoignit et voulut tourner la poignée de la porte, mais elle était fermée de l'intérieur. Alec frappa à plusieurs reprises.

« Jock? Que se passe-t-il? » répéta-t-il.

Plusieurs minutes s'écoulèrent avant que la clef ne tourne enfin dans la serrure. La porte s'ouvrit et Jock apparut dans l'entrebâillement, cachant le reste de la pièce. Il était entièrement nu. Son torse était inondé de sang.

« Il y a eu un accident », dit-il d'une voix pâteuse.

Hillsden l'écarta. Le corps nu de la jeune fille était étalé à plat ventre sur le lit défait. Les draps étaient couverts de taches écarlates; sous le ventre de la fille s'étendait une épaisse flaque de sang.

« Bon Dieu! s'exclama-t-il. Que lui as-tu donc fait? »

Il se précipita vers le lit et retourna doucement le corps de la fille, puis se pencha pour écouter le battement de son cœur. A son grand soulagement, il constata qu'elle vivait encore. Un filet de sang s'écoulait d'entre ses cuisses. Il fit demi-tour pour dévisager Jock, mais son pied heurta une bouteille de vin vide qui était posée à côté du lit. Il découvrit avec une horreur grandissante que le goulot de la bouteille était lui aussi maculé de sang.

« Espèce de sadique! hurla-t-il. Tu as failli la tuer! Inga! Va vite chercher des serviettes et de l'eau », ajouta-t-il en allemand.

Jock tomba à genoux devant la porte. Hillsden s'approcha de lui et le gifla.

« Que lui as-tu fait? répéta-t-il.

– C'est un stupide accident. Je ne voulais pas lui faire de mal. Je t'en prie, aide-moi!

– Va te faire voir! C'est cette pauvre gosse qui a besoin d'aide. »

Inga revint avec une carafe d'eau et une serviette.

« Vois si tu peux faire quelque chose pour elle », lui dit-il.

Il repartit dans l'autre pièce et ramassa ses vêtements éparpillés. Tout en enfilant sa chemise et son pantalon, il se demanda ce qu'il fallait faire. A peine habillé, il se précipita dans le couloir désert et frappa à la porte du premier appartement qu'il rencontra, sans réfléchir aux conséquences de son geste. Au bout d'un intervalle de temps assez long, la porte s'entrouvrit. Il ne put distinguer le visage de son interlocuteur.

« Téléphone... Il faut que je téléphone... Vite... Il y a eu un accident... », dit-il en russe en espérant qu'il arriverait à se faire comprendre.

La porte s'ouvrit entièrement et il aperçut la silhouette d'un vieillard enveloppé dans une robe de chambre.

« Je vous en prie, insista-t-il. C'est très urgent. Il faut que j'appelle un docteur. Il y a une jeune fille qui est très malade. »

L'homme le dévisagea sans répondre.

« Avez-vous le téléphone? Puis-je l'utiliser?

– *Da,* répondit finalement l'autre. (Il s'effaça pour laisser entrer Hillsden.)

– Où est votre téléphone? »

L'homme alluma la lumière et le conduisit dans une pièce qui devait servir de bureau. Il lui montra l'appareil et attendit à l'extérieur. Hillsden saisit l'écouteur et composa le numéro privé d'Abramov. C'était la première idée qui lui était venue à l'esprit. La sonnerie retentit plusieurs fois avant qu'Abramov ne décroche. Guidé par son sixième sens, Hillsden s'exprima en anglais et lui expliqua aussi brièvement que possible ce qui venait de se passer.

« La fille est-elle morte? demanda Abramov.

– Non, mais elle aurait besoin d'un médecin le plus rapidement possible.

– Ne bougez pas. Ne parlez de tout cela à personne. Je prends l'affaire en main. »

Hillsden raccrocha et se tourna vers le vieil homme qui se tenait, toujours silencieux, dans l'encadrement de la porte.

« Merci, lui dit-il. Merci beaucoup. Je vous suis très reconnaissant. »

Ce fut seulement après avoir regagné l'appartement qu'il se demanda pourquoi il n'avait pas utilisé le téléphone de Jock. Inga était agenouillée auprès du lit. Jock n'avait pas bougé depuis tout à l'heure.

« Comment va-t-elle ? demanda-t-il à Inga.
– Mal. Est-ce qu'un médecin va venir ?
– Oui. Essaie de la réchauffer. »
Il s'approcha de Jock et le força à se relever.
« Maintenant, écoute-moi bien, lui lança-t-il. Est-ce que tu réalises dans quel pétrin tu t'es fourré ? Va t'habiller et laisse-moi parler avec eux lorsqu'ils arriveront. Comprends-tu au moins ce que je te dis ? »
Jock acquiesça d'un air hagard. Alec l'écarta et alla chercher les vêtements d'Inga dans l'autre pièce. Après les lui avoir donnés, il se rendit dans la petite cuisine afin de préparer du café. Il n'avait pas la moindre idée du temps qu'il faudrait à Abramov pour arriver sur les lieux. En attendant que l'eau se mette à bouillir, il retourna dans la chambre, ôta sa veste et l'ajouta aux couvertures dont Inga avait enveloppé le corps inanimé de Katia. Il voulut voir si le cœur de cette dernière battait toujours et glissa la main sous les couvertures; la fille tremblait convulsivement de tous ses membres.
Jock s'était rhabillé tant bien que mal, mais il semblait incapable de coordonner ses mouvements.
« Que va-t-il se passer ? ne cessait-il de répéter.
– Je l'ignore, dit Hillsden. Prie le ciel qu'elle reste en vie ! ajouta-t-il avant de retourner à la cuisine. »
Jock le suivit d'un air hébété.
« Bois un peu de café et essaie de dessoûler avant qu'ils n'arrivent. Comment as-tu pu faire une chose pareille ?
– On voulait juste s'amuser.
– Ne viens pas me raconter des bobards, espèce de maniaque ! Si tu appelles ça s'amuser...
– Qui as-tu contacté ?
– Abramov. »
Jock recula en crachant une gorgée de café.
« Merde ! Pourquoi lui ?
– Qui d'autre voulais-tu que j'appelle ?
– Mon Dieu ! Que vais-je lui dire ?
– Ce que tu pourras lui dire n'a aucune espère d'importance. Il décidera lui-même ce qu'il doit faire.
– Ne m'accable pas, mon vieux. Il faut que tu m'aides à me tirer de là.
– Je ne vois vraiment pas comment. »
Brusquement, Jock se pencha au-dessus de l'évier et se mit à vomir. Hillsden le regarda froidement et ne fit pas un geste pour lui venir en aide. Il versa du café dans une tasse qu'il alla apporter à

Inga et ils attendirent au chevet de Katia l'arrivée d'Abramov. Celui-ci était en civil lorsqu'il fit son apparition : c'était la première fois qu'Alec le voyait sans son uniforme. Il était accompagné d'un homme qui devait être médecin et qui demanda aussitôt où se trouvait la fille. Hillsden lui désigna la chambre. L'homme s'y rendit et referma la porte derrière lui.

« Emmenez cette fille chez vous et n'en bougez plus, dit Abramov à Hillsden. Et ne parlez à personne de toute cette affaire. (Il se tourna vers Inga et répéta sa consigne en russe.) Je me charge de Calder, ajouta-t-il.

– Ne pouvons-nous pas attendre un peu, pour savoir si elle va s'en tirer ?

– Votre présence ne servirait à rien. Faites ce que je vous ai dit. »

Ils sortirent et rejoignirent en silence l'appartement de Hillsden. Lorsqu'ils furent entrés, Inga lui demanda :

« Qui était cet homme ? Fait-il partie du KGB ?

– Plus ou moins. »

Elle se mit à pleurer et Alec l'enlaça pour la réconforter.

« J'ai peur, sanglota-t-elle.

– Tu n'as rien à te reprocher.

– Mais j'étais là. Nous étions là, tous les deux. C'est suffisant à leurs yeux.

– Va te coucher. Tu trembles de froid.

– Ne m'abandonne pas ! »

Elle se glissa tout habillée dans les draps. Hillsden s'assit à côté d'elle sur le lit et caressa doucement ses cheveux jusqu'à ce que ses sanglots se soient calmés. Dans le silence qui s'ensuivit, il crut entendre le bruit de moteur d'une voiture qui démarrait en bas de l'immeuble. Inga s'assoupit peu à peu mais, chaque fois qu'il remuait et tentait de dégager ses membres engourdis, elle le retenait et se raccrochait désespérément à lui.

Le lendemain matin, ils prirent le petit déjeuner ensemble avant qu'Inga ne retourne à l'université, mais les horribles événements de la nuit précédente avaient fait d'eux deux étrangers et la jeune fille desserra à peine les dents.

« Puis-je te contacter d'une façon ou d'une autre au cas où j'aurais des nouvelles ? lui demanda Hillsden.

– Tu as bien entendu ce que ce type a dit. Il vaut mieux que nous ne nous revoyions pas. Si Dieu le veut, je rentrerai à Prague avec Katia une fois qu'elle sera rétablie.

– Je suis vraiment désolé que les choses se soient passées ainsi. Je suis néanmoins heureux d'avoir fait ta connaissance. Je crains pourtant que tu ne gardes un bien mauvais souvenir du jour où tu as rencontré un Anglais pour la première fois. »

Il voulut l'embrasser lorsqu'elle s'apprêta à partir, mais elle détourna la tête.

« Je te souhaite bonne chance, lui dit-il avec tristesse.

– Ce n'est pas moi qui vais en avoir besoin », rétorqua-t-elle froidement avant de disparaître.

Un peu plus tard dans la matinée, comme il n'avait toujours aucune nouvelle, il décida d'ignorer l'avertissement d'Abramov et descendit jusqu'à l'appartement de Jock. Il frappa à la porte. Personne ne répondit. Il tendit l'oreille afin de se rendre compte s'il y avait ou non du bruit à l'intérieur, mais quelqu'un s'engagea au même instant dans l'escalier principal et il battit en retraite précipitamment.

En fin d'après-midi, tiraillé par la faim, il se décida tout de même à quitter son appartement pour aller manger quelque part. Avant de sortir de l'immeuble, il alla frapper une nouvelle fois à la porte de Jock, sans plus de succès. Dans l'espoir d'y retrouver son compagnon, il se rendit dans un restaurant où ils avaient l'habitude de prendre leurs repas, et là aussi il fit chou blanc.

Il commanda le menu du jour, qui n'aurait évidemment pas mérité la moindre étoile dans le Michelin. Après avoir constaté que le service était toujours aussi déplorable, il repassa en mémoire les atroces événements de la nuit précédente. L'état mental de Jock n'avait cessé de se dégrader au cours des dernières semaines, mais Hillsden avait jusqu'alors mis cela sur le compte du fait qu'il supportait mal d'être confiné à Moscou. Il était vrai qu'il s'adonnait de plus en plus à la boisson et que son comportement avait fini par devenir bizarre; il semblait osciller sans cesse de la fureur à la bouffonnerie, mais il était évident qu'il bouillait intérieurement d'une violence d'autant plus forte qu'elle était contenue.

A l'époque où ils étaient en Autriche, Jock avait toujours aimé se lancer dans d'interminables discussions – au cours desquelles il s'arrangeait d'ailleurs généralement pour avoir le dernier mot –, mais il n'avait jamais révélé la face obscure de sa personnalité. La nature exacte de ses activités sexuelles avait toujours été une énigme pour Hillsden; Jock y faisait fréquemment allusion de manière mystérieuse, sans jamais dévoiler ses véritables penchants. Alec avait fini par en conclure que, sur ce plan, Jock en était resté au stade d'un comportement adolescent. Il achetait régulièrement des revues porno, ce dont Hillsden et Caroline ne manquaient pas de se moquer, mais après tout des milliers d'hommes de son âge en faisaient tout autant. En soi, cela n'avait rien de particulièrement anormal, surtout depuis qu'en cette fin de siècle l'obsession pour le nu féminin avait tourné à l'industrie pure et simple – ce qui avait d'ailleurs eu pour conséquence indirecte d'alimenter les revendications du Mouvement de libération des femmes. Un jour, Hillsden avait fait remarquer à Caroline que, pour Jock, les choses se passaient sûrement sur un plan fantasmatique. « Je ne crois pas qu'il fasse grand-chose dans la réalité, lui avait-il dit. Il doit se contenter de rêver à ce qu'il pourrait faire, mais cela ne va sûrement pas beaucoup plus loin. » En tout cas, quelle qu'ait pu être la vérité à l'époque, cela n'avait jamais eu la moindre incidence sur le travail de Jock. N'est-il pas un peu ironique, songea Hillsden, de constater que c'est moi qui ai encouru les foudres officielles, à cause de cet adultère qui a plus ou moins brisé ma carrière...

Pourtant, ce n'était pas à ce lointain passé qu'il pensait en premier lieu, tout en picorant dans son assiette des bribes de nourriture carbonisée. Il ne cessait de revoir l'atroce image du corps mutilé de Katia, vautrée sur les draps ensanglantés comme une marionnette désarticulée. Il ne parviendrait sûrement jamais à oublier le sentiment d'horreur et de dégoût qui l'avait alors envahi. Il ne pouvait pas comprendre que Jock ait pu faire une chose pareille. Il lui était impossible de se le représenter en train de commettre un acte aussi dégradant envers l'un de ses semblables. La nausée le reprit, d'autant plus forte qu'il se souvenait qu'Inga et lui avaient essayé de partager un semblant d'amour au moment même où ces atrocités avaient lieu dans la pièce voisine.

Incapable d'avaler une bouchée de plus, il repoussa son assiette sans avoir achevé son repas, paya et quitta aussitôt le restaurant. Dehors, la rue était déserte. Toujours plongé dans ses pensées, il ne remarqua pas qu'on le suivait, jusqu'au moment où une limousine noire s'arrêta à sa hauteur.

« Alec! » l'interpella une voix familière.

Il se retourna et aperçut Abramov au volant de la voiture.

« Montez, lui dit ce dernier. J'ai à vous parler. »

Hillsden obéit et le véhicule repartit en direction du parc Gorky.

« Il faut absolument que nous discutions de certains points qui ne peuvent plus attendre, dit Abramov.

– Comment va la fille?

– Elle est morte. Ses organes avaient éclaté, en provoquant une hémorragie interne à laquelle elle a succombé. Vous avez agi comme il fallait, Alec, et je vous en suis très reconnaissant. Mais nous ne pouvions vraiment plus rien pour elle.

– Mon Dieu!

– Dieu ne lui est guère venu en aide. Cet incident n'a pas manqué de soulever un certain nombre de problèmes, qui me sont bien sûr retombés dessus. La fille était tchèque – j'ignore si vous le saviez? »

Hillsden acquiesça machinalement. Il était encore sous le choc de la nouvelle.

« Son père est un membre haut placé du Parti, à Prague. Il nous faut donc dissimuler à tout prix les circonstances véritables de sa mort. Nous prétendrons qu'elle s'est tuée dans un accident de voiture.

– Et l'autre fille?

– Nous nous sommes déjà entretenus avec elle. Elle ne retournera pas dans son pays. Elle a presque achevé ses études, et elle ira prochainement occuper un poste important dans notre quartier général en Allemagne de l'Est. Il s'agit bien sûr d'une mesure de protection à son égard, ajouta-t-il sans la moindre trace d'ironie.

– Et Calder?

– Son cas est plus difficile à résoudre. J'y reviendrai dans un instant.

– Où est-il?

– A l'heure actuelle, il doit être rentré chez lui. Il est probablement en train de s'interroger sur ce que l'avenir lui réserve, ce qui est effectivement une source de préoccupation certaine. Mais je voudrais en premier lieu aborder un problème qui vous concerne directement. J'ai une proposition à vous faire qui – si vous l'acceptiez, ce que je souhaite – résoudrait bon nombre de problèmes encore en suspens. Vous êtes des nôtres à présent, Alec, et il faut que vous commenciez à penser selon notre logique. Jusqu'ici, vous avez brillamment passé tous les tests, et vous ne nous avez pas déçus. Mais la loyauté, c'est un peu comme un moteur de voiture : cela demande à être entretenu. Il ne faut jamais relâcher sa vigilance lorsque l'on veut atteindre le but qu'on s'est fixé. Et de la même façon, il ne faut pas se dérober devant les exigences qu'impose la loyauté. Au cours des nombreuses conversations que nous avons eues ensemble, vous avez manifesté à plusieurs reprises la volonté de connaître la vérité concernant la mort de votre ancienne maîtresse. J'ai beaucoup réfléchi à cette question, et je suis prêt aujourd'hui à vous proposer un marché. »

Abramov gara sa voiture et coupa le contact.

« Ma proposition va revêtir la forme d'une question. Comment réagiriez-vous si je vous révélais l'identité de l'individu qui a tué Caroline et si je faisais en sorte que vous puissiez le rencontrer en tête à tête ? »

Pris de court, Hillsden garda les yeux rivés devant lui. Comme le moteur ne tournait plus, une fine buée recouvrait lentement le pare-brise en dissimulant le spectacle de la rue. La question d'Abramov semblait l'avoir vidé de toute son énergie. Il n'aurait pas réagi autrement si on lui avait brusquement appris qu'il était atteint d'une maladie incurable.

« Je ne sais pas, dit-il enfin. Je suis dans l'incapacité de vous répondre d'une manière sensée.

– Pourquoi ?

– Je n'ai jamais tué personne.

– Pas même durant la guerre ?

– Vous savez très bien que je n'ai jamais été envoyé au front.

– Et Belfrage ?

– Ce n'est pas moi qui l'ai tué, même si Londres a prétendu le contraire.

– Il faut un début à tout. Et cette fois-ci, vous aurez un vrai mobile.

– Je n'ai pas le choix, si je comprends bien... Vous exigez donc que j'en passe par là ?

– Puisque vous présentez les choses ainsi, oui. Mais lorsque j'ai envisagé cette solution, je pensais plus ou moins vous faire une faveur.

– J'imagine que vous n'avez pas fait assassiner Caroline sans de bonnes raisons.

– Effectivement.

– Était-ce vous qui en aviez donné l'ordre ?

– Non. Je n'ai jamais pris des décisions de ce genre. L'ordre est venu d'en haut.

– Dans ce cas, pourquoi voulez-vous – ou veut-on – se débarrasser de l'assassin, étant donné qu'il a agi sur ordre et qu'il a parfaitement rempli sa mission ?

– Le problème qu'il nous pose ne vient pas de la manière dont il a accompli cette mission, mais de l'attitude qu'il a eue par la suite. Pour vous avouer la vérité, il a fini par devenir bien encombrant.

– Je ne comprends toujours pas pourquoi vous voulez que ce soit moi qui me charge d'une chose pareille. Vous disposez sûrement de gens plus qualifiés que moi pour ce genre de travail. Et si je ratais mon coup ? »

Du revers de sa main gantée, Abramov effaça une partie de la buée qui avait recouvert le pare-brise.

« Il en va de cette affaire comme de bien des choses dans la vie, Alec. Lorsqu'il est possible de résoudre plusieurs problèmes d'un seul coup – en l'occurrence, les vôtres et les nôtres –, on a l'impression d'obéir à une certaine forme de justice, que je qualifierais volontiers de poétique. Vous qui êtes un homme cultivé, vous comprendrez sûrement ce que je veux dire.

– A cela près que nous ne sommes pas en train de parler de poésie, mais de meurtre.

– Pour ma part, je ne formulerais pas les choses ainsi. Cela influerait-il sur votre décision si je vous disais que la personne en question a de toute manière d'ores et déjà scellé son destin, en agissant de manière tout à fait irresponsable après le meurtre de Caroline ? Vous n'êtes pas idiot : vous devez sûrement voir à présent de qui je veux parler ? Non ? Allons, je vais vous mettre sur la voie. »

Abramov se pencha en avant et traça du bout de son doigt, sur la buée du pare-brise, les six lettres du nom de CALDER. Un épais silence tomba.

« Cela vous fait-il réfléchir ? demanda Abramov au bout d'un moment.

– Je ne vous crois pas.

– Pourquoi vous mentirais-je ? Les événements de la nuit dernière devraient vous avoir convaincu qu'il est parfaitement capable d'une chose pareille. Réfléchissez-y. Ne pensez plus à lui comme à un vieil ami, mais comme à quelqu'un qui est capable de forcer le vagin d'une jeune fille à coups de bouteille pour satisfaire quelque désir pervers. Vous avez vu la scène de vos propres yeux. Croyez-vous qu'il aurait hésité un seul instant à injecter du poison dans les veines de la femme que vous aimiez jadis ? »

Hillsden demeura silencieux, tandis qu'Abramov nettoyait le pare-brise de la main.

« Je vous laisse réfléchir à tout cela à tête reposée, reprit le Russe. Mais ne tardez pas trop à prendre votre décision. La situation est assez délicate en ce qui concerne la fille, et nous devons effacer au plus tôt toutes les traces de cet incident.

– Comment puis-je être certain que vous me dites bien la vérité ?

– Si vous le désirez, je puis vous raconter tous les détails de son séjour à Londres. Nous ne l'avons pas lâché d'une semelle. Il a même commis un second meurtre à cette occasion, qui n'était absolument pas prévu au programme : il a poignardé une jeune prostituée dans un salon de massage. Les journaux anglais en ont parlé à l'époque. Je pourrais vous fournir des preuves concrètes à l'appui de tout ce que j'avance. Mais il existe un meilleur moyen de vous en assurer. Posez-lui ouvertement la question : il vous dira lui-même ce qu'il en est.

– Il ne reconnaîtra jamais la vérité devant moi.

– Sauf si vous lui proposez un marché...

– Quel genre de marché ?

– Faites en sorte qu'il ne puisse rien vous refuser. Il sait qu'il est dans un sale pétrin. Dites-lui que vous m'avez parlé et que vous avez réussi à me convaincre de fermer les yeux sur la mort de cette fille. »

Hillsden secoua énergiquement la tête.

« Je ne vous promets rien, dit-il.

– Pensez-y tout de même, Alec. Je sais que je peux avoir confiance en vous. »

Abramov remit le moteur en route et fit faire demi-tour à son véhicule. Ils rejoignirent en silence l'immeuble où habitait Hillsden. L'air chaud envahit peu à peu l'intérieur de la voiture et fit lentement disparaître la buée du pare-brise, mais ce fut le nom de Jock qui disparut en dernier.

38.

La pièce était silencieuse. On entendait à peine le bruit que faisait le canari en martelant de son bec l'image que lui renvoyait le petit miroir métallique fixé aux barreaux de sa cage.

Hillsden s'assit près de la fenêtre et regarda l'oiseau qui se trémoussait sur son perchoir. Il inclinait la tête d'un air extasié et revenait sans cesse embrasser son propre reflet. Le narcissisme serait-il donc l'essence même de l'amour? Un verre de whisky à la main, Hillsden songeait combien la vie serait plus facile si l'on ne se trouvait pas constamment obligé de faire certains choix.

Pendant des mois, il avait cherché à apprendre la vérité sur la mort de Caroline, mais il avait fini par être prisonnier de ses propres ressentiments; la haine avait grandi en lui comme une tumeur maligne, bridant peu à peu sa raison. Car c'était bel et bien la haine qui les avait tous réunis ici, à l'heure du dernier choix; cette haine qui avait poussé Caroline à entreprendre son dernier voyage, avant qu'elle ne lui passe le relais, une fois morte, dans cette course insensée que nul ne gagnerait jamais... Et si ce qu'Abramov venait de lui raconter n'était qu'une ultime pirouette, le dernier d'une longue série de mensonges cyniquement forgés par Control? N'essayait-on pas une fois encore de se servir de lui, pour l'exécution d'une besogne qu'il n'avait pas choisie? Pour lui, ce n'était pas le passé, mais le présent qui était une terre étrangère...

Il resta ainsi immobile un long moment, près de la fenêtre, tandis que la pluie ruisselait sur la vitre et que la pièce était peu à peu envahie par l'obscurité. Dans sa cage, le canari poursuivait son manège. Depuis sa dernière conversation avec Abramov, il n'avait pas essayé de contacter Jock, mais il se rendait compte qu'il ne pouvait plus différer davantage cette confrontation. Abramov avait insisté sur la nécessité de trancher cette affaire au plus tôt. Il se leva pour se verser une nouvelle rasade de whisky, mais la bouteille était vide. Au même instant, on frappa à la porte.

Il traversa la pièce plongée dans l'obscurité pour aller ouvrir.

« Je n'ai pas voulu venir te voir tant que je n'avais pas repris mes esprits, lui dit Jock. Ça va mieux à présent; je crois que j'ai récupéré et que la plaie a fini par se cicatriser. »

Il n'a pas l'air très affecté par ce qui s'est passé, se dit Hillsden. Au fond, pourquoi un meurtre transformerait-il celui qui l'a commis? Il n'y a que l'amour et le remords qui en soient capables. Il s'effaça pour le laisser entrer.

« Dis donc, il fait sombre, chez toi! Les plombs ont sauté ou quoi?

– Non, je dormais.

– Tu as de la chance. »

Hillsden appuya sur l'interrupteur. La lumière jaillit brusquement, effrayant le canari qui quitta son perchoir et alla se réfugier dans un coin de sa cage, au milieu d'un envol de plumes.

« Tu as fait peur à Gromyko, dit Jock. Tu devrais recouvrir sa cage d'un tissu quand il fait nuit. On aurait bien dû me faire subir le même traitement l'autre soir, sauf que dans mon cas une camisole de force aurait été plus appropriée. Je ne sais pas ce qui m'a pris, mais je t'assure que cela ne se reproduira plus. »

Jock parlait avec une feinte légèreté, comme quelqu'un qui vient de sortir indemne d'un accident de voiture.

« Enfin, l'affaire est close à présent. J'ai eu droit à une entrevue plutôt déplaisante avec notre ami commun. Comme il était prévisible, il m'a longuement sermonné, mais il m'a assuré qu'il s'occuperait de tout. Il faut reconnaître une chose en ce qui concerne nos employeurs, c'est qu'ils ne sont pas trop regardants pour ce qui est de la morale. Tout ce qui leur importe, c'est de sauver les apparences. Bien sûr, il faudra que je me tienne à carreau pendant quelque temps. Je n'ai d'ailleurs nullement l'intention de recommencer un cirque pareil. Il faut que je te remercie, mon vieux. Tu as vraiment agi comme un chef, et surtout comme un véritable ami. Je n'oublierai jamais ce que tu as fait pour moi. »

Hillsden le laissait parler. Son silence parut troubler Jock.

« Je sais ce que tu dois ressentir. Je n'ai aucune excuse à te présenter : je n'ignore pas que je me suis comporté d'une manière impardonnable. Je ne dis pas cela pour me justifier, mais je crois que j'avais un peu trop forcé sur la bouteille, ces derniers temps. La coupe a fini par déborder et j'ai dû perdre la tête. Sans parler de l'ambiance de cette maudite ville. Je n'ai jamais aimé Moscou. (Il s'interrompit à nouveau.) Tu es bien silencieux... J'espère que tu n'as pas eu d'ennuis ?

– J'ai vu Abramov, moi aussi.

– Ah bon ? Quand donc ?

– Hier soir. J'étais passé chez toi, mais tu n'étais pas là. Je suis allé manger de mon côté et j'ai apparemment été suivi, car il m'attendait lorsque je suis sorti du restaurant.

– Il t'a passé un savon ?

– Non. Nous avons surtout parlé de toi.

– Que t'a-t-il dit à mon sujet ?

– Des choses que tu connais sans doute déjà. Il était surtout préoccupé par la mort de la fille. »

Jock se figea sur place.

« Qu'est-ce que tu dis ?

– La fille est morte. Tu ne le savais pas ? »

Jock le regarda d'un air hébété.

« Quoi ?

– Je te répète qu'elle est morte. Ne me dis pas que tu l'ignorais.

– Tu te fous de moi ? Bien sûr que je l'ignorais ! (Il s'effondra sur une chaise.) Je t'en prie, ne me raconte pas de bobards, surtout dans un contexte pareil. Dis-moi que ce n'est pas vrai.

– Je te rapporte ce que l'on m'a dit.

– Mon Dieu ! »

Jock se ratatina sur sa chaise comme une vieille femme. Il paraissait en proie à une réelle angoisse, mais il était difficile de se rendre compte si c'était la nouvelle de la mort de la jeune fille qui le bouleversait, ou les implications qu'elle risquait d'avoir sur son propre destin.

« J'ai juré d'arrêter de boire, dit-il enfin, mais je crois que j'ai besoin d'un verre.

– Tu n'as pas de chance, dit Hillsden en lui montrant la bouteille vide. Je suis à court de carburant. »

Jock fouilla dans ses poches et en extirpa un paquet de cigarettes. Il voulut en allumer une, mais il tremblait tellement qu'il n'y arriva pas.

« Que va-t-il se passer ? demanda-t-il. Il faut que tu m'aides à me tirer de là.

– En ce qui concerne la fille, je crois que tout est déjà réglé. Pour éviter de heurter son père, qui est un membre important du Parti à Prague, on prétendra officiellement qu'elle a trouvé la mort dans un accident de voiture. Tu as de la chance que tout cela se soit passé dans un pays dont le régime est l'un des plus hypocrites et des plus insensibles du monde. Ils ont eu cinquante ans pour mettre au point leur technique, et ils sont devenus champions en matière de mensonge et de falsification. Aujourd'hui, c'est toi qui en profites. Inga, l'autre fille, a également reçu des instructions. Tu n'as donc plus rien à craindre.

– C'est Abramov qui t'a dit ça ? »

Jusqu'au dernier moment, Hillsden avait espéré que Jock manifesterait un peu de remords – qu'il exprimerait au moins quelque pitié pour la pauvre fille dont il avait causé la mort. Il s'était promis intérieurement de ne prendre sa décision qu'après avoir vu quelle serait sa réaction sur ce point. Mais depuis qu'il venait d'apprendre que tout danger était écarté, Jock s'était visiblement détendu ; son soulagement ne faisait aucun doute et toute angoisse semblait l'avoir quitté.

« Je suis sûr que tu y es pour quelque chose, dit-il à Hillsden. Tu es intervenu en ma faveur, pas vrai ? En souvenir du bon vieux temps... Je te suis doublement débiteur à présent.

– Effectivement, nous avons évoqué le bon vieux temps, comme tu dis. Nous avons longuement parlé de toi, de moi... et de Caroline... »

Il gratta une allumette et la tendit à Jock.

« De Caroline ? Pourquoi donc ?

– Comme tu l'as dit toi-même l'autre jour, les Russes ne ferment jamais définitivement un dossier.

– Qu'est-ce qu'Abramov voulait savoir à son sujet ?

– A dire la vérité, c'était surtout moi qui me posais des questions. Il y a encore de nombreux points qui me tracassent dans cette affaire. Il m'a dit que tu serais à même d'éclairer ma lanterne.

– Moi ? Je ne vois pas pourquoi.

– Je pense qu'il voulait dire que tu étais le mieux placé pour connaître la vérité. Tu ne m'as pas raconté tout ce que tu savais. Reconnais-le, Jock.

– Il me semble t'avoir dit l'essentiel.

– En omettant certains détails...

– Tant d'eau a coulé sous les ponts... Je sais bien que le sort de Caroline ne t'était pas indifférent. Moi aussi, j'avais de l'affection pour elle. Mais nous ne pouvons plus rien faire pour la ramener à la vie.

– Je n'avais pas seulement de l'affection pour elle. Je l'aimais. »

Jock avait retrouvé toute son assurance à présent. Il lui répondit en souriant, et même avec un soupçon d'ironie.

« L'amour ne fait que compliquer les choses, d'après ce que j'ai pu constater. Que veux-tu savoir exactement ?

– La fin de l'histoire.

– Je l'ai moi-même apprise de ta propre bouche. Jusque-là j'ignorais tout du dénouement. Si j'ai cru bon, te connaissant, de passer sur certains détails, c'était pour t'épargner une peine inutile, ajouta-t-il en allumant une nouvelle cigarette au mégot de la première.

– Je suis peut-être prêt à les entendre aujourd'hui.

– A quoi bon te torturer inutilement, mon vieux ? Je t'assure que ça n'a rien de très folichon.

– Je m'en doute. Mais qui t'a dit que j'avais l'intention de m'amuser ?

– Bon. Si nous devons nous lancer là-dedans, il vaut mieux que je boive un coup. Tant pis pour mes bonnes résolutions ! La nouvelle de la mort de cette fille m'a vraiment fait un choc. Allons poursuivre la discussion chez moi. Je crois avoir une ou deux bouteilles en réserve et il doit même me rester un peu de caviar au frigo. »

Hillsden le suivit dans le couloir, qui lui avait toujours rappelé celui de la prison où il avait passé six mois de sa vie. Cette enfilade de portes rigoureusement identiques, recouvertes d'une couche de peinture grisâtre, aurait fait un très bon décor pour un thriller des années 30. Il avait remarqué qu'on n'entendait jamais aucun bruit dans les appartements mitoyens, dont les occupants étaient apparemment aussi silencieux qu'invisibles. Tout en suivant Jock dans l'escalier, il se demanda ce que leur réservaient les prochaines heures. Il ne pouvait plus reculer désormais : il était aussi sûrement pris au piège que le canari dans sa cage.

L'appartement de Jock avait été nettoyé de fond en comble ; il n'y avait plus la moindre trace de l'atroce chaos de l'autre nuit. Plus encore que chez Hillsden, les pièces paraissaient sans âme ; l'absence de tout objet personnel accentuait encore cette impression. C'était la résidence temporaire d'un simple voyageur de passage.

« Tu m'accompagnes ? demanda Jock en brandissant une bouteille de vodka.

– Ne m'en verse qu'une goutte, dit Hillsden. (Il évita de s'asseoir sur le divan où Inga et lui avaient fait l'amour.)

– Je puis t'avouer une chose à présent, mon vieux : lorsqu'on m'a appris que tu étais passé à l'Est, je me suis méfié. Je n'arrivais pas à croire que tu aies pu faire une chose pareille. A mes yeux, tu avais toujours été le type même du parfait boy-scout. »

Jock était maintenant parfaitement détendu. A le voir, on aurait dit que les deux hommes s'apprêtaient simplement à échanger leurs commentaires sur les derniers matches du championnat de football.

« Je pourrais te retourner la politesse, répondit Hillsden. Sauf que je n'avais évidemment aucune raison de me poser des questions à ton sujet, puisque je te croyais mort.

– J'étais dans une situation différente. De surcroît, je n'ai jamais été un boy-scout. Lorsqu'ils m'ont capturé, j'ai tout de suite hissé le drapeau blanc. Je ne me suis jamais fait beaucoup d'illusions sur notre métier. Et toi ? Est-ce que tu avais un idéal quand tu as commencé ta carrière ? »

Hillsden prit son temps avant de répondre.

« Il me semble avoir eu le sentiment que nous nous conduisions plus proprement que le camp adverse.

– Foutaises! Tu sais aussi bien que moi que le linge sale qu'on nous a demandé de laver n'est jamais redevenu blanc. Nous ne travaillions pas pour des marques de lessive! Et nous avons toujours sali tout ce que nous avons touché. Es-tu oui ou non d'accord avec moi ?

– Je suppose que tu as raison.

– Bien sûr que j'ai raison! Et tu ne l'ignores pas plus que moi. J'ai toujours fait ce métier par intérêt. Je n'ai jamais eu l'intention de terminer ma carrière comme ces imbéciles qui moisissent dans un bureau en prenant quelques kilos de plus tous les ans, tout en se demandant si leur paie va leur permettre de s'offrir une petite virée en ville le mois prochain ou de renouveler leur abonnement à leur club de merde! Quand je pense à tous ces crétins qui se morfondent en rêvant à leur jeunesse perdue et qui finissent par partir à la retraite en s'imaginant qu'ils ont lutté toute leur vie pour la défense de la démocratie! Et qu'auront-ils gagné, au bout du compte ? Une médaille de l'Empire britannique de mes deux, qu'ils vont encadrer au-dessus d'une commode dans leur minable petit salon géorgien bien protégé du monde extérieur par des doubles rideaux de Prisunic... Merde! Tu n'imagines tout de même pas que j'avais ce genre d'idéal! »

Hillsden repensa à la maison où il avait vécu en compagnie de Margot – aux tristes papiers peints de l'entrée, et à cette chambre où il avait cru connaître un jour le grand amour.

« Tu crois peut-être que Londres allait m'ouvrir un compte dans une banque suisse ? poursuivit Jock. Il ne faut jamais laisser passer sa chance, mon vieux. Tu sais aussi bien que moi quel genre de discours ils nous ont toujours tenu : vous n'êtes qu'un petit rouage dans une grande machine, il faut que vous soyez solidaires les uns des autres, et toutes ces conneries. En vérité, ça a toujours été chacun pour soi, et il n'y a aucune raison pour que ça change un jour. C'est le système tout entier qui est hypocrite. La seule différence, c'est que je m'en suis rendu compte avant toi. »

Excité par sa tirade, Jock oublia qu'il avait un verre à la main et renversa sa vodka sur le tapis.

« Qu'est-ce que ça peut bien foutre, qu'on connaisse ou non les secrets de l'ennemi ? Et quels secrets, d'ailleurs ? Pas celui de la vie éternelle, en tout cas... Ça au moins, ça vaudrait le coup ! Mais les plans des nouveaux missiles nucléaires, la formule du dernier gaz paralysant ou l'état de la recherche sur les rayons laser, tout le monde s'en tamponne ! D'ici deux ans, n'importe quel lycéen de troisième sera en mesure de bricoler une bombe atomique de la taille d'un walkman grâce à son ordinateur domestique ! Crois-tu vraiment que nous soyons en mesure d'enrayer ce processus ? L'humanité a toujours couru à sa perte.

– Je ne te savais pas aussi philosophe, Jock.

– Il n'est pas besoin d'être bien malin pour constater ce genre de choses.

– Donc, tu t'es rendu sans l'ombre d'un remords lorsqu'ils t'ont arrêté ?

– Oui. Mais n'interprète pas mes paroles de travers : ce n'est pas moi qui ai donné le réseau. Je n'ai pas eu à le faire : quelqu'un avait vendu la mèche avant moi.

– Qui ?

– Ressers-toi donc un verre.

– J'ai assez bu pour l'instant.

– Tu vas pourtant en avoir besoin. Je te préviens que la vérité va être dure à avaler. Tes dernières illusions risquent de s'envoler.

– A supposer que j'en aie encore. »

Jock le dévisagea un instant.

« Pour commencer, comment réagirais-tu si je te disais que c'était Control qui avait trahi Caroline, à seule fin de l'écarter de son chemin ?

– Control ? » s'exclama Hillsden.

Il essaya de paraître le plus étonné possible. Jock acquiesça énergiquement de la tête, ravi d'avoir fait mouche aussi vite.

« C'était donc Control..., répéta Hillsden. Bon sang ! Et tu étais au courant de tout ça, à l'époque où nous travaillions ensemble ?

– Tu rigoles ! Je suis tombé dans le panneau comme tout le monde. Control nous a tous possédés. Mais Caroline commençait à avoir la puce à l'oreille. Néanmoins, comme c'était Control qui la dirigeait depuis Londres et que je servais de simple courroie de transmission, il avait toujours une ou deux longueurs d'avance sur elle. Elle avait pourtant un atout dans son jeu.

– Lequel ?

– Je vais y venir. Laisse-moi prendre les choses dans l'ordre. (Il se versa un nouveau verre de vodka.) Tu sais comme moi que Caroline était une solitaire, et qu'elle menait avant tout sa propre guerre. Tu as peut-être couché avec elle, mais je suis sûr que tu n'as jamais su tout ce qui se tramait dans sa tête. Je me trompe ? »

Hillsden lui fit signe de poursuivre.

« Ça remontait à la mort de son père. Bon. Ma théorie est la suivante : à travers les rapports de Glanville – qui tenait ses informations de Henze –, Control a dû se rendre compte que sa position risquait d'être menacée. Ce petit salopard s'est donc arrangé pour rencontrer Caroline à Salzbourg, où il l'a encouragée à poursuivre son enquête. Je pense qu'elle se méfiait déjà de lui ; elle n'avait encore aucune preuve, mais tu connais le vieil instinct féminin. Elle a dû manœuvrer en douceur, sans cela Control se serait débrouillé pour qu'elle ne quitte pas Salzbourg vivante. Il est rentré à Londres en laissant les types de Berlin faire le sale boulot à sa place. Il ne lui restait plus qu'à s'occuper de toi, mais tu lui avais facilité la tâche en transgressant les règles de la maison.

– Jusque-là, ce ne sont que des hypothèses.

– Oui, mais j'en ai eu confirmation par la suite. Comme il ignorait jusqu'à quel point Caroline s'était confiée à toi, il valait mieux qu'il te fasse rentrer au bercail ; de la sorte, il t'aurait à l'œil, et toi, tu serais plus ou moins coincé. C'est ainsi que tu as été prié de faire tes valises et que Caroline est partie de son côté pour Berlin.

– Où elle était attendue... Mais qu'avait-elle donc en sa possession ?

– De quoi veux-tu parler ?

– Tu disais tout à l'heure qu'elle avait un atout dans son jeu.

– Ah, oui... Ne me bouscule pas, laisse-moi raconter l'histoire à ma manière. Elle avait eu le temps de rencontrer Henze à Berlin – j'en ai eu la preuve ultérieurement –, et ce dernier lui avait confié quelque chose. »

Jock s'interrompit pour ménager son effet. Ses yeux se mirent à briller tandis qu'il buvait une nouvelle gorgée de vodka.

« En l'occurrence, il s'agissait d'un lot de photographies, reprit-il. De dix photographies, pour être précis.

– Des photos de Control ? demanda Hillsden. (Cette allusion à des photographies venait de faire tilt dans sa mémoire.)

– Non. Tu n'es pas au bout de tes surprises. Dieu sait où et comment Henze se les était procurées, mais le fait est qu'elles se trouvaient bel et bien en sa possession et qu'il les a transmises à Caroline. Il n'ignorait pas leur importance, mais il n'avait pas saisi toute l'étendue de ce qu'elles impliquaient. Caroline, elle, s'en rendit compte immédiatement. C'était la dernière pièce du puzzle, et ça allait faire du bruit. De la vraie dynamite! Non seulement elles auraient coulé Control à coup sûr, elles risquaient aussi de réduire à néant tous les efforts que les Russes avaient faits depuis des années pour s'infiltrer en Angleterre.

– Vas-tu me dire de quoi il s'agissait, bon Dieu!

– Un peu de patience...

– Tu les as vues, toi aussi ?

– J'en ai vu neuf. Et je t'assure que Caroline n'exagérait pas.

– Comment ont-elles atterri entre tes mains ?

– C'est Caroline qui me les a envoyées, par le biais d'une adresse sûre à Vienne. Comme Henze venait d'être tué, il lui fallait agir vite. Elle avait jugé trop risqué de te les adresser directement, aussi est-ce moi qui en ai hérité, Dieu merci.

– Pourquoi, Dieu merci ?

– C'est grâce à elles que j'ai pu sauver ma peau, par la suite. Je vais y venir. Quant à la dixième photo, Caroline se l'était adressée à elle-même. Littéralement. Elle l'avait expédiée à Londres, aux bons soins du bureau de la Lloyd's, qui s'occupait de ses opérations bancaires, dans St. James' Street. J'imagine qu'elle espérait encore pouvoir s'en tirer saine et sauve, mais elle a été capturée le lendemain. »

Hillsden dut faire un effort pour contenir son impatience, mais il voulait que Jock creuse lui-même le piège dans lequel il allait tomber.

« Elle était donc entre leurs mains mais, pendant un bon moment, ils ne réussirent pas à la faire parler. Nous entrons dans la partie de l'histoire que tu risques de ne pas aimer. Tu es passé par là toi aussi, et tu sais comment ils opèrent. Elle avait un point faible, comme tout un chacun, et ils ont fini par le découvrir. (Il vida son verre d'un trait et se plia en deux sur sa chaise, comme s'il était en proie à une brusque douleur.) Je perds le fil de mon récit, reprit-il au bout d'un instant. Lorsqu'ils m'arrêtèrent à mon tour, j'avais compris aussitôt que c'était Control qui m'avait donné.

– Pourquoi ?

– En dehors de Caroline et de toi, il n'y avait que lui qui connaissait l'adresse de notre planque secrète, à Vienne. Où en étais-je ?

– Au moment où ils t'ont capturé.

– Ah oui! Simple opération de routine. Ils ont débarqué à trois heures du matin et, comme ils avaient les clefs, ils n'ont même pas eu à se donner la peine de frapper avant d'entrer. Ils m'expédièrent aussitôt à Berlin-Est et se mirent sans tarder au travail. (Jock avait baissé les yeux et ne regardait plus Hillsden à présent.) J'ai tout de suite compris que je n'avais rien d'un héros. On ne peut pas savoir comment on va se comporter dans ce genre de circonstances avant d'y être confronté pour de bon. Ils ont mis le paquet, et ils m'ont expliqué en détail ce qu'ils allaient faire à Caroline si je refusais de parler. Ils m'ont également montré des photos qui prouvaient de quelle manière ils étaient capables de traiter les témoins récalcitrants. Le procédé est toujours le même. Les nazis n'agissaient pas autrement – tu te souviens qu'un jour nous en avions parlé, en Autriche... On essaie de faire craquer le patient en le menaçant de torturer l'un de ses proches. Mais je n'aurais pas résisté davantage s'ils m'avaient torturé, moi. J'ignorais même qu'ils avaient déjà cuisiné Caroline. Aussi, lorsqu'ils m'ont proposé un marché, j'ai immédiatement accepté et je leur ai tout raconté. Il me semblait que c'était la meilleure chose que je pouvais faire pour elle. Nous étions séparés, et ils ne m'autorisèrent pas une seule fois à la voir. Ma seule excuse, c'est que j'espérais la sauver en me mettant à table. Je te jure que je le croyais sincèrement. »

Hillsden ne réagit pas. Pourquoi est-ce que je n'éprouve aucune pitié pour lui ? se demanda-t-il.

« Je ne me doutais pas qu'ils allaient se servir d'un détail que j'avais mentionné en passant. Je ne me souviens même plus à propos de quoi cette histoire était venue sur le tapis. Mais tu connais leur méthode... Ils te harcèlent pendant des heures et des heures, lentement, méticuleusement, en te reposant toujours les mêmes questions... Ils ne m'ont pas laissé dormir pendant six jours d'affilée. Dieu sait ce que j'ai pu leur raconter... »

Il regarda brusquement son verre, qui était vide.

« On a fini la bouteille ?

– J'en ai l'impression. Qu'est-ce que tu avais donc laissé échapper ?

– Je leur ai parlé de la chambre.

– Quelle chambre ?

– Tu sais, cette chambre au sommet du donjon, en Autriche, où toutes les mouches venaient mourir. Tu m'avais dit que ce spectacle avait terrorisé Caroline et que c'était la première fois que tu la voyais craquer nerveusement. Ces salauds sont devenus experts dans l'art de manipuler les angoisses d'autrui. »

Il observa Hillsden à la dérobée, en guettant sur son visage impassible un signe de compréhension.

« Je ne pouvais pas savoir qu'ils allaient mettre ça à profit. Comment l'aurais-je même imaginé ? Il aurait fallu que je sois l'un des leurs, que je pense comme eux... »

Il saisit la deuxième bouteille, mais ne l'ouvrit pas.

« Tu sais ce qu'ils ont fait ? Ils ont construit une réplique exacte de la pièce, comme s'il s'était agi d'un simple décor de théâtre. Puis ils l'ont remplie de milliers et de milliers de mouches, et ils ont enfermé Caroline là-dedans. Elle a tenu le coup cinq jours, et puis elle a craqué. Quand ils l'ont sortie de là, elle aurait vendu son père et sa mère. »

Il y eut un long silence.

« Voilà, tu connais toute l'histoire à présent. Peux-tu ouvrir cette bouteille ? Je n'y arrive pas, je suis à bout de force. »

Hillsden saisit la bouteille. Sa main tremblait lorsqu'il ôta le bouchon. Après avoir rempli le verre de Jock, il versa un doigt de vodka dans son propre verre. Si Jock s'aperçut de la différence, il ne fit pas le moindre commentaire.

« Dis-moi au moins que tu comprends...

– Oui, je comprends ce que ça a dû être, dit Hillsden en faisant lentement tourner le liquide incolore dans son verre ; il aurait bien voulu que la vie soit aussi limpide. J'imagine que le marché que tu as passé avec eux consistait entre autres à leur restituer ces photos ?

– Oui.

– Et la dixième... Leur en avais-tu parlé ?

– Comment l'aurais-je pu ? J'ignorais son existence à l'époque. (Jock se leva brusquement.) Il faut que j'aille pisser », ajouta-t-il en se dirigeant vers la salle de bains.

Hillsden profita de ces quelques instants de solitude pour mettre de l'ordre dans ses pensées. Il touchait au but à présent : les zones d'ombre s'éclaircissaient progressivement ; il ne manquait plus qu'un ou deux détails pour que le paysage apparaisse en entier. Il remplit à nouveau à ras bords le verre de Jock.

« Alors, comment en as-tu eu connaissance ? lui demanda-t-il dès qu'il fut de retour dans la pièce.

– De quoi ?

– De l'existence de cette dixième photographie.

– Tu ne veux pas savoir d'abord qui elle représentait?

– Je t'écoute.

– Il y avait un homme et une jeune fille... (La voix de Jock était devenue un peu pâteuse.) Si je pouvais te la montrer, tu les reconnaîtrais tout de suite – sans l'ombre d'un doute! Alors, tu as une idée? »

Hillsden hocha négativement la tête.

« Je vais te mettre sur la voie. Quand as-tu vu pour la dernière fois les falaises de Douvres? Ça ne te rappelle rien? Bon. Je te donne un nouvel indice : si je dis le mot " mouettes ", à quoi penses-tu? »

Le visage de Jock était aussi empourpré que celui d'un enfant qui s'apprête à trahir un secret.

« Ils t'ont bien fait prendre le bateau, non?

– Tu veux parler de *cette* fille? Wendy?

– C'est le nom qu'elle t'a donné? Eh bien, oui, mon vieux. C'était elle qui figurait sur cette photo. »

Hillsden le laissa savourer sa victoire pendant quelques instants, puis il lui demanda :

« Et l'homme? S'agissait-il de l'Allemand que j'ai vu avec elle?

– Oh, non! Tu es loin du compte! Je t'ai dit que cette photo était explosive. L'Allemand en question ne fait pas partie de la même équipe.

– Control, alors?

– Laisse tomber, tu ne trouveras jamais! dit Jock avant de vider son verre. Je vais tout reprendre de zéro, pour que tu comprennes bien l'enchaînement des faits. Revenons en arrière : Henze donne donc cette photo à Caroline. Il sait parfaitement qui est Wendy – ou Pamela, comme tu voudras –, mais la tête du type qui est à côté d'elle ne lui dit absolument rien. Cela n'a d'ailleurs rien d'étonnant : Henze n'était qu'un employé subalterne en poste à Berlin, ne l'oublie pas. Mais dès que Caroline tombe là-dessus, tout devient clair pour elle. Tu me suis jusque-là? Bon. Ensuite, durant une longue période, il ne se passe rien, puisque personne – y compris moi – ne connaît l'existence de cette dixième photo. Les Russes ont récupéré les neuf autres qui étaient en ma possession; ils pensent donc que l'affaire est réglée. Là-dessus, ils échangent Caroline, qui est renvoyée en Angleterre, dans le triste état que tu m'as dépeint. Je suppose qu'elle échoue dans une clinique quelconque, où elle est au secret. Mais les banques anglaises sont très efficaces. Du moment que l'on a un compte dans l'une de leurs succursales, celle-ci vous envoie régulièrement des relevés. J'imagine qu'à un certain moment l'agence de Caroline a retrouvé sa trace – il est même possible que ce soit la firme qui leur ait communiqué ce renseignement pour les empêcher d'aller fouiner dans ce qui ne les regardait pas –, et c'est ainsi qu'elle a fini par récupérer cette photo, qui a dû lui être réexpédiée avec le reste de son courrier. Est-ce que ça se tient?

– Ma foi, cela paraît plausible.

– Laisse-moi te poser une question. Pourquoi n'as-tu jamais été lui rendre visite? Je n'arrive pas à comprendre ça.

– Je me suis peut-être aperçu, moi aussi, que je n'étais pas autant courageux que je le croyais...

– Parce que si tu avais été la voir, tu aurais forcément aperçu cette photo. Malheureusement, c'est quelqu'un d'autre qui l'a remarquée et qui en a informé Control.

– Qui donc?

– Oh... L'un de ces obscurs sous-fifres qui travaillent dans l'ombre et auxquels personne ne prête jamais attention... L'amie d'enfance de la supérieure – une Irlandaise, si j'ai bien compris, d'apparence tout à fait respectable, qui assiste aux offices de sa paroisse trois fois par semaine, mais qui voue secrètement une haine mortelle aux Anglais. C'est elle qui a vu la photo.

– Tu ne m'as toujours pas dit ce que cette photo avait de si explosif.

– Je gardais le meilleur pour la fin. Imagine donc que ce soit toi, et non cette vieille cinglée d'Irlandaise, qui sois allé voir Caroline. Après tout, c'était dans le domaine des choses possibles. Tu restes un moment à son chevet et, tout d'un coup, sur sa table de nuit, à côté du petit réveil avec l'image de Mickey, tu aperçois cette photo. Ton regard est accroché – c'est normal, il y a une jolie fille –, tu te penches pour regarder d'un peu plus près... et là, qui reconnais-tu, le bras passé autour des épaules de la fille? (Jock fit une pause pour ménager son effet.) Rien de moins que l'actuel ministre de l'Intérieur de Sa Gracieuse Majesté!

– Bayldon?

– En personne! Control le garde en réserve depuis des années. Te connaissant, il ne fait aucun doute que tu aurais été raconter ça à la firme, et tout le monde aurait voulu savoir pourquoi Caroline gardait cette photo à côté d'elle. Et peu à peu, tu aurais remonté toute la chaîne, pour finir par démasquer le Très Honorable M. Bayldon, agent de l'URSS et traître à la nation... Tu étais d'ailleurs déjà sur la piste, à force de fouiner dans les affaires de Glanville et de Belfrage. Aussi Control a-t-il été contraint de faire un peu de ménage. Après s'être arrangé pour faire supprimer Caroline, au cas où elle recouvrerait brusquement la mémoire, il s'est débarrassé un à un de tous ceux qui étaient plus ou moins reliés à cette affaire – et tu étais le dernier de la liste. »

Jock se resservit un verre, satisfait de la manière dont il avait mené son récit.

« C'est donc pour ça qu'il l'a fait tuer? demanda lentement Hillsden, en se préparant à poser la dernière question.

– Oh, Control ne s'est pas chargé de ça lui-même! Il a laissé les Russes s'occuper des opérations. Manipuler Bayldon, c'est encore dans ses cordes, seulement il n'est pas du genre à s'exposer aussi ouvertement et à prendre des risques pareils. Mais Control lui-même n'a pas su tout prévoir. Tu ne devais pas rester en vie. Il s'est simplement trouvé qu'Abramov a réussi à te mettre la main dessus avant le KGB.

– J'ai eu de la chance, si je comprends bien, dit Hillsden. Et après une courte pause il ajouta : Dis-moi, comment se fait-il que tu saches qu'il y avait une image de Mickey sur le réveil de Caroline ? »

Il attendit, mais l'autre ne répondit pas.

« Est-ce que ça a été facile, Jock? Plus facile que pour la pute que tu as tuée ensuite à Soho, ou que pour la fille de l'autre soir? Une seringue, ça doit être plus pratique à manier qu'une bouteille ou un couteau... A moins qu'elle ne t'ait reconnu? C'est ça? Allez, tu peux bien me le dire à présent. Reprends un verre et dis-moi donc ce que tu as ressenti.

– Les choses ne se sont pas passées ainsi... »

Le visage de Jock était devenu livide.

« Tu as pris ton pied, pas vrai, Jock?

– Elle était inconsciente, je te le jure. Je lui ai rendu service. Elle ne se rendait plus compte de rien. Toi qui l'aimais, tu aurais agi de la même façon si tu avais été à ma place. C'était un acte de charité.

– Comme pour un chien qu'on pique, c'est ça? »

Hillsden se leva et se dirigea vers la porte.

« Où vas-tu? cria Jock. Ne pars pas, mon vieux! Je t'en prie! Ne pars pas sans me dire au moins que tu me comprends! Ça s'est passé comme je te l'ai dit. Elle était inconsciente! »

Une fois chez lui, Hillsden s'assit près de la fenêtre, à côté de la cage du canari. La pièce était plongée dans l'obscurité. Il contempla à travers la vitre les lumières de la ville silencieuse. Une immense torpeur l'avait envahi : il avait l'impression de sombrer dans les profondeurs d'un lac aux eaux noires et stagnantes. Il entendait son cœur qui battait comme une horloge égrenant les secondes.

Quelques heures plus tard, alors que les premières lueurs de l'aube commençaient à percer les ténèbres, il redescendit jusqu'à l'appartement de Jock. Celui-ci gisait, inconscient, en travers du lit défait, la joue collée contre une bouteille vide. Hillsden murmura son nom, mais il ne réagit pas. Il saisit alors un coussin, qu'il écrasa sur le visage de Jock. Il s'efforça de penser à Caroline et à sa haine immémoriale, tandis que Jock étouffait lentement sous son étreinte, en se débattant mollement. Ses faibles gémissements décrurent peu à peu et finirent par cesser. Hillsden retira alors le coussin. Il téléphona ensuite à Abramov. Il y avait encore une question à régler avant que cette interminable nuit ne prenne fin.

ÉPILOGUE

L'homme qui avait été connu sous les divers noms de Calder, Miller et Müller fut enterré pour la seconde fois dans une tombe anonyme. Sa mort ne fut pas annoncée officiellement.

Selon les termes de l'accord qu'il avait finalement passé avec Abramov, Hillsden fut autorisé à quitter Moscou dans les jours qui suivirent ce décès. On lui avait permis d'aller s'installer dans une coquette villa, non loin de l'une des stations balnéaires les plus courues de la mer Noire. Peu de temps après son arrivée, il subit une série d'opérations chirurgicales qui modifièrent subtilement ses traits. Il avait été tacitement convenu qu'il reprendrait du service par la suite. Mais on lui accorda quelque temps de répit. Dans l'intervalle, il obtint la nationalité soviétique et fut décoré de l'ordre du Drapeau rouge pour services rendus à la patrie. Extérieurement, il se comportait comme s'il avait été entièrement converti à la cause de l'URSS, mais, au fond de lui-même, il n'avait pas perdu sa foi dans les valeurs qui avaient toujours été les siennes.

Il menait une existence confortable et jouissait de nombreux privilèges. Du reste, il ne manquait pas de compagnie : quelques semaines après son installation, Abramov s'était arrangé pour qu'Inga puisse venir le rejoindre. Le Russe lui avait également appris que le petit ami allemand de Pamela avait malencontreusement trouvé la mort en manipulant une bombe – de fabrication soviétique – qui avait explosé plus tôt que prévu. Quant à Pamela, on lui avait conseillé de se retirer au Brésil pendant quelque temps.

Hillsden recevait les principaux journaux et magazines occidentaux et passait de longues heures à les dépouiller, dans le silence de sa résidence. Il tenait à rester informé, avant d'affronter la dernière manche de l'épreuve qui l'attendait. Un matin, en ouvrant son exemplaire du *Times* – qu'il recevait tous les jours par avion –, il apprit que la coalition qui se maintenait tant bien que mal au pouvoir en Angleterre avait fini par s'écrouler sous les assauts répétés de la violence qui déchirait le pays. Le Premier ministre avait démissionné et la reine avait demandé à l'honorable Toby Bayldon – qui semblait seul en mesure de rétablir l'unité nationale – de former le nouveau gouvernement. Le journal soulignait que ce choix avait été très bien accueilli au Parlement par l'ensemble des partis politiques et qu'une nouvelle ère d'espoir et de confiance semblait s'ouvrir pour le bien du pays tout entier.

Cet ouvrage a été réalisé sur
Système Cameron
par la SOCIÉTÉ NOUVELLE FIRMIN-DIDOT
Mesnil-sur-l'Estrée
pour le compte des Éditions Flammarion
le 10 avril 1987

Imprimé en France
Dépôt légal : mai 1987
N° d'édition : 11240 – N° d'impression : 6216